朱鷺號三部曲之一

艾米塔·葛旭——著

張定綺——譯

Ibis Trilogy 1

SEA OF POPPIES

國際媒體讚譽

在《罌粟海》中，葛旭在一塊更巨大的畫布上，以眾多角色與史詩視野揮毫……這部小說顯然同時兼具文學與政治意圖，從他筆下可看出所投入的龐大研究心力，無須透過書末的驚人參考書目，光是書中豐富的時代細節便足以令讀者懾服。他的敘事手法讓一個逝去的時代重生……透過這部小說，能看出身兼人類學家與歷史學家的葛旭從第一部小說的魔幻寫實風格至今走過的漫漫長路……葛旭作品背後的歷史無情，但讀他的小說則是一大樂事。我已等不及想看到這些契約工、水手、失勢王公及跨性別神祕主義者在下一集中會發生什麼事。

——**華盛頓郵報**

精彩極了……葛旭透過一群多元且吸引人的角色在日常生活中的掙扎與內在衝突來說這故事……他對十九世紀印度的透徹研究，讓這塊被遺落的歷史片段得以重生：從簡陋的鄉村泥屋、宛如實景重現的加爾各答街道，到暗潮洶湧的緊繃政治局勢，以及利益與道德間的衝突。而使葛旭的書頁充滿活力的還包括語言——特別是舊時代的印式洋涇濱英語及船工行話，書中對話因語音學的精確而更添韻味……本書波濤洶湧而危機四伏的結尾，更使讀者宛如書中角色般緊抓住船舷欄杆，期待著之後未知的旅程。

——**今日美國報**

偉大的史詩……在《罌粟海》中，葛旭洗練地將一八三〇年代的經濟學辯論與英倫帝國主義的算計，和眾多設計巧妙、徒然想控制自身命運的角色編織在一起……《罌粟海》全面式地呈現出第一次鴉片戰爭前夕印度東北部的社會經濟狀況，同時也觸及被這波帝國主義漩渦捲入之獨立個人的希望與恐懼……迷人的背景故事外，葛旭亦利用語言來描繪書中角色之間的差異……令人著迷。

——**密爾瓦基前哨報**

想像一下，若是梅爾維爾所在的皮夸德號捕鯨船水手艙中也有狄更斯一席鋪位會如何。如今，我們就在艾米塔·葛旭看似蕪雜但極精彩的歷史小說《罌粟海》中看到兩位小說大師的絕妙混搭結果。

——**舊金山紀事報**

野心十足……《罌粟海》這部來勢洶洶、背景設在第一次鴉片戰爭不久前的作品中頗有狄更斯與馬克·吐溫之風，並讓人聯想到盧卡斯——就是星際大戰三部曲那個喬治·盧卡斯。是的，葛旭的這本書與史詩電影的相似處要多過現代小說。

——**紐約觀察家週報**

艾米塔·葛旭的新小說不可思議地捕捉到其筆下角色的多元語種本色。這部動蕩不安的長篇鉅作同時也是一部關於英式禮儀與印度種姓制度及榮譽觀念的喜劇……豐富的哲學思辯、鮮活的文字風格，閱讀《罌粟海》，讓你在拓展心智的同時，心跳也隨之加速。

——**克利夫蘭信實報**

葛旭在這部古裝文學劇中，用眾多角色帶出一座喧囂的巴別塔……這趟風狂雨驟的探險旅程，直可媲美華特·史考特爵士（Sir Walter Scott）的史詩傑作。

——***Vogue* 雜誌**

以大海為背景的小說在知識圈中有著長遠歷史：想想《奧德賽》、《金銀島》與《白鯨記》，現在可以在這名單上再加一部《罌粟海》……他筆下的角色對操作船隻十分嫻熟，而他亦是在紙頁上操縱這些角色的好手——得知還有兩部續集將要面世，本書讀者想必歡欣鼓舞。

——***Time Out* 雜誌紐約版**

葛旭筆下推展開的，是個關於暴虐與背叛、揭示與轉變的故事。在狄更斯與梅爾維爾的敘事風格下，葛旭的史詩小說圍繞著懸疑與諷刺、邪惡的殘酷與深刻的慈悲。

——**書目雜誌**

葛旭以作曲家的巧思，精心編排這個多聲部史詩小說……這部令人驚豔而迷醉的三部曲首作很難有人能夠超越。

——**寇克斯書評雜誌**

不同凡響的精彩史詩……有許多大仲馬式的動作與冒險情節，也有托爾斯泰式的敏銳洞察片段——並不時穿插狄更斯式的感傷。

——**倫敦觀察家報**

沉浸在豐富方言行話中的《罌粟海》……充滿精彩的場景、滑稽的離題片段（特別是英式禮儀相關笑話）、愛的追求、詭計及背叛。我們還想要更多。

——**新政治家雜誌**

葛旭顯然想用小說來進行文學上的考古探勘，挖掘出遺落在歷史中的人物所屬的故事。

——**紐約時報，書評 Gaiutra Bahadur**

《罌粟海》是用密集且多語種的方言行話寫就，因此多少陷入前後脈絡自我辯解的情形，但也因此讓本書帶有某種惡作劇式的語言學魅力……《罌粟海》可當一部獨立作來看待，但它也為葛旭先生更大的寫作計畫鋪陳了故事背景。本書結束時，讀者也陷入了狄更斯式的故事羅網之中。

——**紐約時報，書評 Janet Maslin**

一本了不起的書，一部充滿企圖心的鉅作……《罌粟海》不能快速略讀……這是一本需要品味的書，每一頁都可見到葛旭對語言的愛。

——**落磯山新聞報**

在本書中葛旭對小說寫作藝術做了許多嘗試，他對確切歷史的追尋模糊了小說與非小說的界線，而他用洋涇濱方言來追求多聲道效果之舉也是一大巧思……《罌粟海》是名副其實的小說技巧大融爐。

——**芝加哥太陽報**

葛旭的這部新作絕對擔得起他的最佳作品這塊招牌……這部小說最大的成就之一，就是重現了失落的船工語——一座融合了英語、葡萄牙語、馬來語、印度語及其他語言的海上巴別塔。

——**基督教科學箴言報**

給 納揚

在他的十五歲生日

朱鷺號航海圖

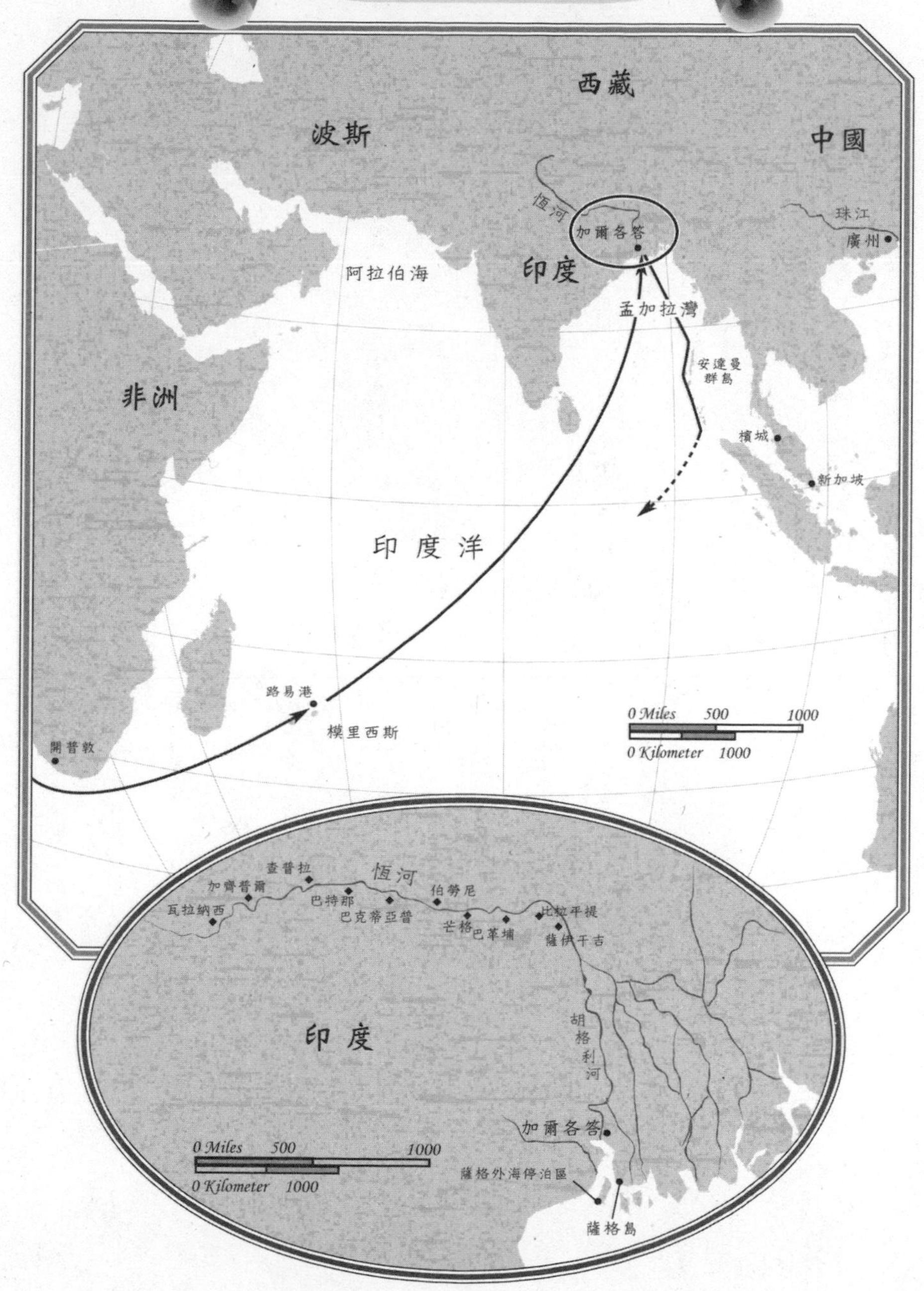

西藏
波斯
中國
恒河
加爾各答
珠江
廣州
阿拉伯海
印度
孟加拉灣
安達曼群島
非洲
檳城
新加坡
印度洋
路易港
模里西斯
開普敦
0 Miles 500 1000
0 Kilometer 1000
查普拉
恒河
加齊普爾
巴特那
伯勞尼
瓦拉納西
巴克蒂亞普
芒格
巴革埔
比拉平提
薩伊干古
印度
胡格利河
加爾各答
0 Miles 500 1000
0 Kilometer 1000
薩格外海停泊區
薩格島

目次

第一部

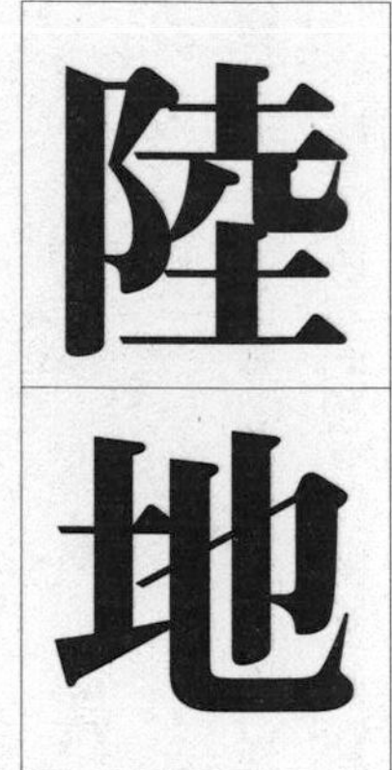

1

狄蒂看見一艘高桅帆船在海中航行的幻象那天，其實在其他各方面來說都算很正常的一天，但她當下就知道，這幻影是命運的預兆，因為她從不曾見過這樣一艘船，連夢中都未嘗出現過：怎麼可能？她住在比哈爾省北部，離海岸足足四百哩呢。她的村子深處內陸，大海遠得像陰曹地府：海是會吞沒神聖恆河的黑暗深淵，別名「黑水」。

這件事發生在冬末，那年罌粟花瓣掉得奇慢：從瓦拉納西開始，連綿幾百哩的恆河好像在兩條冰河間流動，兩岸覆蓋著大片大片厚重的白色花毯。彷彿喜馬拉雅高峰的積雪降到平原上，等待著灑紅節帶來春天的繽紛色彩。

狄蒂的村子在加齊普爾市郊，這城市在瓦拉納西東方約五十哩。她像所有鄰居一樣，心裡牽掛著延遲的罌粟收成。那天她起個大早，開始每天的例行工作：幫丈夫胡康．辛擺好新洗乾淨的腰布和罩衫，預備他中午要吃的無酵餅和醬菜。為他包好午餐後，她就抽空去神堂向神明報到；稍晚，待狄蒂沐浴更衣後，才獻上香花供品正式祭拜；但現在身上還穿著睡衣，所以她只在門口停下腳步，合掌屈膝行個禮。

不久，嘎吱的車輪聲，宣告著送胡康去三哩外加齊普爾工廠上工的牛車到了。雖說距離不遠，要胡康步行卻是要他的命，因為他在英國部隊服役期間傷了腿。好在這點殘疾還沒嚴重到要拄枴杖，胡康也不需扶持就能走到牛車旁。狄蒂跟在他身後一步之遙，替他提著食物和水，等他上車後才把布包遞給他。

駕牛車的卡魯瓦是個大塊頭，但他完全沒要幫助乘客的表示，而且盡可能不讓對方看見自己的臉：他來自最低等的皮革工階級，而隸屬拉吉普特高等種姓的胡康認為，看到他的臉就會倒楣一整天。所以這位退伍軍人上了牛車，就面向車後方而坐，包擱在腿上，避免沾到任何屬於駕車人的物品。牛車嘎嘰嘎嘰往加齊普爾前進，駕車人和乘客就這麼坐著——還算融洽地聊天，但絕不對望。

駕車人在場時，狄蒂也小心遮住自己的臉，直到進屋去叫醒六歲的女兒時才從頭上取下紗麗的蓋頭。凱普翠縮成一小團躺在蓆子上，狄蒂知道她在作夢，因為她的表情變化多端，忽而噘嘴，忽而微笑。狄蒂本想叫醒她，卻突然停下，退後一步。女兒沉睡的小臉蛋上有著她的輪廓——同樣豐滿的嘴唇、圓鼻頭、翹下巴——只不過孩子身上的線條都還清爽俐落，她自己的輪廓卻早已變得黯淡模糊。結婚七年的狄蒂其實也不過是個大孩子，但濃密的黑髮中已出現幾縷白絲，臉蛋被太陽曬得乾枯焦黑，嘴角和眼角都皴裂起了皺紋。不過憔悴平庸的外表下，有一點使她與眾不同：她有一雙這一帶很少人有的淺灰色眼睛。那種顏色（或說缺乏顏色）的眼睛使她既像盲人，同時又無所不見。這個特徵讓小孩子害怕，加深了他們的偏見與迷信，他們有時甚至高聲嘲罵她——*chudaliya*, *dainiya*（巫婆、妖女）——把她當做女巫。但狄蒂只要轉臉一看，他們就四散奔逃。雖然狄蒂對於擁有這令人害怕的力量未始不暗中得意，但還是慶幸沒有遺傳給女兒——她很高興凱普翠長了雙黑眼睛，黑得就像那頭烏溜溜的頭髮。狄蒂低頭端詳女兒作夢的臉，微笑決定先不叫醒她。這孩子頂多再過三、四年就要出嫁，到了丈夫家中，有的是做不完的工作。在家裡待不了幾年了，讓她多休息吧。

才咬一口餅，狄蒂就又趕到門外，站在門前那塊分隔夯土牆屋子與罌粟田、被踐踏得非常平坦的泥地上。初升的陽光下，她看到幾朵花的花瓣終於掉落，不禁大大鬆了口氣。旁邊那塊田裡，她的小叔強丹已拿著有八片鋒刃的採收刀走出來。他要用這工具的小尖齒在一部分裸露的豆莢上割出切口——如果隔夜有汁液流出，明天他就會率全家人大舉採收。時機很重要，因為這種植物的生命週期中，分泌價值連城汁液的時間極短，充其量只有一、兩天，然後就會跟莠草一樣毫無價值。

強丹也看見她了，隨便看到什麼人他都非說幾句不可。這多嘴的年輕人已經養了五個孩子，一有機會就要提醒狄蒂她孩子生得少。*Ka bhail?* 他喊道：怎麼啦？同時從手中的工具上舔掉一滴新鮮汁液。又一個人幹活呀？這樣能撐多久啊？生個兒子幫忙嘛。又不是不會生……

狄蒂已習慣了小叔的作風，根本不睬他。她背對著他，把一個大柳條籃靠在腰間，只顧往自家田裡走。成排花朵間的地上，鋪滿薄得像紙片的花瓣，她撈起一把把花瓣，扔進籃裡。一、兩個星期前，她會小心避開，唯恐驚動花朵，但今天她用力甩動紗麗的裙襬，把花瓣從即將成熟的豆莢上掃下，一點也不心疼。籃子裝滿後，她拿回家，倒在烹煮食物的露天爐灶旁。門旁這塊區域，有兩棵巨大的芒果樹遮蔭，樹上剛抽出一些嫩芽，以後會長成春天的第一批花苞。脫離毒辣陽光的狄蒂舒口氣，蹲在火爐旁，扔了一把柴枝到昨晚的餘燼中，灰燼深處還有火星跳動。

凱普翠醒了，來到門口，母親已沒有寵女兒的心情。她罵道：這麼晚？到哪兒去了？*Kám-o-káj na hoi?* 以為沒工作要做嗎？

狄蒂吩咐女兒把罌粟花瓣掃作一堆，自己忙著撥旺柴火，把沉重的平底鍋放在火上加熱，鍋子熱透以後，她抓起一把花瓣放上去，用一疊厚抹布壓住。花瓣經火烤後顏色變深，而且會黏在一起，一會兒就變得很像狄蒂替丈夫午餐準備的圓形麵餅。這種罌粟花瓣成品也叫「餅」，不過用途不同：它們是要賣給加齊普爾的中央鴉片廠，放在包裝鴉片用的陶罐裡做襯墊。

在這同時，凱普翠揉了些粗麵粉，並擀出幾片真正的無酵餅。狄蒂快手快腳把它們烤好，隨即熄了火。餅放在一旁，稍後跟剩菜（隔夜的罌粟子醬煮馬鈴薯）一起吃掉。現在她的心思又回到神壇上。午間上供的時刻快到了，得先到河裡洗個澡。狄蒂替凱普翠和自己在頭髮抹上罌粟子油，把替換的紗麗搭在肩上，領著女兒穿過罌粟田往河邊走。

罌粟田盡頭是緩緩斜向恆河的沙岸。陽光曬得沙子滾燙，刺痛她們的光腳板。身為母親的拘謹忽然從狄蒂微駝的肩頭滑落，她往蹦蹦跳跳往前跑的女兒追過去。距水邊一、兩步遠時，她們高聲向河祝禱——*Jai Ganga Maya ki*（恆河聖母呀）……——接著吸一大口氣，再跳進水裡。

兩人咯咯笑著浮出水面。每年這時節，初次接觸河水的寒顫結束後，就會覺得清涼無比。雖然還要過幾星期，夏天的熱浪才會使出全力，但恆河的水量已開始減少。狄蒂轉向瓦拉納西，面朝西方，把女兒托在水面上，讓她捧水灑在河中，向聖城致敬。隨著這動作，一片樹葉從孩子合捧的手中流出。她們一起回頭，看河水帶著它，流向下游的加齊普爾河階。

芒果樹和波羅蜜樹遮掉加齊普爾鴉片廠的部分圍牆，但飄揚在工廠上方的英國國旗，還有管理階級做禮拜的教堂尖塔，都聳立在樹葉之上。還能看見工廠臨恆河的河階碼頭上停著一艘單桅平底船，掛著英國東印度公司的三角旗。它從某家偏遠的分廠運來一批熟鴉片，一長排苦力正在卸貨。

媽，凱普翠仰頭看著母親問：那艘船要去哪裡？

就是凱普翠這個問題，令狄蒂產生了幻視。她眼前忽然出現一艘有兩支高桅的大船，桅杆上張著巨大耀眼的白帆。尖尖的船頭上有尊長著長喙的雕像，不知是鸛鳥或蒼鷺。背景中有個男人站在船頭附近，雖然看不清長相，她卻強烈感覺到他非常真實，而且知道那是個陌生人。

狄蒂知道這是幻象，不具實體——跟停在工廠旁那艘貨船不同。她從未看過海，從未離開過這一帶，除了博杰普爾家鄉話外不會說其他語言，但她不曾有過片刻懷疑，那艘船存在於世上某處，而且正向她駛來。這件事讓她害怕，因為她從未見過任何跟這艘幽靈似的船有一丁點類似的東西，也不知這代表什麼意義。

凱普翠知道發生了不尋常的事，因為她等了好一會兒才問：媽？妳在看什麼？妳看到什麼？

狄蒂滿臉恐懼慌亂，語音顫抖：女兒——我看到一艘船。

妳是說那邊那艘船？

不是，女兒，是一艘我從來沒見過的船。像隻大鳥，船帆是牠的翅膀，還有長長的尖嘴。

凱普翠往下游看了一眼：妳能畫給我看嗎？

狄蒂點點頭，她們涉水上岸，很快換好衣服，把神堂專用的水壺裝滿河水。回到家裡。狄蒂先點上燈，然後帶凱普翠到神堂。房間很暗，被煙燻黑的牆壁散發濃郁的香油與檀香味。這裡有個小祭壇，供奉濕婆神和象頭尊者雕像，還有鑲框的難近母和黑天的版畫。這兒不僅供奉諸神，也是狄蒂的私人神龕，擺了很多她的家族與祖先的紀念品——包括已故父親的木屐，母親留給她的一條菩提子項鍊，從火葬堆上拓下的祖父母褪色腳印。祭壇四周的牆面貼著狄蒂親手畫在紙張般罌粟花瓣圓盤上的線畫：孩提時就夭折的兩個弟弟和一個妹妹的炭筆畫像。幾位活著的親戚也供在這兒，但只是畫在芒果葉上的簡圖——狄蒂相信把生者畫得太逼真會招來噩運。所以對她最愛的哥哥克斯里．辛，只用幾根線條勾勒代表他軍人身分的步槍和上翹的八字鬍。

一進神堂，狄蒂就拿起一張綠色芒果葉，用手指沾起鮮紅的硃砂顏料開始做畫，兩、三筆就畫出一道長長的弧形，上方懸著兩個翅膀似的三角形，一端有個彎曲的喙，很像一隻飛翔的鳥，但凱普翠一眼就認出那是一艘揚帆的雙桅帆船。她很訝異母親居然把它畫得像個活生生的東西。

她問：妳要把它掛在神堂裡嗎？

要。狄蒂答道。

孩子不明白為什麼一艘船能在家族聖殿中佔有一席之地。她問：為什麼？

我不知道。狄蒂說道，對如此篤定的直覺也很困惑：我只知道它一定要掛在這兒，而且不只那艘船，還有船上的許多人，他們也一定要掛在我們神堂的牆上。

但他們是什麼人呢？困惑的孩子說。

狄蒂告訴她：我還不知道。等看到他們，我就知道了。

*

朱鷺號用以固定船首斜桅的那尊鳥頭雕刻確實罕見，可供凡事愛求證的人當證物，證明這艘船的確是狄蒂半身泡在恆河裡時看到的那艘船。但後來，即使閱歷豐富的水手也承認，她的畫有種神祕的力量，一望即知畫的是什麼，尤其值得注意的是，這竟然是個從未見過雙桅帆船——甚至任何遠洋船隻——的人所畫出來的。

後來，凡是把朱鷺號當祖先的那群人都同意，是恆河賦予狄蒂這樣的靈視能力。朱鷺號的影像在船身觸及聖河之水時，像一道電波逆流上傳。也就是說，這件事發生在一八三八年三月的第二個星期，因為就在這時，朱鷺號在孟加拉灣恆河出海口外的薩格島下錨。也是在這兒，朱鷺號等候領航員來帶它進入加爾各答時，賽克利．瑞德看到他的第一眼印度風光：他看到茂密的紅樹林和泥濘海岸，乍看荒涼無人，轉眼間卻湧出一大票做生意的小船——一支由小艇與獨木舟組成的小型艦隊，拚命向初來乍到的水手推銷水果、魚、和蔬菜。

賽克利中等身材，體格健壯，皮膚呈老舊象牙色澤，滿頭漆黑捲髮遮住額頭，垂到眼上。他的瞳仁和頭髮一樣黑，而且散發點點栗色星光。小時候，陌生人常說，這麼一對亮晶晶的寶貝可以賣給公爵夫人換鑽石（後來他加入狄蒂的神堂時，已靠這閃亮的眼睛贏得很多好處）。因為他愛笑，心情愉快，顯得無憂無慮，周遭的人總以為他比實際上年輕，但賽克利一定立刻糾正他們。身為馬里蘭州一個解放女奴的兒子，他對於確知自己的年齡和生日相當自豪。他會告訴那些看走眼的人，他現年二十歲，一天不少，多也多不了幾天。

賽克利有個習慣，每天至少要想出五件事加以讚美，他母親訓練他養成這習慣，希望矯正他有時太過犀利的言談。離開美國後，朱鷺號就經常出現在賽克利的日常讚美清單上。倒不是因為它外觀花稍亮麗。正相反，這艘船造型傳統，與巴爾的摩的爾造船廠聞名於世的狹長型飛剪船大相逕庭。它的後甲板很短，有個墊高的水手艙，水手艙甲板夾在前檣之間，船身中央又另設一個甲板艙，除了充當廚房，也供水手長和膳務員住宿。由於主甲板如此擁擠，船樑又特別寬，老水手都說，朱鷺號實際上是只配備兩桅的三桅船。賽克利不知道這說法有多正確，在他心目中，它就是他第一次簽約當船員的一艘前桅橫帆式雙桅船。在他看來，朱鷺號的帆與船身縱軸平行而非垂直，這種類似遊艇的帆桁設計有種獨特的優雅。他知道這是因為主帆與前帆張開時，使人聯想到飛翔的白鳥。一般高桅帆船只把四方形帆布層層堆疊，相形之下便顯得笨拙。

賽克利還知道一件事，朱鷺號最初是造來充作「黑鳥船」，用來運送奴隸的。這是它被轉手的主因。自從正式廢除奴隸貿易後，這些年來，英、美兩國的海軍不斷增派艦艇巡邏非洲沿海。而朱鷺號速度不夠快，跑不贏它們。正如很多其他奴隸船，這艘船的新主人買它的著眼點是經營另一種行業：鴉片出口。買方名叫勃南兄弟公司，從事運輸與貿易，打算在印度與中國大撈一筆。

新船主的代表立刻要求這艘船開往加爾各答，那是公司老闆班哲明・布萊特威・勃南的根據地。朱鷺號抵達目的地後要重新改裝，雇用賽克利就是為了這目的。賽克利在巴爾的摩市費爾岬的嘉迪納造船廠工作過八年，監督這艘老奴隸船的改裝工作綽綽有餘。但說到航海，他對船隻的知識卻不比任何陸地上的木匠高明，這是他第一遭出海。但賽克利簽約是為了學習水手這行業，他興致勃勃上了船，隨身只帶個帆布袋，袋裡除了一套換洗衣服，就只有小時父親送他的一支錫製小笛。朱鷺號提供他一套嚴酷的速成課程，從航程一開始就有層出不窮的麻煩。勃南先生太急於把新船弄到印度，所以從巴爾的摩出發時人手就不足。十九名船員中，包括賽克利在內，有九個「黑種人」。儘管人少，但伙食的質與量仍嫌不足，而在膳務員與船員、高階職員與低階水手之間引起許多衝突。接著遇到風浪，船身滲水：結果賽克利發現夾層甲板上，也就是從前裝載人肉貨物之處，密布著無數歷代非洲俘虜鑽出的窺孔與氣孔。朱鷺號原本載滿棉花，希望能支付這趟航行的開銷。但淹水後，棉花包都泡濕了，只好丟棄。

到了巴塔哥尼亞沿岸，惡劣天候逼他們改道。原計畫是讓朱鷺號橫渡太平洋，繞過爪哇角。但現在不得不取道好望角——結果天公又不作美，他們在赤道附近的無風帶滯留了兩星期。船員的口糧減半，只能吃長蛆的硬餅乾和臭掉的牛肉，大家都染上赤痢。風力轉強時，已有三人死亡，還有兩名黑人船員因拒絕進食被鎖上鐐銬。人手短缺下，賽克利只好放下木匠工具，正式擔任中桅手，爬上繩梯去操縱中桅帆。

緊接著，御下苛刻、受所有黑人船員痛恨的二副墜海淹死。大家都知道他的落海不是意外，但船上的張力已達某種程度，以至於那來自波士頓、口舌似刀的愛爾蘭裔船長只好讓這事不了了之。拍賣死者遺物時，船員中只有賽克利出價，得到一個六分儀和滿滿一箱衣物。

很快的，既不是高級船員，又不隸屬水手艙的賽克利，成了船上兩個集團之間的聯絡人，也扛下二副的職責。這時他已不像航程剛開始那樣生澀，但要擔當新任務也還不夠格。他左支右絀，努力了半天，卻未能改善士氣，船泊進好望角時，船員在一夜間跑光，把這艘船待遇菲薄、宛如水上地獄的苦狀散播出去。朱鷺號的名聲壞到沒有一個美洲或歐洲籍船員（甚至那些惹是生非、酗酒壞事的惡胚）願意簽約上船。唯一肯冒這個險的，就只剩船工幫。

這是賽克利第一次接觸這個等級的水手。他一直以為船工幫的意思是這批人同屬一個部落或種族，就像印地安人中的契洛基族或蘇族。這下他才得知，他們來自相距甚遠的不同地方，彼此毫無關係，唯一的共通點就是印度洋。這些人包括中國人、東非人、阿拉伯人、馬來人、孟加拉人、果阿人、泰米爾人和緬甸的若開邦人。他們十到十五人組成一個團體，有個代表他們發言的領袖。這種團體不可拆散；要就全體雇用，不然就一個也不用，雖然價格便宜，但他們對於做多少工作，或每件工作需要多少人，都有自己的看法——也就是說，一個能幹的海員可勝任的工作量，可能得雇三、四個船工才能完成。船長宣稱這些人是他僅見過最懶惰的黑鬼，但在賽克利看來，他們只是看起來可笑而已。先說他們的穿著：他們都打著娘胎裡帶來的光腳板兒，很多人似乎沒有衣服，只用一塊薄棉布圍在腰上。有人穿腰間繫帶的燈籠短褲走來走去，還有人穿襯裙似的紗籠，露出兩條瘦腿，所以甲板有時看起來活像妓院客廳。像新生兒般裹著一塊布的赤腳之人，怎爬得上桅杆？但即使他們跟他見過的所有水手一樣靈活——看到他們在索具之間活動，猴子似的掛在繩梯上，賽克利還是覺得不安。海風吹起他們的紗籠時，他總是別開眼睛，唯恐一抬頭就看到不該看的東西。

船長多次改變心意，終於挑中一組由水手長阿里率領的船工。阿里長得令人肅然起敬，那相貌連成吉思汗都會羨慕。他很瘦、很高，體型纖細，角度漂亮的顴骨上方，生著一雙骨碌碌轉個不停的黑眼珠。兩撇輕飄飄的八字鬍垂到下巴，框住不斷蠕動的嘴，唇邊沾著鮮豔的紅色，彷彿他是草原上某種嗜血的韃靼人，剛割開馬匹的血管喝下新鮮馬血，忍不住咂唇回味。雖然得知他嘴裡嚼的是植物加工品，賽克利仍不放心。有次水手長把一口血紅的汁液吐在舷欄上，他注意到下面水波立刻開始蕩漾，鯊魚鰭破浪而來。如果連鯊魚都以為那是血，這種叫檳榔的玩意兒怎麼可能無害？

想到要跟這群人一起去印度，實在讓人倒盡胃口，所以連大副也失蹤了，他下船時太過倉促，竟留下一包衣物。船長聽說大副也逃之夭夭，咆哮道：「跑野船去了，是嗎？不怪他。如果拿得到錢，老子也要開溜！」

朱鷺號的下個目的港是模里西斯，他們用穀物換到一批桃花心木和硬木。離開前找不到替補職員，於是出航時賽克利就成了大副。一次航行中發生這麼多事，接二連三的開小差和死亡，讓他從新手躍升為高級船員，從木匠變成船上的第二號人物，擁有自己的艙房。對於從水手艙搬到單人艙，他唯一的遺憾就是那支錫製小笛半途失蹤，再也找不到了。

在此之前，船長吩咐賽克利在下艙用三餐——「……不想跟有色人種共桌，即使只是一點淡黃也不要。」但現在他不願單獨用餐，堅持賽克利到小餐廳與他同桌共食，由為數可觀的低階船工——小廝組成的跑腿班子——伺候。

啟航之後，賽克利又得上新的課程，這次與航海技術無關，而是適應新船員。他們不玩西方水手的紙牌和打手心[1]，只聽見骰子嘩啦啦響，還有用繩子拉成棋盤的印度十字棋[2]；快活的水手歌

1 able-whackets是多種紙牌遊戲的通稱，共同點即贏家可以用手帕打個結，充當刑具，打輸家的手心。（全書中除特別註明為原書註解者外，其餘註解皆為譯者或編者註。）

2 Parcheesi是印度特有的一種使用十字形棋盤的遊戲，每位玩家輪流擲骰子，決定每輪可以走幾步。

謠換成狂野而不諧調的新曲，船上的氣味也發生改變，香料的味道不斷滲進木頭。賽克利奉命管理補給品庫存，不得不摸熟一批跟他習慣的硬餅乾和醃牛肉大相逕庭的新食材。他學會說「日餸」，而不是「口糧」，也要學會區分「豆泥」、「綜合香料」與「醬菜」。他得稱呼高級船員為「馬浪」(malum)、水手長為「沙浪」(serang)、水手長的手下主要是領班「聽多」(tindal)、掌舵「悉港」(seacunny)；他必須重新記一堆聽起來有點像英文、卻又不完全是英文的船舶專用詞彙：「索具」(rigging)變成了「蘇具」(ringeen)，「停！」(avast!)變成了「叭！」(bas!)，近午時分瞭望員要喊的「天下太平」(all's well)變成了「太平噢」(alzbel)。現在甲板叫做「土塔」(tootuk)，桅杆叫「柱」(dols)，命令叫「呼空」(hookum)，而且右、左、前、後，現在得改說「加納」(jamna)、「達瓦」(dawa)、「阿及」(agil)、「批其」(peechil)。

有件事沒改變，就是船員仍要分兩組瞭望，每組由一個聽多當領班。船上大部分工作都交給這兩名領班。頭兩天，幾乎不見阿里的人影。但第三天，天剛放亮，賽克利走上甲板，就有人親熱地打招呼：「請安，西克利馬浪！吃過了嗎？吃些什麼呀？」

賽克利一開始吃了一驚，但很快就出乎自己意料，輕鬆地和水手長聊起來。似乎後者的怪腔怪調能幫助他放鬆舌頭。他問：「阿里，你是從哪兒來的？」

「阿里羅興亞人——緬甸若開邦來的[3]。」

「你在哪兒學會說這種話？」

「船上。」他答道：「中國那兒，洋基老爺都這樣說。還有跟西克利馬浪一樣，官校畢業的軍官。」

「我不是什麼官校畢業的軍官。」賽克利糾正他。「我簽約上船是來作木匠的。」

「不擔心。」水手長用哄小孩的語氣說：「不擔心。一樣一樣。西克利馬浪快快變成大老爺。後來就是啦。娶老婆了嗎？」

「沒。」賽克利笑起來。「你呢？阿里有老婆嗎？」

「阿里老婆死了。」他答道：「上天國、做仙去了。慢慢的，阿里娶一個新老婆……」

過了一星期，阿里又來找賽克利：「西克利馬浪！船長那傢伙不舒服啦！他病大呀！要看醫生啦。不能吃東西。還拉稀稀屎尿。船長房臭死啦。」

賽克利連忙趕去船長的艙房，船長只說沒問題：就是屁眼有點鬆——量不多，沒看到血跡，乾乾淨淨的黃湯。「我知道怎麼照顧自己，老子又不是第一次拉肚子。」

但不久後船長就衰弱得走不出艙房，賽克利受命保管航海日誌和航海圖。賽克利讀書讀到十二歲，能寫一筆可以刻鋼板的好字，雖然速度有點慢，但寫航海日誌不成問題。航海術則是另一回事。雖然他在造船廠學過算術，不過一碰數字就沒輒。這趟航行中，他花過一番心思，旁觀船長和大副在正午記錄讀數，有時甚至還會提問，至於能不能得到解答就看那位高級船員當時的心情，要嘛是簡短的解釋，要嘛就是一巴掌。現在他利用船長的手錶和從死去同事那繼承來的六分儀，花了很多時間計算這艘船的位置。最初幾次計算的結果令他十分慌張，照他的算法，船已偏離航道幾百哩。但他下令改變航道時，才發現掌舵這件事，根本由不得他控制。

「西克利馬浪不信船工會開船？」阿里不悅地說：「船工最懂開船，你走著瞧。」

賽克利抗議說，這艘船已偏離路易港的航道三百哩，卻只換回不耐煩的駁斥：「西克利馬浪，

3 Rohingya，羅興亞人是定居緬甸若開邦的穆斯林族群，當地居民以佛教徒為主，他們因信仰不同而遭排斥。

不要吱吱叫，大驚小怪，亂呼空好嗎？西克利馬浪還要學習。不通開船的事。你不知阿里比看起來聰明很多嗎？三天開到路易港，走著瞧。」

三天後，正如承諾，模里西斯的起伏山巒出現在左舷，路易港就窩在山腳下的海灣裡。

「嚇死我也！」賽克利佩服得五體投地，卻不願承認。「你也太了不起了吧？確定來對地方了嗎？」

「我怎麼告訴你的？開船的事兒阿里第一名。」

賽克利後來才知道，阿里有一套獨門掌舵方式，導航全靠航位推測法（他的說法是「獨家書碼」），加上頻繁地觀察星辰。

船長已病得下不了朱鷺號，所以船主在島上的業務只好由賽克利處理，包括送一封信給距路易港六哩一座大農場的莊主。賽克利帶著信正準備上岸，就被阿里攔截，他擔心地上下打量賽克利。

「西克利馬浪這樣去路易港，會有很多麻煩。」

「為什麼？看不出有啥問題。」

「馬浪瞧你，」阿里退後一步，用批判的眼光看著賽克利。「穿的什麼衣服？」

賽克利穿著工作服，帆布長褲和水手衫——鬆垮垮的粗棉布背心早已褪色。在海上待了幾星期，他鬍子沒刮，捲髮沾滿油垢、瀝青與鹽巴。但這都算不得失態——只不過送封信罷了。他聳聳肩：「怎樣？」

「西克利馬浪這樣去路易港，回不來了。」阿里說：「路易港好多壞人，還有奴隸販子抓奴隸。馬浪你會被綁去做奴隸，整天鞭子抽，挨打。不好。」

這讓賽克利停下思索。他回到自己艙裡，好好研究死去與逃走的兩位同事留給他的財產。其中之一有點花花公子作風，皮箱裡留下的衣服多得讓賽克利不知如何是好。什麼該跟什麼搭配？什麼又該在什麼時刻穿才得體？看別人打扮得衣冠楚楚上岸是一回事，穿在自己身上又是另一回事。

再一次，阿里對賽克利伸出援手。原來這群船工當中不少人除了幹水手，還身懷其他絕技——有個水手曾是服侍船主穿衣的「侍童」；膳務員身兼裁縫，靠幫人縫補衣服賺外快；還有個雜役學過理髮，全體水手都找他打理頭頂。在阿里指揮下，這組人開始工作，耙梳過賽克利的袋子和箱子，挑出衣服，量身、摺短、修改、裁剪。趁著膳務員裁縫率領幾名手下忙著縫合內裡和袖口的當兒，雜役理髮師把賽克利帶到下風的甲板排水孔那兒，跟幾名小廝一起動手，幫他洗了此生最徹底的一個澡。直到雜役取出一種香噴噴的深色液體，做出要倒在他頭髮上的姿勢，賽克利才抗拒道：「慢著！那是什麼玩意兒？」

「香，」理髮師搓著手說：「香波最好……」

「香波？」賽克利沒聽過這種東西。他雖然不願把這玩意兒抹到身上，但還是屈服了，而且令他意外的是，事後一點也不後悔，因為他的腦袋從來不曾覺得這麼輕盈，頭髮也沒這麼好聞過。

幾小時後，賽克利看著鏡子裡幾乎不認得的自己，身穿白麻紗襯衫、馬褲，外搭雙排釦夏季外套，脖子上端端正正繫了個白領結。他的頭髮經過修剪、梳理，用藍絲帶束在頸後，頭上還戴了頂亮閃閃的黑帽子。在賽克利看來，這身打扮已很完美，什麼也不缺，但阿里還不滿意：「唱歌機沒有嗎？」

「什麼？」

「鐘。」阿里把手伸進背心裡，好像要取出一只懷錶似的。

光是以為他買得起錶這想法，就讓賽克利失笑。「沒。」他說：「我沒有錶。」

「不擔心。西克利馬浪等等。」

水手長把其他工人趕出艙房，然後消失了足足十分鐘。他回來時，紗籠的摺縫裡藏了一樣東西。他先把門關好，才解開腰上的結，遞給賽克利一只亮晶晶的銀錶。

「我滴老天哪！」賽克利嘴巴張得老大，瞪著那只錶，像顆閃閃發光的牡蠣躺在他掌心：錶的兩面滿是細緻的纏花圖案，錶鍊用三股雕鏤精美的銀鍊編成。打開錶蓋，移動的指針和滴答作響的齒輪也看得他目瞪口呆。

「好漂亮。」賽克利注意到錶蓋內側用很小的字母刻了個名字。他大聲唸道：「『亞當．T．丹比。』他是什麼人？你認識他嗎？阿里？」

水手長遲疑一下，搖頭說：「不，不認識。當鋪買的，開普敦。現在是西克利馬浪的。」

「我不能收你這個，阿里。」

「可以的，西克利馬浪。」水手長露出罕見的笑容。「可以的。」

賽克利深受感動。「謝謝你，阿里。從來沒有人送過我這麼貴重的東西。」他站在鏡子前面，手拿著錶，頭戴著帽子笑道：「嘿，他們會選我當市長，一定的。」

阿里點點頭。「西克利馬浪是了不起的大老爺。打扮好了。農場壞人來抓，你就要大聲罵。」

「大聲罵？」賽克利說：「罵什麼呀？」

「你要大叫：農場壞蛋，肏你妹子。我是個大老爺，抓不得。你口袋裡放手槍，如果壞蛋綁架你，射他的臉。」

賽克利帶著手槍，緊張兮兮上了岸——但幾乎一踩上碼頭，他就發現所有人都對他畢恭畢敬，讓他很不習慣。他到馬廄去租馬。法國老闆打躬作揖，尊稱他「老爺」，巴結唯恐不周。他騎出門時，還有個跟在後頭跑的馬夫為他指路。

市區很小，只有幾條街蓋了房屋，很快就只剩下棚子、簡陋小屋和茅屋，再往前，小徑便鑽進茂密樹林和高大糾葛的甘蔗林。四周的山岩都長得扭曲畸形：矗立在平原上，彷彿千百隻身軀龐大的奇禽怪獸，企圖掙脫大地束縛時被凝固了。他經過甘蔗園時不時遇見成群結隊的男人，他們紛紛放下鐮刀，盯著他看。工頭會向他行禮，把鞭子舉到帽沿致敬，工人則面無表情，默默看著他，使他很慶幸口袋裡有槍。他在一段距離外就看到農場的房子，中間是條兩旁密植樹木的大道，淡黃色樹皮正在蛻落。他原本預期那會是棟大廈，就像德拉瓦州或馬里蘭州的莊園，但這棟房子沒有大柱子，也沒有尖角窗，外觀就只是座木造平房，四周圍繞著寬闊的走廊。莊主戴皮奈先生只穿內褲和吊褲帶坐在走廊上——賽克利不以為意，所以當主人對自己衣衫不整連聲致歉，用斷斷續續的英語表示沒預期到會在這個時刻招待一位紳士時，令他頗感意外。戴皮奈先生把客人交給一名黑種女僕招待，進屋去耗了半小時，全副打扮完畢再出來，用一頓有多道菜式的大餐款待賽克利，還搭配上等葡萄酒。

賽克利察看自己的錶，宣稱要告辭時，還真有點依依不捨。當他們走出房子，戴皮奈先生交給他一封致加爾各答的班哲明．勃南先生的信。

「我的甘蔗在田裡腐爛，瑞德先生。」莊主說：「告訴勃南先生，我需要人手。現在模里西斯不准蓄奴，而我需要苦力，不然一切都完了。你會親口告訴他，是吧？」

握手告別時，戴皮奈先生警告道：「小心，瑞德先生，睜大眼睛。山裡都是結夥打劫的亡命之徒和逃奴。獨行的紳士要謹慎。槍千萬不能離手。」

賽克利快步離開農場，怎麼也收不回臉上的笑容，「紳士」一詞在他耳中迴響。冠上這頭銜顯然有很多好處——他回到路易港的碼頭區時，更多好處接踵出現。夜色降臨，船工市集周邊的巷內冒出許多女人，西裝筆挺、頭戴高帽的賽克利，在她們眼中別具魅力。於是服飾躍居他今天要讚美的一件新事物。服飾的魔力為在費爾岬時連妓女都看不上眼的賽克利．瑞德引來一大群女人搭著手臂、尾隨身後。他讓她們摸他的頭髮、用臀部擠他、小手淘氣地玩弄他精織帆布褲上的牛角鈕釦。其中有個自稱馬達加斯加玫瑰的，是他見過最漂亮的妞兒，耳後插著花，嘴唇塗得鮮紅。在船上待了十個月後，他真巴不得被拉到她的門後，把鼻子埋進她散發茉莉香味的乳溝，用舌頭品嘗她唇上的奶香——但身穿紗籠的阿里水手長不知從哪兒冒了出來，擋住去路，瘦長的馬臉擠成一把否定的匕首。一看到他，馬達加斯加玫瑰立時枯萎，消失無蹤。

「西克利馬浪沒腦子嗎？」阿里扠腰問道。「頭殼進水了嗎？要花姑娘做什麼？不想做了不起的大老爺了嗎？」

賽克利不想聽他說教。「我被纏住了，阿里。水手進了這迷魂陣都跑不掉的。」

「西克利馬浪幹嘛花錢買砲打？」阿里說：「看過八爪魚嗎？那是最快活的魚。」

賽克利不解。「八爪魚？」他說：「怎麼扯到八爪魚？」

「沒看過？」阿里說：「八爪魚先生有八隻手，自己在家找樂子。總是笑瞇瞇。馬浪怎不學牠？十根手指自己沒有嗎？」

賽克利只好舉雙手投降，讓阿里把他帶走。回船途中，阿里不斷為他拍掉身上的灰，整理領結，撫平頭髮。感覺就像自己因為促成他搖身一變成了個大老爺，就能對他主張某種權利似的。不管賽克利怎麼咒罵，把他的手拍開，阿里都不肯停手。彷彿他一旦外表像個上流階級，就具備成功的一切條件。他忽然明白阿里為什麼打定主意不讓他跟市集的女人上床了——他的性對象也需要安排與監督。至少他有這種感覺。

病況毫無改善的船長急於趕到加爾各答，一心想盡快起錨。但聽到這事的阿里卻表示反對：「船長病很重。」他說：「不看醫生他會死。很快會升天。」

賽克利準備去請醫生，但船長不肯。「不想讓螞蝗醫生碰我的船尾。我沒病。只是屁眼有點鬆。出航就好了。」

第二天風向變了，朱鷺號照預定計畫出海。船長強打精神，蹣跚走到後甲板，宣稱自己精神抖擻，但阿里持相反意見：「船長得了霍亂。瞧瞧——他舌頭發黑了。西克利馬浪最好離船長遠一點。」稍晚，他給賽克利一種很臭的樹皮草根熬的藥汁。「馬浪喝掉，不生病。霍亂——要命的壞東西。」賽克利聽從阿里的勸告，變換了飲食，他放棄一般水手吃的那種肉、菜與口糧餅乾煮的燉菜，或油脂與糖漿做的餅及布丁，改吃船工的咖哩飯或香料飯——米飯、扁豆與醬菜做的辣味雜燴，偶爾加些新鮮或曬乾的切碎魚肉。剛開始他很難接受如此刺激舌頭的味道，但賽克利感覺得出，各種辛香料對他有益，能清潔臟腑，不久他就喜歡上這陌生的口味。

十二天後，不出阿里所料，船長果然死了。這次沒人要標購死者物品，通通扔進海裡，然後將船長艙大掃除，敞開門窗，讓海風來消毒。

屍體送進大海時，賽克利負責朗讀聖經。他的聲調相當鏗鏘有致，贏得阿里稱讚：「西克利馬浪唸經第一名。怎不唱一首教堂歌？」

「不會唱。」賽克利說：「我從來不會唱歌。」

「不擔心。」阿里說：「總要唱一首。」他叫來一個名叫老九的高瘦男孩。「這小子做過傳教小廝。牧師教他唱一首讚美詩。」

「讚美詩？」賽克利有點訝異：「哪一首？」

年輕船工彷彿以此回答似的唱了起來：「外邦為何而爭鬥……？」

唯恐賽克利聽不懂這首詩歌的含意，水手長體貼地為他翻譯。「意思是，」他貼在賽克利耳畔悄聲說：「異教徒幹嘛吵吵鬧鬧？沒別的事做嗎？」

賽克利嘆口氣：「差不多就這麼回事。」

*

朱鷺號終於在胡格利河口下錨時，距離從巴爾的摩出海已過了十一個月，這艘雙桅帆船的原始船員只剩下賽克利與養在船上一隻名叫豎毛的黃貓。

再兩、三天就可抵達加爾各答，賽克利真巴不得兼程趕路。但煩躁的船員還得花幾天等領航員趕到。阿里前來通報有艘划艇停在船側時，賽克利正在艙裡睡大覺，身上只穿一件紗籠。

「大聲公先生來了。」

「誰？」

「領航員。他好會大聲罵人。」阿里說：「你聽。」

賽克利歪著腦袋，聽見一個震耳的大嗓門從通道傳來：「如果我看過比這更肏他媽懶得要命的一群混蛋，就叫我瞎了眼！你們這些壞胚，每人的屁股都該打五十大板。搞什麼名堂，晾著幾塊破布，拿這根小樹枝頂風行駛，竟敢讓老子站在大太陽底下等？」

賽克利套上汗衫和長褲，走出房間，只見一名胖墩墩的英國人，正氣鼓鼓地用支麻六甲手杖敲著甲板。他的衣著是老式奢華派頭，高高豎起的襯衫領，西裝下襬裁成燕尾式，腰上束著絲質腰封。他的面孔色如醃肉，鬢毛修剪成俗稱羊肉排的上窄下寬式樣，加上肉團團的雙頰和豬肝色嘴唇，整個兒就像在屠夫切肉臺上組裝出來的。他身後站著一小群腳夫和船工，扛著許多件提包、皮箱和其他行李。

「你們這些只會掃廁所的，難道沒一個有點腦筋嗎？」領航員額上青筋暴突，對呆站著不動的船員咆哮：「大副在哪裡？有人跟他通報我的船到了嗎？別儘站在那兒。動起來！快點，否則給你們這群笨蛋嘗嘗我的棍子。保證你們不經過大腦就會大喊『真主保佑』！」

「先生，容我致歉。」賽克利走上前說：「對不起，讓您久等了。」

領航員把賽克利的衣衫不整和光腳板看在眼裡，不滿地瞇起眼。「挖掉我的眼珠子吧，老兄！」他說：「你也未免太放縱自己了？身為船上唯一的領導者，這樣是不行的——除非你願意被手下的黑鬼當笑柄。」

「對不起，長官……我還在狀況外。」賽克利伸出手：「我是二副賽克利．瑞德。」

「我是詹姆士．竇提。」新來者隨便握了一下賽克利的手。「原本在孟加拉河領航局任職。目前專任勃南兄弟公司的領航員及代表。大老闆——就是班．勃南——要我接管這條船。」他隨手一指站在舵輪後的船工。「那邊那個是我的舵手，他很清楚該怎麼做——閉著眼也能把你們帶到布拉馬普特拉河[4]。你覺得我們把掌舵的事交給那渾小子，然後替自己找幾滴逍遙湯如何？」

---

4 Burrampooter 亦拼作 Brahmaputra，為南亞地區重要的跨國大河。它發源於中國，在中國境內稱為雅魯藏布江，流入印度後名為布拉馬普特拉河，流入孟加拉後再更名為賈木納河。賈木納河有支流與恆河相通，胡格利河又是恆河出海的支流，這幾條河川形成複雜的內陸交通網路，可供船隻通航。

「逍遙湯？」賽克利抓抓下巴。「對不起，竇提先生，但我不知道那是啥。」

「紅酒呀，孩子。」領航員輕快地說：「船上不會剛好有些吧，有嗎？沒有的話，白蘭地加水代替也行。」

2

兩天後，狄蒂正跟女兒在吃午餐，強丹把牛車停在她們家門口。*Kabutri-ki-má!*（凱普翠的媽）他喊道：聽著，胡康．辛昏倒了，在工廠。他們叫妳去把他接回來。

話畢，他一甩韁繩，急急忙忙駛走，等不及要吃他的午餐，睡他的午覺。這就是他的作風，絕不主動伸出援手。

狄蒂聽了這話，一股寒意竄上後頸。這消息本身並不讓人意外——她丈夫已病了好一陣子，他遲早會倒下也在意料之中。而是，她很有把握地預感，這個轉變與她看到的船有關；就像把這消息送來的冷風，沿著脊椎吹了上來。

媽？凱普翠說：我們怎麼辦？我們怎麼接他回來？

我們得去找卡魯瓦和他的牛車。狄蒂說：*Chal*（來吧），我們走。

卡魯瓦住在皮匠村，距離不遠，午後這時刻，他一定在家。問題在於他可能想要報酬，而她想不出能給他什麼。她沒有多餘的米穀或水果，說到錢，家裡更是一個子兒都沒有。考慮過各種替代方案，她發現除了去搜丈夫放鴉片的木雕箱子外別無選擇：箱子號稱上了鎖，但狄蒂知道哪兒能找到鑰匙。掀開箱蓋，她看到幾塊硬梆梆的生鴉片和一大塊仍包在罌粟花瓣裡的柔軟熟鴉片，總算鬆了口氣。她選了塊生鴉片，切下指甲大小的一片，用當天早晨做的罌粟花瓣紙包好。把這包東西塞在紗麗的腰際，便往加齊普爾方向走去，凱普翠跑在她前面，沿著罌粟田埂蹦蹦跳跳。

太陽已過了天頂，午後的熱氣中，一層薄霧在花上搖曳。狄蒂拉起紗麗的蓋頭布，把臉遮住，但這是件舊衣服，且不說質料本就蹩腳又稀薄，老棉布也洗成半透明了。褪色的料子讓每樣東西的輪廓都變得模糊，肥滿的罌粟豆莢邊緣彷彿有輪鮮紅光圈。她放慢腳步，看到附近幾塊田裡的作物比她的田裡先成熟。幾家鄰居已切開豆莢，可以看到流出的白色汁液已在收割刀造成的平行切口周圍凝固。出汁的豆莢散發醉人甜香，引來一大片昆蟲，到處是蜜蜂、蚱蜢、黃蜂的嗡嗡聲；其中許多會被黏液黏住，明天汁液變色時，牠們的屍體會跟黑色樹膠混在一起，農夫也樂得讓收穫增添重量。樹膠甚至對蝴蝶也有麻醉作用，牠們拍翅的模式變得迥然不同，好像忘了該怎麼飛。一隻蝴蝶落在凱普翠手上，直到被扔進空中，才肯搧動翅膀。

看到牠迷失在夢裡嗎？狄蒂說：這代表今年收成會很好。說不定我們就能修理屋頂了。

她停下腳步，回頭望去，她家的茅屋在遠處依稀可見：看起來像艘漂浮在罌粟河上的小木筏。屋頂亟待修理，但現在流行種花，葺草還不容易找。從前一到冬季，就見田裡的麥子結實纍纍，春天收成後，麥稭就可用來修理前一年的損壞。但現在地主老爺強迫所有人種罌粟，大家都沒有多餘的葺草——得去市場向住在遠方村落的人買，花費大到所有人都盡可能把修屋頂的工作往後延。

狄蒂在女兒這個年紀時，情況很不同。那時罌粟是奢侈品，只在阡陌間種個幾叢，田地都用來種植主要冬季作物——小麥、扁豆和蔬菜。她母親會把一部分罌粟子交給榨油坊，剩下的留著自用，一部分作種，一部分跟肉類和蔬菜一起烹調。豆莢汁液則會過篩，濾掉雜質後曬乾，讓陽光把它變成堅硬的生鴉片。那時節，沒有人想到要做英國工廠生產與包裝的那種濕潤而甜得像糖蜜的熟鴉片，更別說裝船外銷。

從前，農夫會為家人留一點自製鴉片，在生病或慶祝收成與婚禮時使用，其餘的就賣給附近的貴族或巴特那[5]來的東印度公司商人。當年只要幾叢罌粟就足夠應付一家人的需要，還有些多的能出售。沒有人想多種，因為種罌粟太費人工——地要犁上十五遍，然後剩下的土塊得用鋤頭一一敲碎；要搭籬笆和畦堤；買堆肥，時時澆水；這還算好，收成時更有得忙，每顆球莖要逐個切開、滴乾、刮削。如果只種一、兩塊罌粟田，那辛苦還能忍受——既然有小麥、扁豆、蔬菜之類更好更有用的作物，哪個腦袋清楚的人願意多吃好幾倍這種苦頭？但那些美味可口冬季作物的種植面積持續減少，如今工廠對鴉片的需求好像永不饜足。天氣一冷，英國老爺就不准種其他作物：他們會派代表挨家挨戶拜訪農夫，強迫他們收下現金當預付款，簽訂包收合約。根本不可能拒絕他們：只要膽敢說不，他們就把銀子藏在你屋子裡，或從窗口扔進來。你向白人官吏說沒拿錢，或你的指印是偽造的都沒用。他要賺鴉片佣金，怎麼可能放過你。最後的收入充其量也只有三個半銀盧比，剛夠抵銷墊付的開銷罷了。

狄蒂彎腰摘了個罌粟豆莢，湊到鼻前。逐漸乾燥的汁液聞起來像濕稻草，讓人依稀聯想到新換乾草的屋頂在微雨後冒出一股濃郁的泥土香。如果今年收成好，她就要把所有收入用來修屋頂——不然雨水會把殘破的屋頂整個兒淋壞。

妳知道嗎，她對凱普翠說：我們上次給屋頂換茸草是七年前。

女孩溫柔的黑眼睛望向母親。七年？她說：那不是妳結婚的時候嗎？

狄蒂點點頭，在女兒手上捏了一把。是的。沒錯……

新屋頂是她娘家父親出的錢，作為嫁妝的一部分——雖然他負擔不起，但這錢卻不能省，因為狄蒂是他最後一個出嫁的孩子。生辰不好壞了她的出路，她命盤的主星是土星——它對生在這顆星

---

5 Patna是狄蒂所居住的比哈爾省首府。

下的人影響極大，經常帶來紛爭、災禍與不和諧。狄蒂相信前途陰雲密布，不敢對婚姻抱任何期望。她知道自己即使嫁得掉，對方恐怕也是個老頭子，多半是個需要新妻子為他照顧孩子的老鰥夫。相形之下，嫁給胡康・辛是個好機會，更何況介紹人還是狄蒂的親哥哥克斯里・辛。他跟胡康在軍中隸屬同營，一起參加過幾次海外戰爭。哥哥向狄蒂保證，她未來丈夫的殘疾不嚴重。他的家族人脈也挺不錯，尤其值得一提的是在東印度公司部隊裡做到士官長的叔叔。這位叔叔退伍後，在加爾各答一家商業公司找到優渥的工作，而且熱心幫親戚安插好工作——比方他就替準新郎胡康在鴉片廠爭取到一個令許多人豔羨的職位。

婚姻談到下個階段就能看出，其實這位叔叔才是提親的主力。不僅來談細節的人馬由他帶隊，所有談判都由他代表新郎發言。甚至最後狄蒂被帶進去，取下面紗時，也由叔叔而不是新郎品評她的容貌。

無可否認，這位叔叔確實長得相貌堂堂：士官長比洛・辛已五十來歲，蓄兩撇濃密的白色八字鬍，尾梢伸展到耳前翹起。他滿面紅光，左臉頰有道刀疤是唯一的破相，他以目中無人的姿態，把那頂跟腰布一樣白得纖塵不染的頭巾隨便纏在頭上，顯得他的體格彷彿有其他相同身高男人的兩倍魁梧。蠻牛似的粗脖子，凸出的肚皮，都彰顯出他體力充沛，精力十足——大腹便便在他身上不像額外負擔，反倒是力量與生命力的寶庫。

士官長的威儀震懾全場，新郎和他家人心甘情願瑟縮在旁，這正是狄蒂同意這樁婚事的關鍵。談判期間，她透過牆上縫隙仔細觀察來客。她不怎麼喜歡準婆婆，但也不怕她。那個弟弟她倒是從一開頭就看不順眼，但他只是個瘦長的小鬼頭，應該不會給她帶來太多麻煩。說到胡康，她相當欣賞他的軍人氣概，而且他的跛腳在這方面還有加成作用。她更喜歡他昏昏欲睡的表情和慢條斯理的說話方式。他看起來不討厭，是個會專心工作，不惹是生非的男人，以丈夫而言，這是很大的優點。

從溯河前往新家的漫長旅途，直到完成結婚儀式，乃至事後，狄蒂都不覺得害怕。她坐在船頭，把新娘紗麗拉下來遮著臉，在婦人們唱歌時，感到一種愉快的顫慄。

Sakhiyā-ho, saiyã moré pisé masála（哎呀朋友，我的愛人推磨盤，）
Sakhiyā-ho, bará mitha lagé masala!（哎呀朋友，這香料多麼甜蜜！）

歌聲從河岸伴送她坐著花轎到新家門口。因為一直蓋著頭紗，所以她來到圍繞著花環的新婚床前時，都還沒看到房子是什麼模樣，鼻子裡卻滿是屋頂新葺草的味道。她坐著等待丈夫期間，歌詞越來越露骨，她的脖子和肩膀都因期待那即將把她推倒在床上的手掌而繃得很緊。她姊姊說：第一次不要讓他輕易得手，否則以後他不會讓妳有片刻安寧；要反抗，要抓他，不要讓他碰妳的胸部。

Ág mor lágal ba（我燒起來了，）
Aré sagaro badaniyá...（我身體滾燙……）
Tas-mas choli karái（我的上衣緊緊）
Barhalá jobanawá（裹住甦醒的雙乳……）

門終於打開，胡康進來時，她縮起身子，坐在床上，準備面對攻擊。但令她意外的是，他沒掀開她的頭紗，卻用低沉含糊的聲音說：

Arré sunn! 聽著！妳不需要像條蛇一樣盤起身子，回過頭，看我。

她警戒地透過紗麗的摺縫窺視，看到他站在身旁，手裡托著一個雕刻木箱。他把那箱子放在床上，掀開蓋子，強烈的藥味散發出來──油膩的泥土味，甜得令人生厭。她知道那是鴉片的味道，雖然她從未接觸這麼強力的濃縮鴉片。

看！他指著箱子裡分隔的格子說：看到了嗎──妳知道這是什麼？

Afeem na howat? 她說：難不成是鴉片？

是的，不過是不同種類。看。他伸出食指，先指著一塊又黑又硬的普通生鴉片；然後移向一團菸草鴉片（黏搭搭的鴉片與菸草的混合物）上。看，這是用菸斗吸的便宜貨。接著，他用雙手托起一小團仍用罌粟花瓣紙包著的東西，用它碰觸她的掌心，讓她知道有多柔軟。這是我們工廠生產的，熟鴉片。本地看不到，白人大爺會運到外國，賣給大清國。它不能像生鴉片一樣吃下去，也不能像菸草鴉片一樣吸進去。

她問，那要怎麼辦？

Dekheheba ka hoi?（妳想看？）

她點點頭，於是他起身走到牆邊一個架子前，伸手從高處取下一根有他手臂那麼長的煙管。他拿到她面前，她看到那是竹子做的，因為經常使用而黑得泛出油光。管子一端是煙嘴，中間嵌了個陶做的小圓球，圓球頂端有個極小的孔。胡康畢恭畢敬捧著煙管，說這東西來自很遠的地方──緬甸南部的若開邦。無論加齊普爾、瓦拉納西或甚至孟加拉，都找不到這樣的煙管，必須越過黑水帶進來，太珍貴了，不能當玩具看待。

他從雕花木箱裡拿出一根長針，用尖端沾一點柔軟的黑色鴉片，將鴉片在燭火上烘烤，鴉片開始滋滋冒泡時，將它放在煙管的小孔上，湊著煙嘴深深吸了一口。他坐著閉上眼，白色的煙從鼻孔裊裊噴出。煙噴完後，他鍾愛地順著煙管撫摸。

最後他說：妳該知道，這才是我的第一個老婆。我受傷以來，一直靠它活命。要是沒有它，今天我不會在這裡。我老早痛死了。

他一說出這種話，狄蒂就知道自己託付的終身是什麼樣了。她想起小時候怎麼跟玩伴一塊兒嘲弄村裡的鴉片鬼——吸鴉片上癮的人，總是作夢一樣地坐著，用死氣沉沉的黯淡眼睛瞪著天空。她考慮過各種可能，但絕不接受這種情況：嫁給一個鴉片鬼。但她哪裡會知道？她的親哥哥不是向她保證過，胡康的傷勢不嚴重的嗎？

我哥哥知道嗎？她壓低聲音問道。

我的煙管？他笑了起來。不，怎麼可能？我是受了傷以後在營區醫院學會抽大煙的。當時我們駐紮在若開邦，醫護兵都是當地人，晚上見我們都痛得睡不著，就拿煙管來教我們吸。

沒有用的，她知道，今晚她的命運已與他合而為一，後悔也來不及了。彷彿土星的陰影當頭罩下，提醒她命該如此。她靜靜在面紗底下拭淚，不去驚動恍神的他，但手鐲叮噹作響，吵醒了他。他再次拿起長針，湊到火焰上。煙管準備好可以吸時，他微笑轉向她，挑起一側眉毛，像在問她要不要試試。她點點頭，想著既然這種煙霧可以消除骨頭碎裂的痛，或許也能緩和她心裡的憂悶。但當她伸手去接煙管，他卻立刻把它拿到她搆不到的地方，抱在胸前說：不行——妳不會！他吸了一口，把嘴貼在她嘴上，親自將它吹進她體內。她覺得頭暈，卻分不出是因為煙，還是他嘴唇的接觸。她的肌肉變得鬆弛，渾身癱軟。她的身體好像失去了張力，隨之出現一種絕頂歡暢的倦怠。她覺得幸福無比，往後倚靠著枕頭，然後他再次把嘴湊到她嘴上，用煙灌滿她的肺，之後她就覺得脫離了這個世界，進到另一個更光明、美好、滿足的世界裡。

第二天睜開眼，她的下腹隱隱痛楚，兩腿之間更是刺痛。她衣衫凌亂，往下一摸，發現大腿上有乾涸的血塊。她丈夫躺在身旁，手裡抱著那個雕花鑲銅的木箱，服裝整齊。她搖醒他問：怎麼回事？昨晚發生了什麼事？

他點點頭，給她一個昏昏欲睡的微笑。他說：是的，一切都如預期。妳向我的家人證明了妳的貞潔。若上天保佑，妳會生養很多孩子。

她很願意相信他，但看了他軟弱無力的四肢一眼，卻難以相信前一晚他做過什麼出了力氣的事。她躺在枕頭上，努力回憶前晚的情況，卻完全想不起後半夜發生過什麼事。

不久，她的婆婆來到床邊，滿面堆笑，拿聖水瓶灑下祝福，用溫柔急切的口吻喃喃說：女兒，一切都如我們期待。妳的新生活從一開始就吉祥如意！

她丈夫的叔叔比洛．辛士官長也來道賀，並在她手中塞了個金幣。女兒，妳很快就會兒女成群——百子千孫。

雖然這些人信誓旦旦，然而狄蒂就是擺脫不了新婚之夜被他們動了手腳的信念。到底怎麼回事呢？

接下來幾星期，她的懷疑愈發加深，胡康再也沒有對她發生過興趣，他倒在床上時，總是陷入鴉片導致的麻痺狀態。狄蒂試過幾種讓他遠離大煙的策略，但都不奏效。他原來就在生產鴉片的地方工作，要阻止他接觸鴉片根本不可能。她試過藏他的煙管，他卻悄無聲息拿出另一支。即使暫時吸不到鴉片，也不會讓他產生性慾，這麼做只會讓他發脾氣、不理人。到頭來，狄蒂不得不承認，他永遠不會成為完整的丈夫，只不知是傷勢使他不能人道，還是鴉片泯滅了性慾。但這時她的肚皮已因懷了孩子日漸隆起，她又多了個猜疑的理由：如果使她受孕的不是她丈夫，那會是誰？那天晚上到底發生了什麼事？她試著向丈夫查問，他卻得意揚揚地誇耀圓房的成績——但他的眼神告訴她，他根本不是真正記得這回事。所謂回憶可能只是一場鴉片大夢，而且還是別人灌輸給他的。有沒有可能她之所以昏迷不醒，也是了解她丈夫狀況的人刻意安排，為了隱瞞他的無能，並維護家族榮譽？

狄蒂知道，她婆婆為了兒子可以不擇手段。她只需吩咐胡康與新婚妻子共享鴉片，剩下的工作只要一個共犯便可完成。狄蒂甚至可以想像，在犯罪過程中，那老婦人就在房裡，幫忙掀開她的紗麗，壓住她的腿。至於共犯是誰，狄蒂不願承認心目中的頭號嫌犯：孩子父親的身分太重要，必須有進一步證據才能確認。

狄蒂知道，跟婆婆爭執不會有結果，她什麼都不會透露，還會撒一堆謊，說一堆安慰的空話。但這個老婦人共謀串通的新證據天天湧現——尤其是她看著懷孕進展，儼然居功的那種心滿意足表情；彷彿孩子是她的，狄蒂的身體只是供胎兒生長的容器罷了。

最後也是這老婦人提供狄蒂根據心中疑慮採取行動的誘因。有一天，幫狄蒂按摩腹部的當兒，她說：接生完這一個，我們一定要確定讓妳生更多——更多更多。

這麼一句不經意的話，讓狄蒂意識到，不論她的新婚之夜發生過什麼事，婆婆都一心一意要讓它再次發生。她會被下藥、被人抓住，被那不知名的共犯一再強姦。

她該怎麼辦？那天晚上下著大雨，房子裡滿滿是茅草屋頂濕透的氣味。草香讓狄蒂神智清醒。思考，她必須思考，哭泣和哀嘆生不逢時、凶星照命是沒用的。她思考著丈夫和他昏昏欲睡的呆滯眼神。為什麼他的眼睛和他母親那麼不一樣？為什麼他的目光那麼空洞，她卻那麼精明銳利？答案忽然竄進狄蒂的腦海——當然，差別就在那口木箱裡。

她丈夫睡得很熟，口水沿著下巴流下，一隻手臂搭在箱子上。她輕輕拉扯，將箱子從他掌握中抽出，又從他指縫間挖出鑰匙。打開蓋子，湧出一股泥土和腐物的熟爛氣味。她轉過臉，從一塊硬的生鴉片上削下幾片。她把鴉片塞進紗麗的摺縫，鎖好箱子，把鑰匙還回丈夫手中。雖然睡得很熟，他的手指卻貪婪地扣緊這夜間的伴侶。

第二天早晨，狄蒂在婆婆的甜牛奶中摻進些許鴉片。老婦人飢渴地喝下，早晨剩餘的時光就慵懶地躺在芒果樹蔭下。她滿足的表情打消了狄蒂殘留的猶豫。從那天起，她開始在為婆婆做的所有食物中都加進少許鴉片。她把它灑在醬菜裡，揉進餡餅，炸進蔬菜球，融在豆泥中。很快地這老婦人話變少了，人安靜了，說話不再粗聲粗氣，眼神也柔和起來。她對狄蒂的身孕失去了興趣，花上越來越多時間躺在床上。親戚來探望時，總說她看起來好安詳啊——她呢，也總是不絕口地稱讚狄蒂，她貼心的新媳婦。

狄蒂用藥的次數越多，就越敬畏它的威力：人類是多麼脆弱，一丁點這種東西就能馴服他們！現在她終於明白，英國大爺和他們的印度兵為何那麼勤快地巡邏加齊普爾的工廠——只要一點點這種黏膠，她就能操縱那老婦人的生活、人格，甚至靈魂，要是有更多分量任她支配，豈不就能攫取萬國，控制萬民？而且這樣的東西，世上絕對不會只有這一種。

她開始密切注意偶爾從他們村子路過的穩婆與驅魔法師；她學會辨識大麻和曼陀羅，不時做點小實驗，把它們的濃縮汁液餵給婆婆，觀察效果。

結果是曼陀羅的煎汁從老婦人口中套出了真相，她服食後陷入恍惚，始終沒有康復。她彌留的最後幾天，心思飄忽不定，總把狄蒂稱做「杜芭蒂」；問她原因，她半夢半醒呢喃道：因為世間再沒有比《摩訶婆羅多》中嫁給五兄弟的黑公主杜芭蒂更賢德的女人。她是個幸運的女人，是個*Saubhágyawati*，為每個兄弟都生了孩子……

這個暗示確認了狄蒂的信念，她腹中的孩子不是她丈夫的，下種的是強丹，她那色眼亂瞟，口沒遮攔的小叔。

*

在積滿淤泥的河上航行了漫長的兩天，朱鷺號來到胡格利岬的峽灣，只差幾哩就要抵達加爾各答。但突然狂風大作，只好下錨，等第二天早晨的潮水將船送達目的地。而既然城市近在咫尺，遂派了個信差騎馬去通報勃南先生，雙桅船即將入港。

那天下午，在峽灣避風的船不只朱鷺號，還有一艘隸屬距此半天路程的拉斯卡利莊園名下的氣派船屋同樣受困在此。於是朱鷺號一路行來，都被領著八歲兒子和大批隨從，坐在皇宮般平底船上的拉斯卡利領主，尼珥．拉丹．霍德王爺看在眼裡。王爺剛巡視過拉斯卡利莊園，正在回加爾各答寓所途中，他帶著情婦同行，她曾是個知名舞者，藝名叫艾蘿凱西。

拉斯卡利的霍德家族是孟加拉最古老而著名的地主之一，他們的船也是河上最豪華的：這艘平底船安裝雙桅——是簡樸的孟加拉內河平底船的英式改良版。船屋空間寬敞，船身一如拉斯卡利莊園的制服漆成藍、灰兩色，船首及風帆上都飾有家族紋章——一個精心設計的虎頭圖案。主甲板有六間大艙房，都配有拱形長窗和百葉窗簾；還有一個富麗堂皇、閃閃發光的大廳，四壁鑲滿鏡子，再綴以水晶，儼如一座水晶宮，這間只在正式場合使用的大廳，大得足夠表演舞蹈和其他娛樂節目。雖然船上經常供應豐盛的美食，卻禁止烹煮食物。霍德家雖不屬婆羅門階級，卻是傳統派印度教徒，嚴格遵守上流階級的禁忌和自身階級的規矩。在他們心中，預備食物造成的種種褻瀆不啻叛教。航行時，霍德的遊船後方總拖著另一艘較小的船當補給船；這艘船不僅作廚房使用，也是人數與一支小軍隊不相上下的保鑣、警衛、隨扈等人的水上營房。

遊船的上層甲板是個開放的大空間，四周圍著齊腰欄杆：歷代拉斯卡利領主都利用這片空間放風箏。霍德家的男人都喜歡這種運動，而且正如他們的其他嗜好——譬如音樂與栽培玫瑰——他們為放風箏添加了各種微妙的細節，使它從消遣晉升為一種行家品味。一般人只在意風箏飛得高不高，或「鬥」風箏的技巧好不好，但霍德家族重視的卻是風箏飛行的軌跡，以及它是否能搭配風的顏色與情緒。歷代悠閒的地主生活，使他們發展出一套描述這種自然元素的專門詞彙。在他們的用語中，強勁穩定的微風叫「尼珥」，亦即藍色；猛烈的東北風是紫色，有氣無力一下子吹完的風則是黃色。

把朱鷺號留在胡格利岬的那陣狂風，不是這幾個顏色：霍德家族慣常說那種風是「suqlat」——一種與突如其來的命運轉折有關的深紅色。拉斯卡利領主以相信預兆著稱——尼珥在這方面的立場，就像他處理其他事務一樣，堅決支持傳統；一年多來，噩耗接踵不斷，朱鷺號隨著顏色善變的風突然出現，在他看來，一定代表他的運勢要轉變了。

現任領主有著跟最高貴的風同樣的名字，穩定的藍色微風（許多年後，他進入狄蒂的神堂時，她就用幾筆這個顏色畫出他的模樣）。兩年前父親去世後，他才繼承這頭銜。年紀將近三十，雖然早已脫離青春期，卻因自幼多病，長成不見陽光的瘦弱體型。他窄小的長臉帶著總有人為他遮擋驕陽的蒼白，細長四肢也讓人聯想到趨陰植物的蜿蜒姿態。他五官中最醒目的就是鮮紅的嘴唇，圍繞嘴邊的一圈稀疏八字鬍正好烘托出那種色澤。

尼珥和其他相同階級的人一樣，一出生就與另一個顯赫的地主家族訂了親；婚禮在他十二歲時舉行，但只有一個孩子活下來——八歲的拉丹小王子是尼珥的預定繼承人。這孩子比家族中其他人更喜歡放風箏這運動。在他堅持下，尼珥才會在朱鷺號於峽灣下錨的這個下午，來到平底船的上層甲板冒險。

朱鷺號主桅上的船主旗幟，引起了這位領主的注意。對於這面格子圖案三角旗，他幾乎就跟自家紋章一樣熟悉。多年來，他家族的運勢一直依附著班哲明．勃南創辦的公司。尼珥一眼就看出朱鷺號是新購置的船。在他加爾各答寓所的露台上，眺望胡格利河的視野絕佳，絕大多數定期往返這座城市的船隻他都認得。他也很清楚，勃南的船隊主要由當地建造的「本國船」組成；但最近他注意到，河上出現了幾艘美國建的快船，但他知道那都不是勃南公司的船——它們桅杆上掛的是對手怡和洋行的旗幟。但朱鷺號可不是本國船，雖然外表不甚光鮮，卻仍看得出做工精良——這樣一艘船價錢一定不便宜。尼珥心生好奇，這艘雙桅帆船的到來，說不定會是他自己的命運即將逆轉的前兆。

尼珥沒將風箏線收回，只是把私人信差叫來，那是個戴著頭巾、身材高大的瓦拉納西人，名叫帕里莫。他說：划小艇到那艘船去。問水手長，船是誰的，船上有多少主管。

遵命，王爺。

帕里莫得令，立刻爬下梯子，不久便見一艘窄艇划離平底船，停靠在朱鷺號旁。半小時不到，帕里莫便回來呈報，那艘船屬於加爾各答的勃南老爺。

尼珥問：船上有多少主管？

只有兩個戴帽子的高級船員。帕里莫答道。

他們是什麼人——那兩個老爺？

一個是瑞德先生，從第二個英國來的，帕里莫答道。另外一個是加爾各答的領航員竇提老爺。王爺可能還記得：從前他常來拉斯卡利行宮。他問候您好。

尼珥點點頭，雖然他不記得這領航員。他把風箏線交給一名僕人，示意帕里莫隨他到位於下層甲板的艙房去。他在那兒削尖一支鵝毛筆，拿出一張紙，寫了幾行字，在紙上灑把沙子。墨水乾後，他把信交給帕里莫說：拿去，把這送到那艘船上，當面交給竇提老爺。告訴他，本王很樂意邀請瑞德先生和他來到拉斯卡利的船屋晚餐。盡快回來，讓我知道他們怎麼說。

遵命，王爺。

帕里莫再次鞠躬，倒退著回到走廊上，留下尼珥繼續坐在桌前。沒一會兒，艾蘿凱西就在這兒找到了他，她踝環叮噹，帶著一陣玫瑰精油的香風飛進來。他還坐在椅子上，雙手指尖相抵，陷入沉思。她咯咯嬌笑，雙手摀住他眼睛喊道：逮到你了——又是自己一個人！好壞好淘氣哦！都不陪你的艾蘿凱西。

尼珥把她的手從眼上扒下，轉身對她微笑。加爾各答的鑑賞家普遍不認為艾蘿凱西是個美人：她的臉太圓，鼻梁太塌，嘴唇太厚，以傳統標準而言不夠悅目。唯獨那頭瀑布般又長又黑的頭髮，是她最有價值的資產，她喜歡把頭髮披在肩上，除了幾條金穗帶，不加任何約束。但她吸引尼珥靠的不是外貌，而是性情，她總是那麼歡躍活潑，與他的陰沉鬱悶恰成對比：雖然她比他年長好幾歲，也通曉人情世故，卻仍像剛開始以極輕盈的圖克拉與提哈伊舞步引起他注意時那樣，成天咯咯笑著賣弄風情。

這時，她往房中央那張寬大的四柱床上一躺，掀起面紗，只露出噘起的嘴唇，把臉孔其他部分都藏起來。她哀嘆道：在這艘慢吞吞的船上待了十天，都只能一個人，沒事可做，你看都不看我一眼。

一個人——她們呢？尼珥笑了起來，向門口撇撇頭示意，有三個女孩蹲坐在那兒，看著她們的主人。

她們啊……她們只是小丫頭呀！

艾蘿凱西搗著嘴咯咯笑。她生來是個城市人，對加爾各答擁擠的市集上了癮，所以這趟難得的鄉村之旅，她堅持要帶一批隨從給自己作伴。那三個女孩既是女僕，又是學生兼學徒，是她鍛鍊舞技時少不了的幫手。這時，女主人食指一揮，她們立刻退下，並把門關上。但雖說退下，她們也沒走遠。為免外人打擾，她們擠作一團，坐在門外走廊上，不時站起身，從柚木門的百葉板縫偷看一眼。

門一關上，艾蘿凱西就扯下一條長長的紗巾，甩到尼珥頭上，把他套住，拉到床畔。來我這邊嘛，她嘟起嘴說：你在辦公桌前面也坐得夠久了。尼珥走到她身旁，正想躺下，她卻推著他靠在一排枕頭上。現在告訴我，她用充滿起承轉合的婉轉聲調抱怨，幹嘛帶我走這一趟——來這離城市這麼遠的地方？你都還沒說清楚。

尼珥覺得她的故做天真很有趣，微笑道：妳跟了我七年，還從來沒看過拉斯卡利，我要妳看看我的領地，這不是很正常嗎？

只是看看而已？她仰頭做出挑戰表情，模仿舞者扮演受傷戀人的姿勢。就這樣？

妳還要什麼？他用手指抓起一揪她的頭髮，輕輕搓揉。看到還不夠？妳不喜歡看到的一切？

當然喜歡。艾蘿凱西說；比我想像中更宏偉。她的眼神飄向一旁，好像在尋找他那棟有列柱的河濱華邸，以及周圍的花園與果園。她悄聲說：那麼多人，那麼大的地！讓我想到：我在你生命中只佔了那麼小一部分。

他伸手托著她的下巴，把她的臉轉過來。怎麼了，艾蘿凱西？告訴我。妳在想什麼？

我不知道怎麼跟你說……

她的手指開始一個個解開斜過他罩衫前襟的象牙釦子。她喃喃說：你知道我那些丫頭看到你的領地那麼大時怎麼說嗎？她們說：艾蘿凱西姐，妳該跟王爺討點土地——妳不是需要為妳的親人安排住處嗎？妳以後養老也需要點保障呀。

尼珥不悅地呻吟一聲：妳那些小女孩只會惹麻煩。我希望妳把她們趕出妳家。

她們只是為我著想呀——如此而已。她的手指鑽進他的胸毛，開始編起小辮子，同時低語道：王爺賞點土地給他養的女人也沒錯呀。你父親總是那麼做。人家說他的女人只要開口，要什麼就有什麼：披肩、珠寶啦、為親戚安排工作啦……

沒錯，尼珥苦笑道：而且那些親戚即使被抓到盜用領地公款，也照樣領得到薪水。

你看，她用指尖撫摸他的嘴唇。他知道愛情的價值。

他說：不像我——我知道。以霍德家族的後裔而言，尼珥的生活方式確實算得上省吃儉用：他只乘一輛雙駕馬車，在家族豪邸中也只住一排廂房。他遠不像父親那麼縱情酒色，只擁有艾蘿凱西一個情婦——但他對她的愛憐卻毫無保留，他對妻子的感情反倒不曾超過傳統丈夫的責任

妳不明白嗎，艾蘿凱西？尼珥有點悲傷地說：過我父親那種生活要花很多錢——超出我們的產業所能供應的錢。

艾蘿凱西忽然警醒，她眼中充滿興趣。你是什麼意思？大家都說你父親是全城最有錢的人。

尼珥全身僵硬。艾蘿凱西——不需要很深的池塘就能開出蓮花。

艾蘿凱西縮回雙手，坐起身。你想說什麼，她問道：解釋給我聽。

尼珥知道自己已經說了太多，所以微微一笑，把手伸進她的短上衣：沒什麼，艾蘿凱西。

有時他真的很想告訴她，他父親留給他多大的煩惱，但他太了解她，知道她一旦明白困境有多嚴重後，多半就會另謀出路。倒不是說她貪婪：正相反，從她對他的情意，他知道她對那些依賴她的人有強烈的責任感——與尼珥如出一轍。他很遺憾在父親這件事上說溜了嘴，因為現在就讓她緊張還為時過早。

算了，艾蘿凱西。那有什麼關係？

不，講給我聽，艾蘿凱西說道，把他推回枕頭靠著。加爾各答有個好心人警告過她，拉斯卡利領地有財務問題。當時她沒留心，但現在覺得真的有點不對勁，她可能必須重新檢討自己有哪些選擇。

艾蘿凱西再次要求：告訴我，這幾個月來，你一直那麼忙——你有什麼心事？

妳不需要擔心這些事，尼珥說——真的，無論發生什麼事，他一定都會保障她生活無虞：妳和那幾個女孩，還有妳的房子都很安全……

信差帕里莫的聲音打斷了他的話，他氣鼓鼓地跟那三個女孩爭執的聲音突然從走廊上傳來：他要求放他入內，她們卻堅決不讓步。

尼珥匆匆拉起床單，蓋住艾蘿凱西，向外喊道：放他進來。

帕里莫走進來，小心翼翼避開目光，不去看艾蘿凱西被遮蓋的身體。他向尼珥行過禮，說道：

王爺，船上的老爺說他們很樂意過來。日落後就到。

尼珥說：很好，帕里莫。就由你負責籌備，我要那些老爺受到像我父親在世時一樣的招待。這讓帕里莫吃了一驚，他不曾聽主人提出這樣的要求。但，王爺，怎麼做得到呢？他說：時間這麼短？拿什麼招待？

我們有香檳和紅酒，不是嗎？尼珥說：你知道該怎麼做。

艾蘿凱西等到門關上，才把床單掀開。這是怎麼回事？她問：晚上誰要來？你有什麼安排？

尼珥哈哈大笑，把她的頭摟到胸前。妳的問題真多——*báp-re-báp!*（我的天！）問夠了吧……

*

來自平底船的意外晚餐邀請，讓竇提先生喋喋不休地憶起往事。「哎呀我的天！」這位領航員跟賽克利一塊兒靠在甲板欄杆上時說：「拉斯卡利的老王：我可以給你講幾個他的故事——我給他取了個綽號叫拉屎狗大王[6]」他用手杖敲著甲板笑起來。「說起那個黑鬼，著實夠氣派！本地人當中就數他最出色——成天忙著喝他的酒、玩他的女人、開他的宴會。城裡沒人擺得出他那種排場。鏡廳被燈燭照耀得一片輝煌。真是僕從如雲啊。裝在外包柳條籃瓶子裡的法國紅酒，一大瓶一大瓶的冰鎮香檳。還有咖哩！從前拉斯卡利有全城最好的廚房。完全不用擔心在他家餐桌上吃到爛菜，也不會出現魚乾。砂鍋和香料飯已經夠好了，但我們這群老鳥，我們會留著肚皮吃咖哩海鮮和炒菠菜。他家的宴席真精彩，我告訴你啊——注意聽著，晚餐不過是個開始，真正好戲在後頭，在跳舞廳。那布置又讓人嘆為觀止！一排排椅子是給白人老爺和夫人們坐的。坐墊和靠枕是為本地人準備的。印度紳士抽他們的水煙，英國老爺點起他們的蘇門答臘雪茄。舞孃轉呀轉，打手鼓的小伙子拍呀拍。哎呀，那個老色鬼對豔舞真有獨到的研究。而且他是個狡猾的小惡魔，那個拉屎狗大王，如果他看到你瞄向哪個舞孃，就會派個僕人過來，打躬作揖，一副無害的樣子。人家還以為你是吃多了山珍海味，需要有人帶你去方便。誰知你去的不是廁所，而是鑽進一個隱密的小房間，在那兒跟你的小舞孃親熱。而在場的夫人沒一個知情——這下可好，你的公雞跑到一個好姑娘下面的草叢裡，讓你在黑莓叢裡大快朵頤。」他吁出一聲懷舊的嘆息。「唉，多豪奢的宴會，當年拉屎狗的盛宴。要找樂子再沒有比那更好的地方。」

賽克利點點頭，好像每個字都聽懂了似的。「所以我想，竇提先生，你跟他很熟囉——我們今晚的主人？」

「不是他，我認識他父親。這個年輕人比起他老頭，就像爛木頭跟桃花心木一樣，沒一點相像。」領航員不滿地哼一聲。「瞧，我最受不了的就是只會咬文嚼字的本地人：他父親就不會挺著船頭三角帆橫衝直撞——無論如何也不讓人看見他讀書。但這個小的，端著那架子——一個毫無自知之明的傻瓜。他又不是真正的貴族，你得知道，拉斯卡利自稱王爺，實際上不過是個有頭銜的鄉紳——因為效忠英王得到的賞賜罷了。」

竇提先生嗤之以鼻。「這年頭，普通人有個一、兩畝地，就自以為是大王了。聽這傢伙嘮叨，你會以為他是波斯皇帝。等你聽這狗娘養的用英文扯淡吧——活像聽猴子朗誦《倫敦時報》。」他樂得咯咯笑，擰著手杖把柄打轉。「今晚除了可以大吃一頓，這件事也很值得期待——就是看猴把戲。」

6　竇提是拿 Raskhali Raja（拉斯卡利王爺）與 Rascally-Roger（流氓作風的）發音相近，亂取綽號嘲弄。

他頓了一下，用力對賽克利擠擠眼。「我聽來的消息，這拉屎狗恐怕不久就會受到教訓。據說他的卡札納（cuzzanah）快空了。」

賽克利再也無法硬裝聽懂。他皺起眉頭說：「卡—卡札納？又來了，竇提先生，我不知道這個字什麼意思。」

這種不懂事的回應雖無惡意，也替賽克利招來一頓好罵。領航員說：賽克利不應該再表現得像頭辜達（gudda）——「意思是笨驢，如果你不知道的話。」這兒是印度，白人老爺被當作初出茅廬的笨蛋是沒好處的；要是對周遭發生的事全都莫名其妙，完蛋的速度保證飛快。這兒可不是巴爾的摩——這是個叢林，草叢裡有大蟒蛇，樹上有猴子。如果他，賽克利，不想受人矇騙，當傻瓜，就得學幾個祖本（zubben），讓本地人知道他的厲害。」

這番告誡的口氣雖然嚴厲，卻又帶著師長的寬容，所以賽克利鼓起勇氣，詢問「祖本」是什麼意思，領航員聽罷，耐心地嘆口氣：「所謂祖本，親愛的孩子，乃是東方國家的俚語。你花點心思，很快就能上手。不過就是拿黑鬼詞彙加些三字經。不過你得留意，烏爾都語和印地語都不能說得太純正，千萬別讓人以為你被本地人同化了。說話時千萬不可矯揉造作。別讓人把你當奇奇（chee-chee）。」

賽克利再次搖頭，十分絕望。「奇奇？這又是什麼，竇提先生？」

竇提先生挑起眉毛示警。「英印混血？歐亞混血？四分之一？八分之一？一點點有色人種血統……懂我意思嗎？絕對不可以，親愛的朋友，白人老爺不跟這種人同桌。我們到了東方，會特別在意這種事。要保護夫人們哪，你知道。男人家偶爾拿筆沾點黑墨水，那是一回事。但我們可不能把野狼放進雞舍裡。萬萬不行，那種事會讓人挨頓鞭子的。」

這番話聽起來不簡單，帶有某種暗示，使賽克利忽感不安。過去兩天來，他逐漸喜歡上竇提先生，從他作威作福的語氣和滿臉橫肉底下，看到一顆和善，甚至可說慷慨的心。但現在這位領航員似乎拐彎抹角地警告他，叮嚀他小心。

賽克利敲敲欄杆，轉身說：「恕我失陪，竇提先生，我最好去換套衣服。」

領航員頷首同意：「沒錯，我們是該裝扮一下。幸好我記得帶了套乾淨內衣褲。」

賽克利把話送到甲板室，不久阿里就來到他的艙房，帶來為他挑選的衣服，攤在床上讓賽克利檢查。拿別人的好衣服打扮自己的快感已經消失，賽克利看到床上的衣服，心頭不爽：上等嗶嘰呢藍色燕尾外套，細棉布黑長褲，硬挺的棉襯衫和白色真絲領巾。「夠了，夠了，阿里。」他厭煩地說：「我不扮大人物了。」

阿里突然變得非常堅持。他拿起長褲在賽克利面前比劃。「一定穿。」他聲調柔和，但毫不讓步。「現在西古利馬浪是了不起的大老爺。一定穿對衣服。」

他這句話的情緒非常強烈，令賽克利困惑。「為什麼？」他問：「他媽的為什麼這件事對你那麼重要？」

「馬浪要像大老爺。」水手長說：「所有船工都要馬浪有一天當船長。」

「嗄？」

此話一出，賽克利靈光乍現，他突然明白自己的轉變為何對水手長如此重要。他要達到一個任何船工都到不了的地位——「自由水手」，他們都這麼稱呼大副。在阿里和他手下心目中，賽克利幾乎就是他們的一份子，卻同時擁有力量扮演他們永遠高攀不上的角色；他們希望他成功，不僅是為了他自己，也為了他們大家。

體會到這份責任是多麼沉重，賽克利一屁股坐在床上，摀住自己的臉。「你這是痴心妄想。」他說：「六個月前，我只不過是船上的木匠。當上二副已經是交了天大的好運。船長就甭提了，我沒那種本事，不可能的；不會有那麼一天，休想！」

「可以的。」阿里把襯衫遞給他。「有一天，可以的。西古利馬浪頭腦聰明。可以做紳士的。」

「你憑什麼以為我可以？」

「西古利馬浪很會說話，不是嗎？」阿里說：「聽過西古利馬浪跟竇提先生像白人老爺一樣說話。」

「什麼？」賽克利訝異地看他一眼。阿里竟然注意到他有變化口音的能力，讓他心頭一驚。確實他在有必要時，談吐可以像上過大學的律師一樣靈巧：從前他母親在主人（他的生父）宴客時，會安排他在桌邊伺候不是沒有原因的。但他表現得太做作或骨頭輕時，母親也沒少打過他；看兒子這樣裝腔作勢，她在墳墓裡也一定輾轉反側。

「只要官校生願意，總有一天變成大紳士。」

「不行。」一直聽他擺布的賽克利這次不屈服了。「不行！」他說著，把阿里推出艙房。「不能再胡鬧下去，我不幹了。」他往床上一倒，閉上眼睛，許多個月來第一次，他審視自己的內心，越過汪洋大海，回到巴爾的摩的嘉迪納造船廠。他眼前浮現那張被尖橇打得眼珠爆裂、頭皮綻開的臉，黝黑皮膚上淌滿滑膩膩的鮮血。他記憶中，一切彷彿再次發生，佛瑞迪·道格拉斯被四名白人木工包圍；他還記得那咆哮：「宰了他，宰了這該死的黑鬼，敲出他的腦漿。」他記得自己和其他與佛瑞迪不同、擁有自由之身的黑種人都瑟縮一旁，大家被恐懼綁住，不敢伸出援手。他也記得事發後佛瑞迪說的話，不但沒有責備他們為何不來保護他，反而鼓勵他們離開、逃走。「那跟工作有關，白人不要跟你們一起工作，管你們是自由人還是奴隸，就是不讓你們搶他們飯碗。」所以賽克利決定從船廠辭職，到船上工作。

賽克利從床上起身，開了房門，發現水手長仍舊等在門外。「好吧。」他疲倦地說：「我讓你回來，不過最好把你要做的事盡快做完，趁我還沒改變主意之前。」

賽克利剛換好衣服，就聽見一連串喊聲在岸上與船上互相呼應。幾分鐘後，竇提來敲他的艙門。他扯開大嗓門：「哎呀，我說，孩子啊！你絕不會相信，大老闆親自來了，勃南先生本人耶！從加爾各答快馬加鞭趕來，等不及要看他的船。我已經派了小艇去接他。他已經在小艇上，要過來了。」

領航員瞇起眼，盯著換上一身新衣的賽克利。他悶不吭聲，上下打量，仔細檢查服裝。然後他用手杖重重敲了一下甲板，宣稱：「有水準，小伙子！你這身打扮，就連紅頭軍[7]看了都會自慚形穢。」

「很高興通過您的檢閱，先生。」賽克利一本正經答話。

賽克利聽見阿里在不遠處低聲說：「我怎麼告訴你的？現在西古利馬浪不就是頂尖大老爺了嗎？」

---

7 kizzilbash是十三世紀到十八世紀效忠伊朗國王的伊斯蘭教什葉派部隊，因頭巾上有奇特的紅色裝飾而得名。

3

卡魯瓦住在皮匠村，一大片陋屋住的都是他這種階級的人。進這種村子，對狄蒂和凱普翠而言很不方便，幸好卡魯瓦的房子在外圍，距離往加齊普爾的大路不遠。狄蒂曾經從那兒經過很多次，常看見卡魯瓦趕著車隆隆駛過。她覺得，他住的那種地方，說是茅屋還算抬舉了，根本就是個牛圈。她走到叫聲能及的距離，就停下腳步喊道：*Ey Kalua? Ka horahelba?*（喂，卡魯瓦？你在做什麼？）

喊了三、四遍都沒有回應，她便撿起一塊石頭，瞄準沒有門的入口扔去。石頭消失在沒點燈的黑暗中，發出噹一聲，讓她知道命中了一個水壺或其他陶製品。*Ey Kalua-ré!*（喂，卡魯瓦欸！）她再次喊道。這次屋裡有個東西動了起來，然後門口周遭的黑暗加深，最後卡魯瓦低頭躬腰走了出來。為他拉車的兩頭白色小公牛，彷彿為了肯定狄蒂覺得他住在牛圈的想法，也緊跟在他身後走出來。

卡魯瓦長得罕見的高，體格強壯。在任何市集、節慶或集會，總能看見他高高矗立在眾人之上——就連踩在高蹺上的賣藝人，大多也沒他高。但他之所以贏得卡魯瓦（黑炭）這綽號，與體型無關，而是因為膚色。他的皮膚像上了油的磨刀石，有種打磨過的光澤。據說卡魯瓦小時候愛吃肉，怎麼也吃不夠，家人只好給他吃臭肉。他們從事製革這行，專門收集死牛屍體，卡魯瓦龐大的身軀據說就是用來路不明、殘缺不全的牛屍上的腐肉養出來的。但也有人說，卡魯瓦長了身體但不長心，他思路遲鈍、單純、容易相信別人，就連小孩也能佔他便宜。他太容易上當，父母去世後，他的兄弟和其他親戚不費什麼力氣，就把他應得的一份菲薄遺產騙個精光；但即使被逐出家門，只能在牛圈裡自謀生計，他也不抗議。

就在這時，卡魯瓦得到意外的助力：加齊普爾一個極具聲望的地主家族，有三位少爺沉迷賭博。他們最喜歡的消遣就是在摔角和其他類型的角力競賽中下注，所以一聽說卡魯瓦力大無窮，他們就派了輛牛車，把他接到市郊的別墅。他們對他說，卡魯瓦老弟，如果給你一樣獎品，你想要什麼？

卡魯瓦抓了半天頭皮，謹慎地考慮許久，終於指著那輛牛車說：大人，我想要一輛那樣的牛車。我可以靠它謀生。

三位少爺一齊點頭說，只要好好發揮他的力量，贏得比賽，就能得到那牛車。接下來幾場摔角比賽，卡魯瓦都贏了，輕輕鬆鬆打敗了當地的摔角好手和壯丁。年輕地主賺了不少錢，卡魯瓦也很快就拿到報酬。但牛車一到手，他就沒興趣再打——這並不意外，因為大家都知道，他生性羞怯和善，最大的野心不過就是用車子載貨載客藉以謀生罷了。但卡魯瓦逃不過盛名之累，他的表現很快傳入瓦拉納西大王陛下尊貴的耳中，他表示要看加齊普爾的勇士跟他宮廷裡的冠軍比賽。

一開始，卡魯瓦猶豫不決，但地主既哄又騙，軟硬兼施，甚至威脅要沒收他的車和牛，所以他們還是去了瓦拉納西，在神佑宮前面的大廣場上，卡魯瓦吃下生平第一場敗仗，比賽開始沒幾分鐘，就被打得人事不省。大王看得很滿意，聲稱由此可見，摔角不只是靠蠻力，也需要智慧——尤其後面這一項，加齊普爾永遠趕不上瓦拉納西。最後整個加齊普爾都抬不起頭，卡魯瓦顏面盡失地回家。

但過了不久，就傳出卡魯瓦為何落敗的另一種說法。據說，那三個年輕地主帶卡魯瓦到瓦拉納西時，受當地淫穢風氣誘惑，決定安排卡魯瓦跟個女人交合，以此當作一場絕妙的遊戲。他們邀了幾個朋友一起下注：找不找得到一個願意跟這巨人，這頭兩條腿的野獸上床的女人？他們到妓院裡，召來名妓希拉白。一群經過挑選的觀眾躲在大理石屏風後旁觀，卡魯瓦被帶到她面前，全身只圍一條白棉布丁字褲。希拉白原本期待的是什麼？沒人知道——但據說她一看到卡魯瓦就開始尖叫：這頭野獸應該跟母馬交配，女人不行呀……

人家說，就是這場羞辱，害得卡魯瓦在神佑宮落敗。這則故事傳遍了加齊普爾的大街小巷與碼頭。

很多人拍胸脯保證這故事千真萬確，狄蒂也是其中之一。事情是這樣的：有天晚上，狄蒂服侍丈夫吃過晚餐，發現家裡的水不夠用：而髒盤子留過夜會引來亡魂、食人魔和飢餓的食屍鬼。但管他的：那是個明亮的滿月之夜，恆河就在不遠處。她挽起一個壺，穿過齊腰高的罌粟，走向銀光閃閃的河邊。就在她即將走出罌粟田，踏上河畔沒有樹木的沙岸時，忽然聽見馬蹄聲傳來。她望向左側往加齊普爾的方向，就著月光看見四名男子騎馬向她馳來。

落單女子碰上騎馬的男人，註定會惹上麻煩，而且一來就是四個，其危險不問可知。狄蒂不假思索，立刻躲進罌粟田裡。騎士更接近時，她發現自己看錯了：騎馬的只有三個，第四人徒步跟在後面。她本以為最後那人是馬夫，但當他走得更近，她發現他脖子上套著繩索，像匹馬一樣被牽著走。因為他長得高大，所以她才誤會他也騎著馬。這下她就知道，來者一定是卡魯瓦，同時也認出那幾名騎士，因為加齊普爾的每個人都熟知他們的臉：就是那三個愛好運動的地主。她聽見三人之一對其他人喊道——就這兒吧，這地方好，附近沒人——聽他的聲音，她知道他喝醉了。他們幾乎都騎到她身旁才跳下馬；三匹馬中，他們把其中兩匹綁在一起，放牠們到罌粟田裡找東西吃。第三匹是匹高大的黑色牝馬，他們把這頭畜生牽到同樣被繩子牽著的卡魯瓦面前。她忽見卡魯瓦雙膝落地，抱著地主的腳，抽抽搭搭哭道：*Mái-báp, hamke máf karelu,* 原諒我啊，主人……不是我的錯……

但只換來一陣狂踢與咒罵：

……你是故意輸的，是不是，*dogla*（混蛋）？

……你知道你害我們損失多少錢……？

……現在，把希拉白說的事做給我們看看……

他們拖著卡魯瓦的頸繩，強迫他站起來，把他推向母馬掃動的尾巴。其中一人把鞭子插進卡魯瓦的棉布丁字褲摺縫，手腕一翻，用力一抖就掉了下來。然後，他們一人拉著馬，其他人用鞭子抽打卡魯瓦的背，強迫他把下體緊貼著馬臀，卡魯瓦哀哀慘叫，聲調跟馬嘶雷同。讓地主們愈發覺得有趣。

……瞧，這狗日的連聲音都像匹馬……

……*Tetua dabá dé*（擠乾他的卵泡吧）……

母馬忽然一甩尾巴，屙出一堆大便，馬糞稀哩嘩啦潑灑在卡魯瓦的小腹和大腿上。三個地主更加興奮，縱聲大笑。其中一個把鞭子插進卡魯瓦的屁股說：來呀，卡魯瓦！你怎不跟著做？

從新婚之夜起，狄蒂心頭一直縈繞著自己遭受玷辱的畫面。現在她在罌粟田的庇護下旁觀，必須咬緊自己的掌緣，才不至於叫出聲。原來這種事也會發生在男人身上？就連一個力大無窮的巨人也會受到羞辱，被遠超出所能承受的痛苦摧殘？

她迴過眼，望向那兩匹吃草的馬，牠們在罌粟田裡隨處遊走，現在離她很近。再走過來一步，她就能摸到牠們身側。不消一會兒，她就找到一個花瓣已掉落的罌粟豆莢；原來生長花瓣的部位，留下一圈乾硬而鋒利的尖刺。她悄悄向其中一匹馬爬去，嘶聲發出低吼，把帶刺的豆莢插在牠兩道肩胛骨中間隆起的鬐甲上。那匹馬縱身躍起，像被毒蛇咬了一口，狂奔而逃，把跟牠綁在一起的同伴一塊兒拖走。這匹馬的驚慌立刻傳染給那匹黑色牝馬；牠掙脫韁繩奔跑，後腳一踢，正中卡魯瓦胸口。三個地主莫名其妙呆站了一會兒，便分頭去追馬，丟下被踢昏的卡魯瓦，全身赤裸、沾著糞便躺在沙堤上。

狄蒂花了一段時間，才鼓起走上前看個清楚的勇氣。確定那群地主真的走了以後，她爬出藏身處，蹲在昏迷的卡魯瓦身旁。他躺在暗影中，看不出還有沒有呼吸。她伸出一隻手，打算摸他胸口，卻又立刻縮回。試想，觸摸一個赤裸的男人已經夠糟了——而且是卡魯瓦這種身分的男人，豈不是自討苦吃？她偷偷往四周張望，然後就像蓄意違抗現下看不見的世界似的，她伸出一隻手指，點在卡魯瓦胸膛上。他咚咚跳的心臟讓她心頭一寬，趕緊收回手指，準備他一有睜開眼的徵兆，她就要衝回罌粟田裡。但他眼睛緊閉，身體安詳地躺著動也不動，讓她不怕進一步探索。她現在看出，那麼大的塊頭是騙人的，其實他很年輕，上唇只有少許羽毛般輕柔的鬍鬚；倒在沙堆中的他，不再是那個每天到她家兩趟，不說話且躲躲閃閃、唯恐被人看見的黑巨人。他只是個倒地的男孩。看到他腰間沾滿糞便，她的舌頭不由自主發出嘖嘖聲；她到河邊拔來一把蘆葦，拭去他身上的污穢。他的丁字褲扔在一旁，白生生映著月光，她也把它拿過來，一絲不苟地攤開鋪平。

就在她將丁字褲蓋在他身上時，目光不由得被他裸露的下體引了過去——方才，即使在為他清理身體時，不知怎地，她就有辦法對它視而不見。她從不曾在清醒狀態下，與男人身體的這個部位這麼接近，現在卻情不自禁瞪著它看。她既害怕又好奇，彷彿再次看見新婚之夜的自己。她的手好像有自己的意志，悄悄伸了出去，放在上面。她難以置信地發覺它只是一塊軟軟的肉，但她逐漸習慣他的鼻息後，注意到它微弱的騷動與膨脹，突然間她有如大夢初醒，意識到自己的家人和整個村子都在背後，看著她坐在這兒，如此親密地把手放在這男人身上最不可碰觸的位置。她把手縮回，趕緊跑回田裡，躲進罌粟叢，像原先那樣靜靜等待。

時間好像過了很久，卡魯瓦才慢慢站起身，查看自己的身體，似乎十分驚訝。然後他把丁字褲圍好，蹣跚走開，一臉的困惑讓狄蒂確定——或者該說幾乎確定——她在場時，他真的沒有意識。

那是兩年前的事，但印象還很鮮明，那晚的事在她記憶中烙下罪惡感的痕跡。經常，當她躺在抽足鴉片，神智恍惚的丈夫身旁，那一幕景象就在心頭重演，細節更鮮明，某幾個特殊畫面一再出現——她雖極力把意念轉移到其他方面，這一切卻仍未得允許便逕自出現。如果她認為卡魯瓦也能看到同樣的畫面，擁有同樣的回憶，一定會覺得更加不安——但截至目前，都看不出他對那晚的事有任何記憶。儘管如此，殘留的疑慮依舊無法消除，從那天起，她便極力避免接觸他的視線，只要他在附近，就一定用紗麗把臉遮住。

所以現在狄蒂躲在褪色的紗麗後方，觀察卡魯瓦的一舉一動，心頭不免忐忑。她密切監視他對她的出現做何反應，打摺布料把她熱切的專注遮得密不通風。她知道，只要他的眼神或表情洩露自己知道或記得那天晚上那件事發生時她在場，她除了轉身走開，就再沒有別的選擇；這種尷尬強烈到不可能忽視，不僅那群地主對付他的行徑太惡劣——如果他知道有人目睹的話，那種恥辱是能毀掉一個人的——她自己無恥的好奇心（即使真只是那麼單純）也成了問題。

但見到她似乎沒在卡魯瓦呆滯的眼神中激起火花，狄蒂不禁鬆了口氣。他巨大的胸膛裹在一件褪到沒有顏色可言的背心裡，腰間照例圍著那件骯髒的棉布丁字褲——他的牛在摺縫裡撈草屑和草料吃，他站在破房子前面，不安地把身體重心在兩條柱子般的腿上移來移去。

什麼事？最後他用沙啞的聲音漫不經心地問，她終於確定，即使他曾對那一晚有一點點記憶，也老早遺失在那遲鈍、單純的腦子裡了。

是這樣的，卡魯瓦，她說：我的男人在工廠裡病了，我得把他接回來。

他歪著腦袋，考慮了一會兒，然後點頭說：好，我去接他。

她恢復了信心，取出預備好的小包，拿在手中：但我只能付你這個，卡魯瓦——要更多也沒有。

他瞪著看：那是什麼？

她明快地說：是鴉片，卡魯瓦。每年到這時節，一般人家裡除了這個還會有什麼？

他笨重地挪動腳步，向她走來，於是她把小包放在地上，快步後退，緊緊把女兒拉在身旁。在光天化日下，她不能想像與卡魯瓦發生任何接觸，即使只是傳遞一件無生命的物體。但她小心監視，看著他撿起那個花瓣紙包，嗅嗅裡面的東西；她突如其來地想到，他是不是也吸鴉片呢——但她立刻屏除這個念頭。他有什麼嗜好，又關她什麼事？他只是個陌生人，又不是她丈夫。然而當他把那團東西分成兩份，分別餵給兩頭牛吃，她卻莫名地覺得慶幸。他替牛套上軛頭時，牠們滿足地咀嚼，牛車駛到她身旁，她跟女兒一起爬上去，面對後方而坐，腳掛在車外。就這樣，他們各自坐在竹製車板兩頭，前往加齊普爾，他們的距離遠到即使最愛搬弄是非的人，也造不出謠言和譴責的理由。

*

同一天下午，加齊普爾東方五百哩處，阿薩德．納斯卡（大家都叫他的綽號「喬都」）也正要踏上與朱鷺號迎面相遇，並進入狄蒂神堂的旅程。那天稍早，喬都在納斯卡帕拉村葬了母親，用身上最後一枚銅板，請一位法師在新墳上唸一段古蘭經。這村子距加爾各答約十五哩，濱臨蘇達班河，深藏在連綿不盡的泥濘與紅樹林中。說它是村，實則不過幾間茅屋，簇擁著一、兩代前讓村民改信伊斯蘭教的那個蘇非派行腳僧的墳墓。若非這個行腳僧的神壇，這座小村很可能早已被泥濘埋沒，因為它的居民沒有在同個地方停留太久的習慣。他們大多在水上漂泊謀生，從事船夫、梢公、漁夫等行業。但他們生性謙卑，沒什麼人有到遠洋船舶上找工作的野心或衝動——會這麼做的少數，也都不像喬都那麼渴望成為船工。要不是因為母親健康欠佳，他老早就離開這村子了，因為以他家的境況，一旦他不在，母親就完全無人照顧。她生病期間，他表面不耐煩但充滿柔情地照顧她，盡其所能讓她在最後這段時間過得舒適，現在他只須為她做最後一件事，然後就能自由自在，可以去碼頭找那專為遠洋船召募船工的水手長了

喬都也是船夫之子，而他現在已自覺不再是個小孩，一夕之間，他下巴的毛髮茂盛到必須每週上理髮店。但身體的變化如此突然，且來勢洶洶，他還沒來得及適應。彷彿他的身體是座冒煙的火山，剛從海中升起，仍然有待探索。他左眉上方有道小時受傷留下的紀念，疤痕很深，皮膚整個翻開，從遠處看來宛如長了三道眉毛。這處破相賦予他的相貌一個奇怪的特徵，多年後，他進入狄蒂的神堂時，她就用這個特徵來代表他：一個內有三條稍微彎折斜線的橢圓形。

喬都多年前繼承自父親的那條小船做工很拙劣，就只是幾根用麻繩綑起的挖空樹幹。母親下葬後幾小時，喬都就把戔戔幾件剩下的物品裝上船，準備前往加爾各答。河流在後推送，沒多久就抵達通往市區碼頭的運河口。這條狹窄的水道是個有生意眼光的英國工程師最近才開挖出來的，叫作「托利先生的運河[8]」，為了進入河道，喬都不得不把最後幾枚銅板都交給收費站管理員。運河雖窄，交通卻始終繁忙，喬都花了兩小時才穿過市區，通過迦梨河階和阿里埔爾監獄陰森的圍牆。進

8 Mr. Tolly's Nullah是將既有的溪流拓寬、延長，銜接孟加拉數條河流，形成交通網，使廣大腹地得以加爾各答為主要出海口。拓寬工程由任職東印度公司的軍官威廉．托利主導，因此得名。這條何因缺乏保養，年久失修，目前已乾涸。

入胡格利河擁擠的水道後，他周圍忽然冒出不計其數的船隻——滿載的舢舨和輕快的筏子、高大的雙桅船和小巧的篷船，速度極快的大帆船和搖擺不定的小木船；有張著搶眼大三角帆的阿拉伯式單桅船，也有甲板分成好多層的安德拉駁船。在這麼擁擠的地方掌舵，難免發生擦撞，每次他都要捱水手長或領班、掌帆長或甲板長一頓好罵；有個脾氣不好的廚子拿了桶餿水潑他，一個下作的舵手伸出拳頭對他比了個猥褻手勢，喬都模仿他聽熟了的高級船員吆喝——「想幹什麼？住手！」——讓那班船工對他流利的模仿瞠目結舌。

在與世隔絕的鄉下住了一年後，再次聽到港口的聲音，不絕如縷的髒話、謾罵、嘲弄與勾搭，讓他心情大振——看著船工在索具間盪來盪去，也讓他手癢，很想摸摸那些繩子。望向岸邊，他的目光不斷從齊德埔的倉庫與棧房轉往渥特岡的曲折巷弄，那兒有坐在妓院門口階梯上塗脂抹粉，準備迎接夜晚的女人。現在她們會對他說什麼？這些曾經嫌他太年輕，笑著趕他走的女人？

過了基德先生船塢，水上交通鬆動了點，喬都輕鬆地把船停在布特河階的堤岸旁。這一帶隔著胡格利河與皇家植物園遙遙相望，植物園的員工經常利用這段河階。喬都知道他們的船不久就會來這兒停靠，果然，不到一小時，就有艘船載來一位年輕的英國助理館長。掌舵船夫身穿紗籠，是喬都的熟人，那位英國老爺一下船，他就把自己的船划過去。

船夫一眼就認出他來：*Arré Jodu na?*（這不是納斯卡家的喬都嗎？）

喬都問候道：你好，大叔。是我，沒錯。

你到哪兒去了？船夫問道。你母親呢？你離開植物園一年多了吧。大家都想知道……

我們回老家了，大叔。喬都說道：我們老爺去世後，我母親不願留下。

我聽說了，船夫說：還聽說她病了。

喬都點點頭，垂下腦袋說：她昨晚去世了，大叔。

Allah'r rahem! 船夫閉上眼睛，喃喃說：願神憐憫她！

Bismillah...（奉阿拉之名……）喬都跟著祈禱，然後說：聽我說，大叔——我來這兒是為了我母親：她去世前囑咐我，一定要找到蘭柏老爺的女兒，寶麗小姐。

當然，船夫說：那女孩就像你母親的女兒，從來沒有一個褓姆會為孩子付出那麼多的愛。

……但你知道寶麗小姐在哪兒嗎？我已經一年多沒見到她了。

船夫點點頭，指著河的下游。她住的地方離這兒不遠。她父親去世後，就被一個富有的英國家庭收養。要找她，你得去芳園洲。打聽一下勃南老爺的宅邸，他家花園裡有座綠頂涼亭。看到它你就知道了。

喬都很高興這麼容易就達成目標。*Khoda-hafej khálaji!*（大叔，願神指引你！）他揮手道謝，便把槳從泥濘中拔出，用力撥轉船頭。划開時，他聽見那船夫興奮地對周圍的人說：看見那孩子的船嗎？寶麗小姐——就是那法國人，蘭柏老爺的女兒——是在那艘船上出生的。

這故事喬都聽好多人講過，聽了好多遍，以至他覺得彷彿親眼目睹整個過程。他母親總說，這是他的宿命，導致了全家的命運發生如此離奇的轉變——要不是因為她即將臨盆生下喬都而決定返鄉，寶麗就不會進入他們的人生。

事情發生在喬都出生後不久，他的船夫父親划船來接回娘家生產的妻兒。他們來到胡格利河上，突然起了強風。當時天色將晚，喬都的父親決定，這種時刻不宜冒險過河，在岸邊過夜，早晨再走比較安全。船沿著河岸慢慢前進，終於來到皇家植物園的磚砌提防。還有比這條牢靠的河階更好的過夜處嗎？就在這兒，停好船，吃過晚餐，他們安頓下來，等黑夜過去。

才睡下沒多久，就有一陣嘈雜聲把他們吵醒。出現了一盞燈籠，接著是一張白種男人的臉：這位老爺探頭到船上的茅草棚裡，慌張地說了一堆沒頭沒腦的話。顯然他在擔心某件事，所以他的僕人出面說明事態緊急時，他們並不意外；這位老爺懷孕的妻子陣痛得很厲害，亟需一位白人醫生；但河的這頭沒這種人，所以得送她去對岸的加爾各答。

喬都的父親抗議道，月黑風高，波浪洶湧，他這種小船過不了河。老爺最好找艘大型遊艇或平底船——任何船員多、划槳多的船都行；植物園難道沒有幾艘這樣的船嗎？

有是有，對方答道：植物園確實配備了一支小船隊。但運氣不好，當天晚上所有船都不在。園長徵用了全部船隻載他的朋友去參加加爾各答交易所的年度舞會。目前河階上只停了這麼一艘船，如果他們不肯去，那就是兩條人命——母親和孩子都活不了。

喬都的母親不久前才體驗生產的痛苦，對這位老爺和他夫人的絕望感同身受，便為他們幫腔，哀求丈夫接下這趟任務。但他仍然搖著頭，直到收到一枚價值比小船還高的銀幣，這才屈服。這令人無法抗拒的誘因終於達成交易，法國女人被擔架抬到船上。

只消看一眼孕婦的臉，就知道她有多痛苦。他們立刻出發，駛向加爾各答的巴布河階。雖然天黑風大，選擇航向卻毫無困難，因為正舉行年度舞會的加爾各答交易所燈火通明，從河上看得一清二楚。但他們一離開岸邊，就覺得風勢更強，波浪更猛，不久小船就被風浪打擊得連擔架都放不穩。隨著船身搖晃愈加嚴重，婦人的狀況也不斷惡化，船到河中央時，她的羊水忽然破了，開始進入產前陣痛。

他們立刻回頭，但這時距離河岸已經很遠。老爺全心全意都用來安慰妻子，接生這事他又幫不上忙。結果是喬都的母親咬斷臍帶，擦掉小女孩身上的血。她讓自己的孩子喬都光溜溜躺在船底，拿他的毛毯包起小女孩，把她送到垂死的母親身旁。孩子的小臉蛋是夫人最後看到的畫面，她在他們回到植物園之前就因失血過多而死。

傷心欲絕的老爺精神渙散，根本沒法照顧尖聲哭嚎的嬰兒。喬都的母親把孩子抱在胸前，讓她安靜下來，真令他鬆了口氣。回程路上，他提出另一個要求——船夫一家人能否留下，直到他請到褓姆或奶媽為止？

除了答應，他們還能說什麼？事實上，喬都的母親從第一晚開始，就覺得離不開那個小女孩。她從把孩子抱在胸前開始，就敞開了自己的心。從那天開始，她就好像擁有不只一個，而是兩個孩子：兒子喬都和女兒菩特麗——意為「洋娃娃」——這是她把那女孩的名字本土化的方式。在多種語言紛陳的教養下長大的寶麗，則稱呼她的褓姆「阿姨媽」。

喬都的母親就這樣受雇於不久前才來到印度，擔任加爾各答植物園助理園長的彼埃．蘭柏。他們本來有個協議，她只做到找到替代者為止——但不知怎麼回事，似乎就是沒人能替代她。沒經過正式手續，喬都的母親自然而然就成了寶麗的奶媽，兩個孩子打從嬰兒時期就頭靠著頭，抱在她懷裡。喬都的父親縱然反對，也因助理園長替他買了艘更新、更好的船而打消念頭。他不久就回納斯卡帕拉生活，留下老婆和孩子，卻帶走了新船。從那時起，喬都和母親除了月初她領薪水時，就很少見到他；靠著從她那兒要到的錢，他再婚，生了一大群小孩，喬都每年跟這些同父異母手足見面兩次，都是在他心不甘情不願回納斯卡帕拉過節[9]的時候。但那個村子對他而言始終不及蘭柏別墅

9 'Id festivals意指伊斯蘭教的兩大節日，伊斯蘭曆十月一日的開齋節（Id al-Fitr）與伊斯蘭曆十二月十日的大節（Id al-Adha，又叫宰牲節）。

來得像家，他在這兒是寶麗小姐最喜歡的玩伴，扮家家酒時的駙馬爺。

說到寶麗，她學會的第一種語言是孟加拉語，吃到的第一種食物是喬都母親煮的米飯和扁豆飯。穿衣服方面，她喜歡紗麗遠超過背心裙——他對鞋子完全沒耐心，寧可像喬都一樣，打著赤腳在花園裡遊走。整個童年時期，他們可說形影不離，因為只要喬都不在她房裡，她就不肯睡也不肯吃。別墅區還有另外幾個小孩，但只有喬都可以任意進出主屋和各間臥室。喬都從小就知道，這是因為他母親跟雇主的關係特殊，有時她會留在他那兒直到夜深。但他和菩特麗從不討論這件事，只當它是他們這個特別的家庭裡又一樁與眾不同之事——因為與自己的族人不相聞問的不僅喬都和他母親而已；寶麗和她父親在這方面表現得更決絕。白種男女幾乎從不到他們的別墅，蘭柏父女也不參與加爾各答繁忙的英國社交圈。這法國人只會為他所謂的「公事」過河，此外全副精神就都放在他的植物和書本上。

喬都比他的玩伴世故，看得出寶麗和她父親跟其他白人老爺合不來；他曾聽說，蘭柏一家來自一個經常與英國作戰的國家。最初他以為，這是他們與人格格不入的原因。但後來，他跟寶麗分享的祕密具有更深刻的意義後，他逐漸了解，蘭柏家與英國人的差異不僅這一項。他得知彼埃・蘭柏之所以離開自己的國家，乃是因為年輕時參加過一場對抗國王的叛變；但有頭有臉的英國社交圈對他避之唯恐不及，則是因為他曾公開否定上帝的存在，也不承認婚姻的神聖。這男孩覺得這些事都沒什麼了不起——如果這些觀點能把其他老爺隔離在他們這個家之外，他其實高興還來不及呢。

但這兩個孩子逐漸疏遠，倒不是因為年齡或老爺圈繁文縟節的干擾：寶麗不知從什麼時候開始閱讀，然後就再也沒有足夠的時間做其他事。喬都卻一學會節讀文字的祕密後，就對它興趣全失。他的天性讓他受到水的吸引。他爭取到父親的舊船（寶麗出生的地方），十歲時就會划船，不僅充當蘭柏家的船夫，還能在他們採集標本時陪伴同行。

這個家庭雖然奇怪，各方面的安排卻相當妥貼、牢靠、令人滿意，所以彼埃・蘭柏意外身故時，大家對這場禍事都沒有心理準備。他還來不及安排後事，就死於一場熱病；他過世後不久，他們就得知他為了推動研究，累積了可觀的債務——那些加爾各答的神祕「洽公」出差，其實是偷偷去找齊德埔的放債人。這時，喬都和他母親也為他們靠著與助理園長有特殊關係而享受的特權付出代價。其他僕人與員工的怨恨與妒忌，很快就化為憤怒的指控，誣陷他們在主人臨終時偷竊。敵意強烈到喬都和母親不得不悄悄駕船離去。他們別無選擇，只好回納斯卡帕拉，繼母一家不怎麼情願地提供他們庇護。但喬都的母親住慣了舒適的別墅，不適應鄉村的貧瘠。返鄉才幾星期，她的健康就無法挽回地不斷衰退，直到去世。

喬都總共在納斯卡帕拉住了十四個月；這段期間，他沒跟寶麗見過面，也沒接到她隻字片語。他母親臨終前，經常思念她所照顧的人，請求喬都去見寶麗最後一面，至少讓她知道，她的老奶媽在生命中的最後一刻有多想念她。但喬都老早知道，自己和從前的玩伴終究要回歸各自的世界，他很願意讓一切就此結束。要不是為了母親，他絕不會來找寶麗。但現在他知道自己已很接近她住的地方，心情變得既亢奮又害怕；菩特麗會願意見他，或者會叫僕人拒絕他？能和她見上一面多好啊，他有那麼多話要說，那麼多事想告訴她。向下游望去，他看到前方有個綠屋頂的小亭，情不自禁加快了速度。

4

坐著卡魯瓦的牛車前往加齊普爾，狄蒂的心情莫名輕鬆起來，雖然此行目的還是一樣陰暗。但她好像打從心底知道，這是最後一次跟女兒一起走這條路，所以一定要保持愉快。

當牛車穿過市中心擁擠的巷道與市場，速度很慢，但道路轉向河邊時，擁擠情況紓解了些，周遭環境也變得比較高雅。狄蒂和凱普翠很少有機會到城裡，她們眼花撩亂地看著四十柱宮的牆壁，這是個有波斯血統的貴族建的宮殿，模仿伊斯法罕的一座波斯古蹟，立了四十根柱子。沒多久，她們又經過一個更了不起的奇觀，一棟希臘風格建築，有飾有凹槽的列柱和高聳圓頂；這是三十三年前死於加齊普爾的約克鎮名人，康沃利斯爵士[10]的陵墓。牛車轆轆通過時，狄蒂叫凱普翠看那位英國爵士老爺的雕像。接著牛車轉了個彎，卡魯瓦忽然咂著舌頭，勒住兩頭牛。車身猛然一震停下，狄蒂和凱普翠轉身往前看——唇邊的笑容登時消失。

路上擠滿了人，總有一百多個，被一群拿棍棒的警衛圍住，正疲倦地走向河邊。他們頭上和肩上扛著行李，銅鍋掛在手臂上。看得出已走了很長的路，因為他們的腰布、丁字褲和背心都沾滿塵土。本地人對這群人既憐憫又害怕；有些旁觀者嘖舌表示同情，但也有幾個頑童和老婦人對他們扔石頭，好像要用這種舉動阻止厄運擴散。行進隊伍雖然疲憊，但受到這種苛刻對待，卻很奇怪地不肯屈服，有人破口大罵，還有人撿起石頭向旁觀者還擊。這種囂張作風與他們顯而易見的困窘，同樣令人不解。

媽，他們是什麼人？凱普翠低聲問。

我不知道——說不定是犯人。

不是。卡魯瓦立即說道，指出隊伍中有幾名婦女和孩童。他們還在猜測時，一個警衛攔下牛車，對卡魯瓦說，他們的頭兒，也就是召募人拉姆沙朗大人腳受了傷，需要車子載他去附近的河階。警衛還沒說完，召募人就現身了，狄蒂和凱普翠連忙挪出位子給他。這是個很有派頭的人，個子高，肚子大，一身雪白衣服上找不到半個污點，還穿著皮鞋。他手中拿著根粗重的手杖，頭上包著一球圓頂那麼大的頭巾。

最初她們心中畏懼，不敢說話，但拉姆沙朗大人先打破沉默：*Kahwãa se áwela?*（你們從哪兒來？）他問卡魯瓦。

狄蒂和凱普翠伸長耳朵，她們聽見召募人說的是跟她們一樣的博杰普爾語，便向他靠近一點，希望聽見所有交談內容。

Parosé ka gaõ se áwat bani.（附近的村子，大人。）

最後，卡魯瓦鼓起勇氣問：大人，那邊趕路的是什麼人？

他們是契約工，拉姆沙朗大人說道，一聽到這字眼，狄蒂不由得驚呼一聲——因為她忽然明白了。這謠言在加齊普爾周邊的村莊已流傳了好幾年，雖然她沒見過契約工，卻聽人談起過。他們得到這稱呼是因為他們把名字登記在「契約」——書面的協議——上換取金錢。他們賣身的價金會交

10 英國侯爵康沃利斯（Charles Cornwallis, 1st Marquess Cornwallis，1738-1805）曾於一七七八年至一七八一年擔任北美英軍副總司令，鎮壓美國獨立革命，一七八一年十月在約克鎮戰敗投降，是為決定性的一役。戰後他仍受重用，一七八六年被派為印度總督，一八〇五年在總督任上患病，客死印度。

給家人，人則被帶走，永不再見。就此消失，就像被陰曹地府吞了下去。

他們要去哪裡，大人？卡魯瓦壓低聲音問，彷彿談論的是會走動的死屍。

他們坐船去巴特那，然後到加爾各答，一旁的警衛說：然後從那兒坐船去個叫麻里西的地方。

狄蒂再也按捺不住加入交談的欲望，躲在紗麗的蓋頭後問道：麻里西在哪裡？離德里近嗎？

拉姆沙朗大人哈哈大笑。才不是，他輕蔑地說：那是海中的島——就像楞伽山[11]，不過遠得多了。

提到楞伽山，狄蒂立刻聯想到拉伐納和他的魔鬼大軍[12]，不由得瑟縮一下。這群人知道前方是什麼，雙腳竟不會發軟嗎？她試著想像與他們易位而處是什麼感覺；知道自己會永遠被社會擯斥、再也不能回父親的房子、再也不能擁抱母親、再也不能跟兄弟姊妹一塊兒吃飯、再也沾不到洗清一切污穢的恆河水。而且還知道有生之年都得在一座惡魔肆虐的野蠻小島上討生活？

狄蒂打個寒噤。她問拉姆沙朗大人：那他們要怎麼去那地方？

有艘船在加爾各答等他們，召募人說：一艘大船，比妳看過的任何船都大。有好多桅杆，好多張帆；可以裝下好幾百人的大船……

Hái Rám!（原來是這麼回事！）狄蒂連忙摀住嘴，她想起在恆河裡看到的那艘船。但那幻影為何出現在跟這些人毫無瓜葛的狄蒂眼前？這又有什麼意義？

凱普翠很快就猜到母親在想什麼。她說：那不就是妳看到的那種船嗎？像一隻鳥的？它出現在妳眼前，真奇怪啊。

別說了！狄蒂張臂抱住女兒。她把女兒摟在胸前，一陣恐懼的顫慄穿過全身。

*

竇提先生才宣布班哲明・勃南即將抵達，不一會兒，那位船老闆的靴子就很有分量地踏上朱鷺號的甲板。他的淡黃馬褲和深色外套都沾滿從加爾各答兼程趕來的灰土，長及膝蓋的皮靴上，斑斑點點盡是泥漿——但騎這趟馬顯然讓他精神大振，因為他容光煥發，看不出一絲倦意。

勃南身材高大，長得虎背熊腰，滿腮捲曲的鬍子垂下，遮住半截胸膛，像一大片發亮的鎖子甲。他再過幾年才滿五十歲，腳步仍保持年輕活力，眼神也很明亮，散發著除了正前方哪兒也不看的專注光芒。他的臉部皮膚粗糙，曬得黝黑，是多年來在陽光下激烈運動的結果。現在他直挺挺站在甲板上，大拇指扣住外套前襟，先好奇地把船員打量一遍，然後走到竇提身旁。兩人討論一會兒，然後勃南先生走到賽克利面前，伸出一隻手說：「瑞德先生？」

「是，長官。」賽克利上前一步，與他握手。

船主把他從頭到腳打量一遍，頗為滿意。「竇提說，以剛出道的新手來說，你是條一流好漢。」

「但願他沒說錯，長官。」賽克利不怎麼有把握地回答。

船主咧嘴一笑，露出一口又大又亮的牙齒。「這樣吧，你願意帶我參觀一下我的船嗎？」

班哲明・勃南的舉止有種特殊的威嚴，暗示著自幼家世顯赫，享有財富和特權——但賽克利知道這是誤導，因為船主是商人之子，以白手起家自豪。過去兩天，多虧竇提先生指點，賽克利才對「大老闆」有了些了解。例如，他知道勃南雖然熟悉亞洲，卻非本地出生——「換言之，他不像咱

---

11 Lanka，即今日的斯里蘭卡島，在印度史詩《羅摩衍那》中，此地為魔王拉伐納的國度，名為山但其實是島。

12 Ravana是印度史詩《羅摩衍那》中的反派，他是楞伽山之王，有十個頭和十雙手臂，勇猛善戰。羅摩因妻子悉多被他擄走，不得不前往楞伽山，數度苦戰，終於將他殺死，救回妻子。

們這群白人老爺，這輩子呼吸的第一口氣就是東方的空氣。」他是利物浦一個木材商人的兒子，但在「老家」只待了不到十年——「那日子真苦呀，孩子，跟你待過的任何鬼地方都不一樣。」

領航員說，班老闆當年是個小魔頭，好勇鬥狠，惹事生非，天生壞胚，註定要在感化院和監獄進出一輩子。他的家人為了救他脫離悲慘命運，就送他上船當「天竺鼠」——「就是從前東印度公司貨船上對小廝的稱呼——因為任何人都能踩在他們頭上，可以對他們為所欲為。」

但結果連東印度公司運茶船的紀律也沒能約束這小子：「一個補給官把這孩子誘到船上的倉庫，企圖玩點下三濫花招。但年輕的班哲明地位雖低，膽子可不小——撈起一根繫繩栓，把老色鬼痛打一頓，讓他老命差點嗚呼。」

為了自身安全，班哲明在下個港口就被趕下船，那兒正巧是英國的流刑地，安達曼群島的布萊爾港。「野性難馴的小伙子最好的下場：教化野人沒有比監獄更好的地方。」勃南在布萊爾港的監獄牧師手下工作：在懲罰與寬恕相輔相成的教育方式下，他找到信仰，也受到教育。「啊，孩子，那些傳教士真嚴格；即使必須把你的牙齒敲光，他們也要把上帝的話放進你嘴裡。」完全悔改後，這孩子又漂泊到大西洋，在一艘運奴船上待過，跑過美洲、非洲和英國。後來十九歲時，他上了一條開往中國的船，船上有位知名的基督新教傳教士。勃南跟這位英國牧師萍水相逢，後來發展出一段深厚友誼。「這些地方就這麼回事。」領航員說：「到了廣州，朋友會變成知己。中國人把番鬼都關在城牆外的洋行裡。他們不准走出劃給他們的一小塊臨海區域；不准進城。沒地方去；沒地方走路，沒地方騎馬。就連把行會的船划到江上，都要官方蓋關防。不能碰女人，除了聽換匯人算斤兩，無事可做。男人就跟齋戒日的屠夫一樣寂寞。有些人過不了這種生活，只能送他們回家。有人到豬仔巷去買春或喝個爛醉。但班哲明．勃南一點事也沒有。他不賣鴉片的時候，就跟傳教士在一起。他經常待在美國商行裡——美國人比英國商行同事更對他胃口，因為他們信教比較虔誠。」

透過牧師的影響力，勃南在馬尼亞克貿易公司，也就是怡和洋行的前身，找到一份辦事員工作。此後他就跟所有介入中國貿易的外國人一樣，把時間平分在珠江三角洲的兩個端點——相距約八十哩的廣州與澳門。冬天貿易季來臨時在廣州，其他時間都住在澳門，公司在那兒有廣大的倉儲與貿易網絡需要維護。

「老班．勃南從轉運船上卸鴉片，熬了很長一段時間，但他不是那種領人薪水，按月拿菲薄待遇就滿足的人，他希望憑本事混出名堂，在加爾各答鴉片拍賣會上有專屬座位。」就像廣州其他番鬼商人一樣，勃南跟教會的關係帶給他許多助力，因為有幾位傳教士跟鴉片貿易商往來密切。一八一七年，天賜良機，正巧有批改信洋教的中國人需要護送前往孟加拉的塞蘭坡[13]浸信會神學院，東印度公司就跟他簽了自由貿易合約。「還有比班．勃南更適合送他們到那兒去的人選嗎？你還沒想到，他就已經開始在加爾各答找辦公室——更妙的是，竟然給他找到了。拉斯卡利的好王爺還奉上一棟河濱豪宅的鑰匙！」

勃南搬到加爾各答的初衷，是想在東印度公司的鴉片拍賣會上出價。但對華貿易並非他首度在金錢上有所斬獲；他更年輕時，就已在大英帝國商業活動的另一個分支出奇制勝。「從前那段好時光，大家總說，加爾各答只出口兩樣東西：流氓與毒品——或者有些人會說是鴉片與苦力。」

班哲明．勃南初嘗成功滋味是靠運送罪犯。當時加爾各答是將印度罪犯運送到大英帝國遍布各

13 Serampore是位於加爾各答附近的一個城市。

島嶼監獄（檳榔嶼、明古魯[14]、布萊爾港、模里西斯）的主要出口。就像一條淤泥的洪流，數以千計的強盜、暗殺黨、土匪、叛徒、獵頭族、流氓，都被泥濘的胡格利河帶走，分散到印度洋各地，關進英國人囚禁敵人的離島監獄。

要為運囚船找一組船員殊非易事，因為像這種把亡命之徒當貨物運送的船，很多水手避之唯恐不及。「迫在眉睫時，勃南向他賣巧克力時期[15]的一位老友求助，這個名叫查爾斯・齊林沃斯的人，說到管控船隻，五湖四海真找不到比他厲害的人物——從沒有一個奴隸、罪犯或苦力能活著逃出他的監控之後來吹牛。」靠著齊林沃斯幫忙，勃南在源源不絕輸出加爾各答的人犯身上著實撈了一票，這筆進帳使他能用比早先預計更大的規模進軍中國貿易，不久，他就擁有一支龐大的船隊。三十出頭，他已和他的兩個兄弟合夥，公司也在業界數一數二，在孟買、新加坡、亞登、廣州、澳門、倫敦與波士頓都設有辦公室。

「就這麼回事：這是殖民地的魔法。一個在船上鑽營往上爬的小子，如同任何為東印度公司工作的再生族[16]，就有資格變成大老爺。加爾各答每扇門都為他敞開。政府的主要部門、威廉堡的[17]早餐會。他登門拜訪時，沒有哪家的太太敢請他吃閉門羹。他個人偏好不講究儀式的福音教會，但你可以確定，注重繁文縟節的英國國教會做禮拜時，主教必然幫他留個位子。更錦上添花的是，他娶的是凱瑟琳・布萊蕭小姐——她是將軍的千金，再沒有更好的夫人人選了。」

*

使勃南成為商界龍頭的特質，在他參觀朱鷺號時表現無遺，他從船頭到船尾仔細檢查，甚至爬到底艙的內龍骨，又登上第二斜桅，把所有值得注意的細節都看在眼裡，有時稱讚，有時責備。

「它航行起來怎麼樣，瑞德先生？」

「哦，長官，這塊老木頭好得很。」賽克利說：「游起泳像天鵝，抓準方向像鯊魚。」

勃南對賽克利的熱烈回應，欣賞地回以一笑。「很好。」船主巡視完畢，才聽賽克利報告從巴爾的摩開始，這趟災難重重的航程，翻閱航海日誌，仔細詢問詳情。交叉比對後，他宣稱十分滿意，拍拍賽克利的背心：「很棒！這種情況下，你處理得不錯。」

勃南先生唯一不放心的，就是那批船工和他們的首領。「那個賊胚水手長，你為什麼覺得他能夠信任？」

「你說賊胚，長官？」賽克利皺起眉頭。

「這裡都這麼叫阿拉干人。」勃南說：「沿海一帶居民對他們聞風喪膽。可怕的賊胚——聽說他們全是海盜。」

「阿里水手長？海盜？」賽克利想起自己對水手長的最初反應，現在回想起來，只覺得荒謬。

---

14 Bencoolen是Bengkulu的舊名，位在蘇門答臘西岸。

15 即運送黑奴。

16 twice-born即印度文的dvija，指印度教的高階種姓婆羅門、剎帝利、吠舍。這三大階級在八到十二歲之間，需由婆羅門主持入法禮，代表肉體之外，還有精神的出生，然後才算是真正的印度教徒。底層階級首陀羅就沒有資格參加再生儀式。

17 Fort William是英國早期殖民的一大行政中心，英軍曾在此與印度軍隊發生多次攻防戰。十八世紀後期開始，此地充作海關之用。

「長官，他或許看起來像個韃靼人，但他絕不會比我更像海盜。如果他真是海盜，早在我們下錨前就能把朱鷺號偷走了。我絕對攔不住他。」

勃南用穿透人心的眼神盯著賽克利的眼睛。「你願意為他擔保，是嗎？」

「是的，長官。」

「好吧。不過，如果換作我，一定會密切注意他。」勃南先生闔上航海日誌，把注意力轉到航行途中累積的信件。他似乎對模里西斯的戴皮奈先生來信特別感興趣，尤其賽克利報告說，那位農場主人臨別時提到，他的甘蔗在田裡腐爛，因而迫切需要苦力那番話。

勃南先生抓抓下巴說：「你怎麼說，瑞德先生？願意很快回模里西斯一趟嗎？」

「我嗎，長官？」賽克利本以為可以在岸上消磨幾個月，重新裝備朱鷺號，因此對突如其來的計畫變更，不知該如何回應。見他遲疑，船主解釋道：「瑞德，朱鷺號的第一次航行不載鴉片。中國人對這方面有意見，除非能讓他們理解自由貿易的好處，否則我不打算再運貨去廣州。在那之前，就讓這艘船執行它原先設計從事的工作。」

這建議讓賽克利大吃一驚：「你是說，用她做奴隸船？但貴國的法律不是已經禁絕那種貿易了嗎？」

「確實如此。」勃南先生點頭說：「是的，瑞德，他們確實頒布了禁令。很可悲，但的確也有很多不擇手段遏阻推進人類自由的人。」

「自由嗎，長官？」賽克利不知自己是否聽錯。

他的懷疑很快消除。「自由，是的，一點也沒錯。」勃南先生說：「對劣等民族而言，白人當家不就代表自由嗎？瑞德，在我看來，非洲貿易是上帝率以色列子民出埃及以來，最偉大的自由實踐。試想，卡羅萊納州所謂奴隸的處境——難道不比他們在非洲的黑種暴君統治下呻吟的兄弟姊妹更自由嗎？」

賽克利揉揉耳垂。「這麼說吧，長官，如果奴役是自由，那我很慶幸自己不用靠它吃飯。鞭子和鎖鍊不合我的口味。」

「哦，別胡說，瑞德！」勃南先生說：「天國之路不會全無痛苦，不是嗎？當年的以色列人在沙漠裡不也受了苦嗎？」

賽克利實在不願與新雇主爭論，只好喃喃說：「呃，長官，我猜……」

勃南先生覺得這樣還不夠，他帶著微笑質問。「瑞德，我還以為你是條好漢。」他說：「現在你卻表現得像個改革份子。」

「是嗎，長官？」賽克利連忙說：「我沒那意思。」

「我想也是。」勃南先生說：「好在你還沒染上那種毛病。我總說美國是最後一個自由基地——奴隸制度在那兒暫時還算安全。還有什麼地方能找到完全適合這種貨物的船呢？」

「您是指奴隸嗎，長官？」

勃南先生扮個鬼臉。「當然不是，瑞德。不是奴隸——是苦力。沒聽說過嗎，每當上帝關上一扇門，就會打開另一扇？非洲的自由之門關閉時，上帝就對更需要它的人種——亞洲人，開啟這扇門。」

賽格利咬著嘴唇。他決定，自己沒資格質疑雇主經營的生意；最好把心思放在實際的事務上。

「所以您要重新整修二層艙，長官？」

「一點不錯。」勃南先生說：「設計來運奴隸的船艙，剛好也可以運苦力和罪犯，你不同意嗎？

我們裝些廁所和小便坑，那些黑仔就不至於總把自己搞得一身髒。這應該能讓督察滿意。」

「是，長官。」

勃南先生把手指插進鬍子裡。「是的，我想齊林沃斯先生會完全贊成。」

「齊林沃斯先生嗎，長官？」賽克利說：「他來當船長？」

「看來你聽說過他。」勃南先生表情變得很嚴肅：「是的——這將是他最後一次出航，瑞德，我希望一路都很愉快。他最近有點不適，健康不在最佳狀態。會找柯羅先生當大副——他是優秀的水手，但必須承認，情緒不夠穩定。船上最好有個各方面都可靠的人擔任二副。你怎麼說，瑞德。有興趣再打一份契約嗎？」

這幾乎完全符合賽克利的期望，他的心為之雀躍。「您是說，當二副嗎，長官？」

「是啊，當然。」勃南說，過了一下，好像做了決定似的，他補充道：「航程應該很輕鬆。等梅雨季結束就啟程，六週就回來。我手下的警衛隊長會率一隊警衛和監工上船。他對這種工作經驗豐富：犯人連大氣都不敢出——他知道如何把他們管得井井有條。如果一切順利，你回來剛好趕上跟我們一起去中國考察。」

「對不起，我沒聽懂，長官。」

勃南先生伸出一隻手臂攬住賽克利的肩膀。「瑞德，我告訴你的可是機密，要好好藏在心裡。聽說倫敦方面要組支遠征軍對付中國。我希望朱鷺號能參與——最好你也加入。怎麼說，瑞德？有興趣嗎？」

「算我一份，長官。」賽克利熱烈地說：「該賣力幹活的時候，我都不會缺席。」

「好樣的！」勃南先生拍他的背說：「還有朱鷺號呢？你覺得打起仗來她派得上用場嗎？它有

多少大砲？」

「六門九磅的大砲，長官。」賽克利說：「但我們可以添一座火力更大的砲，裝在迴轉底座上。」

「好極了！」勃南先生說：「我喜歡你這種精神，瑞德。不介意跟你說：我公司裡用得著你這樣的好青年。只要你表現好，早晚能獨當一面。」

*

尼珥仰躺在船艙裡，看光線在打磨得極光滑的木頭天花板上漾動。經窗簾過濾的陽光，令他有種好像置身河水之下的遐想，而艾蘿凱西在他身旁。他轉過頭看她，幻覺似乎更加真實，因為浸潤她半裸身體的光線迴蕩閃爍，跟流動的水一模一樣。

尼珥最愛做愛過程中當她躺在身旁熟睡的這種寧靜片刻。即使靜止不動，也好像凝固在舞蹈中：無論靜或動，台上或床上，都可見她洗練至彷彿不受任何拘束的動作。作為表演者，她以變化動作勝過最快的塔布拉鼓手的速度著稱；在床上，她的即興創意同樣帶來愉悅與驚喜。她的柔軟度極佳，他伏在她身上與她親吻時，她可彎起雙腳，用腳掌夾住他的頭。有時心血來潮，她也能拱起背，把他整個人托起，懸空架在她肌肉發達的小腹曲線上。她以舞者久經訓練的節奏感來調節做愛步調，他只隱約意識到主導節奏變化的節拍週而復始。釋放的那一刻總是全然無法預測，卻又絕對早已定調，就像一段不斷升高、加快的塔拉舞，必定會在最後一拍臻於高潮而靜止不動。

但比起做愛，他更愛結束後的這些片刻。她精力耗盡，躺在床上，像是剛跳完令人暈眩的三重樂句舞步，紗麗和披紗散落四周，它們一圈圈糾結著她的軀體和四肢。總像第一次做愛般迫不及待，總來不及把衣服好好脫下：他長達六碼的腰布纏繞著她長達九碼的紗麗，形成比他們交織的肢體更複雜的圖案；總要到事後，他們才有閒情逸致回味慢條斯理裸露身體的快感。艾蘿凱西和很多舞者都有美妙的歌喉，能唱出悅耳的情歌。她哼著歌，尼珥剝下她身上的衣服，用手指將它們對眼睛與嘴唇展現，在她身體的每個部位流連。她強壯的弓形足踝和叮噹作響的銀踝環、肌肉發達的大腿、天鵝絨般柔軟的陰阜、平滑的小腹與高聳雙峰。最後，每一片布料都從雙方身體剝下後，他們會從頭開始第二輪漫長、慵懶、持久地做愛。

今天，尼珥剛要動手打開艾蘿凱西肢體上的衣服之繭，門外走道又傳來不合時宜的第二場口角造成干擾；那三個女孩又在阻撓帕里莫送消息給他的主人。

讓他進來！尼珥不悅地打斷她們。門開時，他拉過一件披紗，蓋在艾蘿凱西身上，卻沒打算把自己散落的衣服穿回身上。打從會走路開始，帕里莫就是幫他著衣的貼身侍僕；童年時期，一直是由帕里莫為他洗澡、更衣；尼珥結婚那天，也是他負責教導這十二歲男孩如何與新娘共度初夜，告訴他該做什麼事：尼珥全身上下沒有一個地方帕里莫不熟悉的。

請恕罪，王爺，帕里莫進來時說道：但我認為您應該知道，勃南老爺到了。他目前在那艘船上。如果要請其他老爺來晚餐，那他該怎麼辦？

這消息讓尼珥吃了一驚，但稍加考慮後，他便點頭說：你說得對——是的，一定要請他一起來。尼珥指著掛鉤上一件像長袍的衣服說：把我的長袍拿過來。

帕里莫拿過長袍，拉開、舉起，尼珥下了床，張開手臂，套進袖子。到外面等著，尼珥說：我要再寫封信，讓你送到那艘船上去。

帕里莫一走出房間，艾蘿凱西就掀開蓋在身上的衣物。怎麼回事？她揉著惺忪睡眼問道。

尼珥用鵝毛筆沾了墨水，寫了幾個字，但隨即改變心意，從頭再寫。寫著歡迎班哲明．勃南先生光臨拉斯卡利船屋的字句時，他的手有點不穩。他停筆，深深吸口氣，然後再添道：「閣下恰於此時光臨，實在令人欣喜，先父地下有知，定然同樣高興，您知道，已故王爺深信，凡事皆有預兆……」

＊

約莫二十年前，勃南先生的貿易公司剛起步時曾來拜訪老王爺，希望承租他的一間屋子作辦公室。他說：他需要一個辦公室，但資金不夠，所以希望能晚點付租金。勃南先生有所不知的是，他提出這要求時，椅子底下出現一隻白老鼠——這貿易商看不見，老領主卻看得一清二楚，牠坐著不動，直到這英國人把話說完。老鼠是掌管機會與克服難關的象頭神之靈僕，老領主把這徵兆視為天意。他不但同意勃南先生延後一年付房租，還提出一個條件，要讓拉斯卡力領主世家投資這家新公司——王爺看人很有眼光，他認為班哲明．勃南是明日之星。至於這英國人做的是什麼生意，王爺則一字不問；畢竟他貴為領主，不能與市場裡那種盤著腿坐鎮櫃臺的商人一般沒見識。

過去一百五十年來，霍德家族就靠這樣的決策方式累積財富。蒙兀兒王朝時代，他們逢迎帝國來使；東印度公司到來後，他們小心翼翼對新來者表示歡迎；英國人與孟加拉穆斯林統治者作戰時，他們借錢給一方，借兵給另一方，等著瞧是哪一方得勝。英國人勝券在握時，他們學英文的速度就跟從前學波斯語和烏爾都語一樣快。只要對他們有利，他們很樂意改變生活方式，迎合英國人的世界；但他們也始終提高警覺，與兩種圈子裡的任一方都不靠得太近。他們對白人商界不擇手段、一味算計利潤與機會的作風，仍保持貴族式的輕蔑——尤其因為有勃南這種他們知道是商人出身的人牽涉在內。拿錢投資他的事業，並收取股息，對他們的立場並不構成挑戰；但若對利潤的來源或獲利方式表示好奇，卻不合他們的身分地位。老王爺只知道勃南手下有幾條船，這就夠了，他不打算深究。從第一次見面以來，每年領主都給勃南一筆錢，以充實他公司的資金。每年他也都會回收一筆數額大得多的金額。他總笑著說，那是大清皇帝對他的朝貢。

這個英國人竟然收他的錢，著實是王爺天大的運氣——因為印度東部的鴉片被英國壟斷，生產與包裝都受東印度公司監督，完全不容外人染指；除一小撮祆教徒外[18]，土生土長的印度人根本沒機會透過買賣鴉片獲利。於是當拉斯卡利的霍德家族與一個英國貿易商合夥的消息傳開，就有一大堆朋友、親戚和債主，求這家族讓他們分享這個好運道。他們好說歹說，巧言令色，總算說服老領主，把他們的錢加到每年交給勃南先生的金額中，為了這特權，他們樂意從利潤中撥出百分之十做為霍德產業的佣金；這麼高的收益，這點小報酬似乎也算合理。他們所不知的是，這種委託生意非常危險，而且所有風險都由出資者承擔。一年年過去，英國與美國貿易商越來越精通規避中國法律的技巧，鴉片市場不斷擴張，王爺和他的合夥人則從投資中賺到豐厚利潤。

但金錢雖能造就財富，若不善加管理，也會帶來毀滅。對霍德家族而言，新闢的財源不是祝福，而是詛咒。這個家族的經驗只局限於應付國王與朝廷，管理農民與家眷。雖擁有大量土地與房產，卻不善理財；現金收入變多，他們也不屑親自管理，只交給一批帳房和窮親戚代管。老領主的錢箱越來越沉重時，他只會把銀子換成他最了解的固定資產——土地、房屋、大象、馬匹、馬車，當然還有比河上航行的任何其他船隻更豪華的船屋。但固定資產增加又帶來一大群跟班，而每個都要張口吃飯，還外加其他開銷；大部分新土地都無法耕種，新房子很快又成為額外的錢坑，因為王爺不願將它們出租。領主的眾多情婦（他擁有的情婦跟每週的天數一樣，以便每晚在不同床上消磨時光）得知他有新財源後，變得更需索無度，爭風吃醋，要求更多禮物，首飾、房子、或為親戚討工作。老領主是個耳根子特軟的情人，對她們的要求來者不拒，結果他的債務快速增加，到頭來，勃南先生替他賺的每一文錢，都直接落到債主手中。他再沒有自己的資金可以給勃南先生，王爺越來越依賴做中間人得來的佣金。既然如此，他不得不擴大投資者的圈子，簽下許多市場上稱為「票子」的借據。

按照家族傳統，王爺頭銜的繼承人向不過問家產的財務運作。酷愛讀書，個性溫馴的尼珥，從未想過詢問父親如何管理領地。老領主直到生命走到盡頭時才告訴兒子，家族的財務能否維繫，全靠與勃南先生打交道；他們在他那兒投資的錢越多越好，因為銀子會變成兩倍回來。他解釋道，為了充分利用這安排，他已告訴勃南先生，這年他要投資十萬盧比。勃南先生知道湊這麼大一筆錢需要時間，所以很好心地建議，先從他自己的資金中提撥這筆錢的一部分。雙方的認知乃是，如果今年夏季銷售鴉片的利潤不夠付這筆錢，霍德家族仍會還清。老領主說：沒什麼好擔心的。過去二十年來，他們付出去的錢沒有一次結算時不曾大幅增加。這不是債務，他說：這是一份禮物。

幾天後，老領主死了，他一死，一切彷彿都改變了。那年是一八三七年，也是勃南兄弟公司第一次沒能替客戶賺到利潤。從前只要貿易季結束，鴉片船從中國回來，勃南先生就會親自造訪拉斯卡利王宮——霍德家族在加爾各答的根據地。這個英國人照例會帶上檳榔和番紅花之類有祝福意味的禮物，外加鈔票和金條。但尼珥上任的第一年，既沒見到訪客，也沒有付款的承諾。新王爺只收

---

18 Parsis，亦譯帕西人，是主要生活在印度次大陸的瑣羅亞斯德教（祆教）信徒。帕西人的祖先約一千年前，因不願改信伊斯蘭教，從波斯移居印度。他們大多經營工商業，十九世紀初就到廣州做貿易，亦銷售鴉片，當時中國人稱他們「白頭夷」。

到一封信通知，由於美元匯率大貶，對中國貿易有極為不利的影響；除了這方面的損失，勃南兄弟公司從英國匯款到印度也面臨重大困難。信末客氣地附帶一句，要求拉斯卡利歸還欠款。

在這期間，尼珥簽了許多票子給市集裡的商人。他父親的辦事員會把文件準備好，告訴他在哪兒簽字。勃南先生的信送達時，霍德宅邸已被一群小債主包圍：其中有無須良心不安就能暫時擋駕的富商；但還有很多把僅有的一點資財託付給領主的親戚和下屬——這些依賴者的窮困和信任實在不可能拒絕。嘗試還錢給他們的過程中，尼珥才發現他的產業只剩下僅夠一、兩星期開銷的現金。情況糟到他不得不寫信向勃南先生求情，不僅請求寬限時間，還要向他借錢好讓他的領地能撐到下一季。

他收到的回信所使用的專橫語氣令人震驚。讀信時，尼珥不禁懷疑勃南是否會以同樣語氣與他父親應對。他覺得不會：老王爺向來跟英國人處得不錯，雖然他英語說得不完美，對他們的書籍也毫無興趣。為了彌補自身局限，老王爺替兒子請了個英國家庭教師。這位畢斯利先生與尼珥有許多共通處，助長了他對文學和哲學的喜愛。但尼珥的教育非但沒能幫助他打入加爾各答的英國社交圈，反而適得其反。因為這座城市的英國殖民者當中，絕少有畢斯利先生這般纖細善感之人。其他人對優雅品味都懷著猜忌，甚至加以嘲弄——尤其本地紳士若有這種氣質，更會加深他們的敵意。換言之，無論氣質與教育水平，尼珥都跟勃南這類人格格不入，所以他們特別討厭、甚至蔑視他。

尼珥對這一切早就瞭然於心，但勃南的回信仍然嚇了他一跳。信中說，基於目前中國貿易前途未定，勃南的公司受創嚴重，所以無法貸款。信中還提醒尼珥，他欠勃南兄弟的債務，已遠超過全部領地的價值；因此拖欠的舊債一定要馬上還清，並建議他把持有的土地交給勃南公司，以抵銷部分債務。

為了爭取時間，尼珥決定帶兒子去視察產業。讓這孩子看看自己面臨威脅的繼承權難道不是他的責任嗎？他的妻子馬拉蒂王妃本想同行，但他藉口她的身體越來越差，不肯帶上她。他挑中艾蘿凱西，認為她能暫時為他解憂。她也確實經常讓他忘記煩惱——但與班哲明・勃南見面在即的這一刻，他的憂慮又排山倒海湧至。

封好重新寫過的邀請函，尼珥走到門口，把信交給帕里莫。他說：立刻送到那艘船上去。要確實交給勃南老爺。

躺在床上的艾蘿凱西動了一下，坐起身，把被單拉到下巴底下。她說：你不再躺一下嗎？時間還早呢。

嗯哼……我來了。

但尼珥的腳並未把他帶回床前，反而披著紅色長袍走了出去。他抓住長袍前襟，跑過走廊，上了階梯，來到平底船的上層甲板，他兒子還在那兒放風箏。

爸爸？孩子喊道。你到哪裡去了？我等了好久好久。

尼珥走到兒子面前，一把將他抱起，緊緊摟在胸前。這孩子不習慣在公開場合表示親暱，扭動身體說：你是怎麼回事，爸爸？你在做什麼。他掙脫開來，瞇起眼盯著父親的臉。然後轉向原本陪著玩耍的僕人，興高采烈喊道：看啊！看爸爸！拉斯卡利的王爺在哭！

5

那天午後，卡魯瓦的牛車終於看到了目的地：中央鴉片廠——加齊普爾的老工人都親暱地稱之為「加齊普爾作坊」。工廠面積廣大：佔地四十五英畝，分成兩個相連的廠區，每一區都闢有許多天井、水塔和鐵皮屋頂廠棚。像自古俯瞰恆河的大城堡一樣，這家工廠既享有河運之便，位置也夠高，不用擔心季節性的河水氾濫。但作坊可不像丘納和布克薩等古堡早已雜草叢生、泰半荒廢，它怎麼看都不像個風景如畫的廢墟；砲塔裡有多隊哨兵駐守，胸牆裡也配備大批步兵和武裝警衛。

工廠的日常事務有一名總監管理，他是東印度公司的高級職員，手下管理幾百名印度工人。其餘英籍職員包括督導、會計、倉庫管理員、化學家和兩組助理。總監住在廠區一幢佔地廣大的平房，周圍萬紫千紅的花園裡種滿不同品種的觀賞用罌粟。英國教堂就在附近，用鐘聲記錄一天的進程。星期天會發射一響大砲，召喚信徒去做禮拜。砲兵隊的薪酬不由作坊負擔，而是來自信眾捐款。鴉片工廠是個浸淫在英國國教會信念中的機構，所有居民都不吝付出這筆費用。

雖然中央鴉片廠規模龐大、防守嚴密是無可否認的事實，但不知內情的人從外觀絕對看不出它是維多利亞女王冠冕上最珍貴的寶石之一。反而工廠周圍好像總是籠罩著昏昏欲睡的氣氛。比方住在工廠附近的猴子吧，牛車轆轆駛近圍牆時，狄蒂指出幾隻猴子給凱普翠看。牠們跟別處的猴子不一樣，不會吱吱對話，也不打架或偷路人的東西，每次從樹上爬下，唯一的目的就是去工廠排廢水的水溝裡喝水；需求滿足後，牠們又爬回樹上，昏沉地盯著恆河和河裡的水發呆。

卡魯瓦的牛車緩緩經過廠區外圍。這一帶有十六個巨型倉庫，用來儲存處理過的鴉片。這兒的防禦工事嚴密，令人望而生畏，衛兵的眼光也特別犀利——這是有道理的，聽人說，光那麼幾個棚子裡的東西，就值好幾百萬英鎊，夠買下大半個倫敦市。

卡魯瓦的車繼續駛向主要廠區，狄蒂和凱普翠開始打噴嚏；不久，卡魯瓦和兩頭牛也打起噴嚏來，因為旁邊就是農夫來倒他們的「罌粟垃圾」（包裝鴉片時派得上用場的葉子、樹枝、樹根）的倉庫。這些剩餘物品要先磨碎，因此會產生一種懸浮空中的粉末，類似鼻煙的極細煙塵。幾乎任何人經過這片怪霧時，都免不了狂打一頓噴嚏，嗆得涕泗縱橫——但負責打碎這堆垃圾的苦力，受塵霧影響的程度卻不比他們年輕的英國監工來得嚴重，這是有目共睹的奇蹟。

兩頭公牛鼻子噴出熱汽，吃力地前進，工廠正門口有鑲銅釘的巨大門扉，牠們卻過門不入，逕往圍牆西南角一個較樸素，但較常使用，距恆河只有幾步路的入口走去。這裡的河岸景觀跟別處截然不同，工廠旁的河階上，堆著無數打碎的陶罐——那是運生鴉片到工廠的圓底容器。一般人都相信，咬過這種碎瓦片的魚特別容易抓，所以河邊總是擠滿漁夫。

狄蒂叫凱普翠留在卡魯瓦的牛車上，獨自走向工廠入口。這兒有個秤重的廠棚，每年春季，本地農夫都會把包裝用的罌粟葉紙餅運來秤重，並分出或精緻或粗糙等級。狄蒂自己做的葉餅累積到值得跑一趟的份量後也會拿到這兒來賣。收穫季總有一大堆人擠在這裡，但今年的收成晚，人數相對也顯得少了。

一小隊制服警衛在門口值班，狄蒂看到他們的隊長便鬆了口氣，這個相貌威嚴、蓄白色八字鬍的長者是她夫家的遠親。她走到他面前，低聲說出胡康的名字，他立刻知道她的來意。他把她帶進工廠時說：妳丈夫狀況不好，趕快帶他回家吧。

狄蒂正想進去，但她朝隊長身後的秤重棚看了一眼，心頭猛然一驚，反而退後一步。那棚子極長，以至另一頭的門看起來就像遠處一個幽幽發光的小針孔；其間成雙成對排列著許多巨型磅秤，周圍的人因此被襯得渺小；每台磅秤旁都站著一個戴高帽的英國人監督著秤重員和記帳員。戴頭巾的辦事員抱著一大疊紙張，圍腰布的記錄員捧著厚厚的記錄冊，在英國老爺身邊忙得團團轉。到處是赤身露體的男孩，成群結隊扛著堆疊到難以想像高度的罌粟花瓣包裝紙。

可是該去哪兒呢？狄蒂警戒地問隊長：我怎麼知道怎麼走呢？

直走，穿過這間廠棚，他答道：然後繼續走，穿過秤重大廳，到混合室。到了那兒，妳會看到有個我們的親戚在等。他也在這工作。他會告訴妳哪裡能找到妳丈夫。

狄蒂用紗麗遮臉走了進去，無視記錄員、辦事員和其他低階職員的目光，穿過堆得柱子般高的罌粟花餅。這裡看不到別個女人，不過無所謂——所有人都忙得沒空問她要去哪裡。但還是花了好長時間才走到對面那扇門口，她站在刺眼的陽光下，一時什麼也看不見。對面又是一扇門，通往另一個龐大的鐵皮屋建築，而這棟建築比秤重廠棚更大更高——是她這輩子見過最大的建築物。她一路喃喃禱告走進去，再次為眼前景觀停下腳步。面前的空間大到讓她頭暈，必須靠著牆才不至跌倒。從地板直達屋頂的細窄窗戶射入一道道光線，巨大的正方形立柱從這頭延伸到另一頭，屋頂距夯實的地面非常之遠，所以室內空氣清涼，幾乎像是冬季。帶有泥土味的生鴉片汁怪味縈繞地面，令人不適，就像冷天裡燒木柴的煙味。這棟房子也沿著牆邊擺著巨大磅秤，卻是用來秤生鴉片的。每一組天平周圍都堆著幾十個圓底陶罐，就跟她用來裝自己收成的那種罐子一模一樣。她對這容器多麼熟悉啊：每一個可裝一蒙德[19]生鴉片膠，黏稠程度得達到將一球鴉片放在手心後翻轉向下，張開手掌時也暫時不會落下。看著這些罐子，哪裡想得到裝滿它們要花多少時間心血？原來它們被送到這兒嗎，這些從她田裡長出的東西？狄蒂忍不住好奇地四下張望，對那些罐子搬上搬下天平的速度與敏捷驚奇不置。它們秤完就貼上紙標，送到一個坐著的洋老爺面前，他會先挑挑戳戳，嗅嗅罐子的內容物，然後蓋章，有些通過去加工，有些則淘汰，去做較沒價值的用途。送容器來秤量的農夫站在不遠處，被一排手持棍棒的衛兵攔住；他們或緊張或憤怒，或瑟縮或絕望，等著看今年的收成能否達到合同的要求——如若不能，明年一開始，他們就得背上更高的債務。狄蒂看著一名衛兵把一張紙交給一個農夫，換來一聲抗議的怒吼。她注意到大廳裡滿是爭吵怒罵聲，農夫對記錄員咆哮，地主對佃農破口大罵。

狄蒂發現自己引起了注意，連忙縮起肩膀向前走，加快腳步穿過像個沒有盡頭的山洞似的大廳，直到又走到外面的陽光下才敢停下。她很想在這兒多停一下喘口氣，但在紗麗的掩護下，看到一個武裝警衛大步向她走來。這時只有一個方向可走——進入右側的廠棚。她毫不猶豫，提起紗麗下襬，很快衝進門內。

再一次，眼前的空間讓狄蒂感到震撼，但這次不是因為空間遼闊，正相反——這兒像個光線黯淡的隧道，牆上只挖了幾個小洞。室內空氣又熱又臭，像間封閉的廚房，只不過這兒的氣味不是香料和食用油，而是液態鴉片，混著淡淡的汗酸味——臭味濃到她得摀住鼻子才不至作嘔。她一鎮定下來，就看到一幕驚人景象——許多具沒有腳的黑色軀體正繞著圈轉來轉去，像群受奴役的魔鬼。這景象——加上中人欲嘔的臭氣——嚇得她兩腿發軟，為了不讓自己昏倒，只好慢慢向前走。等她的眼睛更適應黝暗，就發現那些繞圈子軀體的祕密：原來都是裸體的男人，站在深度及腰的鴉片桶內，一遍又一遍踩踏，讓鴉片膏軟化。他們的眼神空洞呆滯，但仍能保持動作，就像蜂蜜上的螞

---

19 maund 為印度的重量單位，一蒙德約三十七公斤。

蟻，慢吞吞踩著踏著。直到再也動彈不得，他們就坐在桶子邊緣，只用腳攪拌那黑黏的膏狀物。這些坐著的男人比她看過的任何活物更像食屍鬼。他們的眼睛在黑暗中發出紅光，而且看起來全身赤裸，他們的裹腰布（如果有穿的話）浸透了鴉片，與他們的皮膚已無法區別。在走道上巡視的白人監工也幾乎同樣恐怖——因為他們不僅沒穿外套，沒戴帽子，還捲起袖子，手中拿著金屬瓢、玻璃杓、長柄耙子等兇器。一個監工向她走來，她不由得放聲尖叫；她聽見他說了幾句話——她根本不想知道他說什麼，光是這麼一個人對她說話造成的驚駭，就足以讓她急忙沿著隧道往前衝，從另一頭跑出去。

衝到門外，她才讓自己盡情呼吸。她正努力吐清肺裡那股攪拌生鴉片的怪味時，聽得有人問：大嫂嗎？妳還好吧？那是她親戚的聲音，她費了好大力氣才不至倒在他身上。幸好他似乎不需解釋，就能理解那條隧道對她的影響。他帶她穿過一個院子，來到一口井邊，從水桶裡倒出一些水，讓她喝下並洗把臉。

他說：所有人通過混合室後都需要喝水，嫂子，妳最好在這休息一下。

狄蒂滿心感激地蹲在一顆芒果樹蔭下，聽他介紹周遭的建築：那是加濕廠，用罌粟葉做的包裝材料要先濕潤，然後送到組裝廠；那邊那棟跟其他建築都保持一段距離的是製藥廠——製做白人大爺特別重視的各種深色糖漿和奇怪白色粉末。

狄蒂讓那些話在耳中進進出出，直到開始不耐煩，急著把當前這樁事先處理好。來吧，她說：我們走吧。他們站起身，他帶著她對角穿過院子，進入另一個一點不比秤重廠房小的大廠房——唯一的差別是秤重廠房裡充滿爭吵的雜音，這兒卻像墓園一樣安靜，彷彿喜馬拉雅深山巖窟改造的神壇，寒冷潮濕，光線晦暗。兩旁一路延伸出去，都是直達天花板的高大架子，整齊堆著數以萬計一模一樣的鴉片球，每一顆的形狀和重量都跟剝了殼的椰子差不多，只不過顏色是黑的，而且表面有光澤。狄蒂的嚮導湊在她耳畔悄聲說：鴉片調配好後，就送到這兒來晾乾。她看到架子之間用支架和梯子銜接；四下張望，又看到大批男孩在木頭鷹架上攀爬，動作靈巧不亞於市集賣藝人，從一排架子跳向另一排架子，檢查一個個鴉片球。英國監工不時高聲發出一道命令，男孩們就把鴉片球互相擲來擲去，用接力方式傳送，直到它們平安放在地板上。他們得用一隻手抓支架——位置那麼高，稍一失手一定送命——只靠一隻手怎麼可能丟得那麼準？狄蒂覺得他們的抓握那麼篤定，真是不可思議，直到突然有個男孩漏接了一顆球，讓它掉到地上，球爆裂開來，內部膠質濺得到處都是。揮著藤鞭的監工立刻撲向違紀者，他的尖叫與哀嚎在整個廣大寒冷的廠房內迴響。慘叫聲讓她加快腳步，追上親戚，在廠房的另一個門口趕上他。他畢恭畢敬壓低聲音，虔誠得像個即將走進寺廟最深處聖堂的朝聖者。這兒是組裝室，他小聲說：不是隨便什麼人都可以來這兒工作——但妳丈夫胡康．辛是其中之一。

狄蒂進去就覺得，這兒確實是座寺廟，前方是條空氣清新的長走道，兩排穿腰布的男人像參加盛宴的婆羅門般，盤腿坐在地上，每人都有個草編蒲團，周圍布置了銅杯和其他配備。狄蒂從丈夫的描述中得知，在那房間裡工作的人不少於兩百五十人，還有兩倍於這數量的跑腿男孩——包裝工人極為專注，除了跑腿的腳步聲，和宣布又一顆鴉片球完工的喊聲，幾乎聽不見其他雜音。包裝工的手以令人目眩的速度動作，在半球形的模子裡鋪上用稀釋鴉片水沾濕的罌粟花瓣薄紙餅。胡康曾告訴狄蒂，每一種材料的份量都由這家公司遠在倫敦的董事精確制訂：每包必須裝入剛好一斤七兩半[20]

20 此處採用印度的計重單位，印度斤（seer）約合零點九公斤，印度兩（chittack）約合二十八公克。

鴉片，每一球都包裝在一半精緻級一半粗糙級的五兩重罌粟葉紙餅裡，然後整顆球要用不多不少剛好五兩鴉片水沾濕。整個系統已運作得爐火純青，跑腿會將每種材料依精確份量送達每個座位，包裝員的手根本不須停頓。他們鋪模子時，會讓一半潤濕過的紙餅垂在外面。放入鴉片球後，順手就用多出的紙餅把它蓋住，外面裹上罌粟屑，拍掉多餘部分。接著就等跑腿送來分成兩半的陶製圓球組成的單球裝外盒。鴉片球放入後，兩半球合為一個滾圓的小砲彈，把這項大英帝國利潤最高的商品保護停當，然後就可遠渡重洋，送達遙遠的大清國，等人用菜刀將外包裝敲碎打開。

每小時都有數十顆包裝好的黑球經過這群包裝工人之手，進度如實記錄在一塊黑板上。胡康不是效率最好的工人，但他有次對狄蒂吹噓，說自己一天內裝完一百顆球。今天胡康的手不能工作，也沒坐在固定的位子上。狄蒂一走進包裝室就看見他——他閉著眼躺在地上，看起來好像發作過某種病，因為一條帶泡沫的口水正沿著口角流下。

管理包裝室的班長忽然開始追問狄蒂。妳怎麼拖這麼久才來？……知道你老公是鴉片鬼嗎？……為什麼叫他來這裡工作？……妳要他死嗎？

雖然這一天受了不少驚嚇，但狄蒂沒打算忽略這些批判。她躲在紗麗的掩護下，回嘴罵道：你是什麼人，這樣跟我說話？如果沒有鴉片鬼，你靠什麼賺錢過活？

他們的爭執引起英國管理者的注意，他揮手令班長退下。他先看著胡康．辛躺著的身體再看向狄蒂，低聲問道：*Tumhara mard hai?*（這是妳丈夫嗎？）

雖然這英國人的印地語說得怪腔怪調，但語氣很和藹。狄蒂點點頭，然後低下頭，滿眶淚水聽白人大爺斥責班長。胡康．辛在我們的軍隊裡當兵；他參加緬甸志願軍，在勇士連作戰受了傷。你以為你們有誰比他強？閉上嘴回去工作，否則我用鞭子抽你。

挨了罵的班長陷入沉默，走到一旁，四個扛夫把胡康辛無知覺的身體從地上抬起。狄蒂尾隨他們出去時，那英國人回過頭說：告訴他，只要他想要，隨時可以回來工作。

狄蒂雙手合十，表示感激——但她心裡有數，她丈夫在作坊的日子已經結束了。

坐卡魯瓦的牛車返家途中，狄蒂把丈夫的頭擱在腿上，女兒的手捏在掌心，她眼睛不看加齊普爾四十根柱子的皇宮，也不看為已故白人爵士大爺蓋的紀念堂。她一心只想著未來，少了丈夫的月薪，他們要如何過活。想到這兒，她眼裡的光芒黯淡下來；雖然還有好幾個小時才天黑，她卻覺得好像已經陷入一片黑暗中。她習慣地開始吟唱日暮的禱告辭：

Sãjh bhailé（暮色挨家挨戶）

Sãjha ghar ghar ghumé（低語）

Ke mora sãjh（我降臨的時刻）

manayo ji（已至。）

*

距加爾各答市界不遠，在齊德埔與梅迪亞布茲的碼頭區西側，有好長一片坡度緩和的河岸，可以眺望胡格利河寬闊的水面：這就是碧草如茵的芳園洲住宅區，凡是加爾各答有頭有臉的白種商人，都在這兒購置別墅。彷彿蓄意監視打著他們的名號、替他們載運貨物的船隻似的，此地連綿不斷矗立著巴勒德、佛格森、麥肯齊、馬凱、史莫特及斯維諾家的產業。一棟棟豪宅依屋主品味力求變化，有些模仿英國或法國著名莊園，有些令人聯想到古典希臘或羅馬的神殿。每一塊土地的面積也都足夠營造爭奇鬥妍的花園，設計得比它們所圍繞的房子更變化多端——因為照顧花園的園丁與屋主一樣喜歡用千奇百怪的植物互別苗頭，把這方園地上的樹木剪出各種形狀，在那邊又種一條法國風林蔭大道；綠色植物之間巧妙布置著水景，有些像波斯式的坎井又長又直，有些又像英式池塘般不規則；某幾座花園甚至擁有可與蒙兀兒皇宮相捋的幾何形平台階梯花園，還搭配溪流、噴泉與鋪著精美磁磚的涼亭。但產業的價值卻與這些衍生出的奢華配備無關；反是單純地決定於每幢房屋擁有的視野——因為一座花園再怎麼漂亮，對主人的事業前瞻都沒有實質影響，但能隨時監看河上船隻來往，對於靠運輸吃飯的人而言，卻顯然直接關係到他們的運勢。根據這個標準，班哲明·布萊特威·勃南的產業雖說購置得相當晚，卻被公認為無上之選。從某個角度來看，房子本身沒有輝煌來歷甚至可視為一種優勢，因為這麼一來，勃南先生就可照自己的心意將它命名為伯特利[21]。更有甚者，他可以親自設計自己的產業，隨心所欲變更地形，他毫不遲疑剷除了所有不順眼的莠草和妨礙瞭望河面的樹木——包括好幾株老芒果樹和一片高達五十呎，不入他基督徒法眼的竹林。伯特利周圍，從房子到水面的視線毫無遮攔，只除了河口正上方那座俯臨私家碼頭與河岸石階的亭子。這座造型優雅的小亭子也跟附近其他產業上的亭子都不一樣，它的屋頂設計成中國式，有上翹的屋簷，還鋪了彎彎的綠釉瓦。

喬都根據船夫的描述，認出這座涼亭，便將槳插進軟泥，身體靠在握柄上，讓小船抵抗流動的河水而停下。經過芳園洲其他豪宅時，他逐漸意識到，光是找到菩特麗住的房子，未必就能找到她本人。這些宅第全都是一座座由眾多僕人守護的小城堡，而他們想必把所有擅闖者都視為競爭對手，為了捍衛工作，必須嚴陣以待。在喬都看來，綠頂亭子所在的花園是這一帶佔地最大、最難滲透的豪宅：草坪上布署了一支園丁和雜役組成的大軍，有些忙著挖掘新花床，也有人在除雜草或用鐮刀修剪草皮。喬都心裡有數，像他這樣圍著撕破的紗籠、披著罩衫，頭綁褪色毛巾的裝扮，根本不可能闖過這道防線；說不定一踏上地面就會被抓起來交給警衛，當作小偷毒打一頓。

這艘小船停著不動，已引起豪宅一名船夫的注意——顯然是個修補匠，因為他正忙著為一艘光鮮的小艇填補船底縫隙，用一把棕櫚葉做的刷子刷上柏油。這修補匠把刷子往桶裡一扔，轉過身，豎眉瞪眼看著喬都。做什麼的？他喊道：你來幹什麼？

喬都投以一個讓人解除武裝的微笑。你好，大師傅。他一下給這修補匠升了好幾級，拍點馬屁：我只是在欣賞這棟房子，恐怕是這一帶最大的吧？

修補匠點點頭：那還用問？當然是囉。

喬都決定試試運氣：住在裡頭的一定是一整個大家族囉？

修補匠嘴一撇，不屑地說：你以為住這種房子的人會跟一大群人擠在一起嗎？才不呢！只有大老爺、他的夫人和小姐而已。

就這樣？沒有別人？

還有一位年輕的小姐，修補匠無所謂地聳聳肩。但她不是這家的人。是他們做好事收留的，心腸真好啊。

喬都希望能獲得更多情報，但知道此刻不宜追問下去——萬一有個船夫划著小船來找菩特麗的消息傳出去，說不定會給她惹來麻煩。但他要怎麼把消息傳給她呢？當他正在煩惱，忽然注意到綠亭子的陰影中長了株小樹，他認得那是第倫桃，會開芬芳的白花，結一種極酸的果實，味道類似未成熟的蘋果。

21 Bethel在希伯來文中有「上帝的居所」之意，是舊約聖經中一個重要神蹟之地。

他鄉下的那些同父異母手足，每次在田野間行走，總忍不住對莊稼問東問西，他模仿他們天真無邪的口吻問修補匠：那棵第倫桃樹是最近種的嗎？

補縫工人抬頭一看，皺起眉頭。那棵樹啊？他扮個鬼臉。聳聳肩，好像要跟那棵出身卑微的樹保持距離。是啊，是新來那位小姐親手種的。她總在花園裡煩園丁，把東西移來移去。

喬都道了謝，調轉船頭，循原路回去。他立刻猜到那棵樹苗是菩特麗的傑作，她就喜歡那種果實酸得人齜牙咧嘴的味道。在植物園的家中，她臥室窗邊就有一棵第倫桃，每年短暫的結果期間，她總要摘一把果子加在芒果醬和泡菜裡。她喜歡這種果實，甚至可以生吃，旁人全都看得難以置信。喬都對菩特麗種植花木的習慣瞭如指掌，知道她一定會一大早來為小樹澆水。如果他在附近找個地方過夜，就有可能趁僕人起來走動前見到她。

現在喬都開始往上游划，盯著河岸找個既不會被人看見，又接近人煙，不會有豹子或豺狼出沒的地點。一看到理想的地方，他就撩起紗籠，涉水穿過岸邊的泥濘，把船綁在一棵大榕樹的樹根上。然後他爬回船上，洗去腳上污泥，開始飢餓地吞嚥一鍋快餿掉的飯。

小船後方有個茅草為頂的小艙房，吃完寒酸的晚餐，他就在這裡鋪上草蓆。天色正要轉暗。太陽落在胡格利河另一邊，隔著水面還可看見植物園樹木的輪廓。雖然喬都非常疲倦，但因天色仍然夠亮，還看得見河上忙碌的生活，他也無法閉上眼睛。

潮水開始湧進來，胡格利河上帆影如梭，大船小船若非忙著泊岸，就是盡可能行駛在水道中央。喬都躺在輕輕搖晃的甲板上，想像世界顛倒過來，河面變成天空，堤岸是堆積的雲；只要瞇起眼，就覺得船桅和檣桁彷彿一道道閃電，從洶湧翻飛的船帆中竄出。雷聲也有，就是風吹帆布的獵獵聲，它們不斷拍動，忽而鼓脹、忽而洩了氣。這些噪音總讓他覺得不可思議，船帆像鞭子揮舞噼啪作響，風在桁索間尖聲怪嘯，木材呻吟，拍打船頭的波浪跟海上巨浪一樣隆隆震響。好像每艘船都是一場移動中的暴風雨，而他是隻老鷹，尾隨著風雨盤旋，在她行經的殘骸中狩獵。

望向對岸，喬都數得出十幾個國家的旗幟：熱那亞、兩西西里、法國、普魯士、荷蘭、美國、威尼斯。這些旗幟是菩特麗教他辨識的，他們坐船通過植物園時，她會一一指給他看；雖然她不曾離開孟加拉，卻知道它們所來國度的故事。就因為這些故事，孕育了他一睹巴斯拉的玫瑰和大清皇帝治下廣州港的心願。

不遠處一艘三桅船的甲板上，傳來大副的聲音，用英語喊道：「全體船員到船尾集合，聽好了！」過了一會兒，水手長把命令傳下去：*Sab admi apni jagah!*

「升中桅主帆！」——*Bhar bara gávi!* 震耳噼啪聲中，船帆在風中抖動，大副喊道：「放鬆船舵！」

Gos daman ja! 水手長回應道，船身開始緩緩轉動。「抖開前中桅帆——水手長還沒把命令——*Bajao tirkat bavi!*——傳達完，高處那面方帆的噼啪爆響已隨風傳來。

喬都向坐在河階上補帆的製帆工人學會每一面帆的英文名稱和船工的叫法，後者是只在水上使用的混雜語言，變化多端一如海港內的交通，是無秩序可言的大雜燴，葡萄牙划艇及喀拉拉邦平底船、阿拉伯帆船與孟加拉小艇、馬來亞快速三角帆船和泰米爾木筏、印度式平底船和英國雙桅橫帆船——但在駁雜的聲音之下，意義溝通無礙，就像擠成一團的船隻下方的水流。

喬都聽著那些遠洋船隻甲板傳來的聲音，試著自力學習以理解高級船員的命令，甚至也高聲發號施令，雖然只能說給自己聽——「右舷注意，喂！」*Jamma pori upar ao!*——他知道整句話的意思，卻不了解個別單字的意義。強風吹襲船樑末端時，他若在船上，就可熱切地高喊這一句……總有那麼一天的，他有把握。

忽然水上又傳來另一種喊聲——*Hayá ilá as-saláh*...——聲音在河道中接力傳遞，從一艘船到另一艘船，船員中的穆斯林開始唱晚禱。喬都也從飽食後的呆滯狀態中清醒過來，做祈禱的準備：他拿一塊折好的布蓋在頭上，調整船頭朝向西方，然後跪下做第一個跪拜。他一向沒多虔誠，只因母親下葬的記憶猶新，才覺得有必要禱告。但低聲把最後幾個字唸完後，他很慶幸自己還記得。這是母親的心願，他知道，克盡職責的感覺，讓他的身體心安理得地向幾個星期來累積的疲倦投降。

*

十哩外的下游，拉斯卡利平底船上，準備晚餐的環節出了好些個意外狀況。船上的豪華鏡廳也在其中：它從老王爺時代就很少使用，重新啟用後便顯得年久失修。水晶吊燈少了許多燭座，必須因陋就簡，利用繩索、木頭，甚至一些椰纖吊帶湊合。雖然結果差強人意，還是使燈光失色不少，怪模怪樣好像被強風吹歪似的。

鏡廳用天鵝絨帷幔隔成兩半：後面一半充當餐廳，有張精緻的黑檀木餐桌。現在把帷幔拉開，卻發現打磨過的桌面因長期缺乏保養變得灰撲撲的，桌下還住了一窩蠍子。得先叫批侍衛揮舞棍棒把蠍子趕走，又抓了一隻鴨子來殺，準備用鴨油打磨桌面。

鏡廳另一頭，在餐桌後面設了個有屏風的小房間，專供閨閣婦女使用。老王爺的情婦都慣於從這優越的隱密位置觀察他的客人。但精雕細琢的窺視屏風經不起長年忽視，已經朽爛。而艾蘿凱西堅持不放棄給來賓打分數的權利，只好裝一塊草草挖了幾個窺孔的布簾取代。這又挑起她進一步介入這場晚間活動的欲望，於是決定讓自己的三名侍女跳幾支舞做為餐後餘興。但檢查之下就發現地板變形了，舞者的光腳踩在凹凸不平的木板上，有戳到木刺的風險。結果又找了個木匠來把地板修平。

舊的問題才解決，新的問題又出現：鏡廳本來有整套象牙握柄銀製刀叉，搭配完整的碗盤套組，當初從英國史文登陶瓷廠進口，花了很大一筆錢。因為外國人吃牛肉、飲食不潔淨，為防家中其他器皿遭受污染，便特意保留這套餐具給他們使用，平時就鎖在櫃子裡。但這回帕里莫一打開櫃子，震驚地發現許多碗盤不見了，刀叉也少了很多。剩下的餐具只勉強夠四人用餐——但失竊一事造成令人不快的猜忌氣氛，終於在備餐船上掀起一場兩敗俱傷的打鬥。兩名侍衛打斷鼻梁後，尼珥不得不出面干預。雖然恢復和平，卻耽擱了預備晚宴的工作，主人也來不及在陪伴客人享用正式晚餐前先填飽肚子。這真是慘痛的打擊，因為這代表客人大快朵頤時，尼珥必須禁食。拉斯卡利領主家族對於有資格與王爺共餐的人設下嚴格規範，吃牛肉的不潔之人不在其中——甚至艾蘿凱西也不在其中，所以尼珥到她家過夜，她都必須偷偷進食。而霍德家族在這方面毫無通融餘地，所以款待客人時，他們只禮貌地陪客人同坐，對堆在面前的食物卻絕對不碰。為了避免受誘惑，他們總會提前用餐，尼珥也打算這麼做——但備餐船亂成一片，他只能抓幾把炒米泡牛奶充飢。

當日落的喚禱聲傳遍水面，尼珥找不到他通常在公開場合穿的高級尚拔夫腰布和阿布拉旺細棉布罩衫：原來都送去洗了。他不得不將就穿上相對粗糙的帆布腰布和細布罩衫。艾蘿凱西從他行李的某處找出一雙金線刺繡拉合爾繡花鞋讓他穿在腳上。她帶他坐進鏡廳，在他肩上披一條澤拜夫錦緞滾邊的上好瓦朗加爾真絲披肩。接著，朱鷺號的小艇駛來時，她立刻躲到看不見的地方去督促侍女排練。

客人被帶進來時，尼珥鄭重起身迎接。他注意到勃南先生穿的是騎馬裝，但另兩名男子顯然花了番功夫換上適於這場合的衣服。兩人都穿雙排釦外套，竇提先生的領巾摺縫間閃爍著一支紅寶石別針。瑞德先生的西裝翻領上裝飾著一條高級懷錶的錶鍊。客人配戴珠寶使尼珥自覺弗如，他雙手合十表示歡迎時，特別用錦緞披肩遮住胸前：「勃南先生、竇提先生——大駕光臨，真是蓬蓽生輝。」

兩個英國人只點頭回應，賽克利卻上前一步，彷彿要握手，把尼珥嚇了一跳。幸好竇提先生出馬解救，攔住那美國人。「手別亂動，後生小子。」領航員低聲說：「你碰到他，他就得去洗澡，我們就要等到午夜才有得吃了。」

幾位客人都沒上過拉斯卡利的船，所以尼珥提議帶他們參觀船上的公用區域時，他們欣然同意。他們在上層甲板遇見拉丹小王子，他趁著月色在放風箏。竇提先生被介紹給這男孩時，哼一聲說：「這位小拉屎狗是你的王儲嗎，尼珥拉蛋王爺？」

「王儲，是的。」尼珥點頭說：「我唯一的孩子和繼承人。從我腰幹裡結出的嬌嫩果實，貴國的詩人可能會這麼說[22]。」

「啊哈！你的小人蔘果！」竇提先生對賽克利擠擠眼。「容我放肆問一句——你自認用來結果的那根腰幹是細藤條還是粗樹枝呢？」

尼珥瞪他一眼。「先生，」他冷漠地說：「有整棵樹那麼大。」

勃南對風箏有興趣，而且證明他是箇中高手，把風箏操縱得高低裕如，搪玻璃線在月光下閃閃發亮。尼珥稱讚他手法靈巧時，他答道：「哦，我在廣州學會的：學放風箏沒有更好的地方了。」

回到鏡廳，一瓶香檳已在一桶渾濁的河水中等待。竇提先生喜孜孜地撲上前：「香檳！好耶——正合我意。」他替自己倒了一杯，咧開大嘴，對尼珥笑道：「家父常說：『拿酒瓶抓瓶頸，摟女人要抱腰，千萬不可顛倒。』我打賭令尊一定也聽得進這句話，嗯，尼珥拉蛋王爺——他可是個貨真價實的浪蕩子，不是嗎，我是指令尊。」

尼珥冷淡一笑：對這領航員深感厭惡，他不禁想道，老祖宗列出不能與不潔的外國人分享的物品清單上，不包括葡萄酒和烈酒，真是慈悲之舉——若非靠他們的酒，怎麼可能跟他們打交道？他很想再喝杯香檳，卻從眼角瞥見帕里莫打著手勢，示意晚餐準備好了。他提起腰布的摺子。「各位先生，據我所知，晚餐已備好了。」他站起身，鏡廳的天鵝絨帷幔立刻拉開，露出一張擦得雪亮的大桌，餐具照英國派頭布置，有刀、叉、盤和玻璃酒杯。兩端各放一座巨大枝形燭台照亮桌面，正中央插了一盆枯萎的蓮花，密集堆放下，幾乎看不見下方的花器。桌上沒有食物，因為拉斯卡利領主家族採用孟加拉用餐習慣，菜是一道道上的。

尼珥安排的座次是讓勃南先生坐他對面，賽克利坐左邊，竇提坐右側。照慣例，每把椅子後方都有一名侍僕，雖然他們都穿著拉斯卡利的制服，但尼珥注意到他們的衣服（寬鬆衣褲、頭巾、長度及膝的附腰帶長外套）出奇地不合身。他這才想起，這幾個小廝不是真正的侍僕，而是帕里莫臨時抓差找來的年輕船夫。從他們緊張的抽搐和閃爍的眼神，可明顯看出對這角色的不安。

來到桌前，尼珥和他的客人站著等了好一會兒，等人替他們把椅子推上前，好讓他們就座。尼珥從帕里莫的眼神中看出，沒人交代船夫儀式中有這個步驟。侍僕反倒等著用餐者到他們那邊落座；以為大家會坐在離桌子幾呎遠處——但尼珥不禁又想道，他們又哪裡會知道，椅子和桌子使用時的距離該是多近呢？

22 尼珥用「The tender fruit of my loin」，原為英文表達「我的嫡親骨肉」之義的文雅說法，卻完全被竇提扭曲了。

這期間，一個年輕船夫好心地主動拍拍竇提的手肘，示意他椅子還空著，就在他背後三呎遠，等他去坐。尼珥看到那領航員脹紅了臉，趕緊用孟加拉語下令船夫把椅子推過來。他下令的口吻非常嚴厲，最年輕的船夫（正好是伺候賽克利那個）嚇了一跳，像把小艇推上泥濘河岸似的，連忙用力將椅子推上前。椅子邊緣頂著賽克利，於是他一屁股坐下，被送到桌前——大吃一驚，不過沒受傷。

尼珥雖然極力致歉，但看到賽克利對這件事只覺好笑而沒有受冒犯的感覺，很是高興。他們相處時間雖不長，他對這氣質優雅，進退有度的年輕美國人卻頗有好感。陌生人的家世與出身經常引起尼珥的好奇：在孟加拉，要知道一個人的來歷很簡單；多半情況下，只要聽名字就猜得出對方的宗教、階級、村莊。外國人相對而言比較難解，總需要多方猜測。比方瑞德先生的儀態，令尼珥相信他可能來自古老的貴族世家——他記得曾在某處讀到，歐洲貴族把排行在後的兒子送去美洲並非不尋常之舉。基於這念頭，他說：「你的城市，瑞德先生，我印象中它是以一位巴爾的摩爵士命名的，沒錯吧？」

那回答出奇地沒把握——「也……也許吧——我不確定……」——但尼珥堅持：「巴爾的摩爵士是你的祖先，是否有這可能？」

這話更引起驚訝的搖頭和困窘的否認——但只讓尼珥更堅決地相信這位沉默的客人出身貴冑。「你最近就要搭船回巴爾的摩了吧……？」尼珥問道。他差點就在句末加上「大人」二字，好在及時住了嘴。

「啊，不會，先生。」賽克利答道：「朱鷺號要先去模里西斯。如果趕得回來，我們年底可能會去中國。」

「我明白了。」這讓尼珥憶起請這場客的初衷，也就是了解他的頭號債主目前的運氣有什麼新發展。他轉向勃南先生：「那麼，最近改善了吧，中國那邊的情況？」

勃南先生搖搖頭答道：「沒有，尼珥・拉丹王爺。沒有。老實說，情況還更加惡劣，甚至已經正式論及將要開戰。這很可能就是朱鷺號要去中國的理由。」

「開戰？」尼珥大驚：「可我完全沒聽說要跟中國開戰啊。」

「我相信你沒聽說過。」勃南淺笑道：「像你這樣的大人物，何必在意這種事？你有那麼多宮殿、後宮、船屋，需要煩心的事已經太多了，我相信。」

尼珥知道人家在諷刺他，不由得怒從心起，好在第一道菜——熱氣騰騰的湯——及時出現，解除了他反應過度、表現失態的危機。銀湯碗被偷了，因此湯裝在剩下的一個同樣純銀打造的容器端上來：是個貝殼形雞尾酒缸。

竇提先生露出一道沉醉的微笑。「我聞到的是鴨肉嗎？」他望空嗅道。

尼珥不知道今天吃什麼菜，因為備餐船上的廚師直到最後一刻還在張羅材料。這艘船屋即將抵達航程終點，存糧已經很少，備辦大餐的消息讓每個廚師張惶失措，大隊衛士、侍從和船夫都被派出去捕魚、打獵——尼珥實在不知有哪些收穫。所以最後由帕里莫出面，低聲確認這道湯裡的肉確實來自油脂被用來拋光桌面的那隻動物——不過尼珥只說湯用到那隻鴨的屍骸，省略了故事的後半。

「好極了！」竇提拿起酒杯，一飲而盡。「雪莉雞尾酒也很不錯。」

尼珥雖被打斷，卻沒忘記勃南先生對他在意的事物表示不屑。這下他相信這位船主是誇大其詞，要他採信其公司確實損失慘重。他謹慎地穩住聲音說：「勃南先生，你要知道的話定會驚訝，我其實下了不少功夫追蹤新聞——但我真的對你提到的這場戰爭一無所知。」

「好吧，先生，那就讓我告訴你好了。」勃南先生說：「最近廣州的官員採取強烈手段阻止鴉片輸入中國。我們在那邊有生意往來的人一致認為，不能讓滿大人隨心所欲。結束貿易會害大家破產——包括我的公司、你、還有整個印度。」

「破產？」尼珥和顏悅色地說：「但我們當然可以賣比鴉片更有用的東西給中國。」

「但願如此。」勃南先生說：「但事實不然。說得簡單點：他們根本不要我們的東西——他們頑固地以為用不著我們的產品和工業製品。相對的，我們卻少不了他們的茶葉和絲綢。如果不靠鴉片，龐大的白銀流出會令大不列顛及其殖民地無法負荷。」

這時，竇提先生忽然插話：「問題在於，你們知道，支那強尼嘗到鴉片的滋味前，總以為還能回到過去的好日子。但回不去了——此路不通。」

「回去？」尼珥訝說：「但中國自古就有鴉片癮，不是嗎？」

「自古？」竇提嗤之以鼻。「哼，我年輕時第一次去廣州，進口鴉片還少得可憐。豬尾巴強尼他媽的死硬腦袋。我告訴你，要讓他喜歡上鴉片，真不簡單。不成不成——賞罰要分明，你必須承認，要不是英、美兩國商人努力不懈，會對鴉片上癮的就只限少數上等人。經歷這發展的人大多還活著呢——我們應該衷心感謝勃南先生這樣的人物。」他向勃南舉杯：「敬你，大人。」

尼珥正想加入敬酒，但第二道菜上桌了：是全熟的整隻童子雞。「我不敢相信，這不正是只要吃到死亦無憾的烤雞嗎！」竇提先生樂不可支地喊道。他用叉子叉起那隻雞的小腦袋，心滿意足地大嚼。

尼珥看著盤裡的雞，快快不樂地克制自己。他突然覺得很餓，要不是當著僕從的面，他一定會把那隻雞吃掉。他舉杯向勃南敬酒，雖然慢了一步，但可藉此轉移注意力：「敬你，大人，祝你在中國大發利市。」

勃南微笑。「不容易啊，我告訴你。」他說：「尤其開頭那幾年，滿大人特別難搞。」

「真的？」尼珥一向對經商沒興趣，總以為鴉片貿易在中國是有官方許可的——這麼想似乎很合理，因為孟加拉的英國官方不僅批准這項貿易，還責成東印度公司完全壟斷。「你真讓我意外，勃南先生。」他說：「所以，中國官方不贊成賣鴉片囉？」

「恐怕是如此。」勃南說：「中國把走私鴉片視為非法已有好一段時間。但過去他們一直沒什麼大動作。北京官員和總督原本拿了一成佣金就樂得閉眼不管。現在他們小題大作，是為了想分更多利潤。」

「簡單。」竇提嚼著翅膀說：「這些豬尾巴該受點教訓。」

「我同意你的看法，竇提。」勃南點頭說：「適時給點懲罰是有益的。」

「所以你們認為，」尼珥說：「貴國政府要打仗了？」

「可能會發展到那一步，是啊。」勃南說：「大不列顛有無比的耐心，但任何事都有個限度。你看天朝怎麼對待阿美士德勳爵[23]，他帶著一整船禮物等在北京城門口——皇帝卻連見都不想見他。」

「啊，別提了，真叫人無法忍受！」竇提氣鼓鼓地說：「還要求爵爺在大庭廣眾磕頭。哼，接

---

23 Lord Amherst，英國外交官，一八一六年代表英國率使節團訪華，但因雙方在晉見嘉慶皇帝的禮節上有歧見，結果使節團未見到清帝就無功而返。但此行有助阿美士德在英國的聲望，後來他在一八二三年至一八二八年獲派出任印度總督。

下來他們就要叫我們留根豬尾巴了。」

「後來律勞卑爵士[24]的下場也沒好到哪去。」勃南提醒他：「滿大人對他，就像對這隻雞一樣不當回事。」

提起雞，竇提的注意力又回到食物上。「大人，說到雞。」他喃喃說：「這可真是人間美味。」

尼珥的目光回到自己盤中那隻沒碰過的雞：不用品嘗他也知道這道佳餚有多可口，但當然不能這麼說。「你的讚美太過慷慨，竇提先生。」他基於好客立場開始自貶：「不過是隻有害無益的小畜生，不值得列位貴賓掛齒。」

「有害無益？」賽克利忽然警覺。直到現在他才注意到尼珥一口也沒碰放在面前的食物。他放下叉子說：「但你還沒吃你的雞，大人……難道目前這種天氣不適合食用？」

「不。」尼珥說完，又連忙更正：「我是說，是的——很適合你吃……」他頓住，希望用禮貌的方式向這美國人解釋，為什麼拉斯卡利領主不能吃這道雞，而不潔的外國人卻可盡情享用。他想不出該怎麼說，只好無言地望著那兩個英國人求助，他們都很了解霍德家族的飲食規範，卻都不肯看向他，最後竇提先生發出宛如一壺將沸之水的咕嚕聲。「把那尾毒蜥吃了吧，笨小子。」他悄聲對賽克利說：「他只是在當傻瓜罷了。」

一盤魚送進來，解決了這問題：裹粉油炸的魚柳配酥脆的炸蔬菜。竇提仔細打量那魚。「鱸魚，如果我沒看錯——還有帶餡兒的炸餅！哎呀，大人，你的大廚真讓我們受寵若驚。」

尼珥正打算表達客套的抗議，卻發現一件令他震驚到無以復加之事。他的眼光飄向桌子中央那盆枯萎的蓮花，隨即恐懼萬狀地察覺，插花容器並非他以為的是個花盆，而是個舊陶瓷夜壺。船上年輕一輩的船夫顯然都對這件器物的功能與歷史一無所知，但尼珥清楚記得，它是特地買來供一位腸胃長寄生蟲的重病老法官使用的。

他壓抑一聲噁心的驚呼，連忙移開目光，尋找一個足以使來賓不至注意此事的話題。當一個話題浮現，他立刻用還聽得出殘存些許厭惡感的聲音說：「但，勃南先生！你是說大英帝國為了強迫中國買鴉片不惜一戰嗎？」

勃南的反應來得很快，他把酒杯往桌上重重一放。「你顯然弄錯了我的意思，尼珥．拉丹王爺。」他說：「戰爭如果爆發，也不是為了鴉片。打仗是基於原則：為了自由——為貿易自由，也為中國人民爭自由。自由貿易是上帝賦予人類的權利，這原則適用於所有商品，包括鴉片在內。但以鴉片而言，更重要的是，若沒了它，幾百萬中國人就將喪失英國提供的長久利益。」

聽到這兒，賽克利插嘴說：「怎麼說呢，勃南先生？」

「理由很簡單，瑞德，」勃南耐心地說：「英國對印度的統治若沒有鴉片就無法維持——事實就是如此，我們不用假裝。你一定知道，這些年來，東印度公司光是出售鴉片的年收入，就等於你的祖國，美國的全年國民所得。你能想像若沒有這筆源源不絕的財富，英國能統治這塊貧瘠的土地嗎？試想英國的統治帶給印度的種種利益，我們豈不就能推斷，鴉片是上帝賜給這國家最大的福佑嗎？豈不更可以說，把這些好處散播給更多人，乃是上帝賦予我們的責任嗎？」

尼珥對勃南的高論心不在焉，他的注意力完全在其他方面。他這一刻才想到，夜壺這檔事本有可能發展出更恐怖的結局。例如，萬一它被當作湯碗，盛滿冒著熱氣的湯送上來的話，他該怎麼

---

24 Lord Napier於一八三四年出使中國，因不了解或不理會清廷對外國人的重重限制，與當地官府發生軍事衝突，被驅逐到澳門，不久就患病去世。

辦？想到所有可能發生的情況，他有充分理由感謝神明使他不至在社交場合身敗名裂，這件事充滿神的旨意，他忍不住滿懷虔敬地反駁：「用上帝為鴉片辯護，你不覺得不安嗎，勃南先生？」

「一點都不會。」勃南捋著鬍子說：「我有位同胞說得簡單明瞭：『耶穌基督就是自由貿易，自由貿易就是耶穌基督。』我認為這是我聽過最真實的話。如果上帝要用鴉片當作打開中國的工具以接受祂的訓誨，那就讓它實現罷。就個人而言，我得承認，我覺得英國人毫無理由助長滿清暴君剝奪人民享用這仙丹妙藥的行徑。」

「你是指鴉片？」

「當然。」勃南嚴厲地說：「我且問你，大人，你願意回到拔牙或截肢時沒有任何止痛藥減輕痛楚的時代嗎？」

「不會啊。」尼珥打個寒噤。「當然不會。」

「我想也是。」勃南說：「所以你最好記住，少了嗎啡、可待因、那可丁，現代醫療和外科手術就都無法施行，而這些藥物不過是鴉片所衍生福庇中的少數幾種而已。若沒有小兒腸痛水，我們的孩子就不能睡覺。我們的淑女——啊，我們敬愛的女王也包括在內——沒有鴉片酊要怎麼辦。想想看，甚至這個進步與工業化的時代都可說是鴉片造就的。若沒有它，倫敦街頭會滿是咳嗽、失眠、大小便失禁的人。把這一切列入考慮，豈不有充分理由質問，滿清暴君有沒有權利橫加阻撓，剝奪他無助的子民享受進步好處的機會。你想，上帝若看到我們與暴君同流合污，讓那麼多人無法分享天賜至寶，祂會高興嗎？」

「但是，勃南先生，」尼珥堅持說：「中國有很多人染上鴉片癮，中毒不醒，不也是事實嗎？我們的造物主應該不樂見這些苦難吧？」

這話激怒了勃南。「先生，你提到的缺失，」他答道：「只是人類墮落的一面，尼珥．拉丹王爺，如果你有機會到倫敦的貧民窟走一遭，就會親眼看到，帝國首都賣杜松子酒的店鋪裡，上癮中毒的人並不比廣州鴉片館裡少。難道我們因此就要剷光城市裡的酒館？禁止在餐桌上飲用葡萄酒，也不准在客廳飲用威士忌？剝奪水手和軍人每天的一杯小酒？即使執行這些政策，難道從此就不會有人上癮，再也沒有人沉醉？如果這方面的努力失敗，國會中的議員諸公就得承擔因而喪生的每條人命的罪疚？答案是不。不會的。因為要矯正毒癮問題不能靠國會或皇帝下令，只能靠個人良知——每個人要認清個人的責任，要敬畏上帝。做為一個信奉基督教的國家，這是我們能教中國唯一且重要的一課——我一點都不懷疑那不幸國家的老百姓會歡迎這個信息，問題是他們受殘酷的暴君控制，以致無法聽到。中國的腐敗只能歸咎於它的暴政，先生。像我這樣的商人無非就是自由貿易的僕人，它像上帝的十誡一樣，是永恆不變的。」勃南先生頓了一下，把一塊酥脆的蔬菜球扔進嘴裡。「在這方面，我還能補充一點，我認為拉斯卡利王室不宜討論鴉片是否道德的話題。」

「有何不宜？」尼珥打起精神，準備面對接下來必然出現的對峙。「請解釋，勃南先生。」

「有何不宜？」勃南挑起眉毛。「這麼說吧，最好的解釋就是，你擁有的一切都來自鴉片——這艘船、你那些房子、這一桌食物。你以為光靠你的房地產收入和那些身在飢餓邊緣，與苦力無異的農民，就能有這種享受嗎？不可能的，大人，是鴉片給了你這一切。」

「但我不會為它發動戰爭，大人。」尼珥用同樣尖銳的語氣對勃南說：「我也不相信大英帝國會這麼做。你不要以為我不知道國會在貴國的影響力。」

「國會？」勃南笑了起來：「戰爭結束前，國會根本不會知道此事。相信我，大人，如果這種事要交給國會處理，老早就沒有大英帝國了。」

「對啊，對啊！」竇提舉杯說：「這話說得再正確不過……」

下一道菜送上來，打斷了他的話，這道菜的出場動員了船上的大半船員。他們一個接一個走進來，捧著裝有米飯、羊肉、大蝦的銅盆，還有泡菜和醬菜的拼盤。

「啊，終於來了——咖哩大餐。」竇提說：「時機也恰好！」蓋子掀開時，他迫不及待往桌上張望。他找到要找的東西，快活地伸手指著一個裝滿菠菜和魚片的銅碗：「這不就是名震八方的拉斯卡利熱炒魚嗎？啊，我確信是它！」

食物的香味對尼珥毫無影響，他被勃南的話深深刺傷，所有與食物有關的念頭、蛔蟲與夜壺的困擾，都忘得一乾二淨。「千萬別把我當作無知的本地人，」他對勃南說：「而像對小孩似的跟我講話。容我這麼說，貴國的年輕女王不會有比我更忠貞的臣民，也沒人比我能更清楚理解英國人享有的權利。事實上，我能補充，我對休姆、洛克、霍布斯先生等人的著作都非常熟悉[25]。」

「你甭在我面前提什麼休姆、洛克的。」勃南用駁斥搬弄權威姓名以自抬身價者的冰冷口吻說：「我告訴你，打從他們一進孟加拉稅務局工作，我就認得他們。我也讀過他們寫的每一個字——包括他們寫的衛生報告。至於霍布斯先生，我前幾天還在俱樂部跟他一塊兒吃飯。」

「霍布斯這好小子，」竇提忽然插嘴說：「進市議會啦。如果我沒弄錯。我跟他去打過一次野豬呢。嚮導驚起一隻老母豬和一窩小豬，把馬嚇得魂不附體。老霍布斯摔下來——正好跌在一隻小豬身上。當場就死了。我是說那隻小豬。但霍布斯毫髮無傷。真是慘不忍睹。不過烤熟後依舊美味。我是說那隻小豬。」

竇提還沒講完他的故事，又有事來分散大家的注意力：一陣類似踝鐲的鈴聲從尼珥背後屏風遮擋的小房間傳來。顯然艾蘿凱西和侍女群要來看看晚宴客人長什麼模樣。接著她們輪流到窺視孔前張望，又是一陣低語聲和腳步聲，然後尼珥聽見艾蘿凱西興奮地提高音量：*Eki-ré*——快看，快看！

噓！尼珥回過頭，但沒人聽見他的警告。

看見那胖老頭嗎？艾蘿凱西繼續用孟加拉語熱切但明顯地以氣音說：二十年前他嫖過我；我頂多十五歲吧；哎呀，他幹的好事，*bap-ré!* 我的天！說出來，妳們會笑死……

尼珥注意到桌上一片沉默：年紀較大且經驗豐富的人，都瞪著天花板或桌面，彷彿在研究某樣東西——賽克利卻驚訝而好奇地東張西望。尼珥比先前更束手無策，不知該怎麼對新來者說明目前的情況：怎麼告訴他，有四個舞孃正隔著帷幕上的隙縫在觀察他？無話可說下，尼珥只好喃喃致歉：「就是幾個婢女。別聽她們胡扯。」

艾蘿凱西總算壓低音量，尼珥不想聽，卻情不自禁豎起耳朵：不，真的……叫我坐在他臉上……嘻嘻！……然後用他的舌頭舔那地方……不對啦，笨蛋，就是那裡啦，對啦……*shejeki chatachati!*……啊唷喂，那種舔法！還以為他在吃芒果醬……

「媽拉個巴子什麼東西！」竇提猛然跳起，打翻了椅子，發出一陣嘩啦聲。「天殺的婊子淫娼。別以為老子聽不懂妳們在鬼扯啥。妳那些黑鬼話我沒一個字聽不懂。說我舔女人屄瓣，是嗎。老子寧願肏主教，也不搞妳的下水道。舔，妳說的？看我拿棍子好好舔妳一舔……」

他高舉手杖，大步撲向小房間，勃南靈活地跳起來把他拉開。賽克利也趕緊幫忙。集二人之

---

25 休姆即David Hume，十八世紀英國哲學家、經濟學家及歷史學家。洛克即John Locke，十七世紀英國哲學家。霍布斯即Thomas Hobbes，十七世紀英國政治哲學家，主要著作為《利維坦》(*Leviathan*)。他們大致都主張政府須取得被統治者的同意，並保障人民生命、自由、財產等自然權利，其統治才有正當性，是現代民主思想的先驅。

力。總算把領航員拖出鏡廳，來到前甲板上，把他交給水手長阿里和手下的船工。

「黃湯灌多了。」阿里抓住領航員的腳踝，很實際地說：「還是快回去睡覺的好。」

這未能安撫竇提。他雖被拖上小船，一路仍在大喊大叫：「不准碰我的腳！……停止你們的鬼言鬼語！……否則我剝了你的頭皮，塞進你嘴裡……掏出你的腸子……打爛你的雞巴……天殺的豬狗不如！……我的燉菜跟熱炒魚片呢……？」

「你以為吃到高級飯了？」阿里責備道：「灌了一肚子黃湯，就天昏地倒了，不是嗎？」

勃南留下賽克利管束那領航員，走回鏡廳，尼珥還坐在主位，面對這場災難般的盛宴沉思：若由他父親款待客人，今晚會發展到這地步嗎？那是他無法想像的演變。

「很抱歉搞成這樣。」勃南說：「我們的好竇提先生，剛好多喝了一小杯，稍微超過他平日的量。」

「該道歉的是我。」尼珥說：「你們不會已經要走了吧？女士們安排了一場餘興表演。」

「真的？」勃南說：「那一定要請你代為轉達我們的歉意。恐怕我不適合看那種表演。」

「那真抱歉。」尼珥說：「你覺得身體不適嗎？菜餚不合口味？」

「食物好極了。」勃南嚴肅地說：「但餘興部分——你可能知道，我對教會有某些責任。習慣上我不觀賞有損異性尊嚴的演出。」

尼珥低頭道歉。「我懂，勃南先生。」

勃南從背心裡取出一枝雪茄，放在拇指上敲了敲。「如果你不介意，尼珥．拉丹王爺，我想私下跟你說幾句話。」

尼珥想不出任何拒絕這要求的藉口。「當然，勃南先生。我們到上層甲板去好嗎？在那兒不會受人打擾。」

＊

一到上層甲板，勃南就點起雪茄，向夜空噴出一篷煙霧。「我很高興有這機會跟你談談。」他說：「這是出乎意料的樂事。」

「謝謝你。」尼珥戒備地說，所有自衛本能這下全都甦醒了。

「記得我最近寫給你的信吧。」勃南說：「能否請教，你是否考慮過我的提議？」

「勃南先生，」尼珥乾澀地說：「很抱歉，目前我還不出欠你的那筆錢。請你了解我無法配合你的提議。」

「為什麼？」

尼珥回想前一次去拉斯卡利，他的佃農和管理員在公開會議中苦苦哀求他不要出售領地，使他們失去耕作數代的土地。他回想最後一次前往家族宗祠，祭師跪倒在他腳下，懇求不要把他歷代祖先祭拜的寺廟交給外人。

「勃南先生，」尼珥說：「我的家族擁有拉斯卡利領地兩百多年；霍德家族連續九代坐在王座上。我怎能用它來抵債？」

「時代改變了，尼珥．拉丹王爺。」勃南說：「不隨時代改變的人，就只好被淘汰。」

「但我對人民負有責任。」尼珥說：「你一定要試著了解——我的宗廟在那塊土地上。我無權拿任何一部分土地出售或送人。它也屬於我的兒子和他尚未出生的後代。我不能轉讓給你。」

勃南噴出一口煙。「老實跟你說，」他壓低聲音：「事實上你沒得選擇。你欠我公司的債，即使賣掉所有房地產都還不清。恐怕我再也等不下去了。」

「勃南先生，」尼玥堅決地說：「請忘掉你的建議。我會賣掉我的房屋，也會賣掉這條船，我會盡可能賣掉一切——但我不能放棄拉斯卡利的土地。我寧可宣告破產，也不能把領地交給你。」

「我明白了。」勃南說道，毫無不悅之意。「我可以把你方才的話當作最終決定嗎？」

尼玥點點頭：「是的。」

「那麼，就這樣吧。」勃南凝視雪茄發光的菸頭。「我們把話說清楚，接下來不管發生什麼後果，你就只能怪自己了。」

6

每天，寶麗窗前的蠟燭總是首先劃破黎明前籠罩伯特利的黑暗。住在這棟房子裡的人，不分主僕，永遠是她最早起床，而她每天的第一件事，就是藏起當睡衣穿的紗麗。唯有在臥室裡獨處，遠離舉家上下刺探的目光時，她才敢穿紗麗。寶麗發現伯特利的僕人跟主人一樣，對於歐洲人，尤其是歐洲婦女該怎麼穿著才得體，有著牢不可破的成見。只要她的衣著不合格，小廝和僕人全都會給她臉色看，而每當對他們說孟加拉語——或只要說的不是這房子裡發號施令通用的大雜燴式印地語——就沒人睬她。現在，她一起床就趕緊把紗麗鎖進箱子：這是唯一不會被白天絡繹進來打掃臥室的僕人（鋪床的丫鬟、掃地的使女、洗廁所大娘及其他僕婦）發現的地方。

分配給寶麗的房間位於這棟大宅的最高樓層，包括一間相當大的臥室和一間更衣室，更棒的是隔壁就有間附抽水馬桶的廁所。勃南太太從一開始就堅持要住全市頭一批不設戶外廁所的房子。她常說：「每次想給大地添點肥料，都得跑外面去，真是累死人了。」

正如宅子裡其他的廁所，寶麗的浴室擁有很多最新穎的英國裝備，包括一個坐起來很舒適的附木蓋馬桶、彩繪的陶瓷臉盆，和一個小巧的足浴錫盆。但依寶麗看來，這間浴室缺了樣最重要的設備——沒有能沖澡的東西。多年來養成的習慣，讓寶麗不但天天要沖澡，還經常在胡格利河裡游泳。若是一整天都不能在冷冽的清水裡至少沖洗一次，她就覺得十分難受。但在伯特利，只有老爺享有天天洗澡的特權，而且是他在辦公室忙了一天，滿身灰塵，熱烘烘地回到家的時候。寶麗聽說，勃南先生每天都淋浴，而且設計了一套特殊裝備：取一個普通錫桶，在桶底鑽許多小孔，然後將這桶掛起來，令一名僕人不斷把水加滿，他這老爺則站在桶下，享受水流從頭澆下的快感。寶麗實在很想用用看這設備，但唯一一次試著提出這要求時，卻讓勃南太太大驚失色。說話喜歡拐彎抹角的勃南太太，提出一大堆越聽越糊塗的理由，聲稱只有男人才需要經常洗冷水澡，天生柔弱、冷靜的女性這麼做就不恰當，甚至不正常；她的意思很明白，在她看來，太太小姐用浴缸最合適，而且兩、三天洗一次就可以了。

伯特利有兩間非常大的浴室——安裝了從雪菲爾[26]直接進口的鑄鐵浴缸。但要把浴缸裝滿，至少得提早半天通知挑水夫。寶麗知道，如果她每週下這命令超過兩次，消息很快就會傳到勃南太太耳中。反正在浴缸裡泡澡也不對寶麗胃口。她並不覺得泡在滿是自己身上洗下浮沫的溫涼水裡有什麼樂趣；對那三名侍浴女僕（勃南太太喜歡叫她們「舒服女郎」）的服侍，也不覺得受用。她躺在浴缸裡，她們在旁沒事找事，在她背上打肥皂，替她搓洗大腿，把任何她們認為該去除的毛髮拔掉，而且不停嘟噥著「舒不舒服呀？」好像全身被人捏來捏去，東搓西揉有多大樂趣似的。她們摸弄到她最私密的部位時，她會抗拒，這總讓她們一臉驚訝而受傷的表情，好像這麼一來，她們就不能充分貫徹任務：這對寶麗是種折磨，因為她實在不懂她們想做什麼，也沒興趣知道。

走投無路的寶麗被迫躲在浴室裡，用自己的方式清洗：她站在錫製腳盆裡，小心地用杯子從桶裡舀水，慢慢沖洗身體。從前她都穿著紗麗洗澡，剛開始脫光衣服時，還會覺得不安，但經過一、兩個星期也就習慣了。水濺出來是無法避免的，事後她總要花上好一段時間擦乾地板，消滅沐浴儀式的痕跡。僕人對伯特利住民的一言一動都很好奇，而勃南太太這人乍看糊塗，偏就有辦法從她們那兒打聽到各種八卦。寶麗雖然百般防範，但她絕對有理由相信，自己的祕密淋浴不知透過什麼管道，已傳到女主人那兒。最近，勃南太太就三番兩次用嘲弄的語氣提到印度教徒洗澡洗個不停，而且老把頭浸在恆河裡，叨唸著神呀父呀什麼的事情。

想到這些責難，寶麗更加不厭其煩，非確定浴室地板上沒有水痕不可。但為這事奮鬥完後，接下來還有更多掙扎：首先是跟及膝內褲的繫帶搏鬥；其次，她得把自己扭成麻花捲，才能把緊身胸衣、襯衣與襯裙一一綁在身上；這些搞定後，她才能扭著身子，把自己塞進剛到伯特利時恩人送給她的許多洋裝中的一件。

勃南太太的衣服雖然款式樸素，質料卻都是寶麗這輩子沒穿過的上等貨。別說她穿的欽蘇拉棉胚布，就連很多太太小姐所用的夏伯納姆細紗布和查圖尼錦緞，也都差得遠；伯特利的女主人只穿頂級喀什米爾羊絨、最精緻的中國絲綢、筆挺的愛爾蘭麻紗以及蘇拉特出產的薄棉布。但寶麗發現這些好衣料有個問題，一旦裁好縫好，就很難再改給別人穿，尤其她又是個不善女紅的人。

雖然才十七歲，但寶麗長得特別高，站在人群中，周遭的人無分男女，她的視線都可越過大多數人的頭頂。她的四肢也特別修長，常像風中的樹枝般搖曳擺動（多年後，她看到狄蒂在神堂裡為她畫的像時，最不滿意的也是這點——她的手臂看起來像椰子樹的羽狀大葉片）。寶麗早就意識到自己的身材與眾不同，所以對自己的外貌有種偽裝成不在乎的羞怯。某方面來說，這份笨拙倒像是一份自由的特許狀，幫她解除了必須照顧自己容貌的負擔。但自從來到伯特利，她對外表的缺乏自信卻變成強烈的自我意識。休息時，她總是用指甲和指尖挑出一些小斑小點摳弄，在白皙的皮膚上弄出許多難看的疤痕；走路時，她總彎著腰，好像在抵擋狂風；站立時她會駝背，雙手背在身後，前搖後擺，好像要發表演說。她從前總把一頭黑色長髮編成幾條辮子，最近卻開始束在腦後，挽成

---

26 Sheffield 位於英格蘭約克郡，十九世紀初就以鋼鐵工業聞名。

一個嚴肅的小髻，好像連頭上也穿了件緊身褡。

剛抵達伯特利那天，寶麗看到床上放了四套洋裝，該有的背心、襯衣和襯裙都配好了。勃南太太向她保證，這些衣服都已改得很合身，只消穿上，就可以去用晚餐。寶麗信以為真，無視派來幫忙的女僕嘖舌碎唸，匆忙把衣服換上。她一心想取悅恩人，興沖沖跑下樓，衝進餐廳。「看啊，勃南太太！」她喊道：「妳看！妳的衣服我穿起來真合身。」

沒有回應，只有一個好像很多人同時倒抽一口氣的聲音。進門時寶麗就發覺，餐廳裡不知何故好像擠滿了人，然而這應該是只有勃南夫婦和他們的八歲女兒安娜蓓在場的家庭晚餐。她沒經歷過富裕人家的排場，所以完全沒想到用餐時會有其他人在場：每張椅子後面各站一個戴頭巾的侍者外，還有掌管醬料碗的醬料師傅、專門從餐櫃上的大湯碗裡舀湯的執杖士[27]，以及成天跟在年長僕人身後的三、四名年輕小廝。而且那晚出現的還不只這幾個僕人：廚房所有工作人員都感染了對新來小姐的好奇心，原本只有腳趾頭上綁著繩子牽動天花板大扇的搖扇工坐著的前廳，目前有一大群廚工徘徊：其中包括煮咖哩的、烤肉的，還有料理燉肉和大塊牛肉的廚師。室內僕人還想方設法，把幾名本來只准在室外工作的僕人走私進來——照顧花園的園丁、管馬廄的馬夫和馬具管理員、守大門的門衛，甚至還有一幫供應房屋用水的挑水工。僕人屏住呼吸，等著看主人的反應：醬料碗在醬料師傅的托盤上搖晃，執杖士掉了湯杓，牽在搖扇工腳趾頭上的繩子也鬆弛下來，每雙眼睛都盯著老爺和太太，看著他們的目光從寶麗不合身的緊身上衣（繫帶已經鬆開）下降到短得露出光溜溜腳踝的裙子下襬。只聽得小安娜蓓咯咯笑，開心地喊道：「媽媽！她忘了把上衣綁起來！還有，看啊，媽媽，一定要看：她露出腳踝耶！妳看見嗎？看這瘋婆子幹的好事！」

寶麗從此有了綽號，從那天開始，勃南太太和安娜蓓就叫她寶格麗[28]。

第二天，一支裁縫部隊就被召來，共有六名裁縫和改衣服的人，要把勃南太太的衣服改成適合新來小姐的尺寸。但不論他們怎們賣力，效果卻很有限。寶麗就是那麼高，裙襬全放出來也不夠長——腰身和手臂卻又寬得遠超出需要。結果這些精工縫製的衣服掛在寶麗身上，即使不往下滑，也顯得飄飄欲仙；她本來便穿不慣英式女裝，因為不合身就愈發覺得不舒服。寬鬆衣料摩擦皮膚時，她常把衣服東拉西扯，到處亂抓——有時勃南太太甚至忍不住要問，是不是有小蟲鑽進衣服了。

從那可怕的晚上開始，寶麗一直努力讓自己的言談舉止合乎身分，但通常不很成功。例如前幾天，她談到船上的高級職員，得意地引用一個新學的英文詞彙「水手長」。卻非但沒得到稱讚，還換來不悅的皺眉。等安娜蓓聽不見時，勃南太太解釋道，寶麗用的字眼跟「傳宗接代」那檔事的關係太密切，不可當著外人面前說：「如果非得表達那個意思，親愛的寶格麗，要記得改說

---

27 chobdar原意為替主人拿權杖的人，可參考〈字詞選註〉。或許因為只有隆重而盛大的場合才需要這麼一名隨從，所以他的日常工作可能就是舀湯。

28 寶格麗（Puggly）即瘋婆子一詞的譯音。據亨利．尤爾爵士與A. C. 布奈爾（Sir Henry Yule and A. C. Burnell）合編的《英印單字、片語，以及字源學、歷史學、地理學與哲學散論等方面相關術語之俗語辭典》（*Glossary of Colloquial Anglo-Indian Words and Phrases, and of Kindred Terms, Etymological, Historical, Geographical and Discursive*，一八八六年初版）聲稱，這個俚俗的字眼只有一小撮印度出生的英裔人士使用，所以寶麗對這字眼的意義可能不甚了解，甚至可能因為它跟她原本的名字發音接近而樂意接受，因為愛惡作劇的勃南母女，身為她的救濟者與衣食父母，當然可以給她取更惡劣的綽號。

roosterswain。」[29]

但突如其來地，太太咯咯大笑，用扇子敲敲寶麗的指節。「另外那個字眼呀，親愛的，」她道：「太太小姐們絕對不說的。」

*

寶麗早起的一大原因是為自己找出時間，整理父親研究孟加拉植物的未完成手稿《草藥大全》。黎明是一天當中，她唯一覺得完全屬於自己的時間；利用這一個小時做她知道恩人不會喜歡的事無須有罪惡感。但她很難得真正把時間花在手稿上；多半時候，她的目光會飄到河對岸，癡望著植物園，陷入感傷的回憶。勃南夫婦給她一個窗景絕佳，可將河面和對岸一覽無遺的房間，究竟是殘酷還是仁慈？她無法下斷語。事實上，她坐在書桌前，只消伸長脖子，就能看到十四個月前離開的那幢木屋——它站在河對岸彷彿在嘲弄，要她回憶父親去世後她失落的一切。但即使只是回憶往事，她也會被罪惡感淹沒——懷念過去的生活是忘恩負義，背叛了恩人。每次她的思緒飄過河面，都要刻意提醒自己，是何等幸運才能置身此地，得到勃南夫婦給的這麼多東西——衣服、房間、零用錢，還有最重要的，教她過去可悲地未曾學到的知識，像是虔誠的信仰、懺悔、聖經。要喚起感激之情很容易，只要想想她可能面臨的別種命運：把寬敞的房間換成阿里埔的軍營，住進專門收容流離失所歐亞混血兒及未成年白種人的新成立貧民院，就會知道自己是多麼幸運。她被叫到高等法院那位板著面孔的康達布錫法官面前時，真以為那就是自己的下場了。但康達布錫先生要她感謝上天慈悲，並告訴她，她的苦情得到大名鼎鼎的班哲明·布萊特威·勃南先生垂注，他是商界聞人且樂善好施，擁有收容無家可歸白種女孩的優良紀錄。他寫信給法院主管，自告奮勇為小孤女寶麗．蘭柏提供一個家。

法官把信給寶麗看過：信中開宗明義引了這麼一句話：「最要緊的是彼此切實相愛，因為愛能遮掩許多的罪。」寶麗很不好意思，竟然不知這句話的出處，還是法官告訴她，這來自《新約聖經》彼得前書第四章第八節。康達布錫法官接著問了她幾個簡單的聖經問題，說真的，她一個也答不出來，讓法官頗為震驚，忍不住尖刻地說：「蘭柏小姐，妳對神的無知乃是統治者的恥辱。本地有很多印度教徒與伊斯蘭教徒在這方面的知識還比妳豐富。妳只差一點就落得像印度教徒只會唸經，或像異教徒成天怪叫了。本庭認為，勃南先生的教誨遠比令尊的教導對妳更有益。妳有責任要證明自己值得這樣的好運。」

住在伯特利這幾個月來，寶麗的聖經知識突飛猛進，因為有勃南先生親自教導。正如先前他收養的那些女孩，她被清楚告知，對她唯一的要求就是按時上教堂、循規蹈矩，並願敞開心胸上宗教課程。來此之前，寶麗曾以為勃南夫婦希望她像個窮親戚一樣幫忙做家事；但她大吃一驚地發現，他們根本不需要她服務，她沒什麼可以回報他們。她自告奮勇給安娜蓓做家教，卻受到客氣的回絕，箇中緣由她也很快就明白：不僅她的英文不夠完美，她的教養跟勃南太太心目中栽培淑女的正道也完全背道而馳。

寶麗的教育以協助父親工作為主。這涉及遠超出一般人理解的廣泛知識，因為彼埃．蘭柏的習

29 水手長是cockswain，或寫作coxwain，此字前半的cock為獨立單字時，除公雞之外，亦有男性生殖器之意，所以勃南太太不說出口。將它改成roosterswain，乃因rooster同樣是雄雞之意，卻無不雅聯想。

慣是盡可能用孟加拉文和梵文為植物命名，再搭配林奈[30]最近發明的系統。換言之，寶麗跟父親學了大量拉丁文，同時又從聘來協助園長照顧他所蒐集珍奇植物的一批學問淵博的翻譯員那兒，學會多種印度語言。她學法文是出於自己的意願，將父親的藏書一讀再讀，到了幾乎會背的地步。所以寶麗年紀雖小，靠著苦讀與觀察，卻已是位優秀的植物學家，也是伏爾泰、盧梭、尤其是德．聖皮耶[31]的忠實讀者，上述的最後一位曾教過她父親，還擔任他的導師。但來到伯特利後，寶麗完全不打算提起往事，因為她知道勃南夫婦並不希望安娜蓓學習植物學、哲學或拉丁文，他們痛恨羅馬天主教，就跟厭惡印度人和穆斯林不相上下。

個性使然，寶麗不願無所事事，所以她給自己分配了照顧勃南花園的工作。但就連這件事也不易辦到，因為園丁領班很快就表明態度，他不想聽命於她這年紀的女孩。她不顧他反對，硬是在臨水的亭子旁種了一棵第倫桃，她又花了九牛二虎之力說服他，在主要車道的花床上種下兩棵藍棕櫚。這是她父親最喜歡的一種棕櫚樹，形成又一個她與過去的脆弱連結。

受恩於人，卻不能對恩人一家有所回報，常令寶麗感到莫名憂傷。這一刻，落寞的情緒正慢慢累積，忽然傳來急促的馬蹄與車輪聲，輾過伯特利通往正門口的碎石車道。寶麗吃了一驚，滿懷沮喪煙消雲散。她抬頭望向天空，只見黎明的第一道紅霞已取代了黑夜。即使如此，時間仍舊太早，不應有訪客。她推開房門，跑到走廊對面，打開房子另一側的窗戶。剛好來得及看見那輛車停進勃南豪宅正前方的門廊：是輛用出租馬車殘骸改裝，搖晃欲散的四輪馬車。這種寒酸車輛在本城的孟加拉人社區很常見，但寶麗印象中，伯特利不曾出現這款馬車，尤其不可能停到正門口。就在她居高臨下張望時，一個穿罩衫圍腰布的男人下了車，對準眼鏡蛇瓶子草的花床吐了口檳榔汁。寶麗瞥見那顆掛著根辮子的大腦袋，就知道這位訪客是諾伯黑天．班達大叔，負責為勃南先生把契約工運往各地的經紀。寶麗常見他在屋內走動，通常抱著一大疊文件來給勃南先生審閱——但從來不曾這麼一大早出現，也沒膽量把他的破馬車駛進主車道，停到正門口來。

寶麗猜測，這麼早不會有人開門放大叔進來。這種時間可以確定室外的門衛一定在呼呼大睡，室內的僕人也還沒起床。總想幫忙的寶麗便飛奔下樓，與銅製門栓奮鬥了一會兒，把門打開，就見經紀站在外面。

經紀是個中年人，垮著兩邊臉頰，彷彿拖著莫大的憂傷。他腹大腰圓，巨大頭顱兩邊突出兩片顏色暗沉、形狀醜陋的耳朵，就像滿是青苔的石頭上長出的蕈菇。雖然還有滿滿一頭濃髮，卻把眉毛剃得乾乾淨淨，又把後面的頭髮編成一條類似僧侶的長辮。這位大叔看到是她，十分意外，但還是微笑低頭，算是招呼，也有致敬之意。她察覺他欲言又止，猜想是因對她的身分不確定：該將她視為勃南家族的一員，或是和他一樣，只是個仰人鼻息的雇員或受撫養者？為了讓他安心，她雙手合十，行個印度禮，並打算用孟加拉語問候——向你行禮，諾伯黑天大叔——但及時想起，經紀喜歡人家對他說英文，而且寧願人家用英語型式稱呼他諾伯．開新．班達。

「請進，諾伯．開新大叔。」她說著從門口退開，讓他進來。她注意到他額頭上黏了三條檀香

30 Carl von Linne，1707-1778，因瑞典學者有將姓名拉丁化的傳統，所以原文中他的名字寫成Carl Linnaeus。他是著名生物學家，奠定了通用至今的生物學學名二名法，即每個物種的學名由拉丁文屬名與種加詞或種小名兩個部分構成。

31 Bernardin de Saint-Pierre，1737-1814，法國植物學家及作家，最著名的作品為描述青少年悲戀的小說《保羅與維琴妮》。

糊，立刻收回伸出的手。經紀是黑天的虔誠信徒，而且禁欲獨身，恐怕不喜歡與女性接觸。

「蘭柏小姐，今天好嗎？」他走進來，一邊搖頭晃腦，一邊退向一旁，盡可能與她保持距離，免得被女身污染。「沒有腹瀉吧，我希望？」

「啊，沒有，諾伯．開新大叔。我很好。你呢？」

「我拚命趕來的。」他說：「主人叫我送信——他的小舟有急用。」

寶麗點頭說：「我來通知船夫。」

「那真太感謝了。」

寶麗回頭望去，見到一名僕人已走進大廳。她差他去通知船夫，並把諾伯．開新大叔帶到接待訪客和有求於勃南之人的小會客室。

「備船的時候，你在這裡等好嗎？」她說。她正要關門，卻很訝異地看到經紀換了種表情：露齒微笑，用力搖頭，連辮子都甩得左搖右晃。

「啊，蘭柏小姐。」他用奇怪而熱烈的聲音說：「我來伯特利好多次，一直想提起一件事。但妳我沒有一分鐘單獨相處——這可怎麼開口呢？」

她嚇得連忙後退。「諾伯．開新大叔。」她說：「隨便你要談什麼，應該都可以在公開場合說。」

「悉聽尊便囉，蘭柏小姐。」他搖頭晃腦地說，辮子舞動的方式極其可笑，寶麗只好咬緊嘴唇，免得笑出聲來。

＊

寶麗不是唯一覺得這經紀可笑的人。許多年後，千百哩之外，諾伯．開新．班達大叔進入狄蒂的神堂時，是唯一以漫畫手法呈現的角色，以一個大馬鈴薯當作頭，上面長出兩片羊齒葉耳朵。但寶麗馬上就會知道，諾伯·開新·班達總是讓人意外。例如現在，他從黑外套口袋裡掏出一個小布包。「等一下，小姐，妳看。」

他一手托著布包，將它打開，一絲不苟地只用指尖，絕不碰到包裡的東西。外面的包裝布拆開後，那件東西就躺在布上，他把手伸到寶麗面前，動作很緩慢，彷彿要警告她不可太靠近：「拜託妳不要抓。」雖然隔著一段距離，寶麗立刻認出經紀手中小金鎖片上鑲的那張朝她微笑的小小面孔；那是一幅上了琺瑯的迷你肖像畫——畫中黑髮灰眼的女人，正是她打從出世就失去的母親，這畫像也是她唯一擁有的母親畫像與遺物。

寶麗困惑地看著經紀：「諾伯·開新大叔！」父親去世後，她到處找都找不著這幅肖像，只當它在父親突然去世的混亂中失竊了。「你怎麼找到這個的？在哪裡？」

「蘭柏老爺給的。」經紀說：「他上天堂的前一個星期。他的情況很危險，手抖得不得了，舌苔也好厚。一定有嚴重便秘，但他還是到我齊德埔的辦公室來。妳想想！」

她記得那天，細節歷歷如繪，使她泫然欲泣：父親吩咐她叫喬都備船，她問原因，他只說要到城裡辦事，必須過河。她要知道是什麼不能讓她代為處理的事，但他不答，只堅持要找喬都。她看著喬都慢慢划船渡河，他們幾乎到達對岸時，她驚訝地發現，他們不是去市中心，而是停靠在齊德埔碼頭。他去那兒做什麼？她想不出來，他也始終沒回答她的疑問，甚至喬都回來後，也無法給她什麼有用的資訊。他只能告訴她，她父親留他在船上等，隨即便消失在市集裡。

「那不是他第一次來我辦公室。」經紀說：「說到這個嘛，很多老爺太太手頭不方便的時候都來過。他們交些珠寶或小玩意兒給我出售。蘭柏老爺的大駕只光臨過兩、三次，可他跟別人不一樣——他不好色，不好賭，也不貪杯。他的問題出在心腸太好，總是做慈善，送錢給別人。當然就有很多壞人佔他便宜……」

這番話說得沒什麼不公道，敘述也很正確，寶麗知道，但她記憶中的父親並非如此：那些從他的仁慈中受益的，絕大多數是真的走投無路——街頭小流浪兒，被貨物壓跛了腳的扛夫，失去船隻的船夫。即使現在，她淪落到雖說十分仁慈，但畢竟是陌生人的家中，也不忍責怪父親最了不起的美德，那也是她最愛他的一點。但說真的，不容否認，他若能像這座城市裡的其他歐洲人一樣一味為自己圖利的話，她的命運就會大不相同。

「蘭柏老爺都用孟加拉話跟我談事情，」經紀繼續說：「但我都用純正的英文回答。」

說到這兒，他好像故意要違反自己方才的宣言，忽然改用孟加拉語，令寶麗吃了一驚。她也注意到，換種語言後，他那張垮下的大臉也彷彿卸下一層慎重其事的負擔：聽著，每次令尊來找我借錢，他不說我也知道，他會把錢送給某個乞丐或跛子。我總對他說：「好蘭柏老爺，我看過很多基督徒想買上天堂的路引，卻沒見過誰像你一樣，為這件事這麼賣命的。」他笑得像個孩子——令尊他很愛笑——但這次沒笑。這次不說笑，一句話都還沒說，他就伸手問：諾伯．開新兒，這件東西你出多少錢給我？我立刻知道那是他很珍貴的東西。從他拿的方式就看得出來——但當然，這年頭的一大不幸就是，我們覺得很珍貴的東西，在其他人眼裡不見得如此。我不想讓他失望，就說：「蘭柏老爺，告訴我，你要錢做什麼？要多少？。」他說：「不多。只要夠回法國的單程船票。」我驚訝地說：「你自己要用嗎，蘭柏老爺？」他搖頭說：「不，是給我女兒菩特麗用的。以防萬一我出了什麼事。我要確保她有辦法回國。沒有我在，這座城市不適合她。」

經紀握緊拳頭，把金鎖片攥在手心，他忽然停住話頭，看了手錶一眼：令尊，蘭柏小姐——他真是精通我們的語言。從前我聽他說，真是佩服……

但這時，雖然經紀仍用宏亮的聲音往下說，寶麗聽見的卻是父親說的法文……自然的孩子，她就是那樣，我的女兒寶麗。你知道我親自教育她，在植物園天真而安詳的環境裡。除了我，她沒有別的老師，除了大自然的祭壇，她沒在任何祭壇前做過禮拜；樹木是她的聖經，大地是她的啟示。她只知道愛、平等與自由。我撫養她的方式，就是讓她沉浸在大自然的自由國度裡。如果她留在這塊殖民地上，尤其這座處處藏著歐洲的恥辱與貪婪的城市裡，等著她的就只有墮落。城裡那些白種人就像爭奪死屍的禿鷹與狐狸，會把她撕成碎片。她會像個天真的孩子，落入那些冒充上帝使徒，卻以兌換貨幣為業的人手中……

「停！」寶麗用手摀住耳朵，像要關掉父親的聲音。他錯得多離譜啊！他對她的了解與事實相去多麼遙遠，把她塑造成他夢想成為的模樣，不肯承認她實際上的平庸。然則，她雖然對他的判斷不滿，但只要回想童年歲月，她跟父親和喬都和阿姨媽住在一起那段時光，他們的木屋就像腐敗大海中的一座天真之島，仍不禁淚眼婆娑。

她搖搖頭，彷彿要擺脫一場夢：那你怎麼對他說，諾伯・開新大叔——這個金鎖片值多少錢？

經紀微笑，拉拉自己的辮子。「經過仔細考慮，我給他說明，到法國的單程船資，即使坐統艙，費用也遠超過這個金鎖片。或許要兩、三個鎖片才夠。這東西的價值只夠他把妳送到麻里西。」

麻里西？她皺起眉頭，不知他講的是哪個地方。這個字的意思是「胡椒之島」，但她沒聽說過有這種地方。它在哪裡？

「模里西斯群島，英國人都這樣說的。」

哦，模里西斯嗎？寶麗喊道：「那是我母親出世的地方啊。」

「他就這麼說的。」經紀先生微笑道：「他說：讓寶麗去模里西斯——那就像她的故鄉。她在那兒可以適應生活的苦與樂。」

然後呢？你把錢給他了嗎？

「我告訴他過幾天再來，錢會準備好。但他怎麼來呢？不能呀，一個星期他就走了？」經紀嘆口氣。「早在這以前，我就看出他身體很不好。眼睛發紅，舌頭泛黃，代表大腸已經停止蠕動。我建議他：蘭柏老爺，只要幾天就好，求求你不要吃肉——吃素比較容易排便。但他無疑不當一回事，結果性命也斷送了。之後我費了好大勁取回這件東西。放債的人已經把東西送進當鋪，這個那個手續等等的。但是妳瞧，現在它又回到我手上。」

直到這時，寶麗才想到，他根本沒必要告訴她這些：他大可把錢留下，她根本無從知道。「真感謝你把鎖片送回來，開新大叔。」她不假思索伸手握他的手臂，卻見他連忙後退，好像見到一條作勢攻擊的蛇。「我真不知要怎麼對你道謝。」

經紀不忿地把頭一抬，又改用孟加拉語說：妳怎麼會有這種想法，蘭柏小姐？妳以為我會把不屬於自己的東西據為己有？小姐，或許在妳眼中，我只是個商人——這個邪惡的年頭，誰不是呢？——但妳可知道，我有十一代祖先都在納巴德維普一座著名的寺廟擔任班達？我有位祖先還獲得查達涅大師[32]親自啟蒙，接觸黑天的大愛。憑我一人之力，實在不可能貫徹我的命運。這是我的不幸……

「即使現在，我仍在四處找尋黑天。」經紀繼續說：「但是怎麼辦？祂不聽我禱告……」

雖然經紀的手已伸向寶麗張開的手掌，但他遲疑一下，又把手縮回。「利息怎麼算？我的資金不多，蘭柏小姐，而且我正在為一個崇高的目標節衣縮食——要建一座寺廟。」

「你會拿到錢的，不用怕。」寶麗說道，她看見經紀眼中帶有懷疑，好像已開始後悔自己的慷慨。「但你一定要把鎖片還給我，那是我母親唯一的照片。」

這時，她聽見遠處傳來腳步聲，她知道一定是派去船屋的僕人回來了。這使她突然感到絕望，因為她非常不願伯特利的人知道，自己跟勃南先生的經紀之間有交易——並不是有意欺騙恩人，但她不想再提供更多口實讓他們批評她的父親，或他不信上帝、不事積蓄的生活方式。她壓低聲音，急促地用英語說：「求求你，諾伯．開新大叔，拜託，我求求你……」

聽她這麼說，經紀好像要喚醒自己行善的本能似的，伸手拉了一下自己的辮子。然後鬆開手指，讓布包著的鎖片落入寶麗等待的手心。他退後一步，正好門也開了，僕人走進來，通報他們船已備妥。

「來吧，諾伯．開新大叔。」寶麗努力裝得興高采烈地招呼道：「我帶你去船屋。來吧，咱們走！」

他們穿過房子，向花園走去，諾伯．開新大叔忽然在一扇窗前停下，朝河面望去。他舉手指點，寶麗看到一艘船進入窗子框出的方形範圍——勃南公司的方格旗飄揚在主桅上，清晰可見。

「朱鷺號來了！」諾伯．開新大叔喊道：「終於來了，謝天謝地！主人等啊，等啊，不停逼我問我——我的船怎麼還不來？這下子他可高興了。」

寶麗用力推開門，快步穿過花園，向河邊走去。勃南先生站在那艘雙桅帆船的後甲板上，得意

32 Shri Chaitanya，本名Chaitanya Mahaprabhu，1486-1534，十六世紀印度教高僧及社會改革者，他是黑天的虔誠信徒。也有追隨者相信他是黑天的其中一個化身。

洋洋朝伯特利方向揮舞帽子。小舟上的水手紛紛回應，他們在船屋那兒揮手歡迎他。

船上與河岸上的人都忙著揮手的當兒，寶麗不經意地望向河面，看見一艘繫繩似乎鬆脫的小船。它在河上漂泊，不見有人掌舵。小舟隨波逐流，被捲進主要河道，眼看著即將撞上迎面駛來的雙桅船。

寶麗仔細打量，嚇得喘不過氣。即使從這麼遠的地方看去，那艘船還是很像喬都的船。當然，胡格利河上類似的小舟不下幾百艘——但只有一艘是她非常熟悉的，她在那艘船上出世，她母親在那艘船上去世；她小時候在那艘船上玩耍，也坐著它跟父親一塊兒旅行，到紅樹林裡採集標本。她認得船頂上鋪的稻草、船首彎曲的弧度和船尾短短的突起。不，不用懷疑，這就是喬都的船，它距朱鷺號只差幾公尺，隨時可能撞上刀鋒般銳利的分水板，險象環生。

她不顧一切想阻止碰撞發生，便開始不斷揮舞雙臂，盡可能扯開嗓門高喊：「小心啊！看啊！看啊！注意！」

*

連續好幾週焦慮地守在母親床邊，無法入睡，如今喬都睡得太沉，全然沒發覺他的船滑脫了繫繩，漂到河中央，進入遠洋船隻順著潮水前往加爾各答的航道。朱鷺號前桅帆的拍打聲驚醒他時，兩船幾乎就要撞上；眼前的景象太出乎意料，他無法立即反應。他動也不動躺在船上，對著船首那尊破浪神雕像目瞪口呆，它突出的尖喙好似直奔他而來，要把他當作獵物從水面叼起。

喬都四平八穩躺在小舟底部的竹蓆上，還真有點像虔誠香客獻給河神，擺在樹葉編成的小筏上放入水中的祭品——但他立刻看出，向他衝來的這艘船，不是普通的船，而是一艘新式雙桅帆船，一艘「縱帆船」，有前後纜索，掛的不是一般方帆。目前只有前中桅帆迎風展開，正是這面高高在上的船帆吐納晨風的聲音吵醒了他。五、六名船工像小鳥般坐在前桅的帆桁上。水手長和船員在下方甲板上拚命揮手，好像企圖引起喬都注意。他們都張大了嘴，看得出他們在喊叫，但船頭分浪板刀鋒似地劃開水面，掀起震耳波浪，掩蓋了他們的聲音，

大船已非常接近，他能看見包覆船頭的銅片閃出綠光；甚至也看見攀附在又濕又黏木頭表面的藤壺殼。他知道，如果他的船身從側面被分浪板撞上，一定四分五裂，就像一捆樹枝被斧頭劈個正著；他自己也會被後續的水流吸入，捲進船底。說時遲，那時快，兩船之間只剩小舟充作船舵的長槳一撐的距離——他跳起身用肩膀頂住舵柄時，已來不及改變航向；他只來得及調整船向，使它不至被朱鷺號攔腰撞上，而是被船身撞開。撞擊使小舟猛然傾向一側，船頭掀起的波浪整個潑上來，像一道打上沙灘的巨浪；麻繩在水的重量下斷裂，木頭向四方彈開。喬都趁船在腳下碎裂時，抓住一片木板；木板在水中翻騰起伏，他緊抱著不放。他的頭再度浮出水面時，發現自己和其他船身碎片都在船尾附近漂浮，強大的餘波拖住他所抱的那根木頭，要把它捲進去。

「這裡！這裡！」他聽見有人用英語喊道，抬頭只見一個捲髮男人正揮舞一條繫重物的繩索。繩子飛過來，喬都順利抓住，這時船尾掃過身旁，水流將船骸全部吸到龍骨底下。激流兜住他，轉了一圈又一圈，好在這麼一來，卻把繩索牢牢纏在他身上，所以水手從另一端拖拉時，輕易就把他拉出漩渦，他靠兩條腿爬上船側，翻過船舷，一頭栽倒在後甲板上。

喬都躺在刷洗過的甲板上，嗆得上氣不接下氣，聽見一個聲音用英語對他說話，抬頭看見一雙亮晶晶的眼睛，正是扔繩子給他那個男人。他跪在旁邊，說些聽不懂的話；他背後隱隱可見兩位白人老爺的身影，一個很高，留著長鬍子，另一個肚子很大，蓄短鬚，還備了根手杖，興奮地用它敲

打甲板。喬都雖然驚魂未定，但在兩位老爺注視下，突然意識到自己除了圍在腰間的一條薄毛巾，全身一絲不掛。他連忙將胸口貼著膝蓋，整個人縮成一個防禦的球狀，努力把他們的聲音從腦中趕出。但不久他就聽見他們叫一個阿里水手長過來，然後有隻手搭在他脖子上，強迫他抬頭，面對一張蓄著細八字鬍，頗具威嚴的臉。

水手長說：*Tera nám kyá?*（你叫什麼名字？）

他說：喬都。唯恐聽起來太幼稚，又趕緊補充：大家都這麼叫我，我正式的名字是阿薩德——阿薩德・納斯卡

西克利馬浪去找衣服給你穿，水手長用支離破碎的印地語繼續說：你到甲板下等。我們靠岸時，不要你礙事。

喬都垂著頭，尾隨阿里水手長離開後甲板，從列隊行注目禮的船員中間穿過，來到夾層艙的掀蓋活門口。這是夾層艙，水手長說：待在下面，不叫你就別出來。

他站在夾層艙入口，剛踩上梯子，就聞到一股噁心怪味從下方黑影中湧上來。那是種刺鼻而讓人不舒服的味道，熟悉卻又分辨不出是什麼，一路向下，氣味愈發濃烈，走到梯子底，他四下張望，看到這是個淺淺的空間，空無一物，沒有燈，只有艙口射進一條光柱。雖然夾層艙的寬度與船身相同，卻有種封閉狹隘的感覺——一部分固然要怪天花板只有一人高，但它被木柱隔成許多牛欄似的開放式小間也是原因之一。喬都等眼睛適應昏暗的光線後，小心翼翼走進一個圍欄，沒想到腳趾頭立刻踢到沉重的鐵鍊。他跪在地上，發現圍欄裡有好幾條這樣的鐵鍊，一頭釘在對面的樑柱上，另一頭有類似手鐲的扣環，還附有鎖孔。這鐵鍊的分量讓喬都不由得好奇，它是用來鎖什麼樣的動物。他猜測這一區可能是用來載牲口——但貨艙裡瀰漫的臭味卻不像牛、馬、羊；倒比較像人

類的氣味，摻雜了汗、尿、糞便與嘔吐物；這些味道滲入木材深處，永遠不散。他拿起一條鐵鍊，仔細觀察那類似手鐲的扣環，更確信那是用在人類的手腕或腳踝上。他的手在地板上摸索一番，發現木板上有平滑的壓痕，那形狀和大小也必定是人的身體長時間壓出來的。所有壓痕都非常接近，可見有很多人密集挨擠在一起，就像商店櫃臺上的商品一樣。什麼樣的船會配備這樣的裝置，用這種方式把人當貨物運送？水手長又為什麼叫他到這麼一個別人看不見的地方來等？喬都突然想起河上流傳的很多故事，說什麼突襲海濱村落，綁架全村居民的魔鬼船——然後受害者被活生生吃掉，謠言是這麼說的。無以名狀的恐懼像惡鬼入侵，湧上心頭；他躲進一個角落，坐在那兒發抖，逐漸陷入半昏迷的休克狀態。

有人從艙門走下來的聲音，打破了他的迷魂咒。喬都專注地盯著梯子，以為會看到阿里水手長——或扔繩子給他的那個捲髮男人。但他看見的卻是個女人的身影，穿著一件深色長袍，緊扣頭頂的軟帽遮住了她的臉。想到自己近乎赤裸的身體會被這位夫人看見，他連忙閃到另一個圍欄裡。他緊貼著船身，企圖把自己藏起來，腳卻踢到一條鍊子，在空蕩蕩的貨艙裡發出一陣金屬震響。那位夫人的鞋答答敲著地板向他走來，喬都站著不敢動。忽然他聽見有人喊自己的名字：喬都？低語聲在貨艙裡產生回音，軟帽下的臉繞過一根柱子，向他逼近：喬都？那女人頓了一下，脫下帽子，一張熟悉的臉出現在他面前。

是我呀，菩特麗。寶麗對著目瞪口呆、不敢置信的他微笑。你不跟我打招呼嗎？

＊

賽克利在後甲板的艙房裡，把一個雜物袋倒空在床上，打算挑些衣服送給喬都，但混在短袍、襯衫、長褲之間，一個他早就放棄尋找、以為丟了的東西滾了出來——他的直笛。賽克利滿面笑容撿起它。這太神奇了，簡直像個預兆，預示好事即將來臨。他把特地回艙房要處理的事忘得一乾二淨，把笛子湊向嘴邊，吹起最喜歡的一首水手歌〈快樂的出航〉（Heave Away Cherily）。

這曲調，加上樂器的聲音，使諾伯．開新大叔的手在敲門的前一刻頓在空中。他靜止不動，專心聆聽，不久，他舉起的手臂上，每寸皮膚都冒出了雞皮疙瘩。

迄今一年多了，自從擔任他靈性導師多年的那位女上師英年早逝，諾伯．開新大叔心中一直充滿不祥預感。眾門徒稱作塔拉蒙妮媽的女上師曾對他承諾，他的覺醒即將來臨，還叫他要注意徵兆，因為它一定會以最意想不到的形式，出現在最不可能的所在。他向她保證，他一定努力保持心靈開放，五感警覺，徵兆出現時絕對逃不過他的知覺——但現在，他怎麼也不能相信自己的耳朵。當真有支笛子，黑天大神的樂器，就在他，諾伯．開新．班達走到這間艙房門口，舉手要敲門時開始演奏？乍看不可能，卻是千真萬確——同樣無法否認，那旋律雖不熟悉，曲風卻是詠唱黑天神的歌曲中最受歡迎的古札里的拉格音樂（Gurjari ragas）。如今曲子告一段落，有隻手在門後旋轉門把，焦慮地等待徵兆已久的諾伯．開新大叔立刻雙膝落地，摀起眼睛，雖不知眼前會出現何種異象，但他已害怕得渾身發抖。

所以，賽克利臂彎裡夾著一件袍子和一條長褲走出艙房時，差點被跪在地上的經紀先生絆倒。「喂！」他張口結舌，驚訝地看著那圍腰布的壯碩男人，手摀眼睛，匍匐在通道上。「你見鬼了，在這兒做什麼？」

經紀的手指像含羞草般慢慢縮回、分開，把面前的人看個清楚。他的頭一個反應是強烈的失望。雖說他對導師的警告深信不疑，覺醒的訊息會由一個看起來絕無可能的信使送達，但他還是無法相信，黑天——祂的名字裡就有黑這個字，有成千上萬的歌曲、詩詞、名字歌頌祂的黑——怎麼會選中一個長相如此白皙的信差，跟雲黑天那種降雨烏雲的顏色沾不上邊。不過失望歸失望，諾伯．開新大叔還是注意到，這小白臉生得很英俊，夠資格為贏得許多牧牛女芳心的大神擔任信差，那雙黝黑靈活的眼睛，如果把思春少女渴愛的嘴唇比作月光下的一泓清池，那它們就是到池畔暢飲的黑鳥。還有他那件襯衫，即使不能說是徵兆，也至少跟眾所周知愛開玩笑的黑天大神，戲弄沃林達文的思春少女時用的那塊布同樣是黃色。這，多少算得上是個暗示吧？而襯衫上汗漬斑斑，不拘小節的黑天忙於顛鸞倒鳳，累壞的時候，據說也是如此德行。那麼有沒有可能，這名象牙膚色之人就是塔拉蒙妮媽要他注意的色身：愛搗蛋的天神考驗信徒的虔誠，故意披上幻影之紗，喬裝改扮？但話雖這麼說，總也要有其他徵兆，更多信息吧……？[33]

經紀的金魚眼暴突得更厲害，因為一隻白皙的手伸過來，扶他起來。難道這就是偷吃奶油的天神之手？諾伯．開新大叔抓住伸來的手，將它翻過來檢查，細看手掌、掌紋、關節——但除了指甲縫，還真找不到一絲黑的痕跡。

他看得如此專注，加上骨碌碌轉動的眼珠，令賽克利相當緊張。「喂，不要這樣！」他說：「你看什麼看？」

經紀吞下失望，把手放開。無所謂：如果這名喬裝者真是他想的那位，就一定有個徵兆藏在他

---

33 Krishna（黑天）是印度教大神毗濕奴的化身之一，也是最受信徒愛戴的化身。黑天信仰在印度教中自成一派，有廣大的追隨者。毗濕奴化身的黑天降生人間，自幼力大無窮，生性頑皮，吹笛牧童是他常見的造像形式。他成年後雖建立豐功偉業，但風流軼事也膾炙人口，據說他有一萬六千個妻子，生了十八萬個孩子。

身上某處——只看有沒有本事猜到在哪兒。他突然有個點子：會不會為了使偽裝更難拆穿，惡作劇之神便賦予祂的使者一個濕婆神的獨家特徵——藍喉嚨呢？[34]

事不宜遲，諾伯．開新大叔一旦認定是這麼回事，就顫抖著一躍上前，抓住賽克利扣得好端端的襯衫領子。

賽克利被撲過來的經紀嚇了一跳，他反應很快，立刻打開他的手。「你想幹什麼？」他厭惡地喊道：「是瘋了還是怎麼地？」

挨了罵的經紀垂下雙手。「沒事，先生。」他說：「只想看喉嚨是不是藍色。」

「什麼跟什麼？」賽克利挺起肩膀，掄起拳頭說：「你在詛咒我嗎？」

經紀嚇得縮起脖子，這位偽裝者如此靈活地變換戰鬥姿勢，令他十分訝異。「請息怒，先生——我沒有惡意。我不過是勃南老爺的經紀。我叫諾伯．開新．班達。」

「你來做什麼？為什麼跑到後甲板來？」

「大老闆吩咐我來跟您拿船籍文件。日誌、船員名單，保險要用的各種文件。」

「你在這兒等著。」賽克利粗聲粗氣地說，轉身回房。他早就把文件準備好了，所以不消片刻就拿到手。「拿去吧。」

「謝謝您，先生。」

經紀仍舊以職業兇手的鍥而不捨，瞪著他的脖子不放，使賽克利深感不安。「趕快走吧，班達。」他簡短地說：「我要去忙別的事了。」

*

喬都和寶麗在黝暗的夾層艙裡緊緊相擁，他們小時候也常這麼做，只不過從前他們之間沒有像她現在穿的那些層層疊疊，還會沙沙作響的衣服擋在中間。

他伸出手指刮一下她的帽緣：妳變得不一樣了……

他想，她多半不會懂他的意思，從他們上次分別以來，她已失去了她的孟加拉特質。但她卻用孟加拉語回答：你覺得我看起來不 樣？她說：其實改變的是你呀。你這段時間都到哪裡去了？

我在村裡。他說：陪媽媽。她病得很重。

她吃了一驚：哦？阿姨媽現在怎麼樣？

他把臉埋在她肩上，她覺得他背上的肌肉劇烈顫抖。她忽然明白了，於是把他幾乎全裸的身體抱得更緊，企圖用她的手臂給他溫暖。他的腰布還是濕的，隔著好幾層衣服，還覺得濕氣透了過來。喬都！她說：發生了什麼事？阿姨媽好嗎？告訴我。

她死了，喬都緊咬著牙關說：兩天前……

她死了！寶麗也垂下頭，他們把鼻子互相埋在對方的肩窩。我不能相信，她低聲說：淚水滴在他的皮膚上。

她直到最後一刻還牽掛著妳，喬都吸著鼻子說：妳一直是……

他的話被一聲輕咳和清喉嚨的聲音打斷。

---

34 印度創世神話中，以濕婆為首的神族與魔族為取得長生不老靈藥而攪拌乳海，他們用蛇神婆蘇吉的身軀纏繞海中央的曼陀羅山，拉扯蛇身，轉山攪海。蛇神被拉扯得痛苦難耐，吐出劇毒，隨乳海波濤流向四方，荼毒眾生。濕婆奮不顧身把毒液吞下，救了大家，但他的咽喉也從此變成藍色。

寶麗還沒聽見干擾的聲音，就覺得喬都身體變得僵硬。她推開他，轉過身，發現面前站著一個身穿褪色黃襯衫，眼神犀利的捲髮青年。

賽克利也吃了一驚，但他先恢復正常。「小姐，妳好。」他伸出手說：「我是賽克利．瑞德，本船的二副。」

「我是寶麗．蘭柏。」她握住他的手搖動，好一陣子才說話。然後又有點慌亂地補充：「方才我在岸上目睹事故，所以過來看看這位不幸的受害者。我很關心他的命運……」

「我明白了。」賽克利面無表情地說。

這下子，正視著賽克利的眼睛，寶麗心頭湧出各種瘋狂念頭，不知他會對她作何感想，而勃南先生一旦得知，他正加工打造的白種淑女，竟然跟個本地船夫摟在一起，又會採取什麼行動。各式各樣為自己卸罪的謊言在她腦子裡翻攪：她被夾層艙的臭味薰得昏倒、她在黑暗中跌了一跤。這都說不通，她知道，倒不如說喬都出其不意侵犯她，或許還能取信於人——但她又無論如何都不會那麼做。

奇怪的是，賽克利似乎沒打算根據方才看到的場面下斷言。他沒拿出白人老爺派頭，大發雷霆，只安安靜靜完成原本到夾層艙來要做的事，也就是拿一套衣服——襯衫加帆布長褲——給喬都。

喬都躲到一旁更衣時，賽克利打破尷尬的沉默：「我猜妳認識這個貪睡的船夫？」

經此一問，寶麗雖然編了滿腦子故事，卻一個也說不出口。「瑞德先生，」她說：「你看到我跟本地人如此親密地抱在一起，一定覺得震驚。但我向你保證，我們沒做什麼苟且之事。我可以解釋。」

「沒這必要。」賽克利說。

「有必要，我一定要解釋。」她說：「即使不為別的原因，至少也要讓你知道，你救他一命，我有多感激不盡。你得知道，你救的這個喬都，是把我一手帶大的奶媽的兒子。我們從小一起長大；他就像我哥哥。我擁抱他完全是出於手足之情，因為他剛失去至親。他是我在這世間唯一的親人。這一切在你看來，一定十分奇怪……」

「完全不會。」他搖著頭說：「蘭柏小姐，我很清楚這樣的關係是如何發生的。」

她注意到他的聲音有些許顫動，好像她的故事扣動了他心裡的一根弦。她用一隻手按住他的手臂。「不過要拜託你，」她有點羞愧地說：「千萬別告訴別人。有些人，你知道，可能不贊成英國淑女和船夫摟摟抱抱。」

「我很會保密，蘭柏小姐。」他說：「我不會對外張揚。妳儘管放心。」

寶麗聽見背後有腳步聲，轉身便見喬都站在那兒，穿上一件藍色水手衫和一條舊帆布褲。這是寶麗第一次見他穿腰布、丁字褲、背心或袍子以外的衣服——因為換了新視角，她也看出自從上次分手以來，他發生了多大變化：他瘦了、高了，變得更強壯了，她也從他一臉鬍渣子看出，他幾乎已是個成年男人，所以也變成了一個陌生人。這讓她心情不安，因為喬都是她最熟悉的人。換作別種情況，她一定馬上用只存在他們之間的那種（每當兩人中的任何一個踏出他們親密的小世界太遠時）獨特而粗魯的方式取笑他。他們慣用的模式多有趣啊，先是一場毫不留情的唇槍舌劍，最後以打鬧哈癢告終——但在這裡，受限於賽克利在場，她只能對他微笑點頭。

喬都這方面，從寶麗的表情看向賽克利的臉色，還有他們僵硬的姿勢，他立刻知道他們已達成重要協議。他已失去了一切，當然不介意利用他們新建立的友誼為自己爭取些好處。他用孟加拉語對寶麗說：*O ké bol to ré,* 妳叫他幫我找個船上的工作。跟他說我沒地方可去，沒辦法謀生——都怪他們，撞爛了我的船……

賽克利插嘴說道：他說什麼？

「他說想在這艘船上工作。」寶麗說：「他的船毀了，他沒地方可去……」

她說話時，抬手撥弄著帽子上的絲帶。這尷尬的姿態映入賽克利飢渴的眼中，卻有著無比吸引力，在這一刻，要他替她做任何事他都願意。他相信這女郎是他找回口笛的附帶獎品，即使她要求拜倒在她腳下，或是快跑跳進河裡，他也只會說一句：「看我的。」就照辦不誤。他脹紅了臉說：「放心，小姐，一切交給我。我會跟水手長說。在船上安排個職位不是難事。」

就在這一刻，水手長阿里彷彿聽見有人叫喚他的職稱而應聲前來似的，沿著梯子走了下來。賽克利立刻把他拉到一旁。「這傢伙沒工作。既然我們撞沉了他的船，讓他做了落湯雞，我想不妨留他在船上做個小廝。」說到這兒，賽克利的目光飄回寶麗身上，她投以一個感激的微笑。這一笑，以及賽克利回報的羞澀笑容，全都沒逃過阿里的雙眼，他狐疑地瞇起眼睛。

「馬浪腦袋受傷了嗎？」他說：「要這個小鬼做啥？他只會划小船——不懂航海的事。最好叫他快走。」

賽克利的聲音強硬起來。「阿里沙浪，」他厲聲說：「不要廢話連篇。我說了你就做，好嗎？」

阿里怨懟地分別瞪了寶麗和喬都一眼，然後才心不甘情不願地說：「懂了。會給你辦好。」

「謝謝。」賽克利點頭，然後得意地仰起下巴，因為寶麗走上前，湊在他耳邊說：「你真仁慈，瑞德先生。關於你所看到我和喬都的情況，我覺得應該給你一個更完整的解釋。」

他投以一個讓她兩腿發軟的笑容。「妳不欠我任何解釋。」他柔聲說。

「但或許我們可以談談——或許，就像朋友那樣？」

「那真是……」

突然，活門口傳來竇提先生的大嗓門，在夾層艙裡迴盪：「這就是你今天從河裡釣起來的蠢蛋嗎，瑞德？」他看到換好衣服的喬都，霍然瞪大眼睛。「我他媽這小黑鬼，居然把他的屁股蛋裝進一條長褲裡去了呀？半小時前，他還是尾光溜溜的魚兒，現在卻能冒充讀書人了！」

＊

「啊！我看你們已經認識了。」賽克利和寶麗鑽出船艙，來到陽光曬得熱烘烘的甲板上時，勃南先生說道。

「是，長官。」賽克利小心翼翼避免望向寶麗，她則用帽子遮住衣服上被喬都的腰布沾濕的部位。

「很好。」勃南先生伸手扶著通往他小船的梯子。「我們得走了。一起來吧——竇提、寶麗。還有你，諾伯．開新大叔。」

聽到這名字，賽克利回頭望去，不安地發現這位經紀正拉著阿里水手長商議某件事，他那鬼鬼祟祟的表情，加上三番兩次向他投來的目光，根本不必懷疑他們談的就是他。但這件擾人之事，遠不能抵消再次與寶麗握手的愉悅。「希望很快能再見，蘭柏小姐。」他鬆開她的手指時低聲說。

「我也一樣，瑞德先生。」她垂下眼簾。「我很樂意。」

賽克利在甲板上流連，直到小船完全從視線中消失，他試著把寶麗的面貌輪廓、她的聲音和頭髮散發的樹葉清香銘刻在心中。隔了很長一段時間，他才想到要詢問阿里跟經紀交談的內容。「那人跟你說些什麼——他姓什麼，班達？」

阿里不屑地朝欄杆外吐了口痰。「那傢伙是大笨蛋，」他說：「想要知道好多笨事。」

「像是什麼？」

「他問，西克利馬浪喜歡喝牛奶嗎？喜歡酥油嗎？有沒有偷過奶油？」

「奶油？」賽格利開始懷疑這位經紀是不是某種調查員，正在追查補給品放錯地方或失竊的案件。但他又為什麼特別關心奶油呢「見鬼的他問這種事幹嘛？」

阿里用指關節敲敲自己的腦袋。「他就是個沒禮貌的笨蛋。」

「你怎麼回答他？」

「我說呀：西克利馬浪在船上怎麼喝牛奶？大海哪裡抓得到乳牛？」

「就這樣？」

阿里搖頭說：「他還問——馬浪的皮膚會不會變顏色？」

「變顏色？」賽格利忽然把欄杆抓得更緊。「該死的，他說這話什麼意思？」

「他說：西克利馬浪有時候會變藍色，不是嗎？」

「你怎麼說？」

「我說：老兄，馬浪怎麼變藍色？他不是白人老爺嗎？粉紅色，紅色，都有可能——但藍色不可能。」

「他為什麼問這些問題？」賽克利說：「他想做什麼？」

「甭擔心。」阿里說：「他笨死了。」

賽克利搖搖頭。「這我不知道。」他說：「他不見得有你以為得那麼笨。」

＊

不出狄蒂所料，她的丈夫再也不能回去工作了。自從那回在工廠裡發病以來，胡康的病情迅速惡化，即使她拿走他的煙管和銅盒，他也沒有力氣抗議。但失去了鴉片，他的身體不但沒有好轉，反而更糟。他不能吃，不能睡，大小便經常拉在身上，只好把他的床搬到戶外。他的意識時有時無，總是無端發怒，滿口嘟噥與抱怨。狄蒂知道，倘若他體力夠，一定會毫不猶豫地殺死她。

一星期後來臨的灑紅節，沒有為狄蒂的家帶來色彩與歡笑，胡康在床上大發譫語，她連出門的興致都沒有。田地對面強丹的家裡，大家飲麻葉汁[35]，高喊「灑紅節快樂！」快樂的歡呼聲促使狄蒂打發女兒過去，跟他們一起玩耍——但就連凱普翠都沒心情過節，不到一小時就回來了。

狄蒂打起精神，希望能緩和丈夫的病痛，四處尋找偏方。她先請來一個驅魔師，清理屋內不潔的鬼魂，這招不見效，她又向一位供應傳統草藥的郎中及一位從事阿育吠陀醫療的醫師請教。群醫花了很長時間坐在胡康床邊，吃掉許多雞豆粉和豆泥餅；他們用指尖掐著病人瘦得像竹竿的手腕，對他蒼白的皮膚長吁短嘆；他們所開處方的藥很昂貴，包括金箔和刨下的象牙屑，為了買這些東西，狄蒂典當了好幾副手鐲和鼻環。治療失敗後，他們私下告訴她，胡康無論如何都活不久了——倒不如讓他繼續享用身體渴望的藥物，讓他最後這段日子過得舒服點。狄蒂決心再也不把丈夫的煙管還給他，這點絕不讓步。但她還是做了些退讓，每天給他幾口生鴉片嚼嚼。這份量不足以讓他站起來，但還是減輕了他的痛苦，而狄蒂望著他的眼睛，看到他已脫離塵世的痛苦，遁入一個天天過

---

35 bhang是用大麻的花、葉，加上奶、油、香料搗成漿做的飲料，有興奮作用，是灑紅節的必備飲品。

灑紅節、日日春光普照的世界，活得比現實中更生氣勃勃，也覺得心情稍寬。只要這麼做能延後她成為寡婦的時辰，她就願意承擔。

在此同時，還要忙收成的事：所有罌粟花需要在短時間內，一朵朵做切口，採收乳汁；凝結的鴉汁膠得刮下來，裝進圓底陶罐，送到工廠。這是件緩慢費時的工作，光靠一個婦人和一個小孩是做不來的。狄蒂不願向小叔求助，只得請來六名幫手，答應採收完成後付給優厚的工資。他們工作時，她往往必須伺候丈夫而無法在場，所以也無法如她所願盯著他們；結果可想而知，裝滿鴉片膏的陶罐數量，比她預估的少了三分之一。付完工錢，她覺得把罐子交給外人運送絕非明智之舉，便送信給卡魯瓦，叫他趕牛車來載。

到了這地步，狄蒂已放棄用賣罌粟的收入更換屋頂的想頭。只要賺夠這一季的生活開銷，說不定再多幾個子兒零用就滿足了。她知道，工廠充其量只會付她兩個銀盧比，運氣好的話，她說不定能留下兩、三個杜姆瑞銅幣，視市場價格而定——甚至可能剩到一個阿德拉銀幣，那就能幫凱普翠買件新紗麗。

但鴉片廠有個令人措手不及的意外等著她：狄蒂在鴉片罐過磅、計數、檢驗時，看到了胡康那塊地的帳冊。原來這一季剛開始時，她丈夫就挪借了一筆遠超過她預期的預付款，鴉片膏微薄的收入只勉強夠抵他的債務。她難以置信地看著面前幾個褪色的小銅板。她喊道：*Aho se ka karwat?*（整季的收成只值六個小銅錢？）連一個孩子都養不活，更別說一家人了。

櫃臺後的記帳員是孟加拉人，肥嘟嘟的下巴，皺起眉頭像山洪爆發。他不肯用她的博杰普爾家鄉話，偏要說城裡人那種支離破碎的印地語。他不屑地說：跟別人學就是了，去找放債的。賣了妳兒子。送他們到麻里西去。妳又不是沒有別的出路。

狄蒂說：我沒有兒子可賣。

那就賣妳的土地，職員不悅地說：你們這些人總來抱怨肚子餓，但妳告訴我，天下哪有吃不飽的農夫？你們就喜歡發牢騷，嘮叨個沒完……

回家路上，狄蒂決定，既然雇了卡魯瓦的車，還是在市集停一下，沒理由不買點東西回去。結果她也只買得起一麻袋兩蒙德重的碎米，三十斤最便宜的黃扁豆，兩托勒芥子油[36]，還有幾兩鹽。擁有大筆土地，兼營借貸的店主把她的窘境看在眼裡。哎呀，怎麼了，嫂子？他關心地問：需要幾個亮晶晶的銀盧比幫妳撐到夏季收成嗎？

狄蒂抗拒借錢的念頭，直到想起凱普翠：這孩子待在家裡的時間沒幾年了——為什麼要她餓著肚皮過日子呢？她終於放棄，在地主的帳本裡捺下大拇指印，換來六個月的麥子、油和粗糖。直到走出門，她才想到要問自己欠了多少，利息幾分。地主的回答讓她大驚失色：他的利息高到她借的錢每六個月就翻一倍；不消幾年，就會失去所有土地。與其借這種錢，還不如吃草：她想把貨退還，但已經太遲。地主沾沾自喜地說：我有了妳的指印。不能更改了。

回家途中，狄蒂垂頭喪氣，忘了付卡魯瓦車錢。想起來時，他已離開好一會兒。他為什麼不提醒她？難道情況已經糟到連個吃臭肉的養牛人都在可憐她了嗎？

狄蒂的困境無可避免地傳到田地那頭，傳進強丹耳中，他拿著一袋營養豐富的雞豆粉來到她門口。即使不為自己，就算為了女兒，狄蒂也不好拒絕，不過一旦收下，她就再也不能像從前那樣斷然把小叔關在門外。這次之後，強丹就以探望哥哥為藉口，頻繁地闖進她家，雖然他之前從來不曾

36 tola為印度重量單位，一托勒約等於十一公克。

關心過胡康的病情，現在卻堅持進到屋裡、坐在哥哥床畔的權利。但進門後，他的心思完全不在哥哥身上，眼睛儘跟著狄蒂打轉。他甚至趁進門的機會，用手碰觸她的大腿。坐在哥哥床畔時，他看著她，手放在腰布摺縫裡自瀆；狄蒂跪下來給胡康餵飯時，他靠得極近，用膝蓋和手肘碰觸她的胸部。他的行為越來越具侵略性，狄蒂只好在紗麗的摺縫裡藏一把刀，唯恐他會把她拉到她丈夫的床上侵犯她。

但攻擊不是針對身體，而是以告白和辯論形式出現。趁她丈夫懶洋洋躺在床上，他把她堵在房間一角。他說：聽我說，凱普翠的媽，妳很清楚知道妳女兒是怎麼生出來的——幹嘛假裝呢？妳知道要不是我，妳今天不會有孩子。

閉嘴，她叫道：我不要再聽一個字。

我只是告訴妳事實。他不屑地對哥哥的床撇了下頭。當年他也不比現在高明。是我；沒有別人。所以我告訴妳，妳現在心甘情願做妳從前不知情做的那件事，豈不更好？妳丈夫跟我是兄弟，同樣的血緣。有什麼可羞的？妳何苦把姿色和青春浪費在一個沒能力享受的男人身上？何況妳丈夫也活不了多久——如果妳能趁他還在世的時候懷個兒子，他就是他父親的合法繼承人。胡康的土地傳給他，沒人會有異議。妳心知肚明，我哥哥一死，他的土地和房子就歸我了。*Jekar khet, tekar dhān*——有地就有米。等我成為這棟房子的主人，妳除了聽我擺布，還能怎麼活下去？

他用手背抹一下嘴角：我就這麼跟妳說，凱普翠的媽。所以，現在何不心甘情願做妳從前被迫做的那件事？妳還看不出，我是妳未來最好的指望嗎？只要妳讓我快活，我就照顧妳。

狄蒂內心有一部分同意他的建議很合理——但這時她對小叔的厭惡已到了高點，她知道即使同意，也無法讓自己的身體遵守這筆交易的條件。她跟隨自己的直覺，用手肘往他瘦巴巴的胸膛一頂，將他推到一旁；她拉起紗麗，咬住縫邊，遮住臉，只露出眼睛。她說：什麼樣的惡魔才會當著垂死的哥哥說這種話？你聽好，我寧願死在我丈夫的火葬堆上，也不會向你屈服。

他退後一步，鬆弛的嘴角扭曲成一道嘲弄的笑容。他說：話說得容易，妳以為像妳這麼一個沒價值的女人，要陪葬很容易嗎？妳忘了從結婚那天開始，妳的身體就不乾淨了嗎？

她說：那就更應該燒掉它。也比過你說的那種生活容易。

儘管吹牛吧，他說：妳要陪葬，別指望我攔妳。我何必呢？家族裡出個陪葬的婦人可以光耀門楣。我們會為妳建個廟，靠奉獻發財。但像妳這種女人只會吹大氣，到時候，妳一定會逃回娘家。

Dikhatwa! 她說：走著瞧！便當著他的面把門關上。

這念頭一旦在狄蒂腦子裡生根，她就再也不想別的事：寧可死得轟轟烈烈，也比依賴強丹生活，或甚至回到娘家村落，下半輩子都被兄弟和親戚視為可恥的負擔要好。想得越多，就越覺得這麼做有道理——甚至對凱普翠也有好處。她做強丹這種小人物的情婦苟且偷生，並不能保證女兒就能過較好的生活。正因他是她女兒的生身父親，他絕不會允許這女孩擁有跟他其他子女同等地位——而他的妻子也會盡一切可能懲罰她。如果留在這裡，凱普翠充其量就是她堂兄弟姊妹的僕人；送她回舅舅的村落，跟他的子女一起長大會好得多——僅有一個孩子還算不上負擔。狄蒂跟她兄弟的妻子處得不錯，相信她會善待她女兒。從這點來考慮，狄蒂覺得活下去純屬一種自私行為——她只會對女兒的幸福造成妨礙。

又過了幾天，胡康的病情持續惡化，她得知有幾位遠親正要前往她出生的村子。她託他們把女兒帶到曾在英軍部隊服役的哥哥克斯里·辛中士家中，他們一口答應。幾小時內，船就要離開，時間緊迫，所以狄蒂能夠不流一滴淚，鎮定地替凱普翠把為數不多的衣服打好包。她的首飾只剩一個腳鐲和一個手鐲，她替女兒戴上，吩咐她交給舅媽：她會替妳保管。

凱普翠想到去探望表兄弟姊妹，住在有許多小孩的家庭裡，興奮得不得了。我要去住多久？她問。

等妳父親病好了。我就去接妳。

小船開航，載走凱普翠後，狄蒂彷彿切斷了與生命的最後聯繫。從那一刻起，他再也不遲疑。她以一貫的謹慎，開始規劃自己的死亡。活生生地火化，在她擔心的事當中恐怕是最無所謂的。她知道，只要吞幾口鴉片，就會喪失痛苦的知覺。

7

諾伯．開新大叔還沒看賽克利給他的文件就知道，他會從中找到需要的預兆，確認已瞭然於心之事。他對這件事滿懷信心，所以駕著破馬車從伯特利返家的路上，已開始夢想答應為塔拉蒙妮媽興建的寺廟了。它將座落河邊，有一座高聳入雲的金黃寶塔。廟前有個鋪石板的大廣場，大批善男信女來此集會，唱歌跳舞做禮拜。

諾伯．開新大叔就在這樣一座寺廟裡度過童年，它位於加爾各答北面六十哩的納巴德維普，是一個紀念查塔涅．馬哈普拉布——信奉黑天的聖人兼神祕主義者——的宗教與學術中心。據說這位經紀的十一代祖先是那位聖徒最早期的弟子之一。他一手建了這座廟，之後就由後人照顧。諾伯．開新本來要繼承伯父的廟主之位，他自小接受完善的接班訓練，學習梵文與邏輯學，對典禮儀軌瞭若指掌。

但諾伯．開新十四歲時，伯父患病。老人把這孩子召到床畔，交給他最後一個任務——他說自己已餘日無多，遺願就是把年輕的妻子塔拉蒙妮送到聖城沃林達文的一所隱修院，度過守寡的餘生。這趟旅途艱險，諾伯．開新必須先親自護送她到那裡，然後才能接掌家廟。

諾伯．開新摸著伯父的腳說：不用多吩咐，我一定照辦。

過了幾天，老人去世了，諾伯．開新隨即率領一小隊僕從，送新寡的伯母前往沃林達文。雖然諾伯．開新當時早屆適婚年齡，卻還是個未經人事的處子——受嚴格舊式教育的學者泰半如此。那位寡婦呢，年紀卻比諾伯．開新大不了幾歲，因為她六年前才嫁給這丈夫，為製造子嗣作最後努力。這幾年來，諾伯．開新到各地拜師，跟著導師住山洞、精舍、隱修院，經常不在家，也難得有機會見到伯母或與她交談。現在他們一行人慢慢西行，前往沃林達文，男孩經常有機會與伯母作伴。諾伯．開新一直聽說伯母姿色出眾，風度迷人——現在又很意外地發現，她的靈性修養也很高，他不曾遇過如此高水準的信徒：談起眼如蓮花的黑天神時，宛如親眼見過神明似的。

諾伯．開新身為學者，許願守貞，受過擯除五感的訓練；他的教育特別強調禁欲，所以女人的形象幾乎不可能穿越他的心理防線。但前往沃林達文的舟車勞頓，讓這孩子的防禦瓦解了。塔拉蒙妮從不允許他以逾禮方式碰觸她——但他在她面前會情不自禁地發抖；有時他的身體會發生令他滿懷羞愧的抽搐。最初他只覺得困惑，想不出該用什麼字句描述自己身上發生的事。後來他終於明白，自己對伯母的感情，比起她對心中神聖戀人的感情，乃是個褻瀆的版本；他也明白，唯獨她的教誨能幫他解脫俗世欲望的束縛。

我不能離開妳，他告訴她：我不能把妳丟在沃林達文。我寧願死。

她笑了起來，說他是個徒勞的傻瓜；她說黑天是她唯一的男人，她唯一的愛。

他說：無所謂，妳做我的黑天，我做妳的拉妲[37]。

她無法置信地說：你要跟我一起生活而不碰我，不觸摸我的身體，也不沾別的女人？

他說：是的，妳跟黑天在一起不也如此嗎？馬哈普拉布不就這麼做嗎？

拉妲有兒女嗎？毗濕奴派的[38]聖人有兒女嗎？

你對家族的責任呢？對寺廟的職責呢？那一切要怎麼辦？

兒女怎麼辦？

他說：我通通不在乎，妳是我的寺廟，我做妳的法師，祭拜妳，信妳不疑。

他們抵達迦亞時，她表示同意；於是他們丟下僕人逃走，掉頭回加爾各答。

雖然他們都不曾到過加爾各答，手頭資源卻很充裕。諾伯．開新還剩不少旅費，以及為了將塔拉蒙妮幽禁在沃林達文所要捐獻的銀子。這筆錢相當可觀，足夠他們在加爾各答生活費較低廉的阿利托拉碼頭區租棟小房子。他們住在那兒，對彼此的關係不加掩飾，就是一個寡婦跟姪子住在一起。沒有任何風言風語，因為塔拉蒙妮的聖潔是那麼顯而易見，不久她就吸引了一小群信徒與弟子。諾伯．開新非常樂意加入這圈子：他稱她聖媽，做她的門徒，早晚聽她的靈性教誨——他就只要這麼多，但她卻不同意。你跟其他人不一樣，她對他說：你有不同的使命，你必須走進俗世去賺錢——不僅為了維持我們的生活，還要捐給你和我有朝一日要建的寺廟。

諾伯．開新聽從她的吩咐，走進城市，他的精明與才智很快便受到重視。他在王家市場為一個放債人工作，發現以自己受過的教育，記帳不是難事；精通管帳後，他覺得到這城裡的多家英國公司謀職最有前途。為了達成這目標，他到一個受雇於大貿易商吉蘭得斯公司的泰米爾通譯家中補習。他很快就成為班上最優秀的學生，能把字句流暢地銜接起來，令同學和老師都大感意外。

有人為他介紹第一份工作後，進展就非常順利。按時間順序，諾伯．開新陸續在吉蘭得斯公司做過雜役，在斯文和洋行幫忙管帳，在怡和洋行做過辦事員，在福格森兄弟公司做過翻譯員，在史

---

37 印度神話中，Radha與黑天是青梅竹馬，是他永恆的戀人與伴侶。她是擁有強大力量的女神，也是性力的重要象徵。

38 Vaishnavism是印度教的主要支派，崇拜毗濕奴及其十大化身，特別是黑天，強調虔敬愛神。哈瑞．奎師那也是毗濕奴派的信仰之一。

莫特父子公司做過會計。離開最後那家公司後，他進入勃南兄弟公司，很快升到經紀的位置，掌管運送移民勞工事務。

諾伯·開新大叔的雇主器重他，不僅因為他頭腦聰明，英語流利。他們也喜歡他討好主人的用心，以及對辱罵幾乎無止境的包容。他不像其他很多人，當英國老爺罵他是滿腦子大便的笨蛋，或說他的臉長得像猴子屁股時，他從不生氣；遇見破空飛來的鞋子或紙鎮，他只會往旁邊一跨，展現以他這種腰圍和體重的人出乎意料的靈活。他會掛著超然而幾近憐憫的微笑忍受辱罵。唯一能讓他不快的，就是被雇主的鞋或腳踢到——這也不足為奇，因為這麼一來，他就得馬上沐浴更衣，實在很不方便。事實上，他有兩次換工作都是為了擺脫踢本地員工踢得太習以為常的老闆。他覺得目前這份工作特別稱心，一部分也是基於相同原因。勃南先生或許是個苛刻而嚴格的老闆，卻從不踢打員工，也不罵髒話。的確，他經常嘲弄經紀，叫他「我親吻核桃的狒狒」等等[39]，但他一向很小心，不在公開場合這麼說——況且諾伯·開新大叔對「狒狒」一詞也沒什麼不滿，因為這種動物本來就是頗受愛戴的猴神哈努曼的同類。

幫雇主牟利的同時，諾伯·開新大叔也沒忽略開闢自己的財源。由於他的工作主要是牽線和予人方便，逐漸便累積了一大群生張熟魏的朋友，許多人都仰賴他提供財務與私人問題忠告。於是乎他的顧問角色漸漸發展成興隆的借貸事業，經常為需要祕密而可靠資金來源的仕紳階級採用。也有人為更私密的事求助於他。而除了食物之外，凡事都很節制的諾伯·開新大叔用超然的好奇看待別人的肉慾，就像占星家觀察星辰動向。他對向他求助的婦女總是非常體貼——她們也因此覺得他值得信賴，知道他對塔拉蒙妮忠貞不二，不會佔她們便宜。也因為如此，艾蘿凱西把他當作會疼她的好心大叔。

但這位經紀的事業雖成功，人生卻有一大憾事：事業上的種種當務之急，使他無法體驗一直希望與塔拉蒙妮達成的神聖之愛。他跟她共住的房子寬敞舒適，但每次忙碌一天回去後，總見弟子和信徒圍繞著她。這些跟班總流連到深夜，早晨經紀上辦公室時，他的伯母又幾乎都在熟睡。

他對她說：我工作得這麼辛苦，賺了很多錢。妳什麼時候才要讓我脫離這種世俗生活？我們什麼時候才能蓋我們的廟呢？

快了，她每次都說：但時間還沒到。時間到了，你一定會知道。

諾伯．開新大叔毫不質疑她的承諾，相信他們必然會在她選擇的時刻得到救贖。但忽然有一天，廟還沒蓋，她就患了一種耗弱的熱病。二十年來頭一遭，諾伯．開新大叔沒去上班，他把塔拉蒙妮媽的門徒和隨從通通趕出他的房子以親自照顧。當他發現自己的虔誠治不好她的病，就懇求她：帶我一起走；別丟下我獨自活在這世上。我這輩子除了妳沒有任何珍貴的東西；只有一片空虛，一無所有，只是在無盡地浪費時間。沒了妳，我活在世上做什麼？

你不會獨自一人，她向他承諾。而且你在這世上的工作還沒完成。你必須做好準備——因為你的身體將是我回歸的容器。有朝一日，我的靈魂會顯現在你面前，然後我們倆會在黑天的愛中結合，達到最完美的結合——你會變成塔拉蒙妮。

聽了她的話，他心中湧起希望。他喊道：那一天是什麼時候？我要怎麼知道？

39 開新大叔的名字寫作Baboo Nob Kissin，勃南將它改成Nut-Kissing Baboon，字形相似。其中Baboo是敬稱，在此譯作「大叔」，但寫法與baboon（狒狒）僅一個字母之差。狄更斯在《大衛．考伯菲爾》中也提過英國人喜歡把印度人的頭銜改稱狒狒來加以嘲弄。

她說：會有預兆的。你要小心觀察，因為兆頭並不明顯，會在意想不到的時刻出現。但它出現時，你不可猶豫或退縮。無論它帶你去何處，你都要跟隨，即使飄洋過海也在所不惜。

妳保證嗎？他雙膝落地問道。妳保證不用等太久？

我向你保證，她答道：有朝一日，我會將自己傾入你體內。但在那之前，你必須有耐心。

多少年過去了呀！從她去世以來，這九年又五十個星期，他照常生活，扮做一個忙碌的經紀，工作越來越努力，卻對這世界和自己的工作越來越厭倦。隨著她十週年忌日逼近，他開始擔心自己會發瘋，於是暗中作了個決定，如果在她忌日當天還沒有徵兆出現，他就要棄絕紅塵，到沃林達文去做托缽僧了此餘生。一作出決定，他就覺得命定的時刻已來到眼前，徵兆即將出現。他對這事信心十足，忽然再也不覺焦慮不安。他以平靜篤定的腳步下了馬車，拿著船上的帳冊，走進沉默空洞的小屋。他把文件攤在床上，一頁頁翻閱，找出這艘船的原始船員名單。他看到賽克利名字旁備註欄內的字——「黑人」——時，並未欣喜欲狂，大喊大叫——他盯著那兩個代表黑暗大神介入其間的字跡，平靜的喜悅湧上心頭。這就是他需要的確認，他確定了——他也確定這位信差對自己的任務一無所知。一個信封豈會知道裝在自己裡面的折好信紙上寫些什麼？一張紙又哪裡知道自己身上寫了什麼內容？當然不會，預兆就藏在這趟航程發生的種種變化之中。正因世事變幻莫測，才得以證明神的法力無邊與無所不在。

諾伯．開新大叔抽出船員名單，拿到五斗櫃前，將它收在抽屜裡。明天他會將它緊緊捲好，拿到銅匠那兒，量身打造一個鎖片匣，當作項鍊墜子掛在脖子上。萬一勃南先生問起名單，他就回報說遺失了——這種事在長途旅行中經常發生的。

諾伯．開新大叔正要關上抽屜，突然瞥見一件從前塔拉蒙妮很喜歡穿的鮮黃色寬鬆長袍。他靈機一動，將它披在身上，罩在腰布和罩衫外面，然後走到鏡前。這件袍子如此合身，令他十分驚訝。他伸手到頭頂拆開辮子，搖幾下頭，讓頭髮披在肩上，暗自決定，從現在開始，他再也不束髮，也不剪髮。他要把頭髮放下，任它生長，直到垂及腰間，就跟塔拉蒙妮的長髮一樣。他端詳鏡中的自己，發現有道光芒慢慢籠罩全身，彷彿有生靈充滿體內。突然間，塔拉蒙妮的聲音傳入耳中，他再次聽見她在這房間裡說過的話——她要他做好心理準備，追隨預兆引導，即使遠渡重洋也在所不惜。頓時間，每件事都變得清清楚楚，前因後果在他眼前展開：朱鷺號將會把他帶到建廟的地點。

*

警察局長率領一隊武裝警察與警官抵達時，尼珥正與兒子在加爾各答的拉斯卡利莊園屋頂上放風箏。時值燠熱的四月天，將近黃昏，斜陽的最後一抹金光在胡格利河面閃爍。附近碼頭上擠滿了刷洗一天風塵的沐浴人潮，拉斯卡利莊園四周，長滿青苔而泛黑的屋頂與走廊上，也滿是趁日落起風出來乘涼的人。附近不斷傳來海螺聲，這是第一次點燈的信號，晚禱叫拜聲在城市上空蕩漾，雖在遠方仍隱約可聞。

帕里莫衝進來時，尼珥的注意力正集中在遨翔高空、隨著法岡月的[40]綠色微風打轉的風箏上，無心聽僕人報告。王爺，帕里莫再次說道：您得下去。他要找您。

誰呀？尼珥問道。

---

40 Month of Phalgun 是印度曆的月份名稱，灑紅節就在這個月，代表春天來臨。相當於陽曆二、三月。

監獄來的英國官員——他帶了一個排的警察過來。

尼珥不為這消息所動：警局官員為了封地事務來找他是常事。他仍專注在風箏上，說道：出了什麼事？附近有竊案或幫匪作亂嗎？如果他們要求助，叫他們找帳房先生談去。

不，王爺，他們要找的是您。

那他們該早晨再來，尼珥怒道：這種時間到紳士家裡成何體統！

王爺，他們不聽我們的話。他們堅持……

雖然鼓形捲線器仍在手中旋轉，尼珥瞥了帕里莫一眼，見他沒有下跪，而且淚流滿面，不禁有點意外。他詫異地說：帕里莫，*Yeh kya bát hai?* 你搞什麼名堂？發生了什麼事？

王爺，帕里莫再次說道，聲音哽咽：他們要找您。他們在辦公室，本來要上來的。是我苦苦哀求，他們才在樓下等。

他們要上來？尼珥一時間說不出話來。這片屋頂位於女眷住處正上方，是整幢房子最隱密的所在，這些外人竟然企圖踏進這地方，簡直不可思議。

他們瘋了嗎？他對帕里莫說：他們怎麼可能有這種念頭？

王爺，帕里莫哀求道：他們說不要浪費時間。他們在等。

好吧。對這突如其來的召喚，尼珥好奇的成分大於警戒，但離開屋頂時，他停下腳步，揉亂兒子的頭髮。

你去哪兒，爸爸？孩子問道，對這打擾很不耐煩：你不是說，我們可以放風箏放到日落？

會的，尼珥說：我十分鐘後回來。孩子點點頭，注意力又回到手中的風箏上，尼珥便走下樓梯。

一下樓梯，就是女眷住處的室內中庭，穿過這片空間時，尼珥注意到整棟房子都非常安靜——

這很奇怪，因為現在正是他那群上了年紀的姑媽阿姨、孀居的堂表姊妹、及其他靠他生活的女性親戚和家屬一天中最忙碌的時刻。屋裡起碼有一百多個這種身分的人，她們通常都在這時拿著新點燃的燈和薰香到各個房間更換，為香草植物澆水，在祭堂裡敲鐘、吹法螺，準備晚餐。但今天庭院周圍的房間都暗著，看不到一盞燈，圍著欄杆的陽台上卻人影幢幢，站滿了身穿白袍的守寡親眷。

尼珥把內庭的寂靜拋在身後，走進這片房舍面街部分，這兒是辦公區，拉斯卡利領地雇用的百來名衛士也住這裡。他在這裡再次看到前所未見、令人驚訝的景象：一走到外面，他就看見保護莊園的家丁、護衛和警衛都被武裝警察堵在一個角落裡。眾衛士困惑地團團轉，棍棒和刀劍都被收繳，但他們一看到領主，就開始高喊：*Joi Mā Kali! Joi Raskhali!* 尼珥舉起一手，要他們安靜，他們卻不斷提高音量，怒吼響徹附近的街道巷弄。抬頭望去，尼珥看見庭院周遭凡是能俯瞰這塊區域的陽台與屋頂上都擠滿了人，大家都好奇地往下看。他加快腳步上樓，走向位於二樓的辦公室。

領主辦公室是個凌亂的大房間，到處是文件與家具。尼珥進入時，一個身穿紅色制服的英國軍官站起來，他把高帽子夾在臂彎裡。尼珥立刻認出他來：他姓賀爾，曾擔任步兵少校，現在掌管這城市的警政。他曾拜訪過拉斯卡利莊園幾次——有時是討論公共治安問題，但也常來作客。

尼珥雙手合十致意，努力裝出笑臉。「啊，賀爾少校！有什麼可效勞的？請恕我……」

少校嚴肅的表情始終未變，他用僵硬而正式的口吻說：「尼珥王爺，很遺憾，我今天來此是為了執行一件不愉快的任務。」

「哦？」尼珥有點心不在焉地注意到，警察局長今天佩戴了他的劍；他在莊園裡見過賀爾少校許多次，卻不記得他來時有過武裝。「那麼賀爾少校，你的任務是什麼性質？」

「我要非常痛苦地通知你，」少校一本正經地說：「我是持逮捕令來逮捕你的。」

「逮捕？」這字眼太匪夷所思，他一時沒聽懂。「你來逮捕我？」

「是的。」

「可以請教原因是？」

「偽造文書，先生。」

尼珥無法理解地瞪著他。「偽造文書！天啊，先生，我得承認，我覺得這玩笑一點也不有趣。請問我偽造了什麼文書？」

少校從口袋裡掏出一張紙，放在嵌花裝飾的大理石桌上。尼珥不用細看就知道那是什麼：那是他前一年簽的數十張本票之一。他微笑道：「這不是偽造文書，少校。我保證它不是偽造的。」

少校伸手指著花稍地簽著班哲明．勃南字樣的位置問道：「你否認這是你簽的嗎，王爺？」

「完全不會，少校。」尼珥平靜地說：「這件事很容易解釋：勃南公司與拉斯卡利領地有過協議。這是盡人皆知的事實……」

就尼珥所知，拉斯卡利的本票一直都有勃南的簽名。他的會計向他保證，這是老王爺留下的傳統，老王爺很早之前就與合夥人達成協議，不需把每一份借據都送到城裡另一頭去簽名——這麼做能以較快的速度完成霍德宅邸要辦的事，也更有效率。事實上，老王爺寫不好英文，所以這件工作一直由屬下，也就是尼珥本人代筆。他在書法方面是個完美主義者，不滿意秘書的粗糙筆跡，因此這件工作他堅持親力親為。班哲明．勃南非常清楚這件事。

「恐怕你是無端浪費了許多精力。」尼珥說：「勃南先生不用幾分鐘就能打消這場誤會。」

少校有點尷尬地摀起嘴，咳了兩聲。「恐怕我還是得執行我的任務，先生。」

「但實在沒必要啊，」尼珥抗議道：「只要勃南先生說明整個經過就行了。」

警長頓了一下，說道：「就是勃南先生報的案。」

「什麼？」尼珥大吃一驚，全然不信。「但根本沒人犯罪……」

「簽名是偽造的，先生。而且涉及很大一筆錢。」

「寫一個人的名字並不等於偽造他的簽名，不是嗎？」

「那得看企圖而定，先生，這要由法庭裁決。」少校說：「你一定會有充分機會為自己辯護。」

「那現在呢？」

「你得讓我送你到拉巴刹監獄去。」

「坐牢嗎？」尼珥說：「像一般罪犯一樣？」

「也不盡然。」少校說：「我們會盡可能讓你住得舒適；以你在本地的社會地位，我們甚至可以讓家裡為你送食物進去。」

這下子，他終於理解即將來臨的不可思議下場了。拉斯卡利王爺要被警察帶走，關進監獄。雖然他確信自己會被無罪開釋，但尼珥知道家族聲望將再也無法恢復，尤其在這麼多鄰居目睹他被捕之後——所有親眷、家屬、兒子，甚至艾蘿凱西，都會深陷恥辱的泥淖。

「一定要現在離開嗎？」尼珥躊躇地說：「今天！當著我手下所有人的面？」

「是的。」賀爾說：「恐怕我只能給你幾分鐘時間——收拾衣服和一些個人用品。」

「好吧。」

尼珥轉身想走，少校又嚴厲地說：「我看到你的屬下很激動。你該知道，萬一發生動亂，你就必須負責，法庭審理你的案件時也會有不利的影響。」

「我知道。」尼珥說：「你不用擔心。」

領主辦公室毗鄰的陽台可俯瞰庭院。尼珥走出辦公室，準備下樓時，看到院子突然變成一片白。穿寡婦裝的女性親眷和家屬全都走到屋外；一看見他便開始低聲哀哭，但聲音很快變得越來越響亮，越來越激動；有人撲倒在地，有人捶胸頓足。這麼一來，他就沒法子進主屋了。尼珥知道自己不可能強行從這群人當中穿過。他只花了足夠時間確認妻子瑪拉蒂不在這些女人當中，雖然情勢這麼混亂，但知道她沒有走出後宮，還是讓他十分安慰——至少免除了因他而導致她的幽居權利被剝奪的恥辱。

帕里莫出現在他身旁，手中拎著個袋子說：王爺，我收拾了些東西——都是您用得著的。

尼珥感激地一把握住這名侍從的手。他這一生中，帕里莫經常能在他還不知道自己需要什麼之前，就把他的需求摸得一清二楚，但他從不曾像現在這麼發乎內心地感激。他伸手接過袋子，但帕里莫不肯交給他。

王爺，您怎能自己拿行李？就當著全世界的人眼前？

這念頭如此荒誕，尼珥不禁一笑；他說：你知道他們要帶我到哪裡去嗎，帕里莫？

王爺……帕里莫壓低嗓音悄聲說：只要您下令，我們的人就會反抗。您就能逃走……您可以躲起來……

一時間，尼珥起了逃走的念頭——但很快又打消，因為他想到掛在辦公室裡那張地圖，帝國的紅色勢力那麼快就在上面蔓延開來。他說：我要躲到哪裡去？拉斯卡利的家丁打不過東印度公司軍隊的。算了，沒辦法了。

尼珥轉身離開帕里莫，走回辦公室，少校在那裡等他，一手扶著劍柄。「我準備好了。」尼珥說：「快點結束這件事吧。」

在六名身穿制服的警察包圍下，尼珥走下樓。他一進入庭院，那群身穿白衣的婦人又開始尖叫哀哭，她們撲向警察，企圖穿過警棍的阻擋觸摸犯人。尼珥把頭高高抬起，不忍看她們的眼神；一直走到大門口，他才容許自己回頭看一眼。才剛回頭，他就與妻子瑪拉蒂四目相對，他從不曾見她這樣。她始終不曾取下的面紗掉了下來，她也拆開了緊緊束起的髮辮，長髮披在肩上，像一襲悲傷的黑色壽衣。尼珥腳步一個踉蹌，趕緊垂下眼簾；他受不了她這樣看著他；她拿掉面紗，就像剝掉了他男子氣慨的遮羞布，讓他赤條條暴露在全世界幸災樂禍的憐憫之下，承受永遠抬不起頭的恥辱。

一輛有篷罩的四輪馬車在外面的巷子裡等候，尼珥上車坐定，少校便在他對面坐下。沒有動用暴力就達成任務，顯然讓他鬆了口氣。馬匹開始前進時，他用比先前和善的口氣說：「相信這件案子很快就會水落石出。」

馬車來到巷口，尼珥趁車子轉彎時，在座位上轉過身，看了自己的房子最後一眼。他只能看見拉斯卡利莊園的屋頂，映著逐漸暗下的天空，他兒子把腦袋靠在屋頂的矮牆上，好像在等待；他想起自己曾答應孩子，十分鐘內就回來，這一刻，他覺得這是自己這輩子撒過最不可饒恕的謊言。

*

自從那晚在河邊狄蒂幫他解圍以來，卡魯瓦就開始數著有機會再看她一眼的日子，也數著中間那些空白的日子。他記錄這些數字沒有特定目標，也不代表任何冀望——卡魯瓦很清楚，她和他之間只能存在極其淡薄的來往——但不論他喜不喜歡，他的腦子就是要耐心地計數。他沒辦法讓它停止，因為那顆遲緩而勤奮的心，總會把數字安全地保存起來。所以一聽說狄蒂丈夫的死訊，卡魯瓦立刻知道，距離她找他幫忙，從鴉片工廠載胡康回家那個下午，剛好過了二十天。

消息來得也很巧：那天已至黃昏，他忙了一天，正趕著牛車回住處去，就被兩個徒步旅人攔了下來。卡魯瓦知道他們走了很長的路，因為他們沾滿塵土的腰布都發黑了，而且疲倦地倚著手杖。他經過時，他們向他招手，當他的牛車隆隆停下，他們問他知不知道當過英國兵的胡康．辛住哪裡。卡魯瓦說：知道的。他指著前方，告訴他們，要到那兒先得直走兩柯斯[41]，遇到一棵大羅望子樹後左轉。然後沿著田間小路走一百二十步，再左轉，再走一百六十步就到了。那兩人很沮喪，天幾乎黑了，我們哪裡找得到什麼小路？找找就有了，卡魯瓦說。要走多久？一小時，卡魯瓦又說：說不定更快。

兩人央求他用牛車載他們去，否則就會遲到，然後錯過一切，他們這麼說道。卡魯瓦問道：你們是去做什麼會遲到？兩人中年長的那個說：胡康．辛的火化葬禮，還有……

他還想說下去，但同伴拿起棍子用力戳了他一下。

胡康．辛死了？卡魯瓦問道。

是啊，昨天深夜。我們一接到消息就出發了。

好吧，卡魯瓦說：來吧。我送你們去。

兩人從後面爬上牛車，卡魯瓦甩動韁繩，趕公牛前進。經過很長一段時間，卡魯瓦謹慎地問：胡康．辛的妻子怎麼辦？

我們看看會發生什麼事，年紀大的那人說：也許今晚就會知道——

但他再次被同伴打斷，句子只說了一半。

這兩個男人怪異的保密行徑讓卡魯瓦好奇私底下是否有什麼不正當的事。他習慣看到什麼事都要好好分析一番。牛車一路行去，他暗地自問，為什麼這些跟胡康．辛根本不熟，連他住哪裡都不清楚的人，要長途跋涉來參加他的火葬儀式？為什麼火化要在死者家旁邊舉行，而不去河邊的火葬場？不對，其中必有古怪。距目的地越近，卡魯瓦越來越有把握——因為他看見許多其他人都往同一地點去，遠比正常會參加胡康．辛這麼一個無藥可救鴉片鬼葬禮的人多得多。他們來到胡康的住處時，他疑心更深，因為看見恆河邊架起好大一個柴堆。它不僅比火化一個人需要的柴堆大很多，四周還堆滿各式各樣的祭品和雜物，好像有更重要的目的似的。

天已經黑了，兩名旅人下車後，卡魯瓦把牛車綁在一段距離外的田邊，然後走回火堆那兒。那裡麇集了幾百人，聽著他們交談，他很快就聽到大家刻意壓低嗓門的那個字眼——「殉夫火葬」。他在黑暗中走回繫住的牛車那兒，在車上躺了一會兒，思考下一步行動。他考慮得很慢、很仔細，比較幾種不同行動程序的優點和缺點。幾番篩檢後，只有一個計畫行得通，他起身時，已非常清楚自己要怎麼做。首先，他取下兩頭公牛的軛，餵了牠們，讓牠們到河邊遊蕩。這是整個計畫中最困難的部分，因為他把這兩頭牛當家人一樣疼愛。然後他一個釘子接一個釘子從車軸上拆下竹製平台，再用一根繩子將它攔腰綁住，綁得非常緊實牢靠。這車台既大又重，但對卡魯瓦來說，這重量算不了什麼，他輕鬆地將它扛在肩上。他藏身黑暗中，悄悄沿著河邊前進，來到一個可以俯瞰火堆的沙洲。他把車台在沙洲上放好，平躺在上面，盡量不讓人看見。

火葬堆周圍的空地有許多小火炬照明，所以當送葬隊伍抬著胡康．辛的屍體走出他家，將它放

41　kos 為古印度長度單位，依西元前四世紀古籍《政事論》（*Arthashastra*）中的換算法，約為 3.6 公里。但後來印度各地對此一單位的標準漸趨混亂，變為從 1.8 到 3.2 公里不等。

在柴堆上，卡魯瓦看得非常清楚。另一隊人馬緊跟在後，他們進入空地時，卡魯瓦看見狄蒂領頭，身穿一襲非常華麗的白色紗麗——只不過她渾身癱軟，站也站不住。如果不靠她小叔強丹．辛和另外幾個人扶持，她根本站不起身，更別說行走。她被半抱半拖，送到柴堆上，盤起雙腿，坐在丈夫的屍體旁。吟唱聲四起，有人在她四周堆起引火的細枝，澆上酥油和油脂，準備生火。

卡魯瓦在沙洲上耐心等待，不停數數，數啊數地，好讓自己鎮定。他知道自己最主要的本錢不在力量或敏捷，而是出其不意——因為他再怎麼孔武有力也打不過五、六十個壯漢。所以他耐心等啊等，直到火堆點燃，所有人都專心觀察火勢的時候。這時，他仍藏身陰影中，但悄悄爬到人群外圍才站起身。他突然發出一聲怪吼，揚起繫住竹製車台的繩索在頭頂揮舞。邊緣鋒利的沉重車台被他舞成一團黑影，打破了許多腦袋，敲碎了許多骨頭，在人群中殺出一條路——眾人紛紛逃離這亂飛的兇器，彷彿牛群四散躲避化身旋風的惡魔。卡魯瓦衝到火堆前，將車台靠在火上，爬到頂端，從火堆中搶出狄蒂。他把她無法動彈的身體扛在肩上，跳回地面，用繩子拖著冒煙的長方形車台向河邊跑。來到水邊，他立刻把車台扔進水裡，將狄蒂放在上面。一脫離河岸，他就趴在這臨時改造的竹筏上，雙腳不斷踢水，使它向河心移動。這一切都在一、兩分鐘內完成，等強丹．辛和他的同夥展開追逐時，河水早已載著卡魯瓦和狄蒂遠離火葬堆，進入黑夜深處了。

*

竹筏被湍流裹捲著衝往下游，筏身搖搖擺擺地轉動，每隔一段時間，就有一股水流噴上筏面。幾次三番沖洗下，籠罩狄蒂心頭的迷霧逐漸散開，她開始意識到自己在河面上，身旁有個男人，將她緊緊抱在懷裡。這一切都不意外，跟她想像中通過烈焰後醒轉時的情形一模一樣——漂浮在冥界的白塔里尼河上，由擺渡亡者的船夫查拉克看管。她生怕看到陰間的可怖景物，因此一直不敢睜開眼睛。她設想每一道波浪都將她推送往更接近冥王閻摩支配的彼岸。

但這趟旅程好像沒個了結，最後她終於鼓起勇氣詢問，河有多長，目的地有多遠。沒人回答，她便高喊渡亡船夫的名字。於是有個低沉沙啞的聲音告訴她，她還活著，跟卡魯瓦一起在恆河上——他們的旅程沒有目的地，唯一的目標就是逃亡。聽了這話，她的生命頓時變得跟從前截然不同，心頭浮上一種奇妙的感覺，歡喜中摻雜著聽天由命，好像她真的死了，而且立刻重生，並展開下一個人生。她擺脫了狄蒂的舊皮囊，不再承擔它的因果報應；她付清了生辰星宿要求的代價，從此可以隨心所欲，跟自己選中的人一起創造新的命運——她知道自己會與卡魯瓦共度這段人生，直到另一場死亡奪走他從火焰中搶出的這具身軀為止。

一陣輕柔的拍擊和摩擦聲傳來，卡魯瓦把竹筏推向岸邊，它停在沙灘上時，他抱起她，把她放在河岸上。然後他扛起竹筏，鑽進一叢高聳的蘆葦，消失不見，他再回來接她時，她看到他把車台布置成一張床，一個平坦的小島，深藏在河畔的植物叢中。他把她放在竹製台面上，便退縮到一旁，好像要到別處去。她知道他害怕，不曉得她平安到了陸地後，對他會採取什麼反應。於是她喊他：卡魯瓦，來，不要把我一個人丟在這陌生的地方，到這裡來。但他躺下時，她也很害怕。她忽然意識到自己身上裹著那件白色紗麗在水裡泡了這麼久後，全身有多寒冷。她開始發抖，顫抖的手碰到他的手，便知道他也在發抖，他們的身體慢慢地一吋一吋挨近，彼此都需要對方的體溫，他們一圈圈解開身上潮濕的衣物，他的丁字褲和她的紗麗。這時她好像又回到水面上；她記起他的觸摸，他如何用手臂將她摟在胸前。貼著他那半邊臉，覺得他沒刮的鬍根溫柔地摩擦——另半邊臉抵著竹台，可以聽見大地和河流的低語，它們告訴她，她活著，活生生的，突然間，她的身體好像以前所未有的方式從這世界醒轉過來，像河裡的波浪一般流轉，像覆滿蘆葦的河岸一樣敞開而肥腴多產。

事後，他將她緊抱懷中，用粗啞的聲音說：*Ká sochawá?*（妳在想什麼？）

……想你今天怎麼救了我；*sochat ki tu bacháwelá…*

他低聲說：我救的是我自己，因為如果妳死了，我也不能活；*jinda na rah sakelá…*

噓！別再說了。一向迷信的她，聽到死這個字就發抖。

但我們要到哪裡去呢？他說：我們該怎麼辦？他們會到處搜索我們，不管在城裡或鄉下。

雖然她不比他更有計畫，但她說：我們要遠走高飛，到很遠的地方去，我們要找個沒人知道我們的來歷，只知道我們結了婚的地方。

他說：結了婚？

是的。

她扭動身體，離開他的懷抱，把紗麗鬆鬆地纏在身上，走向河邊。妳要去哪裡？他在她身後喊道。你會知道的，她回頭喊著。她回來時，披在身上的紗麗就像一幅薄紗，捧著一大把開在河岸上的野花。她從自己頭上拔下幾根長髮，把花朵串起，做成兩個花環：一個給他，另一個留給自己。她把花環高高舉起，套過他的頭，掛在他脖子上。接下來他就知道該怎麼做了，交換花環，訂下盟誓後，他們靜坐了一會兒，回味他們完成了多了不起的一件大事。然後她再次鑽進他溫暖的懷抱，投向他遼闊如黑色大地的庇護。

第二部

8

朱鷺號靠岸停泊後，賽克利和阿里水手長便打開帳本，把水手的工資結清。很多船工把銅板和銀幣小心藏進衣摺裡，立刻消失在齊德埔的巷弄中。有些人再也沒跟朱鷺號打過照面，但也有人隔幾天就回來，被偷了、騙了、賺的錢在酒館娼寮裡花光了——或是單純地發現，在海上想像的陸地生活，遠比實際踏進遍地陷阱的旱鴨子國度來得有吸引力。

朱鷺號還要等一陣子才能進齊德埔的拉斯提涅乾船塢展開整修與改裝。停泊河上這段期間，除了賽克利與阿里，只有最基本的幾名水手留守船上。雖然人員大幅減少，他們的工作跟在海上航行時差不了多少，分兩班輪流看守，每班有個工頭管理；航海時，每個班在甲板上輪值四小時，但從黎明與黃昏的短班則是兩小時就可以輪替。海港雖然安全，遭竊的風險卻相對增加，所以值班人不能放鬆警覺，此外甲板上的工作步調也沒有放慢，必須清點存貨、做各種檢查，最重要的是要完成一大堆清潔工作。阿里直言不諱，在他看來，沒把船打理乾淨就送去乾船塢的水手，比最差勁的旱鴨子、甚至比幹自己老娘的皮條客還不是人。

水手長用船工詞彙罵人是一絕，無人能出其右。他罵起人來滔滔不絕，喬都因此對他佩服得五體投地。但很令他失望的是，他的敬意完全沒有得到相應的回報。

喬都心裡有數，遠洋船工看不起自己這種只在內河航行的水手。從前他划船從高大的三桅帆船下經過時，抬頭就會看見舵手和清潔工咧著嘴嘲弄他，說他是耍棍棒的（只會撐篙），用各種污穢語叫他拿棍子派別的用場。喬都對譏嘲和諷刺早有心理準備，甚至很樂意挨罵，但水手長不准他跟其他船工親近。事實上，他一有機會就表明立場，他收留喬都是迫不得已，他寧可叫他滾蛋。既然賽克利堅持，喬都就只能補最低階船工的缺——掃地、洗排尿孔[42]、洗廁所、洗碗、洗甲板等。為了加重喬都的困境，他甚至要求喬都把掃帚鋸成兩半。他說，掃帚越短，掃得越乾淨——這樣你就跟掉在地上的東西很接近，大便吃進嘴裡的時候，才知道裡面有什麼。水手長的右腳上有片特別悉心照顧的腳趾甲，留了半吋長，還打磨出一個尖角。喬都爬在地上刷甲板時，水手長經常偷偷跑過來踢他：*Chal sála!*（手腳快點！）船尾被刺一下會痛嗎？你該慶幸不是被一顆砲彈攔腰打中。

喬都上朱鷺號最初幾星期，除了打掃廁所外，水手長不准他到下面船艙。甚至夜裡也只能睡在甲板上。這在下雨時會構成問題，好在下雨的次數不多——平時喬都倒也不是唯一在甲板上找尋「最軟的板子」的雜工。就這樣，他跟船員稱做「老九」的羅傑．西索．戴維成了朋友[43]。老九長得又高又瘦，站直時活像根帳棚柱，膚色跟這艘船塗在桅杆上的柏油差不多。他自幼被一個接一個基督教傳教組織撫養長大，所以喜歡穿襯衫和長褲，還常戴一頂布質無邊帽——而不像其他船工都繫腰布，綁頭巾。一名船上的小雜工有這種品味，實在不夠安分，也為他贏得許多嘲弄——尤其他的衣服又是用零碎帆布拼綴起來的。多半時候人家嘲弄他的方式就是把他比作船上的第三根桅杆——叫他人形後桅——他每次爬繩梯都會惹來一陣笑罵，管中桅的水手搶著取笑他。他們在笑料取材上又有種特殊優勢，因為船工跟來自其他地區的水手有一大不同，他們的詞彙中把船隻視為男性，桅

42 piss-dale 是舊時船上設在船側的排水孔，供水手直接往海裡排尿。

43 羅傑（Roger）這名字與印度語王爺（raja）發音相近。但船工們可能覺得，給一個貧無立錐之地的孤兒取「王爺」這種綽號太諷刺，所以轉而把 Roger 發成怪裡怪氣的諧音，中譯彷此精神。

杆就是男人的性器官——那字眼剛好跟「雜工」發音近似。

……桅杆屌在這兒……
……正好給雜工通個氣兒……
……降下他的帆布捲……
……東攪西攪樂翻天……

老九若能遠離中桅水手，不知會有多高興——不僅因為人家取笑他，也因為他怕高，站在高處會頭暈。他最大的心願就是脫離帆桁區，改做廚工、膳務員或廚子，兩隻腳可以穩穩站在甲板上。既然喬都的心願就是上前桅做桅工，他們很快就決定合力爭取交換工作。

老九帶喬都穿過狹窄的艙梯，進入位於船頭的水手艙，船工的吊床都掛在這兒。船工把這塊空間稱做蛇帽兜，指的是眼鏡蛇頭部展開呈飯匙狀的部分——因為如果把船設想成一條蛇，水手艙的位置恰巧是頭部，它位在船頭主甲板下方，破浪板上方，而且前方還有一根類似毒牙、向前伸出的船首斜桅。雖然喬都不曾踏進遠洋帆船這塊至高無上的艙區，卻常聽人提起「蛇帽兜」，他一直很好奇，在帆船這麼一頭活生生巨獸的頭蓋骨裡生活與睡覺是什麼情景。他一逕夢想要取得蛇帽兜居留權——成為水手艙一員——在破浪板之上討生活，飄洋過海；但走進水手艙，他目睹的景觀卻平庸無奇，絲毫沒有傳說中蛇帽兜的光彩。水手艙空氣不流通，又熱又黑，除了一盞掛在鉤子上的油燈，沒有其他光源；搖晃不定的燈光下，喬都恍惚以為闖進了蛛網密布的腐濕山洞——四面八方只見縱橫交錯的吊床，兩兩一組排列在木樑之間。這塊擁擠窄小的空間，形狀像個傾斜的三角形，兩側呈弧狀向內彎曲，在船頭相接。艙間高度還不及一個成年人的身高，但吊床卻是一個疊一個，上下相距不到十六吋，所以每個人的鼻子只差幾吋就會碰到障礙物：要不是天花板就是同事的屁股。這些掛在半空中的床竟被稱作搖搖床，還被比擬成新娘或孩童坐的鞦韆，真是莫名其妙；聽見這字眼，你會以為自己可以在船隻的移動中輕搖著進入夢鄉——但看到它們像池塘裡的漁網一樣掛在眼前，就知道睡夢中只能像被捕獲的魚，必須為爭取呼吸空間而搏鬥。

喬都忍不住爬進一張搖搖床——但迎面撲來的氣味讓他連忙又跳下來，那股味道除了人的體臭，還有睡眠累積的怪味，再加上經久未洗的床褥、頭油、煤煙，以及好幾個月來滴、流、漏、洩出的東西和放的屁。也算是喬都的運氣，他接下來的工作就是刷洗所有吊床：這些床上滿是黏膩的污垢，讓他覺得用整條恆河的水都洗不掉前任使用者留下的汗水與罪惡。而且完成這件工作時，水手長又拎著他耳朵，勒令他重頭再來一遍：這叫乾淨？你說，你這頭頂長瘡、屁股流膿的臭洗衣工？陰溝都比這乾淨。

埋頭苦洗時，喬都真巴不得跳回索具之間，守著桅杆，在桅頂橫桁上聊天——船工把那高高在上的位子叫做「躺椅」並非無因，因為他們想舒服地坐著吹風時，就會上那兒去。這項特權對不懂享用的雜工老九是種浪費——但喬都只要往上偷看一眼，就可能被水手長用尖腳趾一刺。想他花了那麼多年學習分辨不同的桅杆，不同的風帆——斜桁上桅帆與後檣縱帆有何不同，翼橫帆與支索帆差別何在——所有這些努力與知識，在他蹲在甲板排水孔下方，洗刷滿滿一水手艙的吊床時都浪費掉了。

這件苦差事雖不愉快，卻有個幸運的結果：水手艙裡的吊床都拆光後，水手只好睡主甲板。這倒沒什麼不好，因為梅雨季即將來臨，天氣越來越熱，睡在空曠的室外，即使睡在木板上也比較舒服。更好的是，新鮮空氣似乎讓所有人都放鬆了舌頭，船工躺在星光下，常會閒話家常直到夜深。

阿里水手長從不參加這種場合：他跟膳務員、補帆匠、舵工和另幾個人都不住水手艙，他們的房間設在船面艙房裡。但水手長即使跟船面艙房的其他成員也都保持距離。這不全然因為他性格乖戾、嚴酷無情、紀律分明（這在船工眼中不是缺點，他們都不喜歡在過分不拘小節或偏袒徇私的水手長手下工作）。水手長保持距離也因為他對自己的過去祕而不宣，即使為他工作最久的人也摸不清他的來歷。但這點也不算太特殊，因為很多船工都是漂泊無定的流浪漢，不喜歡談論過去；有些人甚至自幼被賣給為遠洋船隻到河階召募工人的水手長，連自己的家庭背景都不清楚。那些河邊的勞工販子根本不在乎召募到的人是什麼身分，來自何方；所有人在他們眼中都一樣，他們拉幫結派，從街頭綁架沒衣服穿的兒童，也從隱修院綁架滿臉鬍子的聖徒；他們會付錢委託妓院業者迷昏顧客，也雇流氓伏擊粗心的進香客。

但朱鷺號上的船工雖說來自四面八方，大部分卻起碼知道自己的故鄉在印度次大陸的哪個地點。水手長是少數例外：如果問起，他總說自己是若開邦的穆斯林，是羅興亞人，但有人說，他早年跟過一班中國水手幹小廝。很快大家就都知道，他中國話說得很流利，他們認為這是好事，因為水手長經常抽空到加爾各答碼頭地段的中國區去消磨一晚，船工便可在船上盡情找樂子。

水手長和賽克利都不在時，朱鷺號就整個變了樣：有人會被派到高處去守望他們歸來，還有人會被派去弄一、兩壺燒酒或其他烈酒；然後所有船工會聚在甲板或水手艙唱歌、喝酒或傳送吸大麻的菸斗。如果手頭沒有大麻葉，他們就燒幾塊帆布碎片，反正帆布也是用植物製作，多少有點大麻味。

兩位工頭——巴布盧和孟篤——從幹小廝就開始共事。他們雖然來自地北天南，一個是印度教徒，另一個是勒克瑙的什葉派穆斯林，卻像同胞手足般親愛無間。巴布盧滿臉坑坑點點，是小時候對抗天花留下的疤痕，有雙靈巧的手，能用金屬鍋具和鐵製碗盤敲出節奏；孟篤個子很高，體態柔軟，心情好時，他會脫下腰布和袍子，換上紗麗、短背心和披紗，描上黑眼圈，戴上銅耳環，變換身分，化為一個舞藝超群、名叫葛西蒂夫人的舞孃。這角色有她自己的複雜身世，經歷好多段黯然銷魂的情史，談吐機智火辣，看盡世間滄桑——但葛西蒂夫人最有名的還是她的舞蹈。看過她在水手艙的演出，幾乎再沒一個水手想上岸去光顧舞館：船上能看免費的，何必上岸去花錢？

有時船工會聚在船頭聽老漢講古。膳務員柯尼利斯．品多是個頭髮斑白的天主教徒，來自果阿，他自稱曾航行世界兩圈，坐過各式各樣的船，跟各種水手為伍——包括號稱海上魔法師，吹聲口哨就能召來順風的芬蘭水手。還有卡森密，他年輕時曾以船主的更衣小廝身分到過倫敦，在繁華無比的齊普賽街上一家可以搭伙、專門接待船工的出租宿舍裡住了六個月。聽他描述那些酒店，人人巴不得去那些碼頭逛逛。還有分不清是男人還是男孩，身形枯槁，歲數不明的桑克，他有雙外彎的腿，悲傷的表情像隻鎖上鍊子的猴子：他自稱出生在一個上層地主家族，被意圖報復的僕人綁架，賣給河階上的水手長。還有來自桑吉巴、聾了一隻耳朵的辛巴．凱達。他在這群人當中最年長，說是在一艘英國戰艦上服役時傷了耳鼓；只要有幾口燒酒提神，他就會講起他的耳鼓被砲聲撕裂的那場可怕戰爭。他說得好像一切都真的發生過，數百艘船艦互相砲擊——但眾船工太精明，不會輕易把娛人的故事當真：因為誰會蠢到相信一個叫「三顆水果的房間」（Tri-phal-ghar）的地方，會發生大規模戰爭[44]。

44 一八零五年十月二十一日，英國皇家海軍在直布羅陀海峽特拉法加海岬與拿破崙麾下的法國和西班牙海軍聯軍作戰。戰況慘烈，死傷逾萬，英軍獲得決定性勝利。英國海軍名將納爾遜在此役中陣亡。特拉法加（Trafalgar）之名源於阿拉伯文，意為「西方海角」，因它的地理位置在地中海西端，但印地語卻賦予相同發音另一個意義。

喬都真的很希望成為這群人的一份子，分配到高居帆桁頂端的瞭望工作——但水手長不允，喬都唯一提到他的野心那次，屁股上挨了一腳：你全身上下只有這部分上得了桅杆，就是把杆頂插進你排水孔的時候。

船上發生的每件事都逃不過膳務員品多的眼睛，他給喬都一個提示，讓他知道水手長為何特別討厭他。膳務員說：是因為那位年輕女士。水手長對馬浪有計畫，他擔心女人讓他的方向走偏了。什麼計畫？

誰知道？但這點是確定的，他不要任何事妨礙馬浪，尤其不能是女人。

幾天後，彷彿要證明膳務員的觀點，喬都被叫到起錨機那兒跟西克利馬浪談話。馬浪顯得很不安，粗聲粗氣問道：「小廝，你跟蘭柏小姐很熟？」

喬都用他懂得有限的船工語回答：「從船頭到船尾我都清楚，長官！」

這種表達方式似乎觸怒了馬浪，他厲聲說：「住口！可以這樣說一位淑女的嗎？」

「抱歉，長官。船頭頂風呀！」

雙方沒有交集，馬浪決定找阿里來翻譯，這下可把喬都嚇壞了。水手長瞇起眼，牢牢盯著他，讓他渾身發毛，只好避重就輕，儘可能簡短回答馬浪的問題，並努力強調他幾乎不認識蘭柏小姐，他只是她父親家的僕人而已。

阿里終於轉身向馬浪報告時，他真是鬆了口氣。「小廝說她父親去天國了。那個傢伙管太多樹的事。總在搞植物。口袋裡沒錢。他去天國後，女孩子找到勃南先生當她第二個父親。現在她住莊園很快活。吃好大的大米飯。西克利馬浪忘記她吧。成天想小姐小姐，怎學得會水手事？結婚前自己搞搞就好啦。」

馬浪聽了這話，發了一頓出乎意料的脾氣。「天殺的，阿里沙浪！」他跳起身喊道：「你滿腦子除了肛交口交打手槍，就不能想點別的嗎？」

馬浪氣鼓鼓大步走開，他一走出視線，水手長就狠狠揪住喬都的耳朵：「你要給他搞個新娘，是嗎？我先要了你的命，你賣屁股的……」

膳務員聽他敘述這段經過後，困惑地搖頭。他說：水手長這種作風，你會以為他要把自家女兒嫁給馬浪哩。

*

狄蒂和卡魯瓦都知道，若要逃脫，最好的機會就是沿著恆河往下游走，希望能到達一個大鎮或城市，消失在人群中。或許是像巴特那這樣的地方，甚至加爾各答。雖然以距離而論，巴特那近得多，也還有十天路程，但走陸路就有被人認出的危險。這時他們逃走的消息一定傳了開來，一旦被抓到，他們不敢指望憐憫，就連至親也不可能。為謹慎起見，他們必須走水路，只要卡魯瓦的代用竹筏還載得動他們，就靠它繼續前進。好在河岸上有足夠的漂流木可以強化竹板，還有足夠的蘆葦可打成繩索；他們費了一天修理和加強那面脆弱的筏子，便再度啟程，隨波逐流向東前進。

兩天後，他們便看見狄蒂哥哥的屋子，她哥哥目前不在家，凱普翠與舅媽和其他表親同住這兒。一看到那棟房子，狄蒂就非得設法見女兒一面，才能再繼續往前走。她知道即使見得到凱普翠，也只能偷得片刻相聚，而且需要隱匿行蹤和極大的耐心，但她仗著熟悉這一帶地形，自信能藏住形跡，等待跟凱普翠獨處的機會。

狄蒂童年的家（現在住著她哥哥一家子）是棟茅草屋頂的房子，瀕臨一條小支流匯入恆河之處。這條小河名叫卡倫納沙，意思是「斬斷世間業報」，自古惡名在外：據說只要沾到河水，一輩子辛苦建立的功德都會被抹殺，這兩條河——神聖的恆河與它推翻因果報應的支流——跟狄蒂老家的距離一樣遠，但她知道家中婦女無論沐浴或取水，都寧可去較受庇佑的那條河。她選擇在恆河岸邊守候，讓卡魯瓦帶著筏子在上游一哩外等著。

河岸上有許多露出地面的岩石，狄蒂輕易就找到了藏身處。她選中的眺望點把兩條河都看得很清楚，漫長的守望中，她有足夠時間回想關於卡倫納沙的故事，以及它玷污死者靈魂的力量。從狄蒂兒時到現在，河畔風景變化很大，四下望去，她覺得卡倫納沙的腐朽力蔓延到了岸上，荒蕪的面積遠超過仰賴它河水灌溉的區域：收割鴉片的工作才完成不久，植物被留在田裡任其凋萎，整片田野都被枯枝覆蓋。除了幾棵芒果樹和波羅蜜樹的葉子，沒有一絲撫慰雙眼的綠意。她知道自己的田看起來也是這副模樣，如果她今天還在家，一定會自問，未來幾個月要靠什麼充飢：蔬菜和穀物在哪兒？她只看一眼就知道，這兒就跟她離開的村子一樣，家家戶戶的土地都被抵押給鴉片工廠的經紀人：每一個農夫都簽了合約，為了履行合約，他們除了在田裡種滿罌粟外別無選擇。現在收穫結束，家家沒有米糧，為了養家活口，他們只好在債務中越陷越深。彷彿罌粟成了卡倫納沙邪惡污染的傳染媒介。

頭一天，看到了凱普翠兩次，但狄蒂每次都必須藏起來，因為女孩有表姊妹陪伴。但只要看到她就已是很大的獎勵。女兒幾乎沒有改變，狄蒂覺得這簡直是奇蹟，同樣這段時間裡，她已經到鬼門關來回走了一趟。

夜幕降臨時，狄蒂循原路回到竹筏，看到卡魯瓦正在生火，為晚餐做準備。逃亡時，狄蒂身上只戴了一件首飾，一枚銀鼻環：強丹送她去火葬堆時，慎重地取下她身上的其他珠寶。但這件僅有的小東西還是極具價值，狄蒂在河邊的一棟小屋用它換到一些烤雞豆磨的粉，對旅行者和進香客而言，是能填飽肚子且營養豐富的口糧。每天黃昏，卡魯瓦都會生個火，狄蒂負責揉麵，烤幾張餅，足夠他們白晝充飢之用。恆河近在咫尺，到目前為止，他們都不缺食物和飲水。

狄蒂黎明即起，又回到藏身處，這一天過去，她沒再看見凱普翠。直到又過了一天的日落，狄蒂才望見，女兒把個陶罐搭在腰上，獨自向恆河走去。女孩涉入河中時，狄蒂一直藏身陰影中，直到確定女兒再沒有別的同伴才跟上去。為了避免嚇著她，她低聲唸誦一段熟悉的禱告詞：*Jai Ganga Maya ki*...（恆河聖母呀……）

這麼做很不明智，因為凱普翠立刻認出她的聲音。她馬上轉身，看到母親站在身後，立刻丟開水罐，發出一聲驚嚇的尖叫。她隨即昏了過去，翻身跌入水裡。陶罐被水流沖走，要不是狄蒂跳進河裡，抓住她的紗麗，連凱普翠也會被水帶走。水深只及腰部，所以狄蒂從腋下托著凱普翠的手臂，把她拉到岸上。一上沙灘，她就把凱普翠扛到肩上，帶她到兩個沙洲之間一個隱密的洞裡。

喂，凱普翠……喂，女兒……心肝寶貝！狄蒂把女兒抱在腿上，親吻她的臉，直到她眼皮開始眨動。但女孩睜開眼時，狄蒂看到她瞳孔放大，充滿恐懼。

妳是誰？凱普翠喊道：妳是鬼嗎？妳來找我做什麼？

凱普翠！狄蒂嚴厲地說：*Dekh mori suratiya*——看著我的臉。是我——妳的母親：妳看不出是我嗎？

但怎麼可能？他們說妳死了。凱普翠伸手觸摸母親的臉，指尖撫過她的眼睛和嘴唇：真的是妳？可能嗎？

狄蒂把女兒抱得更緊。是的，是我，是我，凱普翠；我沒有死；我在這兒。看啊。他們還告訴妳什麼跟我有關的事？

火葬堆還沒有點燃，妳就死了；他們說，像妳這樣的女人做不成娑提；上蒼不容許——他們說，妳的屍體被河水帶走了。

狄蒂不斷點頭，好像表示同意。最好大家都相信這個說法；只要外界都以為她死了，就不會有人來找她；凱普翠可不能提出別種說法，也不能洩露這次會面……

但實際上發生了什麼事？女孩說：妳怎麼逃出來的？

對於該怎麼跟女兒解釋，狄蒂早做過周詳的考慮：她決定絕口不提強丹的行為以及他才是凱普翠生父之事；也不提這女孩視作父親的那個男人。她只要讓她知道，有人企圖拿狄蒂獻祭，她被下了藥，然後在昏迷中得救。

但怎麼救的呢？誰救了妳呢？

狄蒂忘了為凱普翠著想而編的說詞，女兒的頭枕在她腿上，她撒不出謊。她突兀地說：是卡魯瓦幫我逃脫的。*Woh hi bacháwela*——是他救了我。

Kalua bacháwela? 卡魯瓦救了妳？

她在凱普翠聲音中聽到的是憤怒還是無法置信？各種罪惡感纏身的狄蒂開始顫抖，她等候女兒對她跟卡魯瓦一起逃走之事做出裁判。但女兒接下來說的話，語氣中沒有憤怒，卻有熱切的好奇：他現在跟妳在一起？你們要去哪裡？

離這兒很遠的地方；到城市去。

城市？凱普翠哀求地伸出手臂，攬住狄蒂的腰。我也要去；帶我一起走；到城市去。

狄蒂從來不曾像現在如此願意實現女兒的願望。但作為父母的直覺卻制止她：我怎麼能帶妳走，女兒？*Saré jindagi aisé bhatkáteia?* 要流浪一輩子啊？像我一樣？

對啊，就像妳一樣。

不，狄蒂搖頭；不論內心多麼渴望帶女兒一起走，她知道必須克制自己。她不知道下一頓飯在哪兒，更不知道下星期或下個月會在什麼地方。這女孩至少還有舅媽和表兄弟姊妹照顧；留在這兒對她最好，直到……

……直到適當的時候，凱普翠——時候到了，我會回來接妳。妳想我會不要妳跟我在一起嗎？妳這麼想嗎？妳知道把妳留在這兒，我心裡是什麼感覺？妳知道嗎，凱普翠？妳知道嗎？

凱普翠陷入沉默，她再開口時，說了一句狄蒂永遠不會忘記的話。

妳回來的時候，帶些手鐲給我好嗎？*Hamré kháitir churi lelaiya?*

*

雖然對塵世感到厭倦，諾伯．開新大叔知道自己還得忍受一段時間。如果他要在朱鷺號上謀個職位，最好是被派做這艘船的貨物管理人，但他知道，如果他透露對目前的工作已失去興趣，這位置就不可能落到他頭上。他還知道，勃南先生只要有一丁點懷疑他爭取貨物管理人一職的幕後涉及非基督信仰的動機，整件事就完蛋大吉。所以諾伯．開新大叔決定，目前最好全力投入自己的職務，盡可能不讓發生在自己體內的重大改變露出痕跡。這件事可不簡單，因為不論怎麼努力維持行之有年的生活規律，卻仍強烈意識到，所有一切都已改變，他開始用出乎意料的新方式看待這世界。

有時新的靈感就像茅塞頓開，突然出現在眼前。某天他乘船經過托利先生的運河，瞥見長滿紅樹林的荒地上有個木棚；其實只是個簡陋的竹子平台，上面鋪些茅草當屋頂，但它正好處於一株茂密的林投樹陰影中，構造雖然簡單樸素，卻使這位經紀聯想到傳說中古代聖人與仙人打坐冥想的森林修行地。

就在那天早晨，諾伯．開新大叔收到召募工人的拉姆沙朗的一封短信。這位募工者寫道，他目前仍在內地，但預期一個月後會帶一大批契約勞工回加爾各答，有男有女。這消息使原本就心事重重的經紀更加焦慮：移民工來了要住哪兒？安排這麼多人的食宿，一個月時間怎麼夠？

要是從前，像拉姆沙朗這樣的募工者，大都把召募來的人安頓在自己家中，直到送他們上船為止。但這麼做有幾個缺點：別的不說，這會讓即將移民到國外的人直接接觸城市生活，暴露在各式各樣的謠言與誘惑下。像加爾各答這種地方，不乏以頭腦簡單的鄉下人為獵物的人，歷年都有很多召募來的人聽信搗亂者的故事而逃跑；有些人在城裡其他雇主那兒找到工作，也有人直接奔回故鄉。少數募工者試著把募來的人鎖在屋裡，不讓他們外出——卻又面臨暴動、火災、集體逃跑等問題。這座城市不健康的天氣也構成問題，每年都有很多移民工死於傳染病。就投資者觀點，募來的人只要有一個死亡、脫逃、失能，都是重大損失，情況越來越明顯，只要這問題不設法解決，幹這行早晚會無利可圖。

就在那天，這問題的解決方案出現在他眼前：得建個營區，建在托利先生的運河旁邊。彷彿在夢中，諾伯．開新大叔看到那兒蓋起一片茅屋，就像靜修地的宿舍；營區要有一口井供應飲水，要有可以洗澡的河階，幾棵樹遮蔭，一塊鋪平的區域，以便居住者煮食和用餐。這聚落的中央還要有座廟，小小的就好，作為麻里西之行的起點。他腦中已浮現它的尖塔，矗立在火化用河階上升起的煙雲之間；他可以想像移居者簇擁在廟門口一起對故鄉土地做最後的祈禱；這是他們對神聖的南瞻部洲[45]最後的印象，然後就要離鄉背井，在黑水上漂泊。他們會對自己的孩子和孩子的孩子講述這事，數代之後，他們會回到這裡，緬懷先人。

*

拉巴剎監獄在擁擠的加爾各答市中心，像個巨大的拳頭，把這城市的心臟捏在手心。可別讓監獄的樸素外觀愚弄，厚實的紅磚牆內分成許多錯綜排列的大雜院，有各自獨立的庭院、走廊、辦公室、兵營和存放武器的軍火庫。這棟龐大的複合式建築中，囚房只佔一小部分，因為拉巴剎監獄名為監獄，主要功能卻不是監禁犯人，而是把正在受審的人集中在此。這兒兼作全城的警察行政中心，一片忙碌雜沓，警官與巡捕、犯人與差役、小販與信差，穿梭來往，川流不息，熱鬧非凡。

尼珥的牢房在這座監獄的行政區，與囚禁其他運氣較差犯人的區域隔得很遠。為了他，一樓清出兩套辦公室，組合成一個相當舒適的寓所，有一間臥室、一間會客室和一個小小的備餐室。尼珥並享有白天由僕人伺候、替他打掃房間和做飯的特權。說到食物和飲水，尼珥吃喝的一切都來自家廚房——因為他的獄卒擔當不起外界批評，說什麼案子還沒進法院，他們就擅自把拉斯卡利的王爺降了級。晚間尼珥的寓所門戶戒備也不森嚴，所有警察都對他畢恭畢敬，如果他睡不著，這些警衛會陪他擲骰子、打牌或下棋。白天尼珥想接見多少客人都沒有限制，所以他采邑的帳房和會計經常來訪，他在獄中輕而易舉就能處理產業上的大小事務。

---

45 佛教與印度教傳說認為世界上有四塊大陸：東勝神州、西牛賀洲、南贍部洲、北俱蘆洲。古代印度人認為，印度半島就是南贍部洲（Jambudwipa）。

尼珥雖然對所有優遇都銘感在心，但他最在意的卻是件不足為外人道的特權：那就是可以使用專門保留給警官，清潔而光線充足的戶外廁所。尼珥自幼的教養要求他對自己的身體和身體的各種功能都看得一絲不苟，幾乎等於一種宗教信仰。這主要是他母親造成的，她非常介意身體被弄髒，這是她無論如何都放不下的執念。雖然在其他方面，她也是個沉靜、溫柔、有愛心的女人，但階級與身分在她心目中不僅是一套規則與戒律，更是生命的核心。她失寵於丈夫，隱居在宮中一列陰暗的廂房，她就把聰明才智都用在建立一套繁複無比的滌清與淨化儀式：每餐飯前與飯後，洗手都要花半小時，這還不夠——她還要確認裝水的容器都以正確方式清潔過，從井裡提水來的水桶也包括在內；凡此種種。她最大的恐懼乃是負責清空宮中室外便所、丟棄穢物的男、女工人；她對這些打掃與清理糞便的人極端厭惡，念茲在茲就是如何避開他們。說到掃地工的工具（棕櫚葉做的掃帚），就連刀或蛇都不能在她心裡引起更大的不安，看它一眼就能讓她好幾天心神不寧。這些恐懼與焦慮造成一種非常不自然而難以持續的生活方式，所以尼珥才十二歲，她就去世了，留給他對自己的身體極度吹毛求疵的習慣。在尼珥心目中，被捕入獄最可怕的一點，莫過於想到得跟幾十個普通犯人共用一個茅坑。

要去警官專用的廁所，尼珥必須穿過好幾條走廊和院落，有些地方可以看到其他犯人——他們經常像在爭奪光線和空氣，把鼻子貼著柵欄，宛如受困的老鼠。看到其他囚犯所處的困境，尼珥格外強烈意識到自己的待遇是多麼貼心。英國官方顯然企圖向公眾保證，拉斯卡利王爺會受到最公正的對待。尼珥被關在在拉巴剎監獄，唯一的不便就是不能接見婦女和兒童訪客，否則他簡直以為自己是在度假了。但這根本不能算是損失，因為尼珥本來就無論如何都不會允許妻子和兒子到監獄這種地方來玷污自己。至於艾蘿凱西，他倒很歡迎，但自從尼珥被捕那晚後，就再沒聽到她的消息。

各界都以為她已悄悄離開這城市，免得被警方偵訊。她如此明智地決定置身事外，尼珥也無從抱怨。

獄中生活過得太輕鬆，使尼珥無法把法律上的困境看得太嚴重。他在加爾各答的紳士階級親戚告訴他，為了讓大眾信任英國法律的公正，審判將花上很長時間；他多半會無罪開釋，即使判罪也會很輕，只受象徵式的懲罰。他們堅決保證，他不用擔心。他們說，已有很多地位顯赫的公民出面為他奔走；他社交圈內的每個人都在盡力斡旋。在他們所有人看來，幾乎一定可以打通主要關節，甚至上達總督的參議會。總而言之，他們這種地位的人被當作罪犯，實在是匪夷所思。

尼珥的律師卻不怎麼樂觀：羅巴山先生是個坐不定的小個子，就像他在馬坦公園常見的那些牽在貴婦人手中的長毛㹴犬一樣，動不動就激動得張牙舞爪。他眉毛粗厚，鬍鬚濃密，整張臉上只見一對明亮的黑眼睛，以及顏色與形狀都像顆熟透荔枝的鼻子。

羅巴山先生細看過尼珥的案子，提出初步意見。「我告訴你吧，親愛的王爺，」他直接了當地說：「全世界沒有一個陪審團會判你無罪——由英國貿易商和殖民者組成的陪審團尤其不可能。」

尼珥大驚失色。「羅巴山先生，」他說：「你是說，我可能被判有罪嗎？」

「我不會騙你，親愛的王爺。」羅巴山先生說：「我認為判決結果非常可能如此。但你無須驚慌。在我看來，我們要在意的不是罪名是否成立，而是如何處罰。你知道，交筆罰鍰，沒收幾筆財產就可脫身。如果我沒記錯，最近有件類似的案子，只判了一筆罰金和讓犯人倒坐毛驢，在齊德埔遊街示眾的公開羞辱！」

尼珥目瞪口呆，低聲驚呼：「羅巴山先生，拉斯卡利的王爺會落得這種下場嗎？」

律師眼睛一亮：「這有什麼不好，親愛的王爺？這並非最壞的結果，不是嗎？萬一你全部財產都被沒收，豈不更慘？」

「不對。」尼珥斷然說：「沒有比丟面子更悲慘的。相形之下，還不如讓我失去所有家產。那樣我就可以自由自在，住在閣樓上寫我的詩——就像你們那位令人欽佩的查特頓先生[46]。」

這話讓律師兩道濃眉糾起，打了個困惑的大結。「你說的是查特基先生嗎？」他訝異地問：「我手下的文書主任？我向你保證，親愛的王爺，他不住閣樓——至於他會寫詩，唉呀，這可是我第一次聽說……」

46 Thomas Chatterton，1752-1770，英國詩人。自幼家貧，卻熱愛古典文學，十一歲就能寫詩。十六歲至倫敦在律師事務所當學徒，雇主不樂意他利用閒暇寫詩並為此責打他。查特頓因家族世代擔任教堂墓園管理人，手頭有一批老羊皮紙文件，他異想天開，把舊文字刮除後，捏造出一個十五世紀僧人湯瑪斯．饒利（Thomas Rowley），用饒利的名義創作了許多寫在老羊皮紙上的詩作，希望能找到獵奇的出版商出版。但這招沒有成功，還被指控是偽造文書者。他日夜不停寫作，但收入微薄，不夠維持生活，加以健康不佳，自覺前途無望，十七歲便服毒自殺，其作品在死後獲得重視，也備受稱讚，但偽造文書者的頭銜卻一直跟隨著他。

9

距巴特那還有一天路程，狄蒂和卡魯瓦在濱河的小鎮查普拉，再次遇見他們在加齊普爾見到過的那位召募契約工的經紀人。

狄蒂和卡魯瓦出發已好幾個星期，隨著他們的竹筏在恆河與水流湍急的加格拉河交會處陷入無數沙洲形成的迷宮，撞得四分五裂後，他們不得不棄舟登岸，也放棄了抵達大城市的希望。他們吃完最後一份雞豆粉，徒步離開支離破碎的筏子，就淪落到查普拉的寺廟門口行乞。

狄蒂和卡魯瓦都試著找工作，但查普拉工作機會稀少。鎮上擠了數百名貧窮的過路客，其中很多人只要能換幾把米，就願意汗流浹背做到只剩半條命。這些人大多是被席捲整個鄉村的罌粟花洪流趕出原來的村子；一度供應糧食的土地，被不斷上漲的罌粟潮淹沒；食物太難取得，許多人爭相舔吮廟裡擺供品的樹葉，啜飲煮飯鍋裡殘留的米湯。狄蒂和卡魯瓦往往也只能靠這樣的殘羹剩餚為生；有時候運氣好，卡魯瓦能在河邊做搬運工，多少賺點收入。

查普拉有市集和河港，來往船隻很多，在河階上偶爾可以幫貨船或駁船上下貨物，賺幾個銅子兒。狄蒂和卡魯瓦不在廟宇行乞時，大部分時間都耗在這兒。夜裡，河邊比擁擠的市區涼爽，他們通常睡在這兒。等雨季來臨，他們就得找別的宿處，但在那之前，這還是最好的地點。每天晚上，他們到了那兒，狄蒂總說：*Suraj dikhat áwé to rástá mit jáwé*——太陽升起來，就看得見路了——她對這句話充滿信心，即使在最惡劣的時刻，她也不放棄希望。

剛好有一天，東方的天空被第一抹陽光照亮時，狄蒂和卡魯瓦醒來，看到一個高大的紳士，穿著上等衣著，留著白鬍子，在河階上來回踱步，憤怒地責罵船夫手腳太慢。狄蒂第一眼就認出這人。她悄聲對卡魯瓦說：那個就是募工者拉姆沙朗。那天在加齊普爾，他坐過我們的牛車。何不過去看看你能不能幫上忙？

卡魯瓦拍掉身上的灰塵，恭敬地雙手合十，向那募工者走去。幾分鐘後，他回來報告，募工者要人划他到河對岸，去接一批人過來。他必須立刻離開，因為聽說運鴉片的船隊快到了，晚一點河面就要封鎖，所有其他船隻一律不得通行。

卡魯瓦說：他給我半塊錢外加兩個銅板送他過去。

半塊錢外加兩個銅板！你還杵在這兒，像棵樹一樣。狄蒂說：*Kai sochawa?* 你還在想什麼？快去啊，na, jaldi.

幾小時後，狄蒂正坐在查普拉著名的阿姆巴吉寺門口，忽然看見卡魯瓦沿街跑來。她還沒發問，他就說：我會把所有事都告訴妳。先跟我來，我們去吃東西，*chal, jaldi-jaldi khanwa khá lei.*

Khanwa? 有東西吃？他們給你食物？

對！他用力推開圍上來的飢餓群眾，直到安全脫離眾人的視線，他才給她看他帶了什麼回來：塞滿雞豆餡的薄餅、醃芒果、加香料調味的馬鈴薯泥，甚至還有糖漬蔬菜和其他甜食——有蜜餞牛奶餡的角葫蘆，和巴爾出產美味多汁的莧菜子餡糕糰。

食物都狼吞虎嚥下了肚，他們在樹蔭下坐了一會兒，卡魯瓦把經過情形詳細說給她聽。他們到了河對岸，看到一個募工者的手下率領八個男人在等。就在河岸上，那些男人當場在合約上簽了字，簽約完成後，他們每人拿到一條毯子，幾件衣服，還有一個圓底銅壺。然後為了慶祝他們的契約工新身分，開始用餐——募工者賞給卡魯瓦的就是這餐飯剩下的東西。這份禮物送出去時有人抗議：新募來的人都有挨餓的經驗，雖然肚子吃得很飽，但看到把那麼多食物送人，仍舊十分震驚。募工者叫他們不用擔心；以後他們每頓飯都能吃飽；從現在開始，直到抵達麻里西為止，他們只要做一件事——大吃大喝，把自己養肥養壯。

大家都不信他的話。有個人說：為什麼？把我們養肥了拿去宰嗎，就像即將過古爾邦節[47]的羊？

募工者哈哈大笑，對他說，羊養肥了也是給他吃的。

回程途中，募工者突然對卡魯瓦說，如果他有意加入，他很樂意收容他；他用得著高大強壯的男人。

這讓卡魯瓦有點天旋地轉。他說：我嗎？但是大爺，我結婚了呀。

沒關係，募工者說：很多契約工帶妻子同行。麻里西那邊寫信來，說是需要更多女人。我可以收容你和你妻子，只要她願意去。

考慮了一會兒，卡魯瓦問：那麼階級怎麼辦？

階級無所謂，募工者說：各種人都很樂意簽約——婆羅門、牧牛為生的阿伊爾人、皮革工、搾油工。唯一的要求就是他們必須年輕有能力，而且願意工作。

卡魯瓦不知該說什麼，只好把所有力氣都使在槳上。船抵岸邊，募工者重複他的邀請。但這次附帶一個警告：記住——你只有一個晚上能作決定。我們明天出發——你要來，就得在黎明趕到。

sawéré hi áwat áni.

---

47 即伊斯蘭教的重要慶典宰牲節。

說完故事，卡魯瓦回頭看狄蒂，她看見他的黑色大眼中閃耀著許多無法啟齒的疑問。填飽肚子的快感使狄蒂醺醺然，默不作聲聽卡魯瓦把話說完，但這時許多匪夷所思的恐懼湧上，把她的腦子攪得像鍋開水，她氣沖沖跳起來。他怎麼可以認為她會願意永遠拋棄女兒？他怎能以為她會去一個明知住著惡魔、食人鬼，以及各種不知名怪獸的地方？卡魯瓦或隨便什麼其他人，又怎知道召募去的人不是養肥了送去宰的呢？給這些人吃那麼好還會有什麼目的？這年頭，如此大肆花費而沒有不可告人的動機是正常的嗎？

告訴我，卡魯瓦，她說著，淚水湧進眼眶。這就是你救我的動機？拿我去餵惡魔？唉，你倒不如讓我死在火堆裡……

*

寶麗藉著幫點小忙好讓自己對恩人有點貢獻的方法之一，就是在晚餐、宴會、教會午間聚餐和其他宴飲場合，幫大家寫安排座位的姓名卡。勃南太太個性隨和、恬靜，對這類宴會不太著意，只想躺在床上發號施令。最先被叫來的通常是大廚和管家以決定菜色：大戶人家講究內外之防，所以做這種討論時，勃南太太通常會戴上睡帽，把蚊帳放下。但輪到寶麗入內時，又把帳幔拉開，通常寶麗還會應邀坐在女主人床沿，從她肩後觀察她為宴會的席次絞盡腦汁，把名字逐一記在石板上，並畫成一幅簡圖。有天下午，同樣為這緣故，寶麗被叫到勃南太太的臥房，幫忙安排一場大型宴會。

對寶麗而言，觀察勃南太太編排座次表總讓她很難過：她現在的社會地位這麼低，幾乎每次都註定坐中艙——照夫人的說法就是「木頭夾木頭」——換言之，她總是坐在兩位最不受重視的客人之間：被砲聲震聾耳朵的上校、只會談論自己管區預期收多少稅金的稅務員、痛罵異教徒冥頑不靈的俗家傳道人、手上沾染靛藍的農場業者，以及諸如此類既窮又蠢的貨色。寶麗參加勃南家宴會的經驗大抵如此，所以她有點提心吊膽地請示：「是特殊場合嗎，夫人？」

「哦，是啊，寶格麗。」勃南夫人伸個懶腰說：「勃南先生要我們辦個盛大的接風宴。歡迎齊林沃斯船長，他剛從廣州來。」

寶麗瞥了石板一眼，看到船長已排定跟夫人坐在桌子同一頭。她很高興有個機會展現自己通曉夫人圈的禮儀，便說：「既然船長坐妳身旁，他的妻子一定坐勃南先生旁邊囉？」

「他的妻子？」粉筆在訝異中離開了石板。「哦，親愛的，齊林沃斯太太離開很多年了。」

「啊？」寶麗說：「所以他是──你們怎麼說──寡夫？」

「妳是指鰥夫吧，寶格麗？不對，親愛的，也不是那樣。這是個傷心的故事……」

「怎麼說呢，夫人？」

只要起這麼一個頭兒就夠了，勃南太太舒服地往枕上一靠。「他來自德汶郡，這位齊林沃斯船長，正如他們說的，生來做海員的命。這些老水手喜歡回鄉娶親，妳知道，他也這麼做：替自己找了個臉蛋紅撲撲的英格蘭西部姑娘，溫室裡新摘下的一朵鮮花，把她帶來東方。我們本地出生的姑娘配不上他。妳可以想見──會有啥好下場。」

「怎麼說，夫人？發生了什麼事？」

「有一年，船長到廣州去。」夫人說：「照例，一去就是好幾個月，新婚妻子初來乍到，在陌生地方獨守空閨。總算她丈夫的船有消息捎來──但來到她門口的不是船長，而是他的大副。他告訴她，船長患了熱病，病倒了，他們只好把他留在檳榔嶼休養。船長決定接齊林沃斯太太過去，並委託大副處理這事。唉，親愛的，這下可慘了：可憐的老船長就此完了。」

「怎麼說，夫人？」

「這個大副——我記得他叫泰瑟拉——來自澳門的葡萄牙人，是個天字第一號無賴：眼睛跟馬革比金幣一樣燦亮，笑容像個塞拉芬銀幣。他放話說要護送齊林沃斯太太去檳榔嶼。他們上了一艘船，從此再也沒人見過他們。我聽說他們現在人在巴西。」

「哦，夫人！」寶麗喊道：「船長好可憐啊！後來他一直都沒再結婚？」

「沒有，親愛的寶格麗。他始終沒有恢復。但究竟是因為失去了大副還是失去妻子，就沒人知道了。他的航海事業從此垮了——跟手下職員處不好；把水手嚇得心神不寧；甚至在南沙群島弄沉了一條船，這在海員當中公認是個大笑話。總而言之，一切都結束了。朱鷺號會是他帶的最後一條船。」

「朱鷺號，夫人？」寶麗霍然坐起。「他要當朱鷺號的船長？」

「哦，是呀——我沒告訴妳嗎，寶格麗？」夫人心虛地一驚，打住話頭。「瞧我，該籌備接風晚宴的，卻像驢子一樣喋喋不休。」她拿起石板，若有所思地用粉筆頭刮刮嘴唇。「妳說，親愛的寶格麗，我究竟該拿康達布錫先生怎麼辦？妳知道，他現在是陪席法官，所以必須用最高敬意款待他。」

夫人慢慢從石板上抬眼，察言觀色地停留在寶麗臉上。「寶格麗，法官非常喜歡有妳陪伴。」她說：「我上星期才聽他說，妳的聖經研習進步神速，可喜可賀呢。」

寶麗一聽這話便打了個寒噤：坐在康達布錫法官身旁一整晚，實在叫人愉快不起來，他總要長篇大論對她考核聖經的教義問答，說得這也不行，那也不准。「法官太仁慈了，」寶麗想起她喝第二口葡萄酒時，法官豎眉瞪眼的怒容宛在眼前。他嘟囔道：「『也當想到黑暗的日子，因為這日子必多……』」她當然不記得這句話的出處[48]。

得趕快想辦法，好在寶麗的急智沒讓她失望。「但是，夫人，」她說：「我這種人坐在康達布錫法官這麼重要的人旁邊，其他高貴的夫人豈不覺得冒犯嗎？」

「妳說得對，親愛的。」勃南太太考慮了一會兒，說道：「竇提太太可能會眼紅得發瘋。」

「她也要來？」

「恐怕免不了。」夫人說：「勃南先生堅持要請竇提。但我到底要拿他老婆怎麼辦？她可是隨便什麼話題都可以扯個沒完沒了。」

突然，勃南太太眼睛一亮，手中粉筆又開始在石板上飛舞。「有了！」她得意地把竇提太太的名字寫在齊林沃斯船長左側的空位上。「這應該可以讓她保持安靜。至於她那個老公，就扔到一個木頭夾木頭、我聽不見的地方去。那個多嘴的老神經病就交給妳吧……」粉筆來到餐桌中央的空位上，讓竇提先生和寶麗並排而坐。

寶麗還沒來得及適應跟領航員寒暄的展望——這位老兄的英文她只聽得懂其中夾雜的印度單字——夫人的粉筆又開始憂愁地懸在空中。

「但還有個問題，寶格麗。」夫人抱怨地說：「我該安排誰坐妳左邊呢？」

靈感如電光石火，寶麗問道：「也會請船上的職員嗎，夫人？」

勃南太太不安地在床上扭動一下。「柯羅先生嗎？哎呀，親愛的寶格麗，我不能讓他進我家

48 出自聖經《傳道書》第十一章第八節。

門。」

「柯羅先生？他是大副嗎？」寶麗說。

「是啊。」夫人說：「人家說他是個優秀的海員——勃南先生說，過去幾年若不是靠他，齊林沃斯船長就只能在海上漂流了。但他是個糟透的老水手，因為跟個中桅手鬧得不可開交而被海軍開除。船長對這事沒意見，算他運氣好——但親愛的，有身分的女人絕不可能跟他同桌吃飯。哎呀，這簡直像跟皮匠一起吃飯嘛！」夫人頓了一下，舔舔粉筆。「不過有點可惜，因為我聽說二副的人品還不錯。他叫什麼名字呀？賽克利．瑞德是嗎？」

一陣戰慄穿過寶麗全身，它停止時，就像光線中的浮塵都停止舞動，在滿懷期待中等候。她不敢開口，甚至不敢抬頭，只能用點頭回答夫人的徵詢。

「妳聽說過他，是嗎——這位瑞德先生？」夫人問道：「上星期妳去參觀的時候，他是不是在船上？」

寶麗不曾提過她上朱鷺號的事，勃南太太卻已得知，令她相當困惑。「哦，是的，夫人。」她謹慎地回答。「我跟瑞德先生見過短短一面。他好像很可親。」

「可親，是嗎？」勃南太太犀利地看她一眼。「我聽到的消息是，有意跟那傢伙結緣的年輕小姐不在少數。竇提夫婦拉著他滿城跑呢。」

「哦？」寶麗鬆了口氣。「那也許他們可以帶瑞德先生一起來，算是他們的客人。當然沒必要讓柯羅先生知道？」

「啊哈，妳這滑頭小惡魔！」夫人開心地笑道：「多巧妙的詭計！既然是妳想出的點子，我就讓妳坐他旁邊。好了。收工。」

話畢，她的粉筆猝然落在石板上，彷彿命運之手，把賽克利的名字寫在寶麗左邊的位子上：「拿去吧。」

寶麗從夫人手中接過石板，便飛奔上樓，卻發現她的房間已被一支清潔大隊侵入。她立刻把他們通通轟出去，打掃房間的、鋪床疊被的、清洗馬桶的——「今天不行，現在不行……」——然後拿了一疊名片卡，在桌前坐下。

勃南太太喜歡用華麗的裝飾字體寫卡片，只要空間容許，就盡可能多加小渦捲和飛揚的線條，即使平常日子，也要花寶麗一、兩個小時，才能寫到能讓夫人滿意的程度。今天這件工作尤其覺得好像怎麼也做不完，她的鵝毛筆不是噴水就是滯澀不暢：所有字母當中，賽克利名字的第一個字母Z，尤其給她添麻煩，不僅因為她從前都不須把它寫成大寫字母，也因為她從來沒想到它有那麼多添加渦旋與裝飾弧線的可能。探索它的形狀與大小的過程中，她的筆圍繞著它轉了又轉，將它塑造成各種圓弧與螺旋，好像要把它跟她自己名字的第一個字母，那個樸素的P綁在一起。她把這件事做到厭倦後，又莫名其妙地直愣愣盯著鏡中的自己，對一頭亂髮和指甲在皮膚上掐出的紅印感到緊張。然後她的腳把她帶到衣櫃前面，把她拘禁在那兒，在勃南太太給她的衣服當中東翻西撿。如今，前所未有的，她但願這些衣服的顏色不要都那麼嚴肅，尺寸不要都那麼寬鬆。一時衝動下，她打開上鎖的行李箱，取出她唯一一套用大紅色瓦拉納西綢緞裁製的上好紗麗，用手輕撫，憶起就連總是取笑她衣著的喬都，第一次看到她穿這件衣服時，也不由得屏住呼吸——賽克利看到她穿上它會怎麼說呢？這意念讓她的眼神飄向窗外，向花園裡的小屋望去，然後她被眼前所有事情的無望給打敗，倒在床上。

10

穿過兩扇高大的桃花心木門，走進勃南先生辦公室，諾伯．開新大叔覺得好像來到另一個國度，把加爾各答的酷熱留在室外。這房間極為寬敞，延伸到無窮遠的地板和聳峙的高牆，彷彿創造出獨特的氣候、溫和怡人而不沾塵埃。粗大的樑柱上，自天花板垂下一面鑲布邊的大扇子，緩緩來回搖動，製造出足以把經紀的薄棉衫黏在肢體上的微風。辦公室外的陽台也特別寬敞，製造出大片陰影，把陽光擋在外面。現在正值中午。陽台上香根草編的遮陽簾拉了下來，幾名搖扇工不斷往上面灑水，保持簾子濕潤，以降低氣溫。

勃南先生坐在一張大桌前，沐浴在高高在上的天窗灑下的柔和光線中。他看著諾伯．開新大叔從房間對面走過來，眼睛越瞪越大。「我的好狒狒呀！」他看著經紀抹了油的披肩長髮和脖子上的項鍊。「你怎麼回事？你看起來好……」

「怎麼樣，長官？」

「奇怪的娘娘腔。」

經紀有氣無力地一笑。「不是的，長官。」他說：「那只是外表——幻影。底下的一切還是老樣子。」

「幻影？」勃南先生輕蔑地說：「男女之別怎麼可能是幻影？上帝把他們造得不一樣，狒狒，兩者都不是幻影，所有其他一切也都不是。」

「完全正確，長官。」諾伯．開新大叔熱烈點頭。「我也正要這麼說：這種事絕不可以妥協。不合理的要求無論如何都要反抗。」

「那就恕我問一句，狒狒，」勃南先生皺著眉頭說：「你為什麼把自己打扮成那種模樣？」——他伸手指著經紀的胸前，他身體的線條在這兒陡然突起——「我還想請問，你幹嘛戴那麼大的首飾？是從廟裡拿來的嗎？」

諾伯．開新大叔的手飛快抓住他的護身符，把它塞回罩衫裡。「是的，長官，我剛從廟裡請來的。」他隨口亂掰，隨即又補充：「這主要是為了治病。它是銅製品，可以幫助消化。你也可以試試，長官。排便會變得很順暢，份量多。顏色也漂亮，就像薑黃粉一樣。」

「天理不容！」勃南先生厭惡地揮揮手。「夠了。現在告訴我，狒狒，你急著要見我有什麼事？」

「就是我有個建議，長官。」

「好，繼續。我沒有一整天跟你耗。」

「就是苦力營的事，長官。」

「苦力營？」勃南先生說：「你說什麼呀？我不知道什麼苦力營。」

「是，長官，我就是要跟你談這件事。我的建議是，何不蓋一座營地？這個，你看了就知道了。」諾伯．開新大叔從檔案夾裡取出一張紙，放在老闆面前。

這經紀很清楚，勃南先生一直認為，在他的船運事業版圖中，運輸移民勞工這一塊非但不重要，而且很煩瑣，這項業務的利潤跟鴉片的龐大獲利相較，菲薄到可說無利可圖。不過今年例外，因為對中國輸出鴉片受挫——但他知道，要說服大老闆對事業的這一環投入可觀資金，還是必須提出有力的佐證。

「請看這兒，長官，我來說明……」諾伯．開新大叔把數字一一列出，快速而生動地證明購地、建屋等成本，只要兩季就賺得回來。「還有一大好處，長官，你可以在一、兩年後把營地賣給政府。利潤會很高。」

這句話引起勃南先生注意。「怎麼說？」

「簡單，長官。你告訴市議會，移民工需要轉運站。否則有害衛生，進度也會延遲。然後他們只能向我們買，不是嗎？有霍布斯先生在——保證會拿到錢。」

「這主意太棒了。」勃南先生往椅背上一靠，捋起鬍子。「無可否認，狒狒，你經常會提出些精彩的點子。我允許你採取一切必要行動。去吧，別浪費時間。」

「但，長官，另外又有一個問題冒出來。」

「是嗎？什麼問題？」

「長官，朱鷺號還沒有任命貨物管理員，不是嗎，長官？」

「沒錯。」勃南先生說：「還沒決定。你有什麼人選嗎？」

「是，長官。小人誠惶誠恐建議，長官，派我去吧。」

「你？」勃南先生驚訝地抬頭，瞪著他的經紀。「可是諾伯‧開新大叔呀！這是什麼緣故？」

經紀早就準備了答案：「長官，是為了觀察作戰的實況。這樣對我處理苦力的業務會更容易，長官，這樣我才能提供完美的服務。就像為我的事業開啟新的一頁。」

勃南先生懷疑地打量經紀的胖媽媽身材一眼。「你這麼熱心工作，我很感動，諾伯‧開新大叔。但你確定能適應船上的生活？」

「沒問題，長官。我坐過船——去普里的賈格納斯神廟[49]。這方面毫無問題。」

「但是，狒狒。」勃南先生嘲弄地勾起嘴角。「你不怕丟了種姓階級。你的印度教弟兄不會因為你橫渡黑水而趕你出去？」

「哦，不會的，長官。」經紀說：「這年頭所有人都坐船去朝聖。沒有人會因為朝聖而降級——我走這一趟也差不多等於朝聖。為何不可？」

「嗯，我不知道。」勃南先生嘆口氣說：「老實說，我目前沒時間考慮這事，因為拉斯卡利案開庭在即。」

諾伯．開新大叔知道這是丟出王牌的時機。「關於此案，長官，我可以好心提個建議嗎？」

「啊，當然。」勃南先生說：「我記得，這件事從一開始就是你的點子，不是嗎？」

「是的，長官。」經紀點頭說：「就是小人建議的計畫。」

諾伯．開新大叔頗感自豪，他是第一個提醒雇主，取得拉斯卡利的地產能獲得多大利益的人。這些年來，外界一直流傳，東印度公司即將放棄對印度東部鴉片生產的控制權。如果傳言成真，罌粟很可能跟靛青和甘蔗一樣，成為大農場的作物。隨著中國的需求年年增高，能完全控制產量的商人，會比依賴小農生產，更有機會把已成天文數字的利潤再以倍數增加。雖然目前東印度公司還沒有讓出特許權的明顯跡象，但少數有遠見的商人已開始蒐購大塊面積的土地。勃南先生開始到處打聽時，諾伯．開新大叔提醒他，負債纍纍的拉斯卡利產業已在他掌握之中，這事根本不假外求。他跟拉斯卡利辦公室的辦事員和會計都很熟，年輕領主犯下的每個錯誤，他們一直都密切向他通報。他和那些人都認為，這個新領主是外行，眼高於頂，做事不切實際，他完全認同他們的看法，任何

---

49 賈格納斯（Jagannath）是毗濕奴的化身，名字的意義是宇宙之神，祂也是印度古典舞蹈奧迪西舞（Odissi）中所祭拜的舞蹈神。

蠢到會在放到面前的每份文件上簽名的人，都活該失去所有財富。更何況，拉斯卡利歷代王公都是恪守教條、對儀式一絲不苟的印度教徒，對經紀這種非正統毗濕奴派信徒不屑一顧：那種人就該三不五時給他點教訓。

經紀壓低聲音：「謠言傳開了，長官，王爺的『包養女人』躲在加爾各答。長官，她做舞女，名叫艾蘿凱西。說不定她能出面作證，來決定他的命運。」

諾伯．開新大叔眼中狡猾的光芒一閃，被他的雇主看在眼裡。勃南先生坐在椅子上向前靠。「你認為她會作證？」

「不敢保證，長官。」經紀說：「但試試看也沒壞處。」

「你若出面奔走，我會很高興的。」

「但，長官。」經紀把尾音放輕拉長，使句子帶有詢問意味。「貨物管理員這個缺怎麼辦？」

勃南先生抿緊嘴唇，好像表示對這筆交易已有充分了解。「只要你拿到證詞，狒狒，」他說：「這職位就是你的。」

「謝謝你，長官。」諾伯．開新大叔說，他再次覺得，為通情達理的人工作真是愉快。「完全信任我吧，長官。我會做最大最好的努力。」

＊

尼珥第一次出庭前夕，梅雨季的第一場雨嘩嘩落下，所有為他祈福的人都認為這是好預兆。除了普遍的樂觀氣氛，拉斯卡利產業的御用占星師斷定，審案的日子大吉大利，所有星宿都在對王爺最有利的位置上。還聽說孟加拉眾多最富有的領主都簽了恩赦請願書：就連雙木橋地區的泰戈爾家族和王公市集的德布家族，這兩家凡事愛跟別人唱反調的領主也因為涉案者是他們同階級的貴冑而拋開歧見。點點滴滴傳來的消息令霍德家族心情大振，尼珥的妻子馬拉蒂王妃還特地到著名的布克拉西寺廟參拜，以盛宴款待一百位婆羅門，並親手為他們上菜。

但這些消息不能完全驅散尼珥心頭的忐忑，第一次出庭前夕，他完全無法入睡。根據安排，他會在黎明前由少許警衛押送到法院，他的家人獲准派一組侍僕來幫他準備。距天亮還有兩小時，他就聽見車輪聲，宣告莊園派來的四輪馬車已抵達；不一會兒，拉斯卡利侍從就來到尼珥的門口，叨天之幸，從那一刻開始，他就沒有時間擔心了。

帕里莫帶了兩位家族法師同來，還有一名廚師和一個理髮師。拉斯卡利家族專屬的婆羅門法師從家廟捧來最靈驗的神像，一尊難近母的金身。牢房外廂被布置成神堂的同時，尼珥被帶到內間臥室，沐浴理髮，全身塗上香油和玫瑰香膏。服裝方面，帕里莫拿來了拉斯卡利最華麗的禮服，包括一件繡滿米粒珍珠的長外套，一頂綴有著名拉斯卡利王家紋章——鑲著來自緬甸撣邦高原紅寶石的金樹枝——的頭巾。這些配備都出於尼珥的要求，但見到它們鋪放在床上，他重新開始思量。穿這麼富麗堂皇的服飾出庭，是否會予人錯誤印象？但另一方面，穿得太樸素會不會被當作認罪的表示？因偽造文書的罪名受審時，真不知道怎麼穿著才恰當。最後尼珥決定，還是不要在服飾上引起太多注意比較好，便要求帕里莫給他一件素色薄棉布罩衫，以及欽蘇拉棉布做的無花邊腰布。帕里莫跪下來，幫他把腰布末端塞好時，尼珥問道：我兒子怎麼樣？

他昨天忙著放風箏，玩到夜深，王爺。他以為您到拉斯卡利去了。我們都確保他完全不知道這件事。

王妃呢？

王爺，帕里莫說：從您被帶走那一刻開始，她就不眠不休。她整天禱告，到處求神拜廟、拜聖人，一處都沒有遺漏。今天她也會整天待在我們的家廟。

艾蘿凱西呢？尼珥說：有沒有她的消息？

沒有，王爺，毫無音信。

尼珥頷首——她最好躲起來，直到審判結束。

穿好衣服，尼珥就等不及想動身，但待辦的事很多：到神堂祭拜就花了半個多小時，接著法師把檀香糊抹在他眉毛上，用神聖的鐵線草沾了聖水灑在他身上，然後他必須吃一餐用各種吉祥食品做的早飯——用最清純的酥油炸過的蔬菜和麵餅，用自家種的糖椰樹提煉的椰糖漿做的甜點。終於到了該出發的時刻，便由婆羅門法師替尼珥清除途中種種不乾淨的東西，像是掃帚、馬桶等，把所有帶有不祥意味的物品通通移開。帕里莫已先行一步去安排，確保護送尼珥出庭的警察都是出身高等種姓的印度教徒，以便託付他的食物與飲水。最後，尼珥爬上有遮板的馬車，他的侍從又一起圍上來，再次提醒他，無論如何都不能開窗，以免看到不潔之物——今天是特別的日子，千萬要落實所有防範措施。

馬車走得很慢，花了半個多小時才從拉巴剎監獄抵達艾斯普拉內德路上的新法院，尼珥的案子在這兒開庭。一到法院，尼珥立刻被帶進那棟潮濕、陰暗的建築，經過大多數犯人在裡頭等候自己案子受審的那間挑高穹頂房間。其他被告開始猜測尼珥的身分，還有他做了什麼事時，竊竊私語聲在走廊上此起彼落。

這些人都領教過領主為所欲為、漠視老百姓的行事方式：

……如果這就是害我兒子跛腳的那個，鐵欄杆也擋不住我……

……讓我摸他一下——包管摸得他終身難忘……

……像開墾我荒廢已久的土地那樣，好好開一下他的屁眼……

進入法庭必須先爬好幾座樓梯，穿過許多條走廊。從迴盪在新法院裡的噪音判斷，這場審判顯然吸引了大批旁觀群眾。儘管尼珥清楚意識到公眾對他這件案子興趣濃厚，但他踏進審判現場，面對等待著他的場面時，再多的心理準備也仍嫌不夠充分。

法庭的形狀像切成一半的碗，證人席在碗底，一排排旁聽席沿著斜斜向上的弧形牆面排列。尼珥一走進來，喧嘩聲戛然而止，只剩下幾個來不及收束的尾音輕輕飄落地面，彷彿綻開的絲帶末端；其中有句清晰可聞的低語：「啊，拉屎狗大王！終於來了。」

旁聽席前幾排坐的都是白人，竇提先生也在座。往後一直延伸到房間最高處的天窗下，都是尼珥的朋友、相識或親戚的臉孔：一眼望去，他看見自己在孟加拉地主協會的全體會友，以及結婚時陪他去迎親的無數親戚。彷彿他這階級的所有男性，全孟加拉的貴族齊聚一堂，都來看他受審的過程。

尼珥轉過頭，又看見他的律師羅巴山先生。尼珥一走進來他就起身，現在他走過來，滿臉自信地迎接尼珥進入法庭，鄭重其事地帶他到被告席就坐。尼珥剛坐定，法警就用權杖敲擊地板，宣示法官到來。尼珥像其他人一樣，低頭站了一會兒，再抬頭時，他看到主審這件案子的不是別人，就是康達布錫法官。尼珥很清楚這位法官跟勃南先生交情頗好，不由得驚慌地回頭看羅巴山先生：「這真的是康達布錫法官嗎？他不是跟勃南先生很親近嗎？」

羅巴山先生抿緊嘴唇，點點頭。「或許如此，但我相信他為人公正，無可非議。」

尼珥的眼光轉往陪審席，情不自禁跟幾位陪審員點頭為禮。席上的十二個英國人當中，至少有八人認識他父親老王爺，還有幾位曾出席他兒子的斷乳儀式。他們送了鑲嵌寶石的金、銀湯匙和掐絲細工的杯子；其中一位還送給小王子一個來自中國的象牙和玉石做的算盤。

在此同時，羅巴山先生密切注意著尼珥，他靠過來，湊在他耳邊說：「恐怕我有個，不大好的消息要奉告……」

「哦？」尼珥說：「什麼消息？」

「我今天早晨才從檢察官那兒接到通知。他們要提出新證據：一份宣過誓的證詞。」

「誰提供的？」尼珥問。

「一位女士——應該說，一個女人——她宣稱跟你有親密關係。我想她是個舞孃……」羅巴山先生瞇起眼看一張紙：「名叫艾蘿凱西。」

尼珥難以置信地移開眼睛，再次望向聚集的群眾。他看見妻子最年長的哥哥出現在法庭的最後一排。短暫而宛如惡夢的瞬間，他懷疑馬拉蒂是否也來了，但他發現大舅子單獨前來，不禁大大鬆了口氣。從前他曾經嫌馬拉蒂嚴守種姓分際，不肯步出閨闥的態度過於僵硬而對她不滿——但今天他非常感激她的正統思維，因為唯一可能比他目前處境更惡劣的情況，就是她在場目睹他遭受情婦的背叛。

全靠這個念頭，他才撐得過聆聽艾蘿凱西證詞的折磨，它的內容十分花稍，不僅包括尼珥談到拉斯卡利莊園跟勃南先生的交易，足夠將他定罪的對話也說明了整段對話發生的背景。對於拉斯卡利的平底船、船艙布置，甚至床上的被褥，都描述得無微不至，內容煽情，她透露的每一則新細節都會引起嘆息、驚呼，或哄堂大笑。

證詞終於讀畢，尼珥精疲力盡，回頭問羅巴山先生：「審判要持續多久？我們什麼時候會知道結果？」

羅巴山先生無力地一笑：「不會太久，親愛的王爺。可能不超過兩星期。」

＊

狄蒂和卡魯瓦走下河階，就立刻明白當天早晨募工者的行動為何那麼倉促：這時整條河都被一支龐大的艦隊塞滿，它從上游慢慢往查普拉的河階駛來。一馬當先的是支單桅船組成的隊伍——它們不僅有帆，也配備了划槳。這種行動快捷的船在艦隊主體的前方開路，負責驅逐河道裡的其他船隻，並偵察航行水道，將潛伏在水面下的淺灘和沙洲標示出來。它們後面跟著大約二十艘船帆完全張開的平底船。這種船有兩根配掛橫帆的桅杆，河上航行的船隻就數它們體型最龐大，比起遠洋帆船亦不遑多讓，每根桅杆都有完整的索具，掛三面帆——分別稱做主帆、中帆和底帆。

狄蒂和卡魯瓦一眼就看出這些船來自何處，要往何處去：這是加齊普爾鴉片工廠的船隊，要把本季的收成運往加爾各答拍賣。這支艦隊有一批為數可觀的武裝警衛、衛兵和步兵護送，他們大多配置在較小的單桅船上。雖然大船還在一小時的路程外，但已有五、六艘單桅船停靠在碼頭上。大隊衛兵跳上岸，揮舞棍棒和長矛，驅散河階上的閒雜人等，為氣派堂皇的雙桅船取得停泊空間。

鴉片船隊由兩個英國人指揮，他們都是加齊普爾工坊的年輕助理。依照傳統，兩人當中年資較高者，乘坐平底船隊的領頭船，另一個待在殿後的船上。這兩艘船都是艦隊中最大的船，在岸邊也享有最尊貴的位子。查普拉的碼頭一次容納不了這麼多艘大型船，其他雙桅船就只好在河中下錨。

雖然警衛在河階上拉起警戒線，但很快就聚集了一群圍觀這支艦隊的人，大家的注意力都集中在兩艘最大的雙桅船上。這船即使在白天看也很壯觀——天黑以後，船上的燈火亮起，更令人歎為觀止，鎮上幾乎每個人都要來開開眼界。但人群經常要被棍棒和長矛趕開，為希望向兩個年輕英國人致意的本地領主和顯要清出一條通路。其中有些人未獲接見就被請走，但也有幾個人得到上船享受短暫接待的殊榮：每次都有一個英國人到甲板上亮相幾分鐘，收下致敬的貢品。每當這種場合，群眾就擁上前來，企圖把那個穿西裝外套、長褲、戴黑色高帽、打白領結的白種人看得更清楚點。

夜色漸深，人群變得稀疏，留下的旁觀者可以靠大船更近一點——狄蒂和卡魯瓦也在其中。晚上很熱，雙桅船上的艙房都敞著窗以迎入涼風。透過這些窗口，可以看見兩位年輕助理坐下用晚餐——他們可不是坐在地上，而是坐在燭光照耀通明的餐桌旁。碼頭上的過客滿懷好奇，目瞪口呆看著十來個僕人和船夫絡繹為這兩人送上食物。

旁觀者一邊推推攘攘，爭奪視野較佳的位子，一邊對放在白人面前的食物做種種猜測。

……他們在吃波羅蜜果，看啊，那人在切開果肉……

……波羅蜜你的豬腦啦，笨蛋——他們吃的是羊腿……

突然冒出一隊警衛和巡捕，把人群趕得四散逃跑，他們來自鎮上負責這區治安的警備所。見到警長本人也沿著通往碼頭的階梯蹣跚走下，狄蒂和卡魯瓦連忙竄進陰影中。警長身材高大，一看就是個好管閒事的人，但他對於這種時刻被叫到河邊來，似乎很不高興。他邊往河邊走，邊惱火地提高嗓門：什麼事？是誰？誰在這種時候找我？

有人用博杰普爾語回答，那是個跟艦隊同來的人：警長大人，是我，我是本船隊的警衛隊長，想見你一面：可以麻煩你到我船上來一下嗎？

聲音很熟悉，狄蒂出於本能，立刻提高警覺。卡魯瓦，她悄聲說：趕快離開，往沙洲跑。我想我認識那個人。如果你被認出來會有大麻煩。趕快躲起來。

妳呢？

狄蒂說：別擔心，我有紗麗遮臉。我不會有事。我一弄清楚怎麼回事就去找你。去吧，快走。

警長兩旁各有一個隨從，拿著燃燒的柴把替他照路。他走到水邊，火把的光照見船上那人，狄蒂認出他不是別人，就是她丈夫昏倒那天放她進鴉片廠的那個警衛隊長。看到他，她心中永不止息的好奇心被點燃：這個隊長找查普拉河階區的警長做什麼？狄蒂決心要知道更多，她鑽過黑影，悄悄靠近，直到能聽見兩個男人的交談。指揮官的聲音斷斷續續從黑暗中傳來。

……從火葬堆上劫走她……最近有人看到他們在附近一起出現，就在阿姆巴吉寺附近……你跟我們是同一種姓，你明白……

Kya afat——真是一場大災難！換了警長說話：你要我怎麼做？我會盡一切努力……*tauba, tauba*…

……你若能提供任何協助，比洛．辛都會付一筆優厚的酬金……你應該了解，他們不死，就不可能恢復家族榮譽……

我會放出消息，警長承諾。只要他們在這裡，我們就一定抓得到。

沒必要再等了。狄蒂快步向卡魯瓦等候的沙洲跑去。他們來到安全的距離外，找到一個地方坐下，她就把聽到的消息告訴他——她已故丈夫的家族決心追捕他們，而且打聽到他們在查普拉。在這兒多待一天都不安全。

卡魯瓦邊聽邊思考，幾乎沒開口。他們並排躺在新月下的沙灘上，都沒說話。他們清醒地躺著，直到貓頭鷹的叫聲被戴勝鳥取代，這是白晝將要開始的信號。然後卡魯瓦低聲說：契約工破曉就出發……

你知道他們的船停在哪兒？

就在鎮外，東方。

來吧。我們去。

他們避開碼頭，特地彎到鎮中心，繞了個大圈，惹來夜間在巷子裡徘徊的狗群一陣狂吠。走到鎮區東界，他們被一個巡警攔下，他以為狄蒂是個妓女，很想把她帶回牢房。她沒爭辯，只對他說，她工作了一整晚，身體太髒，必須先到河裡沐浴一番，才能跟他走。他逼她承諾一定會回去後就放了他們，但他們脫身時，太陽已經升起。他們趕到河邊，正好看見移民工的船駛離岸邊，募工者在甲板上監督船夫把帆張開。

拉姆沙朗大爺！他們從沙丘上跑下來，喊著他的名字。拉姆沙朗大爺！等等……

募工者回頭望過來，認出卡魯瓦。這時要把小船駛回岸邊已經太遲，所以他打手勢表示：來啊！涉水過來，水不深……

他們即將踏入河中前一刻，卡魯瓦對狄蒂說：這一去就不能回頭了。妳確定要繼續嗎？

還用問嗎？她不耐煩地說：什麼時候了，還能像棵樹一樣杵在那兒嗎？來吧！我們走——走吧，別再……

卡魯瓦沒有別的問題，他自己的疑慮早在心裡有了解答。他毫不遲疑地把狄蒂抱在懷中，大步涉水，向小船走去。

＊

齊林沃斯船長和柯羅大副來巡視朱鷺號時，喬都正在甲板上，所以他是從一開始就目擊整齣鬧劇的少數人之一。時機的拿捏不能更壞，他們剛好選在朱鷺號預定拖進乾船塢的前一天，一切都不怎麼見得了人的時候前來。更糟的是，他們在午餐後不久抵達，所有船員的腦袋被熱氣烤得特別遲緩，身體也飽足而慵懶。就這麼一次，阿里水手長准許瞭望員下艙去睡個午覺。他親自留在甲板上看管輪到洗碗盤的喬都——但天氣實在熱到把每個人的警戒心都烤蔫了，所以不久後他也躺在羅盤箱的陰影底下，將四肢舒展開來。

隨著太陽移動，桅杆的影子縮成一個小圓點，喬都就坐在這麼一團影子裡，渾身只穿一件格子丁字褲，刷洗著金屬托盤和陶碗。甲板上只有另一個人，就是膳務員品多，他剛把賽克利的午餐送到他房間，拿著空托盤，正要回廚房。第一個看到柯羅先生的是膳務員，他的警告——大馬浪來了！——警醒了喬都：他連忙把鍋碗往旁一推，躲進船舷的陰影內，大馬浪的眼光從他身上掠過，毫不停留，他自覺十分幸運。

大馬浪的長相就像個一心一意只想找麻煩的人；他雖然個子很高，虎背熊腰，走路時卻縮著肩膀，拱著脖子，好像隨時準備撞上障礙物似的。他衣著整潔，甚至很正式，身穿黑色細毛料外套，窄管束腳褲，戴闊邊帽，但瘦長的臉孔兩側留著粗短而泛紅的鬍茬，卻予人一種無法言喻的邋遢感。喬都趁他經過時仔細觀察他，注意到他的嘴巴不時會奇怪地抽搐，露出幾顆狼一般的有縫獠牙。若在別處，他可能是個沒有特徵，不值得注意的人，但置身船工之中，身為白人老爺，他知道自己發號施令的地位，顯然企圖從一開始就建立自己的權威：他那雙藍眼東張西望，好像在找吹毛求疵的目標。沒多久，它們就達成任務：因為披著破袍，穿著沙籠的水手長阿里熱昏了頭，伸長手腳躺在羅盤箱下，用格子頭巾蓋著臉，鼾聲大作。

船工熟睡的畫面，彷彿點燃了馬浪腦子裡的某根燈草，他開始咒罵：「……喝得大醉，醉得像坨屎……而且是大中午。」大馬浪一條腿往後拉，正準備踢出時，幸好品多急中生智，讓托盤掉在地上，金屬嘩啦聲讓水手長跳了起來。

失去踢人機會的大馬浪，罵得愈發大聲，他說水手長是個泡在酒精裡的寄生蟲，這種時刻人事不省躺在甲板上，以為自己在做什麼！阿里回應很慢，因為他習慣吃完中飯就往嘴裡塞一把檳榔：現在他嘴裡塞滿東西，舌頭動彈不得。他轉過頭，想把口中物吐到欄杆外，但就這麼一回沒吐準，泡軟的紅色殘渣噴灑在船舷和甲板上。

大馬浪一見這情形，就從船舷上抓起一條附鐵釦的攬柱固定索，勒令水手長跪在地上把穢物清理乾淨。他一直罵個不停，這不在話下，但這時他罵了個大家都聽得懂的字眼：豬崽子。

豬的兒子？水手長阿里？這時已有好幾名水手鑽出水手艙，查看發生了什麼事，不論是否為穆斯林，聽到這句罵人的話，沒有一人不為之側目。水手長阿里雖然古怪，卻是他們一致尊敬的權威人物，偶爾十分苛刻，但通常都很公正，而且他的航海技術高明，無人能出其右：以這種方式侮辱他，不啻得罪了整個水手艙。幾名水手握緊拳頭，朝大馬浪方向走了幾步，但水手長示意他們不要過來。為了化解情勢，他跪下來，開始用頭巾擦拭甲板。

一切發生得太快，西格利馬浪還來不及走出艙房，事情就結束了。這時他才跑上甲板，發現水手長四腳著地：「咦，這是怎麼回事？大呼小叫幹什麼？」然後他才看到大副的眼色，趕緊閉上嘴。

有一、兩分鐘，船上兩位最高職員隔著一段距離瞪著對方，然後一場激烈的爭論開始了。看看大馬浪，你會以為有根斜桅支索飛過來打中了他的鼻子：一個白人老爺竟為船工說話，而且還當著那麼多人的面，這超出了他能忍受的極限。他揮著攬柱固定索，以明顯的威脅姿勢向賽克利逼近：他體型魁梧得多，年紀也大很多，但西格利馬浪一點不讓步，面對面與他對峙，而且以一種即將為他在水手間贏得極大敬意的方式，表現得非常克制。很多船工都認為，萬一打起來，他說不定會佔上風，大副和二副在他們面前老拳相向，他們不認為是壞事——不論誰勝誰負，兩位高級船員打成一團，都是難得一見的好戲，往後很多年，他們都會津津有味傳述這個故事。

喬都卻不在那些期待看一場全武行的水手之列，當甲板對面傳來另一個聲音，結束了這場爭執時，他真覺得無比慶幸：「住手……停！」。

大副和二副劍拔弩張的當兒，沒人注意到船長已來到甲板上。喬都連忙轉身，看見一個頂上無毛的大塊頭白人老爺，拉住橫桅索喘個不停。他比喬都預期的老上許多，而且健康狀況顯然不好，因為光是爬上船側的梯子就能讓他上氣不接下氣，滿頭大汗。

但不論身體好不好，船長制止他的副手互毆的聲音卻充滿權威：「夠了，你們兩個！不要再爭執了。」

船長的命令讓兩名職員冷靜下來，他們盡量用不傷和氣的方式結束這件事，甚至互相鞠躬，還握了手。船長向後甲板走去，他們緊跟在後。

但船員走出視線後，又發生一件出人意表之事。膳務員品多的黑臉變成奇怪的死灰色。他說：我認識這個大馬浪——柯羅先生，我曾經跟他在同一條船上工作……

船工議論一陣，最後一致同意退回陰暗的水手艙，他們以膳務員為中心圍成一圈。

膳務員品多說，是好幾年前的事，沒有八年，也有七年吧。他不會記得我——那時候，我還沒做到膳務員；我當廚子，成天待在廚房裡。我的表弟，來自阿爾多那的米蓋爾也在那艘船上。他比我年輕一點兒，只能作伺候用餐的小廝。有天，米蓋爾在惡劣的天氣裡伺候晚餐，灑了點湯在這個柯羅身上。他大發脾氣，說米蓋爾沒資格作小廝。他揪著他的耳朵，拖他到甲板上，說他從此以後必須在前桅上工作。米蓋爾工作很勤奮，但不會爬高，想到要一直爬到桅杆最高處，他簡直嚇死了。他再三哀求——但柯羅不理他。就連水手長也出面，說明他有這個問題。他說：用鞭子抽他，叫他去洗廁所，但不要叫他爬高；他不能爬，會掉下來摔死。但水手長的話只讓情況更糟——你們可知道柯羅這雜種幹了什麼好事？他聽說米蓋爾怕高，就故意讓爬高變得更困難，竟然把繩梯給撤了：沒有梯子，要上前桅就只好爬橫桅索，那是椰殼纖維搓的繩子，手腳都會割傷。就算經驗豐富的水手也覺得困難，因為爬上去的時候，經常整個身體懸在半空中，搖搖擺擺像個秤鉈。對米蓋爾那種人來說，這簡直就不可能，柯羅一定知道會有什麼結果……

結果怎樣？卡森密問道。他摔下甲板了嗎？

膳務員頓了一下，用手擦一把眼睛。沒有；風把他吹走了——就像風箏，吹得遠遠的。

船工交換眼色，辛巴．凱達心灰意冷地搖頭：留在這艘船上不會有什麼好下場。我感覺得出來，我的手肘感覺不對勁。

我們可以開溜，雜工老九滿懷希望地說：這艘船明天就進船塢。它回來的時候，我們就都不在了。

不可以，水手長阿里突然主導全局，他用低沉而權威的聲音下令。不行，他說：如果我們開小差，他們會怪西格利馬浪。他跟我們走了很長一段路——看看他：任何人都看得出，他會有很好的前途。其他馬浪都不會跟我分享麵包和鹽。我們忠心跟隨他會得到好處，或許短時間得吃點苦，但到頭來一定對大家有好處。

說到這兒，水手長意識到他的見解與大家相左，就一個個看向圈裡的人，彷彿想找找看，誰會加入他堅持效忠馬浪的心意。

喬都第一個回應。西格利馬浪幫過我，他說：我欠他一份人情；就算其他人都走掉，我也會留下。

喬都一開口，很多人也紛紛表示，他們也要走這條路——但喬都知道，化解這場風波，他的功勞最大，阿里也向他點一下頭表示認可。

從這一刻開始，喬都知道自己不再只是個只會撐船的船夫了；他已成為一個真正的船工，在這群水手當中有一席之地。

11

移民工才在恆河上航行了幾天，梅雨就從下游橫掃過來，挾帶雷電的傾盆大雨覆蓋著整條河。他們發出感激的歡呼迎接這場雨，因為過去幾天來，熱氣就快把人烤焦了，擁擠的船艙內情況尤其嚴重。現在勁風灌滿船上僅有的一面破帆，慢吞吞的平底船速度開始加快，不過也得不斷搶風轉向，免得撞上河岸。風停雨歇時，這艘船還可利用移民工的人力，發揮二十枝長槳的輔助功能。划槳手每小時輪換一次，監工小心確保每個人都公平輪到。船隻行進中，只有划槳手、船員和監工可以上甲板——其他所有人都被要求待在分配給移民工的下層貨艙裡。

船艙跟船身一樣長，沒有隔間，也未做任何區隔。就像一間水上倉庫，天花板矮到成年男人在它底下不敢站直，生怕撞頭。窗戶說是有幾扇，但通常都關著，因為怕小偷、流氓或強盜結幫打劫；降雨後，窗子就一直關得緊緊地，即使雨過天青，光線也照不進來。

狄蒂第一次向這貨艙裡張望，就覺得好像即將摔進一口井。透過面紗，她只看見許多眼睛的眼白在黑暗中發亮，那是因為每個人都抬起頭，對著光線眨眼。她戒慎恐懼走下梯子，小心地把臉藏在面紗後方。等她的眼睛習慣了陰暗，就看見自己降落到一大群人中間：周圍有好幾十個男人，有些跪坐地上，有些蜷起身子躺在草蓆上，還有人背靠艙壁而坐。這麼多雙好奇的目光圍攻下，面紗似乎擋不住什麼，她連忙躲到卡魯瓦身後。

船艙裡設有婦女區，在船首很前面的地方拉了一幅簾子，闢出一塊空間。卡魯瓦一馬當先走過去，為她在擁擠的人堆裡清出一條通路。終於來到那塊特區時，狄蒂猛然停下腳步，伸手去掀簾子，她的手抖個不停。別走遠，她緊張地湊在卡魯瓦耳邊小聲說：待在附近——天曉得這些女人是什麼來路？

Theekba. 他說：別擔心，我就在附近。然後領她進去。

狄蒂以為婦女區會跟男人區一樣擁擠，但進到簾子另一頭，她只看到六個人，都戴著面紗。有些人張開手腳，躺在木地板上，但狄蒂一進來，她們就挪動位置，騰出空間給她；她慢慢坐下，小心把臉遮好。每個人都蹲坐著，每個人都蒙著臉，就像新嫁娘接受夫家鄰居的考核，場面尷尬而且不會有結論。最初沒人說話，但突然吹來一陣強風，平底船晃了一下，所有女人都跌得東倒西歪，靠在別人身上。呻吟和咯咯笑聲中，狄蒂的面紗從臉上滑落，她重新坐正時，發現對面坐著一個闊嘴女人，嘴裡突出一顆暴牙，像塊傾斜的墓碑。狄蒂後來得知，她叫希路，她常失神，什麼也不記得，只會坐在那兒瞪著自己的指甲發呆。狄蒂沒花多久就知道希路毫無壞心眼，但初次見面時，她直接了當的好奇卻使狄蒂非常不安。

Tu kaun howat?（妳是誰？）希路問道：*Apna parichay to dé*——如果不講清楚妳是誰，我們怎麼知道妳是什麼人？

做為新來者，狄蒂知道必須先交代自己的來歷，否則就別指望知道別人的事。她很想說自己是「凱普翠的媽」——自從女兒出生，她就一直用這稱號——但她立刻想到，為了防範夫家親戚查出她的下落，她跟卡魯瓦都不能用眾所周知的名字。那麼她該叫什麼名字呢？她第一個想到的是原本的名字，因為從來沒人用這名字叫過她，用了也無妨。阿蒂蒂，她輕聲說：我叫阿蒂蒂。

話一出口就成了事實：這就是她——阿蒂蒂，一個天上諸神一時興起，賜她機會重新過自己生命的女人。是的，她把音量提高，讓卡魯瓦也聽見：我是馬杜的妻子阿蒂蒂。

已婚女子使用自己的本名，大家都覺得其中有隱情。希路的眼睛因憐憫而變得朦朧：她也做過母親，她的全名應該是「希路的媽」，雖然她兒子已經死去一段時間，但藉由省略兩個字的殘酷反諷，他的名字在母親身上繼續活著。希路思忖著狄蒂的困境，悲哀地發出嘖嘖聲：所以妳沒有子女？沒生小孩？

沒有，狄蒂說。

流產嗎？發問的是個外表很精明的瘦女人，髮間已長出幾縷灰白：狄蒂後來得知她叫沙柳，在這批女人當中年紀最大。她在亞拉附近的家鄉作助產士，不幸有次幫貴族接生一個兒子時出了差錯而被逐出村落。她把一個大布包抱在腿上，雙手防禦地緊扣著那個包，像在捍衛一件寶物。

那天在平底船上，狄蒂心情不夠鎮定，面臨助產士接二連三追問，給不出適切的答案：流產嗎？死胎嗎？妳怎麼失去孩子的？

狄蒂不發一語，但她的沉默帶有強烈暗示，更加引起大家的同情：不要在意……妳還年輕力壯……妳很快會有一大群孩子……

這段對話期間，又有另一個女人靠過來，這是個十來歲的女孩，濃密的長睫毛下是雙天真的大眼睛：狄蒂注意到她下巴有個裝飾，把那張鵝蛋臉烘托得十分完美——紋上去的三顆小圓點，排列成箭頭形。

É tohran ját kaun ha? 女孩熱切地問：妳屬於那個種姓？

我是……

再一次，習慣的答案已到嘴邊，那個字眼卻在狄蒂舌上滑落：階級就像記憶中女兒的臉，是她生命中最重要的部分——但現在那一切都隨著過去的人生消逝，她已成為不同的人。她遲疑地重新開個頭：我們，我丈夫和我……

想到要切斷自己跟世界的聯繫，狄蒂閉了氣。她停下，深深吸一口氣，重新說……我們，我丈夫和我，我們是皮革匠……

一聽到這話，那女孩尖叫一聲，開心地張開手臂，摟住狄蒂的腰。

妳也是嗎？狄蒂問。

不，那女孩說：我是穆薩哈爾[50]，所以我們就像姊妹一樣，不是嗎？

是的，狄蒂微笑道：我們可能是姊妹——只不過妳太年輕，妳應該是我的甥女才對。

女孩聽了愈發高興：沒關係，她喊道，妳可以做我嫂子——我叫妳大嫂。

這番話惹惱了另外幾名婦人，她們責備女孩：妳什麼毛病，穆尼雅？那些事還在意它作什麼？現在我們都是姊妹，不是嗎？

是啊，對啊，穆尼雅點頭說——但她在紗麗的掩護下，捏了一下狄蒂的手指，好像以此確認她們之間有特殊的祕密關係。

＊

「尼珥．拉丹．霍德，訴訟……」

---

50 Mussahars為印度的賤民階級，原本是以捕鼠為業的原住民，偶爾也在農村打零工，生活貧困，據說也食用鼠肉。他們是印度最邊緣化的社群之一，甚受歧視。

康達布錫法官打從宣讀結案陳詞開始，就不得不猛拍驚堂木，因為法庭裡的人發現法官省略了被告的頭銜，掀起一陣騷動。秩序恢復後，法官雙眼牢牢盯著站在下方被告席裡的尼珥，重新宣讀判決書。

「尼珥．拉丹．霍德，」法官說：「訴訟程序至此已告一段落。本庭考慮所有呈堂證據，陪審團已裁定你有罪，因此現在輪到本庭執行痛苦的職責，根據偽造文書法決定你的刑罰。為防你還不了解自己的犯行有多嚴重，我先說明，按照英國法律，你犯的是樁滔天大罪，直到不久之前，還要被處以極刑。」

法官在此頓住，直接對著尼珥說：「你知道那是什麼意思嗎？就是說，偽造文書會被吊死——不列顛之所以有今日的繁榮，挑起監督全世界商業的重任，相當一部分便是仰賴這項措施。如果連英國這樣的國家都無法防杜這種罪行，可想而知，在這個最近才接受文明薰陶的國度裡，難度一定更高。」

就在這時，隔著隱約傳來梅雨落下的啪搭聲，尼珥聽見遠處一個叫賣蜜餞小販微弱的叫賣聲：*Joyonagorer moa*……迢迢的喚聲使他嘴裡湧起記憶中略帶煙燻、爽脆甘美的滋味，而法官仍滔滔不絕，常言道，養子不教父之過，因為規避監護人的職責就是一種犯罪，這種看法很正確，基於同樣的精神，在人類的事務上，上帝挑選某些人來替文明尚處於嬰兒期的種族謀福利，不也賦予他們相同的責任嗎？是否同樣可說，被授予這項天賦使命的國家，若不能對行為不當之人施以最嚴格的懲戒，就是忽略了它們神聖的責任？

「負統治重任者最易受的誘惑，」法官說：「就是縱容，親情的力量能使作為親長的人，見受他監護的孩子受苦就感同身受。但儘管痛苦，有時職責所在，我們不得不放下親情的天性，使正義得以貫徹……」

尼珥在被告席的角度，只看得見康達布錫法官的上半截臉孔，當然還有一頂笨重的白色假髮圍繞著他的臉。他注意到每當法官搖頭晃腦強調語氣時，撲了粉的捲髮就會噴出一蓬白霧，宛如一個光環懸在空中。尼珥看過幾幅義大利繪畫複製品，所以知道光環的意義，他心中閃過一個疑惑，這是否是種刻意營造的效果。但突然聽人喚他的名字，這念頭被打斷了。

「尼珥．拉丹．霍德，」法官獰聲說：「你一再偽造本市一位深受敬重的商人，班哲明．布萊特威．勃南先生的簽名，蓄意欺騙你的家眷、朋友、合夥人，已是鐵證如山，千真萬確。那些人信任你乃是因為他們尊敬你的家族和令尊，聲譽絕無瑕疵的故拉斯卡利王爺，拉姆．拉丹．霍德，他畢生唯一的恥辱就是生出你這個聲名狼藉的罪犯。我勒令你，尼珥．拉丹．霍德深自反省，即使一個平民犯了你這種罪，尚且該受懲罰，而像你這麼一個養尊處優、在本地社會擁有崇高地位的人，唯一犯罪動機只是損人利己，增加自己的財富，是否更應譴責？一個受過良好教育，享有世間一切榮華富貴，富可敵國，被捧得高高在上，幾乎被當作神明看待的人，也來偽造文書，社會該怎麼制裁？像這樣一個人，為了讓財富增加少許，竟犯下可能毀滅他的親戚、眷屬、部下的罪行，這是何等不堪的行為？本庭不但要貫徹法律精神，也要善盡上天賦予我們的神聖職責，讓這塊土地上的原住民知道，文明國家行事所依據的原則與目標，所以豈不該對被告施以嚴懲，以儆效尤？」

法官的聲音單調而沒完沒了，聽在尼珥耳中，只覺得所有字句都化作灰塵，跟假髮周圍的白霧混在一起。尼珥的英語教育極為完善，而且特別強調文本閱讀，所以即使這種時刻，他也覺得在腦中把口語轉化成文字比較容易理解。這麼運作的一大影響就是使話語喪失臨場感，把每個字眼都變得抽象而不那麼難以忍受，他覺得自己的處境就像溫德米爾湖[51]的漣漪，或坎特伯利[52]鋪路的石板一樣遙不可及。所以法官滔滔不絕，說得口沫橫飛，在他聽來卻不過是遠方水井裡鵝卵石碰撞的聲音罷了。

「尼珥．拉丹．霍德，」法官揮舞著一疊文件說：「看來儘管你生性狂妄、邪惡，卻不乏追隨者和支持者，因為本庭收到若干為你求情的請願書，署名者包括最受敬重的本地住民，甚至還有幾位英國人。本庭還接到對你的宗教律法知之甚詳的學者和法師提供建議，說是基於你的種姓和地位，用懲罰一般人的方式懲罰你，於法不合。更有甚者，陪審團也採取不尋常的行動，要求本庭對你寬大為懷。」

法官以一個不屑的手勢，讓手中的文件滑落。「請大家注意，本庭最重視陪審團的建議，因為他們了解本地的風俗習慣，可能知道某些本庭忽略的適合減刑情況。你可確信，我對放在面前的所有資料都仔細審閱，希望從中找到規避嚴刑峻法的合理依據，我必須向你承認，我的努力都是徒勞：我在所有這些請願書、建議書、意見書當中，找不到從輕量刑的理由。以你教會裡那些學富五車的學者提出的論點為例，尼珥．拉丹．霍德，你這種地位的人必須豁免某些形式的懲罰，因為懲罰可能連累你無辜的妻子和兒女，使他們失去種姓地位。我完全承認，法律有必要配合原住民的宗教狀況，但前提是這麼做不能違反司法正義。若說高等種姓之人所受的懲罰應該比其他人輕，我們實在看不出這主張有什麼優點；英國法律過去不認可這種原則，將來也不可能，我們的立法基礎就是，法律之前，人人平等……」

這番話裡有種非常荒謬的東西，尼珥不得不低下頭，免得被人看見他在笑。因為他置身被告席的事實，如果能證明任何事，那絕對跟法官口口聲聲強調的平等原則相反。受審過程中，尼珥只看到這套司法系統一個顯著可笑的特徵，就是英國人──勃南先生和他的同類──不需要像其他人一樣受法律約束：他們已經成了這個世界的新婆羅門。

這時，法庭內的靜穆忽然又深了一層，尼珥抬起眼皮，只見法官又正對著他看：「尼珥．拉丹．霍德，為你求情的請願書哀求我們減輕你的刑罰，因為你是個富人，你的子女和無辜的家人會因而失去他們的種姓，還會遭受他們的親友迴避與排斥。說到後面這點，我對本地人的品格評價很高，我不相信你的親友會依照如此乖謬的原則行事，但無論如何，這方面的考慮不能影響我們對法律的解釋。說到你的財富與社會地位，在我們眼中，這只會使你犯的罪更嚴重。在宣判你的處分時，我的選擇不多：我可以不偏不倚執行法律，或我可以建立新的執法原則，也就是印度有一群人，生來可以犯法而不受懲罰。」

確實有這種人，尼珥想道：你是其中之一，但我不是。

「我不想再增加你的苦惱，」法官說：「我只要說，那些為你求情的文件，都提不出變更法律程序的正當理由。最近的判例，無論在英國或這個國家，都認定偽造文書是重罪，光是沒收財產尚嫌不足，還要加上將罪人移送海外，經過由法院裁定的一定期間始得回國。本庭遵守這些判例做成判決，你所有的財產都要充公拍賣，以償還你的債務，你本人要放逐到模里西斯群島的流刑地至少七年。茲登記如下，主後一八三八年七月二十日……」

---

51 Windermere是英格蘭西北部一個大型湖泊，位於著名的湖區，風景秀麗，是觀光勝地。

52 Canterbury是英格蘭文化古城，此地設有天主教主教座堂，也是基督教的聖地。十四世紀英國文學大師喬叟（Geoffrey Chaucer）的名著《坎特伯利故事集》就以一個朝聖團為背景。

＊

卡魯瓦很快就靠他過人的神力成為平底船上最受重視的槳手，所有移民工當中，只要天氣許可，就唯獨他可以輪休。這項特權讓他很是稱心，用划船耗費的力氣交換上甲板的報酬，他可以看著雨水洗淨的鄉野流逝。他把兩岸村落的名字牢記在心——巴特那、巴克蒂亞普、泰格拉——計算兩站之間要划幾下槳成了他的一種遊戲。有時，某個史上有名的城鎮進入視線，卡魯瓦會下艙去向狄蒂通報：伯勞尼！芒格！婦女區的窗戶較多，兩邊各有一扇窗。每次卡魯瓦來報信，狄蒂和其他人就把窗板撐開一會兒，眺望逐漸接近的城鎮。

每到日落，平底船都會停下過夜。若是河岸上不見人跡，顯得危險，它就在河中央下錨，但如果遇到巴特那、芒格、巴革埔之類人口密集的城鎮，船夫就直接碇泊在岸邊。最好就是平底船停泊在繁榮的城鎮或河港：婦女可以趁不下雨的空檔坐在甲板上觀察鎮上的人，取笑他們越來越奇怪的口音。

平底船行進時，婦女只有在供應午餐時才准上甲板，其他所有時間，她們都不能與外面接觸，只能待在船頭用簾子圍起的區域內。在那種狹小、黝暗、不透氣的地方待三個星期，照理來說，應該是幾乎無法忍受的無聊經驗。奇怪的是，事實並非如此：每個小時都有新鮮事，每天都不一樣。窄小的空間、黯淡的光線，夾雜外面的雨聲，在這群婦女之間創造出一種患難與共的親密感；因為她們原先互不認識，說出的每件事都覺得新奇而意外；就連最平凡的家常事，也有出乎意料的轉折。比方做芒果醬，就有人專門用熟極掉落的芒果，也有人非新摘的果實不用，更令人大吃一驚的是，希路竟然在醃漬的香料裡加了芫荽，沙柳卻省略茴香子這麼一味不可或缺的材料。每個女人都用慣了自己的配方，以為世上再不可能有別的做法：她們發現每家人、每族人、每個村子的食譜都不一樣，而且奉行者從沒想到質疑，一開始覺得不可思議，接著是好笑，然後很興奮。這話題實在引人入勝，夠她們從戈買一路聊到比拉平提：連這種雞毛蒜皮的小事都有這麼多可談，金錢和婚姻之類的大題目又如何呢？

故事真是多得說不完：女人中有對姊妹，名字分別叫拉特娜和香芭，嫁給一對兄弟，他們的土地跟鴉片廠打了合約，再也不能養家活口；為了免於挨餓，四人決定一起去做契約工——不論未來發生什麼事，至少禍福與共，也是一種慰藉。杜克哈妮也是結了婚，跟丈夫一起上船：她長年受虐待狂婆婆壓迫，覺得丈夫願意陪她逃亡是件幸運的事。

狄蒂聊起過去也覺得沒有拘束，因為她已經編好一套完整說詞，打從十二歲就成為卡魯瓦的妻子，跟他和他的牛一起住在路旁搭的棚子裡。若問她為什麼要越過黑水，她就把一切歸咎於瓦拉納西的摔角手和大力士好妒成性，他們打不過她丈夫，就陰謀將他逐出那一帶。

有些故事她們聽了一遍又一遍：例如希路和她丈夫分手的故事講了那麼多遍，她們都覺得好像親身經歷過似的。那件事是前一年冬季來臨前，發生在桑埔的大型牛墟。事發前一個月，希路失去了唯一的頭胎孩子，她丈夫說服她，如果想再懷個兒子，就該趁賽會期間到哈里哈納斯廟祭拜。

希路當然知道趕集的人很多，卻沒想到桑埔的沙洲上竟然聚集了那麼多人：光是他們腳下掀起的塵埃，正午的太陽就變成了月亮，更別提還有牛群和其他動物，多到好像河岸都會被牠們的重量壓垮。夫妻倆花了一整天才擠到廟門口，就在等候入廟的當兒，有位領主帶去的一頭大象忽然亂跑，把人群驅散。希路和丈夫分別往反方向跑，後來她發現自己迷路時，健忘的老毛病也再次發作。一連好幾個小時，她坐在沙地上，看著自己的手指發呆，等她終於想到該去找自己的男人時，他已不知到了何處，就像大海撈針。漫無目標流浪了兩天，希路決定設法回自己的村子——但這也非易事，兩地相距六十柯斯，沿途的荒野中還有兇狠的強盜和手段殘酷的暗殺黨：婦道人家單獨走這條路，無異是自尋死路或更悲慘的下場。她走到萊伏崗，就決定等遇見願意帶她同行的親戚或熟人再前進。好幾個月過去，她靠乞討、洗衣、到硝石礦搬運砂石為生。總算有一天，她看見一個認識的人，是同村鄰居；她高興地跑過去，但那人一認出她，就像見到鬼似的逃跑了。她費了好大勁才抓住那人，他告訴她，她的丈夫宣告放棄，認為她死了，再度結婚；而且他的新妻子已經懷孕。

最初希路打算返鄉奪回自己的地位——但她又開始尋思。她丈夫一開始為什麼要帶她去桑埔？他是否早就有遺棄她的念頭，只是在等適當時機？過去他對她的打罵並不少：如果重回他身邊，他會怎麼對待他？

說巧不巧，就在她思索這些問題時，一艘滿載移民工的平底船向河階駛來……

穆尼雅的故事顯然最單純：問她為何來到這艘船上，她就說她要去跟兩個哥哥會合，他們好幾年前就去了麻里西。問她為什麼沒結婚，她就說老家沒有人作主替她找丈夫，她父母都在最近去世。狄蒂猜想事實沒這麼簡單，但她小心不多刺探。她知道，只要時機合適，穆尼雅會主動講出來——她不是被這女孩當成理想中的大嫂，身兼朋友、保護者和推心置腹的對象嗎？每當色膽包天的男人勾搭她、挑逗她，邀她幽會時，穆尼雅不都來找她求助嗎？她知道狄蒂會把她的故事通報卡魯瓦，讓這些男人安分點：看那邊那個下流的色鬼，對穆尼雅擠眉弄眼。他以為女人只要長得年輕漂亮，就該容忍他耍嘴皮子、不三不四、為所欲為。去教訓教訓他；告訴他：*aisan mat kará*——不准再做這種事，否則你的肝臟會長到肚子另一邊去。

卡魯瓦會大步走過去，以他的方式客氣地問：*Khul ke bataibo*——請告訴我實話，你在騷擾那女孩嗎？可以告訴我，你為什麼這麼做嗎？

通常這就可以讓問題告一段落，因為被卡魯瓦這種體型的人提出這種質疑，大多數人都消受不起。

就在這麼一段插曲後，穆尼雅對狄蒂吐露了她的故事：牽涉到加齊普爾一個幫東印度公司鴉片廠做經紀的男人。他到她的村子去時，看見她在忙收成，就刻意安排一再路過那地方。他買給她一些小玩意兒和飾物，對她說自己被她迷住了——她性情直率，心無雜念，信了他所有的話。他們開始趁著節慶和婚禮，整個村子都在忙碌時，跑到罌粟田裡幽會。那份祕密和浪漫，甚至愛撫，都讓她樂在其中，直到有天晚上，他用蠻力佔有了她：之後她為了怕私情被公開，只好繼續答應他的需索。她懷孕時，本以為家人會把她逐出家門，或把她殺掉，但她父母奇蹟般地站在她這邊，不惜被社群排斥。但她家境極為貧困——為了維持生計，他們不得不把兩個兒子賣去作契約工。穆尼雅的孩子十八個月大時，他們決定把孩子帶到那個經紀家中——不是為了威脅或勒索，只是讓他知道，他讓他們多了張要餵飽的嘴。他耐心聽他們訴說，然後叫他們回去，說他會提供一切必須的幫助。過了幾天，幾個人趁著夜深，偷偷到他們家，縱火燒了房子。那天穆尼雅正巧月經來，沒跟大家睡在一起，而是睡在田裡。她眼睜睜看著茅屋燒成灰燼，她的母親、父親和孩子都死在裡頭。這件事發生後，再待在那地方等於自尋死路，她唯有去找募工者的平底船，就像之前她的哥哥一樣。

啊，妳這個滿腦子大便的傻丫頭呀！狄蒂說：怎麼可以讓他碰妳呢……？

妳不懂，穆尼雅嘆道：我愛他愛得發狂。有那種感覺的時候，妳什麼事都做得出來。就算一切重來，我還是沒辦法，我知道。

妳說什麼呀，妳這傻丫頭？狄蒂喊道：怎麼可以這麼說？就憑妳吃過的苦頭，無論如何都再也不能讓這種事發生。

再也不能嗎？穆尼雅的心情突然轉變，讓狄蒂非常擔憂。她用手摀住嘴，咯咯笑起來。妳會再也不吃飯，她說：只因為咬到磣石，斷了一顆牙？可是那妳怎麼活下去……？

噓！狄蒂氣憤填膺，口氣兇起來：安靜，穆尼雅！妳自己用點腦筋。怎麼可以這樣胡說？妳難道不知道，萬一被其他人知道會有什麼下場？

我為何要告訴她們？穆尼雅扮個鬼臉說：我只告訴妳，因為妳是我嫂子。其他人我一個字都不會說，她們本來就話太多……

確實，這群女人的嘴成天難得有停下來的時候——如果暫停一會兒，也是為了豎起耳朵，聽簾子另一邊男人之間的故事。她們就這麼得知那個愛吵架的朱格羅的來歷，他的仇敵陰謀將他送走，把他灌醉了綁上平底船；當過英國兵的卡盧漢，退伍回到故鄉，卻發現再也無法忍受待在老家；還有洗衣服洗到厭煩的魯古以及失去大拇指的陶器工高賓。

平底船停下來過夜時，偶爾會有新徵募到的人上船，通常就一、兩個，但偶爾也出現十一、二個或更多人組成的隊伍。河水轉往南流的薩伊干吉鎮，有四十個人在等——都是來自賈汗德高原的山地居民。他們取了像是埃卡、涂庫克、諾枯奈克之類的名字，還帶來那塊土地反抗新統治者，村莊被白人軍隊燒毀的消息。

不久後，平底船越過一道看不見的界線，進入被大雨淹沒的濕地，居民操聽不懂的口音：現在船停下過夜時，他們再也聽不懂圍觀者說些什麼，因為揶揄嘲弄都換成了孟加拉語。令這批移民工更不安的是，風景也變了：人口眾多的肥沃平原換成沼澤和濕地；河水開始有鹹味，不再能飲用。每天水面不斷上漲下落，淹沒廣大的泥岸，又再次讓它露出來；河岸長滿一層濃密而糾纏的綠色植物，既不是灌木，也不是喬木，像是從河床裡長出來的，樹根像水上建築的支架。有天晚上，他們聽見林中傳來虎吼聲，又覺得船身震動，好像有鱷魚用尾巴拍打船身。

直到這一刻，移民工一直對黑水的話題避而不談——反正一味掛念前途的危險也沒什麼意義。但現在，他們在叢林的蒸騰燠熱中滿身大汗，心頭的恐懼與警惕都湧了上來。平底船成了謠言工廠；開始有耳語說，他們在黑水船上的口糧包括牛肉和豬肉；不肯進食的人會被鞭子打昏，然後把肉硬塞到肚裡。一到麻里西，大家就得改信基督教；他們會被強迫食用各種來自海洋和叢林的禁忌食物；如果不幸死亡，他們的屍體會像堆肥一樣犁進泥土裡，因為島上沒有火化設備。最令人害怕的謠言都圍繞著白人為何堅持召募青年和少年，卻不要有智慧、有見識、經驗豐富的老人這問題打轉：那是因為他們需要一種只存在人腦中的油——珍貴而稀少的腦油，據說剛成年的人身上含量最多。抽取這種物質的方法就是綁住受害者的腳踝，倒吊起來。在他們的腦殼上鑽些小孔；如此腦油就會慢慢滴進盆裡。

很多人對這些謠言深信不疑，以致加爾各答在望時，船艙已籠罩在一片哀傷的氣氛裡：如今回想起來，沿恆河而下的這趟旅程，似乎讓移民工在緩慢而痛苦的死亡開始前，品嘗生命最後的滋味。

*

舉行盛宴那天早晨，寶麗起床便發現，夜間她焦慮的指甲在臉上製造了一片面積大得驚人的紅痕。看到這情景，她眼裡湧起煩惱的淚水，很想送個消息通知勃南太太，宣稱她病了不能下床——但她卻吩咐僕人把洗澡間裡的浴缸放滿水。就這麼一次，她很樂意使喚勃南太太的侍女，讓她們拔她的腋毛，替她洗頭。但還是得面對該穿什麼衣服的問題，處理這問題時，寶麗再次泫然欲泣：從前她從來不需要為這件事煩惱，她也不明白為什麼現在要在意這件事。就算瑞德先生要來又怎樣？就她所知，他幾乎沒有可能注意她。然而她試穿一套勃南太太給的二手衣時，卻發現自己用不尋常的批判眼光檢視這件華麗而嚴肅的長袍。一大早，她實在無法想像自己穿得像隻土撥鼠似的赴宴。但她還能怎麼辦？買套新衣服遠非她能力所及，不僅因為沒錢，也因為她對白種夫人的時尚品味一無所知。

寶麗別無選擇，只能向安娜蓓求助，這女孩在某些事情上有超齡的聰明。不消說，她提供了很大的支援，而且很有急智地剪下自己一件鏤空抽紗刺繡披紗的片段，把寶麗那件黑絲禮服的皮領點綴得活潑明亮。但安娜蓓的援助不是沒有代價的。「哎呀，看看妳，寶格麗——慌張得像隻小鳥一樣！」她說：「我從來沒見過妳為衣著煩惱。可別是為了個少年郎，是嗎？」

「不，」寶麗連忙說：「當然不是！只是我覺得不該在這麼重要的場合讓你們一家人有失體面。」

安娜蓓並不相信。「妳想誘惑某人，是嗎？」她帶著一臉壞笑說：「是誰？我認識他嗎？」

「哦，安娜貝！根本不是那樣。」寶麗喊道。

但要安娜貝閉嘴可沒那麼容易，那天稍晚，她看見寶麗盛裝下樓，發出讚美的驚呼：「美呆了，寶麗——妳好漂亮！今晚結束前，大家都會搶著來親妳。」

「真是的，安娜——妳說話太誇張！」寶麗拉起裙襬跑開，很慶幸周圍聽得見她們話聲的範圍內只有一個路過的執杖者，兩名快步走過的女僕，三個挑著皮桶的水夫，兩個揮著鑿子的工匠，還有一隊捧著花的園丁。要是勃南太太聽見這話，她真要羞死了，好在這位女主人還在梳妝打扮。

勃南住宅的前半截，緊貼著門廊有間會客室，勃南太太常開玩笑稱之為她的鏡廳。這兒的牆上掛了許多鑲著鍍金框的威尼斯明鏡：通常晚餐前都在這兒招待客人，請他們坐一會兒。這房間雖然夠豪華，卻絕對不是整棟屋子裡最大的房間，所有水晶吊燈和壁上的燭台都點起來時，這間鏡廳裡就找不到一個黑暗、幽靜的角落——這讓寶麗很不痛快，她在勃南家的重要場合安身立命的一大原則就是盡可能不引起注意。透過多次實驗，她發現要在這座鏡廳裡達到目的，最好是退縮在一個只放了一張直背椅，而且牆上沒掛鏡子的角落裡。她曾經成功在此消磨了許多夜晚的前半段，除了分送香檳和冰沙的僕人，沒有引起任何人注意。所以她就直奔這個角落，但今晚她慣用的避難所提供的庇護並不久：她才接過一杯冰冰涼涼，甜中帶酸的羅望子冰沙，就聽見勃南太太喊她名字。「哎呀寶麗，妳藏在哪兒呀？我找妳找了一整晚。齊林沃斯船長有個問題。」

「問我嗎，夫人？」寶麗嚇了一跳，站起身來。

「沒錯——他就在這兒。」勃南太太往旁邊讓開半步，讓寶麗跟船長打照面。

「齊林沃斯船長，容我介紹寶麗・蘭柏小姐？」

勃南太太才說完這句話，人就不見了，留下寶麗獨自跟鞠個躬就氣喘吁吁的船長共處。

「……榮幸，蘭柏小姐。」

他的聲音很低沉，她注意到，而且帶著七葉樹的果實被車輪碾碎時發出的那種咔吱咔吱聲。即使不考慮呼吸不順暢的問題，也一眼就看得出他健康不佳：他臉上有紅色斑塊，體型不尋常地浮腫。好像那具身體和那張臉一度擁有高大、結實，對本身力量充滿自信的框架，現在卻塌陷下來；所有線條都在顯而易見的疲憊中下垂——多肉的下巴、淚汪汪的眼睛和又大又黑的眼袋。他舉帽致意時，露出幾乎全禿的腦袋，只有帽子邊沿有少許毛髮，活像剝掉一圈樹皮的樹幹。

船長擦一把臉上的汗，說道：「我看到車道旁種了一排棕櫚樹。聽說是出自妳的手筆，蘭柏小姐。」

「是的，先生。」寶麗答道：「確實是我種的。但樹還很小！我很驚訝你會注意。」

「這種樹很美。」他說：「在這一帶很少看到。」

「我非常喜歡它們。」寶麗說：「尤其是康氏藍棕櫚。」

「哦？」船長說：「可以請教是為什麼嗎？」

這讓寶麗有點尷尬，她低頭看著自己的鞋子。「這種植物是菲利浦和珍娜·康莫森夫婦鑑定出來的。

「請問他們又是什麼人？」

「我的舅公和舅婆。他們都是植物學家，曾經在模里西斯住過很多年。」

「啊！」他眉頭皺得更緊，隨即提出另一個問題——但寶麗沒聽見他問了些什麼，因為剛好賽克利從門外走進來。賽克利跟其他男人一樣只穿襯衫，因為走進鏡廳前就把外套交給僕人了。他的頭髮用黑絲帶整齊地束在腦後，棉布襯衫和長褲在整間大廳裡都是最樸素的——但他卻顯得無以復加的高雅，主要因為他是現場唯一不是滿身大汗的男人。

賽克利出現後，寶麗對船長的問題只能用一、兩個單音字作答，她也沒注意到康達布錫法官看著她華麗的服飾，不滿地皺起眉頭，喃喃低語：「陰間顯露，滅亡也不得遮掩。」[53]

更令她不安的是，等到入內用餐時，竇提先生開始一個勁兒恭維她的外表。「依我之見，蘭柏小姐！妳真是今天的第一美人啊。足夠把男人迷得昏頭轉向、摔個四腳朝天呢！」幸好，他一看到餐桌就把寶麗拋在腦後。

今晚的桌子是中等大小，六塊桌面延伸板只用了兩塊，桌面雖不大，菜色卻堆得極高，而且份量十足，所有食物都排在桌上，場面壯觀，菜色堆砌成螺旋形以方便取用。有別出心裁盛在龜殼裡的綠蠵龜湯、一個香料肉餡派、烤羊肉、用水煮雞和醃漬牡蠣做的巴達曼特色燉菜、一大塊鹿肉、一盤灑了香菜的醋漬鯧魚、一塊真材實料的辣味牛肉、一大盤燒烤小蒿雀和鴿子。整桌的焦點是伯特利的拿手好菜：一隻塞了八寶填料的烤孔雀，張開尾巴豎立在純銀支架上，好像正在求偶。

這排場看得竇提先生張口結舌：「我說啊，」他終於在因對盛宴充滿期待而汗下如雨的額頭抹了一把，嘟囔道：「這一幕該找錢納利[54]畫下來的。」

「正是，先生。」寶麗說道，其實她根本沒聽見他說了什麼——因為她雖未正眼往左看，注意力卻完全集中在那兒，也就是賽克利的所在。但她不敢把這位領航員撇在一旁，因為勃南太太不只一次為她待客不周，只顧與左邊的鄰座交談而責備她。

竇提先生還在對菜色讚嘆不已，勃南先生清清喉嚨，準備禱告謝飯：「主啊，我們感謝祢……」寶麗模仿其他人雙手合什，放在下巴下面，閉上眼睛——但她情不自禁偷窺一眼鄰座，恰巧迎上也從指頭尖上往旁邊看的賽克利的眼神，讓她大為慌亂。兩人都脹紅了臉，連忙調開眼光，正好趕上附和勃南先生那聲鏗鏘有力的「阿們」。

竇提先生眼明手快，立刻叉了隻蒿雀。「說真的，蘭柏小姐！」他把那隻鳥兒放在寶麗盤上，

---

53 出自聖經《約伯記》第二十六章第六節。

54 George Chinnery，1774-1852，英國畫家，大半生住在印度及東南亞，畫作以當地風土人物為主，作品在這些地區也深受歡迎。

悄聲說：「聽前輩的不會錯：碰到蒿雀，動作一定要快。這道菜總是最先搶光。」

「哦，謝謝。」竇提哪有時間聽她說話，他的注意力全在羊肉上。既然這位年長的鄰居心有所鶩，寶麗總算可以自在地轉向賽克利了。

「我很高興，瑞德先生，」她一本正經地說：「你能撥冗與我們共度一晚。」

「不會有我來得高興，蘭柏小姐。」賽克利說：「我不常有機會應邀參加這樣的宴會。」

「但，瑞德先生，」寶麗說：「我的小手指告訴我，你最近經常外宴哦！」[55]

「外……外宴？」賽克利訝異地說：「妳說什麼，蘭柏小姐？」

「原諒我。」她說：「我是指外出用餐——你最近經常外出用餐，不是嗎？」

「竇提先生和他太太很好心。」賽克利說：「他們帶我去了一些餐廳。」

「你真幸運。」寶麗裝出同謀者的笑容。「我猜你的同事柯羅先生就沒那麼幸運？」

「這我就不知道了，小姐。」

寶麗壓低聲音：「你知道，你一定要當心柯羅先生。勃南太太說他是個大壞蛋。」

賽克利全身一僵。「我不怕柯羅先生。」

「但還是小心為上，瑞德先生。勃南太太說，她不會讓那個人進這棟房子。你可別對他說你今晚來了這兒。」

「別擔心，小姐。」賽克利微笑道：「我不會跟柯羅先生那種人談心的。」

「所以他不在船上嗎？」

「不在。」賽克利說：「我們都不在。朱鷺號進了船廠，這陣子我們都是自由人。我搬到一家供應伙食的寄宿舍。」

「真的？在哪兒？」

「在齊德埔——華森岡吉巷。喬都幫我找的。」

「哦？」寶麗回頭張望，確認其他人都沒聽見喬都的名字，才又放心轉向賽克利。

勃南先生最近裝了個使餐廳變涼爽的新設備。這個取名消暑機的新玩意兒，其實就是一台加裝了螺旋槳和散發草香的厚草蓆簸穀機。原本負責拉動掛在高處大扇子的僕人，現在輪到操作消暑機：一個人把機器的葦草簾蓆澆濕，另一個人搖動把柄，使螺旋槳轉動，打濕的蓆子後方便不斷吹出強勁氣流。如此一來，藉由蒸發效應，這機器便能製造神奇的涼風。理論上是如此啦——但遇到雨季，消暑機大幅提高濕度後，卻導致大家流的汗比平常更多，它製造的摩擦噪音又特別響，會妨礙交談。像勃南先生和竇提先生這種不費什麼力氣就能壓倒機器，讓人聽見他們在說什麼的人畢竟是少數——嗓門沒那麼大的人只好大吼大叫，愈發汗水直流。從前，寶麗被安排坐在耳聾上校和生病的會計中間，有充分理由對引進這台新機器感到不滿——但今天她卻十分慶幸有它在，因為她就不用擔心與賽克利交談的內容被人聽去。

「請問，瑞德先生，」她說：「喬都目前在哪裡？他近況如何？」

「他想趁朱鷺號改裝期間賺點錢。」賽克利說：「他跟我借了點錢，去租一條小渡船。我們準備啟航時，他就會回船上來。」

寶麗回想起她跟喬都一起懶洋洋坐在植物園的樹上，眺望胡格利河上的船隻那段時光。「所以

55 寶麗的母語是法文和孟加拉語，對英文不熟練，想不起正確詞彙時，就挑個意思相近的法文單字頂替，但不見得每次都行得通。

他達成了心願？他會作你的船員？」

「是的，正如他所願。我們九月出航，他會跟我們一起去路易港。」

「哦？他會去模里西斯？」

「是的。」賽克利說：「妳熟悉那個島群？」

「不，」寶麗說：「我沒去過那兒，不過我的家族曾經在那兒住過。你知道，家父是植物學家，模里西斯有座著名的植物園。我父母就在那兒結的婚。所以我很想到那兒去……」她說不下去了。她忽然意識到，喬都可以到那座島上去，而她，空有許多優越條件卻去不成，這是種無法容忍的不公平。

「有什麼不妥嗎？」賽克利見她臉色蒼白，緊張地問：「妳還好吧，蘭柏小姐？」

「我有個主意。」寶麗盡量把心思的轉變表達得輕描淡寫：「我也很樂意搭乘朱鷺號到模里西斯去。像喬都一樣在船上工作。」

賽克利笑道：「相信我，蘭柏小姐，雙桅帆船不適合女人——我是說，淑女，請見諒。尤其不適合習慣這麼養尊處優的……」他對堆滿食物的桌子比個手勢。

「果真如此嗎，瑞德先生？」寶麗挑起眉毛說：「所以按你的高見，女人就不能當海軍？」

寶麗用英語交談時，若是一時想不起適當詞彙，經常會借用法文單字，以為只要照英語的發音方式把那個字唸出來，就可取代英文使用。這招通常管用，提供了她繼續這麼做的動機，但總有那麼一、兩次，會產生意想不到的效果：從賽克利的臉色判斷，寶麗知道這回又出了漏子。

「海軍？」他詫異地說：「沒錯，蘭柏小姐，我從來沒聽說過有女海軍。」

「水手。」寶麗想到了她要的字眼，得意地說：「那才是我的意思。你以為女人不能航海。」

「以船長妻子的身分，或許可能。」賽克利搖頭道：「但不可能作船員。任何有資歷的水手都不會忍受這種事。說真的，很多水手在海上連『女人』這字眼都不說，唯恐招來厄運。」

「啊！」寶麗說：「這麼說來，瑞德先生，你沒聽過鼎鼎大名的康莫森夫人？」

「似乎沒有，蘭柏小姐。」賽克利皺起眉頭：「它是哪一國的船？」

「康莫森夫人不是一艘船，瑞德先生。」寶麗說：「她是一位科學家：說得更精確，她是我的舅婆。請容我告訴你，她年輕時就上了一艘船，航遍全世界。」

「有這種事？」賽克利懷疑地問。

「是啊，確實如此。」寶麗道：「你瞧，我舅婆婚前的閨名是珍妮．巴瑞特[56]。從她還是個小女孩開始，就對科學充滿熱情。她讀過林奈的傳記以及許多新品種動植物被發現與命名的故事。種種事蹟使她迫不及待想親眼看見地球的無盡寶藏。結果她聽說布干維爾先生[57]組了支探險隊，要完成她一直想做的事，你說她該怎麼辦，瑞德先生？這念頭讓她的心像著了火一樣，她決定不顧一切要成為一個女探險家。但當然別指望那些男人容許一個女人上他們的船……所以，瑞德先生，你能想像我舅婆怎麼辦嗎？」

---

56 Jeanne Baret，1740-1807，法國博物學家，是歷史上的真實人物，也是坐船環遊世界的第一位女性。但寶麗的描述與一般記載稍有出入，例如有些記載說，她加入布干維爾一起航海時，已與康莫森結婚，所以能夠在丈夫的配合下，假扮他的貼身小廝上船隨行。

57 Louis Antoine de Bougainville，1729-1811，法國探險家，曾組隊做環球航行，深入探索南太平洋各島與福克蘭群島，為歐洲引進新奇的動、植物，也曾參加美國獨立戰爭，率領海軍贏得關鍵勝利。

「不能。」

「她做了件最簡單的事，瑞德先生。她把頭髮紮成男人的式樣，化名強・巴特申請加入。更妙的是，她被接受了——而且是偉大的布干維爾本人挑中她的！其實一點也不難，瑞德先生——我可以告訴你：只不過就是用一塊布束緊她的胸部，走路時加大步伐。於是她就出航了，跟你一樣穿著長褲，所有水手和科學家都猜不出她的祕密。你能想像嗎，瑞德先生，他們都是精通動、植物結構的學者呢？——卻完全不知道有個小妞兒混在他們中間，她完全像個男人？過了兩年才被拆穿，你知道怎麼發生的嗎，瑞德先生？」

「我猜不出來，小姐。」賽克利說。

「在大溪地，探險隊上岸時，當地人一眼就看穿了！那些法國男人跟她在同一艘船上生活了兩年，天天一起生活都猜不到的祕密，卻立刻被大溪地人猜到。不過這時也無所謂了，布干維爾先生不能把她丟在那兒，只好答應她繼續同行。據說她為了感恩圖報，用布干維爾的名字為九重葛命名。就這樣，我的舅婆珍妮・巴瑞特成為第一個航海環遊世界的女人。她也因此找到她的丈夫，我的舅公菲利普・康莫森，他也是探險隊成員，而且是位大學者。」

寶麗將了賽克利一軍，心中甚是得意，拋給他一個嫵媚的笑容。「所以你知道了，瑞德先生，確實有這種事，女人可以做船員的。」

賽克利吞下一大口酒，但那口紅酒對他消化寶麗的故事卻幫不上忙。他左思右想，一個女人如何以同樣的偽裝混上朱鷺號，怎麼想就怎麼確定，不消幾天，甚至幾小時，她就會被人發現。他想起那些掛在一起的吊床，近得只要有一個人翻身，整間水手艙都會震動搖晃；他想到夜深人靜時有多無聊，還有值班瞭望的人會在下風處解開褲頭，比賽誰能點亮最多海裡的燐光；他想到甲板上每週在下風的排水孔要舉行洗澡儀式，大家光著上半身，還有人全身精赤條條，清洗唯一的內褲。女人在這種場合何以自處？或許那艘船坐滿了吃青蛙的法國佬——誰曉得他們搞什麼鬼花樣？——但巴爾的摩快船是純男性的世界，真正的水手也不想改變這事實，不論他有多喜歡女人。

寶麗見他沉默，問道：「你不相信我嗎，瑞德先生？」

「這麼說好了，蘭柏小姐，我相信法國船上會發生這種事。」他勉強答道，忍不住又補上一句：「反正法國淑女和法國紳士本來就很難分辨。」

「瑞德先生……！」

「我沒有惡意……」

賽克利正在道歉，一小顆麵包球從桌子對面飛過來，正中寶麗的下巴。她抬頭望去，見到竇提太太微笑著對她使眼色，好像暗示剛發生了什麼重要大事。寶麗困惑地四下張望。卻看不出除了竇提太太本人，還有什麼值得注意：這位領港員的太太身材渾圓結實，一張圓臉像西沉的月亮，掛在用指甲花染得紅棕相間、亮麗而豐沛如雲的秀髮下面；這一刻，她的手勢和表情都好像整個宇宙正在風雲變色。寶麗連忙調開目光，因為她最怕引起竇提太太注意，這女人經常用驚人的速度，講一大段她一個字也聽不懂的話。

好在竇提先生替她省了麻煩，主動跟他太太答腔。「扔得好，親愛的！」他讚美道：「正中目標！」他隨即轉向寶麗說：「告訴我，蘭柏小姐，我有沒有跟妳說過竇提太太用蒿雀丟我那回事？」

「哦，沒有呀，先生。」寶麗說道。

「那次是在總督府。」領港員說：「就當著前任總督的面。鳥兒啪一下打中我鼻子。距離總有二十步吧。當下我就知道，這是跟我天造地設的女人——眼睛像山貓一樣。」說到這兒，他用叉子叉起最後一隻蒿雀，向他妻子揮舞。

寶麗趁這機會，重新轉頭對賽克利說：「請告訴我，瑞德先生，你跟那些船工怎麼溝通？他們說英語嗎？」

「他們聽得懂命令。」賽克利說：「有必要時，水手長阿里會負責翻譯。」

「你怎麼跟水手長阿里交談呢？」寶麗問道。

「他會說一點英語。」賽克利說：「我們會設法表達意思。有趣的是，他甚至不會說我名字的發音。」

「那他怎麼稱呼你？」

「西克利馬浪。」

「西克利？」她喊道：「好美的名字！你知道它的意義嗎？」

「我甚至不知道它有意義。」他驚訝地說。

「有意義的。」她說：「意思是『記得的人』。這真好。如果我用這名字稱呼你，你會介意嗎？」

她看到他突然紅了臉，頓時後悔說話這麼露骨；彷彿老天爺幫忙，正巧這時僕人送上一株巨大的甜點樹，轉移了所有人的注意——那是一個三層高的架子，向四面八方伸出許多側架，架上都堆滿了小蛋塔、果凍、布丁、蛋糕、水果奶凍、杏仁凍、甜酒凍以及糖漬水果。

寶麗正想推薦賽克利品嘗芒果奶凍，竇提先生卻用一則悲傷的故事再度奪回她的注意，他說到一隻飛過總督府晚宴席的鵝，導致官方正式下令，禁止賓客拿食物互相丟擲。他還沒講完，勃南太太就對寶麗使了個眼色，示意女賓轉移陣地去小客廳的時候到了。僕人上前為她們拉開椅子，女客紛紛起身，尾隨女主人走出餐廳。

勃南太太鎮靜而威嚴地走在前面，但一走出餐廳，她就把寶麗扔給竇提太太。「我去洗個手。」她狡猾地湊在寶麗耳邊低聲說：「應付一下老肥婆，祝妳好運。」

＊

留在餐廳的男人都圍攏到主人那頭，勃南先生奉上的雪茄被齊林沃斯船長客氣地拒絕了。「謝了，勃南先生，」船長伸手去拿蠟燭，「如果你不介意，我寧可抽我的馬來雪茄。」

「悉聽尊便。」勃南先生倒了杯波特酒。「不過船長，你倒是給我們說說廣州的消息。大清君臣有可能在形勢落得無可挽回前恢復理性嗎？」

船長嘆口氣：「我們在英國和美國商行的朋友都認為沒希望。他們幾乎一致認為，與中國難免一戰。老實說，他們幾乎都很期待戰爭呢。」

「所以那些中國命官還不肯放棄，是嗎？」勃南先生說：「非終止鴉片貿易不可？」

「恐怕是如此。」船長說：「朝廷命官的政策似乎很確定。前陣子，他們在澳門的城門下砍了五、六個鴉片販子的腦袋。還把屍首示眾，讓每個人目睹，包括歐洲人在內。這招很有效，毫無疑問。二月份，上等巴特那鴉片的價格就跌到四百五十元一箱。」

「我的天！」竇提先生說：「去年的價錢不是兩倍？」

「沒錯。」勃南先生點頭說：「你們瞧，情勢已經很明顯——那些豬尾巴不計一切要逼我們做不成買賣。他們會成功的，這點毫無疑問，除非我們說服倫敦反擊。」

康達布錫法官雙手扶著桌面，插進來說：「請告訴我，齊林沃斯船長：我們派駐廣州的代表義律先生[58]遊說官員讓鴉片合法化，不是已有眉目了嗎？我聽說清廷官員已開始考慮自由貿易的利益了。」

竇提笑道：「你太樂觀了，大人。強尼．支那的蠻子腦袋硬得該死的像石頭。要他改變心意是不可能的。」

「但法官的說法並非沒有依據。」船長連忙說：「聽說北京有批人支持立法，但又聽說皇帝沒把他們的意見當一回事，決定把對外貿易連根拔起。有人告訴我，他已任命一位新總督執行這事。」

「大家不須意外。」勃南先生用兩根大拇指勾著外套前襟，滿意地掃視一圈在座諸人。「我是一點不意外的。從一開始，我就料到是這種結局。怡和洋行一直這麼說，我跟他們持相同觀點。沒有人比我更不喜歡戰爭——我真是避之唯恐不及。但無可否認，某些時刻。戰爭不僅公正、必要，也最人道。中國的現狀就是如此，沒有別的出路。」

「說得對，先生！」竇提加強語氣：「沒有別的選擇。這訴求的確是基於人道。我們只要想想可憐的印度農夫——如果種出來的鴉片不能賣給中國，他會有什麼下場？那群天殺的賊胚已經在挨餓，他們會成千上萬地死去。」

「恐怕你說得對。」康達布錫法官沉重地說：「我教會裡的朋友都同意，要中國聽從上帝的話語，非動用戰爭不可。這當然很不幸，但長痛不如短痛，要做就趕緊下手吧。」

勃南先生兩眼放光，掃視燭光照耀的桌面：「既然大家意見一致，各位先生，或許我可以透露一則剛收到的消息？但大家聽了一定要保密，這不在話下。」

「當然。」

「渣甸先生[59]寫信來說，他終於說服了首相。」

「啊，那麼，是真的囉？」康達布錫法官喊道：「帕默斯頓首相同意派一支艦隊過來？」

「是的。」勃南先生肯定地點頭。「但說艦隊或許言重了。渣甸先生推測，制服中國老朽的防禦，不須動用太多武力。充其量就幾艘驅逐艦吧，加上數十艘商船。」

「太好了！」竇提拍手歡呼。「所以真的要打仗了。」

「我想已無疑義。」勃南先生說：「我猜清廷會裝模作樣交涉一番。但不會有結果的——辮子族一定會把事情辦成這樣。然後艦隊就可長驅直入，短時間內搞定一切。這是場手到擒來的勝利——迅速、不花錢、有把握。只要一小支英國部隊：兩個印度兵團就能搞定。」

竇提先生笑得肚皮亂顫。「哎呀，這下可好了！我們的黑炭三兩下就能打敗膽小的黃皮。戰爭兩個星期就結束了。」

勃南先生用雪茄戳著空氣說：「如果部隊開進廣州時街頭有人夾道歡呼，我也不會感到意外。」

「太有把握了，」竇提先生說：「天朝老百姓會擁上街頭，燒香拜拜。強尼．支那蠻雖然愚蠢，

---

58 Charles Elliot，1801-1875，以英國海軍上校退役後，轉入殖民地局工作。一八三四年以貿易專員秘書身分隨律勞卑勳爵來到中國廣州，一八三六年接任英國駐華商務總監。一八三八至四〇年間年他為禁煙問題與清廷斡旋，最終失敗而導致鴉片戰爭爆發。他代表英國簽下《穿鼻草約》與《廣州和約》，最後卻於一八四一年因英國官方認為他在《穿鼻草約》中爭取國家利益不力而遭撤職召回。

59 William Jardine，1784-1843，怡和洋行創辦人，早年習醫，以船醫身分隨船抵達中國後，轉業從事鴉片貿易致富，並大力推動鴉片戰爭。

看到好東西還是分得出來的。他一定很高興能擺脫他的滿州暴君。」

滿桌子人都興高采烈，賽克利再也不能置身事外。他岔進來問勃南先生：「你想艦隊會在什麼時候發動攻擊呢，先生？」

「我相信有兩艘驅逐艦已經上路。」勃南先生說：「說到商船，怡和洋行的船即將展開整編，我們的船也一樣。你們返航後，會有充裕時間加入。」

「好耶，好耶！」竇提先生舉起酒杯說道。

只有齊林沃斯船長似乎沒受到眾人亢奮的心情和此起彼落的喝采聲感染；他的沉默越來越明顯，使人難以忽視，康達布錫法官投以一個和氣的微笑：「可惜啊，齊林沃斯船長，閣下身體違和，不能參加這場遠征。難怪你心情不好。換作是我，也會難過的。」

齊林沃斯船長突然發作：「難過？」他的語氣兇惡，在場的人都吃了一驚。「哼，才不呢。我一點也不難過。我這輩子這種事看多了；可沒興趣再介入一場大屠殺。」

「屠殺？」法官訝異地眨眨眼。「但齊林沃斯船長呀，我確信除非有絕對必要，不會有人被殺的。為善難免要付點代價，不是嗎？」

「為善嗎，大人？」齊林沃斯船長掙扎著在椅子上挺直上半身。「我不確定你所謂的善是什麼，為他們或為我們？不過我想不出值得加入你們的理由——雖然天曉得，我所做的一切對自己幾乎沒有好處。」

法官聽了這話，臉上湧起兩朵紅雲。「怎麼，船長，」他厲聲說：「你對自己沒信心，也對我們沒信心。你是暗示這次行動不會有任何好處嗎？」

「哦，會有的。」齊林沃斯船長話說得很慢，好像每一個字都要從怨毒的深井中打撈上來似的。「我相信它會給我們當中的某些人帶來莫大好處。但我不認為我會在其中，大部分中國人也不在其中。事實上，大人，世人行事總會在自己能力所及的範圍內為所欲為。就這點而言，我們跟法老王或蒙古人沒多大差別。唯一不同的是，我們殺人時總覺得有必要裝作為了某種崇高的目標。我向你保證，歷史永遠不會饒恕的，正是這種偽裝的理直氣壯。」

勃南先生聽到這兒，把酒杯用力往桌上一放，打斷他們。「好了，各位先生！不能讓女士們一直等，直到我們把世上所有疑難雜症都解決完為止；該去加入她們了。」

尷尬的場面被一陣鬆了口氣的笑聲打破，男士紛紛起身離座，列隊往外走。賽克利排在最後，他一走出門便看見主人正等著他。「懂了吧，瑞德，」勃南先生一手搭在他肩上，低聲說：「你知道我為什麼對船長的判斷力不放心了吧？以後很多事要仰仗你了，瑞德。」

賽克利不禁覺得飄飄然。「謝謝您，長官。」他說：「您可以相信，我會全力以赴。」

＊

竇提太太看著寶麗，一雙眼睛在杯沿上方閃閃發光。「好哇，親愛的！」她說：「妳今晚還真會變戲法呢。」

「我聽不懂，夫人。」

「哎，少在我面前裝傻啦！」竇提太太豎起一隻手指搖晃著說：「我確信妳注意到了，不是嗎？」

「注意到什麼，夫人？我真聽不懂。」

「妳沒看見嗎？他沒碰他的蒿雀，鹿肉也幾乎不嘗一口？真浪費呀！而且一直問東問西呢。」

「誰呀，夫人？」寶麗說：「妳在說誰？」

「哎，當然是康達布錫法官，妳絕對是大獲成功啊！他眼睛盯著妳移不開呢。」

「康達布錫法官！」寶麗緊張地驚呼：「我做錯什麼事了嗎，夫人？」

「不對，妳這小笨蛋。」竇提太太在她耳上捏了一把說道：「完全不對。但我相信妳注意到了，不是嗎，他把烤羊肉撇在一旁，對著那隻孔雀嗅來嗅去的神態？我說呀，男人吃不下東西就是個徵兆。我可以告訴妳，親愛的，妳每次轉頭跟瑞德先生說話，他都苦惱得不得了！」她喋喋不休，寶麗越聽越確定，一定是她用錯刀或叉被法官看見了，而且他一定會向勃南太太舉發她的失態。

使情況更糟的是，那群男人開門走進來時，法官直接走到寶麗和竇提太太面前，發表了一篇譴責貪吃的長篇大論。寶麗假裝在聽，但她的感官全繫於站在身後某處，看不見本尊的賽克利身上。她夾在竇提太太和船長中間，直到這一夜即將結束才有機會脫身。來賓陸續告辭之際，寶麗才有機會再與賽克利說話。雖然她力持鎮定，卻發現自己用比原先構想中激烈得多的口吻說：「你會照顧他，是吧——我的喬都？」

令她意外的是，他回答的口氣似乎與她一樣激動。「請妳相信，我一定會的。」他說：「如果還有任何我能效勞的事，蘭柏小姐，妳只要吩咐一聲就行。」

「你要謹慎，瑞德先生。」寶麗開玩笑地說：「取了西克利這樣的名字，你就得遵守諾言。」

「我很樂意，小姐。」賽克利說：「有事儘管來找我。」

他真誠的口吻令寶麗深受感動。她大聲說：「哦，瑞德先生。你做的已經太多了。」

「我做了什麼？」他說：「我什麼也沒做，蘭柏小姐。」

「你幫我守住祕密。」她悄聲說：「或許你無法了解，在我生活的這個世界裡，這件事有多重要？看看四周，瑞德先生：你看這裡有哪個人會有片刻功夫認為一個白種婦女可以把一個原住民——而且是僕人——當作兄弟的嗎？沒有，他們只會把最可怕的污名加諸這種事情之上。」

「我不會那麼做，蘭柏小姐。」賽克利說：「妳可以相信我。」

「真的嗎？」她正視他的雙眼。「你不覺得白種女孩和另一個種族的男孩之間，存在如此親密而純潔的關係是不可思議的事？」

「完全不會，蘭柏小姐——其實我自己……」賽克利突然摀住嘴，乾咳幾聲，打住了話頭。

「我向妳保證，蘭柏小姐，我經歷過很多更奇怪的事。」

寶麗覺得他話還沒說完，但突然傳來響如雷鳴的爆裂聲將一切打斷。接下來那段令人尷尬的沉默中，沒有人看向裝作若無其事，正在研究自己手杖握柄的竇提先生。竇提太太只好一個人出面打圓場。「啊！」她故作愉快狀，兩手一拍，高聲說：「風起了，出航的時間到了。起錨吧！我們告辭了！」

12

很多天過去了，尼珥何時移監到阿里埔卻始終沒有下文，宣判有罪的犯人通常都移送到那兒去等候發配。這段期間，他雖然仍住在拉巴剎監獄那間套房裡，但各方面的變化都明顯可見，他的處境已經改變。他再也不能隨時接見訪客，有時一連好幾天一個人也見不到；門口站崗的警員，再也不挖空心思幫他找樂子；他們的態度從卑躬屈膝變為粗魯傲慢；夜間他們會鎖上房門，他若不戴手銬，就不准離開房間。他再也沒有自家僕人伺候，若是抱怨房間裡灰塵多，值班警察就反問，要不要拿根掃帚給他，讓他自己動手打掃。要不是因為那人嘲弄的口吻，尼珥真的會說好，但他只搖搖頭說：只不過再等幾天，不是嗎？

是啊，警衛縱聲大笑說：然後你就到阿里埔去了，你岳家的王宮啊。你在那兒會受到很好的照顧——沒什麼好擔心的。

有一小段時間，尼珥仍然可以吃到拉斯卡利王宮送來的食物，但突然連這也停了。他改為拿到一個木盆，跟所有獄囚用同樣的容器吃飯：掀開蓋子一看，只有豆子混著糙米煮的粥。「這是什麼？」他問警衛，對方只漫不經心聳聳肩當作回應。

他把盆子拿進房間，放在地上便走開了，打定主意不碰它。但過了一會兒，飢餓逼得他回去，他盤起雙腿，坐在盆子前面，掀開蓋子。裡頭的東西凝結成一坨灰色的大便似的東西，那股味道他聞到就噁心，但強迫自己用手指拈起幾顆米粒。他把手湊到唇邊，忽然想到，自己這輩子還不曾把不知階級來歷的人烹調的食物吃下肚。或許因為這念頭，但也許只能怪食物本身的味道——反正事情就是發生了，一陣強烈無比的噁心湧上來，他完全沒辦法把手指放進嘴裡。他的身體會如此激烈反抗令他很驚訝：因為實際上他根本不信階級這套，至少他對朋友和任何願意傾聽的人說過很多很多遍這種論調。如果他們指控他過於洋派，西化太深，他總反駁說：不對，他站在佛陀、大雄尊者[60]、查塔尼亞大師、卡畢爾[61]以及很多持同樣信念的人這邊——他們都跟歐洲革命份子一樣，決心為打倒階級的藩籬奮鬥。尼珥一向認同這個平等主義的傳統，且引以為榮，尤其因為他擁有王侯的特權而更覺自豪。但話說回來，那他為什麼沒吃過來歷不明者準備的食物呢？除了習慣的惰性，他想不出別的答案。因為他一直照別人的預期行事；因為有一大群人控制他的日常生活，負責使他的生活遵守特定常規，不得逾越。他一直以為自己的日常生活是種表演，一種職責，如此而已；是生存在這個社會當中必須遵守的一種小規則，是輪迴的一部分——完全不真實；人生如夢，只要照本宣科做個居士，走完在家修行這一程。然而此刻攫住他的噁心感，使他胃部翻騰、全身痙攣，對面前的木盆避之唯恐不及的厭惡，絕對不是幻覺。

尼珥站起身，走到一旁，試圖讓自己鎮定。情況很明顯，這不只是一頓飯而已；這是他活不活得下去，攸關生死的問題。回到木盆那兒，他坐在旁邊，抓起一小撮，送到唇邊，強迫自己吞下去。感覺就像吞下一把燒紅的炭屑，因為他可以感覺每一粒食物在食道裡烙出一條火痕——但他不肯停止；他又吃了一點，再吃一點，直到皮膚好像要從身上剝落。那天晚上，他在夢境裡看見的都

---

60 Mahavira，紀元前599-527的印度思想家，耆那教創教者。

61 Kabir是活躍於十五世紀的印度詩人，他本身不識字，弟子將他的作品記錄下來，並奉他為教主，形成心靈瑜珈運動的一個主要派系。

是自己，變成一條蛻皮的眼鏡蛇，掙扎著擺脫碎裂的外皮。

第二天早晨，他醒來發現門下塞了張紙。是用英文印刷的通知：「勃南兄弟公司宣布出售由英國高等法院裁決判交的不動產，人稱拉斯卡利王家園林的豪華住宅……」

他瞪著那張紙，腦袋一陣昏沉，眼光在紙上掃過一遍又一遍。這是一個他一直不准自己思考的可能性：厄運排山倒海而來，為了不讓自己沒頂，他決定對法院裁決將招致的後果避而不談。如今，想到王家園林一旦出售，對所有依靠他生活的人代表什麼意義：所有的僕人、食客、守寡的女眷親戚會有什麼下場，他的手開始發抖。

瑪拉蒂和小拉傑又該怎麼辦？他們要到哪裡去？他妻子有好幾位兄弟都住在她娘家的宅第，那兒雖不及拉斯卡利王家園林豪華寬敞，但收容她應該不成問題。但現在她隨著丈夫喪失階級已成定局，所以不可能到那兒去尋求庇護；如果她的兄弟收留她，他們自己的兒女就永無可能與相同地位的人婚配。瑪拉蒂太驕傲，他知道，她不會讓她的兄弟有機會拒絕她。

尼珥開始敲打上了鎖鍊的房門。他敲個不停，直到一名警衛來把門打開。他必須送個消息給他家人，他告訴警衛；一定要設法把信送出去；他堅持要辦妥這件事。

堅持？警衛嗤之以鼻，嘲弄地搖頭：他以為自己是什麼人，王公貴族嗎？

但消息顯然傳了出去，因為那天稍晚，他聽見鑰匙在鎖孔裡轉動。午後這種時刻聽到這種聲音，只代表一件事，就是有訪客，所以他熱切地衝到門口，希望看到帕里莫——也說不定是他的某個僕人或雇員。但門開了，只見妻子與兒子站在外面。

是你們？他張口結舌，說不出話。

是的。瑪拉蒂穿一件滾紅邊棉布紗麗，雖然蓋了頭，那身衣服的設計卻遮不住她的臉。

尼珥連忙退到一旁，讓她進來，離開外界的視線。妳就這樣出門？到一個所有人都看得見妳的地方？

瑪拉蒂一甩頭，讓紗麗滑到肩膀，露出頭髮。還在乎什麼？她低聲說：我們跟街上的隨便什麼人已經沒有差別了。

他擔心地咬住嘴唇。他說：可是那種恥辱。妳確定能夠忍受？

我？她很實際地說。與我何干？我鎮日獨鎖深閨，並不是為了自己——是配合你和你家族的要求。現在那麼做已經沒有意義：我們不需要保護什麼，也不會再失去什麼。

這時小王子的手臂纏到尼珥腰上，這孩子把臉埋進父親的腹部。尼珥低頭看著兒子的頭頂，覺得他好像縮小了——或許只因為他不記得見過他穿粗布背心、圍及膝腰布？

我們的風箏……它們……？他努力保持輕快口吻，聲音卻在喉嚨裡消失，作為對他的懲罰。

我把它們全都扔到河裡了。孩子說道。

我們大部分東西都送了人，瑪拉蒂很快接口說道。她掖起紗麗，拿起警衛放在角落的掃帚，開始打掃地板。我們只留下帶得走的東西。

帶到哪裡去？尼珥說：你們想去哪裡？

一切都安排好了。她忙著掃地：你不用擔心。

但我要知道，他堅持說：你們要去哪裡？妳得告訴我。

去帕里莫的家。

帕里莫的家？尼珥重複她的話，不可思議。他從沒想到帕里莫除了在王家園林的住處外，另外還有家。

帕里莫的家在哪裡？

離市區不遠，她說：本來我也不知道，直到他告訴我。好幾年前，他用存下的工資買了塊地。他要騰個角落給我們住。

尼珥無助地坐在繩床上，摟住兒子的肩膀。現在他感覺到兒子的眼淚浸透了他的袍子，沾濕了皮膚，他把孩子抱得更緊一點，下巴抵著濃密的黑髮。這時他的臉開始刺痛，他發現自己的眼中湧出一種像強酸般具腐蝕性的液體，混合著背叛妻兒的苦澀，還有恍然大悟自己這輩子都彷彿在夢遊、在別人的戲裡扮演一個無足輕重小角色，浪擲了人生的憤慨。

瑪拉蒂把掃帚放回原位，過來坐在他身旁。我們不會有事的，她堅決地說：不要擔心我們；我們過得下去。你一定要堅強。即使不為你自己，也要為我們，你必須活下去：我可受不了當寡婦，尤其經過這一切以後。

他把她的話聽在耳裡，頰上的淚水乾了，他張開手臂，把妻子和兒子抱在胸前。聽我說，他說：我一**定會**活下去。我對你們承諾：我會的。七年過完，我就回來，我要帶你們兩個離開這片受詛咒的土地，一起到別的地方展開新生活。我對你們只有一個要求：不要懷疑我不會再回來，因為我一定會回來。

＊

為齊林沃斯船長舉辦宴會造成的忙亂與喧囂才過去沒多久，寶麗又被叫去夫人的臥室。這次召喚發生在勃南先生剛出發去辦公室不久，伯特利車道上的碎石還被他的馬車輾得嘎吱作響之際，僕人就來敲寶麗的門。通常這時候，每晚服用鴉片酊入眠的勃南太太都還沒完全清醒，所以理所當然可以猜測，這次的召喚特別緊急，多半是因為教會未經預告，突然要辦個餐會，或家裡要宴請意外的貴客。但進到夫人臥室，寶麗就發現這還真是史無先例的場合——因為勃南太太不但完全清醒，還下了床，身手矯捷地在房裡跑來跑去，把所有窗簾拉開。

「喔寶格麗！」寶麗一進門，她就喊道：「拜託，妳到哪兒去了，親愛的？」

「可是夫人，」寶麗說：「我一聽到吩咐就腳下不停地趕來了。」

「真的嗎，親愛的？」夫人說：「我怎麼覺得像是等了好幾年。我還想妳準是去烤茄子[62]了呢。」

「哦，不會呀，夫人！」寶麗抗議道：「時辰還沒到。」

「是沒錯，親愛的。」勃南夫人同意：「聽到這種消息時，哪有時間摀熱椅子呢[63]？」

「消息？」寶麗說：「什麼消息？」

「哎唷，對啊，有個天大的消息；不過我們先來坐在床上，親愛的寶格麗。」勃南太太說：「聊這種事兒的時候，可不能站著。」勃南太太拉起寶麗的手，領她走到房間另一頭，在大床邊緣清出一個夠兩人坐下的空間。

「什麼樣的消息，夫人？」寶麗愈發緊張。「不是壞消息吧，我希望？」

「天啊，當然不是！」勃南太太說：「好得不能再好了，親愛的。」

勃南太太的聲音那麼親切，藍眼睛裡洋溢著友情，寶麗不禁有點害怕。一定出了差錯，她知道。有沒有可能這位夫人法力無邊，未卜先知，看出她心裡最急迫的祕密了呢。「哦，夫人，」她

---

62 bake a brinjaul，此為排便的委婉語。

63 warming the coorsy，蹲馬桶的委婉語。

結巴道：「不會是關於……」

「康達布錫先生？」勃南太太興高采烈地給了線索。「哎唷，怎麼給妳猜到了？」

寶麗一口氣噎住，說不出話來，只會重複：「康達布錫先生？」

「妳這狡猾的小騙子！」夫人打了她一記手心。「妳是猜到的，還是有人告訴妳了？」

「都不是，夫人。我保證，我不知道……」

「那就是心有靈犀囉。」夫人詭笑道：「就說嘛，一個巴掌怎麼拍得響呢？」

「哦夫人——」寶麗絕望地喊道：「完全不是這樣的。」

「那我就猜不出妳怎麼會知道了。」夫人如此宣布，拿起睡帽給自己搧風：「至於我自己，今天早晨勃南先生告訴我的時候，我跌倒得比狂風中的貝葉棕還快啊。」

「告訴妳什麼，夫人？」

「就是他跟法官見面聊的事呀。」勃南太太說：「妳瞧，寶格麗，昨天他們在孟加拉俱樂部吃飯，飯後東聊西聊，康達布錫先生就問，他可不可以提出一件需要鄭重處理的事。對了，妳知道的，親愛的，勃南先生非常敬重康達布錫先生，所以他當然說好啦。妳要不要猜猜，寶格麗，那是件什麼樣的事啊？」

「法律方面的事？」

「不對，親愛的，」勃南太太說：「比那種事微妙多了。他要知道的是，妳，親愛的寶格麗，會不會同意他求親。」

「求『經』？」寶麗大惑不解：「夫人，我哪知道？是要求我讀聖經的哪一章節嗎？可是他沒跟我提過這件事呀。」

「想到哪裡去了，妳這小傻瓜。」勃南太太和善地笑道：「求親就是求婚的意思啦。妳還不懂嗎，寶格麗？他要娶妳為妻。」

「娶我？」寶麗驚慌失措。「可是夫人！為什麼呢？」

「因為啊，親愛的，」勃南太太又愉快地笑了一聲：「他非常欣賞妳的單純與謙遜。妳贏得了他的心。妳能想像嗎，親愛的，憑妳要釣到康達布錫這樣的丈夫，需要多大的好運？他原本就是政府大員——從中國貿易上賺的金幣多到足夠堆一座山。他妻子去世以來，城裡每個姑娘都想套牢他。我可以告訴妳，親愛的，願意傾家蕩產跟妳交換位子的貴婦，人數足夠湊一個營呢。」

「可是夫人，既然那麼多美麗的貴婦要搶他，」寶麗說：「他幹嘛挑中我這麼一個可憐蟲呢？」

「顯然妳力爭上游的誠心打動了他，親愛的。」女主人說：「勃南先生告訴過他，妳是他最用功的學生。妳知道，親愛的，勃南先生和法官在這種事情的看法上完全一致。」

「可是，夫人，」寶麗已克制不住嘴唇顫抖：「比我更精通聖經的人難道不是很多嗎？我才剛開始學習而已呀。」

「但是親愛的，」勃南太太笑道：「正因為如此，他才特別關心妳呀——因為妳就像張乾淨的白紙，而且願意學習。」

「哦，夫人，」寶麗絞扭著雙手，呻吟道：「妳是在逗我尋開心吧。這麼做太殘忍了。」

女主人見寶麗這麼難過，十分驚訝。「咦，寶格麗！」她說：「法官對妳有意，妳難道不高興嗎？這是一場大勝利，我向妳擔保。勃南先生全心全意贊成這件婚事，他已答應康達布錫法官，他會盡一切努力說服妳。他們還達成協議，這陣子要分攤教導妳的責任。」

「康達布錫法官太客氣了。」寶麗用袖子擦乾眼淚。「勃南先生也一樣。我受寵若驚——但我必須坦承，我對康達布錫先生絲毫沒有那樣的感情。」

勃南太太聽了這話，皺起眉頭，坐直上身。「感情這種事，親愛的寶格麗，」她嚴厲地說：「只有僕人和妓女才談的。我們正派女人不會讓那種東西礙了前程。不行，親愛的，讓我告訴妳——碰到這麼一位法官是妳的運氣，千萬不可放過良機。他是妳這種處境的女孩能撈到最好的貨色了。」

「哦夫人，」寶麗淚流滿面：「難道不是世上萬事萬物跟愛情相比都毫無價值嗎？」

「愛情？」勃南太太愈發震驚。「妳到底在說什麼呀？親愛的寶格麗，以妳的地位是沒資格作白日夢的。我知道法官年紀不輕，但在他真正老朽之前，還是有能力跟妳生一、兩個孩子的。之後呢，親愛的，咱們貴婦人的需求，只消洗個長長久久的澡，再加上一、兩個貼身侍女，沒什麼不能解決的。相信我，寶格麗，那種年齡的男人有很多優點。不會整晚糾纏不清就是其中之一。我可以告訴妳，親愛的，沒有比妳只想喝口鴉片酊，睡個好覺時卻受到騷擾更惱人的事了。」

「可是夫人，」寶麗可憐兮兮地說：「妳不覺得這樣過一輩子很悲慘嗎？」

「這正是最大的優點，親愛的。」勃南太太興高采烈地說：「妳不須要受那種苦。他畢竟年紀不輕了，我看他也活不了太久。妳想想——那個可親而高貴的老頭子辭世後，妳就可以帶著他的財富飛去巴黎，在妳知道之前，就會有一堆口袋空空的公爵、侯爵來向妳求婚了。」

「可是夫人，」寶麗抽泣道：「這麼作於我有什麼好處呢，失去了青春，又浪費了真正的愛情。」

「但寶格麗親愛的，」女主人抗議道：「妳可以學著去愛法官，不是嗎？」

「愛是不能學習的，夫人。」寶麗反對：「愛就是一見鍾情——英文怎麼說——像是愛神的箭刺穿妳？」

「愛神的箭！刺穿！」勃南太太雙手摀住耳朵，像是聽了不可告人的話。「寶格麗！妳說話真的要小心[64]！」

「難道不是真的，夫人？」

「我真的不知道。」勃南太太起了疑心，轉過身來，用手托著下巴，以搜索的目光對寶麗端詳許久。「拜託妳告訴我，親愛的寶格麗——不會有別人吧，有嗎？」

這下寶麗真的心慌了，她發覺自己洩露太多。但她也知道，否認是沒用的，當著勃南太太這麼精明的人面前撒謊，被拆穿的危險必然倍增。所以她轉而低頭不語，垂下淚汪汪的眼睛。

「我就知道！」女主人得意地宣稱。「是那個美國人，對不對——叫希西家或西巴第雅什麼的[65]？妳瘋了，寶格麗！這是行不通的。像妳這麼窮的女孩，絕不能把自己交給一個水手，無論他長得多帥，口才多好。一個年輕海員——哎呀，那是女人最不幸的選擇，甚至比軍人還糟糕！妳需要的時候，他總不在身邊，他們永遠一文不名，而且孩子還在穿尿布，他們就死了。嫁個水手老公，妳得找份幫傭工作才能謀生！我認為那種活計完全不適合妳，親愛的，替別人清理黃金，把藏寶箱搬進搬出。不成，親愛的，不可以這樣，我不答應……」

忽然，女主人的疑慮更深，她打住話頭，用手摀住嘴。「哦！天哪，親愛的寶格麗——告訴

64　維多利亞時代的英國人要做足道貌岸然的表面功夫，很多事能做不能說，必須用大量委婉語「淨化」。但語言變得複雜，卻使想像力變得格外活躍。寶麗在這方面還須加強訓練，經常有聽沒懂。夫人的反應卻極端靈敏，任何長形物體（即使是「箭」）的刺穿，都會讓她聯想到性行為。

65　Hezekiah與Zebeduah都是出自聖經的人名，拼法也都包含字母Z。賽克利的名字第一個字母也是Z，勃南太太想不起賽克利的名字時，就從帶有Z的人名中隨便猜測。

我——妳沒有……？……妳沒有……不！告訴我，不是那樣的！」

「什麼，夫人？」寶麗莫名其妙。

女主人壓低嗓門悄聲說：「妳沒有不顧惜自己的身體吧，寶格麗親愛的，會嗎？不。我不信。」

「顧惜嗎，夫人？」寶麗驕傲地抬起下巴，挺起肩膀。「要走愛情這條路，夫人，就不該半途而廢，說什麼顧惜。愛不就是要把整個兒自己都交出去嗎？」

「寶格麗……！」勃南太太驚呼一聲，抓起一個枕頭給自己搧風。「哎呀我的天！哎呀老天爺！告訴我，親愛的寶格麗：我得知道最壞的情形。」她吞了口口水，捧住自己突突亂跳的心。「……有沒有？……不對，一定沒有！……不對……天哪……」

「怎麼了，夫人？」寶麗說。

「寶格麗，對我說實話，我求妳：烤爐裡沒有麵包，是嗎[66]？」

「什麼，夫人……」

勃南太太忽然對一件她通常不在意的事大驚小怪，寶麗不免有點意外——但她很慶幸話題轉了方向，因為這就代表她有機會脫身了。她抱住自己的肚子，裝出呻吟聲說：「夫人，妳說得一點不錯，我今天確實有點不爽快。」

「哦天哪，親愛的寶格麗！」女主人輕拭眼角湧出的淚水，滿懷憐憫地抱了一下寶麗[67]。「妳不痛快是應該的！那群水手真是壞透了！他們在船上搞七捻三，難道不能放過良家婦女嗎！我會守口如瓶的——沒人會從我這兒知道這件事。但親愛的寶格麗，妳還不明白嗎？為妳自己著想，妳一定要馬上跟康達布錫先生結婚！沒有時間可以浪費了！」

「說得對，夫人，確實沒有！」趁勃南太太伸手去拿鴉片酊，寶麗跳起身跑到門口。「請原諒，夫人，我必須告退。椅子不能等啊！」

＊

才傳出「加爾各答」的呼聲，募工船上所有的窗就立刻都打開了。男人那區人數較多，經過好一陣推擠，不是每個人都能搶到好位置；女人比較幸運——共有兩扇窗，每個人都可以在城市接近時看到岸邊的景物。

航向下游途中，平底船在許多人口眾多的大城鎮停泊——巴特那、巴革埔、芒格——所以都會景象已經不新奇了。但即使見過最多世面的契約工，也會被眼前展開的景物嚇到：胡格利河沿岸都是河階、船塢、建築物，數量多而密集，形制龐大，看得這群移民工嘆為觀止，又心生畏懼，變得鴉雀無聲。怎麼可能有人生活在這麼擁擠而骯髒的地方，一眼望去不見空地，也沒一點綠意；這裡的居民恐怕是不同的物種吧？

他們逐漸接近碼頭，河上交通更為稠密，不久平底船就陷入帆桅桁杆的重圍。夾雜在各色船隻當中，這艘平底船一點也不起眼，但狄蒂卻突然覺得它很親切：在那麼多陌生而令人害怕的事物中，它就像艘安慰的方舟。她曾經像其他所有人一樣，巴不得旅程的這個階段快點結束——但現在她聽著募工者和領班安排契約工的下船事宜，心頭恐懼卻越來越深。

66 rootie in the choola，這是以委婉語詢問對方有無懷孕。

67 寶麗用法文表示「不爽快」，暗示她肚子痛想上廁所，事實上是用來脫身的藉口。夫人卻誤以為她被迫失身後肉體痛楚，加上畏懼名譽敗壞、失去經濟奧援等各方面的精神痛苦，所以感同身受，流下同情的眼淚。

女人默默收拾起自己的物品，鑽出她們的區域；拉特娜、香芭、杜克哈妮都快步去跟她們的丈夫會合，但以單身女子守護者自居的狄蒂，卻把穆尼雅、沙柳和希路叫到身邊，帶她們去跟卡魯瓦一起等候。不久領班就來通知契約工，從這兒開始，他們要坐租來的小艇到營地去，每船十到十二人。女人最先被叫去搭船；她們跟丈夫一起走上甲板，看到一艘小艇等在平底船旁。

但我們怎麼下得去呢？沙柳驚慌地問——低低停在水面上的小船，距平底船甲板有相當一段距離。

是啊，怎麼辦？穆尼雅喊道：我不能跳那麼遠！

那麼遠！一陣嘲弄的笑聲從小船上傳來，有人模仿她說話。啊呀，小孩子都做得到。來吧，來吧——沒什麼好怕的……

說話的是船夫，操一種口音難以捉摸而都會化的印度普通話，狄蒂勉強聽得懂。那是個小伙子，不著一般的腰布和長袍，而是下身穿束腳褲、上身套件藍背心，敞著精瘦健壯的胸膛。一頭濃密的黑髮因為常年日曬而泛出紅棕色光澤，俏皮地用一條大手巾束起。他仰頭大笑，明亮而肆無忌憚的眼睛好像鋒利得足夠穿透她們的面紗。

好帥的男人！穆尼雅隔著面紗悄聲對狄蒂說。

不要看他，狄蒂警告她。他就是那種城裡的浪蕩子，典型的*baka-bihari*。

那個船夫還在笑，對她們招手。妳們等什麼？跳下來嘛！難道要我撒開漁網，像捕魚一樣把妳們抓到我船上？

穆尼雅咯咯笑，狄蒂也忍不住笑了；不得不承認這小伙子很討人喜歡。不知是他眼裡的光芒，或那種無憂無慮的淘氣表情——還是他額頭上那道讓他看起來好像有三條眉毛的奇怪小疤痕。

喂！穆尼雅咯咯笑道：萬一我們跳下去，你沒接著怎麼辦？那會怎樣？

我怎麼可能接不著妳這麼個瘦伶伶的小東西？船夫眨著眼說：我抓過好多更大的魚。跳下來，一試就知……

鬧過頭了，狄蒂決定，身為這群人中最年長的已婚婦人，她有責任管束大家的行為。她回過頭面對卡魯瓦，開始罵人：你是怎麼回事？為什麼你不先下船，扶我們大家下去？你要讓這色迷迷的色鬼摸我們嗎？

挨了罵後，卡魯瓦和其他幾個男人便上了小船，伸手扶持女人一個個下來。穆尼雅留在最後，等到只剩一雙手——船夫的手——有空。她往下一跳，他俐落地接住她，捧著她的腰，輕柔地扶她站在船上：這過程中，不知怎麼回事，穆尼雅的面紗滑落了（狄蒂無從判斷是意外或蓄意）頗長一段時間，她賣弄風情的微笑和他飢渴的眼睛之間毫無阻攔。

這女孩打算放縱自己多久，狄蒂不知道，也不想等答案揭曉。穆尼雅！她用嚴厲的警告口吻說：*Tu kahé aisan kail karala?* 妳為什麼做這種事？妳不知羞恥嗎？立刻把臉遮起來！

穆尼雅乖乖把紗麗披回頭上，到狄蒂身旁就坐。雖然她表現得很端莊，但狄蒂從她頭部的角度知道，這女孩的眼睛仍和船夫的眼神糾纏在一起。

Aisan mat karā! 她厲聲說：不准再這樣！又用手肘頂了下女孩：別人會怎麼想？

我不過想聽清楚他說話，穆尼雅抗議道：這樣犯法嗎？

狄蒂不得不承認，要對這船夫置之不理有點困難，因為他正喋喋不休，比劃著四周的景物，講個沒完……各位，左邊是鴉片倉庫……迷失自己的好地方，不是嗎？……在那兒找到的樂子永遠不會結束……

就算說話時，他還是不斷回過頭來，狄蒂看得一清二楚，他這是在跟穆尼雅眉來眼去。她氣沖沖地求告船上其他男人：看這小子花言巧語的！你們就讓他這樣勾搭良家婦女嗎？難道沒有對策嗎？讓他看看你們不是好惹的——*josh dikhávat chalatbá!*

這招不管用，因為幾個男人都聽得張口結舌。他們雖然聽說過城裡的壞蛋舌燦蓮花的故事，卻不曾親眼活生生見到這樣的人；他們受了催眠，而且他們清楚知道，跟這傢伙爭論，只是讓這壞胚有機會嘲弄他們的鄉下口音罷了。

小船從大河轉進一條渠道，沒多久，船夫要他們看遠方隱約出現的一片灰暗圍牆。阿里埔監獄，他嚴肅地宣告；那裡有全國最可怕的地牢……啊，要是你們知道那兒的酷刑多恐怖！……當然，你們不久就會知道啦……

契約工想到聽過的種種謠言，緊張地互相對望。有個人問：我們為什麼往監獄的方向去？他們沒告訴你們嗎？船夫信口說道：我奉命送你們到那兒去。他們要用你們腦子裡的蠟做蠟燭……

傳來幾聲驚呼，船夫一聽便自命不凡地縱聲大笑……不是啦，開玩笑的啦……不，不，你們不到那兒去……不，我要送你們去那邊河階的火葬場……看見火焰嗎，還有煙霧？……他們要把你們都煮熟——活煮人肉……

這番話同樣引起驚呼，船夫愈發開心。香芭的丈夫失去了耐心，憤怒地叫道：*Hasé ka ká bátbá ré?* 你笑什麼？*Hum kuchho na ho?* 瞧不起我們嗎？找打，是嗎？

就憑你這種笨蛋鄉巴佬？船夫笑得更響亮，又說道：土包子——我一槳就把你打到水裡去……

眼看打鬥即將開始，船忽然靠上一個碼頭，很快繫好纜索。旁邊的河岸有片新闢的空地，地面有許多最近才砍的樹樁。空地中間有三間茅草屋頂的大棚屋圍成環形；不遠外的水井旁，搭了個簡單的小神壇，旗杆上掛著一面紅色三角旗高高飛揚。

……到了，船夫說：你們在這兒下船，新建的契約工訓練營，剛蓋好、整理好，就等肥羊來……

這兒？你說什麼？你確定嗎？

……是啊，這兒……

好一會兒沒有人動：這塊營地顯得太寧靜，他們不敢相信這真是給他們住的。

……快點下去啦……以為我沒別的事要做嗎？

下船時，狄蒂刻意走在穆尼雅後方——但她的保護嚇阻不了那個船夫，他對她們露出微笑，說道：……女士們，一路如有冒犯，請多原諒……完全沒有惡意……小弟叫阿薩德……船工阿薩德……

狄蒂看得出，穆尼雅很想在碼頭附近多流連一會兒，所以她明快地把她拉走，試圖讓她把注意力轉移到前方的營地：看啊，穆尼雅——這裡！我們最後休息的地方，然後就要到黑水……

狄蒂決心趁走進室內，加入其他人之前，先到營地的神壇祭拜一下。來，她對卡魯瓦說：我們先去廟裡；既然平安抵達，就該給神明上香。

這座廟的牆壁是竹編的，它的簡樸有種讓人安心的家常氣息。向它走去時，狄蒂不由得加快腳步，滿懷熱望，但她隨即意外看到一個肥碩的長髮男子在廟前跳舞，轉了一圈又一圈，狂喜地緊閉眼睛，手臂緊抱著自己的胸膛，好像懷裡有個看不見的戀人。意識到他們在旁，他停下舞步，驚訝地瞪大眼睛。*Kya?*（什麼事？）他用口音很重的印地語問道：苦力嗎？已經到了？

狄蒂注意到，這人的體型很奇怪，長了個非常大的頭，下垂的大耳朵，一雙好像總瞪著周遭世界不放的金魚眼。她無從判斷他是生氣或單純的詫異，為安全起見，她躲到卡魯瓦背後。

那人花了一、兩分鐘打量卡魯瓦龐大的身材，把他從頭到腳看清楚後，他的語氣柔和了點。

你們是契約工嗎？他問。

是，*Ji*，卡魯瓦點頭說是。

什麼時候來的？

剛才，卡魯瓦說：我們是第一批。

這麼快？我們還以為你們晚點才會到……

那人忘了祭拜，忽然變得忙亂興奮。來呀，來呀！他比著狂亂的手勢。你們得先到辦公室，要登記。跟我來——我是經紀，我管理這個營地。

狄蒂和卡魯瓦雖然半信半疑，還是跟著他穿過營地，走向一間棚屋。經紀一分鐘也不浪費，開了門便大聲喊道：「竇提大爺——苦力來了；馬上得開始做記錄。」沒有回應，他就快步入內，示意狄蒂和卡魯瓦跟上來。

屋裡有幾張書桌，還有一把寬綽的農場主人椅，一眼可見椅子上斜躺著一個體型肥大、長了雙下巴的英國人。他發出低沉的鼾聲，從嘴唇間咕嚕咕嚕緩緩吐氣。經紀喊了好幾聲，他才若有所覺：「竇提大爺，求你快點醒來，起身啦。」

不過半小時前，竇提先生才從某位地方長官的午宴告退，他酒足飯飽，用許多杯波特酒和麥酒把食物沖下肚。這時天熱加上酒精，在他雙眼上糊了一層濃濃的睡意，以至於過了好幾分鐘，他才睜開右眼，接著左眼。他發覺是經紀站在面前時，情緒非常惡劣。他被安排這份替苦力登記註冊的差事之初，就已心不甘情不願，當然不可能讓人拿他插科打諢。「你不長眼的死狒狒！沒看到大爺我在休息嗎？」

「那我該怎麼辦呢，大爺？」經紀說：「我也不想打擾您的隱私，但老天爺不給我選擇呀。苦力就這麼來了。他們既然來了，登記的手續就得馬上開始呀。」

這位領航員側了下頭，瞥見卡魯瓦，連忙掙扎起身。「啊呀，這可是我見過最大隻的賊胚。」

「是啊，大爺。真是個大塊頭。」

領航員低聲嘟噥幾句，搖搖晃晃走到一張書桌前，攤開一本皮面裝訂的大簿子。他拿鵝毛筆沾了水，對經紀說：「好了，班達，開始吧。安全程序你都知道的。」

「是，大爺。我提供所有必須的資料。」經紀對狄蒂歪一下腦袋。那個女人？他問卡魯瓦：叫什麼名字？

她叫阿蒂蒂，大人；她是我妻子。

「他說什麼？」竇提先生用手兜著耳朵咆哮：「大聲一點。」

「女士的芳名叫阿蒂蒂，大爺。」

「阿蒂蒂？」竇提先生的筆尖在記錄簿上如實寫下。「就叫她阿蒂蒂，該死的蠢名字，如果問我，我一定這麼說，但既然她喜歡人家那麼叫她就算了[68]。」

階級？經紀問卡魯瓦。

我們是皮匠，大人。

家鄉？

加齊普爾，大人。

68 Aditi 這名字可能讓竇提聯想到英語中同音的 a ditty（一首小曲）。

「你天殺的班達狒狒，」竇提打斷他們。「你忘了問那男人的名字。」

「對不起，大爺。馬上改正。」諾伯·開新大叔轉身面對卡魯瓦：你呢，你叫什麼？馬杜。

「又怎麼了，班達？這老粗說啥？」

諾伯·開新大叔想重述這名字，舌頭卻有點打滑。「他叫買多，大爺。」

「麥德怎麼樣？」

經紀頗中意這名字。「好呀，大爺，有何不可？非常合適。」

「他父親叫什麼？」

這問題讓卡魯瓦有點惶恐：他已經偷了父親的名字來用，目前他能想到的唯一權宜之計就是把姓和名交換：他叫卡魯瓦，大爺。

經紀對此很滿意，但領航員卻不。「發音這麼怪，我該怎麼寫？」

經紀抓抓腦袋：「我提個建議，您聽聽看，大爺，何不這麼寫？卡魯就算是柯——木可柯，行吧？——然後來個弗。柯弗。這樣這樣，好寫吧？」

領航員伸出粉紅色的舌頭舔著嘴角，把這名字寫在登記簿上。「算你機靈，」他說：「我就這麼登記——叫他麥德·柯弗。」

「麥德·柯弗。」

狄蒂站在丈夫身旁，聽他低聲複誦這名字，不太像自己的名字，好像屬於別人，跟他全然不同的一個人。接著他再重複一遍，聲調便多了幾分自信，等複誦第三遍時，它聽起來就不像陌生的新名字：而像他的皮膚、眼睛、頭髮一樣，成為他的一部分——麥德·柯弗。

後來，以他後裔自居的那個王朝，編了很多與開山始祖的姓氏有關，並說明為何他的子孫有那麼多人名叫「麥德」的故事。雖然很多人為自己選了新的階級出身，捏造了輝煌而奇特的家譜，但總還有幾個人堅守真相：亦即這神聖的名字乃是一個苦悶經紀的口誤，加上一個來自半個地球外、聽音辨字多有舛誤的英國領航員製造的結果。

*

雖然拉巴剎和阿里埔都是監獄，但兩者的差距就如市場和墓園，毫無相似之處：拉巴剎周圍是加爾各答最繁榮的市街，一片忙碌嘈噪，阿里埔卻位於城郊被人棄絕的荒地邊緣，寂靜宛似棺材蓋當頭壓下。這是印度最大的監獄，堡壘式城堞不懷好意地埋伏在人稱「托利先生的運河」這條狹窄水道旁，坐船前往契約工集中營的人都會看見它。但經過者幾乎都不願讓目光接觸它的圍牆：這棟陰森的大型建築令人心生畏懼，大多數人都寧可向別處望，甚至不惜多出點船資，讓船夫在接近時發出預警。

把尼珥從拉巴剎送到阿里埔監獄的馬車，深夜才出發。這段路通常只要走一小時，但今晚這班車卻挑了條特別遠的路線，沿著威廉堡繞了一圈，儘走人跡稀少的河邊。這項安排是為了避免事端，因為聽說有民眾同情被定罪的王爺，要來給他送行；但尼珥對此一無所知，對他而言，此行像是刻意延長一種特別的酷刑，他一方面盼望早點擺脫這陣子的種種不確定，同時又恨不得穿越這城市的最後一程永遠不要結束，內心交戰不休。

一共有六名警衛押解尼珥，一路開著低俗的玩笑打發時間，他們裝作一支迎親隊伍，在婚禮前夕護送新郎到岳家。尼珥從他們熟練的對話聽出，他們從前押送犯人時已扮過很多次這種角色。他把他們的嘲謔置之度外，只想盡量多體驗這趟行程——但凌晨的黑暗中看不到什麼，他主要透過記憶描繪馬車路線，在腦中想像河水的漣漪和綠蔭遍地的大公園。

當監獄在望時，馬車加快速度，尼珥強迫自己把心思放在別的事情上：不遠處胡狼的叫聲和夜間綻放花朵的香氣。車輪的聲音改變時，他知道馬車正跨越監獄外圍的壕溝，他的手指掐進綻裂的座墊皮面。車子嘎嘎停下，門開了，尼珥看到外面有一大群人在黑暗中等候。就像被鍊子拖著不願前進的狗，四條腿抵著地面不肯動，他也用手指摳住座墊內的馬毛：雖然警衛催他推他——快走！我們到了！你的親家等著呢！——他的指頭卻不肯放鬆。尼珥想要說：他還沒準備好，需要再寬限一、兩分鐘。但押送他的人一點也不想法外施恩。其中一人用力推他一把，他再也頂不住；跌跌撞撞下了車。尼珥不小心踩到自己的腰布，把它扯開。他窘得面紅耳赤，掙脫手臂，企圖整理衣服。等一下，等一下——我的腰布，你們沒看見嗎……？

下車後，尼珥就交給一批新獄卒看管，這是跟拉巴剎的警衛截然不同的一批人。他們都是幫東印度公司開疆拓土，身經百戰的老兵，身穿印度兵團的紅色軍服；他們出身內地偏鄉，不把城市人放在眼裡。其中一個人用膝蓋頂了一下尼珥的腰，不過這動作是出於驚訝，而非憤怒：他媽的動作快點，時間不早了……

尼珥從未受過這種待遇，十分困惑，以為出了什麼差錯。他抓著腰布，抗議道：住手！你不可以對我這樣；難道不知道我是誰嗎？

抓住他的幾隻手都頓了一下；然後有人抓住他的腰布末端，用力拉了一下。衣服鬆開時，帶著他自轉一圈，附近有個聲音說：

……這是個貨真價實的黑公主[69]……抓著她的紗麗不放……

接著又有一隻手抓住他的罩衫，將它拉開，讓他的內衣整個露出來。

……我看是個悉昆諦[70]才對，如果你問我……

一支長矛的鈍端頂著他的屁股，趕他沿一條幽暗的走廊蹣跚前進，他的腰布拖在身後，好像死去的孔雀漂白過的尾巴。走廊盡頭是個火把照耀通明的房間，一個白種男人坐在書桌後。他穿著獄官制服，顯而易見已在這房間坐了很久，等得很不耐煩。

尼珥以為來到一個主事者的轄區，不禁心情一寬。「長官！」他說：「我要抗議這種待遇。你的手下無權打我或脫我的衣服。」

獄官抬頭望過來，一雙藍眼流露出一種即使這幾句話是牆上的鐵鍊說的，也不會更令他難以置信的狠毒表情——但接下來發生的事卻顯示，他最初這種反應其實跟尼珥說了甚麼話無關，而是因為一個本地罪犯竟敢用他的母語對他說話的這種行為。他沒對尼珥說一個字，轉身對帶他進來的印度兵粗聲粗氣用印度普通話說：*Mooh khol*……打開他嘴巴。

一聽到命令，尼珥兩旁的警衛就捏著他的臉，訓練有素地把他的嘴撬開，把一個木楔插到兩排牙齒中間，使他合不攏嘴。接著一個穿白長袍的勤務兵走上前，計算尼珥有幾顆牙，還用指尖敲擊每一顆牙齒；他手上的氣味充滿尼珥的腦袋，豆泥與芥子油的味道——好像上一頓飯的殘渣都嵌在

69 Draupadi是印度史詩《摩訶婆羅多》的女主角。她是旁遮國公主，嫁給般度族五兄弟，為五人各生一子。俱盧族的難降與般度族為敵，企圖在眾人面前脫光黑公主的衣物羞辱她，幸得天神相助，使她身上的紗麗拉扯不盡，免於赤身露體的恥辱。

70 Shikandi，也是《摩訶婆羅多》中的角色，他出生時是個女孩，後來變為男性，且是個驍勇的戰士。

他的指甲縫裡。他摸到一個缺牙的凹洞，把指頭伸到牙床上掏摸，好像要確定少掉的牙沒有藏在裡面。出乎意料的痛楚使尼珥忽然憶起失去那顆牙的時刻：他不記得自己當時幾歲，但腦海浮現一個陽光普照的陽台，他母親在另一頭的鞦韆上搖擺；他看見自己的腳，帶著他走向那鞦韆銳利的尖角……彷彿又聽見她的聲音，覺得她的手伸進他嘴裡，從他唇間取出那顆斷裂的牙齒。

「為什麼這麼做，長官？」木楔一從嘴裡取出，尼珥就抗議道：「這是什麼目的？」

獄官頭也不抬，專心把檢查結果填進紀錄簿，但那名勤務兵俯身過來，低聲說了些可資辨識特徵及傳染病跡象之類的話。但尼珥覺得這樣還不夠，他突然起了執念，不願被人忽視：「拜託，長官，有任何不回答我問題的理由嗎？」

獄官一眼都不看他，又用印度普通話下了一道命令：*Kapra utaro*……脫光他的衣服。

那群印度兵立刻抓住尼珥雙手，固定在身體兩側：長期練習使他們成為剝光罪犯衣服的專家，雖然很多犯人寧可死掉——或殺人——也不願忍受在眾人面前赤身露體的恥辱。尼珥的掙扎對他們根本算不上挑戰，他們很快就脫下他剩餘的衣物，然後強迫他站直，約束他的四肢，完全展露他赤裸的身體，讓獄卒檢查。尼珥驚訝地發覺有隻手輕觸他的腳趾，低頭望去，他看見那名勤務兵的手拂過他的腳，好像請求他原諒即將要做的事。這手勢雖帶有意想不到的善意，卻在尼珥還來不及理解之前，便探進了他胯下。

跳蚤？毛蝨？臭蟲？

都沒有，大爺。

痣？傷疤？

沒有。

勤務兵手指的觸摸讓尼珥產生一種他從不曾想到會發生在人與人之間的感覺——既不親密也無怒氣，既不溫柔也無淫慾——純粹是基於控制、購買或征服，不帶私欲的觸摸；感覺就像他的身體被交給一個新主人，對方要了解它的狀況，就像檢查一棟剛買下的房屋，尋找損壞或年久失修之處，同時在心裡規劃每個房間的新用途。

「梅毒？淋病？」

這兩個字眼是獄官第一次使用英語詞彙，說話時，他看著犯人，露出一個幾乎看不見的笑容。

這時尼珥雙腿分開而立，雙臂高舉到頭上，以便勤務兵查看他大腿外側有沒有痣或其他可資辨識身分，無法磨滅的特徵。但他沒有錯過獄官目光中的嘲弄，立刻作出回應。他說：「長官，你就不能給我個答覆，算是尊重我嗎？還是你一說英語就會失去自信？」

那人眼神一凜，尼珥知道自己激怒了他，只因自己用他的母語對他說話——顯然印度犯人的這種行為被視為不可原諒的侮慢，玷辱了英語。得知此事——即使以他目前的處境，被剝得一絲不掛，無法抵抗那些清點他身體的手——他仍有能力觸怒一個對他的肉體有絕對主宰權的人：意識到這點，讓尼珥頭重腳輕，大喜過望，迫不及待要探索這權力的新領域；他下定決心，在這座監獄裡，以及作為罪犯的下半生，無論何時何地，但凡有機會他都要說英語，而且就從此時此地開始。但這股欲望熱切到沒有文字能配合，他想不出要說什麼；他的母語同樣一片空白——只有來自過去被迫背誦章節的零星字句。

「……此乃世間絕妙的愚行……將我們的災難歸咎於太陽、月亮、星星……」

獄官用憤怒的命令打斷他：*Gánd dekho*……讓他彎腰，檢查屁股……

尼珥的頭彎到兩腿之間，卻還不肯停止：「傲慢的人，披上一點兒短暫的權威，脆弱的本質就像一隻憤怒的猿猴……」[71]他提高音量，讓這些字句在石牆之間迴響。尼珥直起上半身時，獄官從座位上站起來。他停在一臂之距外，抬起手臂，打了尼珥一耳光：「閉嘴，犯人。」

尼珥透過直覺注意到獄官用左手打他，如果在自己家裡，他一定馬上沐浴更衣。不過那已是前世：在這地方，重點是他終於成功迫使這個人對他說英語。他低下頭，喃喃說道：「祝你今天愉快，長官。」

「別再讓我看見他該死的屁股。」

在隔壁的小房間裡，尼珥拿到一疊折好的衣服。一個印度兵把東西交給他，解說道：一件兼做頭巾的毛巾、兩件背心、兩件粗棉布圍腰布、一條毯子；好好照顧，未來六個月你就只有這些。未經洗滌的粗棉布厚重粗糙，摸起來不像棉布，倒像麻袋。抖開來一看，無論長、寬都只有尼珥穿慣的那種費足六碼衣料腰布的一半。繫在腰上，膝蓋都遮不住，顯然是要當作丁字褲穿——從來沒穿過丁字褲的尼珥摸索了半天還沒繫好，一名印度兵斥道：你在等什麼？趕快把身體遮起來！——好像把衣服剝光是他自己的選擇似的。血液湧上尼珥的腦袋，他把腰往前一挺，像瘋子一樣，不顧後果地說：急什麼？還有什麼沒給你們看到的？還剩什麼？

印度兵眼中掠過一抹憐憫：你失去羞恥心了嗎？尼珥點頭，好像在說：是的，沒錯。因為這一刻他確實絲毫不覺恥辱，也不覺得對自己的身體有任何責任；彷彿把身體交給監獄的過程中，他脫離了自己的肉身。

快，過來！失去耐性的印度兵從尼珥手中奪過腰布，示範給他看如何綁繫才能把布尾從兩腿之間拉到後面，塞進腰間。然後他們用長矛的鈍頭趕著他，沿著黯淡的走廊來到一間牢房，房間雖小，卻點了好些蠟燭和油燈，大放光明。房間正中央有個赤裸身體的白鬍子男人，坐在一張染了點點墨痕的草墊上等候：他的身體覆滿綿密而複雜的刺青圖案，面前一塊折成方塊的布巾上，擺了成套閃閃發亮的針。這人必然是個刺青師傅：尼珥一想通，就立刻轉身，好像要逃走——但這種反應早在印度兵意料之中，立刻把他壓在地上；他們緊抓著他，讓他動彈不得，把他抬到草墊上，將他的頭按在刺青師傅膝上，他唯有仰頭看著那張年高可敬的臉。

老人眼神中有股柔情，讓尼珥有說話的勇氣。為什麼？針落在他額頭上時，他問道。你為什麼要這麼做？

法律規定的，刺青師傅安詳地說：所有放逐者都必須做記號，如果他們試圖脫逃，很快就會被認出來。

針尖在皮膚上肆虐時，尼珥心頭一片空白，只有陣陣刺痛從額頭散發出來。好像他以為已擺脫的身體，要因他膽敢有那樣的幻覺而報復，提醒他，他是這個軀殼唯一的住戶，也是它唯一可以藉由疼痛宣告存在的對象。

刺青師傅似乎出於憐憫停了手，低聲說：來，把這個吃下去。他的手在尼珥臉上繞了個圈，把一小球糖膠塞進他嘴裡。有幫助，吃掉……

鴉片膏在嘴裡融化時，尼珥意識到藥物麻痺的並非痛楚的強度，而是它持續的久暫：它使他對時間的知覺變得遲鈍，可能要花上好幾個小時的痛苦手術，好像濃縮成幾分鐘。然後他好像走出一重冬季的濃霧，聽見刺青師傅在他耳畔低喚：王爺……王爺……

尼珥且開眼睛，發現自己的頭仍枕在老人腿上；那群兵士都在小房間的角落裡打瞌睡。

---

71 以上尼珥所引的兩段英文分別出自莎士比亞的劇本《李爾王》與《量．度》（舊譯為《量罪記》或《惡有惡報》）。

他動彈一下，問道：什麼事？

別擔心，王爺，刺青師傅低聲說：我把墨水沖淡了，記號充其量幾個月就會褪去。

尼珥困惑不解：為什麼？為什麼？為什麼為我這麼做？

王爺，你不認識我嗎？

不認識。

刺青師傅的嘴挨得更近：我一家人來自拉斯卡利；你的祖父給我們土地定居在那兒；我們三代都吃你們家的糧。

他把一面鏡子放在尼珥手中，低頭說：原諒我，王爺，我不得已才這麼做……

尼珥把鏡子湊到臉上，看見自己的頭髮被剪短了，額頭右側刺了兩排不很整齊，小小的英文字：

偽造文書犯

一八三八年阿里埔。

13

賽克利在華森岡吉巷寄宿舍的房間，寬度僅能轉身，床鋪狹小，綳床的椰子纖維粗糙得像鐵刺網，他在床上鋪了一層自己的衣服，免得磨傷皮膚。床腳緊貼一扇窗，近到可以把腳趾頭擱在窗沿上——窗板早就不見了，其實說它是個方形的洞還比較正確。窗孔可以眺望華森岡吉巷——一家接一家的酒館、妓院和寄宿舍，盤據彎曲的窄街兩側，直達朱鷺號正在那兒等候修理、補縫、為下次出航重新裝備的船塢。勃南先生聽說賽克利挑中的住所後頗為不悅：「華森岡吉？除了波士頓北端，世界上再沒有更無法無天的場所了。住在江森牧師的海員傳道之家，環境既簡單又舒適，何必涉足那麼一個無法無天的地方。」

賽克利從善如流，立刻去傳道之家看了一下，但他一瞥見已在那兒租了房間的柯羅先生就開溜了。他決定採納喬都的建議，住進包伙食的華森岡吉：從那兒步行到船塢只消幾分鐘，這被他拿來當作藉口。他的雇主對這理由是否滿意，賽克利也不很清楚，因為最近他開始懷疑勃南先生派了探子監視他。有一天，可疑的深夜時刻，傳來敲門聲，賽克利應門卻見勃南先生的經紀站在門外。他探頭到房裡東張西望，好像要知道賽克利有沒有偷偷把什麼人藏在房裡。問他來做什麼，他說是送禮物，結果拿出來的是罐半融化的奶油。賽克利覺得其中有詐，說什麼也不肯收下。後來寄宿舍的亞美尼亞老闆告訴他，經紀來問過，賽克利可曾召妓——不過他用的字眼好像是「牧牛女」。牧牛女！事實上，自從遇見寶麗之後，賽克利就對購買女人身體這念頭深感厭惡，所以經紀的窺探一直徒勞無功。但他不屈不撓：就在前幾天晚上，賽克利又看見他藏身小巷，做了奇形怪狀的偽裝——

那件橘色長袍使他看起來像個瘋女人的幽靈。

因此之故，有天晚上，賽克利被低沉卻持續的敲門聲吵醒時，第一個反應就是咆哮：「是你嗎，班達？」

沒有回應，他只好帶著濃重的睡意掙扎起身，繫好他已習慣在夜裡穿著的沙籠。他跟一個小販買了好幾條：其中一條被他掛在那扇沒有窗板的窗戶上，遮擋烏鴉和泥土路面騰上來的塵雲。但夜間水手、船工和碼頭工人在附近的歌舞廳尋歡作樂時，布簾一點也擋不住對街傳來的噪音。賽克利發現他幾乎可以靠音量猜出時辰，午夜時分聲音最響亮，然後漸次減弱，直到黎明時歸於寂靜。他注意到現在的街道不算最喧鬧，也不是最安靜——換言之，大概再等兩、三個小時才會天亮。

「我發誓，班達，」敲門聲仍然不停，他吼道：「你最好有充分理由做這種事，否則我保證我的門栓會讓你大大開心一番。」他拉開門栓，開了門，但走廊上沒有燈，他無法立刻看出外面是什麼人。「來人是誰？」

有人壓低聲音回答：「小廝喬都，長官。」

「我底老天天哪！」賽克利嚇了一跳，連忙把來人引進房裡。「搞什麼鬼，三更半夜來騷擾我。」他眼中浮起一陣懷疑。「且慢——阿里沙浪派你來的，是嗎？」他說：「你去跟那隻拉皮條的臭蟲回報，我的桅杆不需要攪弄。」

「停，長官！」喬都說：「行船莫出聲！不是阿里沙浪派我來。」

「那你來這裡做什麼？」

「帶你去見個信差，長官。」喬都做個手勢，示意賽克利跟他走。「要坐船。」

「你要我去哪裡？」賽克利大為不悅，喬都卻不答腔，只把掛在壁上的長袍遞給他。賽克利要伸手拿長褲，喬都卻搖頭，好像認為只穿沙籠就可以了。

「起錨，長官！向前行。」

賽克利套上鞋子，尾隨喬都走出寄宿舍。他們快步沿著街道前進，向河邊走去，路過的酒館和妓院大部分仍在營業。不消幾分鐘，他們就走出街道，來到河岸上一個人跡稀少，只停了幾艘小舟的地方。喬都指著其中一艘小舟，等賽克利上船，隨即解下纜繩，把小船推離岸邊。

「慢著！」喬都開始打槳時，賽克利說：「你要帶我去哪裡？」

「向前看！」

好像回答他似的，傳來有人敲擊打火石的聲音。賽克利猛然轉身，只見小船另一頭的茅棚下有火光亮起。火焰第二度打亮，顯現出一個身穿紗麗，蒙著面紗的女人身影。

賽克利憤怒地回頭瞪著喬都，他的懷疑果然沒錯。「不出我所料——你想賺外快是嗎？我告訴你：我的錨如果要下水，也會自己去找口井。才不要龜公帶路……」

有人喚他的名字，打斷了他的話，是個女人的聲音：「瑞德先生。」

穿紗麗的女人再度發話時，他回身細看。「是我，瑞德先生。」火石再次亮起，光線持續的時間剛好夠他認出寶麗。

「蘭柏小姐！」賽克利摀住嘴。「妳一定要原諒我。」他說：「我不知道……沒認出……」

「應該請你原諒我才對，瑞德先生，」寶麗說：「這麼打擾你。」

賽克利從她手中接過火石，點燃一根蠟燭。一陣手忙腳亂過後，他們的臉都籠罩在小小的光暈中，他才說：「請別介意我多問，蘭柏小姐——妳怎麼會穿這種衣服，穿……穿……」

「紗麗？」寶麗替他把話說出來。「或許你會說，這是我的偽裝——但其實你上次看見我時，我穿的那身衣服才是變裝。」

「那妳來這兒有什麼目的，蘭柏小姐，恕我冒昧請教。」

她頓了一下，好像企圖用最好的方式解釋。「還記得嗎，瑞德先生，你說過如果我需要幫助。你很樂意幫我？」

「當然……但是——」他聲音中的疑慮，連自己都聽得出來。

「所以你只是說說而已？」她問。

「當然不是。」他說：「但我得先知道是怎麼回事，才能幫上忙。」

「我希望你幫我找條通路，瑞德先生。」

「去什麼地方？」他提高警覺地說。

「去模里西斯群島。」她說：「就是你即將要去的地方。」

「模里西斯？」他說：「怎麼不去問勃南先生？這要請他幫忙才對。」

她清清喉嚨。「唉，瑞德先生，」她說：「那是不可能的。你看得出，我已經失去勃南先生的保護了。」

「為什麼，如果妳不介意我問的話？」

她壓低聲音呢喃道：「你真的非知道不可嗎？」

「如果要我幫忙——那是當然。」

「這不是愉快的話題，瑞德先生。」她說。

「不用為我擔心，蘭柏小姐。」賽克利說：「我的情緒不容易受干擾。」

「說就說吧——如果你堅持的話。」她頓了一下，整理思路。「瑞德先生，你還記得那天晚上嗎？我們聊到懺悔與懲罰？只聊了一點點。」

「是的。」他說：「我記得。」

「瑞德先生，」寶麗拉緊披在肩上的紗麗，繼續說：「我剛搬到伯特利時，對這些事可說完全不了解。我對聖經和宗教一無所知。你得知道，家父很厭惡傳教士，對他們深惡痛絕——這種行徑以他那個時代的人而言，不算不尋常……」

賽克利微笑道：「蘭柏小姐，對牧師和傳教士的反感現在也很普遍，——事實上，我認為還會持續相當一段時間。」

「你笑了，瑞德先生。」寶麗說：「家父也會覺得很有趣——他真的很討厭與宗教有關的各種拉哩拉雜的事。但你也知道，勃南先生覺得這種事一點也不好笑。他發現我多麼無知時，真嚇得魂飛魄散，並且對我說，他覺得非常有必要親自教導我，雖然其他更迫切的事務會佔用他很多時間。瑞德先生，你能想像這讓我多麼侷促不安嗎？我怎能拒絕我的恩人和保護者如此慷慨的建議呢？但同時我又不想虛偽，假裝相信我根本不信的東西。你知不知道，瑞德先生，有些宗教會用虛偽的罪名把人處死？」

「有這種事？」賽克利說。

寶麗點頭說：「有，真的有。所以你可以想像，瑞德先生，我怎麼跟自己爭辯，最後終於認定，上這些課不是壞事——勃南先生喜歡稱之為懺悔與禱告。我們都在他的書房裡上課，那是他擺聖經的地方，每次都在晚上，用畢晚餐後，整棟房子都很安靜，勃南太太也已帶著她心愛的鴉片酊回到房間。這種時刻，你看過那棟房子裡有很多僕人，他們也都回到休息區，不會到處走來走去。勃南先生說，這是沉思與懺悔的最佳時機，他說得非常正確，因為他書房裡的氣氛也是無比嚴肅。

我進去時，窗簾都已拉上，他隨即把門鎖好——他說是為了防範行正義之事時受到干擾。書房裡一片黑暗，因為除了攤著聖經的讀經台，枝狀燭台上點燃的幾根蠟燭，沒有其他光線。通常我進去就看到當天要讀的經節已經挑選好，用一張絲質書籤標示出來，我要坐定位，座位就是讀經台下的一張小板凳。坐好以後，他也就位，開始上課。那是怎樣一幅畫面啊，瑞德先生！燭光映在他眼裡！他的鬍子閃閃發亮，好像有光芒從裡面迸出，像一叢燃燒的荊棘！啊，如果你能看到，瑞德先生，你一定會感到驚訝和欽佩。」

「這我不太有把握，小姐。」賽克利面無表情地說：「請往下說。」

寶麗轉過頭，望著出現在月光下的河對岸。「該怎麼形容呢，瑞德先生？那情景好像聖地那些古代的長老出現在我眼前。他讀經時，聲音宛如洶湧奔騰的瀑布，打破了山谷裡的寂靜。還有他挑出的那些章節！彷彿上天一眼就把我如同平原上那些法利賽人一般看個通透。即使我閉上眼睛，那些字句還會燒灼我的眼皮：『將雜草拔除用火焚燒，世界的末了也要如此。人子要差遣使者，把一切叫人跌倒的和作惡的，從他國裡拔除。』[72]這段話你熟悉嗎，瑞德先生？」

「我相信我聽過。」賽克利說：「但別趁現在問我它的出處。」

「這段話給我的印象非常深刻。」寶麗說：「我發抖啊，瑞德先生！我像得了瘧疾一樣全身發抖。就這樣，瑞德先生，我一點不懷疑家父為何不要我受聖經教育。他是個膽小的人，我簡直不敢想像這些段落會帶給他多大的痛苦。」她拉起紗麗的頭紗遮住自己的臉。「我們就這麼上課，一課又一課，後來讀到《希伯來書》的一章：『你們所忍受的是神鞭策你們，待你們如同待兒子。焉有兒子不被父親鞭策的呢。管教原是眾子所共受的，你們若不受鞭策，就是私生子，不是兒子了。』[73]這一段你聽過嗎，瑞德先生？」

「恐怕沒有，蘭柏小姐。」賽克利說：「我不常上教堂。」

「我本來也沒聽過。」寶麗繼續：「但在勃南先生心目中，它有很大的意義。他讀完時，我看得出他情緒很激動，因為他聲音顫抖，雙手也在發抖。他過來跪在我身旁，用極為嚴峻的態度問我是否沒有被鞭策過。這真讓我非常之困惑，因為我從那段經文知道，承認自己不被鞭策等於承認是私生子。可是我能怎麼說呢，瑞德先生，因為事實就是這一生中，我父親從來沒有打過我呀？我只好羞愧地承認自己缺乏鞭策，他聽了就問我想不想學習鞭策是怎麼回事，因為這是真正的懺悔不可或缺的一課。你能想像我多麼害怕嗎，瑞德先生，想到這麼一個魁梧有力的人要鞭打我？但我鼓起所有勇氣說，好，我準備好了。結果卻是場意外，瑞德先生，因為被選中接受鞭策的人不是我……」

「那是誰呢？」賽克利忍不住打岔。

「是他。」寶麗說：「他本人。」

「我的天呀！」賽克利說：「妳不是說勃南先生想吃鞭子吧？」

「就是。」寶麗繼續說：「我會錯了意。他想要受鞭策，我要擔任懲罰他的工具。試想我有多麼戰戰兢兢，瑞德先生。如果你的保護者要你扮演懲罰他的執行者，你有什麼資格拒絕？所以我同意了，然後他做出一個奇怪無比的動作。他求我坐著別動，然後他蹲下身，把臉湊向我的腳，把我的拖鞋捧在手中，就像馬跪下來從泥塘喝水一樣。然後他要我舉起手臂，用力打他的——便孔。」

「他的面孔？不會吧，蘭柏小姐！我確定妳在尋我開心了。」

---

72 見《馬太福音》第十三章四十及四十一節。

73 見《希伯來書》第十二章第七及第八節。

「不——不是那個面。你們怎麼說的，身體的後面……臀部？」

「後艙？船尾？屁股？」

「對了，」寶麗說：「他的船尾翹得半天高，他希望我鞭策那個地方。你可以想像，瑞德先生，想到要用這種方式攻擊我的恩人，我心裡多難過——但他不讓我反悔。他說除非這麼做，否則我的靈性教育不會有進展。『打啊！』他喊道：『用妳的手打我！』所以我能怎麼辦，瑞德先生？我假裝那兒有隻蚊子，用手打下去。但這樣還不夠。我聽見腳下傳來一聲呻吟——聽不大清楚，因為我拖鞋的鞋尖被他銜在嘴裡——他喊道：『用力，用力，用妳全副力氣打我。』我們就這樣打了一陣，不論我出多大力，他都求我更用力一點——儘管我知道他一定很痛，因為我可以感覺他用力咬住我的拖鞋，不斷吸吮，鞋子已經變得濕答答了。最後他終於站起來，我相信他一定會責備我，批評我。卻沒有！我從沒見過他這麼愉快。他用手指勾起我的下巴說：『乖女孩，妳這一課學得很好。但記住！如果妳告訴別人，一切就破滅了。一個字也不可以說——無論是誰！』其實不需要他交代——我當然作夢都不會想跟別人提起這種事。」

「老天！」賽克利低低吹了聲口哨。「後來有再發生這種事嗎？」

「有啊。」寶麗說：「好多次。那些課程總是從講道開始，最後就這樣。相信我，瑞德先生，我總是盡最大努力執行懲罰，但他雖然好像常常被打得很痛，卻總嫌我手臂的力量不夠大。我看得出他越來越失意。有天他說：『親愛的，我很遺憾告訴妳，作為懲罰的武器，妳的手臂實在不夠看。或許妳需要工具？我知道有件好東西……』」

「他想到了什麼？」

「你可曾見過……？」寶麗頓了一下，斟酌要用什麼詞彙。「印度這裡有種刷子，是清潔人員用來洗馬桶和廁所的。它是把幾百根細枝——從棕櫚葉抽出的葉脈——綁在一起做成的。這種刷子叫做『jhatas』或『jharus』，使用時會發出唰唰的聲音。」

「他要妳用刷子打他？」賽克利驚呼。

「不是普通刷子，瑞德先生。」寶麗叫道：「是洗馬桶的刷子。我對他說：你可知道，先生，這玩意兒是用來洗馬桶的，是公認最骯髒的東西？他一點不為所動。他說：這才好，這是羞辱我的完美工具；它會提醒我們人類墮落的天性，以及我們肉體的罪惡與腐敗。」

「這真是搞墮落的新招。」

「瑞德先生，找那麼一件工具花了我多少力氣，你真是想不到的。這種東西市場裡找不到。直到我試著去買，才發現它完全由使用的人自行製做，就像病人想買醫生的器材一樣，花錢也買不到。我不得不跟掃地工打商量，相信我，這件事可真不簡單，屋裡半數傭人都圍上來，要聽我們說些什麼，我也聽見他們議論我要這東西有什麼目的。我想成為掃地工嗎？跟他們搶工作嗎？長話短說，後來我總算弄到一把馬桶刷，就是上星期的事。幾天前一個晚上，我第一次把它拿到他書房裡。」

「繼續說，蘭柏小姐。」

「唉，瑞德先生，你要是能親眼目睹他看到這件即將對他體罰的工具時有多麼欣喜和期待，一定會覺得不可思議。正如我所說，這不過是幾天前的事，所以他為我講解的經句我還記在腦海。『他們將城中所有的，不拘男女老少，牛羊和驢，都用刀殺盡。』[74]然後他把刷子放在我手中說：

74見《約書亞記》第六章第二十一節。

『我就是那城，這是妳的劍。打我、砍我、用妳的火燒我。』他跪下來，臉貼在我腳邊，將船尾翹在半空。我揮舞著掃把痛打他的屁股時，他怎麼扭動著身體慘叫啊。瑞德先生，你一定以為他很痛苦。我很確定我把他打成重傷，但當我歇下手，問他要不要停手時，他堅決地大叫：『不，不，繼續！再用力一點！』於是我又舉起手臂，用那根刷子抽他，使出全身力氣──請相信我，我的力氣不容小覷──直到他終於發出呻吟，渾身無力倒在地上。我嚇壞了！我想，最壞的結果發生了！我一定殺死他了。所以我俯下身，低聲問道：「『哎呀，可憐的勃南先生，你還好吧？』你要相信我，他抽動一下，輕輕點頭時，我真的鬆了一大口氣。但他還站不起來，不行呀，他匍匐在地上，像條蠕蟲似的，一扭一扭在拼花地板上爬行，一直移動到門邊。『你的背受傷了嗎？為什麼這樣趴在地上？為什麼不站起來？』他呻吟著回答：『沒事，別擔心，到讀經台那兒，重讀一遍經文。』我聽話照辦，但我一轉身，他就靈活地跳起來，打開門栓，匆匆忙忙跑上樓去。我掉頭再回讀經台那兒去，卻看到地板上有奇怪的痕跡，一道長長的濕印子，好像有條細長、潮濕的動物剛在拼花地板上爬過。我當下以為，一定有蜈蚣或蛇趁我不注意時闖進房間來──瑞德先生，印度經常發生這種事。真不好意思，我得承認，我會驚聲尖叫……」

她激動地停止敘述，抓起紗麗的下襬在手中擰來扭去。「我知道你對我的評價一定會因此直線滑落，瑞德先生──我很清楚，蛇就像花朵和貓一樣，是我們在大自然裡的兄弟，所以為什麼要怕牠呢？家父經常給我講這方面的道理，但我很遺憾地承認，我就是沒辦法讓自己喜歡那種動物。請你不要用太嚴格的標準評斷我。」

「哦，我同意妳的看法，蘭柏小姐。」賽克利說：「蛇這種東西是不能開玩笑的，不論牠是否盲目。」

「所以你聽到不會驚訝囉，」寶麗說：「我叫了又叫，直到終於有個老僕人跑來。我對他說：『喂！喂！有條叢林裡的蛇跑進房子裡來了。快把牠找出來！』他蹲下來查看那條痕跡，起身時，說了一句奇怪得不得了的話，瑞德先生，你不會相信的……」

「說下去，蘭柏小姐，讓我大吃一驚吧。」

「他說：『這不是叢林裡的蛇留下的痕跡；這是住在人身體裡的蛇留下的。』我以為他在引用聖經裡的典故，瑞德先生，所以我說：『阿們。』我還想，是否該再添一句『哈利路亞！』更恰當——但那老僕人卻哈哈大笑，匆匆離開。儘管如此，瑞德先生，我還是不明白這是怎麼回事。整個晚上我都睡不著，想著這件事，但到了黎明，我忽然懂了。發生了這種事，我當然不能再住在那棟房子裡，所以我透過另一名船夫送信給喬都，然後就來了這裡。要在加爾各答躲過勃南先生是很困難的——我早晚會被發現，誰知道會有什麼樣的後果？所以我非逃到國外不可，瑞德先生，我也選好了要去的地方。

「什麼地方？」

「模里西斯群島，瑞德先生。我一定要到那兒去。」

＊

這期間，喬都雖然在划槳，但他一直專心在聽寶麗說話，所以賽克利猜測，這也是他第一次得知她和勃南先生之間發生了什麼事。現在好像要證明他的想法沒錯似的，他倆爆發激烈的爭執，小船開始隨波逐流，喬都停下槳，口若懸河說了一串哀婉的孟加拉語。

賽克利向岸邊望去，一座涼亭綠瓦上反映的月光照進眼簾，他發現他們一路飄向下游，已來到勃南的產業附近。聳立在遠處的伯特利，像一艘黑暗的艨艟巨艦，看到它讓賽克利忽然憶起寶麗坐在他旁邊那晚的宴會，她穿一襲樸素的黑長袍，充滿了處女的樂觀；他想起整個晚上她的聲音如同一陣音樂的微風，想到這奇怪地揉合了世故與天真的女孩，就是他在船艙裡撞見、跟一個她稱作兄弟的船工緊緊擁抱在一起的是同一個寶麗。早在那時，他已瞥見她的笑容背後藏著某種哀傷。現在，想到它可能的成因，一段回憶突然襲上心頭，他母親曾告訴他，她第一次被主人——他的父親——召到他臨幸女奴專用的林中小屋的情景：當時她十四歲，她說，她站在門口發抖，雙腳不肯移動，儘管老瑞德先生吩咐她別再哭哭啼啼，趕快上床。

若要比較勃南先生跟留下他這個種的那個男人誰比較仁慈，賽克利覺得這麼作毫無意義，因為他一直相信，權力會使擁有它的人做出無法解釋的行為——不論是船長、政治領袖或他父親那樣的奴隸主。一旦承認這點，主人突發的奇想當然就可能有時仁慈，有時殘酷，豈不就是這麼一股衝動，促使老瑞德先生還他母親自由，使賽克利不至於生而為奴？同樣的，賽克利本人不也從勃南先生那兒得到足夠的好處，使他無法輕易做出判斷？然而，聽母親敘述她在瑞德先生林中小木屋裡初識男女之事，還是讓他心情糾結，雖然寶麗跟勃南先生的相處是截然不同的一種經驗，她的故事也仍然牽扯著他的心——那陣陣悸動不僅出於同情，也源於剛甦醒的保護本能。「蘭柏小姐，」他忽然打斷她與喬都的爭論，脫口說：「蘭柏小姐，相信我，如果我安頓下來，有能力成家，我一定馬上就向妳……」

寶麗在他說完前就打斷他。「瑞德先生，」她高傲地說：「如果你以為我要找丈夫，也未免想得太便當了。我並不是一隻希望被豢養在籠子裡的迷途小貓，瑞德先生。我根本就覺得，沒有比男人基於憐憫娶一個女人為妻更令人不屑的婚姻關係了。」

賽克利緊咬嘴唇。「蘭柏小姐，我無意冒犯。相信我：我剛說的話絕非出於憐憫。」

寶麗挺起胸膛，取下紗麗的面紗。「瑞德先生，如果你以為我請你到這裡來，是為了尋求你的保護，那你就錯了——因為如果我在伯特利學到了任何事，那就是男人的仁慈永遠都有附帶的代價……」

這番話讓賽克利吃了一驚。「慢著，蘭柏小姐！我沒那個意思。我在淑女面前說話一向很檢點。」

「淑女？」寶麗憤恨地說：「你剛才的那種建議，是針對淑女說的嗎？還是那種……可以買賣的女人？」

「妳的航向錯了，蘭柏小姐。」賽克利說：「我一點也沒那種意思。」他覺得自己的臉色因懊惱而變得死灰，為了鎮定心神，他從喬都手中取過槳，開始划船。「所以妳為什麼要見我呢，蘭柏小姐？」

「瑞德先生，我請你來是因為我要知道，你是否配得上人家給你的名字：『西克利。』」

「我聽不懂，小姐。」

「容我提你個醒，瑞德先生。」寶麗說：「幾天前那個晚上，你告訴過我，如果我有任何需求，只要說一聲就行？今晚我請你來，就是想確定你只是隨便說說，沒當一回事，或你會對監獄這件事認真。」

賽克利忍不住笑了。「妳恐怕弄錯了，小姐。我沒做過任何會跟監獄有瓜葛的事。」

「踐約，」寶麗更正：「我要說的是這個詞。我要知道你是不是個信守諾言的人。來吧：告訴我真相。你的承諾可不可以當真？」

「得看情況，蘭柏小姐。」賽克利審慎地說：「看妳想要的東西是否在我的權限之內。」

「當然是。」寶麗很有把握地說：「百分之一百是——否則我根本不會向你要求。」

「妳想要什麼？」賽克利問道，他的懷疑更深了。

寶麗正視他的眼睛，微笑道：「我要成為朱鷺號的船員，瑞德先生。」

「什麼？」賽克利無法相信自己的耳朵，一時心慌意亂，手一鬆，就被水流把手中的槳捲走，要不是喬都一直提高警覺，恐怕兩枝槳就要一去不回了，他忙不迭從水中撈起一枝槳，又用它把另一枝槳撥過來。賽克利探身到船舷外拾回船槳時，與喬都交換一個眼色，喬都輕輕搖頭，好像對寶麗的念頭很清楚，而且已打定主意，不能讓她得逞。兩個男人懷著祕密的默契，各操一枝槳開始划船，他們面向寶麗並肩而坐：不再是船工和二副，卻變成了一對男性盟友，攜手對付一個意志堅決、足智多謀的敵人。

「是的，瑞德先生。」寶麗重複：「這就是我對你的要求：准許我加入你的船員。我願意成為他們的一員。我會把頭髮包起來，穿上跟他們一樣的衣服……我很強壯……我可以工作……」

賽克利使出全身力氣划槳，船像箭一般頂著波浪向前衝，把勃南的莊園拋在後面。他很慶幸有船可划，木製船槳的堅硬質感抵著掌心的老繭，似乎是種慰藉。就連他跟喬都手臂貼著手臂、互相廝磨的那半邊肩膀被汗水濡濕，也有些許讓人安心的成分——汗水的濕與臭都讓人聯想到貼近到無以復加的船上生活，粗糙與親密使水手像野獸般肆無忌憚，在別種場合會讓人痛苦、羞恥的行徑，他們卻可以扯著大嗓門張揚、甚至公然為之。生而為人的一切污穢、卑賤、縱欲，都存在水手艙裡，不能外洩，以免艙底污水的臭氣氾濫世間。

但在這同時，寶麗仍不斷為自己爭取：「……除了你和喬都，不會有人知道我的身分，瑞德先生。問題只是你願不願意遵守諾言而已。」

不能不回答了，賽克利搖頭：「妳最好忘了這件事，蘭柏小姐。這是行不通的。」

「為什麼？」她挑釁地說：「給我個理由。」

「不可能。」賽克利說：「瞧：妳不但是個女人——還是個白種人。朱鷺號的船員全是船工，也就是說，只有高級職員是本地人所謂的『歐洲人』。一共就三個名額：大副、二副和船長。船長妳已經見過；大副嘛，我可以告訴妳，他是我見過心腸最惡毒的暴君。即使是個男人，碰到這麼糟糕的環境也該退避——話雖如此，所有白人的床位也都被佔用了。船上再沒有空間容納多一個主管。」

寶麗笑了起來。「唉，你還是不懂，瑞德先生。」她說：「我當然不冀望成為你這樣的高級職員。我只想作船工，就像喬都一樣。」

「真他媽要命……！」賽克利再度放鬆握槳的手，木槳因用力不當而反彈回來，打中腹部，讓他倒抽一口氣，氣急敗壞地嘟噥。

喬都努力保持航向，但等賽克利回過氣，水流已經把他們往回沖了一段路，勃南莊園又出現眼前——寶麗對於過去的家或小船裡的呼痛聲都不在乎，她繼續說：「是的，瑞德先生，只要你願意幫我，這件事一點也不困難。喬都會做的事我都會——從我們小時候就一直如此，他也會這麼告訴你。我爬高的能力不輸他，我會游泳，跑步比他快，划船也幾乎跟他一樣好。語言方面，我說起孟加拉語和印度普通話跟他一樣流利。他確實比我黑，但我也沒有白到不能冒充印度人。我向你保證，這輩子我們跟外人說我們是兄弟時，人家都深信不疑——我只消把連身裙換成沙籠，在頭上綁條毛巾。我們這樣打扮去過各種地方，河上、市區的街上：問他——他不能否認的。所以如果他可以做船工，你可以相信我也行。我只要把眼圈塗黑，戴上頭巾，穿上沙籠，沒人認得出我。我可以在甲板下工作，不怕被人看見。」

賽克利眼前浮現寶麗穿沙籠戴頭巾的模樣——實在是幅既不順眼又不自然的畫面——他搖搖頭，將它驅散。把這個穿紗麗的女孩跟經常入侵他夢境的寶麗結合起來已經夠困難了。他在朱鷺號甲板上遇見的那個女孩，秀氣的軟帽兜著臉孔，浪花般的蕾絲擁抱她的頸項，像玫瑰花般精緻。那樣的她，不僅吸引他的目光：只要能跟她說話、陪她散步——他這一生別無所求。但想到那女孩穿沙籠，戴頭巾，光著腳在繩梯爬上爬下，捧著木盆狼吞虎嚥，大搖大擺走在甲板上，滿口蒜臭——這無異想像他自己跟一個船工戀愛；根本等於愛上一頭猩猩吧。

「蘭柏小姐，」賽克利堅決地說：「妳的想法就像煙做的帆，一點風都承接不到。別的不說，跟船工簽約是水手長的工作，與我們無關。他透過河階上的召募人雇用船工……據我所知，那些人沒一個跟他沒有親戚關係。他要簽誰，我不能干預：都由他決定。」

「但水手長收留了喬都，不是嗎？」

「是的，但不是因為我說要他——而是因為那場意外。」

「但如果喬都替我說話，」寶麗說：「他就會收我，不是嗎？」

「或許吧。」賽克利往旁邊看，見喬都已氣歪了臉。不用懷疑，他們對這件事的看法一致，所以沒有理由不讓他自行發言。「妳問過喬都的想法嗎？」

一聽這話，喬都就發出嘶嘶怪聲，連珠砲似的長篇大論和驚嘆句，把他的立場表達得非常明確——「停！……她怎麼能跟那麼多男人那麼接近一起生活？鉤子和夾子也分不清……不知道什麼是桁索或側帆……」最後他誇張地反問：「淑女船工？……」——自問自答後，輕蔑地往船舷外吐了口痰：「試水深囉！」

「別理那小混蛋，」寶麗連忙說：「他囉哩囉嗦是因為妒忌，他不想承認我作水手作得跟他一樣好。他喜歡把我當作軟弱無助的小妹妹。反正他怎麼想都不重要，瑞德先生，因為你怎麼說，他就怎麼做。是你決定了才算數，瑞德先生，而不是喬都。」

「蘭柏小姐，」賽克利溫和地說：「是妳說他就像妳的兄弟。妳難道看不出來，如果妳一意孤行，會讓他陷入險境嗎？如果別的船工發現他欺騙他們，把一個女人帶進水手艙後會怎麼對付他嗎？很多水手因為比這輕微的情節就送了性命。試想，蘭柏小姐，萬一妳的身分被拆穿，妳會有什麼下場——而且妳一定會被拆穿，所有魔咒或法術都阻止不了這結局。相信我，小姐，到時會發生什麼事，我們任何人都不願想像。」

截至目前，一直抬頭挺胸，筆直坐著的寶麗突然洩了氣。「所以你就是不願幫我？」她一字一句慢慢地說：「就算你做過承諾？」

「如果能在其他方面幫得上忙，我非常樂意配合。」賽克利說：「這樣好了，蘭柏小姐，我存了點錢——或許足夠在另一艘船上買張船票。」

「我要的不是你的施捨，瑞德先生。」寶麗說：「你難道不明白，我必須證明我自己？你以為一點小困難就能阻止我的舅婆不去環遊世界？」寶麗的嘴唇抖了幾下，她不得不擦掉一滴苦惱的淚水。「我還以為你是個比較好的人，瑞德先生，信守承諾的人，但我現在看穿了，你只不過是個卑鄙蛋。」

「貝比蛋？雞蛋？」

「就是！你的滿口諾言連一顆蛋都不值。」

「真抱歉讓妳失望了，蘭柏小姐。」賽克利說：「但我相信這樣最好。飛剪船不是妳這種女孩待的地方。」

「哦，原來如此——女孩就不行？」寶麗猛然抬頭，兩眼噴火。「聽你說話，會以為熱水是你發明的呢，瑞德先生。可是你錯了：我做得到，而且我一定會做到。」

「那就祝妳好運了，小姐。」賽克利說。

「你膽敢譏笑我，瑞德先生。」寶麗叫道：「也許我現在處於困境，但我一定會去模里西斯，等我到了那兒，我會當著你的面譏笑你。我會用你從來沒聽過的字眼罵你。」

「真的？」眼看這場戰爭即將告一段落，賽克利讓自己露出微笑。「妳想用的是什麼字眼呢？」

「我要罵你是……」寶麗頓了一下，在記憶中搜尋侮辱意味夠強烈、足夠表達心中怒火的罵人詞彙。一個字忽然從她嘴裡迸出：「公雞生！你就是那種人，瑞德先生——惡劣透頂的什麼公雞生[75]！」

「什麼公雞生？」賽克利困惑地重複，喬都卻一聽就懂，立刻將它翻譯出來：水手長？

「沒錯。」寶麗的聲音氣得發抖。「勃南太太說這是不堪的字眼，淑女絕對不能說。就算你自以為是什麼皇親國戚，瑞德先生，讓我告訴你，你實際上是個什麼東西：一個見不得人的公雞生。」

這話說得荒唐之極，賽克利不由得捧腹大笑，並悄聲對喬都說：「她是指『雞巴生』那個字眼嗎？」

「雞巴？」他的耳語沒逃過寶麗的耳朵。「你們真是一對寶，哥倆好，一個公雞生，一個雞巴生，兩個都沒男子氣概，不遵守諾言。等著瞧好了——你們休想把我丟下[76]。」

75 參見第六章，寶麗剛學會cockswain（水手長）的英文單字時，在勃南太太面前賣弄卻受到糾正，被告誡淑女不能公開使用任何沾染到「性別」（會讓人聯想到「性」）的字眼。

76 水手長（cockswain）這個字初看可拆成兩部分，各部分在英語中都是可獨立存在的單字。前半cock可解為「雄雞」或「男性生殖器」，後半swain則有「情郎」之意，兩者連成一字，確實予人曖昧聯想。但根據字源解釋，cock在古英文的意義是「船」，swain則是「僕人」，合起來是指「操控船的人」，在划槳的船上是指舵手，在使用風力或更先進動力的大型船艦上，則次於大副、二副，直接指揮水手，稱做水手長。

寶麗有所不知的另一件事，乃是cockswain這個字的發音並不是cock加上swain，而是唸做「靠克生」。原文書中每當寶麗說這個字時，都拼作cock-swain，分成兩段，讓讀者知道她是把這個字拆成兩部分，各發各的音，這也導致賽克利乍聽之下不知她說的是什麼，反而喬都一聽就懂。賽克利用一個更俚俗的字dick取代cock，問她是否要說dick-swain（當然是個不存在的字），取笑寶麗和裝腔作勢的英式社交規範時，她也順勢回罵他們是Cockson和Dickson，兩者都可以解釋為「某某之子」，雖然也都是很普遍的英美姓氏，但順著對話發展下來，就變成相當潑辣的罵人方式。這麼靈活操弄一種非母語之語言的技巧，也呈現了寶麗的機智及她對語言結構的高度敏感。

14

只有在外界的眼光中，阿里埔監獄像個統一的世界；但對獄中囚犯而言，它比較像是個島群，有許多各自為政的小王國，各有不同的統治者和被統治者。尼珥從英國官方控制的外界，進入這座監獄內部，經過一天多才完成手續。第一天晚上他都待在拘留室，等到第二天晚上才分配到牢房。這時他已陷入一種奇怪的意識游離狀態，雖然他對監獄的內部結構幾乎一無所知，但警衛把他交給另一名犯人看管時，他絲毫沒有詫異的表示，那名犯人也穿白色粗布衣服，不過腰布長及足踝，袍子也洗得很乾淨。這人體格壯碩，像個上了年紀的摔角手，尼珥很快就注意到他有種大權在握的派頭：吃飽喝足而突出的肚皮、修剪整齊的灰鬍子、還有腰間掛著一大串鑰匙；他們經過一間間牢房，犯人一律恭敬地和他打招呼，稱呼他比殊先生。顯然比殊先生是獄中大老——不論基於年紀、人格特質或孔武有力，於是典獄主管特地挑他出來賦予管理的權柄。

尼珥的牢房所在的區域，中央有個正方形院子，院子一側有口井，另一側有棵很高的苦楝樹。本區的犯人都在院子裡煮飯、吃飯、洗澡。夜間他們在共用的牢房裡睡覺，上午他們分組從事體力勞動——此外的時間，院子就是他們生活的中心，是每天開始與結束的地方。這時已吃罷晚餐，烹飪的爐火逐漸熄滅，隨著一批批犯人回房歇息，院子四周的鐵柵門一扇扇砰啷關上。留下的人，一部分在井邊刷洗鍋碗瓢盆；還有就是這個囚區的大老，他們悠閒地坐在苦楝樹下，那兒已鋪了四張行軍床，排成環形。這些大老都有效忠者伺候，因為他們各自率領一批既像幫會又像家族的手下。這樣的團體當中，身兼幫主與族長的大老，就像領主有許多侍女服侍一般，也有多名寵愛的小廝和徒弟隨侍在側。在一天將要結束時，大老聚在一起休息，侍從忙著替他們點水煙，準備大麻菸斗，並按摩主子的腳。

接下來的場面跟村裡的長老會議沒什麼差別，比殊先生向大家報告尼珥案情的細節。他以律師的流利口才，為他們說明拉斯卡利封邑、偽造文書的罪名以及最高法院的訴訟過程。尼珥無法想像他透過什麼管道取得這些情報，但知道比殊先生對他沒有惡意，也很感激他鉅細靡遺、把這案子解釋得清清楚楚。

比殊先生敘述完畢，尼珥從眾人發出的驚嘆聲中理解，即使被判長期徒刑的犯入，也認為流放是種可怕到無以名狀的刑罰。他被叫到人群中央，展示額頭上的刺青，眾人既好奇又厭惡、既同情又敬畏地觀察。尼珥毫不猶豫配合他們的查驗，只希望皮膚上的記號能帶給他某些特權，使他不至於淪落到犯人的底層。

之後是一陣沉默，代表審查已告一段落，比殊先生示意尼珥跟他到院子另一頭去。

聽著，他邊走邊說：我告訴你這兒的規矩。照慣例，新犯人一到，就會按照他的籍貫或品性，分配給一個大老管理。但這方式不適用你這種人，因為你的刑罰會永遠切斷跟其他人的聯繫。你一旦上了船，橫渡黑水，就得跟你同船的乘客建立手足情誼。你們會自成一個村落、家庭和階級。所以你們這種人要分開住，你們有專用的囚室，跟其他人分開。

尼珥點頭：我懂。

比殊先生繼續說：目前只有另外一個人受到跟你相同的刑罰。他也要發配到麻里西，你們無疑會一起旅行。所以你應該跟他合住一間牢房。

他的語氣中隱約有警告意味。尼珥說：他是什麼人？

比殊先生擠出一個笑容：他叫阿發。

阿發（Aafat）？尼珥十分驚訝。這個詞的意義是「災難」，他想像不出怎麼會有人選這樣的名字。他是怎樣的人？什麼來歷？

他來自大海另一邊：大清的土地。

他是中國人？

從他的外表看，應該是。比殊先生說：但很難確定，因為我們對他幾乎一無所知，只知道他是個鴉片鬼。

他抽鴉片？尼珥說：可是他從哪兒取得鴉片呢？

問題就在這兒，大老說：他是個沒鴉片抽的鴉片鬼。

他們已走到牢房，比殊先生在許多支鑰匙中找出正確的那支。院子這一角燈光黯淡，一眼望去，這間牢房非常安靜。尼珥差點以為房間是空的。他問那個抽鴉片的人在哪兒，比殊先生的回應卻是打開門，把他推進去。

他在裡面，你會找到他的。

房裡有兩張行軍床，都綳著繩索結的網，另一端角落裡放了個有蓋的馬桶，牆邊有個裝飲水的陶壺。此外。牢房裡似乎沒有別的東西。

可是他不在這兒，尼珥說道。

他在，大老說：注意聽。

尼珥逐漸聽見一種呻吟聲，搭配輕微的、像是牙齒碰撞的喀喀聲。這些聲音都很近，所以一定來自房間某處。他跪下來，往行軍床底下張望，發現一張床下有堆動也不動的東西。他向後退縮，主要是出於害怕而非厭惡，就好像遇見一隻受了重傷或患了重病的動物——這生物發出的聲音，與其說是呻吟，毋寧更像哀鳴，整張臉只見一隻發亮的眼睛。這時比殊先生把一根長棍子穿過柵欄，探到行軍床底下：阿發！出來！看，我們幫你找到另一個流配犯。

在棍子戳刺下，一根蛇一般的肢體從床下伸出，尼珥細看，那是隻手臂，皮膚上結了一層骯髒的殼。接著露出的是頭，五官被厚厚打結的亂髮和糾纏成股的黑鬍子遮著。身體其他部分慢慢出現，滿身污垢使人無法斷定他有沒有穿衣服。然後牢房忽然充滿排泄物的臭氣，尼珥才發現這人身上不僅有污垢，還夾帶著大便和嘔吐物。

尼珥噁心地轉過身，抓住牢房的柵欄，向比殊先生的背影喊道：你不能把我丟在這裡，發發慈悲，放我出去……

比殊先生轉過身，走回來。

聽著，他豎起一隻手指，對尼珥搖晃著說：聽著——如果你以為躲得開這個人，你就錯了。從現在開始，你永遠躲不掉這個阿發。他很快就要跟你坐同一艘船，你要跟他一起旅行，橫渡黑水去到你們的監獄。他是你唯一的一切，你的階級，你的家人，你的朋友；無論兄弟、妻子、兒子，都不可能像他跟你那麼親密。你唯有盡可能跟他相處。他是你的前途，你的命運。照照鏡子你就知道：你擺脫不脫寫在額頭上的東西。

＊

那天深夜跟賽克利晤面後，寶麗的脾氣越來越壞，滿心怨恨，喬都對此並不覺得意外。很顯然，她把計畫失敗都怪在他，喬都的頭上，最近他們一向無害的小鬥嘴，也出現不曾有過的惡毒鋒芒。心存嫌隙的兩人擠在同一艘小船裡過活，當然不是什麼愉快的事，但喬都了解寶麗的痛苦與絕望，沒有錢、沒有朋友，他狠不下心拒絕她在他的小船上棲身。但這艘船也是向碼頭邊一個船主租的，朱鷺號出航時終究要歸還。再往後寶麗怎麼辦？她不肯討論這話題，他也不能怪她，連他自己都不忍思考這件事。

這段期間，雨仍下個不停，有一天，寶麗被困在傾盆大雨中。不知是因為渾身濕透，或心情使然，她病倒了。在船上照顧她已超出喬都的能力範圍，所以他決定把她送到一個跟她父親熟識的人家：這家人在植物園做了很久的園丁，從蘭柏先生的慷慨中得了很多好處。在他們那兒，她應該很安全，也能得到妥善的照顧。

這戶人家住在加爾各答北方達香尼夏的一個村子裡，一到他們門口，寶麗就受到熱烈的歡迎，打消了喬都殘留的任何疑慮。多休息，把身體養好，他離開時對她這麼說。過兩、三個月，我就回來了，到時我們再決定接下來怎麼辦。她虛弱地點頭，這件事就這麼擱著。

喬都划船回到加爾各答，希望能靠他的船儘快賺點錢。誰知天不從人願，雨季的最後幾場暴風雨一個比一個兇猛，他幾乎從早到晚都只能停在河階。好在雨終於停了，空氣變得前所未有的清新，習習涼風中，大地一片新氣象：雨季延誤的幾個月過去，河道與公路很快恢復熙來攘往，農夫匆匆把新收成的作物送到市場，購物者擁入市集，添購新衣，準備歡度難近母節、十勝節[77]和伊斯蘭教宰牲節。

就在這麼一個忙碌的黃昏，喬都載客渡河時向下游望去，看見了剛從船塢駛出的朱鷺號：它停泊在船位上，位於兩個浮標中間，雖然桅杆空著，它就像新季節一樣刷洗得煥然一新，吃水線上換了新的銅殼，桅杆整潔發亮。淡淡的煙一圈一圈從廚房煙囪裡升起，所以喬都知道很多船工都已上了船，就這麼一次，他不再浪費時間為船資討價還價，嘲弄客人吝嗇，而是以最快速度把乘客放下，就全速向那艘雙桅帆船划去。

果然大夥兒都在，懶洋洋在艙房裡閒晃，每一張熟悉的老面孔，卡森密、辛巴・凱德、雜工老九、膳務員品多，還有兩個工頭巴布盧和孟篤。就連阿里水手長也心情大好，竟然向他點頭微笑。眾人拍過他肩膀、搥過肚子後，他的船就成了大家的笑柄——屋頂是不是洗馬桶的舊刷子拼湊的？那是船槳還是扇子？他們告訴他，沒有人預期他回來：大家都以為他被賣竹竿的人抓走了——不是大家都知道的嗎，划船的小子船尾沒插根棍子就快活不起來？

大副、二副呢？船長呢？他們在哪兒？

還沒上船，老九說道。

這讓喬都很開心，因為這代表整條船都歸船工管。來，他對老九說：咱們趁機把這艘船看個清楚吧。

他們先跑到高級主管專用的後艙，它位於後甲板正下方。他們知道，除非擔任清潔工和膳房小廝，再也不會有機會踏進這裡，所以非把握這機會不可。後甲板懸空的部分下方，設計了兩座梯子，進入後艙得利用其中一座：左舷入口直接通往主管臥艙，另一座梯子則可進入隔壁那塊稱做中艙的空間。左舷梯一下來就是小餐廳，專供主管用餐。喬都四下張望，驚嘆地看到每件東西都做得

77 難近母節（Durga Puja）慶祝難近母女神經過十天九夜苦戰，終於戰勝妖魔摩醯濕（Mahishasur），十勝節（Dussehra）典出史詩《羅摩衍那》，紀念羅摩得難近母之助，滅了十頭魔王羅波那（Ravana）。這兩個印度教節日都有慶祝秋收的意涵。

十分精巧，把各種突發狀況都考慮在內，預作防範。中間的桌子周圍做了突起的邊，中間設計了小格子，即使船身顛簸，桌上的東西也不會滑動或倒翻。大副和二副的房間位於餐廳兩旁，相形比較樸素，空間只夠轉身，床的長度還不夠一個男人舒服地把腿伸直。

船長的艙房在最裡面，這房間可一點也不讓人失望：它的寬度與船尾相當，室內的木器和銅器都擦得雪亮；富麗堂皇的程度就算放在王宮裡也不遜色。房間一頭擺張雕刻精美的小書桌，有一體打造的小架子和墨水缸；另一頭是張寬敞的大床，床側有個亮晶晶的固定式燭台。喬都往床墊上一躺，讓它彈上彈下。啊，如果你是個女孩就好了——把老九換成個妞兒！能想像有多妙嗎，在這張……？

一時之間，兩人都沉浸在夢想中。

總有一天，喬都嘆道：總有一天，老子要有一張這樣的床。

……那老子要做大清皇帝……

從船尾的主管艙往前走，來到中艙——監督者和警衛住的地方。雙桅船的這部分，相對而言也算舒適：它配備了固定床而不是吊床，採光也不錯，除了舷窗透進的日光，天花板上還掛了幾盞燈。這個艙區跟船尾艙一樣，有獨立的梯子通往甲板，但中艙的梯子還向下延伸，可進入船腹深處的貨艙、儲藏室，以及存放船上糧食與備用品的倉庫。

中艙隔壁就是移民工住的地方：夾層艙，但船工都稱之為「箱子」。這地方還是喬都第一次踏進來時的模樣，跟他記憶中一樣陰森、黑暗、臭氣四溢——就只是一層封閉的甲板，四面都是拱形樑柱——不過鎖鍊和鐐銬都不見了，另外添了幾間廁所和排尿孔。箱子在船員當中引起一種幾乎是迷信的恐懼，喬都和老九都沒在這兒多作停留。他們爬上梯子，迫不及待回到自己的艙區。這兒的改變最為驚人：水手艙後端圍了起來，隔出一個獨立房間，還裝了一扇牢固的門。

如果是囚室，老九說：就只有一種解釋，船上要載流刑犯。

多少個？

誰曉得？

囚室的門開著，所以他們爬進去。囚室窄小得像雞籠，不透氣如蛇窟：除了門上一個可以蓋起來的圓孔，只在將它與苦力的箱子分隔開的木板上另開了一個很小的氣孔。喬都發現只消踮起腳尖，就可以把眼睛湊上氣孔。在這洞裡關兩個月！他對老九說，除了偷看苦力，沒別的事可做……沒事做！老九哼了一聲。他們要把舊麻繩拆開，做成填補縫隙的填絮，拆到手指頭都斷掉：他們有的是工作，累到把自己的名字都忘掉。

說到工作，喬都說：我們先前說的交換怎麼樣？你想他們會讓我接替你桅杆上的位置嗎？

老九滿面猶豫：我今天跟孟篤工頭提過，他說讓你先試用。

什麼時候？

他們沒等多久就得到了答案。回到主甲板時，喬都聽見高處有人喊叫：你！賣竹竿的！喬都抬起頭，看見孟篤工頭從前桅橫桁往下望，勾著手指示意。上來！

這就是考試，喬都知道，所以他握住梯索前，先朝手心吐了口水，喃喃唸了句「奉真主之名」。還沒爬到半途，他就知道手已磨破流血——麻繩好像長了刺——但他運氣不錯，不但爬上了橫桁，還趁工頭看到傷口前，把手上的血跡抹在頭髮上。

Chalega! 孟篤不怎麼甘願地點了下頭。還可以——以划小船的來說，算不錯的……

喬都不敢多話，只謙虛地咧嘴一笑回應——但即使舉行加冕典禮的國王，也不會像他小心翼翼爬上横桁時那麼滿懷勝利感：說真的，什麼樣的寶座上能看到比桅杆頂端更壯麗的風景呢，紅日西沉，川流不息的船隻在腳下來往？

哦，你會喜歡待在這上頭的，孟篤說：如果你客氣地請教，葛西蒂說不定還會教你她獨門的讀風術。

讀風？怎麼讀？

像這樣。工頭走到帆桁上躺下來，雙腿指向日正西沉的地平線。然後他抬腳抖開沙籠，讓它像漏斗般敞開。筒狀的腰布兜滿風時，他得意地嘆了一聲。是的！葛西蒂預測風會變大。她感覺到了！風在她腳踝上，在她腿上，風的手一吋一吋往上爬，她覺得它**到位**了……

在她大腿上嗎？

屁眼上呀，你這爛雞巴，還有哪兒可以放風？

喬都捧腹大笑，差點兒從横桁上摔下來。他心頭忽然湧起一陣遺憾，若非為了一件事，這笑話本來會讓他更開心，那就是寶麗不能在場跟他分享：他們兩個向來喜歡這種瘋瘋癲癲的搞笑方式。

*

要不了多久，尼珥就發現室友的痛苦，依某種可預測的規律發作。比方說，劇烈的顫抖會從溫和得幾乎無法察覺的發抖開始，最初就像房間稍微嫌冷，而他只是略有不適。但輕微的抖動會越來越嚴重，直到從行軍床上摔下來，抽搐著身體倒在地上。他肌肉的輪廓會在皮膚的污垢下呈現，忽而收縮打結，又放鬆一會兒，然後再度緊縮；就像旁觀一群老鼠在布袋裡跑來跑去。一波抽搐過後，他會神智不省躺上一會兒，然後體內的某種東西又開始騷動；他的呼吸變得粗重，肺會咯咯作響，眼睛卻仍閉著；他的嘴唇會開始蠕動，吐出一些字句，他譫語不斷，卻仍處於昏睡狀態，他會翻來覆去，瘋狂扭動，用自己的語言大喊大叫。接著像是皮膚下面著了火，他開始拍打全身，似乎要撲滅蔓延的火勢。這招行不通後，他屈指如勾，摳挖自己的皮肉，像要撕下燒焦的皮膚。直到這時，他才會睜開眼，好像那具筋疲力盡的身體一定要等到他試圖剝自己的皮，才准他醒轉。

室友的這些症狀雖然可怕，卻遠不及大小便失禁更讓尼珥驚心動魄。看見、聽見、聞到一個成年人無助地把排泄物撒在地上、床上、身上，對任何人都是一場試煉——尤其對尼珥這麼一個有潔癖的人，簡直就是他最討厭的事物化身為人，硬要跟他生活在一起。日後尼珥得知，鴉片的一大特性就是對消化系統有強大的影響力。如果劑量得當，它可以治療腹瀉與痢疾；但若大量服用，它會導致腸子靜止不動——這是癮君子常有的症狀。反過來，已習慣大量服食鴉片的身體若突然禁斷，也會使膀胱與肛門括約肌產生無法控制的痙攣，以致食物與水都無法停留在體內。這種現象通常只持續幾天，但知道這點並不能讓尼珥好過，在這個不斷瘸屎、滴尿、嘔吐的室友附近度過的每一分鐘，都令他覺得度日如年。不久他也開始發抖和產生幻覺：在緊閉的眼皮底下，地板上一灘灘糞便活了過來，伸出觸鬚掏挖他的鼻孔、鑽進嘴巴、掐住喉嚨。尼珥這種症狀發作了多久，他自己不知道，但偶爾睜開眼，就看見其他犯人張口結舌，難以置信地瞪著他看；某次清醒的片刻，他注意到有人打開牢房柵門，拿進來兩件東西：洗廁所的刷子和杓子，就是清潔工用來掃糞便的工具。

尼珥知道，為了保持清醒，他非拿起刷子和杓子不可；沒有別的選擇。站起身，跨過分隔他和那把刷子的三、四步距離，費了他畢生最大的力氣，當他終於來到伸手便摸得到它的地方，卻怎麼也沒辦法伸手去碰它：其中的危險大得超乎想像，因為他知道，之後他再也作不了自己不久前還是的那個人了。他閉上眼，盲目地把手往前伸，直到握住把柄，才允許自己再次睜眼看：此刻周遭的環境毫無改變，彷彿是個奇蹟，因為他在體內感覺到一種極其可怕、不可能逆轉的變化。在某種意義上，他還是原來那個人，尼珥．拉丹．霍德，但又不一樣，因他手中拿著一個環繞著令人厭惡黑氣的不祥物品；但這東西到了他手中，怎麼看都還是它的本來面目，不多也不少，就是一件可以照他意願使用的工具。他蹲下身子，模仿過去看過清潔工使用的手法，把室友的大便鏟起來。

一開始動手，尼珥就充滿工作的熱忱。整間牢房只有一塊區域他沒去碰——在垃圾桶附近留下一塊小島，他把室友的行軍床推過去，希望能讓他的活動局限在那個角落。他把其餘空間連地板帶牆壁都刷洗一番，把所有污穢沖進牢房裡的排水溝。不久就有很多其他犯人圍過來看他幹活；有人甚至不請自來，出手幫忙，從井裡提水過來，搬來一捧一捧的沙土，使地板更好刷掃。他到院子裡去沐浴和清洗衣服時，正在煮飯的幾堆爐火旁，有人歡迎向他打招呼。

……來，來……跟我們一起吃……

用餐的時候，有人問：你會讀書寫字，是真的嗎？

是的。

用孟加拉語？

英語也可以。還有波斯語和烏爾都語。

一個人蹲坐著挪過來：那你可以幫我寫一封信嗎？

寫給誰？

給我村子裡的領主；他要收走我家族的一些土地，我要向他請願……

曾經，拉斯卡利領地的辦公室收到過幾十封這類的請願書。雖然尼珥很少親自披讀，信中的措辭他卻不陌生。他說：我替你寫，但你得提供我紙、筆和墨水。

回到牢房裡，他慌亂地發現方才的努力大半都白費了，因為他的室友毒癮再度發作，滿地打滾，又留下大片污跡。尼珥把他趕回分配給他的角落，但已累得沒力氣再打掃了。

那天晚上過得比前幾天平靜，尼珥注意到室友的發作頻率有了改變：強度轉弱，讓他有較長時間的休息；大小便失禁的情況也比較緩和，或許因為他已沒什麼東西可以排泄。早晨比殊先生來開柵門時說：接下來你得把阿發弄乾淨。這是一定要做的。他一碰到水，就會開始好轉。我看過這種事。

尼珥看看室友餓得形銷骨立的身體，身上結塊的糞便和結塊的頭髮。即使他克服自己的厭惡幫他洗澡，又有什麼好處？他還是會把自己弄髒，況且說到衣服，他似乎就只有那麼一件浸透了屎尿的睡褲。

要我派人來幫你嗎？比殊先生問道。

不必，尼珥說：我自己來。

在這間牢房裡待了幾天，尼珥開始覺得與室友的苦難產生了牽連：彷彿由於他們要到同一個地方去，因此所有榮辱要一起承擔。不論好壞，他必須擔下所有該做的事。

必要的準備工作花了不少時間：尼珥用寫信的服務交換到幾小片肥皂、一塊打磨皮膚的浮石、一件備用腰布和一件長袍。說服比殊先生不要鎖囚室的門，倒是出乎意料的容易：尼珥和他室友因為即將流放，無須參與工作，所以白天時院子幾乎全歸他們使用。一等其他犯人都離開，尼珥就從井裡打了幾桶水，把室友半抬半拖弄到院子裡。這個鴉片鬼幾乎不反抗，被大煙淘空的身體輕得出奇。當第一桶水潑上去，他無力地抽動幾下手腳，似乎想掙脫尼珥的掌握，但他實在太虛弱，掙扎的力道比一隻筋疲力盡的小鳥還不如。尼珥毫不費力就壓住他，不消一會兒，他就不再扭動，陷入昏迷。尼珥先用浮石刷洗他的胸膛，然後把肥皂片包在抹布裡，洗他的四肢：這個瘦得只剩骨頭架子的煙鬼，皮膚上有很多蟲蟻咬出的瘡疤與傷口，但不久就看得出，他的肌肉富於彈性，絕非尼珥原先猜測的中老年人。他的年紀比乍看之下小得多，顯然正值年輕力壯就被毒品控制了身體。待要對付繫帶褲上那個結，尼珥見它糾纏到解不開，只好將它割斷，再將破爛的睡褲撕開。清洗腿縫時，冒出的臭氣讓他噁心不已，不時得停下換氣。

照顧另一個人類——這是一件尼珥從未想到要做的事，甚至對自己的兒子，更別說是個年紀與他相當的外國人。他對照顧的概念完全來自伺候他的人對待他的溫柔：他一直把他們對他的愛視為理所當然——但因為他知道自己並沒有以同樣的感情回報，他經常好奇這樣的情愫是如何產生。現在他才想到，會不會是這麼一回事：有沒有可能因為使用到自己的手，並且把注意投注在別人身上，就產生了一種與被照顧者的反應全然無關的自豪與溫柔——就如同工匠對作品的愛，不因為沒有回報而稍減？

為室友包好腰布，尼珥讓他靠在苦楝樹上，餵了些米飯到他嘴裡。若讓他回去躺那張滿是跳蚤的行軍床，等於毀掉所有的清潔成果。所以他用幾條毯子在角落裡給他鋪了個窩。然後他把骯髒的床架拖到井邊，徹底刷洗，照他看過其他人的做法，將它倒過來放在空地上，讓陽光趕走床裡蠕動的吸血蟲虺。完成這件工作後，尼珥才想到是自己獨力扛動沉重的床架，沒靠任何人幫忙——只靠他這個按照家族傳說，自出生就體弱多病的人。同樣的，據說除了最精緻的食物，他吃什麼都會噎到——但他已吃了很多天最廉價的扁豆和糙米，穀粒小、有紅色紋路，還摻了大量會把牙齒崩斷的碎石與沙礫——而且胃口從來沒這麼好過。

第二天，透過複雜的磋商，還包括寫信給獄中其他區域的犯人與大老，尼珥跟一個理髮師談成交易，剃光他室友頭上和臉上的毛髮。

理髮師說：我理了一輩子髮，沒看過這樣的。

尼珥站在理髮師身後觀察室友的頭皮，就在剃刀把它剃個精光之際，裸露的皮膚上又長出新的東西——一層水銀似的薄膜，不斷波動著發出閃光。那是成群結隊的虱子，隨著結塊的頭髮大片掉落，虱子也如雨般掉在地上。尼珥手忙腳亂，汲來一桶桶水潑上去，趁牠們到別人身上肆虐前把牠們淹死。

毛氈似的頭髮與鬍子消失後，露出的那張臉與骷髏相差無幾，眼窩凹陷，細長的尖鼻子，額頭皮膚下每塊骨頭都看得見。根據眼睛的形狀和皮膚色澤，看得出這個人有中國血統——但他的高鼻梁和寬闊飽滿的嘴，又暗示他有更複雜的家世。尼珥看著那張憔悴的臉，覺得像是看見一個生氣勃勃在追尋什麼的鬼魂，雖然暫時被鴉片降服，卻還沒有完全交出這塊地盤。誰說得出這另一個自我擁有什麼樣的能耐與才華？作為測試，尼珥用英語問：「你叫什麼名字？」

鴉片鬼遲鈍的眼裡閃過一道光芒，好像知道這句子的意義，當他垂頭不語，尼珥決定把這姿態解釋為延遲回答，而不是拒絕回答。從那天開始，隨著室友的情況穩定地好轉，尼珥規律地每天問一遍這個問題，雖然溝通的嘗試不曾成功，他卻深信很快就會得到回應。

＊

賽克利回到朱鷺號那天下午，柯羅先生在後甲板上踱步，步伐緩慢而若有所思，幾乎像在排練有朝一日當上船長的儀態。一看見肩上搭著雜物袋的賽克利，他就停下腳步。「哎呀，看是誰來了！」他嘲弄地故作意外狀。「若不是小矮子閣下大駕光臨，準備到汪洋大海上散散心，才怪呢。」

賽克利已打定主意，不中大副的激將計。他愉快地咧嘴一笑，放下雜物袋。「午安，柯羅先生。」他伸出手說：「你這陣子安好？」

「哦，你知道嗎？」柯羅粗魯地隨便握一下他的手。「老實說，我本來不確定我們是否有幸與你同行。還以為你就這麼走了，不回來了，真的。看你這麼講究衣著，嬌嬌嫩嫩像朵鬱金香似的——還以為你寧可在岸上找份更賺錢的差事。」

「從沒考慮過，柯羅先生。」賽克利立即答道：「什麼都不能讓我放棄朱鷺號上的床位。」

「現在還言之過早，小矮子。」大副微笑道：「太早太早了。」

賽克利聳肩帶過，接下來幾天，忙著裝載補給和登記備用器材，他的時間只夠跟大副打招呼而已。後來有天下午，膳務員品多到船尾向賽克利報告，朱鷺號隨行的警衛和監工即將登船。賽克利對這批新來者很好奇，便走到後甲板上旁觀，沒幾分鐘，柯羅先生也來到捲索座前，與他一起觀望。

大部分警衛都是佩戴頭巾的傭兵——曾在英國部隊服過役，胸前掛著子彈帶的印度兵。監工一般被稱作師傅，穿深色長袍，圍白色腰布，看起來都很闊綽。無分傭兵或師傅，登船時那副神氣活現的派頭都令人側目：倒像是奉派來佔領俘虜船的征服者。他們絕不降尊紆貴自己扛行李，只拿各自的武器與裝備——警棍、鞭子、長矛與劍。他們的槍械包括讓人望而生畏的毛瑟槍、火藥和小型手槍，都由穿制服的腳夫搬上船，放進船上軍火庫。其餘行李諸如個人物品與補給，就輪到船工搬運與收拾，還附帶拳打腳踢和詈罵。

警衛隊領袖比洛．辛士官長最後一個上船，他進場的儀式最隆重：所有師傅和傭兵把他當王侯般列隊歡迎，深深鞠躬向他致敬。這位士官長是個虎背熊腰的大塊頭，穿潔白無瑕的腰布和長罩衫，腰繫閃閃發光的真絲圍腹帶，頭上戴頂貴氣的頭巾，臂下夾一支結實的警棍。他四下打量朱鷺號，八字鬍一扭一扭，顯得不很滿意，直到眼光落在柯羅先生身上。他對柯羅露出大大的笑容，雙手合十，柯羅似乎也很高興見到他，因為賽克利聽見他喃喃低語：「啊，這不是肉餅臉那老傢伙嗎！」然後用賽克利第一次聽他那麼誠懇的語調高聲說：「你今天好哇，士─官─長。」

這難得一見的友善表現，使賽克利不由得問道：「你的朋友嗎，柯羅先生？」

「我們待過同一條船，交情就有了，不是嗎，對我們這群老粗而言？『船上的同事先於陌生人，陌生人先於狗。』」大副挑起嘴角，上下打量賽克利。「你未必能懂，小矮子，看你跟什麼樣的人來往就知道了。」

賽克利有點意外：「我聽不懂你的意思，柯羅先生。」

「哦，不懂嗎？」大副的笑容很猙獰。「哼，或許這樣最好。」

說到這兒，賽克利還來不及進一步追問，大副就被阿里水手長拉去監督前桅上帆索事宜，留下他尋思這番話的用意。說來也巧，那天晚上，船長在岸上，只有大副和二副一起用晚餐，由品多伺候。兩人幾乎沒交談，直到品多把幾盤用酒精燈加熱的菜端進來，放在桌上。賽克利聞到味道就知，送上來的是一道他曾表示喜歡的菜，咖哩蝦仁飯。他給膳務員一個微笑，點一下頭。但柯羅先生卻狐疑地朝空中亂嗅，膳務員把食物的蓋子打開時，他厭惡地吼道：「這是什麼玩意兒？」他看了盤中食物一眼，砰一聲把咖哩蓋上。「把這拿走，小子，吩咐廚師炸幾片羊排上來。再也不准把這種黏糊哩搭的爛東西放到我面前。」

膳務員連忙上前，不斷致歉，正想整碗端走時，賽克利卻攔住他。「且慢，膳務員。」他說：「把它留下。請你給柯羅先生送他要的食物，但我要吃這道菜。」

柯羅先生一言不發，等膳務員消失在樓梯上。然後他眯起眼，看著賽克利說：「你跟那群船工混得很熟，是嗎？」

「我們一起從開普敦把船開來。」賽克利聳聳肩說：「我想他們認識我，我也認識他們，如此而已。」賽克利伸手去拿米飯，挑起一道眉毛說：「你不介意？」

大副點點頭，但賽克利替自己盛飯時，他厭惡地牽動嘴唇。「是船工教你吃這種黑鬼的臭食物？」

「只是咖哩飯，柯羅先生。在這地方每個人都吃它。」

「是嗎？」柯羅頓了一下，又說：「所以你們就吃這個，你跟那些發了印度財的歐洲暴發戶在那兒吃飯的時候？」

突然，賽克利明白下午那句話所指為何了；他從盤子上抬起頭，發現柯羅先生露出尖尖的牙齒，獰笑著看他。

「我打賭你以為我不會知道，是嗎，小矮子？」

「關於什麼？」

「你巴結勃南那夥人的事。」

賽克利深深吸口氣，平靜地回答：「柯羅先生，他們邀請我，我就去了。我還以為他們也會請你。」

「是哦！事實的青紅皂白，我不會看嗎？」

「真的。我以為他們也會請你。」賽克利說。

「傑克．柯羅？進伯特利大門？」一個字一個字吐得非常慢，好像每個字都是從怨恨的井底汲出來的。「沒資格進他們的大門，這個傑克．柯羅——他長得那張臉、說出來的話，還有他的手，都不成。夫人擔心髒了她的桌布。小矮子，如果你生下來銜的是根木杓，就不會有人在乎你在桅杆頂上喝西北風。總有那麼一群小矮子閣下、暴發戶、啥也不懂的外行，巴著船長的大腿，跟船主搖尾乞憐。這些人分不清樞軸和輪軸，把掣子和齒輪鎖混為一談，但他們總是在那兒——佔著後甲板迎風面，傑克．柯羅只能跟在後面吃屁。」

「聽著，柯羅先生，」賽克利緩緩說道：「如果你以為我是銜著銀湯匙出生的富家子弟，我可以告訴你，事實完全相反。」

「哼，我知道你是什麼貨色，小矮子。」大副咆哮道：「你是勢利鬼養的貓，滿肚子牢騷，作威作福。你仗著那張漂亮臉蛋，自以為總攬全局的笑容，我看多了。我知道你只會給我跟你自己惹麻煩。趕快趁還來得及，離開這艘船吧。讓我少受點苦，對你自己也好。」

「我上船是來工作的，柯羅先生。」賽克利板起臉說：「什麼都不能阻止我盡自己的職責。」

大副搖頭：「言之過早了，小矮子。我們還有兩天才上貨。這段時間足夠發生一些事，幫助你改變心意。」

為了保持和諧氣氛，賽克利把湧到舌尖的話硬生生吞下去，默不作聲吃完晚餐。但極力自制的結果，令他雙手顫抖，唇乾舌燥，餐後他到主甲板繞了幾圈，讓自己鎮定下來。水手艙和廚房裡傳來熱烈的交談聲，船工正在吃晚餐。他走到船首甲板，手肘撐在第二斜桅的座架上，低頭望著水面：河中有許多燈火閃爍，有些燈掛在碇泊船隻的船尾與羅盤箱上，有些則是成群結隊在遠洋船艦的繫纜間穿梭的小船和划艇用以照路。其中一艘小艇向朱鷺號靠近，船上傳來好幾個喝醉的聲音。賽克利認得這是喬都的船，想起他坐在船上跟寶麗爭論那晚，一陣顫慄從脊椎湧上來。

賽克利別過頭，向籠罩上游的黑暗望去：他知道寶麗在加爾各答北邊一座小村裡——聽喬都說她病了，由朋友照顧，他很擔心。小船停靠在朱鷺號旁時，他真想跳上船，划去找她。這衝動非常強烈，要不是因為一件事，他說不定就會付諸實踐。那就是他無法忍受柯羅先生誤以為已成功將他趕下了朱鷺號。

15

雨過天青，金色陽光燦爛。乾爽的天氣使寶麗加速康復，她決心離開加爾各答，實踐臥病期間構思的計畫。

第一步，需要跟諾伯．開新大叔私下見個面，她出發前把這件事好好思考了一番。勃南兄弟公司的辦公總部位於加爾各答時髦的濱海路，但這家公司在齊德埔碼頭一個陰暗的角落裡，還有個分部，坐船半小時可到：諾伯．開新大叔基於職務所需，幾乎天天要走這段路，他生性節儉，總乘坐往來各處碼頭的擁擠渡船。

齊德埔的勃南公司佔地廣大，有好幾個倉庫和棧房。充作這位經紀專用辦公室的小屋，位在廠區一角，旁邊是條巷子。據寶麗所知，凡是想私下取得諾伯．開新大叔量身打造借貸服務的客戶，都到這兒跟他見面。例如她父親就是這麼做——但以她目前的處境，闖進前任保護者的地產風險太大，不是個讓人安心的抉擇；她轉而決定去附近的碼頭，趁經紀先生下渡船時，半路將他攔截。

這個叫做布特河階的地方，非常適合她的目的：它很窄，所以方便監視，人潮又夠多，單身女子在附近晃蕩不會引起注意。更好的是，附近小山坡上有棵垂下濃密氣根的老榕樹，便於她藏身。寶麗鑽進糾纏的枝條，就發現一條氣根垂彎的弧度正好充作鞦韆。她坐在上面悠然搖擺，透過面紗上一道小心開啟的縫隙，盯著碼頭瞧。

她的守候差點落空，因為經紀換了髮型，長髮披肩，改變很大，他走過一段距離後，她才認出他。甚至他走路的方式也不一樣了，步伐變小，還扭擺臀部，所以她謹慎地跟蹤了一、兩分鐘才走上前，壓低嗓音說：經紀大叔……*shunn*……聽著……

他嚇了一跳，立刻轉過身，目光從河邊一直掃向附近的巷子。雖然寶麗就在視線範圍內，他那雙描著纖細黑眼線的眼睛，卻對她披著紗麗的臉視若無睹。

寶麗再次低聲發話，這次說的是英語：「諾伯．開新大叔……是我呀……」

這使得他更加詫異，卻一點沒有因此而認出她；適得其反地，他好像要趕走纏身的鬼魂似的開始喃喃禱告：*Hé Radhé, hé Shyam*……

「諾伯．開新大叔！是我呀，寶麗．蘭柏。」她悄聲說：「我在這兒，看啊！」他那雙凸眼珠轉過來，她很快把臉上的紗麗掀開一下。「看見了嗎？是我！」

看見是她，他愈發震驚地往後跳開，笨拙地踩到好幾個路人的腳——惹來一片叫罵聲，他卻置若罔聞，全副注意力放在寶麗蒙著紗麗的臉上。「蘭柏小姐？哎呀，真不能相信！妳忽然從我背後冒出來？還穿本地人的服裝。妳把自己的臉藏得真好，我分辨不出……」

「噓！」寶麗哀求道：「拜託，諾伯．開新大叔，求求你小聲一點。」

經紀尖起嗓子耳語：「但是，小姐，妳來這種荒郊野外做什麼，妳倒是告訴我呀？我們天上地下翻遍了，都沒找到妳。算了算了——主人一定會非常高興。我們馬上趕快回去吧。」

「不行，諾伯．開新大叔。」寶麗說：「我不打算回伯特利。我特地來找你，有非常要緊的事必須跟你商量。拜託給我一點時間坐下談好嗎？如果不給你添太多麻煩的話？」

「坐下？」經紀不滿地皺起眉頭，打量滿布泥濘和垃圾的河階。「這兒根本沒有家具。怎麼坐？咱們的紗麗——我是說，咱們的衣服會弄髒的。」

「別擔心，諾伯．開新大叔。」寶麗指著小丘說：「我們去那座小山坡，可以靠樹枝保護。沒人看見我們的，我給你擔保。」

經紀有點擔心地看著那棵樹，最近他開始像家庭主婦般，害怕所有會爬會鑽的小動物，刻意避開所有可能有蛇蟻藏身之處。但今天好奇心超越了他對綠色植物的厭惡。「也罷。」他不情不願地說：「就聽妳的。我們過去吧。」

寶麗一馬當先，他們爬上山坡，鑽進密密糾纏的氣根裡，雖然諾伯·開新大叔的腳步遲緩，但直到寶麗示意他去坐方才充當鞦韆座椅的那條氣根，他才出口抱怨。他把長著節瘤的樹根檢查了一遍，不屑地擺擺手。他宣稱：「這地方不適合坐人。蟲子到處爬來爬去。說不定還有兇惡的毛毛蟲。」

「可是這種樹的樹根不長毛毛蟲。」寶麗說：「坐上去很安全，我保證。」

「拜託妳別堅持了。」諾伯·開新大叔說：「我寧可站著。」話畢，他就交叉雙臂，往胸前一抱，站在一個那棵樹的枝葉絕對沾不到衣服或人的地方。

「隨你吧，諾伯·開新大叔。」寶麗說：「我不想勉強……」

再也壓抑不住好奇心的經紀打斷她：「快說吧，不是嗎？妳這段時間都住在哪兒？妳到哪邊去了？」

「那不是重點，諾伯·開新大叔。」

「我懂了。」經紀瞇起眼睛說：「所以大家的傳言說得是真的？」

「傳言什麼？」

「我不喜歡窺人隱私，蘭柏小姐，」經紀說：「不過事實上，每個人都說妳耽溺於不當行為，如今有喜了。所以妳才要逃走。」

「有喜？」寶麗說：「什麼叫有喜？」

「裝也沒有用。妳告訴過勃南太太，不是嗎，說是炭爐裡有本地麵包在烘著呢？」

寶麗脹紅了臉，用雙手摀住面頰。「諾伯．開新大叔！」她說：「我沒有耽溺，也沒什麼喜。你一定要相信我：我是自動自發離開伯特利；逃跑是我個人的決定。」

經紀挨過來。「妳承認沒關係——我是不拘小節的人。貞操蕩然無存了，不是嗎？處女膜戳破了，不是嗎？」

「完全不對，諾伯．開新大叔。」寶麗憤怒地說：「我不知道你怎麼想得出這種事。」

經紀聽了這話，思索一會兒，然後又賊頭賊腦靠過來，好像要吐露一個覺得羞於啟齒的念頭。「那妳告訴我：妳逃走是因為主人的緣故嗎？」

寶麗拉下頭紗，露出眼睛，正視他的臉。「可能是。」

「哦，天啊，天啊！」經紀舔一下嘴唇，說道：「想必發生了不可告人之事？」

寶麗明顯看出，窺探雇主不可告人衝動的欲望，已在這經紀的腦袋裡熊熊燃燒。她不知他會怎麼運用這則情報，但知道這股好奇心可以變作對她有利的工具。「我不能再多說，諾伯．開新大叔，除非……」

「怎麼樣，請說。」

「除非你能幫我一個小忙。」

一向對討價還價很敏感的大叔，頓時起了戒心。「妳要我幫什麼樣的小忙？請說清楚。」

寶麗瞪著他看了很久，才說：「諾伯．開新大叔，你還記得我父親為什麼去找你？那是什麼時候的事？」

「就在他上天國之前，不是嗎？」經紀說：「我怎麼能忘記，蘭柏小姐？妳以為我是個傻瓜嗎？人在垂死前交代的話是不可以輕忽的。」

「你記得他要安排讓我前往模里西斯？」

「當然。」諾伯．開新大叔說：「我才把信物交給妳，不是嗎？」

寶麗右手握拳，慢慢從紗麗中伸出來。「當時你告訴他，用這個交換，你可以替他辦妥這件事，是不是？」她攤開手掌，把他幾星期前交給她的金匣遞向他。

諾伯．開新大叔一瞥她的手掌。「妳說得都沒錯。但我看不出這跟現在有什麼關係。」

寶麗深深吸了口氣。「諾伯．開新大叔——我要你履行承諾。我給你這個金匣，換一張朱鷺號的船票。」

「朱鷺號！」諾伯．開新大叔下巴掉了下來。「妳瘋了還是怎麼回事？妳怎麼能上朱鷺號？那艘船上只有苦力和罪犯。沒有普通乘客的位置。」

「我完全無所謂。」寶麗說：「能加入那些工人，我就滿意了。他們都歸你管，不是嗎？你多加一個名字，沒人會知道。」

「蘭柏小姐。」經紀冷冰冰地說：「妳一定在開我玩笑。我不明白妳怎麼會提出這種要求。妳必須立刻放棄這想法。」

「可是，諾伯．開新大叔，」寶麗哀求道：「告訴我，在名單上多加個名字，對你有什麼壞處？你是經紀，工人的數量又那麼多。多一個根本不會有人注意。而且你親眼看到，我穿上紗麗，你就認不出我。沒人會知道我的身分；你不用害怕，我向你保證，而且你還可以得到我的金匣作報酬。」

「不行，老天爺！」諾伯．開新大叔的頭撥浪鼓般搖個不停，大耳朵甩得像強風中的樹葉。

「一日這詭計敗露，我被發現是主謀，妳知道主人會怎麼對付我嗎？他會敲破我的腦袋。齊林沃斯船長對膚色很敏感。如果他發現我把一個白種女士當苦力移交給他，他會把我絞死，餵給鯊魚當午餐。天哪……不行，不行，不行……」

經紀轉過身就走，撞斷了好些氣根形成的簾幕。他漸行漸遠，聲音仍傳到寶麗耳中：「……不行，不行，這計畫只會惹來好大、好大的災難。非馬上阻止不可……」

「哦，求求你，諾伯．開新大叔……」

寶麗把所有希望都寄託在這次會面，眼看計畫一敗塗地，她的嘴唇開始顫抖。正當淚水湧出之際，她聽見諾伯．開新大叔沉重的腳步聲回到樹叢。他回來了，站在她面前，靦腆地抓著腰布邊緣扭來扭去。

「不過妳聽著，還有件事。」他說：「妳忘了告訴我，妳從主人那兒逃亡的事……」

在面紗掩蔽下，寶麗飛快擦乾眼淚，打起精神，用強硬的聲音說：「你不會從我這兒得知任何事，諾伯．開新大叔。」她說：「因為你既沒幫我忙，也沒建議任何出路。」

她聽見他吞了口口水，抬頭只見他的喉結若有所思地上下移動。「可能，有一個辦法。」最後他嘟噥道：「但這麼做，有無法避免的危險和漏洞。執行起來極端困難。」

「沒關係，諾伯．開新大叔。」寶麗熱切地說。「告訴我，你有什麼點子？該怎麼做？」

＊

佳節來臨，城市裡慶祝的歡騰聲響徹四方，相形之下，營區裡的沉默就更難以忍受。排燈節期間[78]，移民工也點了幾盞燈意思意思，但營區裡沒有歡笑可言。仍然沒有他們何時可以離開的消息，每一天都有一大堆新謠言在營地裡散播。有時好像所有人當中，只有狄蒂和卡魯瓦還相信真的會有船來載他們離開；有人開始說，不，一切都是謊言，倉庫只是一種監獄，他們被送到這兒來等死；他們的屍體會變成骷髏，他們會被切成一塊塊拿去餵白人大爺的狗或充當魚餌。這些謠言常始於那些永遠在圍籬外窺探的路人和逐營地而居的外人——小販、流浪漢、頑童及其他被移民工挑起無窮好奇心的人：他們一站就是好幾個小時，東張西望、指指點點、緊盯不放，就像參觀籠子裡的動物。有時他們會試探移民工：你們為什麼不逃走？來呀，我們幫你們脫逃；看不出他們在等你們死，好出售你們的屍體嗎？

但如果真有移民工跑掉，抓他們回來的也是這群旁觀者。第一個嘗試的是來自亞拉的一個頭髮灰白中年男子，他腦筋不太好，才衝到籬笆外就被他們抓住，綁住雙手後，再把他拖進辦公室。他們的辛苦換得一筆不錯的酬勞。逃脫未遂的人挨了頓打，外加兩天沒有食物。

這座城市的氣候——炎熱、潮濕——使情況更糟，很多人病了。有些會康復，但有些人好像想藉著生病從世間消失，他們被等待、謠言和遭到囚禁的不安折磨得毫無鬥志。一天晚上，有個男孩發譫語。他雖然年紀很小，長長的鬈髮卻模仿托缽僧抹了層灰；據說他是被一個苦行僧綁架後賣掉的。他開始發燒，身體灼燙，嘴裡冒出一連串可怕的詛咒。卡魯瓦和其他幾個男人試著求助，但守衛和師傅都在喝酒，置之不理。天亮前，孩子發出最後一波尖叫和咒罵，接著身體就變得冰冷。看守者似乎對死人比對病人更有興趣：他們安排運走屍體的效率前所未有得高——說是送到附近的河

78 Diwali在南亞和東南亞各國是一個各宗教共同慶祝的節日，紀念古代天神戰勝妖魔的傳說，有「光明戰勝黑暗」的含意，慶祝在秋末舉行，方式包括大掃除、張燈結彩、放煙火、穿新衣、家人團圓共餐等，節期長達五天。

階上火化——但誰能確定？所有移民工都不准離開營地見證實際情形，所以他們啞口無言聽一個小販隔著籬笆悄聲說，那男孩根本沒被送去火化：屍體頭頂鑽了個洞，倒吊起來，以便抽出 *mimiái-ka-tel*——腦子裡的油。

為了對抗謠言和不祥徵兆，移民工經常討論，離開前一天要做哪些祭拜儀式。他們談到祭拜、禱告、唸誦《古蘭經》、《羅摩功行錄》和《阿哈頌》。他們談論這些儀式的口吻都很熱烈，好像那場合非常值得期待——但這只是因為即將離開的恐懼太深刻，超出言語所能表達，就是一種使你很想蹲在角落，抱住膝蓋，大聲喃喃自語，讓耳朵聽不見腦子裡聲音的感覺。相形之下，談論祭拜儀式的細節，不厭其煩規劃其中最細微的部分，拿它們跟過去的每一次祭拜、祈禱、誦經對照，還容易得多。

那一天終於到來時，跟他們預期的完全不同，離開在即的唯一徵兆，就是經紀諾伯・開新大叔突然跑到營區來。他匆匆進入工頭的小屋，跟他們關起門來商議了一會兒；然後守衛和師傅下令所有人集合，由召募人拉姆沙朗大叔宣布，他離開他們的時候到了；從現在開始直到抵達麻里西，分配到各個大農場為止，會有另一批警衛和工頭監督管理他們。這個團隊已經上了他們的船，確保那艘船已做好接納他們的準備。他們明天便可以上船。最後他祝他們在新家 *sukh-shánti*——平安快樂，並說他會向渡海之神祈禱：*Jai Hanumán gyán gun ságar*……保佑他們一路平安……

*

在阿里埔監獄，過節是件大事：排燈節尤其是各牢房的大老率領手下顯身手的機會，很多牢房的院子都掛滿了燈，還有就地取材製作的花火。但一切喧囂、食物與過節氣氛，在尼珥身上都產生反效果，支撐了他這麼久的決心突然崩潰。排燈節前夕，院子裡燈火通明，他幾乎下不了床，也沒辦法走出柵門：他一心想著兒子，過去那些年放的煙火，還有這一季那孩子將要面臨的黯然、寂靜、冷落。

接下來幾天，尼珥的心情愈發惡劣，所以當比殊先生跑來宣布，他們離開的時間已決定時，他困惑地回應：要帶我們去哪裡？

麻里西呀。你忘了嗎？

尼珥用手腕揉揉眼睛。什麼時候動身？

明天。船已經準備好了。

明天？

是的。他們一大早來接你們。要準備好。還要告訴阿發。

就這樣，把該傳的話傳到。比殊先生說完便轉身離開。尼珥正打算倒回床上，卻發現室友正定睛看著他，好像有個疑問。尼珥最後一次照例問他叫什麼名字已是好幾天前的事，這次他勉強打起精神，用英語粗聲說：「我們明天離開。船準備好了。他們一早來接我們。」阿發除了眼睛稍微睜大一點，沒有任何反應，尼珥便聳聳肩，躺了下去。

出發在即，尼珥一直試著屏擋在意識外的影像與記憶，排山倒海地湧回：關於艾蘿凱西、他的家、他失去丈夫的妻子和失去父親的孩子。他昏然入睡，只是讓惡夢來襲，夢中見到的自己，是茫茫黑暗大海中的放逐者，孑然孤影，斷絕了所有人類的聯繫。他覺得自己將要溺斃，開始揮舞手臂，想抓住一縷光線。

他醒來發現自己坐在床上，四周一片黑暗。逐漸地，他察覺有隻手臂攬著肩膀，扶持著他，好像要安慰他。這擁抱有種他不曾體會的親密感，甚至超越艾蘿凱西，耳邊傳來一個聲音，好像來自體內：「我名字李良發。」那聲音說：「人叫我阿發。阿發你朋友。」這些斷斷續續，孩子似的字句，比尼珥讀過的任何詩詞都提供更大的慰藉，而且更新奇，因為他從沒有聽過這樣的話——即使過去有人說過，也只是浪費，因為他當時沒有能力理解其價值而珍惜它。

*

決定朱鷺號出發日期的，不是人類的機構，而是喜怒無常的潮汐。那年正如大多數年頭，排燈節離秋分很近，而孟加拉水域有個危險的特徵，一種叫江潮或逆潮的現象——潮水從海口捲起牆般的巨浪，向上游反撲，對朱鷺號的航期影響很大。正值春夏之交的灑紅節和接近夏秋之交的排燈節，是江潮最強大而危險的兩個時段：波濤洶湧，令人心驚膽戰，移動速度也特別快，對河上交通形成重大威脅。朱鷺號起錨的黃道吉日，就選在一個江潮來襲的時刻：危機早在幾天前宣告，這艘船決定乘著退潮，脫離碇泊，揚帆出海。所有乘客必須提前一天上船。

港務局長當天一大早就發出預警，江潮會在日落時出現。從那一刻起，河濱就展開忙碌的準備工作：漁夫通力合作，把小船、小艇、甚至較輕的四槳划船，都從水面抬到岸上，遠遠擺在河水淹不到的地方。單桅船、平底船、篷頂船及其他重到無法從水中搬出的船隻，都保持安全距離，分散停泊，至於雙桅橫帆船、前桅橫帆雙桅船、雙桅帆船等遠洋船艦，則紛紛將頂桅橫桁和上桅橫桁降下，並放鬆船帆。

賽克利停留在加爾各答期間，曾兩度混在岸上的人群中觀賞江潮通過。他學會聆聽遠方預示波浪將至的呢喃喘息；他目睹水面突然上升，宛如一顆巨大的頭顱，披著滿頭白色泡沫的亂髮發出怒吼。他曾隨著面前飛馳而過的江潮轉頭，看它扭動黃褐色腰肢，一拱一拱向上游疾馳，好像在追逐撲朔迷離的獵物。他也曾像岸邊的頑童一般，莫名所以地歡呼大叫，事後又跟其他所有人一樣，對自己的興奮感到不好意思——因為不消幾分鐘，河水就再次恢復常態流動，這一天也重拾平淡無奇的節奏。

雖然對這種波浪不陌生，賽克利卻只在岸上看過，還不曾在船上體驗。相較來說，行駛過胡格利河多次，還到過伊洛瓦底江的柯羅先生，應付江潮和逆潮的經驗相當豐富。船長交代他總管準備工作，自己則待在艙下，吩咐大家，那天晚點他才會上甲板來。但實際情形卻是，江潮預定出現前一小時，勃南先生送消息來，把船長叫到市區去處理若干要在最後一刻處理的緊急事務。

照例，船長需要登岸時，應該由工頭或水手長出馬，用船上攜帶的輕便小艇（雙桅帆船停在港口時，總繫在船尾）送他上岸。但今天朱鷺號人手不足，因為很多船工還在岸上，或因出航前夕縱欲過度正在休養，或因長期不在船上而需做種種準備。賽克利眼見所有能派上用場的人都抽不開身，就去找柯羅先生，自告奮勇替船長划船。

這念頭只是一時興起，沒有任何周詳考慮，話才出口，賽克利就後悔了——柯羅先生忖度了好一會兒，斟酌結論時，臉色陰沉下來。

「所以，你覺得如何，柯羅先生？」

「我覺得如何？告訴你吧，小矮子，我不認為船長有必要跟你東拉西扯。如果要找人替他划船，我才是最佳人選。」

賽克利不安地挪動身體重心。「當然。隨你便，柯羅先生。只不過想幫忙嘛。」

「幫忙？你跟船長攀談對任何人都沒好處。待在用得著你的地方，放機靈點。」

這番對話開始引起船工注意，所以賽克利趕快把它結束：「是，柯羅先生。悉聽尊便。」

大副划著小船送船長去了，賽克利留在船上，監督船工拆卸上帆和頂帆。大副回來時，天色已經變了，觀眾群集堤岸，等待江潮出現.

「滾到後面去，瑞德。」大副一上甲板就咆哮道：「前艙不需要你亂噴口水。」

賽克利聳聳肩，沒多囉唆，就到後甲板的舵手室去。日頭已西沉，岸上的漁夫加緊固定翻轉的船隻。賽克利正盯著下游，注意逆潮出現的第一波訊號，膳務員品多突然向船尾跑來。「大馬浪叫小馬浪。」

「什麼事？」

「固定浮標有問題。」

賽克利匆匆走向前甲板，看見大副站在船頭，瞇著眼眺望前方水面。「出了差錯嗎，柯羅先生？」

「你來告訴我，瑞德。」大副說：「你看那邊有什麼？」

賽克利手搭涼棚望去，見柯羅先生指著一條把朱鷺號的船頭與前方五十碼外一個浮標下端連在一起的纜繩。賽克利從這艘船入港就一直待在船上，所以知道胡格利河逆潮時，遠洋船隻必須遵守一套特殊的碇泊程序：它們通常遠離河岸，停在河流中間，不下錨，兩側用纜索拴在深深固定於泥濘河床中的浮標上。固定碇泊纜的鉤子位於浮標下端，藏在水面下，必須由熟知這條渾濁的河流、能在伸手不見五指狀況下幹活的潛水夫把纜繩掛上。就是這種碇泊纜中的一條，引起了柯羅先生的注意——但賽克利實在不知道原因何在，因為船與浮標之間的纜繩有半截浸在水裡，看得見的部分有限。

「看不出有問題，柯羅先生。」

「你還不知道？」

光線只夠他再看一眼。「真的不知道。」

柯羅先生用食指剔掉牙縫裡一塊食物殘渣。「你知道的事還真少，小矮子。如果我告訴你，浮標固定鉤上的纜繩鬆了？」他挑起一道眉毛，檢查自己的指甲。「你沒想到會有這種事，現在想到了嗎？」

賽克利必須承認他說得沒錯。「是，柯羅先生，我確實沒想到。」

「有興趣坐小船去看個清楚嗎？」

賽克利猶豫了一下，試著判斷自己有沒有足夠時間趕在潮水來襲前往返浮標一趟。因為水流速度極快，在河面刻下深深的紋路，實在很難下判斷。

彷彿要打消他的疑慮似的，大副說：「你不是笨蛋吧，瑞德？」

「不是，柯羅先生。」賽克利立刻說：「如果你認為有必要，我就去。」

「那就閉上嘴，快去吧。」

如果要做這事，賽克利知道動作一定得快。他跑步衝到船尾，直奔仍繫在那兒的小船——將它從水裡拖上來是因應湧潮的最後一個步驟。看情形判斷，賽克利認為把小船移到船側的梯子下面要花太多時間，最好從船尾欄杆直接往下跳，雖然難度頗高。他正拉著綁船的繩索，阿里從舵手室走出來，低聲說：「馬浪小心：小船會破。」

「什麼……」

賽克利的問句被緊跟著他走到船尾的大副打斷：「又怎麼了？怕弄濕你的腳，小矮子？」

賽克利不再多話，把小船的纜繩交給阿里，他把繩子繞在柱子上，拉緊。賽克利爬到欄杆外側，抓著繩子，爬進小船，示意阿里把船放鬆。水流幾乎立即攫住這艘小船，沿著雙桅船的邊緣拉扯著它，把它推進中流。

槳就在船底，賽克利伸手去取時，意外發現船裡已積了一吋多深的水。他不以為意，因為船舷很低，即使靜止不動也不時有浪打進來，他開始划船，小船反應很靈活，很快就領先船頭二十多呎。這時他又發現船底的水已升到腳踝，開始往小腿淹上來。到這時為止，他的注意力一直集中在浮標上，所以看著小船兩舷，不由得吃了一驚，船舷上緣距湍急的水流只剩一、兩吋。好像小船的船身被鑽了好幾個洞，而且鑽得很有心機，如果沒人划船，洞就不會打開。

他拚命用力划船，試圖讓小船掉頭，但船尾已深埋進水裡，所以船頭動也不動，浮標就在前方二十呎，在快速黯淡下來的光線中清晰可見，但水流把小船沖得離目標越來越遠，一直往河中央漂去。朱鷺號的錨纜雖近，卻可望而不可及，賽克利知道，只要能抓住錨纜，就能把自己拉到安全的地方。但兩者的距離卻迅速擴大，雖然賽克利擅長游泳，但他估計，要在湧潮進來前抓到纜繩並非易事，因為水流方向正好與他作對。顯然他最大的希望就是有另一艘船來接他——但一直熙來攘往的胡格利河，這時卻空曠得令人絕望。他向朱鷺號望去，看到阿里已知道他有了麻煩。船工正忙著放下右舷的長艇——但這不能帶來多少希望，因為光這個過程就可以花上十五分鐘。向岸上望去，他看見很多旁觀者——漁夫、船夫等等——都看到了他的困境，他們都束手無策，只徒然為他擔心。潮水逼近的巨響已清晰可聞，光聽那聲音就知道，任何人冒險下水都一定會送命。

只有一件事很清楚：不能再留在這艘即將沉沒的船上。賽克利用腳趾和腳跟脫下濕透的鞋，扯下粗布上衣。就在跳水的前一刻，他看見一艘船從泥岸上滑下來：細長的小船以強大無比的力道衝進水面，爆發的能量立刻將它推送到接應賽克利的半途。

看到那艘船，賽克利的臂膀頓時來了力氣，他仗著一口氣向前衝，並不停下換氣，直到聽見一個聲音喊道：「西克利馬浪！」他從水中抬起頭，見一隻手伸過來；手臂後面出現喬都的臉；他用單手指向下游，波濤聲隆隆傳來。賽克利沒有停下聆聽，他一把抓住喬都的手，翻身上船。喬都拉他坐正，把一支槳塞到他手中，指指前方的浮標。浪濤已近得不需要考慮划回岸上了。

賽克利把槳深深插進水中，回頭一瞥：巨浪直奔他們而來，頂端的泡沫呈現一片模糊的白影。他轉身使出吃奶力氣打槳，再也不敢回頭，直到他們與浮標齊平。在他們背後，浪濤正以一個無法想像的角度從水中躍起，撲向他們。

「西克利馬浪！」喬都已跳上浮標，把小船的纜繩綁在頂端的固定鉤上。他示意賽克利也跳過去，並伸出一隻手，幫他在覆滿水藻的滑溜表面穩住身形。

這時波浪幾乎趕上他們，賽克利趴在浮標上喬都身旁。只來得及拿根繩子繞過他們的身體，然後套進固定鉤。賽克利一手鉤住喬都的手臂，另一隻手臂緊緊抓住固定鉤的鐵環，然後把一大口空氣吸進肺裡。

突然一切都變得寂靜無聲，震耳欲聾的浪濤化為一道龐大無比、粉碎一切的重量，把他們壓扁在浮標上動彈不得，壓得如此之緊，賽克利甚至感覺浮標表面的藤壺嵌進了胸膛。頑抗壓力的浮標，把纜繩扯得死緊，大水湧過時，它不停地旋轉再旋轉。然後忽然間，就像風中吹拂的風箏，它倏地換了方向，往上直衝，一股動能把它推出水面，彈動跳躍，賽克利閉上眼睛，聽任自己的頭撞在金屬表面上。

恢復呼吸後，他向喬都伸出手。「謝謝你，我的朋友。」

喬都咧開大嘴，啪一聲握住他的手，眉開眼笑地說：「萬歲！天下太平！」

「正是。」賽克利哈哈笑道：「大難不死，天下太平。」

宛如奇蹟一般，喬都的船毫髮無傷，他先送賽克利回朱鷺號，然後把租來的船歸還原主。

賽克利爬上雙桅船，發現大副雙臂交抱胸前，正在等他。「受夠了嗎，瑞德？改變主意了嗎？還來得及掉頭回岸上去。」

賽克利看看身上還在滴水的衣服。「看看我，柯羅先生。」他說：「我在這兒，朱鷺號不去的地方我絕對不去。」

第三部

SEA OF POPPIES

16

第二天早晨，狄蒂很早就到了河邊，所以是第一批看到那幾艘划艇停在營地碼頭邊的人：她縱聲大喊——*Nayá a gail bá!*（今天要走啦！）——高亢的聲音嚇得人魂飛魄散，叫聲的回音才歇，營地裡就再也沒一個人躺著了。他們三三兩兩從小屋裡鑽出來，確認小艇真的來了，今天確實是拔營離開的日子。既然再沒有不相信的餘地，騷動便開始了，眾人手忙腳亂，把自己的物品集中在一處，收下晾曬的衣服，找出各自的水罐、銅壺及其他必需用品。規劃多日的告別儀式在混亂中被忘得一乾二淨，奇妙的是，這場大規模爆發的活動，本身就成了一場祭典，倒並非因為它有什麼特定訴求——每個人的包袱和行囊都非常之小，而且經過那麼多次包了又拆，拆了又包，收拾起來已不費功夫——而因為它是一種迎接神明啟示、敬天畏神的表現：當苦苦等候、卻又令人恐懼的時刻終於來臨，戳破了日復一日期待的面紗，未知的可怕就整個暴露出來。

幾分鐘內，工頭就挨家挨戶進小木屋搜索，甩著棍棒，把瑟縮在角落裡的人趕出來，踢散那些堵著營區通道、擋在門口竊竊私語的男人。女人住的小屋裡，眼看著離開在即，也是秩序大亂，狄蒂只好把心裡的恐懼放在一旁，穩住形勢：拉特娜和香芭除了抱在一起，什麼也不能做；希路躺在地上滾來滾去；做助產士的沙柳把臉埋在她當心肝寶貝的包袱和鋪蓋裡、穆尼雅只顧著把頭髮編成辮子，其他事一概不管。好在狄蒂自己的物品已經打好包，所以她專心一意把其他人組織起來，不斷敦促、拍打、大呼小叫。她辦事的成效不錯，卡魯瓦來到門口時，所有東西，包括最小的碗盞和最零碎的布片，都已點清、收開了。

門口堆了小山一般的行李。狄蒂拿起自己的東西，領著女人走出小屋，每個人都用紗麗把頭髮和面孔密密實實遮住。女人從還在團團轉的移民工中間穿過，所有女人都緊靠在龐大的卡魯瓦旁邊。接近碼頭時，狄蒂看見諾伯・開新大叔：他在一艘船上，長髮梳成一捲一捲披在肩上，潤澤發亮。他招呼這些女人的姿態，儼然以她們的姊姊自居，下令工頭先讓她們通過。

狄蒂跨過搖晃不定的跳板，經紀便指著船尾搭有茅草棚的區域，示意她過去，那是用屏風隔開的婦女專區：裡面已坐著有人，但狄蒂沒注意到她——目前她眼中只有營地邊緣那座飄揚著旒旗的寺廟，看到它，她就想起沒做到的禮拜，心中滿是懊惱。未以祭拜開始的旅程一定不會有好下場。她雙手合十，閉上眼睛，開始專心禱告。

船動了！穆尼雅尖叫，馬上有另一個聲音回應她，一個陌生的聲音：*Hã, chal rahe hãi!*（是的，我們上路了！）

狄蒂這才發現，她們中間混進來一個陌生人。她睜開眼，看到對面坐了個穿綠色紗麗的女人。狄蒂的皮膚開始刺痛，好像在告訴她，這個人她見過，也許是在夢裡。她滿懷好奇，把頭上的面紗往後一掀，露出自己的臉。她說：我們這裡都是女人，*ham sabhan merharu*——不需要把臉遮起來。

陌生人跟著掀開紗麗，露出一張眉清目秀的鵝蛋臉，臉上的表情天真而聰慧，既甜美又充滿決心。她臉上有種柔和的金色光輝，像村中飽學之士溺愛的女兒，自幼不曾下田工作，不需忍受陽光曝曬。

妳要去哪裡？狄蒂說：她對這陌生人沒來由地覺得很熟悉，毫不考慮就跟她說起博杰普爾家鄉話。

女孩用城裡那種混雜多種方言的印度普通話回答：跟妳們去一樣的地方——*jahã āp jāta*……

但妳不是我們的人，狄蒂說。

現在是了，女孩微笑道。

狄蒂沒有勇氣直接查問女孩的身分，所以她用較迂迴的方式，先報上自己和其他人的名字：穆尼雅、希路、沙柳、香芭、拉特娜和杜克哈妮。

我叫菩特洛夏娃麗，女孩說道。大家正在為這個詰屈聱牙的孟加拉複式名字如何發音而煩惱時，她補上一句，解救了大家：我的小名叫寶格麗，別人都這麼叫我。

「寶格麗？」哎呀，狄蒂笑道，妳看起來一點也不瘋癲呀[79]。

那是因為妳還不了解我，女孩甜甜地笑道。

妳怎麼會到這兒來跟我們一起呢？狄蒂問道。

經紀人諾伯．開新大叔是我叔叔。

啊！我懂了，狄蒂說：妳是婆羅門的女兒。但妳要去哪裡呢？

麻里西島，女孩說：跟妳們一樣。

妳又不是契約工，狄蒂說：為什麼要去那種地方？

我叔叔替我安排了婚姻，女孩說：對方是農場的工頭。

婚姻？聽她說起遠渡重洋去結婚跟嫁到下游的鄰村沒有差別似的，狄蒂覺得不可思議。但妳不怕失去階級嗎？她說：妳不怕越過黑水，而且跟這麼多三教九流的人坐一條船？

一點也不怕，女孩的語氣十分篤定，不摻一點雜質。沒有人會在朝聖的船上失去階級，而且大家都平等：就像坐船去普里的賈格納斯神廟。從現在開始，直到永遠，我們都是同舟共渡的手足——船兄船弟與船姐船妹——彼此之間沒有差別。

這答案是如此大膽而富有創意，把所有女人嚇得鴉雀無聲。狄蒂知道，就算花一輩子時間思考，她也想不出這麼完整而令人滿意、其中的可能性讓人躍躍欲試的答案。興奮之下，她做了件其他情況下絕不會做的事：她伸手握住陌生人的手。立刻，其他所有女人都模仿她的動作，也伸出手來，藉著接觸，分享感情的交流。狄蒂說：是的，從現在開始，我們沒有差別，我們是彼此的船兄船弟船姊船妹；我們都是這艘船的孩子。

外面某處，有個男人喊道：她在那兒！那艘船——我們的船……

船果真在那兒，一段距離外，出現了兩根桅杆和形似巨大鳥喙的船首斜桅。狄蒂終於領悟，那天她在恆河中沐浴時，眼前為何會出現這艘船的形象：原來這段期間，她的新自我和新生活，一直在這個生物的腹中孕育，這艘船身兼她新家族的父親和母親，這個木胎木骨、龐然大物的養父兼養母，將會被未來的無數朝代奉為始祖：她找到了，朱鷺號。

*

高坐在前桅橫桁上的喬都，擁有他夢寐以求的好視野：碼頭、河流、雙桅船，都攤開在他腳下，就像放在當鋪櫃臺上的寶貝，等著秤重計價。士官長和他的手下正忙著為犯人和移民工上船做準備。船工在他們四周奔逐，捲纜繩、滾木桶、圈起牲口，排放貨箱，竭盡所能清空最後一刻才送達、堆滿了甲板的物品。

犯人最先抵達，比移民工早了大約十五分鐘：他們乘運囚船，是一種類似船屋的大型平底船，

79 寶格麗即「瘋婆子」之意，參見第六章。

只不過所有窗戶都裝了鐵柵欄。那艘船看起來好像裝得下一支兇神惡煞的部隊，所以當只有兩個人下船，而且雖然戴著腳鐐手銬，看起來卻一點不兇惡時，令人頗感意外。兩人都穿寬鬆的粗布長褲和短袖背心，一手提水壺，另一手拿一個小布卷。他們沒辦什麼手續，直接交到比洛．辛手中，監獄船隨即開走。然而士官長好像要讓犯人知道他們的處境似的，牽起他們的鎖鍊，像趕牛似的戳他們屁股，趕他們向前，不時還揮舞棍棒，掃過他們的耳尖。

走向牢房途中，有個犯人在進入水手艙前回頭，好像要看這城市最後一眼。這舉動惹得比洛．辛大棒一揮，啪一聲打在他肩膀上，聲音一直傳到桅杆頂端，瞭望的人聽了也覺心驚肉跳。

壞哪，這些警衛和工頭沒一個好東西，孟篤領班說：有機會就把你掐得死死的。

昨天他們的人打卡森密耳光，桑卡說：只因為他碰到那人的食物。

我一定打回去，喬都說。

如果打了，你現在就不會在這兒了。領班說：沒看見嗎？他們有武裝。

在此同時，桑卡立起身，站在帆索上。他忽然高喊：他們來了！

誰？

苦力呀。快看。一定就在那些船上。

他們都站起身，倚著帆桁往下看。只見六艘小艇組成的一個小船隊，出了托利先生運河，向雙桅船划來；船上坐的男人一律穿白色背心，圍及膝腰布。帶頭的小艇跟其他幾艘略有不同，船尾多了間小艙房；小艇在側梯旁停好，就見鮮豔的色彩彷彿從船艙裡炸裂開來，八個穿紗麗的人影走出小艙。

女人！喬都壓低聲音說。

孟篤領班不以為意：在他心目中，世間所有女人都不及他的化身有魅力。全是些醜老太婆，他鄙夷地說：沒一個比得上葛西蒂。

你怎麼知道，喬都說：又看不見臉孔？

我看多了，我知道她們只會惹麻煩。

為什麼？

你算人數嘛，領班說：船上有八個女人——不包括葛西蒂——兩百多個男人，如果把苦力、警衛、工頭、印度船工和大副都算進來。你想會這有什麼好下場？

喬都算了算，明白領班說得對。八個穿紗麗的人影向朱鷺號走來。這數目讓他起了疑心，這是他送到營地去的同一批人嗎：那天船上不是七個女人嗎，或是八個？他不記得了，當時他的注意力都集中在穿粉紅色紗麗的女孩身上。

他突然跳起來。扯下包在頭上的大手帕，用力揮舞，只有一腳踩著橫桅，一手勾著橫帆索。

幹什麼，你這小子瘋了嗎？孟篤領班罵道。

我想我認得其中一個女孩，喬都說。

你怎麼知道？孟篤說：她們的臉都遮起來了。

因為那件紗麗，喬都說：粉紅色那個看見嗎？我確定我認識她。

閉上你的鳥嘴，快坐下！領班拉住他的褲子說：你不小心點，你的桅杆會被打斷的。你昨天跟西克利馬浪玩了那招，大馬浪已經盯上你了。你再跟苦力女孩談情說愛，就會變成一個沒有桅杆的船工。

＊

下面小艇上的寶麗，看到喬都起身揮手，嚇得差點摔進水裡。雖然面紗絕對是她掩飾身分最重要的工具，卻不是唯一一種；她還用很多其他方式偽裝自己的外表：她用鮮豔的染料塗紅了腳；雙手和手臂上都畫滿繁複的指甲花圖案，幾乎看不見本來的皮膚；她在面紗裡戴上流蘇式大耳環，遮蓋下巴的輪廓。此外，她把攜帶的東西用布包起來，平均掛在腰部兩側，使自己腳步蹣跚，像個背負重擔的年邁婦人。這麼多層偽裝讓她頗為自信，以為就算全世界對她最熟悉的喬都也認不出她來。沒想到這一切努力都是白費，他一看到她就招手，而且還在那麼遠的距離外，這下她該如何是好？

寶麗業已相信，喬都要嘛是把宛如兄長的保護心態用錯了地方，要嘛就是基於他們自幼親如手足的競爭習慣，反正無論如何都要阻止她搭乘朱鷺號：既然被他認出，那她最好馬上回頭。她正在考慮，穆尼雅忽然抓住她的手。她倆因年紀相仿，在船上已成了好朋友；這時她們正沿著側梯登船，穆尼雅湊著寶麗耳朵悄聲說：妳看見他嗎，寶格麗？高高在上面向我揮手那個？

誰？妳說誰？

上面那個船工呀——他迷上我了呢。妳看見他嗎？他認得我的紗麗。

原來妳認識他呀？寶麗說。

是啊，穆尼雅說：我們剛到加爾各答的時候，他划船送我們去營地。他叫阿薩德．船工。

哦，是這樣？阿薩德．船工，是他的名字？

寶麗露出微笑：她已上了半截樓梯，為了進一步測試自己的偽裝，她仰起腦袋，藉著面紗掩護，直接向喬都望去，他掛在橫帆索上，那姿態她再熟悉不過：跟他們在河對岸植物園裡，一塊兒爬在高大的樹木上玩耍時一樣的德行。她心頭起了一陣妒意：她多渴望跟他一起高高站在桁繩上啊；但她只能站在梯子上，從頭到腳遮得密不通風，他卻在開闊的天空下無拘無束——更可恨的是，論爬樹的功夫，一向就是她比較強。在工頭扶持下，她上了甲板，停下腳步，挑釁地往上再看一眼，看他敢不敢拆穿她——但他眼裡只有她的同伴，她拉著寶麗的手臂咯咯笑：看見嗎？我怎麼告訴妳的？他對我著迷呢。我高興的話，可以叫他倒立起來跳舞。

妳何不叫他做做看？寶麗尖刻地說：他就是就該受點教訓的模樣。

穆尼雅笑得花枝亂顫。說不定我會哦。

小心點，穆尼雅。寶麗低聲說：大家都看著呢。

確實如此：不僅船工、大副、二副和工頭，也包括站在後甲板露天處，手臂交抱胸前的齊林沃斯船長。寶麗和穆尼雅走近時，船長不屑地嘴唇一撇。

「告訴你呀，竇提，」他用一種自信除了說話對象外，別人都聽不懂他講什麼的語氣拉大嗓門說：「看到這些不成人樣的貨色，我就懷念起從前幾內亞海岸的好日子。你看那幾個賣弄風騷的醜女人，還以為自己在海德公園騎馬散步呢。」

「說得對啊。」站在舵手室旁的領航員大聲說：「真沒看過更不堪入目的婊子了。」

「就拿這邊這婆娘來說吧。」船長直接對著寶麗蒙著面紗的臉孔說：「一看就知道是未開苞的小母雞——受盡折磨卻沒下過蛋！送她飄洋過海有啥意義？她到那邊去做什麼——這把瘦骨頭，挑不動擔也暖不了床？」

「他媽的可恥。」竇提大表同意。「說不定還滿身病。她把病傳給大家也不意外。」

「竇提，要是你問我，留下她倒不失為善舉；起碼她可以少受這趟旅行的苦——失火的船還拖它作啥？」

「也可以省口糧。我打賭她吃起東西像頭餓狼。瘦人多半如此。」

*

這一刻站在寶麗面前的。除了賽克利還有誰呢？他也正對著她的面紗看，所以她清楚看見他滿眼憐憫，打量著面前這個不知多少歲的醜老太婆。「女人不適合待在船上。」她記得他說過。那時他多麼神氣活現啊，就跟現在一樣，高高在上，施捨同情，好像他忘了，他之所以有個二副的艙位，無非就是靠皮膚白一點，加上幾塊長錯位置的肌肉。寶麗氣得手指顫抖，抓不穩手中的重擔。忽然一個布包從手裡滑脫，沉重地掉在甲板上，離賽克利腳邊非常之近，他直覺地彎腰替她拾起。

這動作惹來後甲板幾聲喝叱。「別管她，瑞德！」竇提先生喊道：「沒有人會感謝你的騎士風度。」

警告來得太遲，賽克利差點碰到那個包袱，但寶麗靈活地啪一下將他的手打開：包裡藏著她父親的手稿，還有兩本她最心愛的小說——她可不能冒險讓他隔著包巾發現裡面有書。

賽克利放下挨打的手，臉上露出受傷的詫異表情。寶麗卻一心只想趕快逃進二層艙去。她撿起包袱，快步走向掀開的艙門，抓住向下的梯子。

下到半途，她想起上次來這兒的情形：那次她多敏捷地溜下梯子——但現在，紗麗裹住小腿，頭上還頂著包袱，情況就截然不同。現在的二層艙也變得跟上次大不相同：原本黝暗、沒有燈光的艙間，被好幾盞燈和蠟燭照亮，讓她看見幾十張依同心圓鋪放的草蓆，遮住了大部分地面。奇怪的是，二層艙感覺好像縮小了，再往前看，她發現原因何在：它的前端釘了木板，做出新的隔間牆。

艙裡有個工頭負責指揮，他示意穆尼雅和寶麗進入新設的隔間。他說：婦女區在那兒，牢房隔壁。

你是說，那面牆後面是監牢？穆尼雅害怕地喊道：為什麼安排我們就住在隔壁？

沒什麼好擔心的，工頭說：入口在另一頭，犯人碰不到妳們。妳們在這裡很安全，男人上廁所也不會打擾妳們。

既然這麼說，就沒什麼好爭的：寶麗向婦女區走去時，注意到牢房的板壁上有個小氣孔；如果她踮起腳尖，它剛好位於眼睛高度。她經過時忍不住往裡面偷看，看了一眼後，她趕緊再看一眼：她看見牢房裡有兩個男人，是她從未見過的奇怪組合。一個剃了光頭，骷髏般的臉，長相有點像尼泊爾人；另一個額頭上有個可怕的刺青，活像加爾各答碼頭拖進來的流浪漢。更奇怪的是，皮膚較黑的那個在哭泣，另一個則用手臂摟著他的肩膀，好像在安慰他。雖然他們戴著腳鐐手銬，卻流露出一種難以想像會出現在放逐犯身上的溫柔。再偷看一眼，她發現兩個男人正在交談，這進一步挑起她的好奇：他們說些什麼——而且那麼專注，竟然沒注意到隔壁房間的響動？骷髏般的東方人和刺青的罪犯，他們有什麼共通語言？寶麗挪動她的草蓆，把它移到木隔板旁。她把耳朵湊到板縫上，很意外地發現，不僅聽得見他們說話，而且都聽得懂——因為，真不可置信，這兩個犯人交談竟然用的是英語。

＊

賽克利被打手之後沒多久，諾伯．開新大叔就來到他身旁。雖然這位經紀照常穿著腰布和罩衫，賽克利卻注意到他的體型變得很奇怪，有種屬於婦女的豐滿，他撩開及肩長髮的姿勢，也帶著富態貴婦的風韻。他豎起一隻手指在賽克利面前搖動，臉上帶著寵溺和告誡的表情：「嘖！嘖！這麼人來人往的場所，你還忍不住要淘氣啊？」

「你又來了，班達。」賽克利說：「你活見鬼的在說什麼呀？」

經紀壓低聲音：「沒關係。不需要一本正經。我全都知道。」

「這是什麼意思？」

「來。」諾伯．開新大叔很幫忙地說：「我讓你看胸口藏的東西。」

經紀把手伸進罩衫領口，伸得那麼深，即使他掏出一顆肥碩的乳房，賽克利也不意外。但那隻手取出的卻是一個圓柱形銅鎖片。「看我藏得多好？這樣才能保障最高度的安全。不過有件事，我卻要警告你。」

「什麼？」

「很遺憾的消息，這地方不適合。」

「不適合什麼？」

經紀湊到賽克利耳邊，低聲說：「跟牧牛女搞七拈三。」

「你他媽說什麼鬼話，班達。」賽克利氣壞了。「我不過想幫那女人撿東西。」

「最好別招惹那些女士。」經紀說：「而且千萬別把笛子掏出來。她們可能會興奮過頭哦。」

「把笛子掏出來？」已經不是第一次，賽克利實在懷疑這位經紀不是單純的古怪，而是真正的瘋子。「唉，快滾吧，班達；少來煩我！」

＊

賽克利向後轉，走到甲板邊緣。他手背上被那女人打過的地方依然發紅；賽克利皺起眉頭看著自己的手——這件事帶給他一種莫名的困惑。早在那個穿紅色紗麗的女人掉落包袱前，他就注意到她；她第一個踏上跳板，歪著頭的姿勢讓他覺得她好像躲在面紗後面偷看他。她的步伐似乎上了甲板後才變得遲緩而笨重。即使那個不值一顧的小包袱讓她很吃力，她也只肯用一隻畫滿指甲花圖樣的變形的手跟她的重擔搏鬥；另一隻同樣扭曲變形的爪子，則專門用來固定頭紗。她如此熱中於隱藏面目，好像男人的目光比火舌還可怕似的——這念頭令他微笑，也使他忽然想起上次與寶麗分開時，她對他火辣辣的咒罵。一念及此，他情不自禁向岸上望去，不知她是否會在附近窺看朱鷺號。他聽喬都說，她的病已經好了。她應該會在離港前來說聲再見吧——即使不跟他告別，至少也跟喬都打個招呼吧？她應該明白，他和喬都的所作所為，都是為她著想吧？

忽然，好像變魔術似的，阿里出現在他身旁。「沒聽說嗎？」他悄聲說：「蘭柏小姐逃跑了，跟別人結婚去了。西克利馬浪忘記她較好。反正她太瘦。中國那邊也討得到好老婆喔。前面，後面，一樣好一樣好。西克利馬浪鑽進去就大大的快活。」

賽克利氣急敗壞，一拳打在欄杆上。「啊，搞什麼名堂，阿里沙浪！拜託你別說了！你跟你他媽的老婆喔，還有班達跟他的牧牛女！聽你們兩個說話，人家還以為我是個成天想女人的色情狂……」

他說到一半打住，因為阿里忽然把他推到一旁，喊道：「所有人！小心！小心。」賽克利隔著他的肩膀，正好來得及看見船上那隻名叫克勒比的貓，像背後有看不見的猛獸追逐似的，沿著甲板欄杆飛奔。那隻貓縱身躍起，在側梯上一個借力，便跳上一艘停在朱鷺號旁的小船。然後牠再也不回頭看這艘曾經帶牠環繞半個地球的船一眼，就失去了蹤影。

甲板上的船工和移民工都目瞪口呆，看著這頭動物消失不見，就連賽克利心頭也閃過一絲懼意：他曾聽迷信的老水手說，恐懼會讓人「腸子打結」，卻還是第一次體會到那種腸胃抽搐的感覺。

高高的桅杆上，領班孟篤抓緊橫桁，手指關節都發了白。

你看見嗎？他問喬都。你看見嗎？

什麼？

貓跳船了：這是我看過最厲害的凶兆。

*

最後一個上船的女人是狄蒂，她爬上側梯時，貓正好從她面前跳過。她寧可摔到水裡，也不想擋牠的路，幸好卡魯瓦就在她後面把她扶穩。他背後還有很多人，爭先恐後地爬上梯子，他們加起來形成一股不可遏抑的力量。這群移民工在工頭驅趕下，奮勇向前向上，狄蒂就這麼被推著擠著，越過了那道看不見的界線，登上雙桅船的甲板。

狄蒂隔著面紗，抬頭朝聳入天空的桅杆望去。那景象讓她有點頭暈，所以低下頭、垂下眼簾。甲板四周分布著許多工頭和警衛，用棍子催著移民工，推他們往掀開的艙蓋走去。*Chal! Chal!*（跟上！跟上！）雖然喝叱聲不斷，進度卻很慢，因為甲板上的東西實在太多；隨便朝那個方向看，都是繩子、箱子、水缸、木桶，間或還竄出一隻逃脫的雞或咩咩叫的羊。

狄蒂走到桅杆旁時，忽然聽見一個不知何故很熟悉的聲音：那人正用博杰普爾語罵髒話：*Toré mái ké bur chodo!*

她向前望，隔著亂糟糟的繩索與帆檣，看見一個脖子粗短、挺著大肚腩的男人，蓄著濃密的白色八字鬍，她登時停下腳步，只覺心臟被一隻冰冷的手攫住。雖然她認識那個人，但耳中卻有個聲音告訴她，那不是普通人，而是喪門星轉世：就是他，妳命裡的凶星，他追獵妳一生一世，現在妳終於落入他的魔掌。她膝蓋一軟，砰地摔倒在甲板上，倒在她丈夫腳下。

這時已有很多人擁上甲板，警衛和監督不斷揮著棍棒，驅趕他們向前走。要不是狄蒂背後跟著卡魯瓦，換作一個塊頭較小、氣力不足的人，她這一倒，多半會被後面的人踩在腳下。但卡魯瓦一見她跌倒，立刻頂著甲板不肯動，使人群的流動忽然停頓。

這兒是怎麼回事？

騷動引起比洛・辛注意，他抓著警棍向卡魯瓦走來。狄蒂躺在原地，拉起紗麗，緊緊蒙住臉：但卡魯瓦就站在她上方，無遮無攔，肯定會被認出，躲又有什麼用？她閉上眼，開始低聲禱告：*Hé Rám, hé Rám*……

但接著她卻聽見比洛的聲音，他問卡魯瓦：你叫什麼名字？

難道這位士官長不認識卡魯瓦？對啊，當然，他這麼多年都不住村裡，除了小時候，可能從沒見過他——他哪會對皮匠家的小孩感興趣？但因為狄蒂在為丈夫殉葬時逃走的醜聞，卡魯瓦這名字——他一定知道。啊，當初真是幸運眷顧，她想到不能用真名；卡魯瓦可千萬別在這時說溜嘴呀。她用指甲掐他的腳趾頭，警告他：小心！小心！

你叫什麼名字？士官長再次問道。

她的禱告得到回應。卡魯瓦遲疑一下，說道：大人，我叫馬杜。

那是你老婆，躺在地上的？

是，大人。

扶她起來，比洛・辛說：把她帶去二層艙。別讓我看到你們兩個再惹麻煩。

是，大人。

卡魯瓦把狄蒂扛上肩膀，帶她下樓，把他們的行李留在甲板上。他把她放在一張草蓆上，就想回去拿行李，但狄蒂不放他走：不，先聽我說：你知道那個人是誰嗎？他叫比洛．辛，我丈夫的叔叔，我們的婚事是他安排的，派人四處搜尋我們的也是他。如果他知道我們在這裡……

＊

「準備好了嗎，喂？」領航員一喊，阿里水手長立刻回道：*Sab taiyár, sahib.*（準備好了，大人。）

日正當中，二層艙的掀蓋門也釘上木板封妥很久了。喬都和其他所有船工馬不停蹄清理主甲板——排好裝飲用水的水缸，捲緊纜繩；把鐵索從環孔裡拉出來。現在雞和羊都安全地關在船上的小艇裡，再沒有需要清理的東西了，喬都迫不及待想再次爬上前桅，他渴望從高處看這座自己生長的城市最後一眼：命令終於下達時——前桅手上——*Trikatwalé ipar chal!*……他第一個撲上繩梯。

從加爾各答到南邊的鑽石港，這段長約二十哩的距離，朱鷺號要由最近才開始在胡格利河上執行任務的蒸汽拖船富比斯號拖過去。喬都曾經遠遠地看過這些短小精幹的拖船，神氣活現地噴雲吐霧，輕而易舉拖著三桅船和雙桅船在河上穿梭，好像這些龐然巨艦的重量跟他那艘脆弱的小舟不相上下似的。他對這次航海興致勃勃，主要也因為期待被這種神奇的小船拖曳的經驗。向上游望去，他看見一艘圓頭拖船已然駛近，一路敲著警鈴，勒令其他船隻讓路。

植物園就在對岸，喬都的位置夠高，能看見熟悉的樹木和小徑。這片風景讓他興起片刻悵惘，如果菩特麗來跟他一起站在橫桅上，會是什麼感覺：他們當然要比賽一場，這不消說，如果有機會，她也一定爬得上來。這種行為當然是無論如何都不允許的——但他仍不由得希望，能夠在比較和氣而沒有爭執的狀況下與她分開：畢竟他都不知這輩子還有沒有機會再與她見面了。

他的注意力飄得太遠，以致桑卡說話時他被嚇了一跳：看啊，那兒……

兩名潛水夫的腦袋在下錨浮標旁忽隱忽現，正在解開朱鷺號的纜繩。時辰到了：再過幾分鐘，他們就要被拖走了。孟篤領班把頭髮往後一甩，閉上睫毛長長的眼睛。他蠕動嘴唇，開始禱告，喃喃誦唸《古蘭經》開端章的開頭幾句。喬都和桑卡連忙跟著唸：*B'ism 'illáh ar-rahmán ar-rahím, hamdu 'l'illáh al-rabb al-'alamín*……奉至仁至慈真主之名，一切讚誦，全歸真主，萬物之主……

＊

「全體工作人員就位，喂！」領航員喊著，水手長也大聲複誦：*Sab ádmi apna jagah!*

隨著拖船駛近，引擎聲也越來越響，在密閉的二層艙裡暗不通風，聽著就像來了隻發怒的惡魔，正試圖撕裂木板船身，吞噬縮成一團坐在艙裡的人。艙裡非常黑，因為工頭離開時熄滅了所有蠟燭與油燈：他們說，既然移民工都已安全進艙，不需要再留下燭火——讓它們繼續燃燒，只會增加失火的危險。沒人提出異議，因為每個人都知道，監督無非是為自己節省額外開銷。沒有燈，艙門也關緊了，只剩木板縫隙和排尿孔透入些許光線。凝重的黑暗加上正午的熱氣，還有關在這裡幾百個人的體臭，停滯的空氣像水溝的惡臭般壓將下來，就連吸氣都很費力。

這時契約工已將把草蓆東拖西拉，各自搬到喜歡的位置。每個人都從一開始就知道，這群工頭根本不在乎下面發生什麼事，他們只想快點脫離二層艙的酷熱與惡臭，回他們中艙的鋪位去休息。監督者一走，把艙門蓋上，移民工就把精心布置成環形的草蓆弄亂，互相扭打叫罵，爭奪空間。

拖船的響聲越來越大，穆尼雅開始發抖，寶麗猜她即將發作歇斯底里，就把她拉近一點兒。但她雖然假作鎮定，但聽見她認得的賽克利的聲音時，也不禁心慌意亂。他就站在她頭頂的主甲板上，近到她幾乎能聽見他的腳步。

「放纜繩！」——*Hamár tirkao!*

「一起拉！」——*Lag sab barábar!*

連接朱鷺號和拖船的錨鍊繃緊，全船猛然一震，彷彿忽然活過來，又像隻睡了一場好覺的鳥兒，驚飛而起。陣陣痙攣從吃水線之下往上傳送，穿過二層艙，進入甲板室，膳務員品多在胸前畫個十字，雙膝落地。他嘴唇開始蠕動時，所有廚房小廝都基於各自不同的信仰，紛紛跪在他身旁，低頭禱告：*Ave Maria, gratia plena, Dominus tecum*……萬福馬利亞，無限恩慈，與主同在……

*

主甲板上，竇提先生雙手搭在舵輪上，高喊道：「拉起來，你們這群狗，拉起來！」

Habés——habés kuté, habés! habés!

雙桅船忽然向左舷一側，二層艙的黑暗中，眾人傾翻，東倒西歪跌成一團，像一盤打翻的麵包屑。尼珥把眼睛湊在氣孔上，看見隔壁貨艙掀起騷動，幾十個嚇壞的移民工衝到梯子上，敲打鎖上的艙蓋，但想逃已太遲了：放我們出去，放我們出去……

上面毫無反應，只聽見一連串命令在甲板上迴響：「你們這群雜種，用力拉！拉呀！」——*Sab barébar! Habés salé, habés!*

看到移民工白費力氣瞎折騰，尼珥氣壞了，他隔著氣孔喊道：安靜，你們這群笨蛋！逃不掉的，回不去的……

慢慢地，每個人都打從心底意識到了船在移動的事實，吵鬧聲被深邃而充滿恐懼的停滯取代。移民工終於開始接受註定要發生的事；是的，他們在動，他們在水上，向茫茫無涯的黑水前進；不論出生或死亡，都不及這樣的旅程恐怖，因為人不會透過清醒的意識體驗生或死。慢慢地，吵鬧的人從梯子上退下來，回到自己的蓆子上。黑暗中某處，一個滿含敬畏之情的顫抖聲音，唸著迦耶特黎真言[80]的頭幾個音節——從牙牙學語就會背這篇經文的尼珥，不知不覺也跟著唸，彷彿有生以來第一次唸它：*Om, bhur bhuvah swah, tat savitur varenyam*……（嗡，萬物所由生者，救苦救難……）

*

「轉—向！」——*Taiyār jagāh jagāh!*

高居前桅上的喬都，在朱鷺號甦醒的震顫從船底一路往上傳送時，也從帆桁上察覺那陣顫動，他當下就知道，他的人生花了許多年經營，悉心追求的那一刻，已然到來；現在，他終於要把泥濘的河岸拋在後面，與通往巴斯拉和廣州、毛淡棉和桑吉巴的大海會合。桅杆震動時，他看到朱鷺號在壅塞河上的許多船隻——阿拉伯商船、大型貨船、船屋——中間，造型多麼出眾，胸臆間不禁充滿自豪。置身這麼高的位置，就像這艘雙桅船給他了一對翅膀，讓他凌駕於過去之上。他樂得心花怒放，伸出一隻手臂勾住橫帆索，扯下包頭的手帕。

向你們全體告別，他揮著手，對根本沒在聽的河岸喊道：喬都上路了……喂，渥特岡的婊子……布特河階的人口販子……喬都變成船工跑掉啦……跑掉啦！

80 gayatri mantra 出自吠陀經，有「真言之母」之稱，印度教徒相信它是一種強大的護身咒。

17

暮色四垂，朱鷺號又來到胡格利岬的峽口，它在寬闊的河灣下錨過夜。一直等到黑暗吞噬了周遭的河岸，契約工才獲准上甲板；在此之前，艙門上的柵欄都牢牢鎖住。士官長和監工一致認為，移民工初嘗船上生活的滋味後，逃走的意願可能升高，白晝天光下看得到河岸，會是難以抗拒的誘惑。即使夜幕低垂後，成群結隊獵食的豺狼咆哮，使陸地減少吸引力，眾工頭也不敢放鬆戒備；他們從過去的經驗得知，每一批簽下打工合約的移民工中，總有幾個會不顧一切（也許本來就有自殺傾向）跳下水。準備晚餐的時刻，他們牢牢看住每一個移民工。甚至分配給廚子當下手的人，在甲板室的火爐上攪動大鍋時，也受到密切監視。其餘的人只准分組輪流上甲板，而且一吃完分到的米飯、豆子和醃檸檬泡菜，就被趕回二層艙。

廚子和工頭監督移民工進食之際，膳務員品多和他的廚役也把烤羊肉、薄荷醬和水煮馬鈴薯送進高級船員的小餐廳。食物份量十足，因為膳務員在離開加爾各答前，訂購了兩隻新鮮的半羊，肉在這種違反季節常態的炎熱中放不了多久。但儘管有酒有肉，小餐廳裡的氣氛卻不及甲板上來得愉快，移民工群中還不時傳來片段歌聲。

Májha dhára mé hai bera merá（我的小船隨波漂流）

Kripá kará ásrai hai tera（全賴神明慈悲保佑……）

「該死的苦力，」船長含著一大口羊肉嘀咕道：「他媽的世界末日也擋不住他們鬼哭神號。」

＊

帆船從加爾各答航行到孟加拉灣，花費的時間可能多達三天，看天候和風向而定。位於入海口和大海之間的薩格島，是聖河沿岸眾多朝聖地的最後一站。尼玥有位祖先曾在島上捐獻建了座廟，他自己也來祭拜過幾次。不復存在的霍德封邑，就在加爾各答到薩格島的途中，尼玥知道朱鷺號會在第二天傍晚經過他的領地。這條路他走過太多遍，只憑路經河流的彎折轉曲，就知道快到地頭了。隨著故居不斷接近，回憶湧進腦海，有些片段像玻璃碎片明亮刺眼，鋒利如刀。時辰一到，幾乎像嘲笑他似的，他聽見上方瞭望員高喊：拉斯卡利，通過拉斯卡利了！

他看得見它：即使朱鷺號的船身化為玻璃，也不會更清晰。它就在那兒：宮殿和立柱環繞的迴廊；他教小王子放風箏的平台；林蔭大道兩旁的紫礦樹是他父親親手植下；他帶艾蘿凱西去過那間臥室的窗戶。

「怎麼了，嗯？」阿發說：「幹嘛打自己的頭，嗯？」尼玥不回答，阿發就搖他的肩膀，搖到他牙齒咯咯作響。

「我們經過的地方——你認識，不認識？」

「認識。」

「你的村，嗯？」

「是。」

「家？親戚？說出來吧。」

尼珥搖頭：「不。下次吧。」

「好。下次。」

拉斯卡利近到尼珥幾乎能聽見那裡寺廟的鐘聲。他恨不得身在別處，一個能擺脫所有記憶的地方。「**你**家在哪裡，阿發？說給我聽。是個村子嗎？」

「不是村。」阿發抓抓下巴。「我家很大的地方：廣州。英國人叫它廣東。」

「告訴我。每件事。」

呵呵……

就這樣，雖然朱鷺號還在胡格利河上行進，尼珥卻飛越重洋，到了廣州——這趟比他自己的旅程更生動的另類旅程，總算在旅途剛開始的階段，保住了他神智的清醒：除了阿發，再沒有一個他認識的人，能提供他這麼一個脫身之策，躲到一個全然陌生、跟他的世界截然不同的地方。

倒不是因為阿發口才好，尼珥對廣州的印象才那麼鮮明、栩栩如生。事實正好相反，阿發敘述的妙處在於留白，聽他說故事就像聯手創作，口述的事物逐漸變成共同想像的加工品。因此在尼珥心目中，廣州相對於他自己的城市，就如同加爾各答之於周邊的村鎮——繁華勝景中藏納著不堪入目的污垢，有享之不盡的逸樂，也有逃之不脫的困苦。尼珥邊聽邊提示，開始覺得他幾乎可以用阿發的眼光去看：它就在那兒，這孕育和滋養他新一半自我的城市——一個藏在犬牙相錯的海岸線深處的內陸海港，一層層沼澤、沙洲、溪流、濕地、水灣，將它與大海隔開。這河港的形狀像一艘船，連綿不斷的灰色高牆，是它的防禦工事，也是它的船身。河流與城牆之間的緩衝地帶，就像船過留下的餘波動盪不安。雖然在城界之外，河岸上的人口卻密集得看不出陸地與河面的分野。這裡停泊的舢舨、戎克船、老閘船[81]、走私船，為數眾多，形成一個漂浮的大沙洲，佔據了將近一半江面：

什麼東西都混在一起，水與爛泥、船與貨棧——但混亂只是錯覺，因為即使這一小塊淤泥與江水組成的區域，也在熙來攘往中劃成好幾個壁壘分明的小社區。其中最奇怪的，無疑就是限定來跟中國做貿易的外國人居住的孤立小社區了：廣州人把這些非天朝子民稱做「番鬼」——意思是外國人。

外國人獲准在城牆西南側的城門外，興建一排所謂的洋行區，其實只是些狹窄的紅磚建築，部分充當倉庫，部分做為住家和辦理匯兌的帳房。外國人每年只准在廣州住幾個月，這期間也只能在這一小塊區域裡搞他們的邪魔外道。城牆以內禁止他們涉足，所有外國人一視同仁——至少官方這麼宣稱，他們說這措施已實施了一百年。但進過城的人都可以告訴你，城裡不乏某種外國人：真的，你只要經過長壽路上的華林寺，就會看到來自西域的黑皮膚和尚。如果走進廟裡，還會看見一尊建廟宗師的雕像：沒有人能否認這位開山大師與釋迦牟尼一樣是外國人。再不然，你繼續深入這城市，走到廣利路的懷聖寺，看到叫拜塔的造型就會知道，雖然外觀有點像，但這絕不是佛教的寺廟，而是一座清真寺；你也看得出，住在這棟建築裡面和周圍的人，不盡然都是來自帝國西陲的維吾爾人，還包括種類繁多的鬼子——爪哇人、馬來人、馬拉雅拉人[82]和黑帽阿拉伯人。

那又是為什麼，有些外國人可以進城，有些卻被擋在外面呢？是否只有某些外國人被視為真正的非天朝族類，受到嚴格限制，只能待在洋行區呢？一定是如此，因為無可否認，洋行裡那些番鬼都有特定的長相與特徵：英格蘭人叫「紅面佬」、美國人叫做「花旗佬」，以及少數來自法國、荷蘭、丹麥等國的人。

81 lorchas是一種中西合璧的船，船帆為中式，船身為西式，載貨量大。它的名稱來源可能是葡萄牙文，此為音譯。

82 Malayali來自印度南部的喀拉拉邦，又稱達羅毗荼人。

這麼多不同人種當中，最容易辨識的無疑就是一群目前人數還不多，卻不斷增加的白帽族——來自孟買的祆教徒了。這些白帽人為什麼會被視同番鬼，跟紅面佬、花旗佬歸為同類呢？沒人知道，因為光論外表，這麼做就不合理——雖然一部分白帽族臉色紅潤，不輸花旗佬，但長得跟那群蹲在珠江船桅上鬼怪似的船工一樣黑的也不少。說到衣著，白帽族穿的衣服也跟番鬼大不相同：他們穿長袍，包頭巾，跟黑帽阿拉伯人較接近，也跟其他住在洋行區的人——慣穿緊得不像話的緊身褲和背心，口袋裡總放著用來收藏自己鼻涕的手帕——迥然不同。還讓大家困惑的是，其他番鬼也都另眼看待白帽族，各種會議、慶典等等，通常都不邀請他們，而他們的商行也都是最小、最窄的。但他們畢竟是商人，只要有利可圖，他們似乎很樂意過番鬼的生活，像候鳥般在孟買的家、澳門的夏季宿舍和廣州的冬季特區之間往返，尤其在廣州，他們被剝奪的樂趣不僅是不能進城觀光而已——他們在中國境內，必須跟其他番鬼一樣，非但碰不得女人，還要嚴守獨身。廣州官府雷厲風行，年年更新禁令，嚴禁廣州居民供給外國人「女子或男童」。但這種命令哪有可能真正貫徹呢？跟很多事情一樣，說的是一套，實際上做的又是一套。官府哪有可能不知道，珠江上來來去去的花船，有女人專門勾搭船工、商人、通譯、兌幣者和任何其他有意找樂子的人；他們也不可能不知道，番鬼聚居區的中心有條藏污納垢的新豆欄街，開了不知多少家無照營業的酒館，供應燒酎、hocksaw等私酒，也兼營各種聲色之娛，女色只是其中一端。官府也一定知道，住在珠江上那許多舢舨、篷船和駁船裡的蜑民，也會為番鬼提供很多不可或缺的小服務，包括洗衣——待洗衣物量總是很大，除了衣服，還有床單、桌布（後者數量尤其多，因為可憐的洋鬼子被禁止享有的奢侈樂趣，不包括口腹之慾）。這麼一來，洗衣業務的取件和送貨就很頻繁——於是一個名叫巴蘭吉·納魯茲·摩迪、瀟灑迷人的年輕白帽族，就這麼遇見了鮮嫩美麗的蜑民姑娘荔枝妹。

剛開始，無非是把沾了週日的扁豆咖哩燉肉醬汁的桌布，和抹上馬鈴薯燒肉的餐巾送洗和點收那麼平淡的來往，年輕的巴力——番鬼這麼叫他——必須逐件登錄在洗衣記錄本上，他分配到這件工作，只因他在白帽族中地位最低。兩人的姻緣也始於一頂白帽——或該說是用來包頭的那種長條白巾：事起於有一天，商行的大老闆之一，賈姆謝吉．蘇拉比．努瑟萬吉．白特利瓦拉發現他的頭巾撕破了一個小洞，竟然把年輕的巴力叫去痛罵一頓，以致這年輕人拿破損的衣物給荔枝妹看時，委屈得哭了起來，但他哭得很有技巧，所以頭巾繞啊繞的，把兩人纏在一起，最後裹在一個密實的繭裡。

經過幾年的愛戀和洗衣，荔枝妹懷了個孩子，孩子出世時，父親對他寄以厚望，取了個讓人肅然起敬的名字，法拉米吉．沛斯東吉．摩迪，希望能讓他更容易進入白帽的社會。但荔枝妹心裡有數，一個蜑族不收、番鬼不認的孩子，哪有可能落得什麼好命，為防範未然，她為他取名良發。

*

工頭很快就宣布，移民工婦女要為主管、警衛和監工服些勞役。其中洗衣服算一種，縫鈕釦、補衣服也算一種。寶麗迫不及待想做點運動，主動表示願意跟希路和拉特娜分擔洗衣，狄蒂、香芭和沙柳負責縫補。穆尼雅則使了些手腕，弄到船上唯一勉強算是有點意思的工作：也就是照顧牲口。牠們被關在船上的救生艇裡，基本上只有主管、警衛和監工吃得到牠們的肉。

朱鷺號配備了六艘救生艇：兩艘船體為羽片疊板的小艇，兩艘中型艇，還有兩艘長二十四呎有帆的大艇。小艇和中艇堆在甲板艙的屋頂上，大的套小的，分兩組用救生艇專用的定盤固定。大艇則放在中艙甲板，掛在吊艇架上。船工都把吊車式的大艇吊艇架稱作「女神」，理由很充分，因為它們的纜繩與支索、橫帆索交錯，形成一個略可藏身的小空間，就跟坐在女神像的腿上一樣：若有一、兩個人想利用這種小角落逃避主甲板上川流不息的喧囂幾分鐘，並非不可能。用作洗衣場地的排水孔，就在吊艇架下方，寶麗很快就學會放慢工作速度，好在室外停留得久一點。這時朱鷺號已深入蘇達班河迷宮般的水域，她樂得把握每一個眺望滿是紅樹林的河岸的機會。這一帶的水路處處潛伏沙洲和其他危機，航道曲折迂迴，經常來到離岸很近，可以把叢林看得一清二楚的地方。寶麗記憶中最快樂的時光，多半是坐著喬都的船，連續好幾個星期的採集標本之旅，幫父親把這片森林裡的植物分門別類：現在她隔著面紗觀察這段河岸，目光習慣性地篩揀各種綠色植物：那兒，拱屈的紅樹林根下面，有一小簇野生巴西利，學名是*Ocimum adscenens*；塞蘭坡植物園的丹麥籍園長渥特先生——也是她父親最要好的朋友——曾確認這片樹林裡確實可以找到這種植物。還有這兒，岸上長了一大片，是由可怕的羅克斯柏先生鑑定的角果木，*Ceriops roxburgiana*，那人對她父親的態度極為惡劣，一聽到他的名字，蘭柏先生就臉色發白；還有那兒，差點被紅樹林遮住的草坡上，有種她再熟悉不過的穗狀葉灌木老鼠簕。在她的堅持下，她父親為它命名*Acanthus lambertii*[83]——因為她曾經跌倒在上面，被它的尖葉割傷了腿。看著熟悉的草木在眼前流過，寶麗不禁淚水盈眶：在她心目中，它們不僅是植物，也是她自幼的玩伴，它們的幼苗就像她自己一樣，深埋在這塊土地裡面；不論她去到哪兒、去多久，她知道再沒有什麼能像這些童年的樹根，把她跟這個地方牢牢綁在一起。

但在穆尼雅看來，這片森林是個可怕的地方。有天下午，寶麗假裝搓洗衣服，瞪著紅樹林發呆的當兒，穆尼雅忽然撲到她身旁，失聲驚呼。她抓住寶麗手臂，指著紅樹林上垂掛下來一個彎彎的東西。那是蛇嗎？她悄聲問。

寶麗笑了起來。不是啦，傻瓜；只是一種長在樹皮上的爬藤。它的花很漂亮……

事實上那是一種寄生的蘭花；她第一次看到這物種，是三年前喬都帶回來的。她父親最初以為是石斛蘭，但檢驗後判定不是。你想叫它什麼，他微笑著問喬都，喬都奸笑著瞥了寶麗一眼：叫它菩特麗花。她知道他開她玩笑，這是嘲弄她長得又高又瘦、胸部平坦的方式。但她父親對這點子很著迷，於是這種蘭花就被命名為寶麗石斛。

穆尼雅在發抖：真慶幸我不用待在這兒。我在船艙頂上工作的地方好多了。船工爬上去調整船帆都經過那兒。

他們有說什麼嗎？寶麗問。

只有他。穆尼雅回頭向前桅望去，見喬都站在纜索上，伸長手腳在收前桅帆。看他！就是愛現。但他很親切，這不能否認，而且長得很帥。

寶麗一直和喬都以兄妹相待，從沒把他的長相放在心上：但這時她抬頭看去，見他表情多端的娃娃臉、微翹的嘴唇、鴉羽般墨黑的頭髮上有赤銅色反光，倒也能理解穆尼雅為何受他吸引。她有點不好意思，便說：妳在說什麼呀？

穆尼雅咯咯笑：像隻狐狸，那個人。編什麼巴斯拉的醫生教他算命的鬼話。我說：怎麼算？妳知道他怎麼回答？

怎麼回答？

他說：讓我把耳朵放在妳心上，我就告訴妳未來是什麼樣。如果能讓我把嘴唇放上去，效果會更好。

83 這個拉丁文學名的後半是蘭柏的姓，可譯做「蘭柏氏老鼠簕」。

寶麗從來沒想到喬都會懂什麼高明的求愛技巧：聽到他如此大膽，令她大吃一驚。可是穆尼雅！旁邊難道沒有別人嗎？

沒有呀，天黑了；誰也看不見我們。

妳讓他那麼做了嗎？寶麗說：聽妳的心。

妳想呢？

寶麗把頭探到穆尼雅的面紗底下，正視她的眼睛。沒有，穆尼雅，妳沒有！

哦，寶格麗！穆尼雅嘲弄地笑著，把面紗拉回來。妳是女神，我就是魔鬼。

寶麗忽然看見賽克利出現在穆尼雅身後，走下後甲板樓梯。他好像打算一直向前走，那麼就會從吊船架旁經過。他接近時，寶麗全身緊張起來，她甩開穆尼雅，整個人靠在船舷上。正巧她手裡拿著一件他的襯衫，她趕緊把它藏得無影無蹤。

穆尼雅見寶麗忽然侷促不安，好奇地問：怎麼回事？

雖然寶麗用膝蓋夾著腦袋，面紗也拉到腳踝，穆尼雅還是可以沿著她的視線望去。賽克利走過時，她放聲大笑。

穆尼雅，安靜。寶麗噓她：這樣有失體統。

誰的體統？穆尼雅心花怒放，竊笑著說：看看妳，裝得像個女神，實際上跟我沒什麼不同。我知道妳看中了誰。他跟其他男人一樣，兩隻手臂一管簫。

＊

一開始就說得很清楚，犯人每天大部分時間都要做挑麻絮和搓麻絮的工作──尼珥堅持用英語把這玩意兒稱作oakum。每天一大早，就有人交給他們一大籃麻絮，他們得在夜幕降臨前把它變成有用的東西。他們也被告知，用餐時間不准像移民工一樣到甲板上透氣，食物會用木碗送下來。不過他們每天可以離開牢房一次，倒空共用的馬桶，還能有幾杯水洗洗身體。然後他們會被帶上去做幾分鐘體操，實則就是在甲板上走一、兩圈。

比洛．辛不久就決定犯人放風時該做哪些事：他們得扮耕牛，他就是耕田的農夫，這似乎帶給他無窮樂趣、他把鎖鍊繞在他們的脖子上，使他們走路時被迫彎腰駝背；然後他一邊把鐵鍊當韁繩甩動，一邊捲起舌頭，發出咂舌聲，趕著他們前進，不時還用警棍敲他們的腿。讓他開心的不僅是使他們痛苦而已（雖然這也佔很大部分功勞）：毆打和羞辱還有一重用意，就是讓所有人看到，他，比洛．辛不會被落到他手中的低等生物玷污。尼珥看到他的眼神就知道，士官長對他和阿發的憎恨，遠超過任何普通犯人之上。如果你是殺人越貨的歹徒，他或許還覺得氣味相投，會對你有點敬意，但尼珥和阿發天生不是作盜匪的料子。在他眼中只覺他們骯髒可鄙——一個是骯髒的外國人，另一個被褫奪階級且遭到放逐。更可惡（可能嗎？）的是，這兩個犯人竟然做了朋友，誰也不想壓倒對方。在比洛．辛看來，這代表他們根本不是男人，而是閹割、不舉的廢物——與去勢的公牛無異。趕著他們在甲板上兜圈子時，他為了逗那些工頭和警衛開心，還會高喊：*Ahó*, 走啊……不要為蛋蛋哭泣……眼淚喚不回蛋蛋的。

有時他還會打他們的生殖器，在他們痛得縮成一團時哈哈大笑。怎麼了？你們都是太監，不是嗎？那話兒不會有快感和疼痛了。

為了挑撥犯人對立，士官長有時會給其中一人多一份食物，或讓另一人做雙份清洗馬桶的工作。來，看你喜不喜歡愛人的大便。

這些策略都失效後，他開始覺得顏面上掛不住，因此只要在甲板上看見尼珥與阿發互相扶持，就會亂揮警棍，發洩怒氣。船身的晃動、腳步的顛躓、枷鎖的重量，都使阿發和尼珥每走幾步路，就不免蹣跚或跌倒。任何一人試圖幫助另一人，都會招來腳踢或警棍。

就在這樣一次亂棍毆辱中，尼珥聽見士官長說：囚犯，起來。二副來了，站起來——別弄髒他的鞋子。

尼珥掙扎站起，卻發現面前有張他記憶猶新的臉。他攔不住自己的嘴，大聲說：「午安，瑞德先生。」

犯人竟然有膽跟船上主管打招呼，比洛．辛真覺匪夷所思，他拿起警棍狠擊尼珥的肩膀，打得他跪倒地上：他媽的！你敢看白人大爺的眼睛！

「且慢！」賽克利上前架住士官長的手。「先別動手。」

二副介入，令士官長勃然大怒，他大聲咆哮，一副接著就要痛打賽克利的模樣。但他終究還是有點顧忌，便退後一步。

趁這空檔，尼珥爬起身，拍掉手上的灰說：「謝謝你，瑞德先生。」然後他想不出別的話，便說：「你近來好吧？」

賽克利打量他的臉，皺起眉頭。「你是誰？」他問道：「我認得你的聲音，但老實說，我想不起來……」

「我叫尼珥．拉丹．霍德。或許你還記得，瑞德先生，六個月前你跟我吃過飯，在——當時還是——我的船屋上。」這是幾個月來尼珥第一次跟外面的人說話，這有種奇怪的振奮效果，讓他覺得彷彿又回到自己的鏡廳。「如果我沒記錯，你吃到鴨肉湯和烤雞。原諒我提到這些細節。最近我滿腦子想的都是食物。」

「哎呀我的天！」賽克利這下認出了他，大驚道：「你就是那位王爺，是嗎？拉什麼的……」

「你記得沒錯，先生。」尼珥鞠躬說道：「是的，我曾經是拉斯卡力王爺。如今我處境大不同以往，你看得出來。」

「我完全不知道你在這艘船上。」

「我也不知道你在這兒。」尼珥自嘲地一笑。「要不然我會設法送上我的名片。我還以為你已回到自己的采邑去了。」

「我的采邑？」

「你不是說你是巴爾的摩爵士的親戚嗎？或者那只是我的想像？」尼珥訝異地發現，重拾前半生那種趨炎附勢的閒聊是多麼容易，而且有種奇怪的快感。這種滿足在隨手可得時顯得一文不值，現在卻像生活的本質一般重要。

賽克利微笑道：「我想你是記錯了。我不是爵士的後代，也沒什麼采邑。」

「至少在這點上，」尼珥說：「我們的命運是差不多的。目前我的采邑就只有一個馬桶和一條生鏽的鎖鍊了。」

賽克利好奇地打量尼珥，從頭頂的刺青看到沒穿鞋的腳。「可是你發生了什麼事呢？」

「說來話長，瑞德先生。」尼珥說：「這麼說吧，我的采邑已變成你的雇主勃南先生的財產，這是最高法院的判決。」

賽克利吹了聲口哨，表示意外：「很遺憾……」

「我只是又一個受命運捉弄的愚人，瑞德先生。」尼珥心頭忽然一陣內疚，他想起阿發一直不作聲站在旁邊。「原諒我，瑞德先生。我還沒有介紹我的朋友兼同僚，法拉米吉．沛斯東吉．摩迪。」

「你好嗎？」賽克利正要伸出手去握，士官長已經惱火得再也不能忍耐，用警棍去戳阿發的屁股：*Chal! Hatt!* 走啊，你們兩個。

「很高興見到你，瑞德先生。」尼珥見棍子揮來，縮起脖子退避著說。

「彼此彼此……」

結果呢，這次晤面一點好處也沒有，對賽克利或犯人都一樣。尼珥捱了士官長一巴掌：你以為跩幾句英格里西，我就當你是個東西不成？我教你陰溝裡去怎麼說[84]……

賽克利則是被柯羅先生訓了一頓：「聽說你跟囚犯搭訕，是怎麼回事？」

「我見過他們當中的一個。」賽克利說：「我能怎麼辦？假裝他不存在？」

「沒錯。」柯羅先生說：「就假裝他不存在。你輪不到跟罪犯或苦力說話。士官長很不高興。他本來就不怎麼喜歡你，說老實話。再有這種行為，你就會麻煩上身。警告過你了，小矮子。」

＊

賽克利和犯人這次邂逅，另外還有個目擊者——此人從這件事受到的震撼，遠超過其他所有人。那就是諾伯．開新．班達大叔，當天早晨，宛如預兆般，他在腸胃的劇烈擾動中醒來。他對這種症狀向來不敢輕忽，並且認為這次的痙攣厲害到不能完全歸咎於船隻的移動：倒像是大地震來臨或地殼大變動前才會出現的那種震動。

隨著時間推移，不祥的預感越來越強烈，逼得經紀先生走到船首，站在兩舷之間，讓海風灌滿寬鬆的長袍。他眺望前方越來越寬闊的銀色河面，胃袋在不斷升高的懸疑感中卜卜跳動，使他不得不夾緊雙腿，努力壓抑勢在必行的爆發。就在這麼忸怩掙扎時，他看見兩名犯人被比洛．辛士官長趕上甲板兜圈子。

諾伯．開新大叔認得走在前面那位王爺；他在加爾各答時，隔著拉斯卡利私家馬車的窗戶瞥見過他好幾次。有次馬車隆隆駛過時，經紀受驚失足，一屁股跌倒：他還記得自己無助地坐在泥濘中，尼珥看著他，露出輕蔑好笑的表情。但他記憶中那張蒼白、優雅的臉，玫瑰花蕾般的嘴唇和厭世的雙眼，跟如今面前這張瘦削、黧黑的臉，一點也不像。要不是諾伯．開新大叔早就知道罷黜的王爺是朱鷺號上兩名犯人之一，一定想不到他們竟然是同一個人，驚人的變化不僅在外表，也發生在言行舉止上，從前的厭倦與冷漠都被恐慌與警惕取代。諾伯．開新大叔想到，折服這個驕傲自滿的貴族，這個自我耽溺到無可救藥的享樂主義者，使他淪落到即使在最可怕的惡夢中都想像不到的末路，他本人也有一份功勞時，不由得興奮起來。某種意義上，這就像催生了一個新生命——經紀剛興起這念頭，就覺得靈光滿溢，湧上心頭的感覺是那麼強烈又陌生，所以他知道這必然是塔拉蒙妮顯靈。一看到尼珥骯髒的臉和戴著鎖鍊的手腳，就有一陣難以克制的憐惜和保護的欲望，這還能有別的來源嗎？又有誰能讓他一目睹兩名囚犯像做苦工的牲口，被趕著在甲板上打轉，胸口就掀起無限的母性柔情？他一直猜測，塔拉蒙妮畢生最大遺憾就是沒能生下一兒半女。此刻他打從靈台散發出激盪澎湃的情緒，適足以證明這點，他受到本能敦促，恨不得展開雙臂，將這犯人抱進懷裡，保護他不再受苦：就像塔拉蒙妮認了尼珥做她無法為自己的丈夫（也就是諾伯．開新大叔的叔叔）生育，若生下也已長大成人的兒子。

84 尼珥能說發音純正的英文，士官長的英文帶印度腔，而且隨興所之，每次發音都不盡相同。

經紀的母愛確實強大，要不是唯恐發生尷尬的意外，使他夾著膝蓋不敢動，說不定他已衝到甲板上，擋在尼珥和士官長揮舞的警棍中間。而就在這一刻，賽克利走上前，攔阻士官長下手，與罪犯相認，豈有可能是巧合？就像塔拉蒙妮女性之愛的兩種大能同時發揮作用：既是渴望照顧誤入歧途兒子的母親；也是超越世俗事務的尋道者。

這兩人深藏不露的真相都只有他知道，看到他們相遇令他心情激動，導致威脅已久的地震也即將發作：經紀的腸胃開始像熔岩般咕嚕作響，雖然害怕出乖露醜，他也不得不飛奔到船尾去找廁所。

*

白晝裡每個人的腸胃都感覺到船身的顛簸，全靠著每熬過一分鐘，旅程就更接近終點這念頭，二層艙的酷熱與惡臭才稍能忍受。但到了夜間，船在叢林裡的河灣下錨，豹吼虎嘯近在咫尺，就連這種慰藉都沒有了，即使最冷靜的移民工也不免陷入瘋狂的想像。更不乏人散播謠言，製造對立。其中最惡劣的就是喜歡惹是生非，被自己的村子趕出來的朱格羅：他的長相跟他的個性一樣醜陋，長著扭曲的戽斗下巴和滿佈血絲的小眼睛，卻仗著伶牙俐齒，頭腦靈活，在缺乏判斷力的年輕移民工當中贏得一定程度的權威。

第一天晚上，大家都睡不著，朱格羅開始講麻里西叢林的故事，年輕而體弱的移民工如何註定被用做獵捕林中野獸的誘餌。整個二層艙都聽得見他的聲音，女人都嚇壞了，尤其穆尼雅竟放聲大哭。

在令人窒息的熱氣裡，她的恐懼宛如具高度傳染性的熱病，不久就感染到周圍的人；婦女一個接一個崩潰。寶麗知道自己必須盡快採取行動，才能遏阻她們的驚恐。*Khamosh!*（安靜！）她喊道：聽我說，聽著，這男人跟妳們說的都是八卦，胡說八道。不要相信他的故事——都不是真的。麻里西根本沒有野獸，只有小鳥、青蛙和少數山羊、豬與鹿——大部分都是人帶去的。整座島上連條蛇都沒有。

沒有蛇！

這番話令人訝異，哭聲停了，所有的人，包括朱格羅在內，都回過頭來看著寶麗。狄蒂第一個提出所有人心頭湧現的第一個問題：沒有蛇？怎麼有這樣的叢林？

是啊，是有這樣的叢林。寶麗說：主要在島上。

朱格羅可不放過挑戰的機會。妳怎麼知道？他質問。妳只是個女人，誰相信妳的話？

寶麗鎮靜地回答：我知道，因為我在一本書上讀到。那是一個懂得這種事，而且在麻里西住了很久的男人寫的。

書？朱格羅嘲諷地大笑。這婊子撒謊。女人怎麼會知道書上寫的東西？

這激怒了狄蒂，她反駁道：她怎麼不會讀書？她是學者的女兒——她的父親教她識字。

撒謊的娼婦，朱格羅嚷道：妳該用大便洗嘴巴。

什麼？卡魯瓦慢慢站起身，彎著腰以免頭撞到天花板。你跟我老婆說的什麼話？

面對卡魯瓦龐大的身軀，朱格羅忿忿不平，滿懷怨恨地陷入沉默，他的追隨者紛紛退開，加入寶麗身邊那群人：真的嗎？那裡沒有蛇嗎？那兒種什麼樣的樹？有米嗎？真的嗎？

＊

木板牆另一頭，尼珥也在專心聽寶麗說話。雖然他花了不少時間透過氣孔窺視那群移民工，卻直到此刻為止，都還沒有特別注意到她：她跟其他婦女一樣，總是蒙著面紗，除了染黑的手和塗紅的腳，他沒看過她的臉或身體的任何部分。根據她的口音，他判斷她跟其他移民工不一樣，因為她都說孟加拉語，其他人卻說博杰普爾語。有次他還注意到她以一種特別的方式歪著腦袋，聽他和阿發對話——但這種想法太荒謬了。做苦力的女人聽得懂英語，這怎麼可能？

因為狄蒂，尼珥再次注意到寶麗：如果她說的是真的——這個女人受過教育——那麼尼珥幾乎確定認識她的父母或親戚。鼓勵女兒讀書識字的孟加拉家族本來就少，而且幾乎每家都跟他沾親帶故。加爾各答算得上有學識的婦女為數不多，在他的社交圈裡都小有名氣，而且就他所知，她們都不曾公開自稱懂英語——那是一道即使最開明的家庭都還沒跨越的門檻。此外，還有一件事令人困惑：這座城市裡受過教育的婦女家境幾乎都算富裕；這種人家絕無可能容許女兒跟契約工及罪犯一起乘船。這女孩顯然是個例外，但真的如此嗎？

直到大家對這女孩漸漸失去興趣，尼珥才把嘴湊上氣孔。他用孟加拉語對她蒙著面紗的頭部說：用彬彬有禮的態度回應質疑者的姑娘，不至於拒絕回答再一個問題吧？

婉轉的措辭和優雅的口音立刻讓寶麗提高警覺，雖然她背對囚房，但非常清楚說話者的身分，也立刻明白自己正受到某種考驗。寶麗很清楚自己從喬都那兒學來的孟加拉語帶有碼頭上討生活的流氓氣息；現下她選字必須謹慎。她順著這名犯人的語氣說：問題於人無害；只要知道答案，一定奉告。

她的口音不露痕跡，尼珥打聽不出說話者的來歷。

他繼續說：那麼可不可以請教妳，稍早提到的那本著作叫什麼名字？就是據說有豐富的麻里西島資訊的那本書。

寶麗拖延時間答道：書名一時想不起來了——也不重要。

很重要啊，尼珥說：我搜遍記憶，就是想不起有一本用我們的語言所寫的書包含有這些資料。世界上的書很多，寶麗閃避地說：當然不會有人記得每本書的名字。

不記得全世界每本書的書名，尼珥表示同意：那是當然。但是用孟加拉文出版的書總共也不過幾百本，我一度以擁有所有這類書籍自豪。所以我在意的是——難道我錯過了其中某本書？

寶麗思路敏捷地答道：但我說的那本書還沒有出版。那是從法文翻譯的。

從法文翻譯！真的？恕我斗膽，請教譯者的大名？

寶麗這下真的慌了，囁嚅著吐出她想到的第一個名字，也就是教她梵文，並幫她父親將收藏品編目的那位翻譯：他叫柯里諾大叔。

尼珥立刻認得這名字。真的？妳說的是從事翻譯的柯里諾．布瑞爾嗎？

是的，就是他。

但我跟他很熟，尼珥說：他擔任我叔叔的翻譯很多年。我可以向妳保證，他一句法語都不會說。

你說得沒錯，寶麗靈機一動：但他跟一個法國人合作，就是管理植物園的蘭柏老爺。我是柯里諾大叔的學生，有時他叫我幫忙謄稿。是這樣我才讀到的。

尼珥對這番說詞一個字也不信，但也沒法子駁斥。最後他說：那麼恕我請教小姐貴姓？

寶麗已想好應對之策。她客氣地回答：這是否有點唐突，我們才剛認識，就談這麼私密的話題？

尼珥說：悉聽尊便。最後我只有一件事要說，妳試圖教育這群粗人和鄉巴佬，實在是浪費時間。倒不如讓他們在無知中腐朽，因為他們早就是朽木了。

這段期間寶麗一直坐著，免得面對這名犯人。但現在被他傲慢的口吻激怒，她忍不住把蒙著面紗的臉轉向他，慢慢抬起眼瞪著氣孔。但在貨艙的黝暗光線下，她只看見一雙發出瘋狂光芒的眼睛嵌在滿是亂鬚的臉上，怒火不由得化為憐憫，便柔聲說：如果你那麼聰明，怎麼會在這兒跟我們一起？如果這裡爆發恐慌或動亂，你以為你的學問救得了你？你有沒聽過一句話叫「同舟共濟」（*amra shob-I ek naukoye bhas hchhi*）？

尼珥縱聲大笑。沒錯，他勝利地說：我聽過這句話——但不是孟加拉語。那是妳剛從英文成語翻譯過來的——翻得很漂亮，請容我這麼說——但接著要問的是，妳怎麼會說英語？

寶麗轉頭不答，但他繼續追問：妳是誰，好小姐？妳最好告訴我。妳得相信我一定會查出來。我跟你不是同類，寶麗說：你知道這點就夠了。

是的，確實夠了，他用嘲弄的口吻說——因為寶麗最後的回應中，口音漏出少許碼頭上慣用的摩擦音，解答了他的疑惑。尼珥曾聽艾蘿凱西提過，有批新派娼妓跟白種客戶學會了英語——想必這女人就是其中之一，正不遠千里去投奔某家海島上的妓院。

*

狄蒂和卡魯瓦挑選的位置在二層艙大樑的正下方。狄蒂把蓆子鋪在邊緣，這樣她坐著時，背可以靠在船殼上，但躺下時，突出的橫樑跟她頭部的距離還不到一隻手臂長，所以一不小心就會把頭撞得很痛。撞了幾次後，她學會安全地鑽進鑽出，然後開始感激樑柱的庇護：它就像父母的臂彎，在其他所有東西都搖晃得愈發厲害時，好端端把她圍護在固定的地方。

尤其在航程頭幾天，狄蒂還不習慣船隻的移動時，她特別慶幸自己離樑柱這麼近：它提供了一個依靠，她發現只要專心盯著木頭看，腦子裡天旋地轉的感覺就緩和許多。因為如此，雖然貨艙中光線黯淡，她對那截木頭卻非常熟悉，對它的紋理、節瘤，甚至曾在同一個地方躺過的其他人用指甲在它表面摳出的抓痕都瞭如指掌。當卡魯瓦告訴她，治療暈船最好的方法是仰望天空，她就老實不客氣對他說，愛看哪兒隨他高興，但她只要看頭頂上那一小塊木頭，就抵得過所有天空。

對狄蒂而言，夜空裡的繁星與星座總能喚起她記憶中或愛或懼的各色面孔與身影。是因為這點，還是因為拱樑提供的庇護，使她想起留在老家的那座神龕呢？反正，到了第三天早晨，她就用食指沾取抹在頭髮分際線的硃砂，在木頭上畫了個綁著兩根小辮子的小臉蛋。

卡魯瓦一看就懂：那是凱普翠，是嗎？他低聲說道——狄蒂不得不用手肘頂一下他的肋骨，提醒他，不能讓別人知道她有個女兒。

後來那天到了中午，移民工離開二層艙爬上樓梯時，每個人都忽然感染了一種怪病：只要踏上最後一級梯階，他們就無法動彈，必須由跟在後面的人用力把他們推上去。不論下面的人多麼不耐煩，大聲抱怨，每個人輪到踏上主甲板時，即使前一分鐘還在詛咒那些耽誤大家行動的蠢才，也都發作了同樣的毛病。輪到狄蒂走出艙門時，她也感染了這症狀：因為它就在眼前，黑水出現在船首正前方。

風靜了下來，海面上不見一絲白色波紋，午後的陽光熱辣辣地灑下，水面黝黑靜止，像一片籠罩在無底深淵上的陰影。她跟周遭的人一樣，茫然看著前方。根本不可能把它當作水——水豈不都一定要有界限，有邊，有岸，賦予形狀，將它固定在一個地方嗎？這海卻是穹蒼，像夜空，托著這艘船，好像它是一顆星。狄蒂回到自己的墊子上，情不自禁舉起手，畫出她在好幾個月前畫給凱普翠看的那個形象——一艘有翅膀的船在水上飛。於是朱鷺號就成為狄蒂的海上祭壇供奉的第二尊神像。

18

朱鷺號在日落時下錨的地方，是移民工能望見故鄉土地的最後一站：這兒叫做薩格外海停泊區，位在介於恆河口與大海之間的薩格島下風處，來此碇泊的船隻很多。從朱鷺號望過去，只看到島上的幾處沙岸和一些廟宇的旛旗，沒有點燈的二層艙裡一片昏暗，更是什麼也看不到；但光是恆河薩格這麼一個將河流與海洋、光明與黑暗、已知與未知連接在一起的名字，就足以讓移民工聯想到張開在前方的裂縫；他們覺得好像坐在懸崖邊緣，保持平衡，而這座島是從他們的故鄉，神聖的南瞻部洲伸出的一隻援手，拉住他們，不讓他們跌落虛空。

眾工頭也不安地意識到，旁邊這最後一塊陸地離船很近，那天晚上，移民工上甲板來用餐時，戒備比平時更嚴密；監工拿著警棍，警覺地部署在甲板四周，哪個移民工膽敢對遠處的燈火多看一眼，就會立刻被趕下艙去。看什麼看，混蛋？回下面去，那才是你該待的地方……

但即使看不見，也放不下心頭的那座島：雖不曾真正看見它，大部分人仍油然覺得它很親切——那不就是恆河女神擱腳休憩的地方嗎？就跟南瞻部洲其他名勝一樣，他們透過史詩和往世書[85]，及各種神話、歌謠、傳奇，到這些地方遊歷過無數次。自從得知這是他們看到故鄉的最後一眼，就產生了一種狂暴而不確定的氣氛，隨便什麼微不足道的挑釁都會引起爭吵。一旦起了鬥毆，就會以所有人，包括當事人在內都覺得匪夷所思的速度擴大；村子裡會有親戚、朋友或鄰居作和事佬，但這兒沒有長老仲裁，打架者互相掐住對方脖子，沒有族人或親友勸架。反倒有朱格羅這種唯恐天下不亂的角色，不斷挑撥人際、朋友、階級之間的對立。

婦女則在談論過往，聊她們再也看不見、聽不見、聞不到的各種小事情：罌粟花的顏色潑灑在田野中，就像灑紅節遇到下雨的紅染料一般；河對面飄來烹煮食物的煙火氣，捎來遠處村落婚禮的消息，多麼觸動心弦；日落時廟宇的鐘聲和晚禱的呼喚；深夜在院子裡聽長輩講故事。不論老家的生活多麼艱苦，每一段過去的灰燼中，總還有幾點回憶的火星散發著暖意——現在回憶的餘燼重新點燃，火光照見她們置身一艘即將投入無底深淵的大船船腹，這真讓人無法理解啊，除了發瘋，再沒有別種解釋說得通了。

其他婦人說話時，狄蒂默然不語，因為別人的回憶只讓她想起凱普翠，以及她註定永遠被排除在外的那些事件：她看不見年復一年的成長、她再也不能分享的祕密、她無法接待的新郎。她怎麼會落得不能出席親生女兒的婚禮，不能在花轎把女兒抬走時吟唱母親的哀歌？

Talwa jharáilé（池塘乾了）

Kãwal kumhláile（蓮花也謝了）

Hansé royé（天鵝哭泣）

Biraha biyog（因心愛的人遠離）

越來越吵鬧的噪音中，狄蒂的歌聲本來低不可聞，但其他女人聽見以後，一個接一個加入合

---

85 puranas可說是印度宗教經典的輔助資料，內容包括天文、地理、神話、民間故事，用淺顯易懂的方式傳播其中觀念。

唱，只有寶麗例外，她害羞地躲在一旁，直到狄蒂悄聲說：妳不知道歌詞沒關係。跟著唱就是了——否則這一夜實在太難熬。

慢慢地，隨著女人的聲音越來越有力量和自信，男人也忘了他們的爭執：在老家好像也是這樣，每逢村中舉行婚禮，新娘從父母懷裡被奪走時，總是女人在唱歌——男人似乎透過沉默承認，他們找不到字句描述孩子被迫離家的痛苦。

Kaisé katé ab（怎生度過）
Birahá ki ratiyã?（離別的晚上？）

*

尼珥隔著氣孔也在聽女人的歌聲，不論當時或以後，他都無法解釋為什麼過去兩天以來圍繞著他的這種語言，突然在這一刻像洪水決堤般湧進腦海。是狄蒂的聲音或歌詞的片段，使他想起她說的博杰普爾語，就是帕里莫在他小時候跟他說話慣用的語言——直到有天他父親下令制止。老王爺說：霍德家族的運勢建立在他們與當權者溝通的能力之上；帕里莫的鄉下口音只有被驅策的下人使用，尼珥不准再說這種方言，否則他開始學習領主世子必須通曉的印度普通話與波斯語時，口音就不純正了。

尼珥一向是個孝順的兒子，從此就在腦子裡瘞埋了這種語言，但它卻在不知不覺中活了下來——現在他聽著狄蒂的歌聲，才發現這方言的祕密養分來自音樂：他一直愛好三拍子的達德拉謠（dadra）、春季謠（chaiti）、十二月份歌（barahmasa）、四季謠（hori）、雨季謠（kajri）——都與狄蒂唱的這種歌曲類似。聽著她唱，他才明白這些音樂為什麼都用博杰普爾語發聲：原來恆河與印度河之間的所有方言，用於表達愛情、渴望與分離時——描寫離鄉背井與留在故鄉的人面臨的困境——都不及它強大有力。

究竟為什麼緣故，命運之手要離開繁榮的沿海地區，深入遙遠的內陸，降臨在這批比任何人都更頑固地把根深植於恆河淤泥之中，生存在必須痛苦播種才能收穫故事與歌曲的土壤裡的人身上，在這片被異族征服的平原上，挑選這群男女來離鄉背井？簡直就像命運一拳打穿大地活生生的身體，把它受傷的心臟硬生生撕下一塊。

＊

尼珥運用記憶中字句的欲望是如此強烈，那晚他睡不著覺。過了很長一段時間，婦女唱得喉嚨沙啞，二層艙才出現斷斷續續的沉默，他聽見少數移民工試圖追憶薩格島的故事。他忍不住要把故事講給他們聽：他隔著氣孔說話，提醒聽眾，要不是因為這座島，恆河和大海都不會存在；因為據神話傳說，毗濕奴神化身智者卡毘拉在此打坐，不料薩格王的六萬個兒子行軍路過，宣布將這塊地收歸伊喀須伐庫王朝所有，干擾到他。就在這兒，正好他們現在的位置上，那六萬個王子因傲慢無禮受到懲罰，聖人只用一隻燃燒的眼睛看他們一眼，他們就全體灰飛煙滅；褻瀆神明的骨灰就留在這兒，直到薩格王朝的另一個後裔，也就是善國王巴吉拉塔說服恆河從天上傾瀉而下，裝滿大海：六萬個伊喀須伐庫王子的骨灰才獲得救贖，離開冥間。

聽眾聽得驚訝莫名——不僅因為故事，更因為尼珥本人。誰想得到這個髒兮兮的囚犯會講這麼多故事，通曉這麼多種語言？他竟然連他們的博杰普爾土話都說得似模似樣！啊呀，即使一隻烏鴉唱起雨季謠，也不會讓他們更加吃驚。

狄蒂也醒著在聽，但這故事沒能讓她安心。她悄聲對卡魯瓦說：我真巴不得快點離開這地方。最可怕的就是坐在這兒，感覺陸地一直要把我們拉回去。

*

黎明來臨，賽克利懷著比預期中更濃厚的依依不捨，跟率領團隊回岸上的竇提先生道別。這位領航員離開後，只需再添補少許裝備，就可以起錨出海了。補給的工作很快完成，因為這艘雙桅帆船不久就被大隊販賣食品雜貨的小船包圍：載高麗菜的竹編圓筏，堆滿水果的小帆船，載著山羊、雞、鴨的漁船。凡是商船和船工需要的一切物品，這個水上市場可說應有盡有：論捆出售的帆布，備份的千斤頂和迴旋座，一捲捲的繩子和 rup-yan，成堆涼席，桶裝的菸草，一束束出售的潔牙用苦楝細枝，裝在陶瓶裡專治便秘的車前子種皮粉、還有一罐罐治赤痢的龍膽根：一艘特別奇形怪狀的船上甚至生起爐子，由一個甜點師傅現炸糖絲捲。這麼多小販搶做生意，品多帶著廚房小廝，沒多久就辦妥了所有伙食材料。

中午時分，朱鷺號拉起船錨，桅杆手也準備升帆——但領班說得沒錯，一整個上午都有氣無力的風，偏挑中這時候完全靜止，把船困住。帆索都拉緊了，船員也準備出發，朱鷺號卻靜靜躺在一平如鏡的海中。瞭望員每次換班，上桅杆的人都奉命只要察覺有一絲風就要通報。但一小時接一小時過去，水手長高聲詢問——*Hawá*（有風嗎）？——回應總是否定的：*Kuchho nahi*（沒有）。

滯留在火力全開的烈日下，沒有一點涼風，所有熱氣都困在船殼內，下面貨艙裡的移民工簡直覺得骨頭上的肉烤得快融化了。為了放點空氣進來，工頭卸下木門，只留柵欄。但外面風平浪靜，沒有一絲風吹進來：反倒是艙裡的臭味透過鐵柵，慢慢升入空中，引來大群的鳶、兀鷹和海鷗。有的懶洋洋在上空盤旋，好像等著吃腐肉，其他的停在帆桁和橫帆索上，發出女巫似的尖叫聲，滴滴答答的糞便灑在甲板上

分配飲水的規則公布不久，移民工還不熟悉；這套未經測試的系統很快就開始瓦解，維持到這一刻的貨艙秩序也跟著完蛋。下午還沒過一半，這天的飲水配給已減少到男人開始為爭奪還剩幾口水的水壺打架。在朱格羅慫恿下，約五、六個移民工爬到梯子上，敲打門上的鐵欄：水啊！聽我們說，上面的人！我們的水壺要加水。

工頭過來打開柵門時，幾乎發生暴動：幾十個男人湧到梯子上，不顧一切企圖衝上甲板。但柵門開啟的寬度只容一人通過，探出的每顆腦袋都讓工頭輕易打回去。警棍不留情地打在契約工的頭上與肩上，一個接一個把他們打退。不消幾分鐘，鐵柵門和地窖門又再次砰地關上。

壞胚子！——是比洛．辛的聲音——我就不信管教不好你們；我真是沒見過更無法無天的苦力暴民……

不過這場騷動並非全然意外，毫不反抗就接受船上管理方式的契約工實在很少。監工早有處理這類麻煩的經驗，也很清楚該如何因應的對策：他們對著柵欄大聲吼叫，讓移民工知道船長命令他們到甲板上集合；他們要一個一個守秩序走梯子出來。

工頭指揮婦女先出艙，但有幾個女人受驚過度，連梯子都不能爬，只好由別人抬上去。寶麗是最後一個離開貨艙的女人，直到上了甲板，她才發現自己腳步多麼不穩。她膝蓋發抖，好像要跌倒，得扶著甲板欄杆才能保持平衡。

甲板室的陰影下放了桶清水，一名廚房小廝將水舀出來，在每個女人的銅碗裡分配兩杓。大型

救生艇就吊在後面幾步開外，寶麗看見已有幾個女人在下面躲避陽光，有人蹲坐，也有人橫躺，她扶著欄杆走了幾步，蹲在她們旁邊，佔到最後一塊陰影。就像其他人一樣，寶麗先喝幾大口水，然後把最後幾滴倒在頭上，讓它慢慢滲透臉上那塊早就被汗水泡濕的面紗。清水滋潤了乾涸的五臟六腑，總算讓她恢復一點生機，不僅肉體甦醒，頭腦也清醒了，彷彿在乾渴中久久沉睡的意識活動起來。

直到這一刻，叛逆心與決心一直使寶麗任性地不把旅途困苦放在眼裡：她以為自己比同行的大多數人年輕力壯，沒什麼好怕的。但現在她終於看清楚，未來幾週的艱難遠超出她的想像；她甚至有可能捱不到終點。想明白這點後，她轉頭回望薩格島，幾乎下意識地試著測量那座島有多遠。

比洛·辛的聲音就在這時響起，宣布集合完成：*Sab házir hai!*（全員到齊！）

寶麗向船尾望去，只見齊林沃斯船長出現在後甲板上，像尊雕像站在繩索拉出的欄杆後面。船工、工頭、警衛也在主甲板上圍成一圈，扼守船舷，監視集合起來的契約工。

比洛·辛手持警棍，對大家喊道：*Khamosh!*（安靜！）船長講話，你們聽著；誰敢出聲，腦袋就吃我一棍。

後甲板上的船長文風不動，雙手負在身後，平靜地打量甲板上的人群。雖然這時已起了一陣微微的風，卻毫無涼意，在船長注視下，空氣彷彿越來越熱。他終於開口時，聲音夾帶著烈焰中爆裂的火星迸到船頭：「仔細聽著，我說的每個字都不會再重複。」

船長頓了一下，讓諾伯·開新大叔翻譯，然後他從踏上後甲板以來第一次亮出右手，手中握著一條緊緊捲起的鞭子。他頭也不回，伸手一比，用那件武器的尖端指著薩格島。

……那個方向是你們出發的海岸。另一邊是你們稱為黑水的海。你們可能以為，陸地與海洋的差別，用眼睛一看就知道。但事實並非如此。陸地與海洋最大也最重要的差別，眼睛是看不見的。兩者的差別——你們給我記住……

就在諾伯．開新大叔翻譯的當兒，船長俯身向前，把鞭子和指節泛白的兩隻手，都搭在捲帆索的座台上。

……差別在於，陸地的法律在水上行不通。海上另有一套法律，而且你們要知道，這艘船上的法律都由我制定。只要你們在朱鷺號上，而且船航行在海上，我就是你們命運的主宰、你們的上帝、你們的立法者。你們看我手裡這條鞭子，只是我執法工具中的一種。它不是唯一的——另外還有一種……

說到這兒，船長舉起鞭子，將鞭梢纏繞在把柄上，做成吊人索的形狀。

……這是另一種執法工具，不要有片刻懷疑，必要時我會毫不猶豫地使用。你們只要時時記得，沒有比恭敬與服從更好的執法工具。就這方面而言，船上跟你們的家和村落沒有差別。在船上期間，你們必須服從士官長，就像服從你們的領主，或像比洛．辛士官長服從我一樣。他懂得你們的行事方式與傳統，在海上的時候，他是你們的父母，正如我是他的父母。你們得知道，多虧他從中說項，今天不處罰任何人；他替你們求情，因為你們不熟悉這艘船和它的法律。但你們該知道，下次船上再有脫序行為，後果一定很嚴重，每一個有份的人都會受罰；企圖惹是生非的人該知道，這個在等著他們……

這時鞭子猛然揮出，在空中炸出打雷般一聲巨響。

雖然陽光灼熱，船長這番話卻讓寶麗涼到骨髓。她朝四周望去，只見許多契約工都嚇得不敢動彈；好像他們這才醒覺，他們不僅是遠離家鄉，勇渡黑水——往後的生活只要在清醒的時刻，都要被吊人索和鞭子宰制。她看得出，每個人的眼神都飄往不遠外的那座島，它那麼近，吸引力幾乎令人無法抗拒。一個頭髮花白的中年男子開始喃喃自語，她直覺到他再也抵擋不了那島的引力。雖然已有預警，但那人忽然跳起，推開一名船工，翻過甲板護欄時，她仍是最早發出驚呼的人之一。

警衛立刻發出警報，高喊——*Admi girah!*（有人落海！）——契約工（大多不知發生了什麼事）開始驚慌騷動。趁著混亂，又有兩個移民工衝出人群，縱身躍過船舷。

警衛亂成一片，開始揮舞警棍，企圖將男人趕回貨艙。船工七手八腳拆除左舷救生艇的罩布，更是火上加油；他們將救生艇傾斜時，一群咯咯叫的公雞、母雞飛到甲板上。大副和二副也都衝到救生艇前發號施令，拉扯吊艇架，雞糞掀起一片塵雲，弄得他們滿身雞毛、糞便與飼料。

暫時被遺忘的婦女只好繼續在左舷的吊艇架周圍縮成一團。寶麗伸長脖子從船舷望出，只見三名泳者有一個已消失在水面下，另兩個還在奮力撲騰，抵抗將他們推向大海的波浪。這時忽有一大群鳥出現在泳者上方，不時飛撲下來，好像要察看他們是否還活著。不消幾分鐘，泳者的頭就不見了，但鳥群還在上空耐心盤旋，似乎在等待屍體浮上水面。雖然屍體沒再出現，但根據鳥在空中巡繞飛行的陣式，顯然屍體已被向海洋退卻的潮水席捲，帶往地平線的盡頭。

因此之故，久候不至的風終於吹起時，船員啟航的動作特別遲緩。經過這些事件，想到航行的軌跡上會遇到三具支離破碎的屍體，讓船工心頭充滿不可言喻的恐懼。

19

第二天早晨，朱鷺號在滿布羊毛般雲絮的天空下遇上強風大浪，船身顛簸不已。即使還在胡格利河上行駛時，很多移民工就已開始暈船，因為這艘雙桅帆船即使走得最平穩時，也比他們坐慣的那種慢吞吞的河上小舟動盪得多。現在朱鷺號速度全開，在波濤起伏的海上航行，很多人都落得像嬰孩般無助。

二層艙有六個皮製及木製水桶，間隔一定距離擺放，以備暈船之需。有一陣子它們的效果還不錯，身體較穩健的移民工會扶助別人在嘔吐前衝到水桶前面。但不久桶子就滿得幾乎溢出，裡面的東西濺在四周。隨著大船忽上忽下，越來越多移民工腿腳無力，只能躺著就地把肚子裡的東西清空。密閉空間裡本就瀰漫令人作嘔的臭氣，加上嘔吐物的異味後更是難聞，讓暈船的威力成倍數增加。不久後整個貨艙便在嘔吐中淪陷。一天晚上，有個男人被自己的嘔吐物噎死，而且死了大半天都沒引起注意。等人發現他死亡時，簡直沒一個移民工站得起來，所以也沒人目睹屍體海葬的過程。

狄蒂跟其他很多人一樣，對身旁的死亡事件一無所知：即使她知道，也不會有力氣朝死人的方向看。她一連好幾天起不了身，更別說走出貨艙。甚至在卡魯瓦幫她擦拭蓆子時翻個身，都覺得吃力得做不到。進食喝水更別提，只要想到她就開始打噁心：*Bam nahin tál sakelan*——我撐不住，不行了……

妳撐得住；妳可以的。

狄蒂逐漸康復，沙柳的情況卻越來越糟。有天晚上，她呻吟得極為悽楚，行動還不很靈活的狄蒂，扶她躺在自己腿上，拿一塊濕布替她敷頭。忽然她覺得沙柳的身體在她手指的觸摸下緊繃。沙柳？她喊道：妳還好嗎？

我沒事。沙柳低聲說：妳先別動……

其他人被狄蒂的喊聲驚動，轉過頭問：她怎麼了？發生了什麼事？

沙柳豎起一隻手指，要她們安靜，然後把一邊耳朵貼在狄蒂小腹上。所有女人都屏住呼吸，直到沙柳睜開眼睛。

什麼？狄蒂問道：發生了什麼事？

上蒼讓妳有後。沙柳低聲說：妳懷孕了。

＊

齊林沃斯船長每天正午固定會到甲板上，與大副、二副一起測量太陽的高度。這是賽克利每天最期待的時刻，即使柯羅先生在旁，也不能稍減這項儀式帶給他的愉悅。他喜歡把自己的六分儀拿出來用，但這件事的樂趣不僅如此；雖然輪番值班很枯燥，與大副近距離相處又要承受無盡的壓力，只但要換到這一刻，他就覺得值得了：看著雙桅帆船在海圖上的位置有變化，使他聯想到這趟旅程總有結束的一天。齊林沃斯船長取出船上的經線儀時，賽克利總不厭其煩地用以校正自己的錶。分針的移動足以證明，雖然前方的海平線看不出變化，這艘船卻在宇宙時空中穩定前進。

柯羅先生沒有錶，見賽克利有一隻，很是憤懣不平。他的謾罵用語每天中午都有新招：「又來了，好像猴子玩核桃……」齊林沃斯船長卻很欣賞賽克利講求精確的態度：「永遠知道自己在這世界上處於什麼地方是件好事：知道自己的位置，對任何人都沒壞處。」

有一天，賽克利正在校正手錶，船長說：「瑞德，你那小玩意兒很漂亮；借我看一眼好嗎？」

「當然好，長官——您請便。」賽克利啪一聲闔上錶蓋，遞給船長。

船長細看錶上金銀雕鏤的精緻圖案，挑起眉毛說：「精美的小東西，瑞德；出自中國工匠的手藝，我看。大概是澳門做的。」

「那兒也有人做手錶？」

「哦，有的。」船長說：「而且做得很好。」他打開錶蓋，目光立刻被蓋子內側刻的名字吸引。「這是什麼？」他高聲唸出那名字——亞當．丹比——又重複一遍，好像不相信：「亞當．丹比？」他轉身面對賽克利，皺著眉說：「可以請教你怎麼得到這東西的嗎，瑞德？」

「呃，長官……」

如果他們獨處，賽克利一定毫不猶豫地告訴船長這錶是阿里水手長給他的。但既然柯羅先生在旁豎著耳朵聽，賽克利怎麼也不願送上一批新彈藥給這位總是出口傷人的大副。「呃，長官，」他聳聳肩說：「我在一家當鋪買的，在開普敦。」

「真的？」船長說：「哎呀，這真有趣。真的很有趣。」

「真的嗎，長官？為什麼呢？」

船長抬頭望了太陽一眼，抹一把臉。「說來話長。」他說：「我們下艙去，坐下再談。」

把甲板交給大副後，賽克利與船長下到小餐廳裡，在桌前坐下。

「您認識這位亞當．丹比嗎，長官？」賽克利說。

「不認識。」船長說：「沒見過他本人。不過他從前在這一帶很有名。那是早在你出生前的事，當然。」

「他是什麼人，長官，可以請問嗎？」

「丹比？」船長似笑非笑看著賽克利說：「啊，他就是大名鼎鼎的『白虎盜』呀。」

「『虎盜』，長官……？」

「瑞德，虎盜就是橫行南中國海的海盜；以珠江口虎門外的島群命名。現在他們幾乎絕跡了，但曾經有一度，他們是海上最可怕的煞星。我還是個小伙子的時候，他們由一個叫程義的人率領——那真是個野蠻兇殘的傢伙。他沿著海岸線打劫，遠至南圻[86]擄掠村莊、綁架肉票，殺人不眨眼。他還有個妻子——大概是廣州妓院裡的婊子。我們都叫她程夫人。但程義有了這個女人還不夠。有次打劫時，他俘虜了一個年輕漁夫當男寵。程夫人一定鼻子都氣歪了，你大概會這麼想吧？那可不。老程義死後，她竟然嫁了這個情敵！他們以虎盜王與虎盜后自居。」

船長慢慢地搖頭，好像憶起許久以前一件難忘的趣事。「你或許以為這對狗男女會被他們的部下吊死，是吧？才沒有呢：中國的事兒跟你預期的都不一樣；每當你以為瞭解他們了，他們又做出讓你完全摸不著頭腦的事。」

「您是指什麼，長官？」

「你想想看：程夫人和她的前任情敵現任丈夫不但得到擁戴，當上了海盜頭子——還建立起一個海盜王國。他們麾下一度有一萬艘戎克船，號令十多萬人！他們造成的動亂，使皇帝不得不派軍隊清剿。最後程夫人的艦隊被打敗，她只好跟丈夫一起投降。」

「他們後來怎麼樣了？」賽克利問。

船長輕笑一聲。「你以為他們會上絞刑台，是吧？才沒有呢——朝廷認為那種處置方式太直接。他們冊封男的做朝廷命官，程夫人呢，訓斥一頓，罰款了事。如今她在廣州逍遙。還經營一家酒館呢，我聽說。」

「那麼丹比呢，長官？」賽克利說：「他跟程夫人和她的手下一起打劫嗎？」

「不。」船長說：「他來攪和這淌混水時，程夫人已洗手不幹了。她的部下，至少剩下的那批人，也都拆成小股海盜。你看不出他們的戎克船跟其他國家的船隻有任何差別——是漂浮在水上的小村落，養著豬和雞，種了果樹，還有菜園。他們的老婆孩子也跟在船上。其中有些戎克船比普通廣州花船好不到哪裡去，就是賭場兼娼館。他們藏身小海灣或海口，專搶航行沿岸的船隻，見船難便趁火打劫。丹比就這麼落到他們手中。」

「他遇到船難嗎，長官？」

「沒錯。」船長抓抓下巴，說道：「待我想想，鄧卡南夫人號是哪一年擱淺的？大概一八一二年或一三年——約摸二十五年前，我估計。沉沒在海南島附近。船上大部分水手都設法回到澳門，但船上有艘救生艇和十到十五人失蹤，丹比就在其中。其他人發生了什麼事我不知道，但有一點是確定的，丹比後來加入一個虎盜幫。」

「他們俘虜了他？」

「可能，要不然就是他被沖上海岸時發現了他。後者的可能比較大，如果考慮到他後來的發展。」

「就是說……？」

「變成海盜的爪牙。」

---

86 Cochin-China 約相當今日越南的南部。

「爪牙，長官？」

「對。」船長說：「歸化成當地人，這個丹比。娶了他們的女人。披掛起床單抹布。學會一口怪腔怪調。用筷子吃蛇肉。諸如此類的。說來也不能怪他。他本來不過是個土頭土腦的船艙小廝，出身倫敦蕭迪區之類的貧民窟。剛學會走路就被送上船。在船上打雜很辛苦，這你是知道的。成天忙進忙出，整晚還得應付那些老騙棍。吃的就是水手燉菜[87]和老得像木頭的水煮肉；附近唯一的娘們就是砲手的女兒[88]。從女人和伙食的角度考量，海盜的戎克船想必像天堂吧。我猜他們讓他開竅不需要花多大力氣——很可能一等他有力氣站起來，就讓他平躺在staff-climber底下。但丹比不是小蝦米，他頭腦好得很。想出一招惡毒的妙計。他換上登岸穿的最好的衣服，潛入馬尼拉跟安紐[89]等港口。海盜跟在他後頭溜進去，挑一艘缺少人手的船。丹比簽約做船員，海盜做船工。沒人起疑，當然。白種人竟然替一船豬尾巴做幌子？船主作夢都想不到有這種事。而且丹比能言善道。他替自己買了在東方能找到最上等的衣服和各種配件。等到船隻平安出海，他才露出真面目——忽然間他們出現了，不費吹灰之力把船奪下，大獲全勝。丹比解除職員的武裝，其他人由海盜對付。他們把俘虜趕上小艇，讓他們在海上漂流。然後歡天喜地開著貨船離開啦。這真是最歹毒的高招。我記得他們是在爪哇岬用完了好運。正打算載著戰利品離開時，遇上一艘英國戰鬥艦。丹比和大多數海盜被殺。但有少數海盜脫逃。我猜你這隻錶就是他們其中之一典當的。」

「您真的這麼想，長官？」

「哦，當然啦。」船長說：「你還記得是在哪家當鋪買的嗎？」

賽克利口吃起來：「我想……大概記得吧，長官。」

「好極了，」船長說：「我們抵達路易港時，你一定要向有關單位陳報這件事。」

「真的，長官？為什麼呢？」

「哦，我想他們一定有興趣追蹤你的錶，以找到前一個持有者。」

賽克利咬著嘴唇，再次細看那只錶，回想起水手長把錶交給他的那一刻。「如果抓到前一個擁有者，長官，」他說：「您想他們會怎麼處置他？」

「哦，我確信他們會問他一大堆問題。」船長說：「如果他跟丹比有任何瓜葛，我相信他們一定會吊死他。完全不用懷疑：凡是丹比匪幫的漏網之魚，絞架上都替他們留好位子了。」

*

過了幾天，大多數移民工都從暈船中康復。但也有少數人始終不見改善，身體越來越虛弱，無藥可救，在其他人好轉的當兒，一天天變得消瘦。這種人雖然為數不多，對其他人心理上的影響卻大得不成比例：這趟旅程發生了那麼多事故，看著他們日益憔悴，就產生一種絕望的氣氛，使眾人意氣消沉，導致很多剛復原的人又生起病來。

每隔幾天，工頭就會在貨艙周邊噴灑醋水或萊姆粉，少數病人會拿到一種黏稠、惡臭的藥水服食。很多人一見警衛轉身，就把藥水吐出來，因為有傳言說，這所謂的藥水是用豬、牛、馬的蹄和角煉製的。不管怎麼說，這藥水在總共十來名病情最嚴重的移民工身上似乎毫無作用。

87 lobscouse，材料包括馬鈴薯、洋蔥、鹹肉、硬餅乾，混在一起煮爛，是一種惡名昭彰的航海食物。
88 Gunner's Daughter，其實不是指人，而是大砲。水手跟它最親近的時刻，就是受鞭刑懲戒時，被綁在砲筒上面。
89 Anjer位於印尼爪哇島萬丹省，十九世紀是個繁榮的商港，但一八八三年毀於喀拉喀托火山大爆發。

接下來死亡的是來自巴利亞一個三十歲的銅匠，他原本健壯的身體瘦成一副骨頭架子。他在船上沒有親戚，只有一個朋友，也病得很沉，沒能到甲板上目睹死者的屍體拋入海中。

那時狄蒂仍虛弱得坐不起來，也無法關心周遭的事，但下一個人死亡時，她的元氣已恢復不少。這次死的是來自比拉平提的一個年輕的穆斯林紡織工，他跟兩個堂弟同行。已故紡織工的同伴都比他年輕，一隊士兵到貨艙來，勒令他們抬起屍體，將它推到船外時，他們都不懂得抗議。

狄蒂並不特別想介入此事，但當情況很明顯，沒有人挺身而出時，她能不仗義執言嗎？慢著！她對那兩個男孩說：這樣不對，他們不能叫你們這麼做。

三名士兵憤怒地圍著她：妳別管，不關妳事。

當然關我的事，她反駁道：他就算死了，但還是我們的一份子。你們不能像剝下來的洋蔥皮一樣隨便把他丟掉。

那妳想怎樣？士兵說：妳希望每當有苦力死掉，我們就停船辦場大喪禮？

只要一點*izzat*，一點尊重……這樣對待我們是不對的。

誰能阻止我們？他們嗤之以鼻。妳嗎？

或許不是我，狄蒂說：但這兒還有別人……

這時很多契約工都站起來，大部分人只是好奇，並未企圖與士兵對抗。但警衛見這麼多人一起行動，總有點擔心。三名士兵不約而同退向樓梯，其中一個停下腳步，用突然帶有安撫意味的口氣問道：那要怎麼處理他？

給他的親戚一點時間，討論一下，狄蒂說：由他們決定該怎麼處理。我們看士官長怎麼說。

警衛話畢，就回甲板上去，過了大約半小時，他們中的一個隔著活門喊話，讓移民工知道，士官長同意讓死者的親戚自行決定如何處理屍體。這一讓步在艙下掀起一陣歡呼，十多個男人自告奮勇，幫忙把屍體抬到甲板上。

稍後，死者的親戚來找狄蒂，讓她知道屍體在投入大海前，曾遵循傳統禮法清洗潔淨。大家都同意，這是重大勝利，就連最愛爭執或善妒的人也無法否認，狄蒂應居首功。

卡魯瓦對這個結果不盡然高興，他湊向狄蒂的耳朵說：比洛・辛雖然讓了步，但他一定會不高興。他在問，這次麻煩是誰在背後主使，是不是上次同樣那個女人。

狄蒂沉浸在成功的喜悅中，只聳了聳肩。現在他能怎樣？她說：我們在海上——他不能送我們回去，不是嗎？

*

「收帆！」——*Tán fulána-jib!*

一整個上午，朱鷺號在逐漸加強的風勢推送下，桅杆上掛滿風帆，搶風加速。但現在日正當中，海上風浪大作，洶湧的波浪不斷打上船尾。對這艘船的性能深具信心的賽克利，仍想張開所有的帆，卻被船長否決，奉命收帆。

「待命！」——*Sab taiyár!*

收帆只需要一個人上桅杆，通常都挑動作最快、最輕巧的桅杆手。船工得爬到幾乎是前桅的最頂端，鬆開固定帆頂的扣環，其他人在下方的船頭上等著把帆布降下來，收捲在下桁上。照理這次該輪到喬都一個人上去，但孟篤不喜歡捲帆桁，尤其是在三十呎長的桅杆在浪裡左搖右晃，所有攀附著桅杆的人都全身濕透的時候。於是這位領班就以確保不出差錯為藉口，跟著喬都爬上桅杆，舒舒服服地在上桅靠船頭側的橫桁上，找了個位子坐下，讓喬都繼續往上爬，去跟扣環搏鬥。

「從帆後面拉！」——*Dáman tán chikár!*

抓緊！孟篤在繩結猛然鬆開時發出警告。

忽然間，船帆像突然發狂似的猛力掀起，自喬都手中飛出：它活像一隻遭獵捕的天鵝，慌亂地拚命拍打翅膀，試圖擺脫獵人。喬都只來得及用雙臂緊抱桅杆，緊扣不放，下面的人則開始轉動升降索收帆。但因為上升氣流強勁，帆收得很不順，帆布不斷撲上來，好像要咬喬都的腳。

瞧，孟篤得意洋洋地說：不像你們這群剛出道的雛兒以為的那麼容易吧。

容易？誰會那麼以為呀？

喬都從桅頂滑下來，跨坐在上桅帆的橫桁上，背對領班，兩人中間隔著桅杆。雙桅船兩邊的海面上，分布著一道道黑色陰影形成的條紋，那是波峰之間的浪谷。因為船桅高，船身的顛簸在橫桁上感覺尤為明顯，彷彿他們是坐在左右搖擺的棕櫚樹上。喬都雙臂交纏在支索帆之間，手握得很緊，他很清楚，浪這麼大，掉下去註定沒命。這種強風勁浪中，船要掉頭起碼得花一小時，生存的機會卻小到主管根本不可能改變航向：但也無可否認，危險為多采的桅上生活更添一分樂趣。

孟篤也是一樣的想法。他指著船工稱作魔鬼舌（因為很多水手的性命斷送在那兒）的船首三角帆最前端。我們在這兒很幸運，他說：看看下面那群可憐蟲——都在洗個空前絕後的澡。嘖！這會把葛西蒂的眼影沖糊掉呢！

喬都向下方的船頭望去，看見魔鬼舌在浪花中忽隱忽現，使騎在桅杆上的船工沒入水中，掀起大片水沫噴在甲板上，走出活門來吃午餐的移民工也全身濕透。在喬都腳踩的踏腳索下方，翻飛的前帆和主帆形成一個橢圓形缺口：從這缺口可以看到帆船中段，現在喬都望下去，看見兩個穿紗麗的人影蹲坐在左舷吊艇架下方。他根據紗麗的顏色得知，其中一個是穆尼雅，也根據她蒙著面紗的頭傾斜的角度，知道她正在看他。

兩人互送秋波的舉動沒逃過孟篤的眼睛，他把手肘伸到桅杆這頭，頂了喬都肋骨一下。又在看那女孩了？你他媽的蠢小子。

他嚴厲的口吻讓喬都十分訝異，他說：看看有什麼不對，孟篤大叔？

小子，聽我說。孟篤說：你還不明白嗎？你是個船工，她是個苦力；你是穆斯林，她不是。這件事對你一點好處也沒有，唯一的下場是挨鞭子。你明白嗎？

喬都一陣狂笑。啊哈，孟篤大叔，有時候你把事情看得太嚴肅。講個笑話，開開心，有啥不好？不是有助打發時間嗎？葛西蒂在我這年紀，勾搭什麼人都能到手，這話不是你說的嗎——隨便哪張吊床或臥鋪都會被她攻佔？

呸！領班轉到下風，吐了口唾沫，讓它沿著橫桁飛走，落進朱鷺號另一側的海裡。聽著，小子，他壓低聲音沉著臉說：如果你不知道這有什麼差別，八成會落得沒有葬身之地。

＊

阿發即使戴著手銬，出手之穩也讓尼玶為之驚詫。他空手抓蒼蠅——不是一掌拍死哦，而是用大拇指和食指的指尖捏著——已可算是絕招，更無法置信的是，他竟能在黑暗中做到這點。經常在夜裡，尼玶揮手驅趕蒼蠅或蚊子徒勞無功時，阿發會抓住他手臂，吩咐他靜靜躺著：「噓！讓我聽聽看。」

在牢房裡要求安靜，實在是奢望：船身木材的嘎吱聲、下方海水拍打船殼聲，上方的水手腳步聲，還有另一頭傳來的移民工交談聲，這塊區域永遠安靜不下來。但阿發的感官好像能發揮奇異的功能將噪音屏擋在外，專心致志只聽某種聲音：當昆蟲再次出聲，他的手就飛也似的探入黑暗，終結牠營營嗡嗡的吵鬧。即使那隻蟲停歇在尼珥身上也沒有影響：阿發就是能在黑暗中抓住牠，而尼珥只覺得被輕輕捏了一下。

但這天晚上，沒有蟲鳴，尼珥也沒有雙手亂揮，阿發卻說：「噓！聽啊。」

「聽什麼？」

「聽著。」

阿發的鐐銬忽然動了一下，鏘啷聲之後是驚慌尖銳的吱吱怪叫。接著啪一聲，好像有骨頭被折斷。

「那是什麼？」尼珥問道。

「老鼠。」牢房裡冒出排泄物的臭味，阿發掀開馬桶蓋，把死鼠扔進去。

尼珥說：「我不明白你是怎麼空手抓到牠的。」

「學來的。」

「學抓蒼蠅和老鼠嗎？」

阿發笑了起來。「不是，是學著聽。」

「跟誰學？」

「師傅。」

說到挑選教師和師傅，尼珥也算得上行家，但他卻怎麼也想不起一個能傳授這種技巧的人選。

「什麼樣的師傅會教你這種本事？」

「教打拳的師傅。」

尼珥愈發不解：「打拳師傅？」

阿發又笑了。「奇怪不？父親逼我學的。」

「但為什麼呢？」

「他要我像個英國人。」阿發說：「要我學習英國男人一定要會的東西——划船、打獵、板球。但廣州沒辦法打獵，也沒有板球場。划船都是僕人在划。所以他要我學打拳。」

「你父親？所以你跟父親住在一起？」

「不。跟外婆住一起。在戎克船上。」

事實上，那是一艘廣式廚船，船首寬敞平坦，方便洗碗、宰豬。船頭後面就是廚房，有一座四灶口的火爐，上面搭著遮蔽風雨的竹棚；船身中段的船艙凹下，上有遮雨篷，擺著矮桌和長板凳供客人使用。四方形的船尾架高，蓋了棟雙層船屋：這是一家人——阿發、他母親、外婆以及任何其他路過的表兄弟或親戚——的住處。

這艘廚船是阿發父親的禮物，它讓這家人在世上躍進了一大步；阿發出生前，他們住在只有這艘船一半大的蝸牛船上。巴力願意為兒子付出更多，不能給予正式名分令他深感內疚。他很想為荔枝妹和她家人在城裡或附近村莊——例如穿鼻或黃浦——買棟房子。但他們是蜑民，註定在水上討生活，陸地不歡迎他們。巴力知道這點，也無意反對，不過他表示得很清楚，希望他們買一艘能助長他名聲的船；好比一艘色彩鮮豔、供人尋歡作樂的大船，可以供他在買辦春泉面前誇耀。但荔枝妹和她母親生性節儉，在她們眼中，不能帶來收入、純居住用的住所，就像不會生育的母豬一樣無用。她們不僅堅持買艘廚船，還把它停在番鬼市看得見的地方，所以阿發幫忙招呼客人時（幾乎從他一學會在傾斜的甲板上走路就開始了）從白帽洋行的窗戶可以看得一清二楚。

Kyá-ré? 其他祆教徒笑道：巴力，你真是個好爸爸——你的私生子從小就當船上的侍者。你替你那些女兒在皇后大道上蓋了豪宅——這小子什麼都沒有嗎？他確實不是我們的一份子，但畢竟是你的種，不是嗎？可別這樣丟著他不管啊……

這麼說很不公平，因為無分祆教徒或其他人都看得出，巴力是個很疼小孩，而且野心勃勃的父親，他真心誠意想為這唯一的兒子提供所有資源，把他培養成一個有地位的紳士：這孩子要博學、活潑、文雅，既要使槍玩棒，也會舞文弄墨；就像鯨魚噴水一樣，全身洋溢男子氣概。如果學校拒收蜑女的私生子，他也會聘請中英文家教，教他讀書寫字——這樣他就能從事通譯的職業，為番鬼和他們的東道主做翻譯。廣州有很多人幹這行，但大多不稱職；這孩子可以輕鬆地學成，超越他們每一個人，甚至可能因此成名。

願意到蜑民的廚船上做家教的老師不容易找，不過春泉的公司辦事得力，總算找到了幾位。阿發的學習很快上了軌道，每年的貿易季他父親回廣州時，他的學業都不斷長進，書法也寫得有模有樣。每年巴力都會從孟買帶昂貴的禮物給他的買辦，感謝他關照這孩子的教育發展；每年春泉也會回一份禮，通常是本送給孩子的書。

阿發十三歲時，收到一部版本精美、廣受歡迎的著名故事《西遊記》。

巴力聽到書名翻譯十分高興：「閱讀歐洲與美洲的故事對他有益。總有一天我會送他去那兒遊歷。」

春泉不免有點尷尬，解釋說書名裡的「西」其實沒那麼遠：其實只是摩迪先生的祖國——印度，或古籍中所謂的南贍部洲——而已。

「哦？」巴力雖然有點洩氣，但還是把禮物給了孩子，完全沒想到這個不經意的決定很快就會讓他懊悔。後來他一直認為，阿發的腦子裡之所以出現「去西天……」的念頭，都要怪這本書。

每次見到父親，這孩子都哀求著一睹父親的祖國。但寵溺孩子的巴力偏偏無法在這件事情上遷就他：設想這孩子乘坐他岳父的船前往孟買；設想他走下跳板，走向一大群等候的親戚；設想自己在廣州擁有另一段人生的證據活生生攤在他的岳母、妻子、女兒面前，而她們對這城市的了解，只是一個出產絲品刺繡、美麗扇子和源源不絕白銀的地方——他腦子裡一刻都容不下這些念頭；天啊，這就像放出一支白蟻大軍去破壞他位於教堂門區豪宅的拼花地板一樣。廣州的其他祆教徒或許知道這男孩，但他知道可以信任他們回到老家不會走漏風聲：畢竟流浪海外這漫長的幾個月中，未能堅持獨身生活的也不止巴力一個。即使有一、兩句流言傳回故鄉，只要沒看到證據，也不會有人在意。但另一方面，如果他把這孩子帶回去讓大家親眼目睹，醜聞的烈焰會從神火廟門口延燒開來，一發不可收拾，最終把他優渥的生活燒得一乾二淨。

不行，法拉弟，聽我說，他對阿發說：你腦子裡這個「西天」，全是一本古時候的蠢書編造出來的。以後等你長大了，我會送你去真正的西方——去法國、美國或英國，文明人住的地方。你到了那兒，可以作王子，也可以作獵狐狸的人。但不要想去印度；忘了這件事。那是唯一對你不好的地方。

「他說得對。」阿發說：「對我不好。」

「為什麼？你做了什麼？」

「強盜。搶東西。」

「什麼時候？在哪裡？」

阿發翻個身，把臉遮住。「下次說吧。」他含糊其詞：「不是現在。」

*

海上的洶湧波濤對諾伯．開新大叔的消化系統是場災難，過了好幾天，他才能踏出中艙的客房，走上主甲板。當他終於走到室外，讓潮濕的海風吹拂在臉上，立刻領悟到，連日來的暈眩、腹瀉、嘔吐都是啟迪來臨前必經的陣痛：因為只要看到拍打在朱鷺號船頭上的浪花，他就知道這是一艘獨一無二的船；它祕密的真相其實是一艘轉變之舟，穿過幻影之霧，駛向捉摸不定、遙不可及的真理之陸。

這一轉變最確鑿的證據就是他本人，因為如今塔拉蒙妮已確鑿地活在他體內，他的肉體越來越像包在蛹身上的繭殼，很快就要脫落，展現其中孕育的嶄新生命體。每天都帶來他體內那個女人日漸成熟的新徵兆——例如，他不得不跟工頭和士兵住在一起，但他對這批人粗野無文的厭惡卻與日俱增：聽他們談論乳房和屁股，就像他自己的身體遭到議論與嘲弄；有時他迫切渴望用面紗遮住自己，卻只能把床單拉到頭上。他的母性柔情也變得極為熱切，每次走過主甲板，都忍不住在囚犯室上方多停一會兒。

這種舉動為他換來無數船工的辱罵，阿里水手長好幾次怒道：「你像隻蟑螂站那裡做啥？大笨蛋——真沒用。」

柯羅先生說話更直接：「班達，你吞雞巴吸屌的！這裡好天好地那麼寬，為什麼總黏在那扇活門上不走？我警告你，班達，再看到你在這兒出沒，我就在你屁股上挖個屄洞出來。」

挨罵的經紀總試著用女王般的鎮定風度應對：「先生，你的措辭這麼低俗，我真痛心。沒必要用這麼髒而又髒的字眼嘛。為什麼總是豎眉瞪眼，批評別人？我只是來呼吸新鮮空氣。你們忙，沒必要浪費力氣管我嘛。」

但他以這種若即若離的方式流連在甲板上，不但惹水手討厭，甚至也不招塔拉蒙妮喜悅，現在她的聲音常出現在諾伯．開新大叔腦中，慫恿他直接進入囚室，讓她親近她收養的兒子。這種敦促在一心一意想安慰孩子的新手母親，以及仍得在塵世做個經紀，受日常生活規範約束的諾伯．開新大叔之間引起激烈的衝突。

我不能到下面去啊！他抗議道：人家會怎麼想？

有什麼關係？她答道：你不能愛做什麼就做什麼嗎；你不是這艘船的貨物管理人嗎？

無可否認，朱鷺號上只有少數幾人可以到船上的任何地方，諾伯．開新大叔便是其一。身為貨物管理人，他常有機會與船長協商，也能隨時進入高級船員專屬區域，有時他徘徊在賽克利房門口，希望再次聽見他吹笛子。勃南先生賦予他檢查船上所有區域的權力，他甚至有一副囚室的備份鑰匙。

這對塔拉蒙妮而言都不是祕密，日子一天天過去，諾伯．開新大叔逐漸明白，若要她在體內顯靈，必須先認同她的每一面向，包括表達母愛的能力。他別無選擇：他一定要設法進入囚室。

＊

就像回到大自然的動物，朱鷺號在大海上巡遊時，好像變得精力越來越充沛。這艘雙桅船在孟加拉灣航行了剛好一週，那天下午，洗著衣服的寶麗抬頭望去，發現頭頂的天空呈現一種煥發的藍光，那色澤被映在下方浪頭上的點點白雲襯托，顯得愈發深邃。勁風吹拂，波浪和雲朵彷彿在合而為一、無邊無際的海天之間賽跑，這艘船也在奮力追趕，木殼船身喘吁吁地呻吟。遼闊的大海好像有種魔法，賦予它獨立的意志、獨立的生命。

寶麗從欄杆上探出身子，小心翼翼放低皮桶去汲水。就在她把桶子提起來時，一條飛魚從桶裡躍出，跳回波濤中。牠翅膀的拍動讓寶麗發出一聲歡呼，卻也嚇了一跳，打翻了水桶，水有一半灑在身上，一半灑在甲板上。這場混亂讓她很害怕，趕緊跪下，手忙腳亂地把水掃進排水孔，卻驀然聽見一聲暴喝：「那邊那個——對，就是你！」

喊的人是柯羅先生，寶麗發現不是針對她，不禁鬆了口氣：因為他使用的是跟最低階船工說話的口吻，寶麗以為他一定是在喝斥某個倒楣的小廝。但事實不然，她往後看，卻發現柯羅吼的是賽克利。他在後甲板上，剛值完班，正想回房間去。他脹紅了臉，走到捲帆索的座台前。「你在跟我說話嗎，柯羅先生？」

「正是。」

「什麼事？」

「那裡天殺的搞什麼鬼？你他媽值班的時候打瞌睡啊？」

「哪兒，柯羅先生？」

「你該死的過來自己看呀。」

現在是用餐時間，甲板上亂糟糟吵成一片，幾十個契約工、監工、船工和士兵在聊天、爭奪和批評食物。大副和二副的對話使嘈雜聲突然中斷：兩位主管處不好早就不是什麼祕密，每雙眼睛都轉過來，看著賽克利邁步上前，向船首走去。

「有什麼不對，柯羅先生？」賽克利走到水手艙甲板。

「你告訴我呀。」大副指著前方某個東西，賽克利把上半身探出船頭去看個清楚。「你有眼睛，看得見嗎，小矮子——還要解釋嗎？」

「我看到問題了，柯羅先生。」賽克利挺起身說：「扣鉤脫落，船首三角帆和固定索都跟船首支索柱纏在一起。我無法想像怎麼會發生這種事，但我會處理好。」

賽克利剛開始捲袖子，柯羅先生就攔住他。「不是你的工作，瑞德。輪不到你告訴我怎麼處理。你也沒資格決定由誰來做。」

大副回過頭，一手搭在眼上，用力瞇著眼對甲板張望，好像特意要找某個人。他看到靠在前桅橫桁上的喬都，便不再東尋西找。「那邊那個，土佬！」他勾勾手指，把喬都叫到船頭。

「長官？」喬都有點意外，指著自己，好像要求確認。

「沒錯，就是你！動作快點，土佬。」

「是，長官！」

喬都爬下來的當兒，賽克利勸告大副：「他只會把自己弄傷，柯羅先生。他是個新手……」

「沒那麼新，他在水面上比你強。」大副說：「咱們看看他對付前帆下桁的運氣如何。」

寶麗緊張起來，她排開人群，走到擠了許多移民工的前船舷，替自己挑了個看得見喬都在洶湧波浪上方，沿著船首斜桅向外攀爬的位置。上船以來，直到這一刻，寶麗都沒注意船身的構造，只把所有桅杆、帆、索具，都看成帆布與麻繩、滑輪與木栓組成的一套誇張的翻花鼓。這下子她看懂了，乍看好像是從這艘船的破浪神像延伸出去的船首斜桅，實際上就是第三根桅杆，但它是水平地伸展在海面上，船首斜桅跟其他兩根桅杆一樣可以延長，伸出一節第二斜桅，整個組合起來，可從雙桅船的船頭向前伸出三十多呎。三片三角形的帆沿著下桁一字排開，其中最外側那面帆，不知怎麼捲作一團，那就是喬都要去的地方，那正是船首斜帆最遠的盡頭——魔鬼之舌。

當喬都開始往前爬，朱鷺號正好被推上一個波峰，所以他第一段行程是向上，沿著指向天空的桅杆向上攀登。但一旦越過峰頂，向上就變為向下。魔鬼舌的尖端指向海底。他在朱鷺號一頭栽進兩峰中間的谷底時抵達桅杆尖端。船身的重量順勢下滑，深入水中，喬都抱緊桅杆，像是附著在潛入海中鯨魚嘴邊的藤壺。他不斷下沉、下沉，身上的白袍化為一道模糊的影子，接著大浪淹過船首斜桅，撲上甲板，他也完全不見了。寶麗見他入水，不禁憋住一口氣，但他下去太久，她不得不吸一口氣——然後再吸一口氣——朱鷺號才又從水中仰起頭來，乘上另一波湧起的浪濤。船頭斜桅從水中出現時，可以看見喬都全身放平，手腳緊緊纏繞在木杆上。斜桅劃個半圓轉向上方，再度直指天空，好像要把騎在上面的人發射到宛如帆布堆成的雲層裡。大片積水沿著桅杆潑灑下來，站在船頭的人大半濺了一身水。寶麗幾乎沒意識到身上有水：她只想知道，喬都是否還活著，是否還抓得牢——在海裡泡了那麼久，他恐怕得使出殘餘的全部力氣才爬得回甲板吧？

此時，賽克利快速脫下上衣：「去你的，柯羅先生；我才不會坐視一個人送命。」

賽克利跳上船首斜桅時，朱鷺號正被湧起的浪向上推送，他越過船首支索柱時，魔鬼之舌仍在水面上。接下來幾秒鐘，趁著波浪打不到船頭，喬都和賽克利加快手腳，割斷繩索與纜繩，把墊木和滑輪塞進口袋。帆船開始往下衝時，兩人都把身體平貼在帆桁上——但他們手裡拿了一堆雜七雜八的繩子和帆布，看起來好像不可能穩住身形。

Hé Rám! 魔鬼之舌沒入水中，把兩名水手帶進海裡時，移民工齊聲喊道。突如其來的頓悟使寶麗想到，對她來說全世界最重要的兩個人，如今都在大海的掌握之中。她不忍心往下看，將目光轉

到柯羅先生身上。他也目不轉睛看著船首斜桅，她意外地發現他通常殘酷兇惡的臉，竟然變得跟大海一樣變幻不定，多種情緒在臉上交織流轉。這時傳來一陣歡呼——*Jai Siyá-Rám!*——使她回頭望向船首，斜桅再度露出水面，兩個男人仍攀附在上面。

她流下寬慰的眼淚，看著賽克利和喬都滑下桅杆，平安落回甲板上。機緣巧合，喬都落腳的地方離她只有幾吋遠。即使她不想那麼做，也情不自禁想說些什麼。她的嘴唇自動吐出他的名字：喬都！

回頭見到她蒙著面紗的頭，他立刻瞪大眼睛，但她只需做個極小的警告手勢——就像小時候一樣——就夠了；他不會洩露她的祕密。她低下頭，悄悄溜開，繼續去洗衣服。

直到她離開排水孔，到後橫帆索那兒去晾衣服時，才又看見喬都。他手拿一根針栓，漫不經心吹著口哨。經過她身旁時，針栓掉到地上，他跪在地上爬來爬去，裝作在傾斜的甲板上追逐它。

菩特麗？他經過她身旁時低聲說：真的是妳？

你說呢？我不是說過我會上船的嗎？

他低笑一聲：我早該知道。

不許告訴任何人，喬都。

成。條件是妳得幫我傳話。

傳給誰？

穆尼雅，他站起身來悄聲說。

穆尼雅！離她遠點，喬都；你只會給自己惹上麻煩……

但她的警告只是徒然，他已經走開了。

20

是因為狄蒂懷孕後變得容光煥發？還是因為她跟工頭交涉都很成功？總而言之，越來越多人叫她大嫂：好像大家一致推舉她做二層艙的女總管。一開始狄蒂沒把這件事放在心上。這麼說好了，如果所有人都要把妳當作哥哥的妻子看待，妳能怎麼辦？但如果認真考慮，擔任全世界所有人的大嫂是多大的一份責任，或許她不會那麼樂觀——就因為沒那麼想過，所以卡魯瓦告訴她，有人拜託他，請她就一件非常重要的事給個建議時，她嚇了一跳。

幹嘛問我？她戒備地說。

除了大嫂還能問誰？卡魯瓦微笑道。

好吧，她說：告訴我：*Ká? Káwan? Kethie?*——什麼事？誰？為什麼？

卡魯瓦告訴她，對方是艾卡．奈克，他是一群山地人的領袖，在薩伊干吉加入這群移民工。狄蒂見過他：他有雙羅圈腿、肌肉發達、鬢眉斑白、成天若有所思，看起來頗有村中長老的派頭，雖然他可能充其量還不滿三十五歲。

他要做什麼？狄蒂問道。

卡魯瓦說：他想知道，我們抵達麻里西以後，希路願不願意跟他共組家庭。

希路？狄蒂驚訝得好一會兒說不出話。她當然注意到——誰不會呢？——船上每個女人都吸引到飢渴的眼光。但她從來沒想到希路——可憐而頭腦簡單的希路，她加入契約工純屬意外，只因丈夫趁趕集的時機遺棄了她——竟會第一個接到正式邀約。

而且還有個難題：姑且假設男方求親有誠意，又能怎樣？他們不可能真的結婚吧？根據希路自己的說法，她是個已婚婦人，丈夫還活著；艾卡・奈克在周塔納格普的山裡，少不得也有一或兩個老婆。狄蒂試著想像他村子的情形，無奈對她這種生長在平原上的女人而言，山地只是個令人毛骨悚然的可怕所在。如果在故鄉，這種搭配絕無可能——但到了島上，來自平原或山地又有什麼差別？希路跟個山裡的男人共組家庭，與狄蒂自己的作為相較並沒有差別。大海將她們的過去沖走，舊日的牽絆應該都不算數了吧？

如果能這樣就好了！

如果黑水真能淹沒過去，為什麼她，狄蒂，還會在腦海深處聽見一些聲音，指責她不該跟卡魯瓦私奔。為什麼她總覺得，再怎麼努力也安撫不了那窸窣低語，揚言她的行為會嘗到惡果——不僅今日或明日，而是千劫萬劫，生生世世，永恆不止。現在她就聽見那聲音竊竊私語道：妳要希路落入同樣的命運嗎？

這念頭煩得她唉聲嘆氣：誰有權把她推進這羅網？希路跟她什麼相干？又不是姑媽阿姨，堂表姪甥。為什麼她，狄蒂，要被迫替她挑這命運的擔子？

但狄蒂儘管不喜歡落到頭上的這個責任，卻不得不承認，艾卡・奈克在他的能力範圍內，已盡可能表達誠意，並正派行事。因為他們都跟故鄉斷絕了音訊，男女要私下配對，不會受到任何阻力，就像傳說中的野獸、惡魔和食屍鬼：只要能滿足自己的欲望，做什麼都不須要誰來批准。但沒有父母或長老作主，誰知道婚禮怎麼舉行才正確？然則一開始時，她不是也說過，現在大家都是親人；在這艘船的子宮裡重生，成為一個大家庭嗎？但即使那是事實，他們也沒有親到像真正的家人一樣，可以為彼此下決定：希路必須自己拿主意。

＊

過去幾天來，賽克利經常回想齊林沃斯船長描述的白虎盜。將故事片段連綴起來的過程中，賽克利盡可能不對阿里水手長存不必要的猜疑——但無論他怎麼善意看待這件事，都不免懷疑阿里企圖把他，賽克利，培植成丹比的接班人。這念頭令他惴惴難安，很想找個人商量。但跟誰談呢？他與大副的關係已成定局，絕不可能在他面前透露這件事。賽克利唯能選擇向船長吐露心聲。

這是朱鷺號出海的第十一天，太陽西斜時，天空布滿碎片狀和馬尾狀的流雲，沒多久，這艘雙桅船就在呈現青花魚紋路的高積雲天空下迎風航行。日落時風向又變了，陣陣狂風當頭襲來，風帆向後鼓起，帆布被吹得轟隆轟隆震響如雷。

那天晚上，柯羅先生輪值第一班守夜，賽克利知道惡劣天氣夠他在甲板上忙的。但為了確保他不來礙事，他一直等到夜班第二次鐘響，才穿過主管餐廳，前往船長的艙房。他敲了兩次門，船長才應聲：「傑克嗎？」

「不是，長官，是我，瑞德。方便跟您談談嗎？私下談？」

「不能等嗎？」

「呃……」

一陣停頓，接著不耐煩的一哼。「嗯，好吧。不過先把你的兩枝槳在外面立一兩分鐘。」

兩分鐘過去了，又過了好幾分鐘：門依舊關著，賽克利聽見船長在裡面走動，把水倒進臉盆。他到餐廳的桌旁坐著等，足足過了十分鐘，門才打開，齊林沃斯船長在門後露面。餐廳的燈籠照見他的衣著出乎意料地華麗，是老派的紳士式長袍——並非最近才納入袍類的條紋水手長衫——亦即一個世代前，才由在印度發跡的英國人帶動而流行起來的那種寬鬆舒適、長及腳踝、有繁複刺繡的袍子。

「瑞德，請進！」雖然船長很小心不讓光線照到臉上，賽克利仍看得出他費了番功夫盥洗打扮，他的雙下巴和灰色濃眉上還有閃亮的水滴。「進來後把門帶上，麻煩你。」

賽克利不曾來過船長的房間：進門後，他注意到各種倉促整理的跡象，一張床單隨便罩在床上，陶瓷臉盆裡擱了個開口朝下的水壺。這間艙房有兩個舷窗，兩扇窗都開著，但穿梭的勁風還沒將空氣中的煙味吹散。

船長站在一扇敞開的舷窗旁，努力深呼吸，好像要清理自己的肺。「你來跟我嚼柯羅舌根，是吧，瑞德？」

「呃，事實上，長官……」

船長好像沒聽見，自顧著往下說：「我聽說船首斜桅那件事了，瑞德。如果我是你，就不會小題大作。柯羅是個脾氣暴躁的惡魔，沒什麼好說的，但你不用怕他那些恫嚇。相信我，他怕你遠超過你怕他。而且他有充分理由。我們出海時或許同桌吃飯，但柯羅清楚知道，回到岸上，他連幫你這種人提鞋的資格都沒有。你該知道，這種事讓人有多苦悶。他僅有的本事就是怕人和讓人怕他——所以你認為他會怎麼想，看你這麼容易就贏得部下效忠，而且帶的是一批船工？從他的角度看，豈不跟你一樣覺得不公平嗎？換作你，難道不想把氣出在別人身上嗎？」

說到這兒，船搖晃著轉向下風，船長必須扶著艙板保持平衡。趁這停頓，賽克利趕緊抓住機會說：「呃，事實上，長官，我來這兒不是因為柯羅先生。是關於別的事。」

「哦！」齊林沃斯船長似乎很意外，他抓抓光禿禿的腦袋。「你確定不能晚點說？」

「既然我來了，長官，說個清楚不好嗎？」

「也罷！」船長說：「那我想我們坐下來說吧。一直站著不穩當。」

艙房裡唯一的光源是一盞出煙口燻黑了的油燈。雖然光線黯淡，船長似乎還嫌刺眼，他走到房間對面，在書桌前坐下時，一路用手遮著眼睛。

「說吧，瑞德。」他對書桌對面的扶手椅示意。「坐。」

「是，長官。」

賽克利正要就座，忽然瞥見椅子上擺著一件上漆的長形物體。他將它拿起，觸手溫熱：那是支煙管，煙鍋有男人的大拇指大小，管身約手指粗細，長度與手臂相當。整體雕成竹竿形狀，竹節分明，做工非常精美。

船長也看到了煙管：他半起身，打了自己的大腿一拳，好像責怪自己如此不小心。但當賽克利把煙管遞給他時，他擺出罕見的謙和姿勢，不但雙手接過，還躬身行禮，儀態活像中國人而不像歐洲人。然後他把煙管放在桌上，雙手托著下巴，默默瞪著它，好像企圖為這東西出現在艙房裡找個藉口。

最後他動了一下，清清喉嚨。「瑞德，你不是傻子。」他說：「我相信你知道這是什麼東西，以及用來做什麼。如果我再作任何辯解就對不起自己了，所以拜託別指望我那麼做。」

「我不會，長官。」賽克利說。

「你早晚也一定會知道的，所以也許這樣最好。這幾乎不是祕密。」

「不關我事，長官。」

「正好相反，」船長苦笑道：「在這片海域，它關每個人的事，只要你還想當海員，它就關你事：你會裝載它、運送它、販賣它……我認識的每個老水手都偶爾會品嘗一下自己的貨物，尤其這又能幫他忘記那些總跟他作對的不測風雲和人生坎坷。」

船長的雙下巴縮到脖子裡，聲音卻變得穩定有力。「一個人若沒有經過那種死寂的平靜，就不算是個水手，瑞德，鴉片最大的優點就是它對時間有種奇妙的魔法。一天又一天，甚至一星期又一星期，就像在甲板上走一趟那麼輕易度過。你或許不相信——本來我也不信，直到我交了霉運，我的船在個可怕的小港口滯留了好幾個月。在蘇祿海的某處——我所見過最醜陋的小鎮；所有的婊子都是變裝的人妖，你不敢上岸，唯恐被困住脫不了身。那是我這輩子最寸步難行的幾個月，當馬尼拉來的膳務員把煙管遞給我，我承認自己接得心甘情願。你一定以為我會責怪自己當時的軟弱——可是我不，我一點都不遺憾那麼做過。那是上天賜我最好的禮物。只不過也像大自然的其他所有賞賜——火、水等等——使用時必須極端小心，慎重其事。」

船長抬起頭，發亮的眼睛在賽克利身上停留了片刻。「曾經有很多年，相信我，我每個月頂多吸一管——如果你以為那樣的節制不可能，我要告訴你，非但可能，而且是常規。那些以為沾染鴉片的當下，就註定在大煙館裡斷送性命的人都是傻瓜。我敢打賭，絕大多數追逐鴉片迷境的人，每個月都只抽一、兩次——不是捨不得花錢，而是因為這麼節制才能產生最美妙、最極致的快感。當然也有人只要嘗了第一口煙，就知道自己永遠離不開大煙的極樂世界——那種人是真正的煙鬼，他們的煙癮是與生俱來，不是後天學會的。但一般人——包括我在內——要向黑泥團臣服，都需要加一點兒外力推動，命運的轉折、運氣的低潮……或以我為例，個人的厄運加上身患重病。事情發生的時候，我的病確實找不到更好的療方……」

船長頓一下，看賽克利一眼。「告訴我，瑞德：你知道這東西最神奇的特性是什麼嗎？」

「那我告訴你：它能泯滅男人的慾望。它因此成為水手的恩物，安撫他最大的痛苦。它能鎮定令人輾轉反側的肉體折磨，免得它遠渡重洋追逐我們，逼我們鑄下違反自然的罪孽……」

船長低頭看自己的手，他的手開始顫抖。「來吧，瑞德。」他忽然說：「我們已浪費太多唇舌。既然打開了這話題，我問你：你要不要嘗一口？你不可能永遠迴避這種實驗的，我向你擔保——光是為了好奇就會讓你嘗試。你一定會覺得妙不可言……」——他停下來，笑了兩聲——「啊，我遇到的那些有意遨翔煙海的乘客，真會讓你覺得不可思議：捧著聖經譴責魔鬼的人；以建立帝國為職志的人；儀容端莊、矜持自守的淑女。如果你以後要跑鴉片航線，開葷便是早晚的事。揀日不如撞日，要試何不趁現在？」

賽克利瞪大眼睛，好像被催眠似的，看著煙管和它精美光滑的管身。「哦，好啊，長官。」他說：「我想試試看。」

「很好。」

船長從抽屜裡取出一個盒子，從盒上彩漆的光澤便知，這跟他的煙管是成套的。他掀開蓋子，只見紅綢襯墊上，有幾樣物品巧妙地收納在一起。船長活像櫃臺上的藥劑師，將它們逐一取出，放在桌面上：一根有金屬尖頭的竹針、一支同樣設計的長柄匙、一把小巧的銀刀、一個精雕細琢的圓形象牙小容器，如果裡面放的是紅寶石或鑽石，賽克利也不意外。但盒裡卻是一團黯淡無光，顏色和質感都很像爛泥的鴉片。齊林沃斯船長拿起刀，切下極小的一塊，放進長柄匙。接著他取下油燈罩子，把小匙直接湊在火焰上，一直烘烤到塊狀鴉片膠融化成液狀。這時，他擺出牧師主持聖餐儀式鄭重其事的神氣，把煙管遞給賽克利：「我把煙滴放進去時，一定要用力吸：充其量一、兩口就抽完了。」於是船長無比謹慎地用針尖沾起鴉片，湊到火苗上。那滴鴉片一開始冒泡，他立刻將它塞進煙鍋。「好了！開始！一口煙都別放過！」

賽克利把煙嘴放在唇邊，吸入一口濃郁、多油的煙霧。

「用力吸！憋氣！」

賽克利又吸了兩口，就把煙管裡的煙吸光了。

「在椅背上靠著吧。」齊林沃斯船長說：「感覺到了嗎？有沒有覺得身體脫離了大地的牽制？」

賽克利點頭：地心引力好像真的減弱了；他的身體飄飄然像朵雲；全身肌肉完全不緊張；鬆弛到他不確定四肢是否仍然存在。此刻他一點也不想坐在椅子上；只想倚靠別的東西，想要躺下。他伸出一隻手穩住身體，卻見自己的手指像無足蜥蜴般蠕動到桌子邊緣。然後他站起身，以為會站不穩——但他的腳非常穩定，好端端支撐著他的體重。

他聽見船長說話，聲音彷彿從遠方傳來：「你頭昏得走不動嗎？儘管在我的床上躺一下。」

「我的房間幾步路就到了，長官。」

「隨你便，隨你便。效果一、兩個小時就過了，你醒來會覺得精神十足。」

「謝謝您，長官。」賽克利向門口走去，一路覺得好像飄浮在空中。

他幾乎到了門邊，船長又說：「且慢，瑞德——你來找我是為什麼事？」

賽克利一手放在門上，停下腳步；他很意外地發現，雖然肌肉鬆弛，感官好像隔了一層霧，記憶卻很完整。真要說有什麼不一樣，就是他的心思變得出奇清晰：他不僅記得自己來找船長是為了討論阿里水手長的事，他也意識到鴉片幫了他一個忙，讓他不至於選擇懦夫的出路。因為現在他清楚知道，他和阿里之間發生的任何事，都必須由他們，而且只有他們兩個去解決。是鴉片使他把這世界看得更清楚？還是使他看見了過去不曾嘗試去看的自己的某些部分？無論如何，他現在明白，兩個來自不同世界的人，純粹因為意氣相投，基於一種與其他人奉行的規則和期待毫不相干的情誼而交上朋友，是一種多麼難能可貴，多麼不容易，幾乎不可能的機遇。他也明白，這種友誼存在之後，其中的真與假、義務與權利，都只存在彼此連結的人之間，也因為如此，他們對待彼此的行徑是光榮或可恥，只有他們自己能評斷。他，賽克利，必須親自用正大光明的方式解決他與阿里水手長的問題；他是否能脫胎換骨成為真正的男子漢，能否有足夠的知識掌穩人生的方向舵，都決定於這點。

「怎麼樣，瑞德？你找我要談什麼？」

「是關於我們的方位，長官。」賽克利說：「今天我看地圖，覺得我們好像偏東很長一段距離了。」

船長搖頭說：「不對，瑞德——我們就在我們該在的地方。這個季節有來自安達曼群島沿海的南向海流，我打算加以利用；我們暫時不會離開這條航線。」

「我懂了，長官，對不起。如果您不介意，我……」

「好了，去吧，去吧。」

穿過餐廳時，賽克利絲毫沒覺得酒後產生的那種天搖地動；他腳步緩慢，卻沒有失常。一回到自己的房間，他就脫下長衫和長褲，穿著內衣躺上床。眼皮才合攏，他就進入一種比睡眠更深沉的休息狀態，意識卻比醒著更清醒，腦海充滿各式各樣的形狀與色彩：雖然這些意象異常生動，卻極為平靜，沒有感官或情慾的干擾。他不知道這狀態持續了多久，但是當視界中再次出現面孔和人影，他就知道它正逐漸消褪。接著他陷入一個夢境，夢中有個看不見臉的女人，不斷接近又退開，雖然明明就在伸手可及之處，卻偏偏碰不到。遠處的鐘聲傳入他耳中時，她的面紗從臉上落下，他看見她是寶麗；她向他走來，投入他的懷抱，送上她的嘴唇。他醒來發現自己滿身大汗，隱約聽見第八次鐘聲的最後一響，接下來就輪到他當班。

*

求婚是敏感的事，狄蒂必須慎重挑選跟希路討論這件事的時間和地點，以免被人聽見。直到第二天早晨，兩人正好在主甲板上獨處，她才找到機會。狄蒂把握時機，抓住希路的手肘，把她拉到左舷救生艇吊架旁。

什麼事，大嫂？

希路很少受到這麼多關注，她害怕得開始口吃，以為自己做錯了什麼，即將受到責罵：*Ká horahelba?*（有什麼不對嗎？）

狄蒂在面紗遮掩下微笑：沒什麼不對，希路——老實說，今天我很開心——*áj bara khusbáni*——我有個消息要告訴妳。

消息？什麼消息？*Ká khabarbá?* 希路用指關節抵著臉頰，嗚咽道：好消息還是壞消息？

得由妳自己決定。聽著……

狄蒂剛開始解釋，就覺得這次談話該選別種場合，應該挑個她們都可以取下面紗的地方：兩人都遮著臉，就無法觀察希路的心思。但這時要改已太遲了，她得把話講完。

完整傳達了求婚的訊息後，她說：*Ká ré,* 希路？妳有什麼想法：告訴我？

Ká kahatbá bhauji?（我能說什麼？）

從聲音聽得出她在哭泣，狄蒂伸手摟住她，把她拉到角落裡：希路，不要怕；妳想要怎樣都可以說出來。

隔了好幾分鐘，希路才能說話，而且字句斷斷續續，穿插在抽噎之間：大嫂……我沒想過，沒指望過……妳確定嗎？大嫂，人家說，單身女人在麻里西會被撕成碎片……被吞掉……男人那麼多，女人那麼少……妳能想像那是什麼情形嗎，大嫂，孤單單在那兒……哦大嫂……我從來沒想到……

狄蒂不知道這麼談下去有什麼結果。*Agé ke bát kal hoilé*，她嚴厲地說：未來的事明天再談吧。現在這件事妳怎麼說？

還怎麼說，大嫂？好，我準備好了……

狄蒂笑了。好樣的希路！妳真勇敢！

妳怎麼這麼說，大嫂？希路擔心地說：妳覺得這是錯的？

不，狄蒂堅決地說：既然妳做了決定，我可以告訴妳：我相信這麼做不會錯。我覺得他是個好男人。更何況，他有那麼多追隨者和親戚——他們會照顧妳。人人都會羨慕妳，希路——真正的女王！

＊

寶麗洗衣服時，常洗到她認得屬於賽克利的上衣、長衫和長褲。她幾乎會下意識地把這些衣服放到所有衣服的最下面，留到最後洗。洗到時就看她的心情，有時她會憤怒地猛力搓洗，甚至把它們放在甲板上，使出全身力氣，像河階上的職業洗衣婦般用勁敲打。但也有時候，她會花好長時間慢慢處理領子、袖口、縫線等部位，搓洗得格外乾淨。就在她用後面這種方式洗他一件上衣時，諾伯．開新．班達大叔出現在她身旁。他瞪大眼睛看著她手中的衣服，鬼鬼祟祟低聲說：「小姐，我不想干預妳的私事，但妳能否好心賜告，這可是瑞德先生的上衣？」

寶麗點一下頭當作回應，他隨即更鬼祟地問：「我能不能摸一摸，一分鐘？」

「這件上衣嗎？」她驚訝地問，經紀先生一言不發，奪過她手中扭成一團的濕衣服，將它東拉、西扯扯，然後交回給她。「這件衣服好像他從亙古開始，穿了不知多少年。」他困惑地皺著眉頭。「布料摸起來好老好舊。奇怪，不是嗎？」

雖然這陣子寶麗已看慣經紀的古怪舉動，卻還是聽不懂這番高深莫測的言論。「瑞德先生穿舊衣服，有什麼好奇怪的？」

「嘖！」經紀咂咂舌，好像不滿意她這麼無知。「神明的化身是新的，衣服怎會是舊的？改變外貌時，身高、體重、私處，都要改的，不是嗎？比方我自己，我必須買很多新衣服。這是沉重的經濟負擔。」

「我不懂，諾伯．開新大叔。」寶麗說：「為什麼有這種必要？」

「妳看不出來嗎？」經紀的眼珠瞪得更大，也更突出。「妳眼睛瞎了還是怎麼回事？我的胸部變豐滿了，頭髮變長了。體型註定要改變。舊衣服怎麼應付得來？」

寶麗心中暗笑，垂下了頭。「但大叔呀，」她說：「瑞德先生沒發生這種改變；他的舊衣服應該還可以穿一陣子吧？」

經紀的反應強烈得出乎寶麗意料：他氣得脹紅了臉，再說話時，就擺出一副捍衛崇高信仰的姿態：「妳怎麼可以這麼亂下結論？我要立刻釐清這件事。」他把手伸進寬鬆的袍子裡，取出一個護身符，攤開一個發黃的紙捲。「過來看看。」

寶麗起身，從他手中接過那張名單，拿到陽光照耀下的面紗陰影中，開始檢視。

「這是朱鷺號兩年前的船員名單。看看瑞德先生的名字，妳就會明白。那是百分百的改變。」

寶麗受到催眠似的，眼睛沿著一行行字來回打轉，直到看見賽克利的名字旁邊寫著「黑種人」三字。突然間，好多一直顯得古怪或無法理解的現象，都得到完美的解釋——他對她的處境自然流露的同情，他不加詰問就認可了她與喬都的兄妹情誼……

「這是奇蹟，不是嗎？沒有人能否認。」

「確實，諾伯．開新大叔。你說得對。」

這下子她明白，她對他的某些判斷錯得多麼離奇：朱鷺號上若有人擁有跟她一樣多重的身分，就一定非賽克利莫屬。彷彿某個至高無上的權威傳下訊息，讓她知道自己與他的靈魂糾纏在一起。既然如此，再沒有什麼能阻止她對他透露身分了——然而光是想要這麼做，她就嚇得發抖。萬一他以為她一路追他追上朱鷺號怎麼辦？他哪還可能有別種想法？萬一他嘲笑她自取其辱怎麼辦？她連這念頭都無法忍受。

她抬起頭，眺望匆匆流過的大海，忽然一則記憶閃過腦際：她記得幾年前有一天，喬都發現她捧著一本小說在哭。他從她手中取過書，困惑地翻來翻去，甚至抓著書脊晃動，好像以為可以搖出一根針或一根刺——任何惹她流淚的尖銳物品。什麼也沒找到之後，他終於說道——是故事，是嗎，打開了水閘門？——確認這點以後，他要求她把整個故事講給他聽。所以她給他講了保羅和維珍妮的故事，他們遠離故鄉，在一座小島上一起長大，純潔的童稚情誼發展成天長地久的戀情，但當維珍妮被送回法國，他們就被拆散了。寶麗最鍾愛那本書的結局，她細膩地描述小說悲傷的尾聲，維珍妮在即將與愛人重聚前一刻死於船難。令她勃然大怒的卻是，喬都聽完這傷感的故事卻哈哈大笑，告訴她只有傻瓜才會為這種賺人淚水的胡說八道掉眼淚。她對他大吼大叫，說他才是傻瓜，而且是個弱者，因為他永遠沒有勇氣聽從真心，追求真愛。

為什麼沒有人告訴過她，最需要勇氣因應的不是愛情本身，而是它詭譎多變的關卡呢：覺知的慌亂；告白的忐忑；遭受拒絕的恐懼？為什麼沒有人告訴過她，愛情的孿生不是恨，而是懦弱？如果她早知道這點，就會知道自己費盡心機，在賽克利面前隱瞞身分的真正原因。然而，即使知道了這點，她仍然沒有足夠勇氣——至少目前還沒有——去做她知道自己非做不可的事。

＊

那天深夜，午夜班守望的第五次鐘聲敲過沒多久，賽克利在水手艙甲板上看見阿里水手長：他獨自一人，面朝東方，眺望著月光下的海平線，好像在沉思。一整個白天，賽克利都覺得水手長好像蓄意迴避他，所以立刻把握機會走上前，站在他身旁，靠在欄杆上。

阿里水手長看到他，顯得很意外：「西克利馬浪！」

「可以佔用你幾分鐘嗎，阿里沙浪？」

「可，可。馬浪，你要做什麼？」

賽克利取出阿里送他的錶，托在掌心。「聽著，阿里沙浪，該是你該告訴我這個小玩意兒來歷的時候了。」

阿里捋住下垂八字鬍的尖端，惑然不解地說：「西克利馬浪什麼意思？聽不懂。」

賽克利打開錶蓋。「別再裝傻了，阿里沙浪。我知道你一直瞞著我亞當．丹比的事。我知道他是什麼人。」

阿里看看錶，又看看賽克利的臉色，聳聳肩，好像表示對於偽裝和欺瞞感到厭倦。「怎會？誰告訴你？」

「跟這事沒有關係。重要的是我知道了。我不知道的是，你對我有什麼計畫。你打算教我玩丹比的花招？」

阿里搖頭，把一口檳榔汁吐到欄杆外。「不是的，西克利馬浪。」他壓低聲音，堅定地說：「別相信那些傢伙的話。亞當馬浪，就像阿里的兒子——是我女兒的丈夫。現在他死了。女兒和他們所有的孩子也死了。阿里沙浪只剩一個人。我看西克利馬浪，就像看亞當馬浪一樣。兩個在我看來一樣，西克利馬浪也像兒子。」

「兒子？」賽克利說：「你就那樣對待你的兒子？教他犯法？做海盜？」

「犯法，西克利馬浪？」阿里眼中迸出怒火：「走私鴉片不犯法？運奴隸比作海盜好？」

「所以你承認了？」賽克利說：「你要設計我——要我做你的丹比？」

「不！」阿里水手長一掌拍在欄杆上說道：「我只要西克利馬浪做對自己好的事。做長官。也許做船長。做所有亞當馬浪做不到的事。」

阿里說話時身體變得萎頓，好像突然老了幾十歲，顯得特別孤苦無依。賽克利不由得把聲調放柔。「聽著，阿里沙浪，」他說：「你對我很慷慨，這不能否認。我最不願意做的事就是告發你。這件事我們私下解決就好。這麼決定吧，船到路易港，你立刻失蹤。然後我們就當作所有的一切沒有發生。」

阿里垂頭喪氣答道：「可以——阿里沙浪可以這麼做。」

賽克利看了手中的懷錶最後一眼，將它遞過去。「來——這是你的，不是我的。最好你收著。」阿里行了個額手禮，把錶收進長袍腰間。

賽克利舉步走開，卻又轉身回來。「聽著，阿里沙浪，」他說：「相信我，我們的交情像這樣結束，我真的很難過。有時候我但願你不曾搭理我，從來沒有接近我。那麼一來，或許一切都會不一樣。但你也確實教導了我，一個人的行為遠比他的出身重要。如果我在乎這個工作，就必須遵守它的規則。否則這差事就不值得做。你懂其中的道理嗎？」

「懂。」阿里點頭說：「能懂。」

賽克利再次舉步，卻又被阿里叫住。「西克利馬浪——有件事。」

「什麼？」賽克利回過頭，只見阿里指著前面的東南方。

「看看。那裡。」

一片黑暗中，賽克利什麼也看不見。「你要我看什麼？」

「那裡是蘇門答臘海峽。離這裡四、五十哩。那裡去新加坡很近。帆船六、七天」

「你想說什麼，阿里沙浪。」

「西克利馬浪要阿里沙浪走，不是嗎？可以的。馬上就能走，那方向。」

「怎麼走法？」賽克利有了興趣。

阿里指著一艘大型救生艇。「坐那艘船就能走。一點食物，一點水。七天到新加坡。然後中國。」

這下子賽克利聽懂了。他無法置信地說：「你是說跳船？」

「有何不可？」阿里說：「西克利馬浪要我走，不是嗎？最好現在走，好得多。阿里沙浪是為了西克利馬浪才上朱鷺號。否則不會來。」阿里頓了一下，把一口檳榔渣吐進海裡。「大馬浪，不是好人。看他利用『撒旦舌頭』生多大的麻煩？那傢伙很會搞鬼。」

「但是朱鷺號呢？」賽克利拍一下欄杆說道：「這艘船怎麼辦？乘客怎麼辦？你對他們沒有虧欠嗎？誰負責把他們送到該去的地方？」

「你有很多船工。朱鷺號到得了路易港。沒問題。」

水手長話還沒說完，賽克利就開始搖頭。「不行。我不能答應。」

「西克利馬浪什麼也不用做。只要有天守夜時睡覺。只要二十分鐘。」

「我不能答應，阿里沙浪。」賽克利十分確定，他相信這是個人自主權的極限，非守住不可。「我不能讓你偷一艘大救生艇走人。如果稍後發生什麼事，我們被迫棄船怎麼辦？船上人這麼多，一艘救生艇都不能少。」

「還有其他救生艇，夠用的啦。」

「抱歉，阿里沙浪。」賽克利說：「我不能容許那種事，不能在我值班的時候。我向你提一個合理的交易——你等到達路易港時離開。我只能做到這地步；不能再多。」

阿里還想再說什麼，但賽克利攔住他。「別逼我，不然我沒有選擇，只好向船長報告。你懂嗎？」

阿里長嘆一聲，點一下頭。「是，西克利馬浪。」

「那就好。」

賽克利離開水手艙，又回頭拋下最後一句：「不要自作聰明，阿里沙浪。我會盯著你。」

阿里捋著八字鬍微笑。「西克利馬浪，大大的聰明人，不是嗎？阿里沙浪能怎麼辦？」

*

希路婚禮的消息像波浪般傳遍了二層艙，造成興奮的潮水與漩渦：就如同狄蒂說的：*dukhwá me sabke hasáweli*——接二連三的不幸發生後，終於有件讓所有人在悲傷中能歡笑的事了。

做為每一個人的大嫂，籌備工作的組織與整合，理所當然落到狄蒂頭上。要不要舉行「緹拉克儀式[90]」？狄蒂把嗓門提高到吵架的音量，她獨力挑起安排一家大事這累人的重擔，當然說話要大聲：還有塗抹薑黃粉的「好締儀式」呢[91]？

其他婦女聽到這消息時，也都提出同樣的問題：會不會有洞房？沒有洞房還算真正的婚禮嗎？拿幾張草蓆和床單搭一個，也不太費事吧？還有七個神聖的火圈怎麼辦？用蠟燭或油燈取代可以嗎？

我們說得太多了，狄蒂斥道：我們不能單方面決定這些事！我們對男孩子那邊的習俗還一無所知呢。

男孩子？*Larika?*——這話掀起一陣笑聲——他才不是男孩，那個男人！

結婚的時候，人人都是男孩：有什麼能阻止他再一次作男孩？

---

90 tilak是將檀香粉加顏料調製成糊狀，塗抹在額頭或身體其他部位，是一種祈福的儀式。因塗抹的位置和祈求的內容不同，需繪成不同的圖案。

91 haldi是在孟加拉是婚禮前一、兩天，由親友把黃色的薑黃粉塗抹在新娘和新郎身上，以為這會使新人更漂亮，而且能帶來幸運。

嫁妝呢？禮物呢？

告訴他，抵達麻里西以後，我們會給他一頭羊。

……正經一點……*hasé ka ká bátba ré?*……什麼事那麼好笑？

大家都同意一件事，拖拖拉拉沒有意義：最好速戰速決。雙方隨即決定，就利用第二天一整天來辦婚禮。

女人當中，對這件事最不熱中的就是穆尼雅。妳能想像跟那群男人當中的任何一個一起生活一輩子嗎？她對寶麗說：給我什麼我都不願意。

所以妳想嫁給誰呢？

我需要一個能帶我去看世界的人。

哦？寶麗開她玩笑：比方一個船工嗎？

穆尼雅咯咯笑了。有何不可？

*

婦女當中，唯有作助產士的沙柳仍然未從暈船中康復的跡象：她吃下的食物和水都吐光，一天比一天憔悴，好像體內最後一點生命的火光，都退縮到燃燒的黑眼睛裡。由於她無法上主甲板去用餐，女人們輪流帶一些食物和飲水回貨艙，希望能餵一些養分到她嘴裡。

那天晚上，輪到狄蒂幫沙柳帶食物。她在大多數契約工仍在甲板上進食時就下樓：貨艙裡只點了兩盞燈，近乎全空的陰暗艙間裡，沙柳疲憊消瘦的身軀顯得比平時更淒涼。

狄蒂裝出愉快的表情，在她身旁坐下：還好嗎，沙柳大姐？今天覺得好一點嗎？

沙柳沒回答，反而抬起頭，很快張望一下貨艙。她看到她們說話不虞被人聽見，就抓住狄蒂的手腕，把她拉過去。她說：聽著，聽我說，我有事要告訴妳。

什麼事，大姐？

沙柳悄聲說：*Hamra sé chalal nã jalé,* 我再也撐不住了；我不行了……

幹嘛說這種話？狄蒂抗議道：只要能開始吃東西，妳就會好的。

沙柳不耐煩聽這種話。她說：聽我說，不要浪費時間。我告訴妳事實；我活不到這趟路的終點了。

妳怎麼知道？狄蒂說：妳會好的。

說這種話已經太遲了。沙柳灼熱的眼睛盯著狄蒂，悄聲說：我一輩子都在處理這種事。我知道的，我走之前，有個東西要給妳看。

沙柳把頭從充當枕頭的布包上移開，把布包推向狄蒂：來。拿著這個。打開。

打開？狄蒂很驚訝，因為沙柳從不曾當著任何人的面打開她的包袱。事實上，她把自己的行李看守得無比嚴密，其他人常猜測其中的內容，拿它開玩笑。狄蒂從不加入這種戲謔，因為沙柳的防禦行為在她看來，只不過是個幾乎身無長物的中年婦人的執念。但她也知道，這種偏執的行為不易改變，所以小心翼翼地問沙柳：妳確定要給我看嗎？

是的，沙柳說：快點。趁其他人進來之前。

狄蒂一直認為，包袱裡充其量就是幾件舊衣服，或許幾把香料，說不定再幾件銅製器皿：她開打第一層布包，看到的東西果然跟預期得差不多——幾件舊衣服和幾根木湯匙。

來，給我。沙柳枯瘦如柴的手伸進布包，取出一個比拳頭大不了多少的小包。她把它湊在鼻子上，深深吸口氣，然後遞給狄蒂：妳知道這是什麼嗎？

狄蒂由觸感知道小包裡裝滿小種子。把它湊到鼻子上，她立刻認出那味道：大麻，她說：這是大麻的種子。

沙柳點頭表示她說對了，又遞給她另一個小布包。

這次狄蒂嗅了好幾下才認出它是什麼：曼陀羅。

妳知道曼陀羅有什麼用？沙柳低聲說。

知道，狄蒂說。

沙柳給她一個淺笑。我就曉得妳知道，而且只有妳才懂得這些東西的價值。尤其是這個……

沙柳把另一個小包塞進狄蒂手裡。這個，她壓低聲音：這是超乎想像的財富；要當作自己的生命一樣保護它——裡面是最上等的瓦拉納西罌粟的種子。

狄蒂把手指伸進布包，用指尖搓揉那微塵般的小種子。熟悉的顆粒觸感把她帶回加齊普爾；突然間她好像置身自己的院子裡，把凱普翠帶在身旁，正用一把罌粟子做罌粟子醬燉馬鈴薯。她這一生把那麼多時間投注在這些種子上，怎麼沒有一點先見之明，帶上一些同行——即使不為什麼，至少也當個紀念品？

狄蒂把手伸向沙柳，好像要把布包還給她，但那助產士把布包推回給她。送給妳；拿去，留著。這個，大麻和曼陀羅：讓它們發揮最大的用處，不要讓別人知道。不要讓別人看見這些種子。它們可以保存很多年。把它們藏起來，直到妳可以利用它們；它們比任何寶藏都更有價值。我的包袱裡還有一些香料，都很普通。我走後，妳可以把它們分給其他人。但這些種子——只給妳一個人。

為什麼？為什麼給我？

沙柳抬起一隻顫抖的手，指著狄蒂頭上那根樑柱。因為我想進入那裡，她說：我也想在妳的神龕裡被人紀念。

妳會的，沙柳大姐，狄蒂握緊她的手說：妳會的。

現在趕快把種子收起來，趁其他人還沒進來。

好的，大姐，好的……

後來，狄蒂把沙柳沒吃的食物端回主甲板，她看到卡魯瓦蹲在救生艇吊架下，就過去坐在他身旁。她聽著船帆咿呀呻吟，發現有顆種子嵌在大拇指甲縫裡。就那麼一顆罌粟子：她把它剔出來，夾在指間搓揉，然後抬眼越過緊繃的船帆，眺望星羅棋布的天空。在其他夜裡，她都會在天空中搜尋她一直以為能決定自己命運的那顆星——但今晚她的眼睛卻落在大拇指和食指捏著的那粒小圓球上。她以前所未有的眼光看著那粒種子，好像不曾看過似的，忽然覺悟到，主宰她命運的不是天上星斗，而是這顆渺小的圓球——慷慨卻又吞噬一切、慈悲卻又帶來毀滅、生養萬物卻又錙銖必較。這才是她命運的主宰，她的土星。

卡魯瓦問她在看什麼，她將手指舉到他唇邊，把那顆種子送進他嘴裡。來，她說：嘗嘗看。這是使我們離開家鄉，把我們放上這艘船的那顆星。這是掌管我們命運的星。

＊

大副屬於那種喜歡藉著替別人取綽號來提升自信的人。也像所有玩這種把戲的人，他只把特製的形容詞加諸那些無法拒絕的人身上。齊林沃斯船長的別號——「暴發戶船長」——只在他背後使用，賽克利的綽號——「小矮子」——雖是當面喊，但多半是在旁人聽不到的地方（這是基於白種大爺，以及高級船員集體威望的特別考量）。其餘的人除非身分特殊，否則還享受不到被他取名的殊榮。阿里水手長——「油蟊子」——就是其中之一，但移民工一律被稱作「苦瓜臉」或「奴隸」；士兵和工頭不是「泡菜」就是「蘭姆酒蟲」；船工則是「小棍」或「窮鬼土佬」——有時簡稱「土佬」。

大副為船上乘員取的綽號當中，只有一個人的綽號帶有少許意氣相投的意味：那就是比洛．辛士官長，被他稱做「肉餅臉」。大副有所不知的是，士官長也幫他取了綽號，只在他不在場時使用：叫做「三不知長官」。兩人互取綽號並非偶然，因為他們之間有種與生俱來的親和感，甚至連長相都相似：雖然士官長年紀較大，皮膚較黑——肚皮也較大、頭髮則較白——但他們都是虎背熊腰的大塊頭。共通的氣質超越了語言和環境的障礙，使他們有種不須靠話語溝通的默契，不妨說，他們之間基於共同利害和相互看得順眼，存在著一份即使不能算是友誼，也至少是相熟的交情——偶爾也能共飲一杯——這在身分如此迥異的男人之間，本來是匪夷所思的。

士官長和大副對很多事的看法完全一致，包括他們對待尼珥與阿發——柯羅先生戲稱他們「黑獄雙妖」（尼珥又名悶葫蘆，阿發別號猴崽子）——的態度。往往比洛．辛領著兩名罪犯「午後惡棍遊街」，在甲板上繞圈子時，大副也會加入餘興演出，在比洛．辛用警棍催犯人加快腳步時為他加油：「拿出威嚴來，肉餅臉！開心地揮棒子！敲得他們滿地爬！」

有時大副甚至親自下場，取代士官長的位置。他揮著一截繩索當鞭子，抽打犯人的腳踝，強迫他們跳躍閃躲，跟著小調起舞：

不知儉省敗家子，
愛吃糖果和蛋糕，
有錢就去店裡買，
滿心歡喜跳跳跳。

這種事都發生在白天，犯人在甲板上的時候。因為如此，某天深夜，兩名警衛到囚室來叫尼珥和阿發，說是大副下令帶他們上去時，兩人都很意外。

去做什麼？尼珥問道。

誰知道？一名士兵嘟噥道：他們兩個在甲板上喝酒。

由於帶犯人上甲板的防範措施中，會要求把他們的手腳扣上鐐銬和鐵鍊，得花不少功夫。很快就看得出，士兵很不高興這麼晚被叫來執行這套程序。

所以他們叫我們去做什麼呢？尼珥問道。

他們喝了酒在發狂，警衛說：要找樂子。

樂子？尼珥說：我們能提供什麼樂子？

我怎知道？手別亂動，他媽的。

晚上這種時刻，水手艙擠滿了船工，睡在他們的吊床上，穿過那兒就像在低垂的蜂窩中間覓路一般。尼珥和阿發因為長時間監禁，腳步已經不穩，船身搖晃和手腳的鐐銬使他們的行動更加笨拙。每一晃動都會讓他們撞上吊床，撞上屁股、碰到腦袋，惹來腳踢和推搡，還有一連串粗話。

……他媽的該吊死的犯人……

……雞巴不是用來走路的……

……換著用腳走走看……

一路鎖鍊叮噹，兩名犯人被帶出水手艙，來到水手艙甲板，他們看到柯羅先生像國王似的高坐起錨機的絞盤上。士官長站在船頭，在旁伺候他。

「你們哪兒去了，犯人？現在是你們這種人倒楣的時刻。」

尼珥隨即看見，大副和士官長手裡都端著錫杯，從柯羅先生大舌頭的說話方式判斷，這顯然不是他今晚的第一杯了：這兩個男人即使在清醒時，帶來的困擾就已經夠大，所以很難想像他們現在會做什麼，只怕是什麼事都做得出來吧。但尼珥雖然心情緊張，卻還是注意到月光下海面上出現的一幕奇景。

這時風從雙桅船右側吹來，甲板傾斜，船帆被風灌滿，船身也上下波動。偶爾風勢稍緩，船身回正，海浪就從左舷打上來，沖刷過甲板，當船再度被風吹得傾斜時，又沿著右舷排水孔流出去。這些細細盤旋的水流發出的燐光，就像桅杆的腳燈，照亮了上方在空中翺翔的帆布翅膀。

「你看哪裡，悶葫蘆？」

繩頭擊中他的小腿肚，傳來的刺痛讓尼珥頓時回到現實。「對不起，柯羅先生。」

「叫長官，蠢雞巴。」

「是，長官。」尼珥一個字一個字慢慢說，告誡自己不可以亂說話。

大副把杯中物一飲而盡，朝士官長伸出杯子，後者拿起瓶子，替他斟滿。大副又啜了一口，隔著杯子上緣注視兩名囚犯：「悶葫蘆——你總有本事惹人生氣。說來聽聽：你知道咱們為啥叫你們上甲板來嗎？」

「不知道，長官。」尼珥說。

「那我來告訴你吧。」柯羅先生說：「我跟我的好朋友肉餅臉士官長，我們正把鼻子湊在酒杯上的時候，他對我說：猴崽子和悶葫蘆是我見過最好的朋友。我就對他說啦，我說：我沒見過兩個囚犯不會互相出賣的。他就對我說：這兩個不會。我就說：肉餅臉，你賭什麼，我能說服他們其中一個撒尿在另一個身上？他這不就把一個小銅板[92]掏出來了！所以這就說到重點了，小子，你來決定我們的輸贏。」

「你們賭什麼，長官？」尼珥說。

「你們兩個之中的一個要把夜壺清空在另一個身上。」

「夜壺是什麼，長官？」

「夜壺就是馬桶的另一個說法，小子。」大副不耐煩地說：「我賭你們其中一個會掏出馬鈴薯，擠乾在另一個身上。所以你們聽清楚了。不打也不罵，注意哦；只是好好跟你們說。你們得自願這麼做，或不做。」

「我懂了，長官。」

「所以你看我有多少勝算，悶葫蘆？」

尼珥試著想像自己把尿撒在阿發身上，為了取悅這兩人，他覺得胃糾結了起來。但他知道自己必須小心措辭才不致激怒大副。他盡可能緩和地囁嚅道：「我認為您的勝算不大，長官。」

「這小子，自以為了不起是吧？」大副轉頭對士官長一笑。「你不幹嗎，小子？」

---

92 Quartereen 即 farthing，等於四分之一便士，是英國貨幣中面額最小的錢幣，目前已不使用。

「我不願意，長官。」

「你確定，是嗎，犯人？」

「是，長官。」尼珥說。

「讓你先來如何？」大副說：「用你的雞巴噴灑他的臉，完事後你身上還是乾的。這樣你佔便宜吧？把你的伙伴弄濕就可以了。你怎麼說，悶葫蘆？同意了吧？」

除非拿刀架在他脖子上，否則尼珥知道自己做不來。「我不會，長官，不會。」

「你不幹？」

「我不可能自願，長官，不可能。」

「那你的伙伴呢？」大副說：「他怎麼樣？」

甲板突然傾斜，一向站得比較穩的阿發抓住尼珥的手臂，使他不致跌倒。平常日子裡，這種舉動多半會招來比洛．辛一頓好打，但今晚似乎基於某種重大計畫的考量，士官長沒有干預。

「確定你同伴不會幹嗎？」大副問道。尼珥看阿發一眼，見他堅忍地盯著腳尖。想來也奇怪，他們兩個才認識不過幾星期——兩個在流放途中的苦命犯人——就已擁有某種能招惹有權主宰他們之人嫉妒的東西。他們的情誼當真世間罕見，以致於別人要挖空心思測試它的極限？如果當真如此，那麼他，尼珥對這件事的好奇其實也不亞於他們。

「如果你不配合，悶葫蘆，就只好找你朋友了。」

「是，長官。你請便。」

柯羅先生大笑，正好這時，浪花的白沫湧過水手艙甲板，一瞬間，他的牙齒映著燐光閃閃發亮。「說說看，悶葫蘆，知道你朋友為什麼坐牢嗎？」

「竊盜，長官，據我所知。」

「他只告訴你這麼多？」

「是的，長官。」

「沒告訴你他是傳教士，有沒有？」

「聽不懂，長官。」

「偷一幫宗教界人士，他幹的好事。」大副瞥了阿發一眼。「是不是，猴崽子。偷了收容你、給你飯吃的教會？」

尼珥回頭看阿發，阿發低聲說：「長官。我確實在廣州加入教會。但不是為了吃飯。是我要去西天。」

「西天？」

「印度，長官。」阿發挪動一下重心，說道：「我要旅行，我聽說教會送中國信徒上大學，在孟加拉。我加入後，他們送我去塞蘭坡神學院[93]，但我不喜歡那裡。什麼都看不到，不能外出。只能學習和禱告。像監獄。」

大副捧腹狂笑。「所以是真的？你偷他們印刷機上的雕版，把十幾個唸阿們的人打得個半死，還是在他們印聖經的時候？只為了一點點不值錢的快感？」

阿發低頭不語，柯羅先生又催促：「說呀——說給我們聽聽。是真是假，你那麼做是因為你對

93 Mission College of Serampore，一八一八年由英國傳教士在加爾各答附近的塞蘭坡市成立，是亞洲第一個授予學位的大學。

黑土上癮？」

「長官，為了鴉片，」阿發聲音沙啞：「人可以做任何事。」

「任何事？」大副從口袋裡取出一小球紙包的黑膠，不比大拇指指甲大。「為了這個你願意做什麼，猴崽子？」

阿發站得很近，尼珥感覺到他朋友的身體忽然變得僵硬。他回頭只見他下巴緊繃，雙眼發出狂熱的光。

「說說看，猴崽子。」大副用手指把小球轉來轉去。「為了這個你願意付出什麼？」

阿發的鎖鍊開始發出輕微撞擊聲，似乎在響應身體的顫抖。「你要什麼，長官？我什麼都沒有。」

「啊，我要的你正好有。」大副輕快地說：「你有一肚子黃湯。就看你要倒在哪兒。」

尼珥用手肘頂一下阿發。「別聽——有詐……」

「閉上你的臭嘴，悶葫蘆。」

大副抬腿一踢，由下方踢中尼珥的腿，他笨重地倒在傾斜的甲板上，頭撞到船舷。因為手腳都有枷鎖，他只能像隻四腳朝天的甲蟲笨拙地轉動。費了好大力氣，他才脫離船舷，面對阿發，正好看見他的朋友在解褲帶。

「阿發，不要！」

「別理他，猴崽子。」大副說：「繼續做你在做的事，慢慢來。他是你朋友，不是嗎？他會等著品嘗你釀出來的好貨。」

阿發痙攣似的猛吞口水，手指抖得太厲害，解不開褲帶。他急得心中火起，縮緊小腹，把褲子拉到膝蓋。然後他用抖索的手托住陰莖，瞄準蜷伏在他腳下的尼珥。

「繼續！」大副慫恿他。「幹吧，猴崽子。不要辜負你的雞巴和荷包，所有的婊子都這麼說的。」

阿發閉上眼睛，仰面向天，擠出一條細細的尿流，澆在尼珥身上。

「這才對，猴崽子！」大副勝利地拍著大腿說：「為我贏了賭注，你辦到了。」他把手伸到士官長面前，後者規規矩矩在他掌心放上一枚銅板，嘟噥道：「恭喜，大副老爺！」

在此同時，阿發連褲子都不拉上，雙膝跪地，爬到大副跟前，雙手捧成討飯缽狀：「長官？我呢？」

大副對他點一下頭：「你贏了你的報酬，猴崽子，毫無疑問，你會拿到的。這塊泥巴是上好的生鴉片：要整個吞下去。嘴張開，我餵給你。」

阿發湊上前，張大嘴，因滿懷希望而發著抖，大副把那球膠狀物的包裝紙一抖，那東西正好落在他舌頭上。阿發閉上嘴，只嚼了一下。他忽然開始嘔吐、咳嗽，甩著腦袋，好像要擺脫什麼臭噁不堪的東西。

這景象引來大副和士官長一陣狂笑。

「幹得好，猴崽子！教你學會小本經營賺大錢。不但你朋友嘗到你的尿，你自己也吃到一口羊屎球。」

21

婚禮在早晨用畢當天的第一餐後舉行。二層艙分成兩區，一半劃歸新郎，另一半分配給新娘。每人都選了一邊，卡魯瓦被挑出來作女方家長：他負責帶隊去新郎那區舉行緹拉克儀式，訂婚儀式在把新人的額頭抹成紅色後隆重完成。

女人本以為她們在音樂方面可以輕易勝過男人，卻面臨強大震撼：原來新郎的團隊中有一群阿伊爾族歌手，他們一開始表演，形勢立刻分明：女人根本不是他們的對手。

...uthlé há chháti ke jobanwá（……蓓蕾綻放的乳房準備）
piyá ké khélawna ré hoi...（當戀人的玩物……）

更可怕的是阿伊爾人當中還有一個身兼舞者，在故鄉受過在娶親行列中跳女性角色的訓練[94]。雖沒有適合的服裝、化妝與伴奏，但經人遊說之下，他答應表演。甲板中央為他騰出一小塊空間，雖然站直就會撞到頭，但他演出精彩，女人都知道她們得想點特別的花招，才不至於丟盡顏面。

身為籌備婚禮的大嫂，狄蒂可不能屈居下風。到了吃午餐時，她把女人召集起來，跟她們留在二層艙裡計議。來呀，她說：我們怎麼辦？我們得想點東西出來，否則希路會抬不起頭。

*

從沙柳包袱裡找到的一小塊乾枯的薑黃根，為新娘這邊提供一個扳回面子的機會：這種在陸地上再平凡不過的樹根，到了海上卻像龍涎香一樣稀罕。好在它的份量還夠製作為新郎和新娘膏沐的油膏。但沒有石頭也沒有臼，怎麼磨碎這塊薑黃根呢？總算有人想到用兩個銅壺的底做代用品。研磨所花費的力氣和巧思使塗黃粉的儀式更活潑有趣，就連移民工當中個性最陰鬱的人也露出微笑。

笑聲與歌聲中，時間過得飛快，活門再度打開準備用晚餐時，大家都很驚訝：真難以相信，天已經黑了。看到滿月高懸海平線上，周圍有圈巨大的紅色月暈，走上甲板的移民工都心存敬畏，不敢妄言。沒有人見過那麼大、顏色又那麼奇怪的月亮：彷彿這跟照耀比哈爾平原的不是同一輪月亮。就連強勁地吹了一整天的風，在明亮的月光下也似乎重新振作起來，風速又增加了一、兩海浬，使東方海平線打來的浪掀得更高。光線和波浪都來自同一個方向，把海面分成一畦畦，狄蒂不禁聯想到每年這時節，加齊普爾田野中冬季作物陸續綻放的景象：夜間向遠處望去，會看見一條條深邃黑暗的田溝，隔開一排排連綿不盡、在月光下燦然發亮的花——正如黑暗的浪溝上一痕痕染上紅點的白沫。

雙桅船的桅杆滿帆全開，船身劇烈搖晃，船帆狂放地拍打，被海浪推高時，船身向下風傾斜，墜入波谷時，船身又回正：彷彿這艘船正隨著風的音樂起舞，風聲尖銳，船就傾向下風，船身回正，風聲也變得低沉。

雖然狄蒂已不再暈船，今天卻站不穩。她生怕跌入海中，便拉著卡魯瓦，一起蹲坐在甲板上，

---

94 孟加拉的傳統娶親儀式需有歌舞前導，率領男方親友到女家迎娶。因女性舞者工資較高，一般都由男童扮女裝跳舞。歌舞隊會招募貧戶出身、眉目清秀的男童，稍加訓練後，帶到各地表演。

並擠在他和欄杆下的舷牆之間。她永遠不知道這是因為婚禮的興奮、月光或船身的晃動，但就在這一刻，她第一次察覺子宮裡毫無疑義的動靜。來！在舷牆陰影掩護下，她拉起卡魯瓦的手，放在自己肚子上：你感覺到嗎？

她看見他的牙齒在黑暗中一閃，知道他在微笑：是的，是的，是寶寶，在踢。

不對，她說：不是踢——是翻滾，跟這艘船一樣。

多奇妙啊，感覺體內有另一個生命，隨著她的動作節奏東倒西歪：就像她的肚子是大海，孩子是一艘船，航向他自己的命運。

狄蒂轉身面對卡魯瓦，低語道：今晚就像我們也再結一次婚。

為什麼？卡魯瓦說：第一次不夠好嗎？當時妳找到編花環的花，用妳自己的頭髮將它們串在一起？

但我們沒有舉行七圈儀式[95]。她說：當初沒有木頭也沒有火。

沒有火？他說：我們不是自己生了一堆火？

狄蒂羞紅了臉，拉他起身：*Chall, na*（我們走吧），該回去參加希路的婚禮了。

*

兩名犯人坐在囚室的暗影中，默默挑著麻絮，門忽然開了，燈光照耀下，諾伯．開新大叔的大臉伸進來。

這趟想望已久的探監之行，實踐起來並不容易：比洛．辛士官長千萬個猶豫下，終於批准了諾伯．開新大叔提出的「檢查巡視」，而且還有附帶條件，他的兩名士兵要陪同這經紀前往囚室，他入內時，他們會全程在門口守候。同意這樣的安排後，諾伯．開新大叔為這場合不厭其煩做了準備。他特地挑了件番紅花色的橙黃長袍，袍身極為寬大，善男信女都合穿。他在胸前繫了條布巾，把過去幾天來收集的一小批美食——兩顆石榴、四顆水煮蛋、幾片香脆的薄餅和一小球椰子糖——都藏在衣服摺縫裡。

剛開始時，這設計的效果還不錯，諾伯．開新大叔邁著官步走過甲板，雖然上半身有點笨重，至少不失威嚴。但來到牢房入口，形勢就大幅改觀：像他這種腰圍的人要穿過那道低矮狹窄的門，著實有點困難。他彎下腰並扭動身體的當兒，一部分禮物好似活了過來，迫使經紀不得不用雙手捧住動來動去的胸部，不讓它們移位。由於兩名士兵守在門口，他走進室內後也不敢放手，盤著雙腿在窄仄的牢房裡坐下的模樣，就像個捧著一對脹奶腫痛乳房的奶媽。

尼珥和阿發瞪著這肥碩的幽靈，驚訝無語。這兩名囚犯還沒從柯羅先生挑起的糾紛中復原。雖然水手艙甲板事件的整個過程不過幾分鐘，帶給他們的打擊卻不亞於山洪爆發，將他們友誼的脆弱支架席捲而去，殘留的除了羞愧與恥辱，還有一種深沉的絕望。他們再次像在阿里埔監獄裡那樣，陷入無法溝通的沉默。這很快就成為習慣，所以現在尼珥坐在那兒，隔著一堆尚待整理的棉絮，瞪著諾伯．開新大叔，竟想不出一個字對他說。

「檢查環境，我來。」

諾伯．開新大叔扯著喉嚨大聲宣告，而且說英語，藉此使這次訪視顯得正式。「此行目的：消

---

95 seven circles是印式婚禮的重要步驟，新人繞行聖火七圈，每一圈都要唸一段誓言，對婚姻生活許下承諾。

除所有不合規定的缺失。」

啞口無言的犯人沒有回應，經紀趁機利用手中提燈搖曳的光，把這臭氣沖天的房間仔細打量一番。他立刻注意到大小便用的水桶，一時之間，他的靈性追求被比較世俗的興趣打斷。

「這是你們解手排便的用具？」

這是很長一段時間以來，尼珥和阿發第一次對望。「是的。」尼珥說：「沒錯。」

經紀思考著這方面的實務，突出的金魚眼瞪得更大。「所以一人排泄時，兩人都在場？」

「唉，」尼珥說：「我們沒有選擇。」

經紀想到這對他自己那敏感的腸胃會有什麼影響，不禁打了個哆嗦。「所以腸堵塞想必很嚴重，而且經常發生？」

尼珥聳聳肩。「我們盡可能忍耐。」

經紀四下打量牢房時皺起眉頭。「天啊！」他說：「空間小成這樣，真不知道你們過著多拮据的生活。」

這次沒人答話，經紀也不需要他們回答。他對著空中亂嗅，發現塔拉蒙妮媽顯靈的力量非常強大——除非是母親的鼻子，否則怎可能從孩子的糞便中聞到令人心情愉快的馨香？彷彿要確認他內在有個神明急於贏得注意，一顆石榴從藏匿處跳出來，掉在那堆棉絮上。經紀緊張地向外窺視，看到兩名士兵正聊得興高采烈，沒看到水果忽然掉落，才鬆了口氣。

「來，快點，拿去。」經紀飛快把水果、蛋、薄餅和椰糖塞到尼珥手中。「都是給你的——非常好吃又有益健康。便秘也會改善。」

尼珥大吃一驚，改說孟加拉語：你太慷慨了……

經紀立刻打斷他。鬼鬼祟祟指著士兵的方向，他說：「拜託免用本地方言。警衛是問題專家——總是搬弄是非。最好不給他們聽懂。正宗英語就夠了。」

「隨你的意。」

「建議收藏食物的速度加快點。」

「是，當然。」

尼珥迅速把食物藏在身後——剛好來得及，因為那堆東西才藏好，就有一名士兵從門口把頭伸進來，催促經紀快點結束目前的工作。

眼看時間不多，尼珥連忙說：「非常感謝你這些禮物。恕我請教，你這麼慷慨是為什麼？」

「你還不明白嗎？」經紀喊道，顯然大失所望。

「什麼？」

「塔拉蒙妮媽派我來？認不出嗎？」

「塔拉蒙妮媽！」尼珥對這名字很熟悉，常聽艾蘿凱西掛在嘴邊——但這時候提到她卻讓他很意外。「她不是去世了嗎？」

諾伯．開新大叔拚命搖頭否認，隨即張口想解釋。但要找到配得上這件事無與倫比複雜性的字句，難度卻很高，於是他改變心意，比了個手勢，張開手臂一掃，手掌搖晃飛舞，最後用食指點著自己的胸脯，指著在其中綻放的神明。

永遠沒人知道，究竟是因為這些手勢的表達力太強，或純粹基於對經紀餽贈食物的感激——反正他成功向尼珥傳遞了某種並非不重要的訊息。尼珥覺得好像有點了解諾伯．開新大叔想表達的事；他也似乎知道，這個奇怪的男人內在有種不尋常的東西在運作。但到底是什麼東西，他既說不出，也來不及思考，因為士兵已開始敲門，催促經紀離開。

「進一步討論要等困難日。」諾伯．開新大叔說：「我會嘗試策劃最早的良機。在那之前，請記住塔拉蒙妮媽要我轉達她會保佑。」話畢，經紀輕拍兩名犯人的前額，隨即一頭鑽出囚室的門。

他離開後，囚室顯得比平常更昏暗。尼珥不假思索就把藏起的食物分成兩份，拿一份給他的獄友：「給你。」

阿發悄悄從暗影中鑽出來，接過他的一份。然後，打從他們見過大副之後第一次，他開口說：「尼珥……」

「什麼事？」

「很壞，發生的事……」

「不要跟我說。你該跟自己說。」

一陣沉默後，阿發又說：「我要殺了那個雜種。」

「誰？」

「柯羅。」

「用什麼？」尼珥很想笑。「你的手嗎？」

「你等著。看吧。」

＊

聖火的問題一直沉甸甸壓在狄蒂心上。真正的火，不論多麼小都沒有可能，因為會有危險。所以得改用安全的替代品。但用什麼呢？婚禮是特殊場合，移民工湊合了大家的物資，收集到幾盞燈和蠟燭，預備在婚禮的最後階段把二層艙照亮。但像一般在船上用的有罩子的燈或燈籠，會使整個儀式意義全失：新郎新娘若只能繞一朵冒著黑煙的小火焰舉行「七圈儀式」，誰還會把婚禮當真呢？那就只好用蠟燭了，狄蒂堅持只要安全沒問題，就在一個盤子上盡可能多立幾支蠟燭。蠟燭找到了，也一一點亮，但一拿到二層艙中央，火光熊熊的盤子好像突然自己有了主意：它跟著不斷翻騰上下的船身，在甲板上到處滑動，威脅著要把整個二層艙燒掉。顯然必須有人守在旁邊，固定它的位置——但誰呢？志願者很多，最後這工作分配給六個男人，免得有人覺得受冒犯。最後新人試圖站起身，卻又一次凸顯這種儀式在設計時，完全沒把黑水考慮在內：因為他們剛起身，就被船身一顛，摔倒在地。兩人都摔了個狗吃屎，然後沿著甲板滑向左舷。眼看著免不了要撞破頭殼時，船身忽然一轉，歪向另一側，他們變成雙腳在前，朝另一個方向滑去。這爆笑場面最後是靠幾個身手最靈活的青年上前，圍著新郎新娘，用肩膀和手臂緩衝，扶持他們站穩。但不久就連這群年輕人也穩不住場面，開始滑來滑去，需要更多人加入：一心想繞火的狄蒂，趁著混亂一開始就拉著卡魯瓦跳進人堆。沒多久，整個二層艙的人都在婚禮的聖圈中結合起來：人人情緒高亢，新人入臨時布置的洞房時，還頗費了一番手腳，才沒讓賀客跟著入內。

新夫婦關在洞房裡這段期間，猥褻的言談和歌唱達到頂點。吵鬧聲那麼喧嘩，二層艙裡沒有一個人想到，有些性質截然不同的事也正在別的地方進行。第一個徵兆是有東西轟隆一聲掉在他們頭頂的甲板上，整艘船都因之震動。那聲音帶來一陣驚訝中的寂靜，正好讓他們聽見一聲尖叫，是女人的叫聲，回音從高處傳到下面：嫂子！他們要殺他呀！他們把他丟下去了……

是誰？狄蒂說。

寶麗是第一個想到穆尼雅的人：她到哪裡去了？她在這裡嗎？穆尼雅，妳在哪裡？

沒有人回答，狄蒂喊道：她會在哪兒？

大嫂，我想她趁著婚禮的混亂偷跑出去了，去約會……

跟船工？

是的。我猜我們下來的時候，她留在後面，躲在甲板上。他們一定被逮著了。

＊

主甲板的甲板艙屋頂高度大約五呎多一點。喬都跳下來過很多次，從來不曾受傷。但被士兵丟下來又是另一回事：他落地時頭朝下，幸好是肩膀而不是頭蓋骨先著地。他想要起身，卻發現上臂灼痛，想支起上身，肩膀也撐不住體重。他正設法在傾斜而滑溜的甲板上找立足點時，一隻手抓住他的上衣，把他提起來。

Sala! Kutta! 船工臭狗！

喬都試圖回頭面對士官長。我什麼也沒做，他邊掙扎邊說：我們只是聊天，說幾句話——這樣而已。

還敢看我，母豬養的[96]？

士官長一把將喬都整個人從甲板上拎起，讓他懸在半空，無助地揮動手腳。然後他另一手掄拳，打上喬都的側臉。喬都覺得一股血噴出，從牙齒新綻裂的傷口流到舌頭上。他的視線忽然變得模糊，蹲在大型救生艇下的穆尼雅，看起來就像一堆剩餘的帆布。

他正待再說一遍——我什麼也沒做——但腦子裡的嗡鳴極為響亮，他連自己的聲音都聽不見。接著士官長的手背打中他另外半邊臉，讓他呼吸困難，臉彷彿炸開一樣，宛如一張暴風吹拂下的橫帆。這一擊的力量也讓他飛出士官長的掌握，趴在甲板上。

你沒屌的船工——好狗膽竟敢動我們女孩子的腦筋？

喬都眼睛半閉，腦子裡的嗡鳴聲使他感覺不到肩膀的疼痛。他奮力爬起，喝醉一般東倒西歪，一心只想在傾斜的甲板上保持平衡。藉著羅盤針箱上的燈光，他看到水手艙的人都圍上來旁觀：所有人都在，孟篤領班、桑克、老九，都在士官長身後張望，等著看他喬都接下來要做什麼。看到一塊兒工作的伙伴，他加倍意識到自己好不容易在他們當中贏得的地位，他急於表現英雄氣概，吐出一口血絲，對士官長吼道：媽的——你以為你是什麼人？你以為我們是你的奴隸？

Kya? 受到頂撞使士官長為之一愣，放慢動作。就在這時，柯羅先生走上前，取代他的位置，站在喬都面前。

「啊，這不是瑞德的小跟班嗎，又是你？」

大副手中有一截繩子，他抓著繩子中段，手臂一揮，打了結的繩頭抽中喬都的肩膀，打得他雙膝落地，手撐著甲板。「跪下，屌毛。」

繩子再次打下，喬都痛得低頭伏地。「對了。爬呀，狗崽子，爬呀——我不打得你像畜生一樣滿地爬就沒完。」

繩子再一次打下來時，喬都的手再也撐不住，向前倒在甲板上。大副抓住他的粗布上衣，拖他起來，恢復四腳著地姿勢，袍子從中間被撕裂開來。「我剛才有沒有叫你爬？不要在甲板上磨肚

96 因喬都是穆斯林，士官長罵他「豬娘養的」比罵「狗娘養的」，侮辱性更強。

子——是狗就給我爬。」

一腳飛來，踢得喬都連忙手腳著地向前爬行，但肩膀承受不住，爬沒幾步又倒在地上。他的上衣已從中間裂開，只剩幾條碎布掛在胳肢窩下。幾片破布使不上力，大副轉而抓他的褲子。他揪住腰帶，用力一扭，已很破舊的帆布褲也從縫線處裂開。這下子繩鞭直接打在喬都裸露的屁股上，他痛得慘叫。

Allah! Bachāo!（真主救我！）

「別浪費口水啦。」大副陰惻惻地說：「你要求救也只能求傑克．柯羅；這兒再沒有別人救得了你。」

繩子再次落在喬都屁股上，無比的疼痛麻痺了一切，他連跌倒趴下的力氣都沒有。他用四肢爬了幾步，因為垂著頭，他從赤裸的大腿形成的三角形縫隙中，看到前艙水手眾人的臉，帶著憐憫和羞愧看著他。

「爬呀，賤狗！」

他又蹣跚爬了兩步，再兩步，這期間他腦子裡有個聲音不斷地說——對，你現在是隻畜生，一隻狗，他們把你變成畜生：爬呀，爬呀……

他爬行的距離已令大副滿意。柯羅先生扔下繩子，對士官長比個手勢：「把這坨屎帶下去，關在牢房裡。」

他們把他修理夠了——他就像一具即將用板車推走的屍體。警衛把他拖向水手艙時，喬都聽見士官長的聲音從高高的某處傳來。

現在，苦力婊子——輪到妳了；也該讓妳受點教訓。

*

整個二層艙陷入困惑：每個人都急得團團轉，希望理解上面發生了什麼事。他們就像困在鼓中的螞蟻，急於知道鼓皮外面的情況：那個向船頭移動的笨重摩擦聲，是否意味著喬都被拖進了水手艙？另一處又傳來向船尾移動的連續敲擊聲，是否穆尼雅被拖走時蹬足反抗？

然後他們聽見穆尼雅的聲音：*Bachāo!* 救救我呀！你們大家，我被拖去他們的艙房……

穆尼雅的聲音戛然而止，好像有人箝住了她的嘴。

寶麗抓住狄蒂的手臂。大嫂！我們得想辦法！大嫂！不知道他們會對她做出什麼事。

我們能怎麼辦，寶格麗？

狄蒂想說不，這不是她的責任，她又不是誰真正的大嫂，不能期待她參與每一場戰役。但接著她想到穆尼雅，孤伶伶一個人，在滿滿一房間士兵和工頭之間，身不由主就站了起來。來吧，我們到梯子那邊去。

由卡魯瓦開路，她爬上梯子，開始敲打活門：哨嗬！誰在那兒？你是誰——喂，各位工頭和士兵大哥？

沒有回應，她轉身面對全艙的人：你們怎麼了？她對移民工同伴說。為什麼變得這麼安靜？才不過幾分鐘前，你們吵翻了天。來呀！我們看能不能搖動這艘船的桅杆；看看他們能忽略我們多久？

製造噪音的過程，開始時很緩慢，山裡來的人站起身，抬腳用力蹬甲板。後來有人用手鐲敲打盤子，其他人紛紛加入，敲打水壺和鍋子，要不就大吼大叫或唱歌，沒幾分鐘，就好像從二層艙內部釋出一股無法控制的力量，強大得足以把整艘船縫隙裡的填絮都搖撼出來。

忽然二層艙的門掀開來，一個看不見的士兵的聲音從開口傳進來。因為格柵沒打開，狄蒂看不見說話的人，也聽不清他說些什麼。她派卡魯瓦和寶麗去叫大家安靜下來，然後抬起蒙著面紗的臉湊到門口：上面是誰？

你們苦力是怎麼回事？那聲音答道。為何吵鬧？

你知道是怎麼回事，狄蒂說：你把我們一個女孩抓走了。我們擔心她。

你們擔心，是嗎？——聲音中帶著明顯的不屑——她賣身給船工時，你們怎麼不擔心？況且還是個穆斯林？

官爺，狄蒂說：放她回我們這裡來，我們會自己處理這件事。交給我們解決是最好的方法。

已經太遲了。士官長老爺說，從現在開始，她得關在一個安全的地方。

安全？狄蒂說：在你們那群人中間？別耍我了，*sab dekhchukalbáni*——我又不是沒見過世面。去，告訴你的士官長，我們要看到我們的女孩，在那之前，我們不會停止。去，馬上去。

一陣短暫的沉默，期間他們聽見工頭與士兵互相商議。隔了一會兒，其中一個人說：你們先安靜，我們且聽士官長怎麼說。

好極了。

活門砰一聲關回原位，二層艙裡掀起一陣興奮的嘈雜：

……妳又成功了，大嫂……

……他們怕妳……

……大嫂，妳說什麼，這些人都只有照辦的份……

這些言之過早的評論讓狄蒂提心吊膽。她打斷他們：什麼事都還沒發生，我們等著看……

足足等了一刻鐘，活門才再度掀開。一隻手指從柵欄縫伸進來，指著狄蒂。那邊那個，妳。同一個聲音說：士官長說妳可以去看那女孩；其他人都不行。

我一個人？狄蒂說：為什麼一個人？

因為我們不想再發生暴動。記得薩格島那件事嗎？

狄蒂覺得卡魯瓦握住她的手，她提高嗓門：沒有我當家的，我丈夫同行，我就不去

這又引起一陣竊竊討論以及再次讓步：那好吧——讓他一起上來。

柵欄嘎吱開啟，狄蒂慢慢爬出二層艙，卡魯瓦尾隨其後。甲板上有三名士兵，手提長棍戒備，他們的臉都籠罩在包頭巾的陰影下。狄蒂和卡魯瓦一出來，柵欄和活門就又砰然關上，如此斬釘截鐵，狄蒂不禁開始懷疑，警衛是否一直等著把他們兩個跟其他移民工分開：有沒有可能他們是踏入了陷阱？

領頭的士兵取出一段繩子，勒令卡魯瓦伸出雙手，更加深了她的疑懼。

為什麼綁他的手？狄蒂喊道。

這樣妳不在的時候，他會安分點。

他不去，我也不去，狄蒂說。

妳要被拖去嗎？像另外那個一樣？

卡魯瓦輕觸她的手肘：去吧。他悄聲說：遇到麻煩就大聲叫。我在這裡；*ham sahára khojat*——我會聽著，我會想辦法……

＊

狄蒂跟著士兵走下通往臥艙的梯子時，特地放長了面紗。船上這部分與二層艙截然不同，天花板上吊著好幾盞燈，一片光明。隨著船身晃動，吊燈也大幅搖擺，鐘擺式的動作將室內的人照出重重身影，艙房裡好像擠滿一大群橫衝直撞的黑影與形狀。踏下最後一階梯子，狄蒂迴目張望，但手仍抓緊梯子，穩住身形。她從撲鼻的煙味和汗味判斷，這兒住了很多男人；雖然她低著頭，還是覺得他們的目光鑽透面紗的護盾。

……就是這個……

...Jobhan sabhanké hamré khiláf bhatkáwat rahlé...

（……一直鼓動其他人反抗我們的那個……）

狄蒂幾乎已失去勇氣，若非士兵抱怨：妳停下來做什麼？繼續走。她的腳也差點動彈不得。

你們帶我去哪裡？狄蒂說。

去看那女孩，士兵說：不是妳要去的嗎？

士兵手持蠟燭，帶她走下另一道梯子，到了下面，只見一排格子似的儲藏室。船底污水的惡臭極為濃郁，狄蒂不得不用手捏住鼻子。

士兵在一扇上拴的門前停下腳步。她就在這裡，他說：妳進去就找到她了。

狄蒂害怕地看著門。裡面嗎？她說：這是什麼地方？

儲藏室，士兵把門推開答道。

儲藏室裡氣味刺鼻，令人聯想到市場，與渠香料特有的黏膩濃郁油臭味，甚至蓋過船底污水的惡臭。裡面很黑，狄蒂什麼也看不見，但她聽見抽泣聲，便喊道：穆尼雅？

大嫂？穆尼雅提高聲音，似乎鬆了口氣。真的是妳嗎？

是的，穆尼雅，妳在哪裡？我什麼也看不見。

女孩撲進她懷裡：大嫂！大嫂！我就知道妳會來。

狄蒂伸手抱住她。妳這傻瓜，穆尼雅，妳這傻瓜！她喊道：妳跑到上面去做什麼？

什麼都沒做，大嫂。穆尼雅說：什麼都沒做，相信我——他只是幫我照顧雞。他們偷偷從後面掩上來，就開始打他。後來又把他丟下去。

妳呢？狄蒂說：他們有沒有對妳怎樣？

只打我幾巴掌，踢了我幾下，大嫂，還好。但他們等著要找的其實是妳……

狄蒂忽然發覺有人站在身後，手拿著一支蠟燭。然後她聽見一道陰森低沉的聲音對士兵說：帶走那女孩——我要的是另外這個。我要單獨問她話。

＊

閃爍的光線下，狄蒂看見儲藏室地板上高高堆著一包包穀物和扁豆。沿牆的架子上擺滿一罐罐香料、一堆堆洋蔥和大蒜，還有裝在特大號瓶子裡的醃漬萊姆、辣椒和芒果。空氣中瀰漫一片袋裝穀物排放出的白色塵霧；儲藏室的門砰一聲關上，一片猩紅的辣椒屑鑽進狄蒂眼裡。

怎麼樣？

比洛·辛好整以暇拴上門，把蠟燭固定在一袋米上。狄蒂一直避免正面朝向他，現在她才轉過身，一手壓住面紗，用另一手揉眼睛，

這是什麼意思？她故作不在乎狀。你為什麼要單獨見我？

比洛·辛只穿丁字褲和背心，狄蒂轉身面對他時，他小山似的肚皮突破單薄衣服的遮蔽，挺了

出來。這士官長也不打算拉低背心遮醜，反而用雙手托著肚子，輕輕上下晃動，好像在掂量它的分量似的。然後他從像張大嘴似的肚臍眼上拈掉一根線頭，拿著仔細檢查。

怎麼？他又說一遍。妳以為妳可以躲我多久，凱普翠的媽？

狄蒂停止呼吸，她連忙握起拳頭，連面紗一起塞進嘴裡，免得自己大聲尖叫。

怎麼不說話？沒有話對我說嗎？比洛．辛伸手去拉她的面紗：沒必要再遮遮掩掩了。這裡只有妳跟我。只有我們。

他拉下她的面紗，用一隻手指托起她的下巴，滿意地點點頭：那雙灰眼睛。我記得，充滿魔力。有人以為那是巫婆的眼睛——但我總說，不對，那是婊子的眼睛。

狄蒂試圖把他的手從脖子上扳開，但它不為所動。如果你知道我是什麼人，她保持輕蔑的姿勢說：為什麼不早說？

他嘲弄地牽動嘴唇說：讓我自己蒙羞嗎？承認跟妳這種女人有親戚關係？一個跟收垃圾工人私奔的婊子？讓家族、村落、姻親蒙羞的發情母狗？妳當我是傻瓜？妳難道不知道我也有女兒，而且還沒出嫁呢？

狄蒂瞇起眼睛，回嘴說：小心點。我丈夫在等我，在上面。

妳丈夫？比洛．辛說：妳大可以忘掉那個吃腐屍的骯髒東西。他充其量只能再活一年。

I ká káhat ho? 她驚呼道：你說的什麼話？

他用一指拂過她的脖子，輕捏一把耳垂：妳還不知道嗎？他說：你們未來的命運由我決定？妳不知道到了麻里西以後，分配給哪一個雇主是我說了算嗎？我已經把妳丈夫發配到北部一個大農場。他絕不可能活著離開那裡。妳相信我：那個妳叫他丈夫的鏟大便的，算是死定了。

那我呢？狄蒂說。

妳嗎？他微笑著又來摸她脖子。我對妳有別的計畫。是什麼？

他用舌尖舔了一下嘴唇，說話帶有咻咻氣音：每個人會想從婊子哪裡得到的是什麼？他的手滑進她的紗麗上衣領口，開始摸索可供掌握的目標。

無恥，狄蒂推開他的手說：無恥……

我又不是第一次做這種事，他微笑道：*dekhlé tobra, janlé bharalba*——我早看過妳的糧食袋，知道它斤兩紮實。

Ap pe thuki! 狄蒂喊道：我唾棄你和你的下流。

他湊過來，肚皮貼在她胸前。他又在微笑：妳想妳的新婚之夜，是誰拉開妳的大腿？妳以為妳小叔那什麼都不懂的毛頭小子，一個人搞得來嗎？

你不知道羞恥嗎？狄蒂氣得幾乎說不出話。你還有什麼話說不出口的？你知道我懷孕了嗎？懷孕？比洛．辛大笑。那個吃臭肉的種？等我幹完妳，他的崽就會像蛋黃一樣從妳身體裡面流出來。

他收緊捏著她脖子的手，另一手伸向置物架。手縮回來時，拿著一根長達一呎的擀麵棒在她面前揮舞。

妳怎麼說，凱普翠的媽？他說：妳夠不夠淫賤，玩得起這個嗎？

＊

蹲在主甲板上兩名士兵中間，雙手被繩子綁住的卡魯瓦，聽到的不是狄蒂呼救的喊聲，而是穆尼雅響應的尖叫。狄蒂被帶走後，他一直安靜不動，仔細考慮萬一發生最壞的情況時該怎麼因應。這兩名士兵的武裝很簡單，只有小刀和警棍，卡魯瓦有把握解決他們。但之後怎麼辦？如果他衝進警衛的艙房，一定會碰到更多人，還有更厲害的武裝：他們會在他對狄蒂有任何幫助前把他殺掉。比較好的辦法是發出一個全船每個角落都能聽見的警報——幾步外就有個完美的道具：甲板艙上的警鐘。只要能把鐘敲響，移民工就會得到警告，船上的職員和船工也會全體趕到甲板上來。

卡魯瓦在家鄉趕牛車時，就習慣計算車輪發出的嘎吱聲，藉此推算時間和距離。這時他發現，計算海浪通過時拍向船身、把船頭托起又放下的次數，也有相同效果。數到十次，他就知道一定出事了，剛好在這同時，他聽見穆尼雅的聲音，喊道：大嫂！他們在做什麼……？

雙桅船正被浪潮推高，卡魯瓦從腳底板感覺到船舷向另一邊傾斜的力道。前方的甲板則像山坡般傾斜向上。他利用船舷當跳板，青蛙般猛然向前一躍，一下就躍過原來位置與警鐘間的一半距離。他的動作來得突然，衝到繫鐘舌的繩子前面時，士兵都還沒做出反應。但他必須先把那條繩子從固定拴上解下才能敲鐘，這一打擾，就讓警衛有足夠時間來攻擊他；其中一個拿警棍打向他的手，另一個從他背後撲來，企圖把他摔到甲板上。

卡魯瓦用綑住的手交握成一個大拳頭，擊中那個揮警棍的士兵，把他打倒在地。藉著揮拳的餘勁，他抓住另一人的手臂，把他從背上拉下，頭下腳上撞在甲板上。然後他扯開警鐘的拉繩，開始搖晃鐘舌。

狂亂的鐘聲響起之際，又一道洶湧的巨浪攫住朱鷺號，船身一歪。剛要爬起那名士兵再次倒地，另一名正鬼鬼祟祟爬向卡魯瓦的士兵也側身失足，腹部撞上舷牆。他在欄杆上掛了一會兒，半個人懸在船外，瘋狂地企圖攀抓滑不溜丟的船舷側板。但朱鷺號彷彿想擺脫他似的，船側再度往下一沉，浪頭往上一縱，將他抓進了大海深處。

*

鐘聲使二層艙再次變成一面鼓。無法了解外面狀況的移民工聚集起來，擠成一團，頭頂上的腳步聲越來越響。連綿的鐘聲裡還聽到更多令人困惑的聲音——同時有警報和命令：*Admi girah!*（有人落海！）*Peechil dekho! Dekho peechil!*（看後面！）但一片叫喊喧鬧中，雙桅船的動作毫無改變：它仍像原來一樣逐浪前進。

突然，二層艙的活門掀開，狄蒂和穆尼雅跌跌撞撞爬了進來。寶麗立刻排開將她們團團圍住的人群：發生了什麼事？發生了什麼事？妳們還好吧？

狄蒂抖得很厲害，幾乎不能說話：是，我們還好，穆尼雅和我。鐘聲救了我們。

誰敲的鐘？

我丈夫……有一場打鬥，一個士兵落海了……是意外，但他們說是殺人……他們把他綁在桅杆上，我丈夫……

他們打算怎麼辦，大嫂？

我不知道，狄蒂絞著雙手抽噎。我不知道，寶格麗。士官長要去跟船長說。現在都由船長決定。或許他會大發慈悲……我們只能希望……

穆尼雅在黑暗中溜到寶麗身旁，拉著她手臂：寶格麗，告訴我。阿薩德？他怎麼樣？

寶麗怒瞪著她：穆尼雅，這麼多麻煩都是妳惹出來的，妳還敢說？

穆尼雅哭了起來；我們什麼也沒做，寶格麗，相信我——只是聊天。有那麼壞嗎？

壞不壞不管它，穆尼雅，他已經付出了代價。他傷勢很重，幾乎失去意識。從現在開始，穆尼雅，妳最好離他遠一點。

＊

對賽克利來說，航海生活最困惑的一點，就是夜間值班一成不變的節奏導致睡眠週期變得很奇怪。值班四小時，休息四小時——但黎明與黃昏時改為兩小時一班——他經常被迫在睡得最熟時起床。這麼一來的結果，他睡眠的方式變得像貪吃鬼吃東西一樣，一有機會就大吃特吃，盛宴每減少一分鐘都讓他痛心疾首。睡覺的時候，他的聽覺會把一切干擾或分神的噪音——叫喊聲、發號施令聲、海浪與風聲——都關在外面。但他的耳朵仍會計算船上的鐘聲，所以即使在最深沉的睡眠中，他也知道距離下次上甲板值班還有多少時間。

那天晚上，賽克利輪休到午夜，吃罷晚餐他就躺上床，幾乎立刻進入夢鄉，一直睡到甲板艙的鐘開始響為止。他馬上就醒了，套上長褲，急忙跑到船尾，尋找落海者的蹤跡。搜救的時間不長，因為每個人都知道，波濤洶湧的海上，那名士兵存活的希望渺茫，甚至不值得收下船帆或掉頭回去找。不論採取何種對策，步驟完成時，他總歸一定死去多時了。但對溺水的人見死不救也非易事，於是賽克利在船尾一直守候到流連下去再沒有任何意義為止。

他回到自己的艙房時，犯罪者已經被綑在主桅上，船長在他的艙房裡，跟比洛．辛和他的翻譯諾伯．開新大叔密談。一小時後，賽克利正準備上甲板值班，膳務員品多來敲他的門，說是船長要找他。賽克利走出艙房，看到船長和柯羅已坐在桌前，膳務員用托盤端著白蘭地，在後面晃來晃去。

給大家上了酒，船長點頭示意品多離開：「你去吧。別讓我發現你躲在在後甲板窺探。」

「是，大人。」

船長等到膳務員走出視線，才又說話。「情況很不好，兩位。」他轉動杯中的酒，沉重地說。「情況很不好——比我預期的更惡劣。」

「他是個兇神惡煞，那個黑皮膚的雜種。」柯羅先生說：「送他上絞刑台，我夜裡都會睡得安穩些。」

「啊，他吊死是必然的。」船長說：「但即使如此，我也沒資格判他死刑。全案必須到路易港交給法官審判。這段期間，士官長只能從鞭笞得到滿足。」

「又要鞭笞，又要吊死嗎，長官？」賽克利難以置信地說：「因為同一個罪名？」

「在士官長眼中，」船長說：「殺人是他最輕的罪。他說如果在老家，這人的行為會被切碎了餵狗。」

「他做了什麼，長官？」賽克利問道。

「這個人，」——船長低頭看著面前的紙，以便記起名字——「這個麥德．柯弗，是個賤民，跟高級種姓的女人私奔——她正巧是士官長的親戚。所以柯弗來簽約——這樣就可以把那女人帶到沒人找得到的地方。」

「但，長官，」賽克利說：「他選什麼人做妻子不關我們的事吧？他被我們拘留期間，也不能用這理由鞭笞他吧？」

「這樣嗎？」船長挑高眉毛說：「我很驚訝，瑞德，全世界的人當中，以你一個美國人，居然會提出這種問題。哎呀，你想，如果一個白種女人在馬里蘭州被黑人玷污，會發生什麼事？你或我，或我們當中的任何人，會如何對付一個勾搭上我們的妻子或姊妹的黑人？我們憑什麼要求士官長或他的部下做出比我們溫和的反應？我們有什麼權利不讓他們用我們必然會採取的方式報復？不行……」船長站起身，開始在小餐室裡來回踱步，繼續說：「……不行，這群人忠誠地為我們服務，我不能否定他們追求的正義。兩位，你們應該知道一點，白種人和維繫北印度[97]統治權的土著之間有個默契——就是在婚姻與生育的事務上，同類相聚，雙方涇渭分明，不可混淆。一旦土著失去信心，不相信我們能保障階級秩序——一切就完了。兩位，那就是我們統治的末日。這一不可侵犯的原則是我們權力的基礎——因為它，我們的統治才跟墮落、腐敗的西班牙人、葡萄牙人不一樣。啊，先生，如果你想知道異族通婚、雜種繁殖的下場，只需去他們的領地看看……」

船長忽然住口，在一張椅子後方站定：「……既然提起這事，我乾脆直接告訴你們：兩位，你們上岸做些什麼是你們的事；上岸以後我管不著你們；你們高興去酒館買醉或去妓院尋歡都與我無關。你們即使去光顧港邊最見不得人的窯子，我也不在乎。但在海上就要聽我號令。你們得知道，我手下的船員若是跟本地人發生任何類型的性行為，只要被抓到證據……哼，兩位，這麼說好了，那時休怪我不留情面。」

大副和二副對這番話都沒有回應，而且都將目光別開。

「至於這個麥德．柯弗，」船長繼續說：「他明天受鞭刑。六十下，中午由士官長行刑。」

「您說六十下嗎，長官？」賽克利不可置信地問。

「這是士官長要求的，」船長說：「我已經答應他了。」

「那他不會流血致死嗎，長官，那個苦力？」

「等著看吧，瑞德。」齊林沃斯船長說：「當然如果他死了，士官長也不會太難過。」

＊

天亮不久，寶麗就聽見氣孔裡有人低聲喚她的名字：菩特麗？菩特麗？

喬都嗎？寶麗站起身，眼睛湊到氣孔上。我要把你看清楚，喬都，退後一點。

他往後退，她不由得驚呼一聲。木板縫透進的微弱光線下，她看見他的左臂用臨時湊合的吊帶掛在脖子上；兩隻眼睛又黑又腫，幾乎看不到眼白；傷口還有血絲滲出，他借來的背心撕成了破布條，染著斑斑血跡。

哦，喬都，喬都！她悄聲說：他們把你怎麼了？

現在我只有肩膀還在痛，他試著微笑。其他只是看起來很可怕，沒那麼痛啦。

寶麗忽然生起氣來，說道：都是那個穆尼雅；她真是……

不！喬都打斷她。妳不能怪她，都是我的錯。

寶麗無法否認這是事實。哦，喬都，她說：你真是個大笨蛋。你為什麼做這種蠢事？

其實沒什麼，菩特麗，他滿不在乎地說：只是打發時間，無害的遊戲。如此而已。

我有沒有警告過你，喬都？

有啊，菩特麗，妳警告過我。他答道：別人也警告過我。但我問妳：我難道沒警告過妳別上這艘船嗎？妳聽了我的話嗎？沒有——當然沒有。妳跟我，我們一直都這樣，我們兩個。我們一直都

97 Hindoosthan，指德干高原以北之印度。

沒吃到苦頭。但我想，總有一天運氣會用完的，不是嗎？然後就得從頭開始了。

寶麗著實嚇了一跳，不僅因為喬都一向是個不知自我反省為何物的傢伙。她也從來沒聽過他用這種口吻說話。

那現在呢，喬都？她說：現在你會怎麼樣？

我不知道。他說：我有些同事說，整個騷動過幾天就會被忘光。但也有人認為，抵達港口前，士兵會不斷修理我。

你呢，你怎麼想？

他好一會兒才回答，說得很費力：就我自己來說，菩特麗，我受夠朱鷺號了。當著所有人的面，像條狗一樣挨打，我寧可淹死也不想再待在這艘受詛咒的船上。

他聲音中有種不可能安撫的陌生情緒，使她再次望向他，好像要向自己確認，說話的這個人真的是喬都。眼前的景象沒有帶給她任何慰藉：他腫脹的臉，身上的瘀青，衣服上的血跡，看起來就像個還在醞釀、尚未成形的未知新生物。她想起曾經有一次，自己把一顆羅望子的種子包在好幾層濕布裡，澆了兩星期的水，一根小小的芽尖鑽出來時，她把布打開，找尋種子——但什麼也沒找到，只剩一些微小的皮殼碎屑。

喬都，那你要怎麼辦？她說。

他走上前，把嘴貼著氣孔。聽著，菩特麗，他低聲說：我不該告訴妳——但我們當中或許有人能離開這艘船。

誰？怎麼做？

坐一艘小艇——我、犯人、還有其他人。現在還不確定，但如果要動手，就是今晚。或許得靠妳幫忙——我還不確定，確定了我會告訴妳。目前妳千萬不能告訴任何人。

*

Habés-pál!

「下錨停船」的命令在上午過了一半時下達。下面的二層艙裡，每個人都已知道，船帆收起後就是卡魯瓦受鞭刑的時刻，帆布被風吹襲聲音的改變和船速減慢，都告訴他們時辰快到了：所有桅杆都拆得光禿禿，風從索具間呼嘯而過。前一晚的風勢不變，朱鷺號仍在噴著白沫的大浪中搖來擺去。目前天色轉陰，滾滾灰雲在空中互相追逐。

船一慢下來，工頭和士兵就帶著幾近猥褻的殘酷興致，把移民工集中起來：婦女奉命留在二層艙，但男人除了病得站不起來的少數之外，都要上甲板去。男人上了甲板，以為會看到卡魯瓦被鐵鍊綑綁在桅杆上，卻不見他的蹤影：他被移到水手艙裡，要晚點才帶出來，如此出場可以製造最震撼的效果。

雙桅船搖晃得厲害，移民工都站不穩，就像他們在薩格島航道上的最後一次集會一樣。警衛令他們面向後甲板，背對船首，一排排坐好。好像要強調他們即將見證的場面有殺雞儆猴的作用，警衛與工頭一絲不苟地安排，讓每個人的視線不受阻檔，保證能清楚看到為卡魯瓦受鞭刑特地準備的刑架——靠著捲索座放置的一組長方形柵欄，四角都綁了繩索，用來固定他腳踝和手腕上的鐐銬。

比洛・辛站在這群人中央，穿著從前部隊裡的制服：洗得乾乾淨淨的腰布和暗紅色緊身上衣，袖子上有士官長的軍階飾條。衛兵為移民工整隊時，他盤腿坐在一堆繩子上，整理用多股皮革編成的長鞭，不時停下來。將鞭子望空一甩，發出啪的脆響。他對移民工視若無睹，但他們卻無法將眼光從他發亮的皮鞭上移開。

過了不久，對鞭子做完最後一次測試，士官長站起身，示意膳務員品多去召喚高級船員上後甲板。白人大爺隔了幾分鐘才現身，船長先露面，接著是大副和二副。三個男人都擺明了有武裝，敞著外套，露出腰帶上的手槍握柄。船長依照慣例，沒有站在後甲板正中央，而是站在weather end，亦即雙桅船的左舷。大副和二副則站得比較靠近中央，在刑架兩側保持警戒。

這一切都以緩慢而正式的步調進行，給移民工充裕的時間體驗每一個過程：好似要教育他們，不僅讓他們目睹鞭刑，還要他們對那種痛楚感同身受。時間的拿捏與細節的累積產生一種恍惚感——不盡然是恐懼，而是集體的期待——所以卡魯瓦被帶出來，從他們中間走過時，每個人都覺得好像是自己被綁在架上，等候執刑。

但有一點是他們無法設身處地以卡魯瓦自居的，就是他龐大的體型。他被帶上甲板時，渾身上下只有一件在胯下勒得很緊的丁字褲，為的是盡可能展示他皮膚和肌肉上的鞭痕。丁字褲的白色帶子使他的身軀更顯巨大，雖然還沒站上捲索座，但已看得出刑架容不下他的身軀：他的頭超出刑架一大截，跟捲索座頂端一樣高，等於到達兩位馬浪的膝蓋高度。這麼一來，原先準備的繩索必須調整：他的腳踝仍利用刑架下面的兩角固定，手腕則綁在捲索座上，靠近他的臉旁。

繩子綁好，確認牢靠後，士官長向船長行個禮，宣布準備就緒——*Sab taiyár sah'b!* 準備好了，大人！

船長點頭回應，宣布開始：「開始！」

甲板上一片寂靜，二層艙裡聽得見船長的聲音，士官長精心計算過，發動攻勢的腳步聲也清晰可聞。狄蒂低呼——*Hé Rám, hamré bacháo!*（神啊，保佑他平安！）寶麗和其他女人圍攏在她身旁，用手摀著耳朵，但願能不聽見鞭子的噼啪聲——結果完全沒用，她們迴避不了任何一個細節，無論是鞭子劃破空氣的呼嘯聲，或它打在卡魯瓦皮膚上那種令人作嘔的碎裂聲。

後甲板上，賽克利距卡魯瓦最近，他感覺到鞭子的衝擊從腳底一陣陣傳來。不久就有東西濺到他眼睛裡；他用手背抹一下臉，發現是血。他開始反胃，忍不住退後一步。

站他旁邊的柯羅先生，正滿面笑容看得聚精會神，冷笑一聲說：「吃燒鵝焉能不配醬汁，呃，小矮子？」

＊

持鞭揮舞的比洛．辛站得距卡魯瓦最近，看得見他身上的鞭痕不斷增加。出於野蠻的滿足感，他喃喃罵道：*Kutta!* 吃腐肉的狗！看你替自己掙來什麼？我還沒打完，你就會送命了。

卡魯瓦雖然腦子裡嗡嗡作響，仍清楚聽見他的話，他低聲問：大人——我做了什麼對不起你的事？

這問題——以及那種困惑的語氣——更加激怒了比洛．辛。做了什麼？他說：就憑你是你這種人，還不夠嗎？

士官長轉身走開，準備展開下一輪懲戒，他的話卻在卡魯瓦腦子裡迴響：是啊，我是我這種人，就夠了……這輩子、下輩子，就夠了……我只能這樣活，生生世世，永不超生……但比洛．辛的話不斷迴響的同時，他腦子裡的另一個部分，卻在計算士官長動作的節奏，數著下一鞭會在幾秒後打上來。鞭子打進肉裡痛苦萬狀，令人眼前一黑，他的頭不由得歪向一側，靠在手腕上，他覺得嘴唇摩擦到粗糙的繩子。為了避免咬到自己的舌頭，他張口咬住繩子，鞭子再度打上來時，疼痛使他咬緊牙關，竟然咬斷了纏在手腕上四圈繩索中的一圈。

士官長的聲音又在耳邊響起，嘲弄地低聲說：*Kāpti ke marlā kuchhwó dokh nahin*——殺騙子沒有罪……

這些字句也在卡魯瓦腦子裡迴響——*kāpti...ke...marlá...kuchhwó...dokh...nahin*（殺……騙……子……沒……有……罪）——每一個音節等於一拍，用來計算士官長的節奏，後退，迴轉，雷霆下擊，鞭梢如烈焰點燃他的背部，他又咬斷一圈繩子。然後一切從頭來過：計算節拍、鞭風響起、咬緊牙齒——再一次、又一次，直到他手腕上已沒有束縛，只剩幾股細細的纖維掛著。

這時，卡魯瓦腦子裡的計數器已精確掌握士官長動作的節奏，他知道鞭子何時會破空襲來，也知道何時該掙開雙手。當士官長再次擊出，他以腰部為支點，扭轉上半身，劈手奪過飛來的鞭子。他手腕一翻，它便蛇一樣反捲回去，纏住比洛．辛公牛般的粗壯頸子。他再順勢將手臂一揚，扯緊鞭子，趁任何人來得及行動或發出聲音前，使出絕頂蠻力再一拉，士官長的脖子就被折斷，倒在甲板上死了。

22

下面的二層艙裡，女人都屏住呼吸。到目前為止，緊接著比洛．辛衝刺的腳步聲，總會傳來皮鞭命中卡魯瓦背部後皮開肉綻的脆響。但這次的節奏未完成就戛然中止：像是閃電之後，有隻看不見的手窒啞了隆隆的雷鳴。當沉默再次打破，傳來的不是她們預期的那種聲音，而是眾口一致的吼叫，彷彿一道巨浪覆蓋了整艘船，將它淹沒在混亂中：尖叫聲、吶喊聲，還有踏步聲紛紛出現，音量越來越大，再也無法分辨其中的個別元素。二層艙再次變為一面巨鼓，上有慌亂的腳步，下有澎湃的浪濤，敲得咚咚作響。在這些女人聽來，似乎這艘船即將沉沒，男人都在搶搭救生艇，將她們丟下溺死。女人忙不迭衝向梯子，向封閉的出口攀爬，但就在她們當中的第一個來到出口時，活門驀然開了。女人們以為海水會灌進來，紛紛跳下梯子——但進來的不是激流，而是一個接一個的移民工，他們連爬帶滾，爭相躲避士兵揮舞的警棍。女人們撲上前，把他們從震撼中搖醒，要知道發生了什麼事，現在情況如何。

……卡魯瓦殺了比洛．辛……

……用他自己的鞭子……

……勒斷他的脖子……

……現在士兵要報復……

目擊者各說各話，無從判斷什麼是真，是麼是假：有人說士兵已殺了卡魯瓦，但又有人否定這說法，聲稱他還活著，不過鞭打的傷勢十分沉重。隨著更多人下來，每人都補充新的細節，提供不同角度的報導，於是狄蒂就像親自在甲板上目睹整個過程：被綁在刑架上的卡魯瓦解下來後，被憤怒的士兵在甲板上拖行。船長在後甲板上，大副、二副做他後盾，正試圖和士兵講道理，他說他們有權要求正義，正義也一定會伸張，但必須循正當管道合法處決，不能動用私刑。

但這番話不能滿足主甲板上瘋狂的人群，他們高喊：現在！現在！現在就絞死他！

喊聲引起狄蒂小腹深處一陣突如其來的擾動：好像她未出世的孩子受到驚嚇，企圖掩耳不聽要求處死他父親的嘈雜聲。狄蒂雙手摀住耳朵，跌跌撞撞投入其他女人的懷抱，她們把她半拖半抬，回到二層艙中屬於她們的角落，讓她躺在甲板上。

＊

「退後，你們這群雜種！」

柯羅先生發出咆哮，手中的槍也同時發射，炸開了空氣。奉船長之命，他瞄準的是右舷吊艇架的左側，士兵把幾乎不省人事的卡魯瓦拖到那兒，企圖把他掛在一個急就章的吊人索上。槍聲讓士兵立刻停手，他們轉過身，發現面對的不是一支槍而是三對槍。船長和大副、二副並肩站在後甲板上，槍都已出鞘，瞄準了目標。

「退後！退後，我說了。」

那天早晨沒有發火槍給警衛，他們只拿到長矛和劍。有一、兩分鐘時間，金屬摩擦聲清晰可聞，他們在甲板上團團轉，撫著劍柄和劍鞘不知所措，拿不定接下來該怎麼辦。

後來賽克利回憶這一幕，他記得自己想著，如果那群士兵同心協力衝上後甲板，就憑他們三個主事者，其實是擋不住的：他們第一輪槍開完後就無力防禦了。齊林沃斯船長和柯羅先生跟他一樣都清楚這件事，但他們也知道，這種時候不能讓步——一旦放任士兵動私刑，恐怕他們接下來什麼無法無天的事都做得出。卡魯瓦殺死比洛·辛，應處以吊刑，這點沒有疑問——但死刑不能由暴民執行更不在話下。他們三人有個共識：如果士兵有叛變的念頭，這一刻更要堅持立場，立刻打消他們投機行險的想法。

最後是柯羅先生大獲全勝。他挺起肩膀，搖晃著槍口，從捲索座居高臨下公然叫陣：「來呀，你們這群無賴，不要儘站在那兒張牙舞爪。老子倒要看看你們這麼多人，掏不掏得出兩顆卵蛋。」

賽克利跟其他所有人一樣無法否認，柯羅先生兩腿劈開，雙手各持一把槍站在後甲板上，滿口髒話滔滔不絕的氣勢真令人佩服——「……一群只會幹娘炮的草包，讓老子看看你們誰要第一個上來，張開臭嘴接老子一顆子彈……」他的目光中閃耀著流血的渴望，沒人懷疑他會毫不猶豫地開槍。士兵似乎也明白這點，過了一、兩分鐘，他們的視線紛紛垂下，顯得鬥志全失。

柯羅先生打鐵趁熱，立刻喊話：「後退，後退，我說，遠離那個苦力。」

士兵們不是毫無怨言，但還是從倒在地上的卡魯瓦身旁慢慢退開，在甲板中央集合。他們知道，這一仗輸了，所以柯羅先生叫他們放下武器，他們就像在校閱場受訓一樣做出服從的動作，把劍和矛集中在捲索座下面，整整齊齊擺成一堆。

現在由船長接手，他對賽克利下令：「瑞德——把武器拿到船尾去，把它們收好。找幾個船工幫你。」

「是，長官。」

賽克利找三名船工協助，把武器收在一起，拿到下面的船艙，牢靠地鎖進軍火庫。他過了二十分鐘才又回到甲板上，這時後甲板已在忐忑中恢復平靜。賽克利踏出後艙通往甲板的梯子，便見士兵在壓抑的沉默中，聽船長發表冗長的訓誡。

「我知道士官長的死是很大的震撼……」說到這兒，船長停下來等經紀翻譯他的話，並抹掉一把臉上的汗。「……相信我，我跟你們一樣悲痛。士官長是個好人，我跟你們所有人一樣，希望看到正義伸張。」既然叛變的危機已消除，船長決心盡可能表現得寬宏大量：「我向你們保證，殺人者會處以吊刑。但你們必須等到明天，因為辦完葬禮緊接著執行吊刑，實在不成體統。在那之前，你們要有耐心。今天請大家把注意力放在你們的士官長身上——儀式完成後，你們可以回房休息。」

大副與二副默默旁觀士兵為士官長舉行最後的儀式。葬禮結束後，他們一起把士兵和工頭趕回位於船身中段的艙房。等最後一個人進入房間，船長才鬆了口氣。「最好讓他們在那兒一直待到明天。給他們時間冷靜下來。」

忙了一整天，看得出船長的精力不斷衰退，他現在連擦臉都很費力。「得承認我體力不濟了。」他說：「甲板交給你了，柯羅先生。」

「你儘管愛休息多久就休息多久吧。」大副說：「一切都在控制之中，長官。」

*

狄蒂是最後才知道卡魯瓦的死刑延期的人之一，知道這件事——以及自己把寶貴的時間浪費在宣洩情緒上——使她勃然大怒。她最怒的其實是自己。她清楚知道，如果要對自己的丈夫有所幫助，就得試著像他一樣思考——她也知道，他在危機中最寶貴的資產不是肢體的力量，而是冷靜的頭腦。彷彿出於直覺，她向她所知唯一能依賴的人求助：寶格麗——過來，坐我旁邊。

大嫂？

狄蒂伸出一隻手臂，攬住寶麗的肩膀，湊在她耳邊：寶格麗，該怎麼辦，告訴我？除非出現奇蹟，否則我明天就要變寡婦了。

寶麗握著她的手，輕捏一下：大嫂，不要放棄希望。明天還沒到。從現在到那時候，有可能發生很多事。

哦？狄蒂已注意到，這女孩一整個上午不斷跑到氣孔那兒去：她意識到寶麗知道的遠比願意透露的多。怎麼回事，寶格麗？有事會發生嗎？

寶麗猶豫了一下，很快點一點頭。是，大嫂，但別再問我。我不能說。

狄蒂用精明的眼神打量她。好吧，寶格麗。我不問妳會發生什麼事。但告訴我：妳覺得我丈夫有可能死裡逃生嗎？在明天之前？

誰知道呢，大嫂？寶麗說：我只能說，有這個機會。

Hé Rám! 狄蒂滿懷感激，捧著寶麗的臉頰輕搖。哦，寶格麗，我就知道可以信任妳。別那麼說，大嫂！寶麗喊道：現在什麼都別說。有太多方面可能出差錯。可別從一開始就帶給它厄運。

狄蒂猜測，這種抗議並不單純出於迷信：看這女孩緊繃的臉頰，她感覺得出她有多麼緊張。她又湊到她耳邊。

告訴我，寶格麗。她說：這件即將發生的事——不管什麼事——妳也有一份嗎？

寶麗又猶豫一會兒，才倉促地小聲說：我只是個小角色，大嫂。但據說是個不可或缺的角色。我很擔心會出錯。

狄蒂揉揉她的臉，讓它溫暖一點。我會為妳禱告，寶格麗……

＊

四點過後沒多久，午後第一斑輪值開始了，齊林沃斯船長回到甲板上，臉色蒼白，緊裹著一件老式黑斗篷，好像有點發燒。他從梯子走上甲板時，直接朝綁在主桅上那個彎腰駝背、有氣無力的人影望去。他轉身對大副投以詢問的眼神，大副冷酷地一笑，答道：「那黑鬼還活著。黑不溜丟的東西，殺十遍都死不了。」

船長點點頭，低下頭，縮起肩膀，開始拖著腳步向後甲板的頂風面走去。這時吹著東風，風勢強勁而穩定，掀起帶著白沫的捲浪拍打船的一側。船長無視天氣，沒有去他慣站的位置，亦即捲索座與船舷相接處，卻走向可以避風的後横帆索。他到了横帆索那裡，轉身向東望，只見黑色流雲洶湧翻騰，集結成一個濃密的鐵灰色大雲塊。「一定會發展成暴風雨。」船長嘟噥道：「你覺得情況會多嚴重，柯羅先生？」

「沒什麼好擔心的，長官。」大副說：「下幾滴雨，打兩個噴嚏。天亮前就消散了。」

船長仰頭望向桅頂，目前除了支索帆和前檣主帆，其他帆都卸了下來。「儘管如此，兩位，」他說：「我們還是要頂風停船，做好防備。最好還是用風雨支索帆度過壞天氣。沒必要冒險。」

大副和二副都不想先開口認同這麼過分小心的措施。最後柯羅先生很不甘願地說：「我看沒這必要，長官。」

「你還是得做。」船長說：「否則我只好留在甲板上盯著，直到事情辦妥為止。」

「別擔心，長官。」柯羅連忙說：「我看著就好。」

「那就好。」船長說：「我就把這事交給你了。至於我自己，我的身體不只一點點違和，我得承認。如果今晚能不被打擾，我會很感謝。」

＊

那天移民工都不准上甲板用晚餐。在惡劣天候下，他們只能透過活門領取乾糧——硬得像石頭的陳年麵餅和乾巴巴的豆子。但大部分人也不在乎晚餐供應什麼，因為只有少數幾個人有胃口進食。大部分人早就把上午發生的事拋在腦後：海象越來越壞，驚濤駭浪佔據了他們全部的注意力。由於生火、點燈都被禁止，他們只能坐在黑暗中，聽海浪拍打船身，風在光禿禿的桅杆間怒嚎。這些噪音證實了關於黑水的所有傳聞：彷彿地獄裡的所有妖魔都爭相湧進二層艙。

「蘭柏小姐，蘭柏小姐……」

風雨嘈雜聲幾乎壓倒這輕喚聲，聲音如此微弱，若非喚的是寶麗自己的名字，絕不會引起她的注意。她站起身，倚著桁樑保持平衡，轉向氣孔：她只看見一隻眼睛在縫隙中發亮，但她立刻知道那是誰的眼睛。「霍德先生，是嗎？」

「是，蘭柏小姐。」

寶麗靠近氣孔一點。「你有話要說？」

「只是祝妳今晚大獲成功：為了令兄和我的緣故，其實也為了我們所有人。」

「我會盡力而為，霍德先生。」

「我一點也不懷疑，蘭柏小姐。說到這件極其需要謹慎的任務，除了妳再沒有更好的人選了。令兄跟我們說了些妳的事，我得承認我很驚訝。妳真是個才華蓋世的女子，蘭柏小姐——真可說是天才。到目前為止，妳的表現一直那麼好，那麼逼真，根本不能說是模仿。我做夢也想不到我的眼睛或耳朵會如此受矇騙——而且還是上一個法國女人的當。」

「但我根本沒打算騙誰呀，霍德先生。」寶麗抗議道：「站在你面前這個人，完全沒有作偽。一個人把自己各個不同方面展現出來，難道不可以嗎？」

「當然可以。我衷心希望，蘭柏小姐，我們有朝一日會再見面，而且是在更愉快的場合。」

「我也這麼希望，霍德先生。那時候請叫我寶麗——或跟喬都一樣叫我菩特麗。但如果你想叫我寶格麗，這身分我也不排斥。」

「我呢，寶麗小姐，也要請妳叫我尼珥——只不過，我們若有機會重逢，我猜我可能必須改名換姓。但在那之前，不論發生什麼事，我都祝妳一切順利。而且勇氣十足。」

Bhalo thakben（你也一樣。）

寶麗才剛坐下，又被喬都叫到氣孔前：菩特麗，是時候了。妳得去換衣服，做好準備。再幾分鐘，孟篤領班就會來放妳出去。

*

賽克利輪值的班次在午夜告一段落，他換上一身乾衣服，和衣倒在床上——這樣的風勢，無從判斷他何時又會被找上甲板去。除了唯一的一片風雨帆，朱鷺號的桅杆上一片布也沒掛，但狂風吹襲下，那面帆發出的聲音就跟全體船帆大合唱一樣響亮。從身下床鋪劇烈搖晃的程度推測，賽克利知道打上朱鷺號的巨浪起碼二十呎高。海浪不再是從船邊湧進，而是直接從天而降，猶如驚濤拍岸，水從甲板流出去時，會發出一陣吸吮聲，就和浪花從有坡度的沙灘上退卻時一樣。

賽克利躺在床上時，兩度聽到令人擔心的嘎吱聲，好像橫桁或桅杆即將折斷，雖然他一心想好好休息，意識卻保持高度警覺，聆聽損害的進一步徵兆。所以一聽到敲門聲，他立刻坐起。賽克利躺下前熄了燈，船艙裡很黑；他翻身下床時，船身正好向左舷傾斜，把他甩到門上。他本有可能一頭撞上門，幸好他把身體轉向一側，用肩膀緩和了撞擊。

當船身回正，他喊道：「哪一位？」沒人回答，他便把門拉開。

膳務員品多在外頭餐室裡留了盞燈，搖曳的黯淡光線下，他看見一名船工站在門旁，手臂上搭著滴水的雨衣。這人體形纖瘦，像個孩子，頭上綁了條大手帕。他的臉藏在黑影中，賽克利不認識他。

「你是誰？」他問：「在這裡做什麼？」

話還沒說完，船就向右舷歪斜，他們被帶得跌跌撞撞，一起滾進艙房裡。兩人正設法站穩時，門砰一聲關上，甲板再度傾斜。忽然間，賽克利發現自己躺在床上，那名船工躺在他身旁。然後，黑暗中傳來一個使他全身血液凝結的微弱聲音。「瑞德先生……瑞德先生……拜託你……」

那聲音似曾相識，但某方面卻使人驚恐莫名，它出現得太不合情理，只能說是靈異現象。賽克利發不出聲音，全身起了雞皮疙瘩，那輕悄的聲音繼續說：「瑞德先生，是我呀，寶麗．蘭柏……」

「怎麼回事？」如果身旁的人影忽然消失或化為幻影，賽克利一點也不會意外——這除了是他的幻想外還會是什麼？——但這推測很快就被打消，因為那聲音再次宣稱：「請相信我，瑞德先生……是我呀，寶麗．蘭柏。」

「不可能！」

「相信我，瑞德先生。」黑暗中的聲音繼續說：「是真的。求求你別生氣，你要知道，我從旅程一開始就上船了——我在三層艙，跟那些女人住在一起。」

「不！」賽克利往後退，在小床允許的範圍內，盡可能離她遠一點。「苦力上船的時候我在場。我應該會知道。」

「但這是真的，瑞德先生。我跟移民工一起上船。因為我穿紗麗，所以你沒認出我。」

現在他認出她的聲音了，這真的是寶麗——他想著她在這裡，就在他身旁，他應該高興才是。但他跟所有水手一樣，不喜歡被蒙在鼓裡：他從來不喜歡突如其來被嚇一跳，而且想到一、兩分鐘前自己的反應多麼可笑，他就覺得很不好意思。

「好吧，蘭柏小姐。」他僵硬地說：「果然是妳，妳真讓我上了大當。」

「我沒想作弄你，瑞德先生。我向你保證。」

「我能否請問，」他努力想恢復失去的從容：「妳是哪一位——我是說，在那群女人當中？」

「可以啊，當然。」她熱烈地說：「你看過我好多次，但可能沒認出我，我常在甲板上，洗衣服。」話才出口，她就意識到自己可能透露得太多，但越來越緊張的情緒使她沒法就此打住。「你現在穿的這件上衣，瑞德先生，是我洗的，這一件和你所有的……」

「……髒衣服？這是妳要說的嗎？」賽克利真的不好意思了，他的臉頰滾燙。「拜託妳告訴我，蘭柏小姐，」他說：「這是為什麼，這些詭計和欺騙？只為了證明我是個大傻瓜？」

他的聲音冷酷無情，讓寶麗大吃一驚。她說：「瑞德先生，如果你以為我是為了你而上船，這誤會就大了。請相信我，我的所作所為，完全是為了我自己。我是十萬火急要離開加爾各答，你也很清楚原因何在。這是我唯一逃脫的管道，我做的事跟我舅婆康莫森夫人會採取的行動並無不同。」

「妳的舅婆嗎，蘭柏小姐？」賽克利尖酸地說：「哼，妳超過她太多了。妳已證明妳是隻變色龍。妳的演技如此完美，我一點也不懷疑妳骨子裡就是個善於偽裝的人。」

寶麗無法理解，她一度寄以無限希望與喜悅的重逢，怎會變成這麼一場充滿敵意的唇槍舌劍。但她也不是遇到挑戰就退縮的人。她的反唇相譏脫口而出，想吞回去已來不及了：「哼，瑞德先生！你真是高估了我。如果說有誰的演技可以跟我相提並論，那恐怕就是你吧？」

雖然外面狂風怒號，浪聲隆隆，艙房裡卻出奇安靜。賽克利嚥下一口口水，又清一下喉嚨，說道：「所以妳知道了？」就算他的欺騙行徑被張貼在主桅上公告周知，也不會比這一刻更讓他無地自容，自覺是個徹頭徹尾的騙徒。

「哦，原諒我！」——他聽見她聲音中的哽咽——「哦，原諒我，我不是故意……」

「我也一樣，蘭柏小姐，我沒有故意要在妳面前隱瞞我的種族。我們有機會交談的幾次場合，我都想暗示——不，我確實想告訴妳，相信我。」

「有什麼關係，瑞德先生？」寶麗試著做遲來的彌補，她把聲音放柔。「所有的表象到頭來都是欺騙，不是嗎？我們的心地——不論善良、邪惡，或不善不惡——才是始終不變的，不受衣著或膚色影響，不是嗎？瑞德先生，說不定這世界根本是個騙人的地方，而我們是唯二不上當的人？」

這番話聽在賽克利耳中，只覺欲蓋彌彰，他不屑地搖頭說：「蘭柏小姐，恐怕我這個人太平凡，聽不懂這麼深奧的道理。請妳有話直說。告訴我，妳為什麼決定透露身分？為什麼選中這個時刻？妳來找我，應該不只是為了宣布我們是騙人的同行吧？」

「對，瑞德先生。」寶麗說：「我確實有個截然不同的目的。你得知道，我代表別人前來，我們共同的朋友……」

「誰，我請問？」

「比方說，阿里水手長。」

聽到這名字，賽克利不禁用手摀住眼睛：這一刻，如果還有什麼能加重他早已深感愧怍的心情，便莫過於提起這個他一度視為導師的人。「我終於明白了，蘭柏小姐。」他說：「我知道妳從哪兒獲知我的出身了。但請妳告訴我，蘭柏小姐，利用這情報來勒索我，是阿里水手長的主意，還是妳的主意？」

「勒索？可恥啊，瑞德先生！真可恥！」

*

風勢兇猛，諾伯．開新大叔不敢站在大雨傾盆的甲板上；運氣還真不錯，他把住處從中艙換到甲板艙，否則被叫到水手艙去，就得在甲板上走更遠的距離。即使這麼短的距離，也覺得無比漫長，用兩條腿跋涉實在太遠：所以他改為手腳並用，瑟縮在舷檣的庇護下，慢吞吞向水手艙爬去。通往下艙的活門都緊緊關著防水，但他只用指節輕敲一下，門就開了。裡面有盞搖曳的燈，照見阿里水手長和他手下船工的面孔，他們都躺在吊床上，隨著船身搖晃，在他走向牢房時盯著他看。

經紀眼中只有他要找的那個人，心中唯一的念頭就是達成使命。他在柵欄旁蹲下，把鑰匙舉在尼珥眼前：來，拿去，拿去；願它們幫你找到解脫，斬斷煩惱……

但鑰匙到了尼珥手心，他又不肯鬆手。你現在看得見她嗎？在我眼睛裡？塔拉蒙妮嗎？她在這裡嗎？在我裡面嗎？

尼珥的頭有動作，諾伯．開新大叔發現他在點頭，心情真是快樂無比。你確定嗎？他說：確定她在嗎？她降臨了嗎？

是的，尼珥看進他眼睛深處，點著頭確認。是的，她在裡面。我看到她——母親的化身；她顯靈了……

經紀放開尼珥的手，張開雙臂抱住自己：現在是他拋開前身最後一抹痕跡的時刻，他對這具多年以來一直屬於他的皮囊，油然產生一股無以名之的感情。他沒有理由再留在這兒。他回到主甲板，向甲板艙走了一步，卻又看到卡魯瓦，便再次蹲下，雙手扶地，沿著舷檣爬行。來到那垂頭喪氣的人影旁邊，他站起身，正好一個大浪打過甲板，差點把他撞倒，他伸出一臂抱住卡魯瓦不放。

等著，他對卡魯瓦低語：再多等一會兒，你也會得到自由；救贖就在你伸手可及的地方……

這時塔拉蒙妮的神靈已完全在他體內顯現，彷彿他變成一把鑰匙，可以打開囚禁每一個人的樊籠，釋放陷在差別心的夢幻泡影中的眾生。這份圓滿的洞見帶他來到後艙，雖然全身濕透，狼狽不堪，卻因擁有嶄新的自我而欣喜欲狂。到了賽克利門前，他照例停頓一下，聽聽有沒有笛聲，卻聽見竊竊私語聲從裡面傳出。

他記得這地方，當初就從這兒傳來笛聲，發出他變形開始的信號：所有的一切是個圓滿的輪迴，每件事都是因緣前定。他拿起護身符，從中取出一張紙。他把那張紙抱在胸前，開始旋轉；船身跟他一起舞動，甲板隨著他迴旋腳步的節奏起落。在純粹福德無上喜悅的快樂中，他閉上雙眼。

柯羅先生看到他時，他就是這副德行：高舉著手臂轉圈圈。「班達，你他媽的賣屄精……！」他迎面一巴掌，打斷了經紀的舞蹈。然後他看到縮成一團的經紀抓在手裡的那張紙。「這又是啥？咱來瞧瞧。」

*

寶麗舉手抹掉眼淚。她怎麼也沒想到，這次跟賽克利見面，兩人竟變得像仇人一樣，但既然成了事實，她最好別讓情況更加惡化。她站起身說：「算了，瑞德先生。我跟你交談顯然犯了大錯。我來是為了告訴你，你的朋友迫切需要你；我本來想說說我自己的……但算了。我說的每句話都徒然加深我們的誤會。最好我還是馬上離開吧。」

「且慢！蘭柏小姐！」

想到即將失去她，賽克利心慌意亂。他跳起身，盲目地把手朝她聲音的方向伸去，在黑暗中沒想到自己的艙房多麼小。他幾乎才舉起手，就碰到了她的手臂。他想把手縮回，手掌卻不肯動，反而他的大拇指壓住她上衣的布。她站得那麼近，他聽得見她呼吸；甚至覺得她吐出的溫暖氣息噴到臉上。他的手沿著她的肩膀移向她後頸，停在她的衣領和頭巾之間，探索她因為把頭髮往上束起而露出的一小塊肌膚。多麼奇妙，他方才竟然因為看到她扮成船工而驚駭；他竟然想要她永遠裹著一身絲絨華服。雖然現在他不能真正看見她，但知道她的扮裝，卻使他對她的慾望增強到前所未有的程度，這麼一個變化多端、難以捉摸的女人，多麼不可能抗拒啊：他的嘴忽然緊貼著她的嘴，她的唇用力壓在他唇上。

沒有點燈的艙房裡，什麼也看不見，他們全心全意沉浸其中，慢慢閉上了眼睛。有人敲門，他們卻充耳不聞。直到柯羅先生高喊——「你在裡面嗎，小矮子？」——他們才一驚分開。

寶麗緊貼舷檣，賽克利清了下喉嚨。「是，柯羅先生。什麼事？」

「你出來一下，好嗎？」

賽克利把門開了一道幾吋寬的小縫，見柯羅先生站在外面。諾伯．開新大叔縮頭縮腦站在他旁邊，脖子被大副牢牢扣住。

「怎麼回事，柯羅先生。」

「我有東西要給你看，小矮子。」大副獰笑道：「是從咱們的朋友，這位狒狒大叔手中拿來的。」

賽克利快步走到門外，順手把門帶上。「什麼東西？」

「我會給你看，但不在這裡。也不能在我手裡還抓著這隻狒狒的時候。最好讓他到你房間裡涼快一下。」賽克利還來不及說話，柯羅就推開門，用膝蓋一頂經紀的屁股，把他從賽克利身旁推進房間。他看也不看就把門關上，然後從嵌在牆面的托架上取下一枝槳，卡在弧形門把裡。「這樣我們討論問題的時候，他就不能亂跑。」

「我們到哪兒去討論問題？」

「我房間是個好地方。」

*

宛如龍歸大海，回到自己的地盤使得本身就是個大塊頭的大副充滿自信，更顯得氣勢洶洶。他跟賽克利一走進房間，關上門。整個人就好像膨脹了幾倍，只留給賽克利極小的空間。船身晃得厲害，他們都必須伸長手臂扶著艙壁才能保持平衡。但就算在這麼張開手臂站著，胸靠著胸，船身每一搖晃都會碰撞的時候，柯羅先生好像仍在故意用他的身高與體型擠壓賽克利，逼他坐在床上。但賽克利就是不想那麼做。大副的言行舉止中有種過度亢奮的情緒，比以往那種公然攻擊的作風更令人不安。為了不在這大個子面前示弱，賽克利硬撐著保持站姿。

「怎麼樣，柯羅先生？你找我什麼事？」

「你會為此感謝我的，瑞德。」大副從背心裡掏出一張泛黃的紙。「從那蠢貨——班達，是吧？——手中拿來的。他正要拿給船長看。我先拿到是你的運氣，瑞德。這種東西會帶給某個小子重大傷害。說不定再也不能在船上工作了。」

「是什麼？」

「船員名單——朱鷺號的，巴爾的摩的船東開的。」

「那又怎樣？」賽克利皺起眉頭。

「你看吧，瑞德。」大副拿起燈，把那張破破爛爛的紙遞給他。「來啊——自己看。」

打從簽約上朱鷺號開始，賽克利始終沒接觸過船舶文件、船員清冊，或不同船隻之間填寫這些資料的方式有何差異的問題。他不過就是拎著背包走上朱鷺號，向二副報上姓名、年齡和出生年月日，如此而已。但現在他看到自己和少數其他船員的名字旁邊，多了個額外的註記：他瞇起眼仔細一看，忽然愣住了。

「懂了吧，瑞德。」柯羅先生說：「懂我意思了吧。」

賽克利機械式地點一下頭，沒抬起眼，大副繼續說：「聽著，瑞德，」他的聲音變得沙啞：「我對這無所謂。真的，你有一半是黑種關我屁事。」

賽克利像背書一般答道：「我不是一半黑種，柯羅先生。我母親有四分之一黑人血統，我父親是白人。所以我是八分之一的黑白混血。」

「沒什麼不同，瑞德。」柯羅伸出手，用指節輕撫賽克利沒刮鬍子的臉頰。「八分之一，二分之一，顏色是不會改變的……」

賽克利仍被那張紙催眠似的沒有反應，那隻手便向上挪動，用指尖把一綹垂下的捲髮挑到後面。「……還有一件事也不會改變。你是什麼樣的人，瑞德，對我沒有差別。如果你問我，這只證明了我們是同類。」

賽克利抬起頭，困惑地瞇著眼：「我聽不懂，柯羅先生。」

大副壓低聲音，說得很快。「聽著，瑞德，我們一開始處得不好，這不用否認。你用漂亮的衣著和流利的口才愚弄了我，還以為你比我高級到哪裡去。但現在有這張文件，它改變了一切——從沒想到我的眼力這麼差勁。」

「你是什麼意思，柯羅先生。」

「還不懂嗎，小矮子？」大副伸手搭著賽克利的肩膀。「我們是一對，咱兩個。」他敲敲那張紙，將它從賽克利手中取回。「這玩意兒——不須要給任何人知道。包括船長和其他所有人。就留在這兒。」他把船員名單摺好，塞進背心。「想想看，瑞德，咱做船長，你幹大副。半斤八兩；你不用撒謊，我也不瞞騙：咱倆互相照應，做好哥兒們。像我們這種人還指望什麼更好的事呢？不需要裝模作樣，不需要漫天撒謊：有福同享，有難同當。我會善待你的，小矮子。我是個識時務、看風向的人。船進港的時候你就自由自在，高興幹啥都可以。我一點都不在乎，在岸上沒問題。」

「在海上呢？」

「你只要三不五時走到餐室對面來就行了。距離沒多遠，不是嗎？如果那種事兒不對你胃口，儘管閉上眼睛，幻想你在天涯海角，我管不著。每個水手都會有那麼一天，小矮子，必須學會頂著風、在惡劣天氣裡幹活。你以為就憑你是黑白雜種，人生該對你另眼相看？」

雖然大副語氣粗魯，賽克利卻察覺他的內心世界已瀕臨崩潰邊緣，而且出乎意料地發現自己竟有點同情他。他看著柯羅捏在手中的那張紙，難以置信地想到，那麼不具份量、看似無害的一個小東西，可被賦予那麼大的影響力：它竟能化解恐懼，剝除他賽克利偽裝成「紳士」時，顯得無懈可擊的表象。它竟能將他改頭換面，使他對一個顯然只對自己能操縱的人與物產生慾望的人具有吸引力；而整個改變的核心，竟然只是一個詞——這一切凸顯的倒不是那些力爭上游的人有多變態，反倒彰顯了這世界是多麼錯亂。

他感覺得出，一直在等他回答的大副越來越不耐煩，他說話時盡可能和善，但口氣十分堅定。「你瞧，柯羅先生。」他說：「我很抱歉，但你的提議不適合我。或許你以為這張紙已造成我一百八十度大轉變，但實際上什麼也沒改變。我生來是個自由人，一點都不想放棄這份自由。」

賽克利向門口跨出一步，但大副閃到他面前，擋住出路。「你把船划開呀，小矮子。」他警告道：「現在走人，你不會有好下場的。」

「聽著，柯羅先生。」賽克利冷靜地說：「我們沒必要把這次談話記在心上。我一走出門，這件事就宣告結束——從未發生過。」

「現在收帆已經太遲了，小矮子。」大副說：「說出口的話是不可能忘記的。」

賽克利把他從頭到腳打量一遍，然後挺起肩膀。「那你打算怎麼辦，柯羅先生？把我關在這兒，直到我把門打爛？」

「你忘了什麼嗎，小矮子？」大副用手指敲敲他塞進背心的那張紙。「我去向船長報告，花不了兩分鐘。」

這威脅中帶有近乎悲情的走投無路意味，賽克利不禁露出微笑。「儘管去吧，柯羅先生。」他說：「不論那是怎樣的一張紙，總歸不是賣身契。拿去給船長吧——相信我，我反而很慶幸。我打賭他聽到你企圖跟我做什麼樣的交易時，他覺得痛心疾首的原因保證與我無關。」

「少耍嘴皮子，瑞德！」大副的手從陰影中飛出，一巴掌打在賽克利臉上。接著一把刀在燈光中閃現，刀尖抵著賽克利的上唇。「該吃的苦我都吃過，小矮子，現在輪到你了。你真是個不知天高地厚的小子。我馬上就讓你知道自己的斤兩。」

「用你的刀嗎，柯羅先生？」這時刀鋒緩緩以直線下滑，沿著賽克利的鼻尖、下巴，來到咽喉下方。

「告訴你，小矮子，要比黑，你還沒資格用錨位不正來威脅傑克．柯羅；尤其老子早就把錨掛在吊錨架上了。我會在你開溜前先宰掉你。」

「那你最好快點動手，柯羅先生。現在就動手。」

「哼，小矮子，我想都不想就可以殺掉你。」柯羅先生咬牙切齒地說：「甭懷疑。我幹過這種事，我還會再幹。對我是他媽的沒差。」

賽克利覺得刀尖涼颼颼地抵著咽喉。「來吧，柯羅先生。」他硬起心腸說。「下手吧。我準備好了。」

刀尖刺進了皮膚，賽克利準備挨這一刀，但雙眼仍牢牢盯著大副的眼睛。不料卻是大副先洩了氣，他手一軟，刀子垂了下來。

「你那雙天殺的眼睛，瑞德！」

大副頭一甩，從丹田深處發出一聲怪吼。「願魔鬼把你抓走，瑞德。你那雙天殺的眼睛……」

正當大副站在賽克利面前，無法置信地瞪著他無能使用的刀之際，艙房的門吱呀一聲開了。站在門口的瘦小黑影，是那個有一半中國血統的犯人，他手中握著一枝一頭非常尖銳的木梃。賽克利看到他拿木梃的方式跟一般水手不同，他是像劍客一樣把尖端指向前方。

大副察覺到他的存在，霍然轉身，手中的刀擺好架式。他看清來人，無法相信地吼道：「猴崽子？」

阿發的出現似乎給大副打了強心劑，讓他立刻恢復平時的神態。這個送上門來宣洩暴力的機會似乎令他大喜過望，他立刻揮刀撲上前。阿發身形一晃輕鬆躲過，只把身體的重量均勻地放在腳跟上，整個人看起來不曾移動。他雙目半閉，彷彿在禱告，木梃收在胸前，尖端藏在下巴下方。

「我要割掉你的舌頭，猴崽子。」柯羅的聲音充滿威脅。「而且還要逼你吃下去。」

大副再次進攻，目標是腹部，但阿發側轉身體，避開刀鋒。大副被自己的衝力帶著繼續向前，露出不設防的側面。阿發腳跟一轉，把木梃插進他的肋骨，整枝沒入體內，只露出握柄。大副倒在甲板上，阿發仍抓著武器不放，木矛拔出後，他用血淋淋的尖端指著賽克利。「站著別動。要不然，你也一樣……」

然後他就跟來時一樣迅速消失蹤影。他帶上門，把木梃插進門把，賽克利就這樣被鎖在艙房裡。

賽克利跪在大副身側流出的血泊旁：「柯羅先生？」

他聽見嘶啞的低喚：「瑞德？瑞德……」

賽克利低頭傾聽那越來越微弱的聲音。

「你就是那個人，瑞德——我一直在找的那個人。你就是……」

他的話被口中和鼻子裡湧出的鮮血噎住。然後他的頭一歪，身體變得僵硬。賽克利伸手探向他鼻子下方，已沒有呼吸跡象。雙桅船歪向一側，大副的屍體跟著滾動。那一頁陳舊的船員名單從他的背心露出一角。賽克利將它抽出，塞進自己的口袋。然後他起身，用肩膀撞門。門鬆動了一點，他拉著門上下左右搖晃，讓木梃滑出，啪一聲掉在甲板上。

*

賽克利衝出大副的艙房，看見他自己的房門已經開了。他沒停下腳步檢查室內，直接跑上後甲板。鋪天蓋地的雨從天空傾盆而下，感覺就像船上的帆全都鬆脫，貼著船身拍打翻騰。賽克利立刻全身濕透，他用手遮著雙眼，減少雨水的刺痛。一大片閃電橫掃過天空，帶著漸寬的尾巴向西推進，映得海上的波浪金光燦爛。在那神奇的光線中，賽克利突然看到浪頂上有艘大型救生艇：雖然它離朱鷺號已在二十碼外，仍能清晰看見船上五個男人的面孔。阿里水手長掌舵，其他四人擠在船中央——喬都、尼珥、阿發和卡魯瓦。阿里水手長也看見了賽克利，他正舉手揮別，小船卻落到一個大浪後面，消失了蹤影。

隨著閃電漸行漸遠，賽克利發現他不是唯一在甲板上看著那艘船遠去的人：下面的主甲板上，還有另外三個人挽著手臂站在那裡。其中兩人他一眼就認出是寶麗和諾伯・開新大叔——但第三人是個身穿濕透紗麗的女人，從沒有在他面前露過臉。這時在雲層逐漸黯淡的光線下，她回頭看他，他看到她有雙穿透人心的灰眼睛。雖然這是他第一次看見她的臉，卻覺得曾經在別處見過她，就像她現在這樣站著，穿著濕紗麗，頭髮滴水，用受驚的灰眼瞪著他。

致謝

《罌粟海》得力於許多十九世紀的學者、字典編纂家、語言學家與編年史作者；其中犖犖大者，包括撰寫《出任孟加拉總統期間殖民移出報告》（1883）、博杰普爾語文法，及一八八四年和一八八六年討論博杰普爾民歌專文的George Grierson爵士；曾任加齊普爾鴉片廠廠長，著有《鴉片工廠筆記》（加爾各答：Thacker, Spink出版社，1865）的J. W. S. MacArthur；著有最初在加爾各答出版的航海術語字典《英語與印度語對照海軍術語及航海用語辭典及操縱船舶之各種命令語彙與大量航海常用句；書前附印度語簡明文法》（後由東印度公司特約書商Black, Parry & Co.重印（倫敦：1813）；後由George Small重新修訂；更名為《船工語字典：英印雙語航海術語及片語詞彙集》，由W. H. Allen & Co.重新出版（倫敦：1882））的Thomas Roebuck海軍上尉；著有《霍柏森—喬柏森：英印單字、片語，以及字源學、歷史學、地理學與哲學散論等方面相關術語之俗語辭典》的Henry Yule爵士與A. C. Burnell；以及撰寫一八二九年普朗吉森・霍德（Prawnkissen Holdar）偽造文書一案判決書的加爾各答高等法院審判長（重印刊於Anil Chandra Das Gupta編輯之《約翰公司的時代：加爾各達公報選輯，1824-1832》〔加爾各答：西孟加拉政府出版社，1959，366-38頁〕）。

這本小說受惠於多位現代與近現代學者與歷史學家的作品，使內容得以更加豐富。幫助我了解這個時代的圖書、文章與論文太多，無法在此一一列舉，但下列作者的辛苦成果惠我良多，若不向他們表達謝意，則我有疏忽之嫌：Clare Anderson，Robert Antony，David Arnold，Jack Beeching，

Kingsley Bolton、Sarita Boodhoo、Anne Bulley、B. R. Burg、Marina Carter、Hsin-Pao Chang、Weng Eang Cheong、Tan Chung、Maurice Collis、Saloni Deerpalsingh、Guo Deyan、Jacques M. Downs、Amar Farooqui、Peter Ward Fay、Michael Fisher、Basil Greenhill、Richard H. Grove、Amalendu Guha、Edward O. Henry、Engseng Ho、Hunt Janin、Isaac Land、C. P. Liang、Brian Lubbock、Dian H. Murray、Helen Myers、Marcus Rediker, John F. Richards、Dingxu Shi、Asiya、iddiqi、Radhika Singha、Michael Sokolow、Vijaya Teelock、Madhavi Thampi及Rozina Visram。

感謝下列人士在本書撰寫的各個階段提供的支持與協助：Kanti & Champa Banymandhab、Girindre Beeharry、已故的Satcam Boolell爵士和他的家人、Sanjay Buckory、Pushpa Burrenchobay、May Bo Ching、Careem Curreemjee、Saloni Deerpalsingh、Parmeshwar K. Dhawan、Greg Gibson、Marc Foo Kune、Surendra Ramgoolam、Vishwamitra Ramphul、Achintyarup Ray、Debashree Roy、Anthony J. Simmonds、Vijaya Teelock、Boodhun Teelock及Zhou Xiang。也要感謝以下機構給我很大的幫助：英國格林威治國立海事博物館（the National Maritime Museum）、模里西斯甘地研究中心（Mahatma Gandhi Institute）、及模里西斯國家檔案局（Mauritius National Archives）。

第二章引用的歌詞（Ág mor lagal ba...）出自Edward O. Henry編輯的《詠諸神之名：印度使用博杰普爾方言地區之音樂與文化》（聖地牙哥：聖地牙哥大學出版社，1988）一書中收集的一首歌（頁288）。第三章引用的歌詞（Majha dhara me hai bera mera...）出自Helen Myers所編《千里達的印度音樂：徙居海外印度人的歌曲》（芝加哥：芝加哥大學出版社，1998）中的一首歌（頁307）。第五章引用的歌詞（Sajh bhaile...）出自 Sarita Boodhoo的《模里西斯的博杰普爾傳統》（路易港：模里西斯博杰普爾研究中心，1999，頁63）。第十九章引用的（Talwa jharaile...）及第二十一章引用的

（...uthle ha chhati ke jobanwa...）等歌詞，出自George Grierson爵士刊登在《皇家亞洲研究學會期刊》（第18期，1886）中〈幾首博杰普爾民謠〉一文中選輯的歌曲（頁207）。這些歌詞在本書中的英譯都是我翻譯的。

若非Barney Karpfinger與Roland Philipps鼎力支持，朱鷺號不可能渡過孟加拉灣；它在旅途中的關鍵時刻，風平浪靜動彈不得時，多虧James Simpson與Chris Clark把風灌滿它的帆；我的孩子Lila與Nayan護持它度過許多場風暴，我的妻子Deborah Baker則是最優秀的大副；還有我，像這艘脆弱的船一樣，得他們多方協助，要在這裡深深致謝。

艾米塔・葛旭

二〇〇八年於加爾各答

附錄1
譯後記：迷宮裡的生字表

印裔英語作家艾米塔·葛旭以鴉片戰爭為背景寫作的《朱鷺號》三部曲，有近年書市少見的大格局，地理橫跨印度、西孟加拉與中國廣州之間的海域，從印度洋到南海，雙桅帆船朱鷺號滿載苦力、冒險家、鴉片，與海盜、英國殖民軍隊及中國官兵周旋，把海上風波與南洋風情編織在背景裡。登台的角色也充分發揮多元文化優勢，有貪婪的英國商人、強悍的印度婦人、為愛情奮不顧身的賤民、跟政府坐地分贓的王爺，妄想變性做女神的婆羅門，黑人血統的美國船員、印度保母帶大的法國孤女，精通中國功夫的海盜，再加上一批來自天涯海角最底層的船工，光是交代這些人的來歷，如何湊到一起，如何爭奪稍縱即逝的機會，發生何種互動，就夠拍幾十部寶萊塢式的電影。為了充實情節，人類學家出身的葛旭在考據上也下了很多功夫，例如他描述印度境內鴉片種植、提煉、包裝、運輸的過程，就很能滿足獵奇者的好奇心。從洋鬼子角度看清廷鎖國政策下，廣州番鬼鎮的生活情形與十三行買辦的經商活動，也帶給中文讀者新奇的觀點。

生長在印度，用外語寫作的葛旭，對語言特別敏感，連處理標點符號的手法都獨樹一格。隨著故事進展，我們會逐漸注意到，他用引號把所有對話劃分成兩種階級，只有說英語時才有引號，如果說的是印度語中任何一種方言，就沒有引號。好像因為印度語地位低，所以微弱得沒有聲音，喪失話語地位。印度語彷彿一片流動的沼澤，高高在上的英國人看下來，只見低等生物營營嗡嗡，發不出有意義的聲音。我們甚至在書中看到，印度人即使能說英語，英國官吏也裝作聽不懂，充耳不聞。但被奪去聲音的印度人偶爾也能發出較高的分貝，就是當他們愉快、生氣、緊張的時候。每當這種時刻，葛旭都會用斜體羅馬字母標示出一部份他們所說的孟加拉方言，讓我們知道說話者情緒亢奮。這種處理方式，讓人聯想到古希臘悲劇的合唱隊，但合唱隊負有交代情節的任務，是劇情發展的重要環節，葛旭筆下的印度合唱隊卻像蟲虺，一鳴不能驚人，立刻被消音，恢復默默忍受的卑微狀態。這些策略使文字彷彿有了音效，讀者的其他感官也神奇地被聽覺帶動而活躍起來，在想像中呈現立體的畫面。

爭奪話語權（Discourse）是後殖民論述的一大重點，若論英國人對印度語輕蔑，當然是治理手段的一種，藉此讓人數佔壓倒性優勢的印度人畏懼他們。但當年英國政府與民間為了掌控印度這塊地大物博的殖民地，派遣大批學者、軍人、科學家深入各地，殫精竭慮蒐集印度的語言、文化、風俗、地理、自然等資料，留下的著作與文獻也非常可觀。從大航海時代的擴張，為了溝通便利，英語從十六世紀開始就吸收印度詞彙，到了十九世紀，亦即本書描寫的時代，進入英語的印度字彙數以千計，而印度語吸收的英語字彙可能更多。除了語言，食物（首推咖哩）、軍事、建築……各方面，印度元素更是全方位入侵英國。要獲得外來資源，就必須認同多元化。所有同化或融合，都不可能單向進行的。

葛旭刻意放大這套三部曲中英印文字的互動，儼然把文字也當作角色塑造。文字（主要是單字或片語）會因使用而產生新意義，日新又新；反之，長時間無人使用就會死亡。為了呈現文字的生命力，他甚至騰出一大章節，為它開闢一條情節的支線，加重戲份。

網路上可以找到一篇《罌粟海》的英文書評，或許不能說是評論，該說抗議比較正確，因為從頭到尾只列出那位讀者在這本書裡遇到的三百四十二個生字。所謂的「生」字，大部分還真是「生」得煮不熟嚼不爛，連號稱最完備的《牛津英文大辭典》也查不到，必須大海撈針似的，到各種絕版將近一百年的航海專業字典、過時的英語俚語或印度外來語字典裡搜尋。那位滿腔怒火的仁兄，到底有沒有讀完全書，頗值得懷疑，但有趣的是，這本書並沒有因為生字多而嚇跑讀者。別的不說，就憑作者在高潮迭起中，把一批重要角色送上驚濤駭浪中的救生艇後，忽然把故事晾在一旁，用剩下的四十幾頁篇幅做出一套生字表，就這麼結束了三部曲的第一部，出版後各媒體書評還對他讚不絕口，一副非要哄他把後續故事好好寫出來的模樣，就可以知道艾米塔．葛旭若不是人緣奇佳，就是這本書當真很好看。

看到這兒，思路敏捷的讀者一定會跳出來說：「咦！剛才不是說生字查不到嗎？那他既然做了生字表，不查是自己笨吧？」且聽我道來，這個作者稱之為〈Chrestomathy〉（〈字詞選註〉）的像附錄又實在不是附錄的東西，名稱就很奇怪，原意是一種做為教學用的範文選集，例如小學補充教材的《模範作文》或《成語故事選》。收集在這兒的三百多個詞彙（跟前述342個生字很多不重複），多數詞條都會附一篇短文，介紹它的來源（很多是外來語），有哪些同義字、衍生字、相同字根的字（換言之，更多生字）等，間或夾雜一則趣聞或回憶。詞條之間還有對照指標，詞條中若出現其他收集在〈字詞選註〉裡的單字，會用黑體字標示，若是順著黑體字走，很快就進迷宮了。好在葛旭很仁慈，不鼓勵讀者邊讀邊查生字，書中其他部分對〈字詞選註〉絕口不提，拿到書如果乖乖從頭讀到尾，一定到最後才會發現它的存在，不怕落入迷宮，被攪得頭昏腦脹。

〈字詞選註〉裡的字每個字都曾經在書中出現，詞條中的陳述跟情節發展也有密切關係，作者經營這部分花費的心血，充分證明它實際上是全書敘述的一個重要環節，甚至在作者企圖表達的觀念當中，是非常關鍵的一部分。〈字詞選註〉的開場白中有個第一人稱敘述者，自稱是書中主角之一拉斯卡利王爺尼珥的後代子孫。他說收集在這裡的都是以外來語身分進入英語的字彙，是尼珥窮一生之力收集的心血結晶。他的收集可能不止這麼多，但能列入〈字詞選註〉，就代表尼珥認為它有希望被主流字典收編，取得英語單字的合法身分。窮一生之力，只收集三百多個單字，會不會嫌少？若考慮尼珥生存的那個時代，在亞洲購買一本英國出版的字典有多困難，就可以想見，要建立一個涵蓋英語、印度語、阿拉伯語、葡萄牙語、東南亞各國語言的研究系統，簡直是不可能的任務。甚至葛旭在現代要做出這麼一份資料，所費心力也一定很可觀。

但是，翻譯是生字的天敵，譯出語的生字無論再怎麼罕見難查，在翻譯成品裡都沒有存活的空間，所以翻譯〈字詞選註〉時，譯者的地位就變得很尷尬。雖然與情節有關的吉光片羽仍保留下來，互動的經緯卻不見了。用全部是字典的形式寫小說，敘述觀點變化靈活，韓少功的《馬橋詞典》就是個精彩的例子，但是一半敘述一半字典的搭配，譯成外語時會面臨何種困難，大概是葛旭始料所未及，也沒列入考慮的。

葛旭二〇〇〇年時推出頗受好評的長篇小說《玻璃宮殿》（*The Class Palace*），在他不知情下，由出版商替他報名競爭大英國協作家獎（Commonwealth Writers' Prize，一個以大英國協會員國公民為對象的出版獎），並獲得二〇〇一年首獎，但他卻在得知獲獎時宣布撤銷報名，拒絕得獎。理由說直白一點，就是他不想要大英帝國前殖民地子民這個身分。葛旭顯然認為，他對英語的掌握能力超過大多數英國土生土長的作家，兩百年前英國田野調查的成果，現在是他創作的道具，《罌粟海》中的〈字詞選註〉就是他公諸於世的證據。

（本文所述部分編排方式僅出現於英文版）

附錄2
航行在語言之海：與朱鷺號的創造者對談

聯經編輯部採訪／整理

1. 由於您的學院背景，加上《罌粟海》的歷史主題設定，許多讀者會以為這是一部嚴肅的小說，但讀過之後，卻發現您的筆調幽默，許多情節並頗富娛樂效果。那麼想請問的是，在學術研究之外，您是如何決定踏入小說創作領域的呢？

A：我認為，關於小說最棒的一點就是，這是一種極度開放的創作型式。不像其他型式的作品，它容許你盡可能地奢侈與自由。小說能夠融合人類存在的各種面向；小說能連結極為多元的事物，例如釣魚與愛情、歷史與烹飪、災難與喜劇。後兩種在《罌粟海》中確實佔了很大部分。由於這部小說的主題如此嚴肅無情，因此如果沒有一點讓人輕鬆的成分，我想我是無法繼續寫下去的。

2. 《罌粟海》的內容背景承載了許多語言、社會文化與地理知識。請問您在寫作這本書的研究工作上花了多少功夫？您在研究中所找到最幽微隱晦的歷史資料為何？而您所受的民族人類學田野調查訓練在寫作這故事的過程中，扮演了什麼樣的角色？

A：寫這三部曲時我確實做了很多研究功課，但由於每天都能發現許多迷人的事物，因此從不覺得這是繁重的工作。對我來說，當筆下的角色每天都會為你帶來許多頭痛的問題時，研究工作就成了寫作中輕鬆的、有趣的那個部分。但有時當你偶然碰上一些古怪的細節或小故事，你會開始思考，然後某些意料之外的東西便主導了思緒。比方說，當時我剛好讀到一個一八二九年某個富有的孟加拉地主以偽造文書罪被起訴的案子。他被查出有罪，並被判流放七年。某方面來說這只是背景資料——但也同時在我腦中激起一點火花，接著（尼珥）這角色就浮現出來……我為這套書做研究時去了模里西斯，參訪了那裡的國家檔案館與一些圖書館。我也花了時間去英國格林威治的國家航海博物館參觀那裡壯觀的收藏品，但最棒的是因此學會航海的細節——這是超越我所有想像的難得經驗。

3. **您的作品經常以遷徙和移動為核心，在朱鷺號三部曲中更是如此。對於近期發生在中東、南亞與歐洲的難民潮危機，這個故事能帶給我們什麼樣的訊息？**

A：人們因各種情況而流散至世界各地，這個現象一向令我著迷。但這並不是新鮮事——而是有其長遠歷史。在我受教育的過程中，對於世界這個面向的認知，很奇怪地，出現於我住在埃及一個小村裡的時候。在我的散文集《在遠古的土地上》（*In An Antique Land*），我是這麼寫的：這塊地區（這個村子）從來不屬於適合落地生根之處。它經常就像川流不息的機場入出境候機室一般，而這長遠的旅行遷徙歷史，實實在在地反映在這地區的「家族」姓氏上——例如「達馬士奇」（來自東地中海沿岸城市）、蘇達尼（來自蘇丹）以及艾爾—法西（來自西北非沿海）。時至今日，在某些方面，遷徙一事仍與過去十分相像，但很多方面也已大為不同。以中東地區為例，美國介入與各地內戰再加上氣候變遷引起的長期乾旱而造成的災難，便在遷徙原因中佔了相當高的比例。

4. 大西洋與印度洋是朱鷺號三部曲的背景，那麼您對於與台灣及其原住民有著密切關連的太平洋有何想法？對於這個曾經有過許多不同帝國與文化的旅行故事（包括印度的移民工〔例如斐濟群島的印度移民〕）的廣闊海洋，您在未來是否有相關寫作計畫？

A：海洋故事一向是我喜愛的主題。小時候我對孟加拉灣的傳奇故事十分著迷，上小學後，著迷對象換作拉斐爾·薩巴提尼（Rafael Sabatini）的海盜船長布拉德系列故事（Captain Blood series）。梅爾維爾的作品始終是我的靈感來源，但我也喜歡讀十九世紀水手的旅行紀錄與日記之類的素材。現代文學中也有十分豐富的航海小說傳統：威廉·高定（William Gerald Golding）的《啟蒙之旅》（*Rites of Passage*）、理察·休斯（Richard Hughes）了不起的《牙買加颶風》（*High Wind in Jamaica*）、馬修·尼爾（Matthew Kneale）的《英國旅人》（*English Passengers*）（徹頭徹尾的精彩之作）、馬奎斯令人驚豔的《一個船難水手的故事》（*Story of a Shipwrecked Sailor*）以及巴瑞·安華斯（Barry Unsworth）的驚人之作《飢餓之路》（*Sacred Hunger*）。當然，梅爾維爾寫過大量與太平洋相關的作品，但我還沒有關於太平洋的個人經驗。

5. 您在牛津大學受教成為人類學家，長期以來，關於全球化現象與移民遷徙現象，人類學家也一直是最重要的論述者與理論家——此類主題也經常是您作品的關注焦點。請問您現在是否仍會閱讀人類學作品或與人類學家同行交流？

A：就某方面來說，我所受的人類學家訓練對於身為作家有很大的幫助。我曾在埃及的一個小村莊住了一年，在這段期間寫下詳盡的日記，我記錄了與村民的大量對話以及周遭所見事物。這不但教會我如何觀察眼中所見，也讓我學會如何將原始經驗譯寫到紙上。從某個角度來看，這是對小說創作者的最佳訓練方式，這也讓我的創作生涯在這些年後仍能穩定持續下去。我的寫作有很大部分受益於這樣的訓練。直到今天，我仍然有著濃厚興致去觀察周遭世界、聆聽他人的故事、並在觀看與自己所在不同的世界時試著想像並加以理解。但同時，我也敏感地察覺到人類學的局限。我最主要的興趣是在人，包括他們的生活、過去以及困境。但在關切抽象與整體概念的正統人類學中，並沒有這樣的空間。因此我很早就發現，我的思考方式與正統人類學並不在共同的基礎上，而小說是比較適合我的職業。我必須補充說明，當代人類學與我在一九七〇年代所受的人類學教育已經很不一樣：現在的人類學家也在許多領域從事有趣的研究工作。我不敢說自己還跟得上這領域的最新思潮，但的確還是會與同行學者交流。

6. 您在朱鷺號三部曲中玩了大量的語言文字遊戲，在標準英語中摻雜大量來自不同語種的方言與洋涇濱式混種語言。使得本書對其他語文版本的譯者來說想必是個困難的任務。是否有人向您反應過這個狀況？您的建議又是如何？如今，《罌粟海》將譯為繁體中文，小說中也用到中文／粵語，您能否告訴我們，為了寫作朱鷺號三部曲，您花了多少心力學習中文／粵語？

A：印度洋地區在語言上是個不可思議的豐富之地，因此我才會用諸多變種英語來讓讀者體會這個概念。我在為《罌粟海》做背景研究時，讀了很多十九世紀的船員名單。這些船員的組合經常極為多元，船上水手包括來自東非、波斯灣地區、索馬利亞、波斯、印度及中國的人。我便不禁想道，這些被視為「船工」的人彼此間如何溝通。我想這對一艘遠洋帆船來說必定是十分迫切的問題，因為若是沒有清楚的命令，一艘船就無法運作——而這也是為何英語中會發展出一套航海術語的緣故。所以，船工究竟如何與長官（通常為歐洲人）以及彼此溝通？這問題困擾了我很長一段時間，直到某天，我在一份圖書館藏書目錄上偶然發現一本十九世紀的「船工語」字典。我從未在任何地方看過有人提及這本字典，因此大為興奮。而事後證實，這套混合了印地語、烏爾都語、英語、葡萄牙語、孟加拉語、阿拉伯語和馬來語的語言是極有用的航海術語。就我個人來說，這套語言極為迷人，因為它融合了許多我成長時所使用語言的元素。另一個類似經驗，是我對中國南方貿易用語的興趣，這種方言被稱作「洋涇濱」。許多中國南方的方言就從這裡進入英語，比如：can do／no can do；或long time no see。就這樣，大量的印度及中國方言如今仍保留在上海和香港的洋涇濱英語中。像bund這個字是來自印度普通話（意為綑綁）；類似的其他例子還有nullah（水道）和shroff（兌幣人）等等。這些語言上的互換與交融往往讓我入迷到不可自拔。

由於粵語在朱鷺號三部曲中的特殊地位，我也花了些心思學這門語言。我不敢說自己已能流暢運用，但至少對文法有基本概念，以及懂得一些基本詞彙之類的。紐約市有個粵語電台，我在寫作時總會打開邊寫邊聽。

7. 在《罌粟海》中，鴉片戰爭始終隱約浮現在主要情節之中。您對於這場影響世界史的戰爭有何想法？

A：鴉片戰爭是世界史的關鍵時刻。它對躋身現今世上最重要國家中的印度與中國造成了重大影響。我想，在不久的將來，人們會承認鴉片戰爭在形塑現代世界的過程中扮演著重要角色。鴉片貿易在十九世紀及二十世紀初期的亞洲佔有決定性地位。它是大英帝國的經濟支柱，但也在中國社會造成災難性的影響。從來沒有一樣商品（也許二十世紀的石油除外）在歷史上有過如此決定性的影響力。

8. 不論小說或非小說，您最喜愛的作家有哪些？是否有哪些作品啟發了您的朱鷺號三部曲？

A：以下是我喜愛的部分現代作家：J.M. 柯慈（J.M.Coetzee）、麥可・翁達傑（Michael Ondaatje）、瑪格莉特・愛特伍（Margaret Atwood）、賈西亞・馬奎斯（Gabriel García Márquez）、童妮・莫里森（Toni Morrison）、馬里奧・巴爾加斯・尤薩（Mario Vargas Llosa）、安德依・馬金尼（Andrei Makine）、伊蓮娜・費蘭特（Elena Ferrante）、渥雷・索因卡（Wole Soyinka）、奇努瓦・阿契貝（Chinua Achebe）、蘇妮爾・甘格帕迪赫（Sunil Gangopadhyay）、瑪哈絲薇塔・戴維（Mahasweta Devi）、娜汀・葛蒂瑪（Nadine Gordimer）以及葛蘭・史威夫特（Graham Swift）。至於影響我的作家則多不勝數，但孟加拉導演薩亞吉・雷（Satyajit Ray）及以下作家的作品絕對名列前茅：詹姆斯・鮑斯威爾（James Boswell）、喬治・艾略特（George Eliot）、

赫曼．梅爾維爾（Herman Melville）、巴爾札克（Honoré de Balzac）、普魯斯特（Marcel Proust）以及泰戈爾（Rabindranath Tagore）。而印度史詩《摩訶婆羅多》（*Mahabharata*）與《羅摩衍那》（*Ramayana*）同樣對我的作品產生強烈的影響。

9. 關於印度文學，多年來在華語文學圈中較為人所知的通常僅有少數名家如V.S. Naipaul與Salman Rushdie，但近年來也開始有Jhumpa Lahiri等較年輕的作家崛起。要瞭解豐富多元的印度文學，除了您的作品外，您還推薦哪些作家？

A：你提到的這些作家都是用英語寫作，要瞭解印度文學，我會鼓勵華文讀者去接觸以其他印度語言如印地語、孟加拉語、烏爾都語、泰米爾語、馬拉雅拉姆語、阿薩姆語、古吉拉特語或馬拉地語寫作的作家。

Roger Dowler[27]。」

+ vakeel：律師，辯護人。「法院裡最古老的專家之一，據說這個字從十七世紀初就已成為英語圈公民。」

+ vetiver：參見**tatty**。

+ wanderoo：參見**bandar**。這個條目的邊緣，有位不知名的親戚寫道：「據**《神論》**所言，這個字可回溯到一六八〇年代，在英語的叢林中，只比**vakeel**年輕一點。」

woolock（***The Glossary**）：「胡格利河上常見這種名稱的船，但我不記得它們的大小或任何構造方面的細節。」

wordy-wallah（***The Glossary**）：轉換文字為業的人，翻譯員。這個詞源自印度語*vardi-wala*，英文用來表示「穿制服的人」。這種人當中地位特別高的，被稱做**wordy-majors**（或寫作**woordy-majors**）。但尼珥對這些詞彙的用法與它們原來的定義無關。

zubben／zuban：舌頭；嘴巴。引伸為語言；方言。尼珥寫道：「我找遍手頭的字典都找不到這個字。但我知道自己常聽人使用這個字，如果真的沒這個字，也該造它出來，因為再沒有更好的字眼能表達**〈字詞選註〉**的主題。」

---

27 兩者都是音譯，前一種是正式的拼法，後一種是翻譯員為了方便記憶或戲謔，在挑選譯音的字組時，故意挑上幾個有意義的詞，使王爺的姓憑空有了「羅傑塊錢大人」之意。

tomashaw或甚至 **tomascia**，有「值得一看的場面」或「展示」之意，有時用來描述盛大儀式。他哀嘆這個字的格調越來越低，「現在跟無聊的**goll-maul**（轟動）簡直無法區分了。」

tumlet（***The Glossary**）：「有沒有可能這個印度語『tumbler』的訛寫會再度進入英語，而且像惡名昭彰的杜鵑鳥一樣，把父母趕出鳥窩呢？如果能那樣就好了[25]！」

tuncaw（***The Glossary**）：「英語專家把這個表示『薪水』（*tankha*）的印度字轉成一個帶貶意的字眼，主要用在僕人的薪水上。」

+ turban：參見**seersucker**。

turnee（***Roebuck**）：「這個字（亦做**tarni**和**tanni**），是船工對『律師』的簡稱，它一定用於表示船上的貨物管理員。但**phaltu-tanni**（直譯：應急律師）卻是他們對Flemish horse的[26]稱呼，後者是船上一種非常有趣的索具。」

udlee-budlee：參見**shoke**。

upper-roger（***The Glossary**與***The Barney-Book**）：「亨利爵士說，此乃梵文*yuva-raja*（年輕的王侯）訛寫，對此，**Barneymen**順帶補充道，英國翻譯員也把塞拉朱鐸拉（Siraj-ud-dowlah）王爺稱做Sir

25 事實上，杜鵑鳥並非將父母趕出巢外。杜鵑成鳥是把卵產在較小型的其他鳥類巢中。孵出的杜鵑幼鳥會將其他幼鳥及未孵化的卵推出巢外以獨佔食物。

26 Flemish horse是主桁兩端加掛的短繩圈，方便水手到橫桁兩端工作時落腳。

teek（***The Barney-Book**）：「**Barneymen**指出，印度語的*thik*一字，加入英語後化身為『確切、接近、精確』。」

+ tical：相當一盧比的銀幣。

tickytaw boys／tickytock boys（***The Glossary**）：歌曲的重複段落中沒有意義的字串，例如「啦—啦—啦」。「這幾個可怕的擬聲字一度是指敲打塔布拉鼓的鼓手。」

+ tiff, to：「諷刺的是，印度竟然成為這個優美的英國北部詞彙最後的避難所，它的意思是食用點心或簡餐（衍生出**tiffin**、lunch等字）。」

+ tiffin：見上條。

+ tindal：參見**lascar**。

+ topas／topass：**《神諭》**對這個字的解釋一定會讓尼珥大吃一驚：「黑種人與葡萄牙人的混血後裔；通常用於隸屬這一種姓階級的士兵、船上清潔工或浴場小廝。」參見**lascar**。

trikat（***Roebuck**）：參見**dol**。

tuckiah／tuckier（***The Glossary**）：「亨利爵士宣稱，這個印度語中常見，表示『枕頭』或『靠墊』的字，常做『清修處』或『道場』（*ashram*）解釋。我必須承認，這段話真把我搞糊塗了。」

+tumasher／tamasha／tomashaw／tomascia：大場面。愛跟人唱反調的尼珥，特別欣賞這個字在十七世紀英語中的用法，當時它拼成

+ talipot：尼珥誤以為這是「糖棕」的英語。**《神諭》**卻宣稱它是「南印度貝葉棕，學名*Corypha umbraculifera*。」

taliyamar（*Roebuck）：尼珥誤以為這個字意為「渦流」，他很高興被糾正：「羅巴克解釋說，這是船工語的『船頭破浪板』，源自葡萄牙語*talhamar*。我記得在船工從船首斜桅往下看時聽他們說過這個字。所以我才會弄錯；我把結果跟造成結果的東西混淆了。」

tamancha：「我記得羅巴克確認過，這是船工語中的小型手槍。」

tapori：摘自**傑克便箋**：「船工用這個字稱呼吃飯的木碗——相當於英國海員用的『kid（小木碗）』。這種碗是把廉價的木頭挖空做成，可向小販船大批採購。除了這種碗，還有一種金屬**khwancha**——共食使用的大盤子。」

+ tatty（*The Glossary）：「這是一種用香根草做的簾子。雖然這個字眼本身很正派，源自泰米爾語的*vettiveru*（衍生成**vetiver**），但它的字形跟印度語中某種身體日常製造的東西類似，所以常引起誤會。有則故事說，一位令人畏懼的**白種女主人**（**BeeBee**）不由分說就對一個膽小的**小廝**（**chuckeroo**）**下令**（**hookum**）：「小子，拉下（Drop a）**tatty! Jildee!**（馬上）」那不幸的男孩嚇得不知如何是好，立刻照辦，夫人便完全崩潰了。

使情況更複雜的是，某些人家把看顧這種簾子的僕人稱作**tattygars**。被冠上這種頭銜的**khidmatgars**（僕人）真不幸啊，所以這職位經常找不到人做。或許因這種誤解，這個字逐漸讓位給印度語的同義字**khus-khus**。」

+ teapoy：參見**charpoy**。

衍生出的字。

+ shroff：「專門辦理匯兌的**mystery**」，從而衍生出**shroffage**這個字，**《神諭》**將之定義為**shroffing**（檢視錢幣）收取的佣金或手續費。

+ sicca rupee：「記得我小時候，這種錢幣就已經算是古董了。」**《神諭》**也肯定這點，並補充說明，這種貨幣發行於一七九三年。

+ silahdar／silladar：「描述傭兵的詞彙很多，這個直譯是『持武器者』的字也是其中之一。」參見**burkandaz**。

silboot（*The Glossary）：「就如同**sirdrar**是印度語『內褲』一詞的訛化，這個原意為『拖鞋』的單字，也在改頭換面後重新被英語採用。」

silmagoor：摘自**傑克便箋**：「這有沒有可能是船工語的『製帆匠』呢？」紙緣另有一條很久以後的補記，用一個勝利的「！」確認他的猜測沒錯：「羅巴克對此毫無疑義。」

sirdrar（*The Glossary）：參見**silboot**。

soor（*The Barney-Book）：「豬，所以**soor-ka-butcha**就是豬娘養的（狗娘養的之變化形）。」

tabar（*Roebuck）：「頂桅」，參見**dol**。

+ tael：「中國重量單位『兩』的別稱」，邊緣加註道：「**《神諭》**說，這單位等於英制的一又三分之一盎司。」

+ shamshoo／samschoo：「好像從來不喝歐洲以外地區生產之酒的**海軍上將**，把這種中國酒描述為「烈如火，有惡臭，對歐洲人健康造成重大危害」。但只有新豆欄街賣的酒才符合這種描述；其他地方有很多上好的酒，珍貴程度不亞於頂級的法國**sharaabs**（酒）。」

+ shikar：見下條。

+ shikaree：「狩獵（**shikar**）的**mystery**（專家）。」

shoe-goose（***The Barney-Book**）：「這個複合字裡雖含有『鵝』，卻與鳥無關，而是一種貓〔實際上是種山貓〕，所以不可能納入鳥類學年鑑。」邊緣加註：「源自波斯語*syagosh*。」

shoke／shauq（***The Glossary**）：「這個阿拉伯字的英語化身，意思是『奇想』、『嗜好』或『傾向』。印度語通常在字尾加上*báz*（有時英語化，寫做**buzz**），表示有那種**shoke**。所以印度語*addá-báz*翻譯成英語，應該是**buck-buzz**（高談闊論狂）。（但**launder-**或**laund'ry-buzz**是黑話，並不是對**dhobis**〔洗衣工人〕突發奇想。）如果用得不恰當，這個字尾可能引起奇怪的誤會。例如某個自以為是的**pundit**（學者）有次說，**bawhawder**加上**buzz**，是指亞歷山大大帝一種眾所周知的嗜好（有時描述為他對年輕勇士的喜愛）。這位學者對這個觀點執著不放，我根本沒法子說服他，他簡直是**oolter-poolter**（指鹿為馬）：**Buzz Bawhawder**是中世紀摩臘婆（Malwa）的國王，以鍾愛美麗的**Rawnee**（妃子）Roopmuttee聞名。至於他說的那檔事兒，正確的**zubben** 表達方式當然就是**udlee-budlee**。〔雞姦〕」

+shrob／shrab／shrub／sorbet／sorbetto／sherbert／syrup／sirop／xarave／sharaab：尼珥熱愛收集從阿拉伯語字根*sh-r-b*（飲料）

+ sepoy／seapoy：英國殖民印度時代，英國陸軍部隊中的印度兵。「變化形拼做**sea-poy**，歷年來引起很多困擾（參見**charpoy**）。有位消息不靈通的翻譯員（wordy-**pundit**）還以為這詞彙是sea-boy的錯誤發音，所以一口咬定它原本是**lascar**的同義詞。這當然是很初級的誤會，只要把英語**sepoy**的拼法改為**sepohy**，很容易就可以更正。這麼做既可以凸顯這個字與波斯／土耳其語的*sipáhi*的淵源，同時也表明它跟法語*spahi*一字有親戚關係，後者同樣是指殖民地的傭兵。」

+ serang：參見**lascar**。

serh（***Roebuck**）：參見**dol**。

+ seth：參見**beparee**。**seth**這個字是否跟*chetty*、*chettiar*及*shetty*等字有關，引起激烈的爭議，尼珥也很清楚。但他對南印度方言缺乏專業素養，無法做出結論。

+ shabash／shahbash：好極了！「『幹得好！』向亨利爵士喝采。」

+ shampoo：「大多數等著晉身英語動詞的貴族階級的印度詞彙，都與格鬥、抓緊、束縛、綑綁、鞭打有關，難道不是對英印關係的一種批判嗎？但所有從這個區塊出發的覬覦者——**puckrow**、**bundo**、**lagow**、**chawbuck**等——當中，只有一個真正躋身貴族的上議院，地位顯赫，只有一個字名列公侯。說來也真奇怪，這個字竟是卑微到極點的*chãpo*／*chãpna*的訛化形**shampoo**。原因當然是*chãpo-ing*的觀念涵蓋了格鬥、抓緊等字最令人愉快的方面——包括揉捏、指壓、撫摸、按摩。企圖把這個字降格成為名詞的人，最好要知道它不會溫馴地放棄動態形式。即使被硬送到下議院，它也還是會牢牢抓著活潑的生命力不放（法語*le shampooing*就是很好的榜樣）。」

sammy-house：見上條。

sawai（***Roebuck**）：支索帆；參見**dol**。

+ **seacunny**／**seaconny**：尼珥在一張紅心4的紙牌背面，寫下一段與這個意為「舵手」的單字有關的筆記：「常聽說**seacunny**／**seaconny**這個字源自一個意謂『兔子』的古老英國字——即『cony』或『coney』（所以**sea-cunny**被解釋為『sea-rabbit〔海兔〕』）。要提防所有跟你講這種話的人，因為他會在背後取笑你：他八成也很清楚，『coney』另有一種見不得人，卻更普遍的用法（像倫敦的**buy-em-dear**〔青樓女子〕會對下一個客人說：『不給錢就沒得搞』〔No money, no coney〕）。所以世故的**ma'amsahibs**抵死不說**seacunny**，寧可改用**sea-bunny**這種荒謬的說法。（『好吧，夫人。』有次我忍不住說：『既然這麼稱呼舵手，那是不是以後也說我們天上偉大的**海兔**好了？』）但願我有辦法跟這些女士說清楚，任何兔子都無須擔心被海兔騙財騙色，這是個完全無害的詞彙，就只是源出阿拉伯語*sukkán*，意思是舵，從而產生了*sukkáni*，然後又產生了**seacunny**。」亦可參見**lascar**。

+ **seersucker**：泡泡紗，表面有立體突起小皺紋的薄棉布。尼珥強烈反對這種棉布源自（雖然**《神論》**後來也這麼主張）波斯語*shir-o-shakkar*，也就是「奶汁加糖」的說法。「什麼怪想頭會以為把混有奶水、甜膩膩的糖漿穿在身上是件愉快的事呢？」他反而認同亨利爵士，認為這個字跟包頭巾（**turban**，他認為這個字源自印度語*sir-bandh*〔頭帶〕）類似，是源自*sir-sukh*「頭部的愉悅」。他認為這兩個詞彙應該配對使用，因為前者有時就因後者而產生。他還引用一句聲稱船工常掛在嘴邊的格言作為補充證據：*sirbandh me sirsukh*——「包頭巾帶給頭部幸福。」

+ **ruffugar／ruffoogar／rafugar**（***The Glossary**）：「語言學圈子裡流傳一則警世寓言說是有個**griffin**〔年輕白人大爺〕，被一個衣衫破舊的**budmash**〔痞子〕糾纏，他高聲斥責攻擊者：『放開我，討厭的**ruffoogar**！』說話者誤以為這個字是印度語的『ruffian（無賴）』但**ruffoogar**其實只不過是個縫補衣服的人。」

Rum-Johnny（***The Barney-Book**）：舞孃。「這個字源自印度語*Ramjani*，具有跟英語字面截然不同的言外之意[24]（參見**bayadère**）。」

+ **rye／rai**（***The Barney-Book**）：尼珥正確預測到這個意義為「紳士」的常用印度字，會以英國吉卜賽語的形式**rye**，而不是以印度語的原形出現在**《神論》**中。

sabar（***Roebuck**）：上桅帆；參見**dol**。

+ **sahib**：這個字令尼珥頗為困惑：「阿拉伯語的『朋友』一字，進了印度語和英語後，怎會變成『主人』了呢？」他的一位訪問過蘇聯的孫子解答了這個問題；在尼珥筆記的邊緣，他龍飛鳳舞寫道：「『Sahib』對拉傑而言，就等於共產黨員心目中的『同志』——是支配的面具。」參見**BeeBee**。

+ **salwar／shalwar／shulwaur**：參見**kameez**。

+ **sammy**（***The Barney-Book**）：「印度語*swami*一字英國化的拼法，從它衍生出意為『mandir（印度寺廟）』的**sammy-house**：但關於這個字是否比『pagoda（寶塔）』好用，卻是見仁見智。」

---

24 英語若照字面直譯，意為「蘭姆酒強尼」。

+ pyjama／pajama：「印度語的『腳』（*pao*）這個字，在英語中受歡迎的程度，遠超過頭（*sir*）這個字，其中一定有某種緣故。」*Pao*的各種變形出現在很多複合字中，包括**char+poy**、**tea+poy**、以及**py+jama**，*sir*名下卻只有**turban**（*sirbandh*）和**seersucker**（*sirsukh*）兩個字。」

+ quod／qaid：參見**chokey**。

+ rankin／rinkin（*The Barney-Book）：「很好的英國吉卜賽俚語，源自我們的*rangin*——多采多姿。」

+ rawnee／rani：「雖然這個印度字的原意確實是王后，但它的英語用法隱含別種意義（詳情參見**bayadère**）。」

+ roti／rooty／rootie：「我認為**《神諭》**不大可能以印度語*roti*的形式收羅這個字，但**Barneymen**的觀察很有道理，它有可能以後兩種孟加拉語的形式遠渡重洋——畢竟英國士兵都用這些字眼稱呼他們**chownees**（營地）供應的麵包。」英國士兵對發酵的麵包與未發酵的麵餅不做區分，其實並不奇怪，因為他的舌頭對後者完全陌生：所以**rootie**對他而言，就如同**sepoy**眼中的*pao-roti*一樣。我聽說不僅因為含有酵母，也因為加了*pao*這個字首，很多**sepoys**就拒絕食用英國麵包：他們相信發酵的麵團是用腳（*pao*）揉的，所以不潔淨。如果能有人跟他們說明，*pao-roti*的*pao*不過是印度語沿用了葡萄牙語的*pão*就好了！試想，艱苦的行軍途中，飢餓的士兵竟然基於一個令人扼腕的錯誤觀念，不讓自己補充營養：簡簡單單幾個字的解釋，就能使他免於呼喊**bachaw**！**bachaw**！這適足以證明，字源學是人類救亡圖存不可或缺的一環。」

只說意義相當的**griffin**。」

puckrow／puckerow／pakrao（*The Glossary）：「很容易受誤導而以為這個字只是印度語的『握住』或『抓緊』，英國士兵就這麼用。但這個字通常也作『格鬥』解釋。如果**pootlies**與**dashies**把它當這種意義時，蘊含的言外之意可就跟軍事毫無關係了。」

+ pultan／paltan：「一個有趣的例子，當一個單字被印度語借用（作軍事用途，即編制中的『排』之意）後，又再度被英語收編，意義就發生少許改變，成為『很大的數量』之意。」

+ punch：「實在很奇怪，取這名字的飲料，竟然把原生父母（印度語*panj*〔『五』〕）忘得一乾二淨。我年輕時，大家常把這種雞尾酒奚落為無法下嚥的經濟。」

+ pundit：尼珥不接受一般以為的此字的字源，亦即印度語中常見，對『有學問的人』或『學者』的稱呼。「它真正語源的線索可從十八世紀的法語拼寫方式*pandect*中找到。這豈不明顯指出，這個字是『pan』加上『edict』——意即『每件事都要下斷語的人』嗎？這當然比我們可敬的印度語**pundit**更接近語帶挖苦的英語含義了吧？」

+ punkah-wallah／-wala：「搖扇子的工人。」

purwan（*Roebuck）：帆桁（掛帆的橫杆）；此處，尼珥在羅巴克上尉的腳註上仔細畫了線：「我認為*Purwan*是個複合字，結合*Pur*〔翅膀或羽毛〕和*Wan*〔船〕，後面這個字，來自杜拉特（Durat〔標準寫法為Soorut〕）等地的船工經常使用，所以*Purwan*，即船上的帆桁，也可翻譯作一艘船仗以飛翔的翅膀。」

一般人不願接受它只是英語中一個平凡之極的單字『business』的一種發音方式而已。但事實就是如此，所以新手或**griffin**（年輕白人大爺），常被稱作**learn-**或**larn-pijjin**。我最近聽說另一個有趣的複合字**stool-pijjin**，我相信這個字與回應大自然召喚之事有關。」

poggle／porgly／poggly（*The Glossary與* The Barney-Book）：關於這個字，尼珥對於下面引用的這段拜黑爾與勒蘭援用亨利爵士觀點所做的解釋，很不贊同：「『瘋子、白癡、傻瓜。〔源自〕印度語*págal*……有位朋友常……賣弄一句恐怕非印度人不能欣賞的、混合數種語言的格言：『Pogal et pecunia jaldi separantur』，意思是：傻瓜跟他的錢很快就會分手。』」對此，尼珥補充道：「如果真的如此，那這些**pundits**（博學者）最活該落得一貧如洗了，因為**poggle**雖然瘋癲，卻不是傻瓜。」

+ pollock-saug／palong-shák（*The Glossary）：「亨利爵士定義這種絕佳的蔬菜時，犯了莫大的錯誤：「一種乏善可陳的蔬菜，亦稱『菠菜』。」

pootly／putli（*The Glossary）：「總喜歡保持清純形象的亨利爵士，把**pootly-nautch**定義得好像只不過是印度語的『娃娃』或『木偶舞』！但我們毫不懷疑，他其實很清楚這幾個詞在英語中應作何解釋（詳情參見**bayadère**）。」

+ pucka／pucca：尼珥相信這個字的英文意義並非如一般常說的，來自印度語的（隨著時間過去而變得）「成熟」，而是指涉另一種意義──「煮過」或「烤過」──後者可指「烘烤過」甚至「烤焦了的」磚塊。「因此，**pucka sahib**是同儕之中最刻苦耐勞、也最可靠的。有趣的是，從來沒有人會說『kutcha sahib（青澀的白人大爺）』，解釋為『上下顛倒』完全正確，但要注意的是，它在船工語中的用途只限與航海有關，指的是船整個翻覆，船底向上。」

paik（*The Glossary）：參見**burkundaz**。

+ pani／pawnee／parny：尼珥強烈否定這個印度語中表示「水」的詞彙，是因為用在**brandy-pawnee**（白蘭地）與**blatty-pawnee**（蘇打水）等複合詞裡，才傳入英語的說法。這是他又一次完全對拜黑爾與勒蘭的論調深信不疑，以為這個字源自吉卜賽語的「水」。（參見**bilayuti**）。

+ parcheesi／parcheezi：印度宮廷十字棋。尼珥發現他童年常玩的消遣遊戲，竟然被包裝成Ludo, **Parcheesi**等品牌出售，不禁勃然大怒。「但願我們能把祖先遺產中凡有價值之物，都取得版權，登記專利，以免它們被貪婪的商人竊佔，據為己有，這都是從過去傳承下來、免費的贈與，即使最窮困的人也有份，他們卻忝不知恥，要求我們的孩子為這些天真的娛樂付費。」擺在店裡出售的這遊戲的各種版本，從來不准進他的家門，他也確保兒孫都像他過去一樣，在一方繡花布面棋盤上，用塞席爾（Seychelles）出產，色彩最鮮豔的子安貝玩這遊戲。

peechil（*Roebuck）：參見**agil**。

+ penang-lawyer：參見**lathi**。

phaltu-tanni：參見**turnee**。

+ pijjin／pidgin：「關於這個常用詞彙的來源，有多種猜測，因為

+ mochi／moochy：皮匠。

+ mootsuddy／mutsaddi：參見**dufter**。

+ munshi／moonshee：參見**dufter**。

mura（***Roebuck**）：「很長一段時間，我都聽不懂船工說『jamna mura（右舷搶風）』和『dawa mura（左舷搶風）』是什麼意思。後來我才得知，這在他們的語言中是指『搶風航行』，罕見的借用義大利語的例子。」

+ mussuck：「**挑水夫**（**bhistis**）裝水用的皮袋取這名字實在很奇怪，因為它是阿拉伯語的puckrow（抓住）之意。」

muttranee（***The Glossary**）：參見**halalcore**。

+ nainsook／nayansukh：「『悅目』是這種精緻的高級衣料在印度語的名稱，但我們這個詞在英語中的訛化形，意義卻未盡相同。」

nuddee（***The Admiral**）：「這個字意為河流，而**nullah**意為水溝，所以為什麼一個字通用於全世界，另一個字卻無人聞問，我實在想不通。」

+ nullah：見上條。

ooloo／ullu：參見**gadda／gadha／gudder**。

oolta-poolta／oolter-poolter（***The Glossary**）：「雖說這個複合詞

意義。因此，正如法語的*maître*和義大利語的*maestro*有手藝精湛之意，印度普通話也用**mistri**表示工匠和高明的手藝人：目前就用最後這形式稱呼修理匠和工人。關於這點，閣下，可否建議您最好還是採用另一種拼法**mystery**，這麼做的一大優點是凸顯這個字與拉丁文*ministerium*（從這個字傳下『The Mystery Plays』一詞，這麼命名是因為參與製作者都是身懷*mistery*〔一技之長〕的工人，也就是*ministerium*）的合法關係？如此一來，我們把『萬物的創造者』稱做『Divine **Mystery**〔神工〕』，豈不會興起更濃厚的敬畏之情？」

這封信未曾寄出，但尼珥恪守自己的原則，總是使用變化形拼法**mystery**。

+ mali／malley／mauly／molley／mallee：園丁。「照顧花園的**mysteries**。」

+ malum：「有些字典堅持把這個字錯拼成**malem**，儘管它正確的寫法從十七世紀起就已成為英語的一部分。這個表示『船上主管』或『大副』、『二副』的船工詞彙，不消說是源自阿拉伯語*mu'allim*，意為『有知識的』。」

+ mandir：參見**sammy-house**。

masalchie（*The Glossary）：參見**bobachee**。

maski：「這個有趣的單字跟『麝香』（musk）或『面具』（masks）都完全無關。它在中國南部沿海的**zubben**（方言）中，相當於印度語所謂的*takiya-kalám*——也就是說，使用這個表達方式不是因為它的意義（其實這個字沒有意義），而只是一種習慣，藉由不斷重複，它變得跟枕頭或**tuckier**（靠墊）一樣熟悉而值得重視。」

luckerbaug（***The Glossary**）：說印度語的人和說孟加拉語的人曾為這個英語單字大打出手，印度人聲稱它源自他們的*lakkarbagga*（土狼），孟加拉人則說它是 *nekrebagh*（狼）的訛寫。這麼吵不會有結果，因為我聽說兩種動物都包含在這個字的意義中，另外還得加上豺狼。

lugow／lagao（***The Glossary**）：「這兒有個很好的實例，足證出身卑微，正如常言所謂『鑽錨鍊孔進來』的單字，也有機會晉入動詞的高貴階級。這個字在船工語中的正確用法，等於航海術語的『綑綁』或『固定』。基於大多數英語辭典都熱中收集具有綑綁、束縛、毒打、拖拉等意義的詞彙，這個字穩定升級似乎很正常。大概因為它出現在『**lugowing**一條繩』（意謂『固定錨鍊』、『繫纜繩』等）這樣的片語中，如今也成了日常用語。最後這種說法很普遍，說不定這個字就是動詞『to **lug**（拉）』的祖先。」

\+ **maistry／mistri／mystery**：很少有單字能像這幾個字一樣，令尼珥癡迷如狂。最近在他的筆記中找到一封寫給一家加爾各答知名報社的信件草稿。

「敬啟者：貴社乃印度次大陸第一流英語日報，在該種語言的相關議題上被視為神諭，自是理所當然。所以吾人注意到貴報版面最近對**mistri**一詞令人髮指的誤用，感到莫大遺憾。貴報不止一次主張，這是一個印度本土字，可泛指水管工、裁縫、石匠、修理匠。請閣下明察，**mistri**及其變化形**maistry**和**mystery**，是印度語言中僅次於**balti**的最常見源自葡萄牙語（拼法為*mestre*）的字彙。它們可能像**balti**一樣經海路抵達，因為**maistry**的原始意義，與它的英語同義字『master』類似（兩者都源自拉丁文*magister*），最初可能有『船長』之意。**maistry**一詞現在還有類似用法，主要指監工，充分保留了它的英國表親『master』不言可喻的權威感。值得注意的是，這個繁殖力旺盛的字眼來到印度，還是像在歐洲一樣，沿著平行路徑發展出多種不同

launder／launda：參見**lascar**。

+ linkister：**《神論》**中說這個字源自「linguister」（翻譯員）的訛寫，尼珥反對。他認為它應該是「link」一字的俚語延長版——這個字被用來描述譯者，因為與他們的功能完全符合。

loocher（*The Glossary）：「這個從印度語*luchha*衍生的單字，輕而易舉成為英語的一部分，主要因為它跟同義詞『lecher（好色之徒）』字形相似：但也正因為如此，恐怕過不了多久就沒人要用它了。」

loondboond／lundbund（*Roebuck）：命根子玩完了。這個跟**launder**同源的奇怪詞彙在船工語中意為「dismasted（桅杆折斷）」。羅巴克揣測它「可能源自*nunga moonunga*（一絲不掛）。」對此，尼珥批評道：「英語多麼平淡，船工語多麼生動，那個字當然該翻譯作『dismembered（肢解）』？難道羅巴克不知道lunds（陽具）和bunds（綑綁；不能動）是什麼意思，也不知道它們之間的關係嗎？」

+ loot：「我相信這又是一個英語受惠於船工語的字眼，因為這個從印度語*lút* 衍生的字，最初被**Bawhawder**公司的船舶用來描述它們俘虜的法國船（有「戰利品」、「掠奪品」之意）。

+ lorcha：「這種船究竟是葡萄牙製造，或中國仿照歐洲設計的複製品，是個令人困惑的問題：只說這種船在南中國沿海一帶很常見就夠了。」

杖。殖民地的執法者因文化、語言隔閡，維持治安的手段就是一味蠻幹，揮舞大棍子亂打。

語拼寫，後者變成很奇怪的**classy**）；要不然就用職銜自稱，最高階是**serang**（水手長），接著是**tindal**（領班）與**seacunny**（舵手）。船工的階級還不止這些，另外有**kussab**與**topas**，他們的功能不明（不過後者通常在船上作清潔工）。或許無須意外，船工語沒有描述最低階職位的詞彙：正如英語的『小廝』，這位倒楣的老兄常被嘲弄、譏笑、踢打，號稱小廝，其實根本是個出氣筒，提到他的職稱都像在罵人（一般對他的稱呼確實也像罵人：*launda*與*chhokra*——英語拼法則是**launder**與 **chuckeroo**）。於是船工使用**lascar**一詞的方式，通常都與它印度語或波斯語的定義有關，很少是英語定義，因為他通常把它當作集合名詞，代表全體『船員』（**lashcar**）。**Lascar**的奇妙航行最奇怪的部分，就是它現在挾歐洲進口的定義，即『水手』，重新進入印度的某些方言（主要是孟加拉語）被人利用！但我相信，這種現象之所以會產生，乃因為這個字被當作一個由葡萄牙與英國的航海術語引進的新外來字。」

+ lashkar（*Roebuck）：見上條。

latteal／lathial（*The Glossary）：參見**burkundaz**。

+ lattee／lathee：「有人揚言這不過是根『棒子』。我要告訴他們：那你們何不試著用**lattees**拉小提琴，看它管不管用？這個字實際上只是權杖的半個同義詞，因為兩者只在兼具責罰工具與至高權威象徵這些方面是一樣的。由此看來，它是印度語*danda*一詞的英國版，而這個詞當然是源自有『統治』與『權威』等意義的*dand*。」尼珥在別處特別提到，千萬不可以把**lathi**跟一般稱作**penang-lawyer**（檳城律師）的手杖混為一談，**海軍上將**說得很好：「有了它，司法部門就可以在檳榔嶼（Pulo Penang）高枕無憂[23]。」

23 最後這段話的意義：檳城律師是用當地出產的椰子樹幹製作，質感厚重的手珥的直覺也不算全錯。

lall-shraub／loll-shrub／lál-sharáb（***The Glossary**與*** The Barney-Book**）：「這個字眼太常用，以至於說『red wine』反被認為是做作。」亦可參見**sharab／xarave**等。

+ langooty／langoot／langot：「有人說這種微縮版的腰布等於『用手帕取代了無花果葉』，善哉斯言。」

lantea（***The Glossary**）：「奇怪的是**《神論》**忽視這種常見的中式船，卻收羅了較為罕見的馬來船**lanchara**。」

larkin：「就如法文的mademoiselle（小姐）之於madame（夫人），**larkin**跟**BeeBee**的關係也是如此，這個字是印度語*larki*（女孩）的訛化。」

larn-pijjin：參見**pijjin**。

lás／purwan-ka-lás（***Roebuck**）：尼珥指出：「葡萄牙語*laiz*（桁端）的一個偷懶簡稱。」

+ lascar：「船工幾乎眾口一聲都說，他們這稱呼來自波斯語*lashkar*，意思是『民兵』，從而延伸出『傭兵』、『雇工』等意義。這幾個字彼此相關殆無疑義，但我認為在這個字的航海用途嚴格定義上，始作俑者應是歐洲人，或許能溯及葡萄牙人。印度語中，這個字當然與水手無關，只指步兵，而且幾乎永遠是多數（所以如果像說英語一樣，用孟加拉語說『一個*lashkar*』，聽起來會很可笑。）即使今天，**lascar**也很少自稱**lascar**，他們寧可稱自己*jahazi*或*khalasi*（用英

+ khus-khus：參見**tatty**。

khwancha（*Roebuck）：參見**tapori**。

kilmi（*Roebuck）：「後」；參見**dol**。

+ kismet／kismat：「這個字在迷信上牽連甚廣，種種胡說八道不知費了多少紙張。事實上，它源自阿拉伯語表示『劃分』或『分配』的字根*q-s-m*，所以它的意義無非就是『份額』或『份內之物』而已。」

+ kotwal：參見**chokey**。

kubberdaur／khabardar：參見**khubber**。

+ kurta：參見**kameez**。

kussab（*Roebuck）：參見**lascar**。

kuzzana／cuzzaner（*The Glossary）：尼珥認為殖民政府用這個字表示地區性經費，未免劃地自限過了頭。「啊，正如亨利爵士指出的，英國旅行者早在十六世紀就使用這個詞彙，所以《海吉斯日記》（Hedges Diary）裡才會出現那個著名的段落，記述一項付給『國王的金庫』八千盧比的要求。」

+ laddu：尼珥對這個字的期許是否已經實現，在家族中引起很多爭議。在他想像中，它應該以船工語的意義進入**《神諭》**，指涉桅杆的頂端。但這個字卻像**jalebi／jellybee**一樣，只保留了蜜餞的定義。不過蜜餞也罷，桅頂也罷，反正都是因為圓滾滾的外形而得名，所以尼

ket（***Roebuck**）：九尾鞭。（但尼珥指出，他常聽人把這種最令人畏懼的鞭子稱做*koordum*，羅巴克也證實了這點，並補充說它源自葡萄牙語*cordão*。）

+ khalasi／classy：雖然通常拼成**classy**，這個孟加拉語「船夫」一字，卻往往帶貶意，有「下等人」之意。尼珥若得知它進入**《神諭》**的殿堂，一定會很意外。

+ khidmutgar／kitmutgar／kistmutgar／kismatgar etc.：「英語中這個字的變化之多，令人驚訝，也因此產生許多關於此字的誤解。關於此字起源的諸多揣測，其中最無稽的首推**kismat+gar**的變化形。有人主張，此字最初是指占星家，從前每戶人家都雇用很多這種人。甚至有人告訴過我，此字正確的意義為『追隨雇主的**kismat**的人』（我忍不住反駁：『先生，這種人該稱作*budkismatgar*才對吧？』）。事實上，這個字就等於英語的『僕人』，亦即『提供服務的人』。」

khubber／kubber／khabar（***The Glossary**）：「什麼也不懂的人才會以為這個字的意思等於英語的『新聞』。因為如果真是那樣，那麼它的衍生字**kubberdaur／khabardar**就應該是『送消息的人』，而不是『當心！』了。」

+ khud：「有一次在爭議中，一個自以為學識淵博的人引用這個字，作為外來語在兩種語言之間往返後，仍能保持本來面目的例子。『但如果是這樣，』我說：『那印度語的**khud**一定也保留了英語「深淵」或「鴻溝」之類的言外之意，不是嗎？』「哦確實有啊。」他說。『那請你告訴我，先生，』我問：『你什麼時候聽人用印度語說過，他們跟同儕之間有一道巨大的**khud**呢？』」

kalmariya（***Roebuck**）：「船帆全部收光的無風狀態，羅巴克告訴我們，這個字源自葡萄牙語*calmaria*。」

+kameez／kameeze：這個字能打進**《神論》**，尼珥想必會覺得不可思議，他還以為它逃不過棄屍亂葬崗的命運。「我的推論有兩大基礎，第一是所謂的短袍用幾乎為同義詞的**kurta**就足以表達。有人會說**kameeze**比較長，設計也比較複雜——但用聽起來更悅耳的*angarkha*取代它，豈不更好？**kameeze**這個字不可能流傳的第二個理由，乃是因為它在英語中有個幾乎系出同源的強大對手*chemise*。一定又會有人反駁，**kameeze**源自阿拉伯語的*qamís*，而英語的*chemise*（正如葡萄牙語的*camiz*）卻是拉丁文*camisia*的後裔。但這種說法站不住腳，因為阿拉伯語的*qamís*也可能是拉丁文的後裔。總而言之，**kameez**顯然跟*chemise*有親戚關係；它的疆域正快速落入後者手中，也是毋庸懷疑之事，複合字pyjama-chemise眼看著就要取代目前通用的**sulwaur-kameeze**，就是個很好的例子。我們應該樂見這樣的改變：比方，如果能說服那些好勇鬥狠的阿富汗人，脫下毛刺刺的**kameez**，換上涼快舒適的*chemise*，他們的脾氣難道不會變好一點嗎？」

karibat：在**The Barney-Book**中找到這個字，真令尼珥大喜過望，因為到了他的晚年，這個字乏人使用，幾乎已遭廢棄。從他的筆記可知，他記得有一度這個結合泰米爾語*kari* 與孟加拉語bhat（米飯）的字眼常出現於英語，做為「印度菜」的通稱。這種意義上，它並非若干人以為的，僅僅是「咖哩飯」而已，而是用於「吃飯了沒？」這樣的問候語。雖不是十分有把握，但他印象中，似乎聽人說過：「have you **karibatted**（咖哩飯吃了沒）？」

+ kassidar／khasadar：參見**burkundaz**。

任何衣物。」參見**kameez**。

+ jasoos：尼珥對於跟這個意為「間諜」的印度常用字相關的各種英語單字拼法十分著迷——**jasoosy**（窺探）與**jasooses**（複數名詞）。

jaw／jao（*The Barney-Book）：參見**chull**。

jawaub（*The Glossary與*The Barney Book）：駁回。「這個作『回答』解釋的印度單字，移入英語的理由一直很薄弱，因為它的用途只局限於一種，照拜黑爾與勒蘭的說法就是：『如果一位男士向女士求婚遭到拒絕，人家就說他被**jawaubed**（打發）了。』」

+ jemadar：「記得我年輕時，這個字指的是**sepoy**（英國部隊中印度兵）的第二高位階，僅次於**subedar／soubadar**（士官長）。但近來它的用途發生了一些改變，用於稱呼**bhistis**（挑水夫）和洗廁所的工人。」

+ jildi／jeldy／jaldi：**《神論》**認可這個字，值得我們欣喜踴躍，我的一位前輩提出的完整定義如下：「趕快，可用於*on the jildi*（馬上）、*to do a jildi*（立刻做）或*to move a jildi*（立即動身）等片語中。」

jillmill（*The Glossary）：「**bandooki**（威尼斯）百葉窗。」

+ joss：「我是在澳門得知這個字正確的字源，並非如我原先猜測來自粵語，而是源自葡萄牙語的*Dios*。所以凡是與祭拜有關的事務都用得著它：**joss-stick**（香）、**joss-house**（廟）、**joss-candle**（供燭），當然還有意為『宗教』的**joss-pijjin**（衍生出意為『法師』的**joss-pijjin-man**。）」

（**bichawna**），親愛的；這可不**hoga**。』」

+ hong：行。「這個字用英語拼寫時，在南中國可以代表任何型式的貿易機構，可能是一群商人所組的公司、幾棟建築物，甚至是商人名下的船：**hong-boat**。」

+ hookum：「船工語：『命令』。」

hubes!／habes!（***Roebuck**）：這是相當於英語航海**hookum**『拉』的船工語，羅巴克關於此一條目的註解令尼珥十分佩服，所以他逐字抄下：「〔下達這個命令時〕有時必須搭配幾句罵人的髒話；例如『*Habes sálá!*』『*Bahin chod habes!*』或『*Habes harámzuda!*』」

+ hurkaru／harcara：參見**dufter／daftar**及**chit／chitty**。

hurremzad／huramzuda／harámzáda etc.（***The Glossary**）：雜種。參見**badmash**。

istoop／istup（***Roebuck**）：「我還能感覺手裡拿著那種骯髒的填絮，永無止境地挑呀、揀呀、挑呀……」源自葡萄牙語的*estopa*。

+ jadoo／jadu：魔術；變戲法（「因而衍生常見用法，把共濟會的會所稱作**jadoo-ghar**〔戲法屋〕」）。

jalebi／jellybee：參見**laddu**。

+ jammah／jama：「這個字無法達到像複合字**pyjama**（直譯：穿在腿上的衣物）同等的顯赫地位，唯一的原因就是它太籠統，可代表

+ griffin／griff：參見**pucka**。

gubber（*The Glossary）：「這種**bandooki**（威尼斯）貨幣的名稱與印度語的『牛糞』相似，所以在**dufter**有很多附加功能，例如某個不肯**dumbcowed**（向疾言厲色屈服）的cranny，就對**白人老闆**（**Burra Sahib**）說：『長官，祝您口袋裝滿重重的**gubbers**。』

gubbrow／ghabrao（*The Glossary）：參見**dumbcow**。

+ gup：「聊天、聊八卦；但絕不是用英語，**gup-shup**則是更好的說法。」

+ halalcor／halalcore：「這個字，以及**harry-maid**和**muttranee**都是英語的洗廁所工人眾多頭銜中的一個。」

harry-maid（*The Glossary）：參見**halalcore**。

hathee-soond（*Roebuck）：參見**bhandari**。

hazree／hazri（*Roebuck）：集合；檢閱。（尼珥補充道：「從這個字又生出**chotee hazree**一職，負責叫醒白人老爺，及時參加每天的檢閱。」）

hoga（*The Barney-Book）：「這個字充分說明了當一種表達方式從印度語移入英語時，會發生哪些改變。原本印度字*ho-ga*意味著『即將發生』或『即將要做』。但它在英語中幾乎永遠是否定句型，表示強烈的不贊成。所以有次一位以拘謹出名的**BeeBee**發現她丈夫在一個**Rum-johnny**（舞女）懷裡，旁人就聽見她喊：『不能在我**床上**

這個難忘的字眼，是英語『合約』〔或僱傭契約〕的訛化。」

+ godown：參見**bankshall**。

gol-cumra（***The Glossary**）：參見**cumra**。

+ gomusta／gomushta：「這種**daftar**（辦公室）的職稱實在沒有簡單的定義，因為那兒幾乎所有的功能都由他一手包辦：他記帳、**罵人**（**dumbcows**）、**恐嚇**（**gubbrows**），必要時還兼任**翻譯**（**druggerman**）。關於這頭銜，唯一能確定的就是，除非能讓**Burra Sahib**（白人大老闆）言聽計從，否則不會得到這位置。」

goolmaul／gollmaul（***The Glossary**）：轟動。尼珥不贊成亨利爵士將這個字定義為『混亂』：「非常清楚，這個字原本只是印度俚語的『零』（直譯是『圓形的東西』）。基於這意義，它原來是指字謎或謎語。『混亂』是延伸之後產生的意義，但最近它被賦予太多這種附加意義，現在一般都用它表示騷動或小題大作。」。

goozle-coonuh／goozul-khana（***The Glossary**）：參見**bobachee**。

gordower（***The Glossary**）：「一種長相與其名同樣醜陋的孟加拉船。」

grag（***Roebuck**）：烈酒，小酒館因而得到一個暱稱：**grag-ghars**。

griblee（***Roebuck**）：小型的錨，源自英語。

fulana-jíb（***Roebuck**）：船首三角帆；參見**dol**。

fuleeta-pup（***The Glossary**）：炸蔬菜。「『fritter-puff 』被**consummer**（管家）誤聽成如此，卻排除萬難，被納入辭典。」

gabar（***Roebuck**）：頂桅上帆或稱天帆；參見**dol**。

gadda／gudda／gadha／gudder（***The Glossary**）：「為什麼**sahib**（白人大爺）使用印度語的動物名詞都是在辱罵他人？當然不能否認，*gadha*在印度語有『笨蛋』之意，但驢子確實也是妙手創造萬物的自在天（Vishwakarma）的神僕。**ooloo／ullu**同樣，雖有時指『笨蛋』，但誰會忘記貓頭鷹也是吉祥天女（Lakshmi）的神僕呢？說到**bandar**，它在印度語中倒完全不像英語的用法有侮辱之意，而是表示親密與喜愛，說對方『淘氣』。」

galee／girley／gali（***The Glossary**）：「詛咒；淫穢的髒話；從而衍生出相當於孟加拉語*gali-gola*（辱罵）的**girlery**。」

+ ganta／ghanta：「鐘，衍生出印度語『小時』。但『搖你的鐘』，被認為是**girlery**。」

gavi（***Roebuck**）：上桅帆。參見**dol**。

ghungta：參見**dooputty／dupatta**。

girlery：參見**galee**。

girmitiya：尼珥寫道：「博杰普爾語別出心裁，從字根**girmit**造出

（僕人）打發不受歡迎客人的說詞：在**白種女主人（BeeBee）**想來，『大門深鎖』要比當面撒謊更容易接受。即使只因為它狡猾的邏輯，**《神論》**也應該會歡迎這個字。」

+ durzee：「裁縫。」

Faghfúr of Maha Chin（*The Glossary）：「這在船工語中是『大清皇帝』之意，但你若問它是指誰，他們幾乎一定會告訴你，是**Chin-kalan**的王爺，而後者是他們對廣州的稱呼。」

faltu- 或phaltu-dol（*Roebuck）：「嚴格來說，這是『應急桅杆』的船工語，以這種意義，船上用**girlery**（粗話）罵人時，用它代表一種縮小的、不可靠的、有缺陷的，會變大的器官。」

faltu／phaltu-tanni（*Roebuck）：參見**turnee**。

+ fanqui：「番鬼的英語拼法，**The Linkister**把它定義為『外國魔鬼』。但這個字眼大可較不冒犯地譯成『unfamiliar spirit（陌生的幽靈）』。」

+ foozle／foozilow：「幾乎確定是源自印度語*phuslana*（愚弄），聽說這個字傳到美國後變化更大，寫成**foozle**，甚至**comfoozle**。」

+ free：尼珥愛煞了這個字，如果得知**《神論》**已承認它們衍生自梵文與印度語的常用字根*priya*（親愛的或心愛的），他一定很高興。「說到『自由』的真正意義，除非它有朝一日擺脫英語，才不至於那麼難以捉摸；等到那一天，它才能找回*priya*的完整意義。」

皮革容器。」這種常見容器在印度幾乎從未用來裝過液體。即使有人偶爾用它裝正規**stool-pijjin**（如廁）用得到的某些物品，那種用法也顯然是例外。參見**dawk**。

+ duffadar／dafadar：募工員。在**《神諭》**中找到新生命的多種低階公務員職稱之一。「這些人一度在我們人生中扮演何等重要的角色，只要對任何一個加爾各答移民的移出證看上一眼就會知道，那張證的背面，幾乎都會註明負責召募他的**duffadar**的姓名（通常是某個案牘勞形的**cranny**潦草的孟加拉文筆跡）。」

dumbcow／dumcao（*The Glossary）：「這個字常被使用，而且持續向高貴的動詞階級攀升，無疑是因為它跨雙語的表達能力，**dumbcowing**就是破口大罵——若加上**威脅**（**gubbrow**）則更好——使受害對象啞口無言。」

+ dumbpoke：慢火燉砂鍋。尼珥見到用烤盤燜煮食物給人吃的廚房時，總是憤恨不平，因為他相信這個字帶有令人無法忍受的做作，尤其在**dumbpok**（厚底砂鍋）伸手可及，隨時可用的時候。近年原汁原味的印度菜*dumpukht*復興也安慰不了他，因為現在這個字遵守的是嚴格的印度定義。

+ dungaree／dungri：牛仔布。「*dungri*在布料中的地位，一如**dinghy**在船舶中的排行——亦即不值得保存的粗棉布，更別說讓它進入**崇高貴族階級**（**coolin-dom**）了。」

+ dupatta／dooputty：參見**chuddar／chadar**。

durwauza-bund（*The Glossary）：不在家。「這是**khidmutgars**

測，英語會一直把它拼成這怪樣，因為有一道甚受歡迎的戰地菜叫「盾牌煮扁豆」。

+ doolally／doolally-tap：「一種白人大爺和夫人常發作的疾病，是馬來『瘋狂殺人病』的英國版。這個字源自德奧拉利（Deolali），那地方有家知名的精神病院。我認為它是鴉片酊的一種副作用，這也解釋了為何它如今已經絕跡[22]。」

+ dosooti／dosootie（*The Glossary）：直譯意為「兩根線」，是一種粗棉布；「我驚訝地從瑞德先生那兒得知，美國把Dosootie 視為最高品質的襯衫衣料。」

drawal（*Roebuck）：後檣縱帆；參見**dol**。

druggerman（*The Glossary）：「跟**moonshies**、**dubashes**和**linkisters**一樣，都是語言的工人——這個口譯職銜源自阿拉伯-波斯語的*tarjuman*。」

+ dubba／dubber：這個字能出現在〈**字詞選註**〉裡，應該要感謝船工，因為他們使印度語的「箱子」或「容器」一詞，成為航海的常用語。

dubbah／dubber（*The Admiral）：儲存奶油（固態）的牛皮容器。尼珥反對**海軍上將**給這個字的定義：「一種印度用來裝液體的粗糙

22　瘋狂殺人病指一種被稱做Amock的現象，平時很正常的人無緣無故突然持武器行兇，殺害無辜者。這類案件較早的紀錄見諸馬來地區，被認為是特定文化併發症，通常發生在人口密集區，兇手行兇後，往往被圍觀者擊斃或自殺。

問號。他對**dinghy**的質疑，筆劃下得特別重，因為在他看來，孟加拉語中航行河上的各種船隻之中，它最沒有可能進入**coolinhood**，飛上枝頭作鳳凰，*dingi*本來就是最蹩腳的船。

doasta：「關於這種酒精飲料，史密斯**海軍上將**總算說對了；他說它是『一種烈酒，在藏污納垢的加爾各答及其他印度海港，娼寮酒館往往將它下藥加料，賣給粗心的水手。』」

dol（*Roebuck）：尼珥有幾張**傑克便箋**是專門討論船工語中有關帆船結構的字彙。「他們稱桅杆為**dol**，帆則是借自英語的**serh**（不過我有幾次聽他們使用孟加拉語的*pâl*一字）。他們用其他術語搭配這幾個字，做進一步區分：所以**trikat**（常誤唸成tirkat）配合**dol**或**serh**，有『前』的意思；**bara**是『主』；**kilmi**是『後』，**sabar**是『上』。應急桅杆有個貼切的名稱**phaltu-dol**。說到船帆，**sawai**是支索帆；**gavi**是上桅帆；**tabar**是頂桅帆；**gabar** 是頂桅上帆；**dastur**是斜帆；後檣縱帆則是**drawal**。結合這些元素，就算是船上最不重要的一塊帆布也能指認得出來。在他們的語言裡，前上桅斜帆就是**trikat-sabar-dastur**，甚至不需要加上**serh**這個字，就完全了解他們的意圖。但最有趣的詞彙首推將船首向前延伸的那堆索具：先說船首斜桅吧，船工稱它**jíb**時，**高級船員（malum）**總以為他們只不過是英語的jib一字發音不正確，卻不知道前者在印度語有『舌頭』之意；他們把船首斜桅縱帆唸成**fulana-jíb**，那些不知道這詞可指「任何東西的舌頭」的人，只會繼續誤會下去；妙的是，這支帆桁的尖端就叫撒旦的舌頭。是否因為在那兒工作，感覺就像坐在魔鬼舌頭上一樣提心吊膽呢？）

+ doll／dal：我相信尼珥一定很高興得知，**《神諭》**把這種印度最常見的食物拼做**dal**而不是**doll**（不可跟**pootly**混淆），更不是神祕的*dhal*，後者當然就是印度／孟加拉語的「盾牌」。他有次在筆記中猜

dashy（***The Barney-Book**）：參見**bayadère**。「據說這個字源自*devadasi*（寺廟的舞者），所以**debbies**與**dashies**常是成對出現。」

+ dastoor／dastur：尼珥總是優先考慮航海用途，所以他認為**《神論》**是基於船工的用法而收錄這個字，那麼它的意義就等於「stu'nsail／studdingsail（副帆）」（參見**dol**）。他毫無根據地亂猜，以為有個與它發音相同，意為「祆教祭師」的單字也很有機會被收納。兩者他都猜錯了：**《神論》**不知何故，決定將這個字定義為「慣例」或「佣金」，並從中衍生出**dastoori**、**destoory**等字。後者卻因意義太接近**bucksheesh**而被尼珥排除。

+ dawk：參見**chit**。

+ dekko, dikk, deck, dekho：尼珥獨排眾議，拒絕把這個字歸類為英籍吉卜賽人的俚語，他堅持這是近年直接借用的印度語彙*dekho*（「看」之意）。

+ devi, debi, debbie：「印度語的『女神』在英語的用法有截然不同的言外之意（詳情參見**bayadère**）。另一方面，船工語**devi**則是英語davit的訛寫。」

+ dhobi：「洗衣工人。」

digh（***Roebuck**）：尼珥堅持這個相當於航海術語中「point」一字，用於「points of sailing」，也就是「相對於風向的航向」的船工語彙，源自孟加拉語表示「方向」之意。

+ dinghy：尼珥有時會在他認為得到太多甜頭的字旁邊打上一個

dubashes與**druggermen** 致力翻譯所有文件。最後這三種與翻譯有關的職位，它們的消失特別讓尼珥苦惱；每當英國人對他吹噓他們的語言多麼有吸收力時，他總這麼說：「小心，我的朋友。你們還在追求世界各地的**khazanas**時，舌頭是很靈活的：現在你們控制了全世界，舌頭就僵硬了。你們可曾統計你們每年流失多少字？勝利只是腐敗與衰落的開始。」

dai／dye（*The Barney-Book）：參見**dadu**。

+ dak／dawk：尼珥認為，即使在印度，這個字也早晚會被英語的「郵政」取代。但他也相信它會進入**《神諭》**，不是靠它自己的本事，而是藉由多到數不清的複合字——**dawk-bungalow**（郵局）、**dawk-dubba**（郵筒）等。

+ dam／daam（*The Glossary）：「印度貨幣以*rupya*（梵語：『銀』）命名，而未選擇更精確的印度語*dam*（價格），真是件不幸的事。我清楚記得**adhelah**是半個、**paulah**是四分之一個，**damri**是八分之一個**dam**的時代。更不幸的事，這個字就跟貨幣一樣，被仿冒品害得一貧如洗——這要怪威靈頓公爵在表示不屑時（『I don't give a **dam**』〔我才不在乎〕）做了錯誤的闡釋。公爵真正的意思當然是『在我眼裡它連tu'penny〔**dam**，兩分錢〕都不值。』但他卻擔下了把不登大雅之堂的damn一詞廣為流傳的罪過。一字之差，我們只能猜測如果他說的是『I don't give a **damri**』，那個字的命運會發生多大改變。」這則筆記旁邊有個不知名的後人潦草地寫道：「至少吉圖叔叔不會對白瑞德大喊：『你不在乎的是**dam**——不是「damn」——白癡……』，而毀掉《亂世佳人》（Gone With The Wind）的最後一幕。」

+ daroga：參見**chokey**。

cursy／coorsy／kursi（*The Barney-Book、*Roebuck與* The Glossary）：選自**傑克便箋**：「這個船工字彙的來源並不如很多人以為的是印度語『椅子』（*kursi*）：依我之見，它是英語航海術語『cross-trees』（桅頂橫杆）的訛用，因為它指涉的是桅杆與橫桁交叉形成的一個可棲身之處。但兩者的形似並非偶然，因為在這把椅子上，船工可以享受落到他身上的幾分鐘清閒。」

+ cushy／khush／khushi：「在船工語中，相當於英語航海術語的『快活』之意。這個字的英文意義被水手帶到岸上，船工應居發明的首功。」

dabusa（*Roebuck）：「羅巴克認為這可用來稱呼任何種類的船艙，但大家都知道，每艘船都自成一個世界，有自己的口音與方言——在朱鷺號上，這個字指的永遠只是中艙，但說它是beech-ka-tootuk（夾層艙）還比較正確。」

+ dacoit：尼珥寫道：「這個字所有人都認識，但常被誤用，根據法律，只針對**至少**五人結幫為惡的不法之徒才能用這字眼。」

dadu（*The Barney-Book）：「這個在吉卜賽英語中代表父親的字，在孟加拉語卻是『祖父』之意，實在很奇怪；更奇怪的是吉卜賽英語的母親**dai／dye**，在印度語／烏爾都語中，卻是助產士之意。」

+ daftar／dufter：辦公室。尼珥還在世的時候，這個字就也不幸成為笨拙的對手「office」的手下敗將。它也同樣拖垮了一**船**（**lashkar**）為它工作的優美英語詞彙：被稱作**crannies**的辦事員、辛勤做帳的**mootsuddies**、辦理匯兌的**shroffs**、幫他們看守金庫的**khazana-dars**、送信的**hurkarus**和聽差，當然還有多得數不清的**moonshies**、

+ cot：參見**charpoy**。

cotia（*The Glossary）：喀拉拉沿海使用的一種船，胡格利河上很少出現。

cow-chilo（*The Linkister）：女孩；女兒。「我常聽人用這個源自中國南部方言的字，貶抑中國人和他們重男輕女的觀念。其實它只是把兩個搭配起來很不恰當的單字湊合在一起而已。前半部可能是粵語『*kai*』的訛音[21]。」

cranny／karani（*The Glossary）：參見**carcanna**。

+ cumbly／kambal：參見**chuddar**。

+ cumra／kamra／camera（*The Glossary與*Roebuck）：尼珥對於這個葡萄牙航海用語（*camara*）被引進印度語，也包括英語表示肯定。它原本在航海上的用法是指「船艙」，但為了方便表示分割的空間，又讓它恢復拉丁文原意，即「房間」或「室」。「但用**gol-kamra**（直譯為圓形的房間）稱呼『客廳』，這種奇怪的用法是不可能保留下來的。」

+ cumshaw：參見**baksheesh**。

cunchunee／kanchani（*The Glossary）：參見**bayadère**。

---

21 不知kai對應何字，請識者指教，但這整個字可能是英語girl-child的訛音，或有可能是粵語「嘅細路」，論者認為把girl諧音寫成cow，即是一種貶抑。

配另一個字（**ban-**／**betee-**等）同時出現。唯一的例外是黑話**chutier**，使用時特指某種器官的天賦異稟，有辱罵意味。」參見**banchoot**／**barnshoot**等。

cobbily-mash（***The Glossary**）：「這根本不是泥或糊（mash），而是一種魚乾（孟加拉語*shutki-maach*的訛用。）」

+ cockup：這個字，當然會與維多利亞時代假道學的屠字場上註定消失的許多詞彙同樣下場。尼珥特別喜歡它所指稱的那種魚，*lates calcarifer*（bhetki／**beckty**），所以不肯承認它有絕種危機：但它之所以滅亡，他當然也有一份責任。

+ compound／**kampung**：很長一段時間，家族內部都認為不該把這個字納入〈**字詞選註**〉，因為它的兩種拼法都已被**《神論》**收羅，十足駁斥了尼珥心愛的理論（亦即，外來字不會以成對形式被接納，參見**bandar**。）但當一位譯者指出，這兩個字既不是同音詞，也不是同義詞，只不過是同一個字的兩種寫法而已，所有的焦慮也隨之消散。

+ conker／**kunkur**：「這個字跟馬栗或荸薺都不相干。它是印度語*kankar*（碎石）的訛寫，意義相同[20]。」

+ consumah／**consummer**／**khansama**：參見**bobachee**。

+ coolin／**kulin**：「千萬別與coolie（苦力）混淆，這個字指的是種姓中的最高階級。最近**classy**（下等人）圈中流行把它縮短，說成『cool』。

20　conker是馬栗（horsechestnut）的別名，提到荸薺則因它的風味與栗子（chestnut）類似，因此在英語稱之為waterchestnut。

chownee（***The Glossary**）：「這個表示『軍營』的好印度字，竟被乏味的盎格魯—撒克遜單字cantonment取代，實在是太不幸了。」

+ **chuddar／chadar**：「說到意義，英語最仰賴外來語的領域應推婦女遮蓋頭部、肩膀與胸前的衣著。但即使吸收了**shawl**（披肩）、**chuddar／chadar**（頭紗）、**dooputty／dupatta**（披紗）等詞彙，它還是沒有一個能描述紗麗那部分功能的字眼，因為**《神論》**中仍然看不見**ghungta**（罩紗）和 *ãchal*。**cumbly／kambal**（毯子）也不是個可以接受的代用品。

chuldan（***Roebuck**）：參見**choola／chula**。

chull（***The Barney-Book**）：「拜黑爾與勒蘭將這個字定義為『趕快』，充分暴露他們的無知，那應該是祈使語**jaw!**的定義才對。**chull**的意義較接近法語*allez*或阿拉伯語*yalla*。英語裡找不到好的翻譯，『come on』（來吧）的力道又太弱了。」

chup／choops（***The Barney-Book**）：「又一個透過育嬰室流傳的單字，在勸人保持安靜的字眼當中，算是有禮貌的。」

chupow／chupao（***The Glossary**）：「雖然目前仍然通用，但這個外來字是不可能永遠待在動詞之家的，因為它沒有任何英語『to hide』不具備的功能。」.

chute／choot：「這個字之所以受歡迎，乃是因為它比其他描述人體器官的詞彙多了個值得注意的優勢：也就是它可用在所有人身上，不管性別為何，都有充分把握對方一定有這東西。或許也因為這點，它被廣泛使用，不分印度語或英語，差別只在於英語幾乎總要用它搭

「galinha balde（即桶子雞）」是以某種特殊的爐子命名。不需要親眼目睹這道菜的製做過程，就可以知道這是**buckwash**，因為如果要以這種方式命名，那它就該叫『choola chicken（爐雞）』才對。

choomer（*The Barney-Book）：「英語借用印度語*chumma*表示的『親吻』動作，永遠就是『在臉頰上一啄』，絕不用在深入的愛情探索上。誤導的『kiss-miss（葡萄乾）』一詞，指的不是**choomer**專家。很多心懷鬼胎的**classy**（船夫）都會發現，在市區那些不名譽的角落裡低聲說這個字，並不會把你帶到**妓院**（**charterehouse**），可能只會換來一把葡萄乾。」

+ chop：官印；關稅。「也是一個流暢地從印度英語進入南中國方言的印度單字（源自*chhāp*〔印章〕）。不過它與源自粵語的**+chop-chop**（快，快）無關：倒是後者產生了醜陋粗俗**chopstick**（筷子）這個字，這完全不是印度的錯。」

+ chop-chop：見上條。

+ chopstick：見上條。

+ chota／chhota／choota：尼珥在一張黑桃2的背面留下這段**傑克便箋**（**Jack-chits**）：「**chhota**之於**burra**，就如同peg之於桅杆（mast）：所以船工慣說的**chota-peg**，常作**faltu-dol**的同義字使用。」

+ chota-hazri：見上條。「我永遠想不通拜黑爾與勒蘭怎麼會得出**chota-hazri**就等於『早晨一杯冰鎮薄荷酒或正餐前的一杯維吉尼亞雞尾酒』這樣的結論，因為它通常就只是吐司和茶而已。」

驗的結合，那麼監獄應該是印度人跟英國佬交流的樞紐了。英國人給了我們『jail』（監獄）和它無所不在的各種形式，諸如*jel*、*jel-khana*、*jel-bot*等字，我們回敬的禮物相形之下就顯得小器了。早在十六世紀，印度語*chowki*就遠渡重洋，發展成英語的**chokey**、**choker**、**choky**，甚至**chowki**等古老詞彙。這些字的元祖當然就是印度語的*chowk*，意為村鎮中央的廣場或空地：牢房或其他禁錮的場所，照例都設在這種地方，會有一位**kotwal**坐鎮，還有**darogas**和**chowkidars**的**paltan**巡守。但**chokey**似乎在漫長的旅途中沾染了不良氣息，因為這個印度字並不像它的英語化身那麼令人害怕：那種功能應該由*qaid*和*qaidi*執行才對——後面這兩個字踏上旅程的時刻幾乎跟**chokey**相同，化為**quod**、**quoddie**及**quodded**等形式被接納，最後一個字的意思是『被監禁』。」

+ chokra／chuckeroo：小厮。「又一個印度語和英語用法上微妙分歧的案例，因為印度語的*chhokra*是指一般的年輕人、少年或小伙子，**chokra／chuckeroo**卻是指工作崗位上的階級，無論是指受雇為家僕、在軍營或船上，它通常都是最低等級，所以通常（但不是一定如此）由較年輕的人擔任。在拉斯卡利莊園，若把中年的**khidmatgar**稱作*chhokra*，感覺會很奇怪。但這種用法在英語卻沒什麼不尋常。從這個角度比較**chokra／chuckeroo** 與**launder／launda**這組同義字就很有趣，這些詞彙從不在男女雜處時使用，或許是為了顧全男人的男子氣概吧。」參見**lascar**。

+ choola／chula：「還是一個遷徙經驗使詞彙屬性發生微妙改變的實例。這個字在**白種大爺的廚房**（**sahiby bobachee-connahs**）裡通常指烤箱，但在印度語中它卻指明火的爐子（船工語根據這個字，把船上的廚房稱作**chuldan**）。這種爐子通常輕便可攜，燃料裝在黏土或金屬桶裡。或許因為這緣故，有些**學者**（**pundits**）誤以為船工菜

chints／chinti（*The Glossary 與 *The Barney-Book）：螞蟻和昆蟲。「這個字註定沒前途，因為跟更常見的 **chintz**（印花棉布〔painted *kozhikodoes*〕）太類似。」

+ chit／chitty：「一個怪字，它雖然源自印度語的 *chitthi*（信），卻不是交給 **dawk**（郵局）投遞的信件。這種信不能透過郵局寄送，一定得由專人轉交，最好是交給 **chuprassy**（親信）處理，絕不能落入 **dawk-wallah**（郵差）或 **hurkaru**（信差）之手。」

chitchky（*The Glossary）：尼珥認為，孟加拉語 *chhechki* 的這個後裔，移民後應該前程似錦，他預言它甚至可以加入動詞的高貴行列，因為這種烹飪方式在英語中沒有對應的詞彙。他在倫敦東區找尋美食不獲時曾寫道：「為什麼沒有一個船工想到開家兼營餐廳的旅館，賣 **chitckied** 的高麗菜搭配切碎的鱈魚肉給倫敦人？這道菜豈不會造成 **goll-maul**(轟動），為他們賺很多錢嗎？」他如果得知這個優雅的詞彙被笨手笨腳的慣用語「stir-fried」（炒）取代，一定會很傷心。

+ chittack：一種重量單位，相當於一盎司，十七英錢（pennyweights），或十二麥格令（grains troy）。

+ chobdar：「執杖者是難得一見的奢侈排場，擁有他們是威信的象徵。我還記得可憐的穆克波拉王爺，即使面臨破產，也捨不得讓他的 **chobdar** 離開。」

+ choga（參見 banyan）：「尼珥對這個字的前途很悲觀，他認為它會被土耳其語對手 **caftan** 打敗。」

+ chokey／choker／choakee／choky／chowki：「如果交談代表經

之列，也是意料中事。當作動詞使用時，它的過去分詞正確寫法應為**chawbuck't**。喜歡策馬疾馳的人則把它的衍生詞**chawbuckswar**（快馬加鞭者）視作一大恭維。

chawbuckswar（***The Glossary**）：見上條。

+ cheese：尼珥沒想到這個由印度語*chiz*（東西）衍生的字會納入**《神諭》**，因為在他那個年代，「這根方頭雪茄是real **cheese**（真貨）」之類的說法很普遍。不過冒出「the **Burra Cheese**」這樣的語法，絕對是個意外。

chicken／chikan（***The Barney-Book**）：「奧德王國（Oudh）出產的精密刺繡；衍生出『chicken-worked』一詞，常用於形容不得不在**bawhawder ma'am-sahib**（頤指氣使的白種女主人）淫威下討生活的人。」

+ chin-chin（***The Barney-Book**）：「問候（後發展出**chin-chin-joss**（祭拜）一詞。）」

chin-chin-joss（***The Glossary**）：見上條。

chingers（***The Barney-Book**）：火星。「拜黑爾與勒蘭竟然認為這個字是透過吉卜賽方言進入英語，實在令人不解。這個字在**bobachee-connahs**（廚房）常用，因為點燃**choolas**（爐子）一定會用到**chingers**（源自印度語*chingare*）。我甚至聽過『**chingers**飛舞』這樣的句子。」

Chin-kalan（***The Glossary**）：「如今看起來覺得奇怪，但以前的船工確實習慣這麼稱呼廣州。」

上將對**cot**的定義：「一種木製床架，懸掛在甲板上的柱子之間，供高級職員使用」)。第二代**cots**顯然比一般吊床舒適，因為它們很快就推廣到船上的醫務室，用以照顧生病和受傷的人。推而廣之，這個字挾帶著這定義，被捲入英語的主流，早期還曾用於稱呼一種育嬰室的搖籃。由此可見，事實並非表面看起來那樣，**cot**與**charpoy**的同義字關係，不過就像「搖籃」與「床架」一樣疏遠。而且即使在印度語中，它們也不算同義字，因為就我所知，*charpai*本來是用於描述四條腿的家具（印度語*char-pai*直譯就是「四條腿」)，跟只有三條腿的家具（*tin-pai*或*tipai*——亨利爵士說得對，英語的三腳几〔**teapoy**〕就源自這個字）作區隔。引起困惑的**sea-poy**則是**sepoy**的變化形，跟家具的腳或暈船都毫無關係。但這個錯誤觀念的幽靈到現在仍在作祟，我最近聽到的一個故事可以為證，據說有位年輕的上尉，上船時跟他的部隊分散了。他驚呼——「我找不到我的**sea-poys**！」——人家卻給他一個水桶和一些嗅鹽，使他更加不知如何是好。

charter：「雖然**《神諭》**中沒提到，我卻認為這個字常用來表示與印度語動詞*chatna*（舔）相同的意義，英語更從而得到**chutney**（good to lick）這個[19]精彩的字（不可與**chatty／chatta**混淆，後者是船工對陶器的稱呼)。**charterhouse** 一詞則通常指不名譽的場所。

chatty／chatta（*the Admiral與 *Roebuck）：參見**charter**。

+ chawbuck／chábuk：「這個意象鮮明遠在英語whip（鞭）之上的字眼，本身就幾乎跟它代表的物品一樣可充當武器。試想它多麼經常被白人大爺掛在嘴邊，能躋身少數在英語中被當動詞使用的印度字

19 chutney是一種用水果、蔬菜醃漬製做的印度風味醬，可用來沾食、拌飯，很受英國人喜愛，作者順應字根，將它解釋為「越舔越好吃」(good to lick)。

carcanna／karcanna（*The Glossary）：尼珥還在世時，這個有悠久族譜的英國單字（源自印度語*kar-khana*，意思是「工作場所」或「作坊」），就已開始讓位給「factory」（工廠／商行代理處）一詞——在聽慣用後者表示代理人（factor）或經紀商（agent）住所的尼珥耳中，這真是字典編纂界的醜聞。但他為**carcanna／karcanna**的失勢感到哀傷，不盡然是因念舊；他預見這個字的沒落會導致很多在這些生產場所工作的人一起被遺忘——例如稱作**carcoons**的工廠事務員。就從悼念這個字開始，這位默默無聞的譯者寫逐漸下他對謀殺單字的見解。

carcoon（*The Glossary與*The Barney-Book）：見上條。

chabee（*The Glossary）：以難得一見的自制，尼珥不願介入這個葡萄牙語的「鑰匙」一詞究竟是從葡萄牙或從印度傳入英國的爭執。

+ chabutra／chabutter：參見**bowly／bowry**。

+ chaprasi／chuprassy：參見**dufter／daftar**。

+ charpoy：正如先前指出的（參見**bandar**），尼珥認為單字跟人恰巧相反，成雙結對旅行時，比較捱不過旅途的艱辛：每一對外移的同義詞當中，總有一個註定無法存活。然而他對**charpoy**和**cot**這對大獲全勝的同義詞（他並不知兩者都獲得刊入**《神諭》**的肯定）的旅程，要作何解釋呢？尼珥顯然不樂見這種反常現象——（「英國佬難道沒有好床，倒要偷我們的？」）——但他也知道這些成對的詞彙會對他中意的理論構成威脅。「英語跟印度語一樣，在很多方面應該向船工致謝，**cot**（源自印度語*khât*）就是個顯著的例子。這個字無疑是走海路進入英語的。我相信船工語最早是用*khat*表示「吊床」，*jhula／jhoola*是在這個字眼被他們的大副、二副搶走以後才開始使用的（參考**海軍**

butcha／bacha（*The Barney Book）：「意為『孩子』的單字，無疑是從育嬰室敞開的窗戶流傳出去的。」關於這點，尼珥說錯了。

buy-em-dear：參見**bayadère**。

buzz：參見**shoke**。

+ caftan／qaftan：參見**choga**。

caksen／coxen（*Roebuck）：「羅巴克說這個字是船工語的『水手長』，實在很令人困惑，因為它的發音跟英語毫無差別。」

caleefa／khalifa（*The Glossary）：參見**bobbachy**。

+ calico：一種印花棉布。「有些字典斷定這個字源自馬拉雅拉姆語，因為據說這種棉布產於馬拉巴海岸。這完全是**buckwash**（胡說八道），因為**calico**這個字不言可喻是源自『卡利卡特』（Calicut），亦即歐洲人取的名字。如果是根據馬拉雅拉姆語命名，這名稱的拼寫方式應該是『科澤柯德』（Kozhikodo）才對[18]。」

calputtee（*Roebuck）：「船工語『為船隻填補縫隙的工人』，做這行手藝的人在印度船上幾乎沒有就業機會，因為那些船都用榫頭、槽口接合，沒有縫隙。」

---

18 馬拉巴海岸（Malabar Coast）位於印度西南部，當地居民使用馬拉雅拉姆語（malayāḷaṁ），Calicut與Kozhikode是同一座城市，只是拼寫方式不同。尼珥的意思是說，calico是使用Calicut這個字的歐洲人所創造的，如果是使用Kozhikode這名稱的馬拉雅拉姆人，就會把這種布命名為Kozhikodo。

角（bugal）有神祕的親屬關係。」

bunow／bunnow／banao（***The Glossary**）：製造；建造。「亨利爵士說得沒錯，英語收編的印度動詞不多，這是其中之一。但它跨界之後，仍保留了一部分原來的特徵，也就是『build（建）』的成分多於『make（做）』——所以不可以說『**bunow** the crossing[17]』。」

+ **burkundauze／barkandaz**：衛兵。「這個字因為不精確所以特別好用，必要時，可以用它描述所有**paltan**（軍事術語：營，引喻人數很多）的**paiks**、**piyadas**、**latheels**、**kassidars**、**silahdars**及其他曾經滿街都是的武裝警衛、扈從、哨兵。因職務所需而不能隨便走動的看門人和守望員，則屬於另一種**paltan**，主要是**chowkidars**和**durwauns**。」

+ **burra／bara**：「我相信這也是一個經由航海進入英語的字彙，**burra／bara**是船工對主桅——船上最高桅杆——的稱呼。」參見**dol**。

Burrampooter（***The Glossary**）：「只是**Brahmaputra**（印度地名：布拉馬普特拉）的英語寫法而已，好在這個字很短命。」

+ **bustee／basti**：「我小時候，我們只用這個字表示『附近地區』或『社區』，沒有貶抑意味。英文的衍生字卻有『黑人區』或『土著社區』之意，專指孟加拉人居住的地段。想來也奇怪，這個字披上貶損的外衣後，又回到印度語和孟加拉語來，如今的定義卻變成了『貧民窟』。」

17 crossing即前文的「跨界」，跨越語言藩籬之意。

budzat／badzat（*The Glossary）：痞子。參見**budmash**。

+ buggalow／bagala：「一種過去胡格利河上常見的阿拉伯帆船。」

bulkat（*The Glossary）：「我記得是泰盧固地區（Telegu）一種大型船的名稱。」

bullumteer（*The Glossary）：「英語『志願者』的變化形，通常指到海外為英國作戰的印度兵。」

buncus（*The Glossary）：「某些人認為是稀世珍品的馬來雪茄。」

+ bunder／bandar：參見**+ bandar**。

+ bunder-boat：參見**+ bandar**。

+ bundook／bunduk：早在尼珥的時代，這個衍自阿拉伯語的常用字已被很多字典收錄，通常解釋為「毛瑟槍」或「步槍」，也以這種形式出現在**《神論》**裡。這與尼珥的預測相左，因為他又一次接受了拜黑爾與勒蘭不甚可靠的字源觀點，他們追溯這個字的阿拉伯淵源，回到威尼斯的德語拼法——「Venedig」。言外之意就是，**bundook**乃由威尼斯共和國雇用的德國傭兵引進阿拉伯，最初是用來取代弩弓。尼珥的錯誤在於他以為這個字會恢復原始的定義，用來描述那年頭的孟加拉富豪之間盛行的精美枝狀水晶燈及其他威尼斯製造的物品。

bungal（*Roebuck）：「這個字指航海用的『擴音喇叭』——方便海上船隻互相對話時的揚聲器材。有趣的是，船工對這個字的發音（**byugal**）與英語的『號角』相同——似乎暗示他們察覺這件物品與號

bora（*The Glossary）：「一種大型多槳划艇，在孟加拉通常用來載貨。」

bowla（*The Glossary）：「我記得這是要找手藝最好的**皮匠**（**moochies**）訂做的旅行箱或皮箱。」

bowry／bowly（*The Barney-Book）：「這個字在印度語是一種稱做*baolis*的階梯井。但納入英語後，它也用來描述建在河岸邊的亭子。每條**nullah**（河）與**nuddee**（溝渠）旁邊都有好幾座。有時它也可以跟**chabutra／chabutter**互相通用。」

boya（*Roebuck）：「浮標」的船工語。

+ buck：「這是詞彙在不同語言間跳躍時，意義發生微妙改變的一個很好例子。這個字在印度語通常指無謂的閒聊，進入英語後卻被賦予吹噓的意味（無疑是因為它在英語中有個同音字，意謂『公羊』這種神氣活現的動物之故）。較長版本**buckwash**（源自印度語*bakwás*——『信口亂說』、『閒聊』、『胡說八道』）的意義與已淪為陳腔濫調的『hogwash』（空洞的言談）類似。」

budgrook（*The Glossary）：「一種面額很小的葡萄牙錢幣，據說只在果阿（Goa）流通。」

+ budmash／badmash：「這個字眼就像**budzat**（痞子）與**hurremzad**（雜種）一樣，為字典編輯者帶來的煩惱遠比挨它們罵過的人多。既然整個字跟英語的『rascal（無賴）』完全契合，把它的阿拉伯語與波斯語元素拆解開來又有什麼意義呢？」尼珥相信命運會選擇**budmash**，揆諸**budzat**如今已遭廢棄的下場，他無疑是正確的。

+ bobachee：「就如同barkentine（三桅帆船）之於country boat（擺渡船），**Kaptan**（西方船長）之於**Nacoda**（印度船主），vinthaleux（葡式燉菜）之於**dumbpoke**（蒸鍋），在廚房裡，**bobachee**就是**consummer**（總管）。他們以各自的方式扮演統治者，管理一大群船員，包括磨香料的**masalchies**，烤肉的**caleefas**，以及其他目前已慘遭開革的職務。不過**bobachee**這名稱是所有廚房師傅當中，唯一跟廚房掛勾的。」

bobachee-connah／bawarchee-khana（*The Glossary）：「關於後面這種拼法，我跟所有願意考慮這件事的權威全都意見不合：他們都認為這個字源自印度語的*khana*，意為『地方』或『房間』，我卻直覺認為它是來自孟加拉語的*kona／cona*，意思是角落。這在我看來不言可喻，因為如果**bobachee-connah**的意義當真是『烹飪的房間』，那正確的寫法應該是『**bobbachy-camra**』才正確。這樣的變化形有時會發生，依我之見，例外才是常態。同樣地，我認為**goozle-coonuh／goozul-khana**翻譯成『浴室』也是錯的：如果是指一個放浴缸的地方，應該說『沐浴的角落』才對。但是提到其他**connah／khana**的複合字，我同意可以譯作房間，諸如**karkhana, jel-khana, bab-khana**等。」

+ bobbery／bobbery-bob：「這個詞彙意謂『動亂』，在中國南方經常使用，其實就是我們常說的**baap-ré-baap**的轉換。」**《神論》**將它譯作「哦我的爸！」其實是翻譯同樣常見的**baap-ré**一詞而已，完整的翻譯應該是「爸呀爸！」才正確。至於認為這個字源出廣東話表示噪音的*pa-pi*一詞的見解，正如**Barney-Book**指出的，非常不可信。

bolia／bauleah／baulia (*The Glossary)：「孟加拉河上航行的一種輕便船，通常附有一個小船艙。」

士說得沒錯，這個字拼成**bilayutee**時，通常代表外國進口的東西（例如**bilayati-baingan**就是番茄）。但他解釋另一個類似的複合字**bilayutee-pawnee**時，卻犯了重大錯誤。他把這個字解釋為『蘇打水』沒有錯，但他聲稱印度人是因為它冒泡而相信它能賦予人強大的力量卻完全錯了。我記憶中，令我們驚訝的不是吞嚥氣泡時感覺到什麼力量，而是打嗝時那種爆發的感覺。」

biscobra（*The Glossary）：亨利爵士認為這是某種毒蜥蜴的名稱，但尼珥對此有異議。「這是東西方詞彙完美結合的又一個例子。『cobra』當然是『蛇』的拉丁文字根進入葡萄牙語後的變化形，『bis』則源自孟加拉語的『毒』，英語以**bish**的形式將它納入，但變成『犯錯』、『誤會』之意。用這麼一個字描述蜥蜴，不論牠再怎麼會記仇，都是不可能的。在我看來，這個字就是英語對hamadryad（眼鏡王蛇）的口語稱呼。」

+ bish：見上條。

b'longi／blongi（*The Linkister[16]）：「這個字經常被誤會是英語『belong（屬於）』的縮寫形，但它實則是個優雅而經濟的系詞，代替『B動詞』的各種變化形執行任務。試想如果一位年輕白人指著他妻子養的狗說：『Gudda **blongi** wife-o massa（小狗是太太。）（其實他想說：小狗是太太的。）』，場面會多麼尷尬。」

---

16 作者註：「通譯」（The Linkister）一詞出現於**〈字詞選註〉**時，必然是指查爾斯．勒蘭和他所著**《唸經般的洋涇濱英語：或中英方言的歌謠與故事；附字彙表》**一書。勒蘭當然堪稱十九世紀一位傑出的字典編纂家，也是尼珥佩服得五體投地的權威。但因尼珥自己也精通中國南方的方言，在某些方面他不盡然贊同，甚至反對這部作品：因此為它取的暱稱也稍帶貶意。

興奮。顯然這種英語稱做『水龍捲』的現象，在他們眼中就等於象鼻子。那天我上他們誇張語法的當還不止這麼一次。稍晚，我在船尾呼吸新鮮空氣時，又聽見一名船工拜託同事**puckrow**（抓住）他的nar。我得承認我吃了一驚：因為船工交談雖經常涉及男性性器官，卻很少聽他們用純正的梵語提起這個器官。想必我太過驚訝，暴露了形跡，他們看著我，開始大笑。你知道我們在說什麼嗎？其中一個問我。我鼓起勇氣，以一種我以為能展現自己航海知識很豐富的態度回答。我當然知道你們在說什麼啦，我說：就是英語所謂的『jewel-block』呀。他們一聽，笑得更厲害，說道：不對，jewel-block在船工語是『*dastur-hanja*』，他們講的是英國人稱作『pintle』的一種舵拴。我很想告訴他們，偉大的莎士比亞也曾用這個字——*pintle*——表達與印度語*nar*相同的意義。但三思以後，我覺得還是不要透露這消息比較好。我引述這位無比偉大的劇作家用語的**shoke**（癮頭），已使我成為一個眾所周知的『Spout-Billy（莎翁水龍頭）』，這綽號雖不是什麼好話，但若換成『Billy-Soond（莎鼻子）』，情況可能更惡劣。」

+ **bheesty／bheestie／beasty／bhishti**：「挑水的工人，這行所使用的工具是**mussuck**。據亨利爵士說，這種人在南部稱作**tunny-catcher**或**tunnyketchi**。」

bichawna／bichana（*The Glossary）：「床單或床，衍生出**bichawnadar**（鋪床者），要謹慎使用，避免產生弦外之音。」

bichawnadar：見上條。

bilayuti（*The Glossary）：英國佬。「我們習慣用阿拉伯語及土耳其語中意謂外國的*wilayat*這個字來代表英國，這已經夠奇怪了；更奇怪的是，英國人竟然也用這個字自稱，只不過拼法改成**blatty**。亨利爵導致原始定義無法使用。

beteechoot（***The Glossary**）：了解這個字眼的意義，請參考**banchoot／barnshoot**，但別忘了，它用*betee*（女兒）取代*bahin*（妹妹）。「亨利爵士用非常恰當的引句解釋他給的定義，其中有一句：『1638：*L'on nous monstra à une demy lieue de la ville un sepulchre, qu'ils apellent Bety-chuit, c'est à dire la vergogne de la fille decouverte*』[Mandelsle, Paris, 1659]。」（那人帶我們去看距村子兩公里外的一座墳墓，這兒被稱做**Bety-chuit**，由此可見那女孩蒙受的恥辱。）

bhandari（***Roebuck**）：「這是船工對廚子或倉庫管理員的稱呼。我猜他們可能也這麼稱呼軍需官。」〔這句話出自尼珥最不尋常的筆記——倉促寫在幾張撲克牌背面的文字。從極小的字跡和濺在上面的海水判斷，這段記載很可能是在不易取得紙張的旅途中寫下的。家族中人把這些筆記稱做**Jack-Chits**（傑克便箋），因為找到的第一張牌是梅花J。大致而言，這些便箋是尼珥解讀船工在船上所使用方言最早的嘗試：寫下之初，他似乎不知道有**《船工語字典》**這樣的東西存在，但買到羅巴克的字典後，他立刻承認那位偉大的字典編纂家成績卓著，此後不再用他那種無可否認既不科學，純屬趣味性的方式破譯這種方言。不過這些便箋也並非全然無用，例如摘自梅花8與梅花9的這一段：「出航不僅使人處於全然不同的環境，也落入未知的文字之海。聽水手說話，無論說的英語或印度語，都讓我茫然不知東西南北；英語把航海術語稱做『sea-language（水手語）』，確實有它的道理，因為它隨水漂流，早已偏離我們從書本上學來的英語。印度語言跟船工術語也是同樣情形：唉，就在前幾天，我們聽船上的領班在甲板上跑來跑去，緊張萬狀地喊道——**hathi-soond! hathi-soond!**海上竟然看得見『大象鼻子』，在場的人都覺得是奇蹟，我們連忙衝過去先睹為快——卻失望地發現我們的船工朋友只不過是為遠處龍捲風掀起的一條水柱

+ bayadère：「以為葡萄牙語只在甲板上使用，而與臥室無關的人，最好知道**bayadère**的淵源不是法語，而是葡萄牙語（*bailadera*—『舞女』）。這是**BeeBees**（白種太太）談論她們丈夫所謂『**buy-em-dear**（買來的親親）』的委婉語，其中包括各種**cunchunees**、**debbies**、**dashies**、**pootlies**、**rawnees**、**Rum-johnnies**和nautch-girls。有趣的是『mistress（女主人）』一詞化為印度語（從葡萄牙語*mestre*轉型而來）後，用法與英語大不相同，男人跟他的**mistri**同床被認為是不尋常的事。」

+ BeeBee／bibi：「為什麼這個字能超越它的雙胞胎**begum**，被用在加爾各答地位最顯赫的白人太太身上，始終沒有解答。近年它已失寵，現在也可以帶著諷刺意味，用在階級低的歐洲婦女身上：之所以如此是因為那些了不起的**BeeBees**堅持要人家稱她們**ma'am-sahibs**（夫人）。她們的僕人把這個字的前半截簡化為『mem-』（有時遇到特別趾高氣揚的太太，也不妨改成『man-[15]』。）」

begaree（*Roebuck）：「羅巴克上尉說，船工都這麼稱呼那些被強迫徵召或綁架上船的船工。是否因為這個字是英語『beggar』（乞丐）跟孟加拉語『*bhikari*』（亦為乞丐）和印度語『*bekari*』（失業）的奇妙混血呢？」

+ begum：見**BeeBee**。

beparee（*The Glossary）：尼珥相信這個字在印度語的意義與**seth**一樣是「商人」，它進入英語是因為**banyan**衍生出太多種意義，

15 也就是說，僕人偷偷把女主人稱作「男人婆」，但那些白人太太通常聽不出其中差別。

+ banyan-／banian-day：見上條。

+ banyan-fight（***The Glossary**）：「如亨利爵士著錄：『沒有發展成老拳相向或流血事件的口角。』（Ocington, 1690）」

+ banyan-tree：參見**banyan**。

+ barbican：「亨利爵士的記載沒錯：『通往坎普爾城警衛室的下水道或水管[14]。』」

bargeer（***The Glossary**）：「我相信這個從馬拉地語的『士兵』一字衍生的詞彙，進入**《辭典》**的途徑不是經由戰場，而是經過育嬰室，因為孟加拉人常用它來給**budzat butchas**（不乖的小孩）灌輸恐懼的觀念。」

bas!（***Roebuck**）：上尉將這個船工單字定義為英語的「avast」（停！），但尼珥認為兩者的關係是手足，而非同義詞，他相信它們都源自阿拉伯語的**bass**（夠了）。

+ bawhawder／bahaudur／bahadur：「這個很多人曾經爭取的蒙兀兒頭銜，字面意義是『勇敢』，在英語中卻有嘲弄意味。亨利爵士說它隱含『傲慢、誇張，自命不凡展示短暫權威的人』之意。妙的是，這字眼有個最恰當的用法，毫不帶嘲弄色彩——就是用來形容東印度公司，印度語稱之為**勇士**（**Bawhawder**）公司。」

---

14 尼珥可能是認真的，但作者收錄這詞條可能有取笑的居心，因為一九八〇年代啟用的倫敦巴比肯藝術中心（Barbican Centre）就因座落在古羅馬城牆的護門塔（barbican）舊址而得名。

立就開始了，當時它不過是用來喚起印度的聯想（我猜想，基於同樣的理由，後來它也跟象徵這片土地的樹綁在一起——於是我們深為敬重的*ficus religiosa*〔菩提樹〕，就變成了**banyan-tree**）因為這種聯想，它也被用來稱呼某種印度服裝。若問那原本是什麼樣服裝，或許沒什麼意義。像我這種年紀一大把的人看來，與其說它是衣服，倒不如說它是印度在世界地位排行的指標。因此在十七和十八世紀，咱們國家還有神話般的財富與生產力時，**banyan／banian**指的是拖曳到地面，有繁複刺繡的長禮服：可能以**choga**（罩袍）或**caftan／qaftan**（阿拉伯式外袍）做範本。（在此筆者忍不住要插個嘴，雖然這種袍子在今天的印度已絕跡，但還有幾件值得一看的樣本，在倫敦的維多利亞與亞伯特博物館長期展出）。我自己小時候，**banyan**一字永遠都是指這種華麗的袍子。但那時候，當然只有英國化最深的印度人才會這麼使用這字眼，所以造成損害的可能性頗高。有位倒楣的穆克波拉王爺的下場，我還記得很清楚，他習慣在說孟加拉語時夾雜英文單字。有次出行，到市場去採購衣服，他用所有人都聽得見的音量吹噓道：夏天到了，他打算把所有的**banyan**抽打，清洗，鎖起來。放債的商人一聽都嚇壞了，立刻把放出去的錢都收回來：這讓可憐的王爺一蹶不振，只能在沃林達文的道場度過餘年，衣櫃裡只剩兩套番紅花黃色的罩袍。他就這麼學會了不要介入**banyan-fight**（口舌之爭）。

「從那麼華麗的巔峰，這種服裝始終如一地跟印度的國運保持同步發展：隨著這塊土地上的人民在英國箝制下日益變得窮困、衰弱，這個字代表的服裝也越來越簡陋、粗糙。**Banyan**在下個輪迴中變成了下層工人的標準服裝：所以也就是**海軍上將**說的『水手穿的五顏六色羅馬式短袍』。這種式樣的服裝在印度也很陌生：無疑是船工引進的。把這種歐式服裝的袖子剪掉，應該也是他們幹的好事。服裝就像語言與食物一樣，所有所謂『印度』玩意兒，都由船工開風氣之先。每天早晨，我把手穿過熟悉的袖孔時都會想到這件事；而且這念頭總會讓我鼻子裡又依稀嗅到大海的腥味。」

心：「加爾各答的大倉庫在我記憶中多麼清晰啊，它也用做船舶乘客下船的碼頭，我們常去那兒消磨整個晚上，把所有青澀的**白種大爺**（**griffins**）和新來者看個夠。雖然在我們心目中，從不認為這座大廈只是**《神論》**所定義的『倉庫』或『堆棧』。但亨利爵士說這個字是源自孟加拉語的*bãkashala*，我卻一點也不懷疑。」他如果得知有種叫做**godown**的更簡陋的倉庫，因使用者眾而保存下來，導致**bankshall**衰退而日漸稀少，應該會很驚訝。

+ banian／banyan：「這不僅是一個單字，也是個早被英語接納的族群、社會階級、種姓。進一步線索埋藏在**海軍上將**（**the Admiral**）裡[12]提供的註解裡。『此一詞彙源自一個東方的宗教派系，教徒相信輪迴轉世，不把賦有生命的生物當糧食。』也就是說，這個字就是該教派的名稱『Bania』，或其正確拼法『Vania[13]』，最後一個音節有時要發鼻音。這個族群長期以來介入金融、商業、借貸等業務，吃素的名聲理所當然遠播在外，因此這個詞彙成為英語的航海術語中不可或缺的一部分，已有數百年歷史：每週一次水手沒有肉吃的日子，稱做**banyan-day**（巴尼亞日；齋日）」。

但就算這點說得通，這個字又怎麼乾坤挪移，成為印度次大陸上，寒酸卻又而無所不在的男人內衣代稱呢？因為整個變化都發生在尼珥有生之年，所以他觀察此一變化特別佔優勢。他追蹤這一連串輪迴轉世的來龍去脈，可說是他對字源學最重要的貢獻，值得全文引述。「**banyan**一字走進衣櫃的旅程，無疑從它的原始意義在英語中確

---

12 作者註：此處指的是史密斯海軍上將（W. H. Smyth）所著**《水手字典》**（Sailor's Word-Book）。尼珥有好幾冊一八七六年倫敦布萊基出版社（Blackie）印行的版本。他把這部著作奉若神明，每當**〈字詞選註〉**中出現「**海軍上將**」字樣，必然是指史密斯海軍上將和他著名的字典。

13 印度的一個商人種姓，在孟加拉泛指商人。

+ **bandar**：關於這個意為猴子的印度常用字之前途，尼珥所做的預測完全錯誤。他最喜歡主張，移到外國的單字，無論發音或外觀，最好互相保持拒離：他覺得脫離故土的同音字和同義字幾乎不可能成對生存下去——每一對當中都註定有一個要死亡。在他看來，代表動物的**bandar**一字，跟毫不相干，源自波斯語的航海詞彙**bander**／**bunder**（港口）發音太接近，令人不放心。他相信兩者之間，只有後者能在英語中生存下來——一部分因為**bunder**一詞用在航海上，在英語中淵遠流長，可上溯至十七世紀；另一部分則因它作為字根，生殖力旺盛，在英語中有大量衍生字。他認為這些衍生字最為脆弱，有可能跟指涉動物的**bandar**混淆。話是沒錯，常用字**bander-**／**bunder-boat**（游港船）幾乎不可能跟類似的交通工具混淆，但另有一個字卻很可能造成誤會與困擾。那就是可敬的**sabander**／**shabander**（港務長），這個字在英語中歷史悠久，幾乎可算是中古英文。在尼珥看來，它因此有十足資格受保護，不必受**shah-bandar**這樣的複合字騷擾。說到那種動物，他認為另外還有一個字可用，就是在此同時也廣泛流通的**wanderoo**（源自錫蘭語*wanderu*，與印度語*bandar*同源），不過這個字通常是指長尾猴（*langur*）。尼珥把希望寄託在**wanderoo**身上，並預言它的同義詞*bandar*不會有好下場。他做夢也沒想到**bandar**和它的集合名詞**bandarlog**，會被一本兒童小說賦予幾乎無限的壽命[11]，而美麗的**wanderoo**卻被扔進了亂葬崗。（參見**gadda**／**gadha**）。

bando／**bundo**（***The Glossary**）：參見**bandanna**。

+ **bankshall**：這個一度常用的美麗詞彙淪亡，尼珥應該會很傷

11 英國作家吉卜林（Rudyard Kipling）在《叢林奇談》（*The Jungle Book*）中，描寫森林裡的猴子自稱bandarlog（log意為「群」），得意洋洋地聒噪，群獸都感到厭煩。

段與這個字有關的引文：「這個字，說不定還有其他印度字，都在常有印度船工出沒的泰晤士河碼頭上歸化了英國籍。我曾在維多利亞碼頭區，聽一個英國駁船船夫把繩索扔到岸上給另一個倫敦人時喊道：『**Bundo!**〔綁起來〕』〔基丁吉准將〕」）

尼珥對**bando**／**bundo**的信心無疑受到這個字根出類拔萃的繁殖力影響，因為他預見它會產生一大堆備受推崇的衍生字——**bund**（岸或堤，最著名的例子是上海外灘，公認全世界最值錢的一塊地）；**cummerbund**（尼珥也沒算準它的命運，因為它始終未能如他所料，取代「belt」〔腰帶〕的地位）；最後還有**bundobast** (原為繫緊，衍生出就緒，安排等義)。最後這個字竟然落得銷聲匿跡，在死亡邊緣徘徊，可說完全出乎尼珥意料，他若地下有知，恐怕會比失去**〈字詞選註〉**裡的任何其他字都更傷心（他那位不知名的子孫說不定也會寫道：「為什麼？為什麼？何苦做這種無意義的殺戮、如此重大的浪費、無止境的文字滅絕。誰能終結這種行為？我們能向誰求告？世間凡有良心之人，寧不奮起抗議？」）因為這絕對是英國人迫切需要的一個字，一種觀念。**bando**／**bandh**的貢獻還不止於此。尼珥被說服，認為head-band（頭帶）和rubber-band（橡皮筋）也是這個印度字的後裔。換言之，**bando**／**bundo**確實藉著to band together（團結起來）這樣的用法，被提升為動詞中的貴族。

不過且先回到**bandanna**，尼珥自己使用這個字的方式從來不曾與字典定義一致，他有生之年一直隨心所欲用它稱呼各種大方巾、手帕、毛巾，尤其是船工和其他工人日常用來束起頭髮與**寬袍**（**kameezes**）的頭巾與**腰帶**（**cummerbunds**）。他的兒孫立場更保守，經常互相較勁，看誰能找到最原始的用法。我記憶猶新，有次親戚們邀一位年長伯父一塊兒去看一部評價很高的牛仔電影，他喊道：「什麼？你們以為我會花好端端的鈔票去看一群穿**粗布衣**（**dungris**）、**戴頭巾**（**bandhnas**）的**budmashes**（痞子）跑來跑去嗎？」

banchoot／barnshoot／bahenchod／b'henchod etc.（*The Glossary）：肏你妹子。分析這個字時，尼珥毅然決然與他心目中的大師亨利爵士分道揚鑣，後者把這些字一筆帶過，只說是「若干罵人用語，要不是『大眾』都知道它們惡俗的意義，我們其實很不願意刊印出來。如果偶爾使用這些字眼的英國男性當真知道它們的意義，相信也一定會被其中粗鄙的含意嚇到。」但事實上歐洲人大多樂意把這個字掛在嘴邊：它受歡迎的程度使尼珥深信，「結合英、印元素的複合字當中，這個字很受人喜愛。要證明這點，我們只需把這個字拆解成它原始的成分：第一個音節寫做ban或barn等，顯然是印度語*bahin*（姊妹）的簡化。第二個音節雖有幾種不同拼法，但在我看來都是英語**chute**一字的化身，後者無疑有個非常古老的印歐語系淵源，而且在它的眾多定義之中，至少有一個方面與我們討論的這個字相通。有一點很有趣，**chute**一字如今在英語中已不作動詞使用，然而它這個化身在很多印度語中仍充當動詞。不過有些證據顯示它在英語中一度也是動詞：在此可舉顯然源自印度語*chodo*／*chodna*等字的**chowder**一字為例。聽說這個字在美國仍普遍使用，指一種濃湯。雖然我無緣品嘗這道菜，但我聽說製做這道菜需要做很多碾磨與敲打的動作，那當然跟印度語字根所保留的古老意義在某方面是一致的。」

+ bandanna：這個字目前的**崇高**（**coolin**）地位想必會令尼珥覺得不可思議，他一直以為它倖存的機率不大。「bandanna」在**《神論》**中擁有一席之位，已是確鑿無疑——但尼珥為它預言的命運並非如此。根據他的預測，印度字*bandhna*只能以古老的十七世紀拼法**bandannoe**進入英語。但話說回來，尼珥對這個字的命運不曾有過懷疑，他的信念一部分建立在它所淵源的古老印歐字根上——這個字在他的有生之年已經英語化成為**bando／bundo**（綁繫或抓緊）。唉，這個美麗而實用的字眼，如今只做「堤岸」解釋，但它曾被說英語的人廣泛使用，尤其是它的祈使句型：**bando！**（尼珥甚至從亨利爵士的筆記中抄了一得它們還有外國淵源（這個單字是借用葡萄牙文的「balde」）。「至少可以確定，balde就像很多其他東西一樣，乃是由船工引進我們的生活中。不過他們用這個詞是指『船上的水桶』，一種跟我們現在用同樣字眼稱呼的金屬器皿完全不像的皮革容器。但balde若非取代某種早已普遍使用的舊物品，應該不可能如此無所不在。那麼船工帶來baldes之前，大家天天用來洗澡的容器叫什麼名字呢？他們用什麼來刷洗地板，從井裡打水、澆花呢？那個一度負責這些功能，現在已被遺忘的東西是什麼呢？」後來，尼珥第一次去倫敦時，特意造訪東區一家包伙食的寄宿舍。事後他寫道：「這些可憐的**budmashes**（痞子），二十人住一間房，環境骯髒不堪，只好將就用大水桶烹調食物。他們就像很多船工，心地善良而好客，邀請我分享他們簡單的晚餐，我毫不遲疑就接受了。那餐飯不過是**烤餅（rooties）**配上在桶子裡滾了很久的一道燉菜：用雞骨頭和番茄煮的糊粥，放在一個極大的**木碗（tapori）**裡。它不像我在印度吃過的任何東西。不過滋味還不錯，我忍不住問他們，從哪兒學來這道菜的做法。他們說這是葡萄牙船上的菜，一般就叫做*galinha balde*，翻譯出來就是『桶子雞』。我必須承認，這大大提高了我對葡萄牙食物的評價。」

歷史證明，尼珥對這個字的前途持樂觀態度沒有錯，但他卻無從預料，這個字歸化英語竟是靠它的廚房功力；他更不會想到，這種不起眼的葡萄牙日常用具，獲得**《神諭》**接納後，竟被定義為「一種受巴基斯坦北部飲食影響的烹飪方式」。

balwar（*Roebuck）：與「同義詞barber（理髮師）發音太接近，從實用角度而言，不會有倖存機會。」

bamba（*Roebuck）：「既然已有個簡單經濟的英語名稱：『pump』（抽水機），怎麼還有人要用這個源自葡萄牙語的說法？」

波』的意思。但除了船工的用法，它也蘊含一種頗具詩意的隨波逐流的意味。」據說家族裡有人去看《流浪者》（*Awara*）這部電影[10]時，剛開始還以為是講船難的故事。

+ ayah：尼珥瞧不起那些用這個字眼稱呼印度褓姆與育嬰室的人。他在家都堅持用這個詞的原始版本，法文的「aide」或葡萄牙文的「aia」。

bachaw／bachao：字面上，這個字就是「救命！」的意思，一般印度人都這麼用。但尼珥堅持，這個字在英文裡一定要帶有反諷意味，以表示難以置信。例如：「**搞到**（**Puckrowed**）一根六呎的**長屌**（**cockup**）？饒了我吧，**少蓋了**（**bachaw**）！」

backsee（***Roebuck**）：船工語中用來表達英語的「處於頂風位置」。「葡萄牙語單字在印度航海用語中受歡迎的程度超過英語，這又是其中一例。」

+ baksheesh／buckshish／buxees etc.：「實在很奇怪，亨利爵士在英文中居然找不到一個能跟這種慷慨行為對應的字眼（「tip」〔小費〕因為是俚語而被剔除在外），只好用法文、德文、義大利文的同義字代替。」不過也正因為這個字在英語中幾乎沒有競爭對手，尼珥看好它的前途。他如果知道**baksheesh**和它出身南中國的同義詞**cumshaw**〔閩語：感謝〕都獲得**《神諭》**青睞，一定會大吃一驚。

+ balty／balti：尼珥為這件普通到極點的印度家庭用品——水桶——寫過幾篇長文。在他那個時代，這種容器就已普及到沒有人記

---

10 一九五一年出品的印度黑白電影，是極受歡迎的社會倫理愛情悲喜劇。

『All's well』像唱歌一般：在我記憶中宛如昨日……」

arkati（***The Barney-Book**[8]）：在海員口中就等於「領航員」的這個字，據說典出馬德拉斯附近一個如今已不存在的小王國阿卡特（Arcot），這國家的統治者因雇用孟加拉灣的所有領航員而聞名。尼珥如此輕易採信拜黑爾與勒蘭提出的字源，想必會受學者指摘，但從這個條目可以看出，探究字源時，如果必須在趣味與可靠之間做抉擇，尼珥一定選擇前者。

+ atta／otta／otter：這三種都是印度文常出現的「小麥麵粉」一詞的拼音寫法。第一種拼法獲得**《神論》**認可，但獲得拜黑爾與勒蘭背書的最後一種拼法，最得尼珥喜愛，他在家裡不准用其他拼法。這條家規直到我這一輩仍代代相傳。也因如此，我最近遇到一個自命權威的人士，試圖說服一群特別好騙的聽眾相信「揉麵粉」一詞，一度是與「剝貂皮」和「剝鰻魚皮」同類的委婉語說法時，就駁得他無地自容[9]。

awari（***Roebuck**）：「羅巴克上尉說，這個字在船工語中是『餘

---

8 作者註：〈**字詞選註**〉中凡是出現**《吵鬧書》**（Barney-Book）一詞，均代表亞伯．拜黑爾（Albert Barrere）與查爾斯．勒蘭（Charles Leland）合著的**《俚語、術語及黑話字典》**（*Dictionary of Slang, Jargon & Cant*），這也是本尼珥臣服的權威之作。他所持有的巴倫泰恩出版社（Ballantyne Press）一八八九年版，早已翻得破爛不堪。這本字典之所以被取這個小名，似乎與拜黑爾與勒蘭追溯**barney**一字的來源到吉卜賽語中的「群眾」或「暴民」有關。這對以愛好憑空推測聞名的編者，還進一步援引說，該字又源自印度語的**bharna**——意為「裝滿」或「增加」。

9 otter在英語中亦指水獺。該權威人士誤以為Kneading the otter是「搓揉水獺」，因而有不登大雅之堂的聯想。

水手的『前』或『向前』，而**peechil**則等於他們的『後』，都驚訝得挑起眉毛。但問題是為何不照一般印度語使用者的方式，將它們寫成*agey*與*peechhey*呢？有沒有可能因為這幾個基本航海用語是從喀奇或信德[7]兩地借來的呢？我經常提出這疑問，卻沒有得到滿意的答案。不過我可以幫這位好上尉的定義作證，船工真的一向都說**agil**和**peechil**，從來不說*agey*或*peechhey*。」

alliballie muslin（***The Glossary**）：細棉布。「包括亨利爵士在內的一些人認為，這種細棉布很高級，但拉斯卡利家族的衣櫥中，這種布料總放在下層架子上。」

+ almadia：小船。原為阿拉伯人於河上航行用的一種小船，但印度河川看不到類似的船；所以尼珥一直不明白**《神諭》**為何蒐羅這個字。

alzbel（***Roebuck**）：「桅杆上的船工瞭望員報平安，喊出來的

語彙與大量航海常用句；書前附印度語簡明文法》。這本辭典最初在加爾各答出版，一八一三年由東印度公司特約書商，利德賀街的布萊克與派利公司（Black, Parry & Co）再版。尼珥曾說它是十九世紀最重要的辭典——據他所言，因為「如果沒有這本辭典，航海時代將處於風平浪靜的Kalmariya，停滯不前，白人老爺與船工將各說各話，無法溝通。」說得沒錯，羅巴克上尉這本輕薄短小的詞彙清單，影響之大遠超出作者預期。出版七十年後，它又被喬治・史默牧師（Rev. George Small）修訂，由艾倫出版社（W. H. Allen & Co.）重新出版，書名改為**《船工語字典：英印雙語航海術語及片語詞彙集》**（1882）：這個較新的版本到二十世紀中期仍在市場流通。**《船工語字典》**是尼珥最心愛的字典，他使用的頻繁程度，彷彿因此與作者成了老友。

7 喀奇（Cutch）在印度西部，信德（Sind）在巴基斯坦東南部，此兩地居民以擅長航海與貿易著稱。

abihowa／abhowa（*The Glossary[3]）：「它結合波斯語、阿拉伯語與孟加拉語中水與風的概念，以表達『風土、氣候』等意義，世上再沒有創造過比這更好的詞彙。」尼珥寫道：「如果語言的世界也發行贖罪券[4]，我願意捐出我那一份來保障這個美好的造字流傳到後世。」

abrawan（*The Glossary）：波紋紗。「這是一種上等細棉布，它的名稱確如亨利爵士所說，是源自波斯文的『流水』。」

+ achar：醬菜。「有人籠統地把這個字譯為『泡菜』，」尼珥寫道：「但最好透過定義理解這個字，不要望文生義[5]。」

agil（*Roebuck[6]）：「很多人得知這個字在船工語彙中就等於英國

3 作者註：在此需加說明，「**辭典**」（The Glossary）一詞在〈**字詞選註**〉中出現時，尼珥的用意都是指一本特別有資格頒發移民加入英語許可證的權威：亦即亨利．尤爾爵士（Sir Henry Yule）與布奈爾（A. C. Burnell）所編**《英印單字、片語，以及字源學、歷史學、地理學與哲學散論等方面相關術語之俗語辭典》**。似乎這本著名字典於一八八〇年代，還未以**《霍伯森－喬伯森》**（Hobson-Jobson）之名廣為人知，剛開始在少數特權人士間流傳時，尼珥也取得一本。雖然一直沒找到他持有的那本，但〈**字詞選註**〉中經常提及的「亨利爵士」，無疑都是指亨利．尤爾爵士——正如同每次提及「**辭典**」，也都是指這位偉大的辭典編纂家主編的這本辭典。

4]indulgence是天主教會早期的制度，信徒在俗世的過錯可用祈禱、行善、為教會服務等行為抵銷，但後來因很多人捐贈金錢抵罪，而被視為一種斂財手段，備受外界詬病，教會便取消了這種制度。至於尼珥，顯然自認為在語言界累積了不少功德，若有贖罪券，他一定換得到。

5 牛津大辭典的定義為「印度烹飪中，把食材浸漬在添加香料的油中做成的泡菜」，所以可能較類似醬菜。

6 作者註：〈**字詞選註**〉中凡出現**Roebuck**一詞，一律代表湯瑪斯．羅巴克上尉開創性的辭典**《英語與印度語海事術語及航海用語辭典及操縱船舶之各種命令**

分的權力（所以他才那麼急切要檢視它的名冊）。一旦一個字納入**《神論》**的陣營，就不再冠上它先前支持者的名字，標上代表永久居留權的符號＋。「**《神論》**一旦宣布一個字的名字，大勢就此底定；從此以後，這個表達方式就不再（或說不再僅僅）屬於孟加拉語、阿拉伯語、華語、印度語[1]、船工語，或任何其他語言——它在英語的輪迴中被認為是個新造的字，擁有新個性，更換了新命運。」

所以尼珥的子孫就遵守這麼一個簡單的傳統：在每一個於**《神論》**的石碑上找到一席之地的移民身上，劃記一個＋號。尼珥筆記本的邊緣，添了那麼密密麻麻的記號與字跡，究竟這些記號是什麼人在什麼時候做的，現在已不可能確知。過去解讀這些註記的嘗試，都引起極大困擾，所以筆者接到的指示就是只要更新這些記號，以便所有利害關係人都能在最新版的**《神論》**中求證。他盡己所能做到這點，雖然一定有很多錯誤是他未曾檢視到的。

高階翻譯者[2]的斗篷加諸筆者肩上時，長輩們提出一個警告：他們說，這個位置的任務並非以尼珥若還在世會採用的寫作方式改寫**〈字詞選註〉**；而只是把不同世代字詞持續交流的情形做個摘要。筆者在努力保存尼珥語源學思維的原意時，總把這番指示牢記心中：接下來的篇幅中，雖然很多引句沒有標示來源，也應假設尼珥是那段話的原作者。

＊　＊　＊

1　作者註：所謂印度語究竟指的是某一特定語言〔印地語？／烏爾都語？／印度普通話？〕或印度所有語言的統稱，一直是家族內部爭論的重點。目前只能說這件事始終沒有滿意的結論，因為尼珥一直只用這麼一個簡稱。

2　wordy-major即wordy-wallah的長官，以詼諧式的稱呼指稱翻譯界資深人士或高級主管。

不得已的恐嚇」）。

尼珥臨終之際，至少家族傳奇這麼說，他告訴兒孫，只要家人把他的文字知識傳誦不滅，它就能把他們與過去綁在一起，從而維持他們彼此間的聯繫。無可避免地，他的告誡受到忽視，他的文稿束諸高閣，被忘得一乾二淨；過了約莫二十年才又拿出來。那時整個家族陷於混亂，各房分支爭吵不休，總體的事務眼看著一敗塗地。這時尼珥的一個孫女（本書作者的祖母）想起他的遺言，就把裝尼珥手跡的老紙板箱挖出來。說巧不巧，正好就在那年——一九二八年——**《神論》**也終於出版了，於是她號召全家人集資買下一整套。就這麼展開了挖掘尼珥的占卜與**《神論》**觀點的對照過程——奇妙的是，工作一開始，情勢就開始好轉，全家人得以安然度過一九三〇年代的全球性經濟大蕭條，財富幾乎一點沒有減少。從此之後，**〈字詞選註〉**就再也不曾蒙受長時間忽視。彷彿出於世代相傳的神奇力量，每隔十年都至少會有一個家族成員，有時間也有興趣扮演翻譯的角色，使這種透過與家族始祖對話以重振生命力的活動生生不息。

原則上，**〈字詞選註〉**是件永遠不能被視為完成的作品。主要原因是在尼珥住過的各個地方，陸續不斷發現他親筆寫在小紙片上、先前沒見過的字詞研究心得。這些紙片出現的頻率相當固定，也相當頻繁，使人不得不打消結束這件工作的念頭。但**〈字詞選註〉**本質上就是一種持續的對話，想到要結束它，尼珥所有子孫的內心都會油然產生迷信的恐懼。所以把話說清楚，編輯這份資料不代表結束：而是因為尼珥的文稿逐漸老化損壞，才有人提議把**〈字詞選註〉**（以其現有規模）做成一個可供較廣泛流通的形式。

最後要說明的是，由於**〈字詞選註〉**完全是處理英語這個單一語種，尼珥只蒐羅了已被英語辭典、專業字典及字彙表收存的單字。所以每個詞條前面都有代表**《神論》**的符號（一個＋號），或其他辭典、字典或專業字典的名稱，只有極少數例外；這是它們能上**〈字詞選註〉**這艘移民船的憑證。不過在尼珥看來，唯**《神論》**有頒布完整公民身

附錄3
朱鷺號字詞選註

單字啊！在尼珥看來，每個字都是活生生的個體，各有各的命運，與人類無異。所以，為什麼沒有占星家為它們畫星圖，預測它們的運勢呢？恐怕打從他作翻譯員謀生——也就是待在中國南方那些年頭——開始，就起了親手完成這件工作的念頭。早在那時，以及後來的很多年，他一直持之以恆地記下他對某些字的命運預測。因此，與其說〈**字詞選註**〉是單字的註解，倒不如說它是一個對單字的命運念念不忘之人繪製的一份占星圖。當然，並非每個字都得到同樣的關注，所以在此要特別強調：〈**字詞選註**〉只照顧到特別受鍾愛的少數幾個字：從東方海域遠渡重洋，抵達寒風颼颼英語海岸的移民不計其數，此處只挑選了其中一部分。換言之，列在這幅星圖上的移民工數目只夠裝滿一艘船：或許也因如此，尼珥用朱鷺號為它命名。

但千萬別誤會：除非已正式歸化英語的字彙，否則沒有資格列入〈**選註**〉。事實上，為它催生的是一八八〇年代晚期的一次開悟，尼珥突然發現英語世界即將有一部完整而可靠的字典問世：不消說，那就是《**牛津英文大辭典**》（〈**選註**〉裡提到它時，一律稱之為《**神諭**》）。尼珥立刻知道，《**神諭**》將提供他一份權威的黃曆，用以對照他的預測是否正確。雖然當時他年事已高，仍感到無比興奮，馬上著手整理文稿，為《**神諭**》的出版做準備。他想必很失望，因為《**牛津英文大辭典**》的出版是幾十年後的事：他只看到這期間推出的少許散秩篇章。但經年累月的等待絕對沒有浪費：這段時間內，尼珥用其他的辭典、專門字典、單字表校勘他的筆記。據說他晚年除了字典不讀其他書籍。後來他的視力開始衰退，他的孫兒女和曾孫兒女被迫為他執行這份工作（所以這家人創了個獨家新詞「誦典兒」，尼珥將之定義為「萬

小說精選

朱鷺號三部曲之一：罌粟海

2015年11月初版　　定價：新臺幣520元
2016年1月初版第二刷

著　者　Amitav Ghosh
譯　者　張定綺
發行人　林載爵

出版者　聯經出版事業股份有限公司
地址　台北市基隆路一段180號4樓
編輯部地址　台北市基隆路一段180號4樓
叢書主編電話　(02)87876242轉227
台北聯經書房　台北市新生南路三段94號
電話　(02)23620308
台中分公司　台中市北區崇德路一段198號
暨門市電話　(04)22312023
郵政劃撥帳戶第0100559-3號
郵撥電話　(02)23620308
印刷者　世和印製企業有限公司
總經銷　聯合發行股份有限公司
發行所　新北市新店區寶橋路235巷6弄6號2F
電話　(02)29178022

叢書編輯　程道民
封面設計　兒日

行政院新聞局出版事業登記證局版臺業字第0130號

本書如有缺頁，破損，倒裝請寄回台北聯經書房更換。　ISBN 978-957-08-4643-0 (平裝)
聯經網址 http://www.linkingbooks.com.tw
電子信箱 e-mail:linking@udngroup.com

國家圖書館出版品預行編目資料

朱鷺號三部曲之一：罌粟海 / Amitav Ghosh著．
張定綺譯．--初版．--臺北市：聯經，2015年11月
560面；14.8×21公分．(小說精選)
譯自：Ibis triogy 1, sea of poppies
ISBN 978-957-08-4643-0（平裝）
[2016年1月初版第二刷]

867.57 104021963